"十四五"国家重点出版物出版规划项目

国家社科基金重大项目（21&ZD269）阶段成果

新中国少数民族文学史料整理与研究（1949—1979）

学术委员会

主　任：朝戈金

委　员：（按姓氏笔画排序）

丁　帆　丁克毅　王宪昭　文日焕　包和平

刘　宾　刘大先　刘亚虎　汤晓青　李　瑛

李晓峰　吴　刚　邹　赞　汪立珍　张福贵

哈正利　钟进文　贾瑞光　徐新建　梁庭望

韩春燕

国家出版基金项目
NATIONAL PUBLICATION FOUNDATION

新中国少数民族文学史料整理与研究（1949—1979）

戏剧文学卷

李晓峰　韩争艳　雷丝雨◎编著

辽宁师范大学出版社
·大连·

© 李晓峰　韩争艳　雷丝雨　2024

图书在版编目 (CIP) 数据

新中国少数民族文学史料整理与研究：1949—1979.
戏剧文学卷 / 李晓峰, 韩争艳, 雷丝雨编著. -- 大连：
辽宁师范大学出版社, 2024.11. -- ISBN 978-7-5652
-4518-3

Ⅰ.I207.9

中国国家版本馆CIP数据核字第202408ME08号

XINZHONGGUO SHAOSHU MINZU WENXUE SHILIAO ZHENGLI YU YANJIU（1949—1979）·XIJU WENXUE JUAN

新中国少数民族文学史料整理与研究（1949—1979）·戏剧文学卷

策划编辑：王　星
责任编辑：任　飞　杨斯超
责任校对：王文燕
装帧设计：宇雯静

出 版 者：辽宁师范大学出版社
地　　址：大连市黄河路850 号
网　　址：http://www.lnnup.net
　　　　　http://www.press.lnnu.edu.cn
邮　　编：116029
营销电话：0411 – 82159915
印 刷 者：大连图腾彩色印刷有限公司
发 行 者：辽宁师范大学出版社

幅面尺寸：170 mm × 230 mm
印　　张：39.5
字　　数：645千字

出版时间：2024年11月第1版
印刷时间：2024年11月第1次印刷
书　　号：ISBN 978-7-5652-4518-3

定　　价：236.00 元

出版说明

　　本书所收均为少数民族文学研究领域的珍稀史料，其写作时间跨越数十年，不同学者的语言风格不同，不同年代的刊印标准、语法习惯及汉字用法也略有差异，个别文字亦有前后不一、相互抵牾之处，编者在选编过程中，为了尽量展现史料原貌，尊重作者当年发表时的遣词立意，除了明显的误植之外，一般不做改动。对个别民族的旧称、影响阅读的标点符号用法及明显错讹之处进行了勘定。

　　同时，为了保证本书内容质量，在选编过程中，根据国家出版有关规定，作者和编辑在不影响史料内容价值的前提下，对部分段落或文字做了删除处理，对个别不规范的提法采用"编者注"的方式进行了说明，对于此种方式给读者带来的阅读困扰，敬请谅解。

目录

全书总论 / 1

本卷导论 / 1

第一辑:戏剧文学综论/ 1

本辑概述 / 2

内蒙古戏剧艺术的发展的问题 / 5

关于内蒙古自治区民间音乐、舞蹈、戏剧会演的几个问题 / 10

两个兄弟民族的话剧演出 / 15

十五个民族优秀歌手欢聚一堂　昆明举行庆丰收民歌演唱会 / 21

新疆戏剧工作的一些新气象 / 23

民族艺术花朵日益繁荣 / 28

让我国多民族的戏剧艺术百花齐放 / 33

西南少数民族艺术有了新发展 / 55

少数民族艺术的新发展——在西南区民族文化工作会议期间观剧有感 / 58

兄弟民族戏剧的新发展 / 66

兄弟民族戏剧欣欣向荣——访出席中国文学艺术工作者第三次代表大会的兄弟民族戏剧代表 / 73

剧作家谈戏剧创作——访出席全国第三次文代大会的部份剧

作家 / 80

少数民族戏曲剧本将出版 / 92

新疆的戏剧事业在不断发展中——试评《步步跟着毛主席》/
93

傣、僮、白、彝四种民族戏同现昆明舞台　云南举行首次民
族戏观摩演出 / 98

发展社会主义的民族的新文化——在一九六二年云南省民
族戏剧观摩演出会上的讲话 / 101

促进民族戏剧的繁荣与发展 / 109

少数民族戏剧的艺术风格问题 / 117

学习少数民族剧种史的心得 / 130

少数民族戏剧音乐二题 / 136

《中国少数民族戏剧》前言 / 142

第二辑：蒙古族戏剧 / 145

本辑概述 / 146

关于超克图纳仁和他的《巴音敖拉之歌》/ 147

给《巴音敖拉之歌》作者的信 / 154

给《金鹰》作者的一封信 / 159

论话剧《金鹰》的民族化群众化 / 165

京剧《草原烽火》观后 / 183

第三辑：藏族戏剧 / 189

本辑概述 / 190

谈藏戏 / 191

评藏戏《文成公主》/ 196

记藏戏及《文成公主》/ 202

略谈藏剧 / 205

藏戏和藏戏故事——西藏文化巡礼之一 / 213

批判·继承·革新——从藏戏《喜搬家》的反复谈起 / 229

第四辑：维吾尔族戏剧 /233

本辑概述 / 234

在火焰山下体验生活 / 236

话剧《火焰山的怒吼》主题歌 / 239

革命者的歌 / 241

民族团结万年常青 / 244

团结就是胜利 / 246

朴实感人的表演 / 248

怒·仇·火——导演札记 / 250

表现维族历史生活的新创作——谈话剧《火焰山的怒吼》/ 252

友谊的赞歌——看话剧《火焰山的怒吼》/ 256

自治区歌舞话剧院话剧一团演出维语话剧《火焰山的怒吼》/ 259

第五辑：满族戏剧 / 261

本辑概述 / 262

座谈老舍的《茶馆》/ 264

谈《茶馆》/ 277

答复有关《茶馆》的几个问题 / 279

评老舍的《茶馆》/ 282

从《茶馆》与《红大院》谈老舍创作中存在的问题——兼评关于《茶馆》的评论 / 288

细腻　深刻　个性鲜明——谈话剧《茶馆》的表演艺术 / 301

写在重排话剧《茶馆》之时——纪念老舍先生八十诞辰 / 306

戏剧名珠重生辉——试论老舍名剧《茶馆》的艺术特色 / 310

葬歌·镜子及其它——重看老舍同志的《茶馆》/ 318

你怎么绕着脖子骂我呢——看话剧《茶馆》的演出
/ 322

喜看胡可新作《槐树庄》/ 351

生活和剧作——纪胡可同志的一次谈话 / 354

老战友畅谈《战斗里成长》/ 361

读胡可《习剧笔记》的笔记 / 372

第六辑：赫哲族戏剧 / 379

本辑概述 / 380

哈尔滨演出赫哲族第一个话剧 / 382

省市文艺省座谈话剧《赫哲人的婚礼》——贯彻
"百花齐放、百家争鸣"方针　促进戏剧艺术的繁
荣 / 383

对主题的几点浅见 / 386

新颖多采　画意诗情——话剧《赫哲人的婚礼》观
后 / 389

《赫哲人的婚礼》主题商榷 / 394

散金和碎玉 / 401

略谈《赫哲人的婚礼》的结构 / 406

《赫哲人的婚礼》人物塑造浅探 / 410

试谈《赫哲人的婚礼》的戏剧冲突 / 414

观剧随感 / 419

话剧《赫哲人的婚礼》笔谈纪要 / 421

第七辑：壮剧 / 425

本辑概述 / 426

谈广西僮族戏剧 / 427

云南僮剧浅识 / 439

前进中的僮剧艺术——右江僮剧团演出的《百鸟衣》观后 / 464

第八辑：白族戏剧 / 467

本辑概述 / 468

谈白族的吹吹腔 / 469

白族吹吹腔传统与源流初探 / 473

把白族调带给毛主席 / 489

大本曲和大本曲剧 / 493

试验田中一枝花(白族大本曲) / 500

农村文化战线上的一支轻骑兵——介绍大理白剧团和白剧《红色三弦》/ 504

心弦铮铮唱革命——看白剧《红色三弦》/ 509

苍山洱海的红山茶——看白剧《红色三弦》/ 515

苍山洱海的红山茶——白剧《红色三弦》观后 / 519

第九辑：傣族、侗族、彝族、土家族、苗族戏剧 / 523

本辑概述 /524

说傣戏 / 525

湖南演出苗语剧、土语剧 / 530

傣戏艺术的新生 / 532

新兴的剧种——彝剧 / 539

赞哈与赞哈剧 / 546

侗剧调查札记 / 557

大胆的、有成效的尝试——谈京剧《阿黑与阿诗玛》的演出 / 578

有意义的尝试——评京剧《阿黑与阿诗玛》和《三座山》的演出 / 581

写在《阿黑与阿诗玛》在上海公演的时候 / 587

后记 / 590

全 书 总 论

"三交"史料体系中的新中国少数民族文学史料

　　各民族文学史料是中华民族共同体史料体系的重要组成部分,文学史料的整理和研究,在中华民族共同体研究的话语体系、理论体系建设中,具有不可替代的作用。习近平总书记在 2023 年 10 月 27 日中共中央政治局第九次集体学习时提出"加快形成中国自主的中华民族共同体史料体系、话语体系、理论体系",这对民族文学史料科学建设具有重大历史意义。

　　在"三大体系"中,史料体系是基础。犹如一栋大厦,根基的深度、厚度和坚实程度,决定着大厦的高度和质量。而中华民族共同体史料体系的完整性、系统性、科学性,在"三大体系"建设中至关重要。对现代学科而言,完整的史料体系,包括政治、经济、社会、法律、文化各个方面,缺一不可,否则,就难言史料体系的完整性、系统性、科学性。正是从这一意义上,将各民族文学史料纳入中华民族共同体史料体系之中,就显得尤为必要。

一、民族文学史料在"三交"史料体系中的地位和价值

　　各民族文学交往交流交融史料,在中华民族共同体史料体系中具有举足轻重的地位,在中华民族共同体话语体系、理论体系建设中,具有不可替代的作用。这是由文学自身的特点,以及文学史料在还原中华民族多元一体格局形成的历史,全面总结和评价新中国成立以来,少数民族文学以文学的方式,在宣传党的民族

政策、促进各民族团结、培养各民族国家认同中发挥的不可替代的作用决定的。

首先，文学是人类最广泛、最丰富的活动，是人类情感与精神最多样、最全面、最生动、最直接的表达方式，是人类历史最生动、最形象、最全面、最深刻的呈现形式，所以文学经常被认为是人类的心灵史、民族的命运史、国家的成长史。

文学诞生于人类最早的生产活动和精神活动。《吕氏春秋·古乐》云："昔葛天氏之乐，三人操牛尾，投足以歌八阕：一曰载民，二曰玄鸟，三曰遂草木，四曰奋五谷，五曰敬天常，六曰达帝功，七曰依地德，八曰总万物之极。"在学界，一般认为这是对中国原始诗歌和舞蹈起源的史料记载，对人们了解原始诗、歌、舞三位一体的形态和内容具有重要的史料价值，同时也是文学起源于劳动学说的最好例证。鲁迅先生在《门外文谈》中也说："我们的祖先的原始人，原是连话也不会说的，为了共同劳作，必需发表意见，才渐渐的练出复杂的声音来，假如那时大家抬木头，都觉得吃力了，却想不到发表，其中有一个叫道'杭育杭育'，那么，这就是创作；大家也要佩服，应用的，这就等于出版；倘若用什么记号留存了下来，这就是文学；他当然就是作家，也是文学家，是'杭育杭育派'。"这里谈的也是文学起源、作家与作品的关系、文学流派的产生，其观点与《吕氏春秋·古乐》一脉相承。

从文学发展历史来看，文学是人类对外部客观世界、人类的生产生活实践和人的内在精神世界的直接反映。口头文学是早期人类文学生产、传播的主要形式。口头文学的口头性、集体性、变异性、传承性，一方面使大量的文学经典一直代代相传地活在人们的口头上，同时，在传承中出现了诸多的变异和增殖；另一方面，人类口耳相传的口头文学具有综合性，不仅与劳动生活融为一体，而且和其他艺术门类综合在一起，所谓诗、歌、舞、乐一体即是对其综合性的概括。中国活态史诗《格萨（斯）尔》《江格尔》《玛纳斯》便是经典例证。

文字产生以后，有了书面文学。但口头文学与书面文学并行不悖且同步向前发展，二者之间的关系复杂多样。

从史料的角度来说，文字的产生，使人类早期口头文学得到记录、保存和流传。可以确定的是，文字产生之后相当长的时期，文字一方面成为文学创作的直接手段,即时性地记录了人们的文学创作活动,另一方面也成为口耳相传的口头文学向书面文学转换和固化的唯一媒介和符号。在早期被转化的文学,就包括人类代代相传的关于人类起源、迁徙、战争等重大题材和主题的神话传说。历史学已经证实,人类早期的神话传说包含着丰富的历史信息、文化信号和精神密码。例如,殷商时期的甲骨文,记录了商人的生活情形,使后人约略获取一些商朝历史发展的信息。而后来《尚书》《周礼》中关于夏、商、周及其之前的碎片化的记载,以及后来知识化的"三皇""五帝"的"本纪",其源头无一不是口头神话传说。

也正是口头文学的口头性、集体性、变异性、传承性,使这些口头神话传说在不同的典籍中有了不同样态,五帝不同的谱系就是一个例证。司马迁在《五帝本纪》中对五帝的记叙,仅仅是其中的一个谱系。即便是目前文献记载最早的中华民族创世神话三皇之一的伏羲也是如此。吕振羽在《史前期中国社会研究》中,认为伏羲神话是对渔猎经济的反映,具有史前社会某一个时期的确定性特征。刘渊临在《甲骨文中的" "字与后世神话中的伏羲女娲》中,骆宾基在《人首龙尾的伏羲氏夏禹考——〈金文新考·外集·神话篇〉之一》中,都将目光投向早期文字记载中的伏羲,是因为,这是最早的关于伏羲的文献史料。有意味的是,芮逸夫在《苗族的洪水故事与伏羲女娲的传说》中,认为伏羲女娲神话的形成可追溯到夏、商;杨和森在《图腾层次论》一书中,又认为伏羲是彝族的虎图腾及葫芦崇拜。他们的依据之一便是这些民族代代相传的神话传说的口头史料和文献史料。这些讨论,一是说明早期文献典籍对人类口头文学的记载,既多样,又模糊;二是说明对中国早期文明形态、文明进程的研究,离不开人类口头文学;三是说明对中国早期文明的研究应该有中华文明起源"满天星斗"的视野;四是说明同一神话传说在不同民族传播的表象下呈现出来的各民族文化交流交融是一个值得从中华民族共同体角度研究的历史现象。

从文献史料征用的角度来说,作为人类口头文学的神话传说,后来被收进了各种典籍,作为历史文献被征用。此后,又被文学史家因其文学的本质属性从历史文献中剥离出来，纳入文学史的知识体系。文学独立门户自班固《汉书》首著《艺文志》始，在无所不包的宏大史学体系中，文学有了独立的归类和身份，但仍在"史"的框架之中。至《四库全书》以"集部"命名文学，将其与经、史、子并列，文学身份地位进一步确定和提升。但子部所收除诸子百家之著述外，艺术、谱录、小说家等无不与文学关涉，这又说明历史与文学的关系是盘根错节、难以分割的。这种特性，也造就了中国古代历史和古代文学史的"文史不分"——没有"文学"的历史与没有"历史"的文学，都是不可想象的，这也充分说明文学史料在整个史料中的地位、价值和意义。文学描写的是人类活动，表达的是人类情感和思想，传递的是人们对美好生活的向往，是人类诗意栖居的共有家园。这是历史学其他分支学科所无法做到的。而人是活在具体的历史之中的，正如"永王之乱"之于李白，《永王东巡歌》作为李白被卷入"永王之乱"的一个文字证据而被使用。因此，历史学的专门史，是文学史的基本定位。如此，文学史料在史料体系中的地位和价值就是不容忽视的存在。

其次，在马克思主义理论中，文学艺术与哲学、政治、法律、道德、宗教一起，构成了马克思主义社会意识形态的主体要素。文学被视为意识形态的原因在于，它是社会意识形态的一种表现形式，并且具有意识形态的属性。

我们知道，意识形态是人对于事物的理解和认知，是人的观点、观念、概念、价值观等的总和。意识形态也是一定的政治共同体或社会共同体主张的精神思想形式，是社会意识诸形式中构成思想上层建筑的组成部分。文学作为人类一种精神活动及其产品，是由人们对人类社会发展的历史和社会现实的认知所决定的。就文学与历史、文学与生活的关系而言，文学以不同的形式，表现或传达人们对历史和现实生活的认知和内心情感。一是"文以载道""兴观群怨"，说明文学并不是社会生活在人们头脑中的简单重现，而是包含着创作者的世界观、人生观、价值观等意识形态元素，这些元素通过作品的人物塑造、情节安排等方式，向读者传达出来。二是文学是审美的意识形态，它既是一种创造美和欣赏美的社会活动，同时也是一种以美为创造对象和欣赏对象的意识层面的活动，这种活动伴随着什么是美和美是什么的追问，也伴随着人类情感、精神和思想境界的升华。因此,习近平总书记在《在文艺工作座谈会上的讲话》中指出:文艺事业是党和人民的重要事业,文艺战线是党和人民的重要战线。文艺是时代前进的号角,最能代表一个时代的风貌,最能引领一个时代的风气。这说明,党和国家对文学的意识形态属性高度重视。而事实上,在意识形态之中,文学正是以对历史的重构、现实的观照,人类对美的追求的表达,承担着其他意识形态无法替代的社会功能,这也决定了文学史料在整个史料体系中的特殊价值。

再次,文学上的交往交流交融,对推动中华民族从多元走向一体的历史进程,推动中华民族凝聚力的形成和中华文化认同,影响深远而巨大。这是由文学的巨大历史载量、巨大思想力量、巨大情感力量、巨大审美力量所决定的。没有什么是文学所不能承载的,所以文学在各民族交往交流交融中,既是显性的交往(如文化层面的交流互动、文学作品的跨民族、跨文化传播),又是精神、情感和心灵层面的属于文学接受和影响范畴的隐性的深度渗透。作为文化的直接载体和表现符号,文学具有先天优势。正因如此,在中华民族交往交流交融历史上,留下了浩如烟海的文学史料。例如,根据历史文献的记载,文成公主入藏时,所携带的书籍中不仅有佛经、史书、农书、医典、历法,还有大量诗文作品。藏区最早的汉文化传播,就是从先秦儒家经典和《诗经》《楚辞》开始的。再如,辽代契丹人不但实行南面官北面官制,还学汉语习汉俗,更是对《诗经》、《楚辞》、汉赋、唐诗、宋词照单全收。辽圣宗耶律隆绪对白居易崇拜有加,自称"乐天诗集是吾师"。耶律楚材在西域征战中习得契丹语,将寺公大师的契丹文《醉义歌》翻译成汉语,不仅使之成为留存下来的契丹最长诗歌作品,也使我们从中领略到契丹人思想领域中的多元状态——既有陶渊明皈依自然的思想,又有老庄思想与佛教的思想观念。而这种多元的思想是契丹基本的思想格局,它不仅反映了契丹社会的开放性和包容性,更显示了契丹文化与其他民族文化的交融,特别是对汉族文化的吸收。这些生动丰富的文学史料,从生活出发,经由文学,抵达人的思想和精神层面,共鸣并升华为中华民族的向心力和凝聚力,极大地促进了各民族交往交流交融,成为中华民族从多元走向一体的文学记录。

也正因如此,党和国家对各民族文学史料高度重视。早在1958年,党和国家在全国各民族社会历史调查和语言调查取得丰硕成果的基础上,决定由中华人民共和国国家民族事务委员会主持编写《中国少数民族》《中国少数民族简史丛书》《中国少数民族语言简志丛书》《中国少数民族自治地方概况丛书》《中国少数民族社会历史调查资料丛刊》(简称"民族问题五种丛书"),这一系统而浩大的国家历史工程历经艰辛,于 2009 年修订完成,填补了中国历史研究的空白,成为研究中华民族从多元走向一体的基础文献。

而同年,由中共中央宣传部直接领导,各省区党委负责,中国科学院文学所主持的中国少数民族文学史(概况)编写工程启动。

中国少数民族文学史(概况)编写与"民族问题五种丛书"作为社会主义意识形态重大工程和国家重大历史文化工程的同时启动,说明党和国家对少数民族文学的重视,也说明各民族文学史料之浩繁、历史之悠久、形态之特殊,是"民族问题五种丛书"无法完全容纳的,须独立进行。例如,《蒙古族简史》在"清代蒙古族的文化"一章中,专设"文学作品"一节,但这一节仅介绍了蒙古族部分作家作品,没有全面总结蒙古族文学与汉族、满族等民族文学交流融合的历史进程。其他民族的"简史"存在同样的问题。

事实证明,正是新中国成立后对各民族文学的有组织的全面调查、搜集、整理、研究,使我们掌握了各民族文学的第一手史料,摸清了各民族文学的"家底",尤其是在搜集、整理过程中发掘出来的各民族文学关系史料,为揭示中华民族从多元走向一体的思想、情感、文化动因,提供了重要的支撑。1983 年中国社会科学院毛星主编的三卷本《中国少数民族文学》第一次呈现了中国少数民族文学发展的历史,绘制了中国少数民族文学版图。此后,马学良、梁庭望等也陆续推出通史性质的中国少数民族文学史。而这些通史性的少数民族文学史,正是以各民族文学史料的整理、各民族文学史(概况)的编写为基础的。

特别需要说明的是,20 世纪 90 年代,梁庭望、潘春见的《少数民族文学》,立足于各民族交往交流交融的理念,拓展和深化了少数民族文学研究,也为中国特色的比较文学学科体系、学术体系、话语体系建设做出了积极努力。2005 年,郎樱、扎拉嘎等人的国家社科基金重大项目"中国各民族文学关系研究"立足

"关系"研究,通过对始自秦汉,止于近代的各民族关系研究,得出了"你中有我,我中有你"的历史结论,成为中华各民族交往交流交融关系研究最早、最系统、最宏观的成果。而这一成果也是作者们历时数年,对各民族文学交往交流交融史料进行的最全面的梳理和展示。

事实上,自少数民族文学学科建立以来,对各民族文学交往交流交融研究就是重点领域,特别是 20 世纪 90 年代以来,各民族文学关系研究成为少数民族文学研究的分支学科。相应地,对各民族文学交往交流交融的史料整理也自然成为研究的基础。《中国各民族文学关系研究》《20 世纪中华各民族文学关系研究》《元代蒙汉文学关系研究》等都是具有代表性的成果。这些成果,不仅重新梳理、发掘了一大批各民族文学交往交流交融关系的史料,同时也进一步揭示了中国各民族自古以来的交往交流交融的历史发展规律。

因此,在"三交史料"体系中,各民族文学交往交流交融史料的重要地位是不能忽视和不可替代的。剥离了文学史料,各民族交往交流交融史料体系是不完整的。

二、新中国少数民族文学史料的性质和价值

少数民族文学史料,既是少数民族文学发展、学科建设历史的足迹,也是少数民族文学史知识生产的基础材料。

新中国少数民族文学史料是新中国文学史料体系中重要而独特的组成部分,是各少数民族文学史料的集成。这是新中国少数民族文学的性质决定的。

新中国成立后,少数民族文学被纳入社会主义新文学的整体之中,被赋予了社会主义新文学的性质。同时,少数民族文学还被党和国家赋予了宣传党的民族政策,维护国家统一,促进民族团结,促进各民族之间的了解和文化交流,反映各民族人民社会主义新生活、新面貌、新形象、新精神、新情感、新思想的社会功能和政治使命,受到党和国家的高度重视。少数民族文学因此成为国家话语的组成部分,从而与党的民族政策、各民族经济和社会发展保持密切关系。因此,无论从社会主义意识形态角度观之,从统一的多民族国家的角度观之,还

是从新中国社会主义文学的角度观之，少数民族文学的性质、功能、使命和作用都决定了少数民族文学史料国家性的特殊属性。

例如，1949 年 7 月 14 日中国第一次文代会通过的《中华全国文学艺术界联合会章程（草案）》，首次提出在即将成立的中华人民共和国的文学艺术事业中，要"开展国内各少数民族的文学艺术运动，使新民主主义的内容与各少数民族固有的文学艺术形式相结合。各民族间互相交换经验，以促进新中国文学艺术的多方面的发展"。这里的"各少数民族文学艺术"概念以及对少数民族文学的定位和发展规划，虽然与 1934 年《苏联作家协会章程》有一定联系，但重要的是，为什么在规划新中国文学时，就已经充分考虑到各少数民族文学艺术。显然，这与即将建立的新中国是一个不同于苏联的统一的多民族国家的国家性质直接相关。这样，"促进新中国文学艺术的多方面的发展"，显然超越了《苏联作家协会章程》中对各苏维埃联邦共和国中不同民族文学翻译的重视和发展各兄弟民族的文学——《苏联作家协会章程》在第四项任务中称："实行相互帮助，交换各兄弟共和国作家和批评家的创作经验，有组织地将艺术作品从一个民族的语言翻译成其他民族的语言——借此尽量地发展各兄弟民族的文学。"也就是说，《中华全国文学艺术界联合会章程（草案）》中统一的多民族国家的立场和对少数民族文学发展目标的确定明显不同于《苏联作家协会章程》。这一点在《人民文学》发刊词中得到了更直接的体现。在发刊词中，少数民族文学的国家文学、国家学科、国家学术的国家性被正式确定，各民族文学共同发展的国家意识，也都指向了统一的多民族国家，指向了统一的多民族国家中各民族一律平等，指向了反对大民族主义和地方民族主义的国家意识，指向了在统一的多民族国家的社会主义新文学的整体格局中定位少数民族文学的性质，指向了在国家文学和国家学科中通过推动少数民族文学的发展，落实党和国家的民族政策，指向了党对少数民族文学在统一的多民族国家建设中的作用的重视、规范和期待。

所以，国家在启动"民族问题五种丛书"编写的同时，也启动了少数民族文学史编写以及"三选一史"的国家工程。1979 年，少数民族文学史编写工程再次启动,《光明日报》发表述评《重视少数民族文学》,再一次发出国家声音。故而,在对少数民族文学发展和对少数民族文学史编写的重视方面,只有从建构统一的多民族国家历史知识的角度,从中华民族共同体历史知识生产的角度,才能理解和认识党和国家的良苦用心。而少数民族文学史料所呈现的历史现场也是如此。老舍在《关于兄弟民族文学工作的报告》和《关于少数民族文学工作的报告》中,从统一的多民族国家的高度,提出少数民族作家的文学创作要达到汉族作家的水平,清楚地表明了以平等为核心,共同发展为目标的民族政策在少数民族文学事业上的国家顶层设计。

历史地看,新中国少数民族文学以积极主动的姿态实现了国家对少数民族文学性质、功能、作用的定位和期待。例如,玛拉沁夫的《科尔沁草原上的人们》在《人民日报》的短评中斩获了五个"新",从作家角度说,是因为其对少数民族文学性质、功能、作用的实践;从国家层面说,是因为党和国家对少数民族文学所承担的责任和使命得到了很好践行的充分肯定。再如,冰心的《〈没有织完的统裙〉读后》也是一个典型案例。冰心从"云南边地自然风光和民族风情""新人新事""毛主席伟大民族政策在云南的落地生根"三个观察点进行分析,这三个观察点同样也来自国家赋予少数民族文学的功能和使命。与《科尔沁草原上的人们》不同的是,在冰心这里,少数民族文学在促进各民族之间的了解和文化交流方面的功能得到强调。冰心说,"那些迷人的、西南边疆浓郁绚丽的景色香味的描写,看了那些句子,至少让我们多学些'草木鸟兽之名',至少让我们这些没有到过美丽的西南边疆的人,也走入这醉人的画图里面"。而且,民风民俗同样吸引了冰心,特别是作为民族智慧结晶的民族谚语,更引起她的注意:"还有许多十分生动的民族谚语,如:'树叶当不了烟草','老年人的话,抵得刀子砍下的刻刻','树老心空,人老颠东','盐多了要苦,话多了不甜','树林子里没有鸟,蝉娘子叫也是好听的'……等等,都是我们兄弟民族人民从日常生活中所汲取出来的智慧。"所以,冰心"兴奋得如同看了描写兄弟民族生活的电影一样"①。

---

① 冰心:《〈没有织完的统裙〉读后》,《民族团结》1962 年第 8 期。

冰心的评价既表现了国家对少数民族文学的期待和规范,同时也呈现了少数民族文学在增进各民族了解和文化交流方面的作用和少数民族文学独特的美学特质。正如老舍 1960 年在《兄弟民族的诗风歌雨》中所说:"各民族的文学交流大有助于民族间的互相了解与团结一致。"①

少数民族文学史料的国家性,使之成为新中国文学史料体系中具有独特价值的不可或缺的组成部分。

首先,少数民族文学史料真实客观地记录了党和国家从统一的多民族国家和中华民族共同体建设的高度,发展少数民族文学的国家立场和实际举措。

其次,少数民族文学史料真实客观地呈现了少数民族文学对党和国家赋予的功能、使命的践行,真实客观地反映了各民族社会生活的历史性巨变。

再次,少数民族文学史料忠实记录了少数民族文学自身的发展历程,记录了不同历史时期政治文化语境的变化对少数民族文学创作、文学批评和理论研究的深刻影响。

最后,少数民族文学史料真实客观地反映了少数民族文学对中国文学做出的巨大贡献。各民族民间文学的搜集整理,少数民族古代作家作品的研究,当代各民族文学发展研究,不仅渗透到中国语言文学的各个学科,而且高度体现了中国文学史的多民族共同创造的属性。各民族文学史料对中国文学史料的丰富、完善,不仅为少数民族文学史研究,也为新中国文学史研究提供了基础材料。

所以,少数民族文学史料的性质和政治价值、社会价值、历史价值、文化价值、文学价值都是值得重视和研究的重要课题。

三、新中国少数民族文学史料形态

"形态"一词通常指事物的形式和样态、状态。在这里,笔者更倾向于从研究生物形式的本质的形态学角度来认识新中国少数民族文学史料,借鉴形态学

---

① 舒舍予:《兄弟民族的诗风歌雨》,《新华半月刊》1960 年第 9 期。

注重把生物形式当作有机的系统来看待的方法,不仅关注部分的微观分析,也注重总体上的联系。

史料基本形态无外乎文献史料、口述史料、实物史料、图片史料、数字(电子)史料五种。专门研究史料形态及其演变规律的史料形态学,关注的重点是史料的形态、结构、特征以及它们在不同历史时期和文化背景下的变化,史料形态与社会、政治、文化等因素的相互关系,以及这些因素如何影响史料的形成、传播和保存等。通过深入研究史料形态学,我们可以更好地理解史料的本质、来源、传播和保存方式,从而更准确地解读历史信息,揭示历史事件的真相。这样,史料形态学的研究就要从史料的形态入手。新中国少数民族文学史料也是如此。

从有机的系统性角度来看,无论是对新中国少数民族文学整体评价的文献史料,还是微观形态的作品评论史料,乃至一则书讯、新闻报道,都指涉着特定历史语境中的意识形态、社会思潮、社会生活、文学创作、文学评价所构成的彼此关联和指涉的有机系统的整体性和内部的丰富性、复杂性。这些要素各有特定的内涵和不同话语形态,但其内在价值取向的指向性却具有一致性和共同性的特点。至于对社会生活反映的话语的不同,对不同问题的阐发的不同,学术观点的争论甚至某一人观点前后的矛盾,也都是一体化的政治文化语境下,不同的文学观念与社会价值观念的对话、冲突、调适,并且受控于国家意识形态规范的结果。因此,对史料系统的有机性的重视,对史料系统完整性程度的评估,对不同史料关系的梳理,对具体史料生成原因的挖掘,直接关系到真实、客观、全面还原少数民族文学的历史现场。

从史料留存的基本情况看,1949—1979年少数民族文学史料形态涵盖了前述五种形态,但各形态史料的数量、完整性极不平衡。其中,文献史料最多且散佚也最多,口述史料较少且近年来也未系统开展收集工作,图片史料少而分散,故更难寻觅,实物史料则少而又少。因此,以文献史料特别是学术史料为主体的史料形态是本书史料的主要特征和重点内容,这也是由目前所见少数民族文学史料的主体形态和客观情况所决定的。

文献史料在史料形态中的地位自不必言，而文献史料存世之情形对研究的影响一直作为无法破解的问题，存在于史料学和各学科研究之中。孔子在《论语·八佾篇》中言：夏礼，吾能言之，杞不足征也；殷礼，吾能言之，宋不足征也。文献不足故也，足，则吾能征之矣。在这里，孔子十分遗憾地感叹关于杞、宋两国典籍和后人传礼之不足，十分清楚地说明了史料与传承的重要性。孔子尚感复原夏殷之礼受史料不足的局限，后人研究夏殷之礼的难度就可想而知了。正如梁启超所说："时代愈远，则史料遗失愈多而可征信者愈少，此常识所同认也。"同时，他还说："虽然，不能谓近代便多史料，不能谓愈近代之史料即愈近真。"①这也是梁启超在研究中国历史时，对晚近史料之不足与史料之真伪情形的有感而发。他的感想，也成为所有治史料之学人的共识。傅斯年所说的"有一分材料说一分话"，指出了远古史料、近世史料的基本状况、形态以及使用史料的基本规范和原则，但从中也不难体察出治史者对史料不足的无奈。

少数民族文学史料也是如此。本书搜集整理的是 1949 年至 1979 年间的少数民族文学史料。其起点距今不过 70 多年，终点不过 40 多年。按理说，这30 年间，国家建立了期刊、报纸、图书出版发行体系，建立了国家、省、市、县、乡镇的体系化图书馆。早在 20 世纪 50 年代，许多工厂、机关、学校、街道在极其艰难的条件下，陆续建立了图书阅览室。另外，从国家到地方，也有健全的档案体系，文献史料保存的系统是较为完备的。但是，史料的保存现状却极不乐观。以期刊为例，即便国家图书馆，也未存留 20 世纪 50 年代出版的少数民族文学的全部期刊。已有的部分期刊，断刊情况也非常严重。特别是 20 世纪 80 年代后期，因为种种原因，许多地区和基层图书馆期刊、报纸文献遭到大面积破坏，20 世纪 50 年代至 60 年代的许多珍贵史料，被当作废纸按"斤"处理掉。对本地区期刊、报纸文献保存最完整的各省级图书馆，也因搬迁、改造、馆藏容积等使馆藏文献被"处理"的情况极为普遍。因此，许多文献已经很难寻找，文献史料的散佚使这一时期文献史料的珍稀性特点十分突出。

---

① 　梁启超：《中国历史研究法》，上海人民出版社，2014 年版，第 39 页。

例如,在公开发行的史料中,《新疆文艺》1951 年创刊号上柯仲平、王震撰写的创刊词,我们费尽周折仍无缘得见。再如,关于滕树嵩的《侗家人》的讨论,是以《云南日报》为主要阵地展开的,但是,《边疆文艺》《山花》也参与其中,最终的平反始末的史料集中在《山花》。其中还有《云南日报》的"编者按"以及同版刊发的批判周谷城的文章,其所呈现出来的一体化的时代政治文化语境中,边疆与中心的同频共振给我们深入分析这些史料的价值提供了第一手材料,也还原了特定的历史语境。是不是将这些史料"一网打尽"后,关于《侗家人》发表、争鸣、批判、平反的史料就完整了呢? 当然不是。因为,这些仅仅是公开发表的,或者在社会公共空间生产和传播的史料,还有另一类未在社会公共空间公开生产和传播的珍稀史料存世。例如,云南省委宣传部的《思想动态》上刊发的《小说〈侗家人〉讨论情况》《作协昆明分会同志对讨论〈侗家人〉的反映》《部分大学师生对批判〈侗家人〉很抵触》《〈侗家人〉作者滕树嵩的一些情况》,这些未公布于世的内部资料,与公开发表的史料汇集,才能真实地还原《侗家人》由讨论到批判的现场。因此,未正式刊行史料中的这类史料的价值是难以估量的。

未正式刊行的珍稀史料除了内部资料外(如各种资料集),还有各种文件、批示、作家手稿、书信、日记、稿件审读意见、会议记录、发言稿等。这类史料散佚更多,搜集整理更难,珍稀程度更高。

例如,1958 年首次启动,至 1979 年第二次启动,其间有大量史料产生的少数民族文学史史料编撰,目前我们所见的成果仅有中国社会科学院 1984 年选编的《中国少数民族文学史编写参考资料》这一内部刊行资料。其中收录了中共中央宣传部关于少数民族文学史编写工作座谈会纪要,关于少数民族文学编写原则、分期等讨论稿,以及李维汉、翦伯赞、马学良等人的信件等。事实上,在1961 年关于少数民族文学史编写座谈会召开及对已经编写的少数民族文学史进行讨论时,中国科学院文学研究所曾编印了《一九六一年少数民族文学史讨论资料》和少数民族文学史编写、审读、讨论的"简报"等第一手资料,但这些珍贵史料已经不知去向。我们只能从《中国少数民族文学史编写参考资料》的断简残章中去捕捉当时的宝贵信息,还原历史现场。

　　再如，1955 年玛拉沁夫为繁荣和发展多民族国家的少数民族文学"上书"中国作协。中国作协领导班子经过讨论给玛拉沁夫的回复和玛拉沁夫的"上书"，一并发表在中国作家协会的《作家通讯》上。但是，"上书"的手稿，中国作协领导层如何讨论，如何根据反映的情况制定了对少数民族文学发展起到重大影响的"八个措施"的会议纪要等，已湮没在历史之中。

　　再如，少数民族文学概念的提出是一个"元问题"。目前有人追溯到公开发表的第一次文代会通过的《中华全国文学艺术界联合会章程（草案）》。但是，本来是有记录的《中华全国文学艺术界联合会章程（草案）》的起草过程，各代表团、各小组对大会报告和《中华全国文学艺术界联合会章程（草案）》的讨论情况的第一手材料，已经无处可觅。近年来，王秀涛、斯炎伟、黄发有等人对第一次文代会史料的钩沉虽然有了不小的收获，其艰难程度却渗透在字里行间，仅第一次文代会代表是如何产生的这样重大问题，"目前学界的研究却仍然是笼统和模糊的"[①]。至于是谁建议将少数民族文学艺术纳入《中华全国文学艺术界联合会章程（草案）》，是谁修改了《苏联作家协会章程》中的"各兄弟民族文学"的表述，却没有一点记录留存。因为，从《苏联作家协会章程》中的"实行相互帮助，交换各兄弟共和国作家和批评家的创作经验，有组织地将艺术作品从一个民族的语言翻译成其他民族的语言——借此尽量地发展各兄弟民族的文学"，到《中华全国文学艺术界联合会章程（草案）》中的"使新民主主义的内容与各少数民族固有的文学艺术形式相结合。各民族间互相交换经验，以促进新中国文学艺术的多方面的发展"，显然进行了本土化创造。这种本土化创造的立足点是中国共产党和尚未正式宣布成立的新中国的文学发展的国家构想。那么，是哪些人参与了讨论并提出修改意见？特别是，两个月后《人民文学》发刊词中，才对少数民族文学概念有了真正意义上的命名，而且确定了少数民族文学的社会主义新文学和国家学术、国家学科的性质和地位。在这短短两个月中，少数民族文学发生变化的历史信息，都成为消逝在历史时空中的电波。而消逝在历

---

① 　王秀涛：《第一次文代会代表的产生》，《扬子江评论》2018 年第 2 期。

史时空中的电波,又何止于此。这一时期的作家手稿、书信,作品的编辑出版过程,期刊创办的动意、刊名的确定、批文等,或尘封在某一角落,或早已消失。而这一点,也是我们在寻找一些民族地区期刊创办史料、作品出版史料、作家访谈时得出的结论。

再如,已有的史料整理,也存在着缺失或差错的问题。例如,20世纪80年代初,吴重阳、赵桂芳、陶立璠三位先生编辑整理并用蜡纸刻印过《当代少数民族作家作品研究资料索引》,该索引于1983年由中国社会科学院民族文学研究所作为内部资料印刷。这是目前所见最为全面的1949年至20世纪80年代初少数民族文学创作与研究文献目录索引。但是,其中仍有无法避免的诸多疏漏和差错。例如包玉堂的《侗寨情思》(组诗),该索引仅收录了《广西日报》刊登的第二首,而未收《南宁晚报》刊登的一首,包玉堂发表在《山花》上的《侗寨情思》(五首)不仅对原作进行了修改,而且具体篇目也作了取舍和调整。这些在《当代少数民族作家作品研究资料索引》中都没有呈现。而追寻这一源流,呈现《侗寨情思》从单篇、"二首"到"组诗"的扩大、修改、更换的历史现场,本身就是一件非常有价值和意义的史料甄别和研究工作。

至于少数民族文学的其他史料形态,如图片史料,我们所见更多的是一些文献史料的"插图",而第一手的图片更难搜寻。第一手的实物史料、数字(电子)史料就更加稀缺。所以,本书的史料形态只能是文献史料以及部分文献史料中的部分图片。从这一意义上说,本书用十年时间从各种渠道搜集整理出来的这些文献史料,虽然不是这一时期少数民族文学史料的全部,但这些史料的珍稀性是确定的,它以这样的方式呈现的这一时期的少数民族文学史料形态上的残缺,提示我们应该加强这方面的工作和研究。

四、少数民族文学史料的结构体系

少数民族文学史料有文学史料的共性特征,也有少数民族文学史料的独特性,这一独特性,主要体现在史料的内容体系、空间结构和学科体系、学术体系、话语体系的特征上。

在内容体系上，少数民族文学史料分宏观性史料、中观性史料、微观性史料三个层次。

宏观性少数民族文学史料是指 1949—1979 年间少数民族文学宏观性、全局性的史料，包括新中国少数民族文学政策、制度，少数民族文学发展的宏观性、全局性总结，宏观性的文艺评论与理论概括等。如费孝通、马寿康、严立等人的《发展为少数民族服务的文艺工作》《开展少数民族的艺术工作》《论研究少数民族文艺的方向》等关于少数民族文学功能、性质和发展方向的论述，1959 年黄秋耕等人对新中国成立十年来少数民族文学发展的整体性评价的《突飞猛进中的兄弟民族文学》，华中师范学院、中国社会科学院、山东大学等高校和科研机构在中国当代文学格局中对少数民族文学发展的宏观总结，老舍关于少数民族文学发展的两个报告，中宣部关于少数民族文学史编写工作座谈会纪要，《光明日报》关于《重视少数民族文学》的述评，还有对民族形式、特点等少数民族文学重大理论问题的讨论等。这类史料的数量不多，但代表着特定历史时期国家对少数民族文学发展的规划、设计，对少数民族文学的社会功能、使命、作用的定位，对少数民族文学发展方向的指导和规范，对少数民族文学发展的总体评价，对少数民族文学发展中存在问题的分析及解决办法和具体措施。

在宏观性史料产生的时间上，1956 年老舍《关于兄弟民族文学工作的报告》是第一篇关于少数民族文学全局性、整体性情况介绍、评价和改进措施的报告。1959 年至 60 年代初，是宏观性史料产生最多的时期。其间，三部当代文学史对少数民族文学的宏观评价，标志着少数民族文学第一次进入中国文学史知识生产，意味着中国多民族文学的整体架构初步建立。

中观性少数民族文学史料是指 1949—1979 年间，以单一民族文学为单位形成的文学史料，包括某一民族文学史的编写、某一民族文学发展的整体评价、某一民族文学期刊创办等史料。

在这三十年中，伴随着党和国家民族政策的落实，中国各民族文学有了较快发展，特别是各民族民间文学资源的系统发掘，为全面评价各民族对中国文化的历史贡献提供了强大支撑，其意义远远超过文学本身。因此，这部分史料的价值不言而喻。

中观性少数民族文学史料有三个基本特征。

其一,各民族民间文学搜集整理、文学史编写、作家培养和作家文学的发展,党的民族政策、文化政策、文学政策的落实情况。

例如,国家对各民族社会历史情况调查和"三选一史"的编写,作为国家历史知识、民族文学谱系的"摸底"工作,覆盖了每一个民族。这种覆盖是有组织、有计划进行的。客观地说,各地方党委、政府的重视程度是高度一致的,这是一体化的意识形态规约和特定的政治文化语境中,国家、地方、个人意志、行动高度契合的生动表现。在民族平等政策的制度设计中,国家把各民族文学的发展纳入各民族经济、社会、文化教育发展的整体格局之中,并将其视为重要标志。这种无差别的顶层设计,具有文学共同体建设的鲜明指向。

其二,各民族民间文学史料多于作家文学史料,且其分布呈现出与该民族人口不对等的不平衡状态,这种不平衡是各民族民间文学发展历史的不平衡、文学积累的不平衡的真实样貌的客观反映。

例如,《纳西族文学史》《白族文学史》最早问世,是由云南各民族民间文学的丰厚积累和大规模的集中搜集整理决定的。云南各民族民间文学宝藏的惊人程度,可以用汪洋大海来形容。1958 年、1962 年、1963 年、1981 年、1983 年云南进行了五次大规模的民族民间文学调查。特别是前三次调查,为云南各民族文学史提供了第一手丰富而珍贵的史料。1956 年云南人民出版社就出版了《云南民族文学资料》。1959—1963 年,中国作家协会昆明分会民间文学工作部以内部资料的形式,编辑出版了《云南民族文学资料》18 集。这还不包括云南大学1958—1983 年民间文学调查搜集整理的 18 个民族的 2000 多件稀见的作品文本、手稿、油印稿、档案卡片和照片。其文类包括神话、传说、民间故事、歌谣、史诗等。而楚雄对彝族文学史料搜集整理后稍加梳理,就编写出《楚雄彝族文学史》。相比之下,满族、蒙古族、藏族、维吾尔族这些人口较多的民族,民间文学搜集整理的状况就远不及云南各个民族。当然,这些民族一些经典的民间文学作品首先被"打捞"上来。如在科尔沁草原广为流传的《嘎达梅林》,维吾尔族的

《阿凡提故事》等。

此外，各民族民间文学史料的搜集整理也不平衡，以三大史诗为例，青海最早发现和相对系统地整理了《格萨尔》。1962 年，分为五部二十五万行的《玛纳斯》已经完成整理十二万行。1950 年，商务印书馆已经出版了边垣自 1935 年赴新疆后整理的 291 节、1600 多行的《洪古尔》（《江格尔》），但《江格尔》大规模的整理并未能及时跟进。

其三，各民族民间文学与作家文学发展状况复杂多样。民间文学发达的民族，在新中国成立后，作家文学并不一定发达；书面文学发达的民族，在进入新中国后，民间文学并不一定同步发展。这种复杂多样的文学格局也决定了史料的格局和形态。

以文字与文学发展关系为例。我国现在通行蒙古族、满族、维吾尔族、哈萨克族、朝鲜族、彝族、傣族、纳西族、壮族等 19 种民族文字，不再使用的民族文字有 17 种。有文字的民族书面文学发展相对较早，但新中国成立后，文学发展差异较大。如蒙古族涌现出一大批汉语、双语、母语作家，各文类作家作品保持了较高的水平。同时，民间文学也保持着旺盛的生命力。以玛拉沁夫、纳·赛音朝克图、巴·布林贝赫、安柯钦夫、敖德斯尔、扎拉嘎胡为代表的蒙古族作家群，游走在汉语与母语之间，为把蒙古族文学推向新中国社会主义文学共同体做出了杰出贡献。而傣族虽然有自己的民族文字，且产生过《论傣族诗歌》这样的古代诗歌史、诗歌理论兼备的著作，但是，新中国成立后，作家文学却并不发达，民间歌手"赞哈"仍是创作主体。当然，许多民间歌手在这一时期是具有双重身份的——傣族的康朗英、康朗甩、温玉波，蒙古族的毛依汗、琶杰等，他们创作的口头诗歌被广泛传颂，同时也被翻译成汉语并发表，实现了从口头到书面的转换。

然而，另一种情形是，诞生了伟大史诗《格萨尔》和发达的纪传文学、诗歌、戏剧的藏族，在新中国成立后，除了云南的饶阶巴桑的汉语诗歌创作外，无论藏语创作还是汉语创作都鲜有重要作家和作品产出。而维吾尔族、哈萨克族、朝鲜族，则以母语文学创作为主，民族文字文学史料类别、数量远远超过汉语文学创作及其史料。

微观性少数民族文学史料,是指 1949—1979 年间少数民族作家作品史料。这部分史料占比较大,既反映了少数民族民间文学、书面文学的发展状况,也反映了少数民族文学批评、研究的基本格局。特别是,我们在介绍少数民族文学史料形态时所强调的有机系统性、宏观史料与微观史料的关联性,在微观性史料中得到了更加具体的体现。例如,前文所列举的《科尔沁草原上的人们》在《人民文学》发表后斩获的"五个新"的高度评价,表明该小说很好地实践了国家赋予少数民族文学的功能、使命、作用。同时,这种评价也对少数民族文学创作方向产生了巨大的引领作用。因此,正如史料显示的那样,这一代少数民族作家的心是与祖国同频共振的,他们的作品成为新中国少数民族翻天覆地的深刻变化的忠实记录,关于这些作品的评论,也规范、引导了各民族作家的创作。

值得一提的是,在微观性史料中,还有一类容易被忽视的简讯、消息或者快讯类的文献史料。这类史料文字不多,信息量却很大。例如,《新疆日报》1963 年 4 月 12 日发表的《自治区歌舞话剧一团演出维吾尔语话剧〈火焰山的怒吼〉》一则简讯不足 300 字,但该文却涵盖四个方面的信息:一是《火焰山的怒吼》是维吾尔族作家包尔汉创编的维吾尔族革命历史题材的汉语话剧;二是该话剧由中央实验话剧院在北京演出后,又由新疆歌舞话剧院话剧二团在乌鲁木齐演出;三是包尔汉对汉语剧本进行了修改并转换成维吾尔语;四是新疆歌舞话剧院话剧一团排演了维吾尔语的《火焰山的怒吼》并在新疆各地巡回演出,受到了各族群众的热烈欢迎。那么,这些信息背后的信息又有哪些呢?其一,这部原创汉语话剧反映了辛亥革命后维吾尔族、汉族共同反抗阶级压迫的革命斗争,揭示了"汉族人民同维吾尔族人民自古以来的兄弟般的情谊",在革命斗争中,新疆各族人民的命运同汉族人民的命运紧密地连接在一起,在今天看来,这里蕴含的正是共同体意识。那么,包尔汉为什么选择这个题材?而中央实验话剧院又为什么选择这部话剧?其二,新疆话剧团是一个多语种的话剧演出团体,这种体制设置和演出机制的背后,传达出什么信息?其三,维吾尔语革命历史题材话剧的演出,对宣传民族团结,增强维吾尔族人民对中国共产党革命历史的认识起到了重要作用。那么,包尔汉的选材,是自我选择还是组织安排?其四，由汉语转译为维吾尔语的《火焰山的怒吼》的排演，说明当时话剧团的领导和创编人员有高度的政治觉悟。那么，这种觉悟在1963年的政治文化语境中，究竟是自觉意识还是体制机制规约？因此，这则微型文献史料让我们回到20世纪60年代的新疆政治文化语境，看到了各民族作家的可贵的国家情怀和共同体意识。

在空间分布上，本时期少数民族文学史料空间广阔性和区域性特征十分鲜明。如《促进云南文学艺术的发展和革新》《云南民族文学资料》《内蒙古文学史》《积极发展内蒙古民族的文化艺术》《关于内蒙古自治区民间音乐、舞蹈、戏剧会演的几个问题》《十五个民族优秀歌手欢聚一堂　昆明举行庆丰收民歌演唱会》《新疆戏剧工作的一些新气象》《西南少数民族艺术有了新发展》《少数民族艺术的新发展——在西南区民族文化工作会议期间观剧有感》等，这些史料，大都是对某一区域性少数民族文学历史、现状和文学艺术发展的评价、分析和总结，在空间上呈现出了中国多民族文学丰富多彩的文学版图，是少数民族文学史料体系最为独特的体系性特征。

在少数民族文学史料的学科体系、学术体系和话语体系上，1949至1979年的少数民族文学史料的体系性特征十分突出。

首先，已有的史料形成了文学理论、民间文学、古代书面（作家文学）、现当代文学、戏剧电影文学的学科体系，尽管各学科的史料数量不等，但学科体系的确立已经被史料证明。

其次，从学术体系而言，少数民族文学在各学科的框架中同样以大量的、丰富的史料为基座，初步形成了各个学科的学术体系。例如，在少数民族当代文学学科中，形成了包含诗歌、小说、散文等文类和相关文类作家作品批评和研究的史料体系。在民间文学学科中，形成了以各民族史诗、叙事诗、神话、传说、故事、谚语搜集、整理、研究为主体的学术体系。而且，因研究对象的不同，各民族文学形成了特色鲜明、丰富多样的学术体系。

最后，从话语体系而言，新中国少数民族文学史料话语体系的国家性、时代性、民族性相融合的特征十分鲜明。

在国家性上,少数民族文学史料是新中国社会主义文学话语体系的重要组成部分,也是最具中国特色的文学话语体系。这表现在,统一的多民族国家、中国共产党的领导、民族平等政策、民族团结是少数民族文学史料最核心、最关键的共同性和标识性的话语。在所有宏观性、全局性的史料中,统一的多民族国家、民族平等、民族团结、社会主义是少数民族文学话语生成和发声的国家语境,少数民族文学总是在这一语境中被强调、阐释和评价。

在时代性上,"兄弟民族文学""兄弟民族文艺""新生活""新人""新面貌""新精神""对党的热爱""突飞猛进"等话语,无不与"团结友爱互助""民族大家庭"这一对中华民族的全新定义高度关联,无不与新中国成立后的各民族生活发生的历史性巨变高度关联,因此,各民族之间的关系,各民族文学中的新生活、新气象、新面貌成为具有鲜明时代辨识度的评价少数民族文学的关键词。特别是,在共同性上,社会主义新文学、社会主义新生活、社会主义新人,各民族文化遗产,以及作为国家遗产的各民族民间口头文学、书面文学、文学史的编写原则等,是少数民族文学各学术体系共同的标准和话语形态。

在民族性上,社会主义内容与各民族传统艺术形式的结合,使少数民族民间文学、作家文学的民族形式和民族特点的表现,成为少数民族文学的标志性的合法话语被提倡。各民族丰富多彩的民间文学文类和样式,如蒙古族的祝赞辞、好来宝,哈萨克族的阿肯弹唱,藏族的藏戏、拉鲁,维吾尔族的十二木卡姆,白族的吹吹腔等各民族丰富而独特的艺术形式被发掘并重视。前述冰心在评价杨苏小说《没有织完的统裙》时称赞的边疆风光、民族风情作为少数民族文学的民族文化和地域文化特征,在统一的多民族国家的中华民族文化多样性和国家文化集体性的高度上被认同。如何正确反映民族生活,如何正确评价少数民族文学的民族特点等理论问题,也在新中国社会主义文学的框架下被提出、讨论并得到规范。取其精华,去其糟粕不仅广泛运用于民族民间文学整理,也用于民族风情的描述和展示。可以说,这一时期少数民族文学民族性话语范式和评价标准基本确立。

尤其要说明的是,少数民族文学史料话语的国家性、时代性、民族性是融合在一起的。这一点在各类文学批评史料中都得到充分体现。而且，这些史料也清楚地表明，1949—1979 年间，是少数民族文学全面发展的第一个黄金期，因此，这一时期少数民族文学史料的历史价值、社会价值、文化价值、文学价值都弥足珍贵。

五、问题与展望

如前所述，史料是学科大厦的基座。这个基座的广度、厚度、深度，决定学科大厦的高度和生命长度。

应该看到，与中国文学其他学科相比，中国少数民族文学学科的历史并不长，史料学建设还相当薄弱。少数民族文学史料整理从 20 世纪 50 年代各地民间文学大规模的搜集整理时就已经起步，"三选一史"和"三套集成"都是标志性成果。1979 年中央民族大学整理编辑过《中国少数民族作家作者文学作品目录索引》《中国少数民族民间文学作品目录索引》。20 世纪 80 年代中国社科院民族文学研究所成立后，于 1981 年、1984 年将吴重阳、赵桂芳、陶立璠合作辑录的《当代少数民族文学作家作品研究资料索引》纳入《中国少数民族当代文学研究资料丛书》，还有《中国少数民族文学史编写参考资料》等以内部资料方式刊行的文学史料。全国各地在少数民族文学史料方面也做了大量工作，如云南多种版本、公开与非公开刊行的《民间文学资料》，广西的《广西少数民族当代作家作品目录索引》，玛拉沁夫、吉狄马加主编的《中国少数民族文学经典文库》，中国作家协会编辑的多种少数民族文学作品选（集），以及纳入"中国当代文学研究资料"丛书中的少数民族作家专集，等等，成果是显而易见的。特别是近年来，各民族学者依托各类项目对少数民族文学专题性史料的系统整理，形成了点多面广的清晰格局。

尽管如此，史料学意义上的少数民族文学史料系统整理和研究尚没有真正展开。本文所述的少数民族文学史料形态中，文献史料占据主体地位。这也意味着，除中国社会科学院民族文学研究所积几代学人之功建立的口头文学数字史料库外，其他形态史料整理还尚未起步。

本书选择 1949—1979 年少数民族文献史料作为整理对象，一是基于文献史料在所有史料形态中的主体地位；二是基于目前文献史料散佚程度日益加剧的现状，本书带有抢救性整理的用意；三是这一时期的史料在少数民族文学发展史上具有重要价值，特别是在少数民族文学学科发展处于转型升级阶段的今天，这些史料不仅还原了这一时期少数民族文学的历史现场，同时对少数民族文学发展也具有重要的历史参考价值；四是在少数民族文学研究中，面向少数民族文学历史的研究，必须以史料为支撑，面向未来的研究，同样要以史料为原点。

本书对文献史料特别是以文学批评和文学研究文献为主体的史料的整理与研究，仅仅是少数民族文学史料学建设的一个开始，本书所选也非这一时期史料之全部。只有当其他形态的史料也受到重视并得到系统发掘、整理和研究，当少数民族文学史料学体系真正建立起来，各形态史料构成的有机系统所蕴含的历史、社会、文化、文学等丰富的思想信息被有效激活时，我们才能在多元史料互证中走进少数民族文学发展的真实的历史空间。在此，笔者想起洪子诚先生在《问题与方法——中国当代文学史研究讲稿》的封面上写的一句话："对 50—70 年代，我们总有寻找'异端'声音的冲动，来支持我们关于这段文学并不单一，苍白的想象。"那么，这个寻找和支持来自哪里？——史料。

从史料看 1949—1979 年中国少数民族
戏剧整理与研究

中国少数民族戏剧有广义、狭义之分。广义的少数民族戏剧指少数民族题材的戏剧。狭义的少数民族戏剧指中国各少数民族的传统戏剧和现代戏剧,也包括戏剧创作主体为少数民族身份创编的传统戏剧和现代戏剧,如话剧、歌剧、舞剧等。本卷的少数民族戏剧是广义上的少数民族戏剧。

1949—1979 年间,少数民族戏剧呈现出全面发展和繁荣的景象,留存下来的大批史料,具有鲜明的时代感和学术价值,全面反映了新中国少数民族戏剧整理、改编、创作、研究成就,为研究中国多民族戏剧史打下了坚实的基础。

一、历史悠久、丰富多彩的少数民族戏剧版图

如果不踏入少数民族戏剧的百花园,根本无法想象少数民族戏剧种类的丰富多彩,更无法认知少数民族戏剧的价值及其对中华民族戏剧的巨大贡献。

在少数民族戏剧中,除话剧、歌剧、舞剧、音乐剧等现代剧种外,更多的是本民族传统戏剧,如藏戏、壮族师公戏、白族大本曲、傣剧等。这些少数民族传统戏剧,产生的时间不同,发展历史不同,表演方式不同,流传地域不同,但都深受各民族人民的喜爱,也留下了大量珍贵剧目,丰富了中华民族戏剧艺术史,为人类戏剧艺术作出了杰出的贡献。

例如,在青藏高原,被誉为藏文化"活化石"的藏戏,经过一千多年的发展,

留下 600 余部、1000 多个传统藏戏剧目。在代代相传和大浪淘沙中，《文成公主》《诺桑王子》《卓瓦桑姆》《朗萨姑娘》《白马文巴》《顿月顿珠》《赤美滚登》《苏吉尼玛》这"八大藏戏"成为中华民族戏剧史上的璀璨明珠。

新中国成立后，党和国家一方面对藏戏进行了系统的搜集和整理，另一方面本着推陈出新的原则，对传统藏戏进行了改编，如《诺桑王子》《卓瓦桑姆》《朗萨姑娘》《苏吉尼玛》《文成公主》等经典传统藏戏的重新编排和演出，在继承传统的基础上，注入了新的思想和艺术元素。

再如，在八桂大地，起源于民歌、唱诗和曲艺的壮剧蓬勃发展。壮剧在清初已初具规模，在乾隆年间走向成熟，拥有独立的剧作者、剧本和戏班。壮剧分南北两路。北路壮剧最早被称为"板凳戏"。1765 年，田林县组织龙城班搭台演出以央白〔平调〕自编的唱本《农家宝铁》，这是北路壮剧最早的剧目之一。南路壮剧又称"马隘土戏"。辛亥革命前后，南路壮剧逐渐发展为唱做合一的戏曲形式，改唱当地民歌，用壮语演唱，但仍保留了后台提词的习惯。师公戏是壮剧中一个较为特殊的种类，在明代已经成型，清代同治年间发展到相当规模。师公戏在师公调和师公舞基础上发展形成的"土剧"，流行于壮族、汉族、瑶族等民族，多见于春秋两季的节庆习俗活动中。壮族师公戏的经典剧目包括早期以唱神为主的剧目，如《阴阳师父》《三元》《莫一大王》《甘王》《三冯》等。

新中国成立后，壮剧的 7 个类别的剧目得到系统整理，特别是经典剧目《宝葫芦》《红铜鼓》《金花银花》《莫一大王》《白马姑娘》《夜明珠》《玫瑰花》《螺蛳姑娘》《金纱帕》等传统戏剧受到保护和重视。同时，推陈出新的工作也广泛开展，《百鸟衣》《侬智高》《金花银花》《瑶娘》等都已经成为经典。

此外，流行在八桂大地，为各民族人民喜爱的彩调剧也是重要的戏剧种类。彩调剧吸收了湖南花鼓戏、江西采茶戏和桂剧等艺术形式的精髓，形成了自己独特的艺术风格，传统彩调剧的主要剧目有《双看相》《双打店》《瞎子算命》《王三打鸟》《三看亲》《二女争夫》《一抓抓磨豆腐》《打烂瓢》《女送娘》《三看亲》《四女相亲》《讨学钱》等。

在云贵高原的沧山洱海，产生于明代的大本曲深受白族人民喜爱。大本曲的经典曲目有《火烧松明楼》《白王的故事》等，现代曲目有《大理是个好地方》《恩仇难忘》等。

傣剧最早产生于清代嘉庆、道光年间。傣剧是云南省德宏傣族景颇族自治州地方传统戏剧，也是国家级非物质文化遗产。傣剧的代表剧目有《三圣归天》《王莽篡位》《三下河东》《穆柯寨》《花果山》《大闹蟠桃会》《相勐》《千瓣莲花》《朗推罕》《五虎平西》等。

在天山南北，话剧在维吾尔族扎根开花。1934—1937年，新疆各地舞台上出现了一些短小精悍、带有即兴特点的话剧。除了维吾尔族自创的话剧外，左翼革命话剧，苏联、欧洲的一些剧目也在新疆演出。新中国成立后，包尔汉创作的革命历史题材剧《火焰山的怒吼》成功上演。

在蒙古高原，蒙古族话剧产生于新中国成立之后。1955年，超克图纳仁的话剧《我们都是哨兵》是蒙古族话剧的开山之作。除此之外，《草原民兵》《达那巴拉》《金鹰》《草原曙光》都是蒙古族话剧的代表作。

在东北，各民族说唱艺术极为发达，但戏剧发展得较晚。除了朝鲜族话剧较为成熟外，赫哲族话剧《赫哲人的婚礼》影响极大，即便在今天，也是不可多得的经典。

此外，侗族、苗族、毛南族等民族都有自己的戏剧，这些少数民族戏剧都是中华民族戏剧百花园中的鲜艳花朵。

总之，在戏剧种类上，中国少数民族戏剧种类繁多。在时间上，中国少数民族戏剧历史悠久。在民族分布上，许多民族都有自己的戏剧。在空间上，从青藏高原、云贵高原、八桂大地、湘江沅水、五指山脉到天山南北、蒙古高原、大兴安岭，都有少数民族戏剧分布。在分布总体特点上，西南各民族传统戏剧比其他地域的戏剧历史更为悠久，地域分布的南多北少、西多东少，戏剧类型上的传统戏剧多于现代戏剧这一不平衡特点十分鲜明，这种特点也决定了少数民族戏剧史料留存与分布的特点。

二、中华多民族戏剧"相互交融、共同创造和共同享有"的特征

1963年，曲六乙在《少数民族戏剧的艺术风格问题》中明确指出："中华民族

戏剧的共同风格,是从汉族各种戏曲艺术和藏剧、僮(壮)剧、白剧、侗剧等少数民族戏剧里抽象出来的。做为先进的汉族戏曲,对兄弟民族戏剧的诞生和发展,有相当大的影响,譬如白剧、壮剧的'哎咿呀'、'哎的啷'两个流派,受汉族古典戏曲艺术风格的影响非常明显浓厚。所以汉族各种戏曲的共同风格,必然成为中华民族戏剧的共同风格的重要因素,它对后者的形成,在某种意义上说,起到了决定性的作用。"他还指出:"目前我们强调创造和发展少数民族戏剧的个性——本民族独特的艺术风格,目的是为了丰富中华民族戏剧艺术大花园的万紫千红的繁荣景色;各民族戏剧(包括汉族戏曲)间,起到互相交流、学习的作用,对增强民族间的文化交流,相互的了解都大有好处。"[①]这里,曲六乙分析了中华多民族戏剧共同风格的形成原因,强调了各民族戏剧之间相互交融的关系。这种国家立场和超前意识,对研究各民族文化的"三交"具有重要启示。

从现有史料看,在戏剧主题上,表现各民族相互交往交流交融、艺术地再现中华民族从多元走向一体的历程的戏剧,何以被该民族认同而成为本民族戏剧经典的问题,是值得探讨的问题。例如"八大藏戏"中的《文成公主》经久不衰,深受藏族人民喜爱。该剧讲述了文成公主入藏,建构民族团结之桥,实现国家边疆长治久安和疆域稳定,成为中华民族交往交流交融史上的经典和佳话。在这部戏中,藏族剧作家们在历史事实的基础上,以汉族和藏族的和谐关系为主线,进行了大胆的艺术想象和艺术加工。这一点,正如集文在《评藏戏〈文成公主〉》中所说,《文成公主》"使藏族人人都知道,远在一千多年以前,当他们的历史上出现了第一个英明的赞普时,就和汉族结下了不可分割的亲密关系,成为生活在一个'天下',休戚与共,同患难共幸福的'一家人'。它的影响是深入而且广远的,就是到现在来说,对于加强藏族与汉族以及其他民族的团结,参加祖国大家庭共同缔造统一的伟大祖国仍具有巨大的意义"[②]。

在戏剧内容上,对汉族故事或者经典作品进行直接移植或进行民族化创造改编,是少数民族戏剧的重要特征,反映了各民族思想情感、价值观念的共同

---

① 曲六乙:《少数民族戏剧研究》,中国戏剧出版社 1963 年版,第 58、61 页。
② 集文:《评藏戏〈文成公主〉》,《民族研究》1959 第 9 期。

性。白剧《杨家将》《三国》《封神榜》《梁山伯与祝英台》,壮剧《哭长城》《长坂坡》《梁山伯与祝英台》,壮族靖南木偶戏《三国》《水浒》《包公案》《说岳全传》《封神演义》,傣剧《梁山伯与祝英台》《白蛇传》《说岳传》《包公案》《八美图》,侗剧《凤姣李旦》《梁山伯与祝英台》,布依剧《三国》《琵琶记》《秦香莲》《玉堂春》,毛南剧《鲁班仙》等,就是最好的证明。这些戏剧中蕴含着共同的思想情感和共同的价值观念,如勇敢忠诚、正义正直、聪明智慧、忠贞爱情、家国情怀以及各族人民对美好生活的追求和向往。

在形式上,以 1962 年云南省民族戏剧观摩演出的作品为例,傣剧《娥并与桑洛》《千瓣莲花》等,壮剧《螺蛳姑娘》《换酒牛》等,白剧《杜朝选》《窦仪下科》等,彝剧《曼嫫与玛若》《半夜羊叫》等,都运用了汉族剧种的表演程式,许多汉族戏剧工作者直接参与参展戏剧的创作,多民族共同创作,"你中有我,我中有你"的特征非常鲜明。特别是,传统壮剧中,壮语与汉语混杂现象十分普遍。这说明,汉族对少数民族戏剧的影响和少数民族对汉族戏剧的接受是同时存在的。

需要指出的是,在汉族戏剧中,也有大量少数民族题材的戏剧。以云南为例,彭华、夏国云在《促进民族戏剧的繁荣与发展》中概括道:汉族剧种表现兄弟民族生活,更加受到重视,如表现傣族人民生活的滇剧《元江烽火》、花灯《依莱汗》、川剧《葫芦信》、话剧《遥远的勐龙沙》等,表现白族人民生活的京剧《雕龙记》《蛇骨塔》等,表现哈尼族人民生活的歌剧《多沙阿波》等。这些剧目都从不同角度,反映了云南边疆各族人民古代和今天的生活和斗争,演出时受到了各族人民群众的欢迎与喜爱。

在戏剧传播上,少数民族戏剧呈现出多地域、多民族共同传播、共同享有的特征,各族人民对不同戏剧种类的接受,也传递出各民族"美人之美"的共同美学观念。例如,2006 年 5 月被列入第一批国家级非物质文化遗产名录的二人台,最初流行于内蒙古自治区中西部及山西、陕西、河北三省北部地区等地。二人台原始曲调由内蒙古中、西部地区传统民歌、晋北民歌、陕北民歌、冀北民歌等混融演变而来。各地的二人台在长期发展过程中,逐渐形成不同的艺术风格。二人台的生成、曲调、传播,都呈现出多民族共同创造、各民族共同分享,跨民族、跨地域广泛传播的特征。再如，俗称"小曲子"的新疆曲子，是汉族、哈萨克族、回族等民族共创共演的一种曲艺形式。从渊源上说，新疆曲子诞生在清朝中后期的各民族屯垦戍边、开发建设新疆的伟大历史之中。从音乐资源上说，新疆曲子融合了新疆各民族的音乐艺术，形成了具有独特风格的戏曲剧种。新疆曲子的代表剧目有《李彦贵卖水》《大保媒》《断桥》等，流传于乌鲁木齐、哈密、吐鲁番、伊犁等汉族、回族、哈萨克族聚居地。

总之，从各民族"三交"的角度看，分布在不同空间地域的多民族戏剧彼此融汇、共同创作（包括戏剧语言的"杂语"现象）、共同享有的特征非常鲜明，汉族经典故事进入少数民族戏剧，少数民族生活进入汉族戏剧，汉族戏剧形式被少数民族主动接受，少数民族戏剧在汉族地区广泛流传，构成了一幅"你中有我，我中有你"的中国多民族戏剧的美丽图谱。

三、多民族戏剧"百花时代"的历史记忆

"百花时代"是对 1949—1966 年少数民族戏剧的繁荣景观的准确概括。

首先，在政治文化语境方面，正如李超在《让我国多民族的戏剧艺术百花齐放》中所说："……轰轰烈烈的社会主义革命和社会主义建设使我们这个多民族的祖国空前繁荣，空前团结；我们社会主义的经济制度和社会主义的政治制度，使我们各民族间得到了经济上、政治上真正的平等。"[1]正是在民族平等的政治语境和全面发掘各民族文化艺术遗产的时代语境下，各民族戏剧艺术迎来了推陈出新、共同繁荣的"百花时代"。

1951 年毛泽东为中国戏曲研究院题词"百花齐放，推陈出新"、1952 年中央人民政府文化部主办第一届全国戏曲观摩演出大会，都对各民族戏剧艺术的"百花时代"产生了重大影响。

全国性的戏曲艺术的"百花齐放，推陈出新"，不仅营造了宽松活泼的艺术环境，也意味着各民族传统戏剧遗产被赋予了国家文化遗产的身份，成为新中

---

①　李超：《让我国多民族的戏剧艺术百花齐放》，载《少数民族戏剧研究》，1963 年版。

国戏剧艺术的重要组成部分。这种身份的界定和具体实践,全面激活了少数民族戏剧,使少数民族戏剧进入系统整理、全面活跃的"百花时代"。

在少数民族戏剧的"百花时代"中,汇演是一个极其重要的整理创编和展示的形式,也是新中国戏剧艺术领域标志性的国家话语。例如,1955年内蒙古举办了第一届民族民间音乐、舞蹈、戏剧观摩演出大会,共8个民族组成的13个代表团的863人,演出了247个节目。再如,云南的傣族、壮族、白族、彝族等民族整合了多个民间业余剧团,建立了本民族有史以来的第一个专业民族剧团。苗族、撒尼人、傈僳族等,也创造了自己的舞台艺术。1962年,云南傣族、壮族、白族、彝族四个民族剧团在昆明市举行的云南省第一次民族戏剧观摩演出,集中展示了云南多民族戏剧的丰富多彩。

少数民族戏剧的"百花时代",是社会主义文学艺术"百花时代"的一个缩影。

四、少数民族戏剧史料的类型、特点及问题

如前所述,少数民族戏剧的繁荣,是统一的多民族国家民族平等的社会环境、国家对戏剧的重视和"推陈出新"的文艺政策营造的戏剧环境、少数民族民间文艺搜集整理的国家行动、各民族戏剧工作者的辛勤努力四个因素共同促成的,这一点在史料上有鲜明的体现。

在史料内容方面,本时期少数民族戏剧史料有以下几个特点和价值。

首先,戏剧活动相关的史料较多。例如,《让我国多民族的戏剧艺术百花齐放》《少数民族艺术的新发展——在西南区民族文化工作会议期间观剧有感》《发展社会主义的民族的新文化——在一九六二年云南省民族戏剧观摩演出会上的讲话》等史料,不仅完整地记录了国家和地方主导的少数民族戏剧活动的盛况,呈现了这一时期国家文艺政策对少数民族戏剧的深刻影响,还体现了国家对少数民族戏剧艺术"美美与共"的多元艺术评价标准。

其次,对少数民族戏剧进行理论研究的史料,呈现了这一时期少数民族戏剧理论达到的高度。曲六乙的《少数民族戏剧的艺术风格问题》、《《中国少数民

族戏剧〉前言》、余从的《学习少数民族剧种史的心得》、马白的《论话剧〈金鹰〉的民族化群众化》、苏叔阳的《葬歌·镜子及其它——重看老舍同志的〈茶馆〉》等，是其中的代表性成果。特别是曲六乙对少数民族戏剧长期观察和研究得出的结论，代表了本时期少数民族戏剧宏观研究的水平。

再次，对少数民族戏剧整理、改编、创作中存在的问题的讨论、座谈、创作访谈、问答类的史料，都以其独有的现场性而具有十分重要的历史价值和学术价值。例如《内蒙古戏剧艺术的发展的问题》《关于内蒙古自治区民间音乐、舞蹈、戏剧会演的几个问题》《座谈老舍的〈茶馆〉》《给〈巴音敖拉之歌〉作者的信》《给〈金鹰〉作者的一封信》等。特别是《座谈老舍的〈茶馆〉》一文，不仅披露了排练期间召开的座谈会的丰富信息，而且涉及如何表现"埋葬三个时代"，结尾"结"在哪等具体问题的设计和处理，清晰完整地还原了"生产中"的《茶馆》的历史现场。

最后，史料再现了少数民族戏剧田野调查现场。例如，《侗剧调查札记》是作者在调查侗剧的过程中写出的十分难得的田野调查笔记，完整地记录了侗剧的沿革、生成、剧目、侗剧班子演出活动、演出仪式、表演、服饰、演员等情况，记录了侗剧挖掘、整理、培植、发展的基本情况，堪称一部侗剧简史。

此外，在史料的形态及类型上，少数民族戏剧史料主要有戏剧活动讲话、戏剧介绍、评论、研究论文、座谈会记录、剧作家访谈、书信、戏剧目录等，形态立体完备。史料体量和体裁不一，有长篇报告、长篇论文，亦有出版和演出的短消息；有发表于重要期刊的报告和评论、论文，也有报纸发表的报道或简讯，生动地还原了历史现场。

第一辑

戏剧文学综论

本辑概述

本辑共收录了二十一篇史料。本辑文献总体上呈现出宏观性、政策性、地域性、多民族性的特点。

本辑史料的宏观性特点主要体现在袁勃、彭华、夏国云、叶林的文献中。袁勃从宏观上探讨了民族戏剧发展的四个问题并提出相应的解决方法，其内容涵盖了民族文化工作的共同性和特殊性问题、民族文化遗产的继承和革新问题、民族文化的形式和风格问题、民族文化普及与民族文化工作的提高问题。关于民族文化的共同性与特殊性这一问题，彭华和夏国云也进行了讨论，指出目前各民族之间仍然存在差别，各民族文化有其特殊性，应该正确地对待各民族文学艺术，尤其是各民族戏剧之间的共同性和特殊性的问题。叶林的两篇文章都是在参加西南区文化工作会议时接触到各民族丰富多彩的戏曲形式有感而写的。"大跃进"以来，少数民族艺术中出现了许多新剧种，原有的艺术形式也得到发展，少数民族历史传说被整理，许多新的现代题材被创作出来，这表明人民群众思想变化巨大并直接影响民族艺术发展。朱青和游默的访谈体现了政策性的特点，他们通过采访参加中国文学艺术工作者第三次代表大会的少数民族戏剧代表，了解到新中国成立前受摧残的民族戏剧在党的指导方针和民族政策下重获新生，并且许多民族还创造了新剧种，体现了民族戏剧在党的支持下欣欣向荣的发展态势。

本辑史料的地域性特点集中体现在内蒙古自治区和新疆维吾尔自治区的相关史料上。布拉固德指出内蒙古戏剧剧本的缺乏影响了戏剧艺术的发展，存在戏剧创作人员为个人名利忽视民众需求等问题，并根据这些情况提出了纠正建议。张淑良就内蒙古自治区第一届民族民间音乐、舞蹈、戏剧会演筹备期间应重视的问题提出自己的看法,认为要充分重视民族民间音乐、舞蹈、戏剧的发展不平衡问题,加强对地方戏曲的整理加工,保证戏剧艺术从实际出发。赛福鼎对新疆优秀戏剧作品《步步跟着毛主席》的主题和艺术性给予肯定,对作品的不足之处提出了相应改进意见。茅塞、骆勋的述评主要讲述在党的领导下,新疆戏剧工作呈现出的新气象。郑天健对《我们都是哨兵》和《喜事》进行了点评。

本辑的大部分史料都体现了多民族性。李超的论文强调我们应该重视每一个民族的文化精华,使整个中华民族的文化更加丰富多彩。同时值得一提的是,本辑中有对傣族、壮族、白族、彝族四个民族的剧团在云南省昆明市举行首次民族戏剧观摩演出的综合报道,这篇报道体现出了我国戏剧的多民族性,而且本辑收录的数篇史料都是在观摩此次演出后写成的。其中曲六乙和余从都探讨了少数民族戏剧之间及少数民族戏剧与汉族戏曲的融合。曲六乙认为少数民族戏剧继承本民族的艺术传统是发展的基础,吸收汉族和其他民族的艺术是发展的必要条件。林绿则是在观看演出后从戏剧音乐的角度分析了少数民族戏剧的风格特点,主要探讨了音乐的民族特点和地方色彩问题,以及音乐的戏剧化问题。许工时在感叹云南各少数民族戏剧丰富多彩的同时,把少数民族剧种分为了三类:第一类是艺术传统深厚的传统戏剧;第二类是在各民族说唱艺术基础上发展而成的戏剧;第三类是彝剧、哈尼剧、苗剧等各民族的新剧种。

本辑最后还收录了《中国少数民族戏剧》的序言,该则史料主要讲述了少数民族戏剧在党政策和方针指导下获得空前的繁荣与发展。这篇序言主要提出了一些与民族戏剧相关的问题,并且通过列举具体剧种来论述少数民族戏剧的范畴,为后续的少数民族戏剧研究奠定了基础。

本辑对少数民族戏剧综述类史料进行了系统搜集、整理和研究。从史料作者基于音乐、艺术风格等不同方面对少数民族戏剧进行评价的做法可以看出，戏剧评价的标准正在向多样性的方向发展，并且少数民族戏剧研究话语具有鲜明的时代特征。对相关史料的搜集、整理和研究，对推动少数民族戏剧创造性转化、创新性发展具有重要意义。

内蒙古戏剧艺术的发展的问题

布拉固德

史料解读

　　该则史料为一篇评论，原载于《内蒙古文艺》1954 年 9 月。内蒙古戏剧艺术在内蒙古文艺事业建设初期做出了突出贡献，但此后其发展却陷入停顿，究其原因是剧本的缺乏，戏剧创作干部为追求个人名利，一味强调艺术生产的特殊性，忘记人民需求。要彻底纠正这些情况必须进行合理的领导和计划。首先要注意思想的领导，让戏剧创作者树立正确的艺术观，杜绝个人主义，为人民做好自己的工作。其次要领导创作计划的制定和执行，确定切实可行的创作计划并保证计划的完成，纠正不良作风，奖惩分明。对剧本创作工作应全力扶持帮助，吸收更多人才，多方配合以保证戏剧创作的发展。

　　该史料指出内蒙古戏剧艺术发展停顿的直接原因在于剧本的缺乏，而内在原因在于戏剧创作人员艺术观出现了问题以及对戏剧事业的管理和领导能力不强。史料直面现实，不回避问题，从戏剧创作主体角度认可了专业人才对于戏剧事业发展的重要性，作为问题研究资料具有一定的学术价值。

原文

　　内蒙古戏剧艺术是随着整个内蒙古文艺事业的发展而发展起来的。从建立内蒙古人民自己的文艺事业开始的时候，戏剧艺术就发挥了它的积极作用，在建成内蒙古文艺事业中也有着它一定的贡献。特别是在解放与战争时期，曾产生了很多优秀的戏剧作品如歌剧《血案》等，都受到了广大群众的欢迎。这是内蒙古戏剧艺术的一页光荣历史，谁也应当承认的。

但是近些年来在内蒙古戏剧艺术事业上的发展和它的这一段历史很不相称的却是陷于停顿之中。而且这种现象的存在不仅仅是去年或前年一年的事情，已经相当长久了。

从内蒙古几个专业剧团来看，戏剧活动几年来都是非常的少，演出、创作都是非常微乎其微的，偶尔有过一些也是没有多大生气，昙花一现的奇景而已。就在这很少的演出之中，所能演出的剧本，外区的创作还占多数，内蒙古自己的创作则很少，而且专业作者创作的剧本更占少数，甚至还没有业余的创作者的多。这是一种反常的现象。我们试来探讨一下，为什么就这样长期的停顿得不到发展，它的原因究竟在那里呢？

在我们的剧团里有着很多的演员，也希望能够通过演出反映出内蒙古人民的生活斗争，特别是在各项政治运动和总路线的宣传之中。但是演员们所赖以演出的剧本，剧作者还没有创作出来。人们都是很关心剧本创作的情况的，每年春天拟起来的创作计划似乎作品还很多，冬天总结的时候数目字也很富裕，只是真正完成拿到舞台上演出的简直少的可怜，供给剧团演出起码必需的剧本根本没有保证（就更不用说足够了），几年来演员们一直是处在停工待料的现状。这个事实是我们应当正视的。

应当指出，今天剧本的缺乏已经危害到整个戏剧艺术的发展。

目前来看我们今年剧本创作的情况，还没有充分的证据可以放心的说能有好转，很多创作的计划没有按期实现，去年计划的剧本到现在还没有完成，如果不能采取有效的措施，今年的计划仍会落空。更严重的是这些情况不仅没有得到应有的批判，而且还在合法的存在。这是急需以全力来解决的。

近几年来在戏剧创作干部当中，流行着一种风气。为了创作"像样的"、"理想的"、"够上水平"的剧本，几年不拿出一个剧本来。一些年青的作者，过去还写了很多作品的人也在往这个方向学习,渐渐的也停笔成为不创作的创作干部。没有做到这样的地方还在叫苦,在他们的心目中,这才是最合乎理想的创作条件,最值得羡慕的。

这些人在反对用行政方式领导创作的口号下,拒绝按期完成剧本创作。借口"没有感动、没有灵感"经常的不肯动笔,"反对粗制滥造,反对公式化、概念化"即有理由一年两年不进行创作。"允许以较长的时间完成一个剧本"于是把应当一年完成的剧本拖成两年,两年拖成三年五年,"慢慢的不能要求过急"便无限的延长下去,这样完成不完成,也没有多大的关系。

某些剧本创作者就是这样长期的不愿接受领导不受约束,一味强调艺术生产的特殊,强调创作的困难,逐渐的脱离领导,把自己形成谁也不能管的特殊人物。他们忘记了人民的需要,忘记了自己的职责,所能得逞的就只能是个人主义的滋长,更多考虑的已经只是个人的得失,变成眼界狭小鼠目寸光的人了。

这是一种必然的结果,并不是偶然形成的。

就是由于这种个人意识的蔓延,产生了我们戏剧创作中所存在的很多不正常的现象。

剧本创作成为个人追求名利的工具,为了作品的价值不受时间的限制,不愿涉及政治运动脱离当前实际斗争。在写作当中注意的是寻求华丽,不能成为一举成名的作品,写着没有兴趣,也不能拿出来。对别人写的剧本,总是看不起,这有缺点那有问题,到处挑眼,说的天花乱坠,只说风凉话不肯具体的帮助别人,弄到别人心灰意冷也不知如何是好,最后闹到"继续修改"一句话又拖延下去,不知那年那月才能修改完了。结果自己成名的作品一直写不出,也不愿意别人拿出来。这样的工作下去,又怎么能够作出成绩来?

要改正这些情况,不能让这些现象再继续下去,就要有个彻底的纠正。当然我们这不是说就要用简单的行政的办法领导剧本创作,但也不是就像从前那样放任自流的发展下去。我们是要照顾到艺术生产的特点,又是有领导有组织有计划的进行剧本创作。

首先要在剧本创作的干部中进行经常的思想领导,制止一切个人主义的滋长,树立正确的艺术观。

在我们的国家里不论那一种艺术都是党和国家以社会主义教育人民的强有力的思想武器,在社会生活和积极斗争中起着积极作用的人民所需要的艺术作品就是积极反映生活,帮助人们认识生活,帮助人在生活中去行动的作品。这也就是作品的价值,也就是我们的职责。离开这些再来寻求作品的价值,那是什么也不会找到的。我们应当认清个人在历史中的作用,离开了人民的需要,个人还有什么价值呢! 创作就是我们为人民服务的手段,一旦成为个人争求名利的工具就失去了它的作用,只要我们作好工作,为人民所需要,人民也就会交给你荣誉的。我们所需要的荣誉也是这样的荣誉。严格批判一切个人主义的打算,真正的为人民做好工作,这应当是每个创作干部的准则。

其次要加强对剧本创作的具体领导。必须使之有组织有计划有领导的进行。

我们所需要的计划是切实的计划,真正可以完成的计划,并且是按正确方向前进的计划,可以从内容上政治上给剧本创作者指出方向,帮助作者确定他自己的创作计划。今天我们的国家正处在一个伟大的过渡时期,建设社会主义的过程就是阶级斗争的过程,剧本创作者应当为总路线服务,用作品表现出过渡时期复杂的斗争。我们可以向剧本创作者提出要求,引导他们订出这方面的计划。

有了计划还要保证它的完成,必须纠正目前所存在的好高骛远不求实际的作风。不按实际,脱离了原有基础,过高的要求,反而限制了自己。不达到理想的水平不写,就等于爬山不用腿,一辈子也上不去。固然我们的创作者大部份都很年轻,能力也还低,不能完全掌握戏剧的表现形式,这也是事实,但大部份从事剧本创作者也已经有了四五年的历史,只要能够把这些主观上的障碍驱除开去还是可以写出来些好作品的。真正的提高必须是从现有的基础上经过实践逐步的提高,要想一步登天是不可能的事情。创作事业上是没有任何捷径可取的,只有加强劳动不断的实践,建筑在本身努力勤劳顽强毅力上的提高才是可靠的。

艺术作品的生产是创造精神财富的生产,它不同于一般商品的生产,但终究也还是属于生产的范畴,有它的特殊性也有共通性,还不是无法捉摸,特殊到不能管理不能有要求的。应当注意到对剧本创作者的经常领导,加强艺术生产的劳动纪律,加强责任感,也可以规定出任务来,奖惩分明;积极完成任务的加以奖励,消极怠工不能按期完成的要检查他的原因并要受到批评。

积极努力发挥所有创作力量,吸取事业的剧作者业余的剧作者特别是作文学创作的人都来参加这件工作。戏剧艺术比起其他的艺术更能接近群众,是为广大人民所乐于接受的,我们应当更好的利用这个群众化的阶级斗争工具,更多的创造出来些为人民所欢迎的剧本。从领导全力支持,给以必要的条件,真诚的具体的帮助他来完成。特别是对新生的作者,更要加以扶植。尤其对蒙文创作也应大力发展互相帮助积极前进。

我们的专业剧团也应当配合帮助完成,不能像过去那样只等剧本完成拿来演出,剧团本身要有一定的戏剧活动计划,也可提出演出剧目的要求,其中本区的创作应当占多大比重都有规定,也要尽量争取它的实现,这样才有助戏剧创作的发展。

一切艺术活动主要靠作品。剧本虽然是文学中最困难的一种形式,只要我们能够做好思想领导,树立正确的艺术观,有计划有组织有领导的进行剧本创作,我们还是有条件作出成绩来的。

当然这还不是戏剧艺术发展中的全部问题,的确也是重要的一环,做好剧本创作的工作,供给剧团必需的剧本,起码纠正目前停工待料的现状,不要因之危害到它的发展,使戏剧艺术的活动充实起来活跃起来。

过渡时期总路线让我们更深刻的认识了现实的社会本质,给一切艺术打开更广阔的道路,把这复杂的斗争表现出来,支持社会主义的成长。贡献出我们所有力量,让我们的戏剧艺术更有力的更光辉的发挥它的作用吧。

关于内蒙古自治区民间
音乐、舞蹈、戏剧会演的几个问题

张淑良

史料解读

　　该则史料为一篇评论，原载于《内蒙古文艺》1955 年第 7 期。作者认为艺术会演是艺术的竞赛，通过艺术会演来交流学习可以推动民间艺术的发展，从而更好地为社会主义事业服务。作者就内蒙古自治区第一届民族民间音乐、舞蹈、戏剧会演筹备期间应重视的问题提出自己的看法：第一，民族民间音乐，包括舞蹈曲艺是劳动人民的智慧结晶，但发展不平衡，对此一定要给予充分重视，进行系统的挖掘与学习，争取更多具有民族风格的节目参加演出；第二，要关注地方戏曲并进行整理加工，取其精华，去其糟粕，突出人民性和现实主义精神；第三，要使戏曲艺术适应时代要求，反应现实斗争，就要在继承民族艺术传统的基础上推陈出新，从实际出发，保证其思想性与艺术性的统一。

　　该史料聚焦内蒙古第一届民族民间音乐、舞蹈、戏剧会演筹备过程中暴露出的问题，提出富有建设性的意见。该史料作为一篇问题研究文章，直面缺点，一针见血，及时回应少数民族文艺工作的问题，有利于文艺工作的长远发展。

原文

我区今年秋季准备举行第一届民族民间音乐、舞蹈、戏剧观摩演出大会,几年来全国各地先后举行的艺术会演十足的证明了会演是艺术上的革命竞赛,是推进艺术发展的良好方法之一,通过会演不仅可以检查对文艺政策、戏曲改革政策的贯彻执行情况,以及文艺作品和演出的质量,同时也可以通过艺术的集中展览产生优良节目并加以推广,互相观摩学习,交流经验,提高文艺思想和表演艺术,从而推动民族民间艺术进一步发展。只有这样才能进一步贯彻毛主席的文艺路线和"百花齐放,推陈出新"的方针,才能使我们的文艺工作适应祖国新的历史时期,迎接继经济建设高潮而来的文化建设高潮,才能更好的满足人民日益增长的文化要求,更好的团结鼓舞人民为保卫和建设祖国而服务。

为了有领导、有计划、有步骤地进行此项工作,已经由内蒙古文化局、内蒙古工会、内蒙古团委、内蒙古文联等有关部门组成了筹备委员会,负责掌握会演的一切筹备工作,关于会演的工作计划,组织条例以及围绕会演工作所采取的一些措施,都做了一些初步的规定。这里我仅就会演筹备期间应当重视的几个问题提出来供大家参考:

一

民族民间音乐,舞蹈(包括曲艺)是人民世代相传、集体创造的艺术成果,是从人民群众自己的劳动和文化生活中产生的,它真实地反映了劳动人民的智慧、思想和情感,具有活泼、优美、健康、朴素的风格,流传很广,多少年来一直为广大人民所喜爱,成为人民生活中不可缺少的部份,特别是解放以后,人民自己的艺术获得了新的发展机会,已经成为人民群众自我娱乐、自我教育的良好工具。但我区这种艺术活动的发展还是极不平衡,特别是在蒙古民族聚居的地方,虽然他们有自己的优秀歌手、琴手、舞蹈和说唱人材,但直到现在仍处于自流状态,很少比较固定的业余文艺活动组织,各级行政文化主管部门几年来尚未把如何开展民族文艺活动工作提到应有的地位，因此也就未能有重点有计划地总结经验，指导全面。内蒙古各族人民的物质生活随着国家经济建设的蓬勃发展而日益提高，因之他们对文化生活的要求也如饥如渴，我们面对这一现实，必须用最大的热情予以关怀。过去我们在这方面工作做的不够，这次大会演必须把它放到重要位置。在民族聚居的地区愿投入一定的力量，特别是专业的文艺团体和文艺工作者应认真地对各民族的民间艺术进行有系统的搜集、整理和研究工作，并在原有基础上加工提高；对各民族间有一定艺术成就的老艺人和有天才的青年民间艺人加以培养，使他们争取条件参加演出。这样做不但开展民族文艺活动、丰富各民族人民文化生活，同时专业文艺工作者也获得向民间艺术学习的良好机会，因为专业文艺工作者要发展自己民族的音乐、舞蹈艺术没有这种学习是绝对不行的。因此我们希望在准备汇演节目时，配备一定力量深入民族聚居地区，大力发掘、重点培养，争取有更多具有民族风格和一定艺术水平的节目参加演出。

二

地方戏曲的种类在我区虽然不多，但也有京戏、评剧、晋剧、二人台、二人转等好几个剧种，民间职业剧团的数字据一九五四年年底初步统计已有二十七个，这些地方戏曲在人民群众中有深厚的基础和巨大的影响，因此在社会主义革命中如何加以改革和发展以满足人民文化生活的需要，为国家过渡时期总任务服务，同时建设新时代的戏曲艺术，这是非常重要的问题。毛主席的"百花齐放，推陈出新"的方针，就是要经过各种艺术的自由竞赛，在继承、改革和发展自己民族传统的基础上，创造新的人民艺术。我们这次会演的地方戏曲剧目的选拔方针就是根据这个方针提出的，总的精神是鼓励创造，鼓励革新，我们要求对戏曲的传统剧目进行整理加工，这样做对丰富会演内容和提高会演质量都是有好处的。在这一工作上我们反对保守，也反对粗暴，保守是主要反映在艺术形式的改革上，如果不突破固有的形式，打算更多地表现思想内容是不可能的，如果过分缩手缩脚，好坏不分，把坏的东西也看成好的东西那就不能有所改进。

粗暴是只看到坏的方面，没有看积极的、正确的方面，因此也就要割断、破坏和抛弃传统，抛开艺人，单搞一套。这两种对待遗产的态度，都是反马克思主义的观点，必须加以批判。只有端正了对待遗产的态度才能把戏曲剧目中一些封建性的糟粕加以剔除，才能把人民性和现实主义精神更加突出，从而起到它应有的作用，因此我们要求参加会演的戏曲传统剧目，必须经过一定程度的整理加工，在工作中要与艺人密切合作，发挥剧团成员的积极性与创造性，防止贪多贪大，从个人偏爱出发的作风，应根据剧目选拔演员，发挥演员特长，应特别注意主要演员的拿手好戏。

三

我们的国家现在正处在社会主义革命，即社会主义改造的新的历史时期，新的生活要求我们创造新的作品和新的艺术，人民日报在《加强民间职业剧团的领导》社论中指出："……我们敬重和继承遗产不只是为了简单地保存它们，而且要在继承民族艺术优秀传统的基础上加以发扬光大，使戏曲艺术能适应新的时代的需要，毛主席所指出的'推陈出新'的这一意义就在这里。否则我们就在艺术战线上成了没出息的人，落后的人。因此，我们提倡革新，鼓励有条件的各种艺术在继承民族遗产的基础上，大力发展，使其能够表现现实生活斗争这是非常必要的。"目前暂时缺乏反映现代生活的能力和条件的剧种，应努力创造条件，有条件上演现代剧的剧种（如评剧、二人台）则应努力创造新的剧本。至于其他艺术形式（如曲艺等）也应同样掌握这种精神，争取有更多的反映现代生活，特别是反映我区人民生活和斗争的节目参加会演。在这一问题上要说明一点就是往往有些人认为新不如旧，对新的剧本和新的表演提出不合实际的过高要求，这种不从实际出发，不从实际看问题的现象，实质上是一种消极思想的表现。许多优秀传统节目都是经过好多人民群众的文学家、艺术家多少年来千锤百炼而成的，因而才受到广大人民的喜爱长期保留下来，最初的产生也还不是十分完整的，我们新的作品新的演出，一开始便拿多少年来锤炼下来的优秀遗产的艺术水平去要求，这是不切合实际的。一个节目的产生过程，总是由小到大，由浅到深，由不成熟到成熟的，只有经过不断的努力才能使它成长起来，但在创作新节目和演出新节目时，也必须慎重从事，力求其思想性与艺术性的统一、完整。不应该以为只要是新节目，粗制滥造也可以，这与会演精神是不符合的。

这次会演是我们内蒙古自治区今年文化艺术工作上的一件大事，在我区说来还是创举，内蒙古文化局将尽量组织一切可能组织的力量，为搞好这次会演而努力，也准备选派一些干部有重点地下去协助各地文化主管部门进行辅导工作，但会演成败的关键还是决定于各盟、行政区、市，希望各地在党政领导关心与支持下，尽可能的成立筹备机构，组织力量，全面布置，尽快的展开工作。在工作中首先应普遍动员，宣传会演的重大意义，正确地掌握选拔节目的方针，深入了解情况，加强具体领导，对干部和艺人应结合实际反复进行思想教育，防止骄傲、自卑、宗派、平均、指标等有害思想的产生。我们的任务是艰巨的，困难也一定不少，但我们的有利条件还是不少，比如几年来我们在中央及内蒙古党政的正确领导下，对文艺政策，戏改政策有了比较深刻的领会，在一些具体业务工作上也有了初步的经验，特别是广大的文艺工作者和艺人的思想觉悟水平逐渐提高，要求进步的思想与日俱增，这就给我们举行这次会演打下了有利的基础，相信在党和政府的领导与支持下，以及全体文艺战线上的同志们的群策群力共同努力下，一定能够把会演准备工作搞好，使会演顺利进行。

两个兄弟民族的话剧演出

郑天健

史料解读

　　史料原载于《戏剧报》1956 年总第 28 期,为一篇评论。文章主要讲述作者观看内蒙古自治区歌舞团和新疆维吾尔自治区话剧团分别用民族语言演出的剧目的感受,作者分别对两剧进行了点评。独幕剧《我们都是哨兵》的可贵之处在于人物描写不是概念化的,而是通过人物的心理活动和行为的相互冲突,比较自然地体现出人物的特点,因而使观众感到亲切。剧本另外一个比较成功之处是作者没有以人为的戏剧性的矛盾,过分渲染毕力贡、阿敏和特务道布钦之间的冲突,而是根据人物在规定情境中合乎情理的心理和行为的发展描写人物的冲突。演出中存在的缺点在于节奏拖沓、不够紧凑。在《喜事》演出中,舞台上富有诗情画意的情境给观众带来了美的感受。剧作者以生动的语言,有趣的情节穿插,使戏剧在活泼愉快的气氛中展示出维吾尔族人民的新生活。《喜事》的缺点在于剧本的矛盾不够尖锐,富农破坏等情节突兀,导演在某些重要场面缺乏调度,演员缺乏更富有表现力的动作。

　　该史料运用对比分析的方法,将内蒙古自治区歌舞剧团的《我们都是哨兵》和新疆维吾尔自治区话剧团的《喜事》进行横向对比,从主题、人物塑造、戏剧冲突等几个角度分析各自的优点与不足,作为重点作品研究的史料,具有一定学术价值。

原文

在这一次全国话剧观摩演出会中我们高兴地看到了两个用兄弟民族自己的语言演出的剧目——内蒙古自治区歌舞剧团的《我们都是哨兵》，和新疆维吾尔自治区话剧团的《喜事》。虽然我们听不懂台词，但是可以从演出中看到，我们的兄弟民族在党的民族政策的光辉照耀下，正在向美满幸福的生活前进，观众看完了这样的演出，心里是很激动的。

《我们都是哨兵》是一个相当动人的独幕剧，幕在暴风雨的嘶鸣和咆哮中慢慢地打开，在一个宽大的蒙古包里，展开了一场紧张的斗争。

剧本（超克图纳仁作）通过一个机要通讯员在牧业互助组组长阿敏和布日玛老夫妇的协助之下，捉住了企图夺取他的重要文件包的特务的故事，表现出内蒙古人民对于阶级敌人的政治警惕性。剧作者成功地刻划出四个不同的人物形象：机智勇敢的青年机要通讯员毕力贡；敦厚纯朴、政治嗅觉敏锐而又沉着稳重的牧业互助组组长——虽然年老但是健壮的阿敏；善良亲切而又殷勤好客的老妈妈布日玛；掩藏得很谨慎，但是又抑制不住内心恐慌的狡猾的敌人道布钦。剧本的可贵之处，在于这些人物并不是概念地描写的，而是通过人物的心理活动和他们行为的相互冲突，比较自然地体现出来的，因而使观众感到亲切。剧本另外一个比较成功的地方是，作者没有以人为的戏剧性的矛盾，过份渲染毕力贡、阿敏和特务道布钦之间的冲突，而是根据人物在规定情境中合乎情理的心理和行为的发展，来描写了人物的冲突：毕力贡对于这位在暴风雨中突然出现的不速之客，尤其是看到他拿着的一件被子弹打穿的黑斗篷，产生了怀疑，对他进行一般的试探；道布钦在毕力贡的探问之下，尽力证实自己是国家干部，说明为什么来到这个地方，阿敏更是巧妙地，从不关紧要的谈话中，看出敌人的破绽，而敌人觉察到被人注意后，仍然尽量掩藏自己，以便进行活动。这些地方使人感到真实可信，也并没有削弱冲突的尖锐性。

导演叶贺、东来的创造是有显著成绩的，导演不但完成了剧本所交给他的任务,而且很多地方丰富了人物,使得舞台形象更加完整鲜明。导演把全剧的动作线理得很清楚,把每一个人物的心理任务,形象任务,和他们行为的逻辑发展,有机地联结起来,因此导演的第一特点就是动作性很强,节奏变化明显,使我们感到干净明确。譬如,开幕时的那一段富有表现力的戏(风雨之夜,布日玛在等人,阿敏背着受伤的毕力贡回来,之后直到毕力贡醒来),是导演加上去的(除此之外还有一些增减),这就使得整个戏的线索交待得很清楚,动作一系列地贯串下去,使我们看清楚了在这里发生了什么事情,他们在想着什么,作着什么,因而也就揭示出人物的思想行为和他们之间的冲突,虽然我们听不懂语言,但是懂得了戏剧的全部发展。导演的另一个特点是把戏处理得相当富有生活气息,人物在很多地方都是一边作着事情一边谈话,或是一边和对方谈话,一边在心里盘算着,譬如毕力贡暗示布日玛,叫他警惕这个客人,以及特务注意到墙上挂着的文件包,这些地方,都没有故意停顿,来一个"特写镜头",而是在谈话中似乎是随便地看了一眼;又如毕力贡往墙上挂文件包,他的眼睛没有看着墙上的钉子,随手挂了上去,说明这地方他很熟悉;这些地方使人感到浓郁的生活气氛。

演员都很称职。乌日娜扮演的布日玛,使人感到非常亲切,我们都还记得,这位年轻的女演员在影片《草原上的人们》中,创造了一个年青姑娘的形象,在这个戏里,她又成功地刻划了一个善良好客的老大娘的形象,两个完全不同人物的创造,显示出演员的才能。在布日玛的形象上,演员不仅表达了人物对于解放军的热爱,和对于年青人的关怀体贴,而且能够细致地、通过人物的内心活动,表现出她和每个人物的关系,她在剧情中的地位,和思想感情的发展变化。另外,她对于形体的创造,看得出来是花费了很大劳动的,她正确地掌握了这个和演员年龄距离很远的形象,使人感到真实。鄂长林扮演的阿敏和苏宁扮演的毕力贡的形象,都给人留下了印象,演员真实而朴素地体验着人物的内心生活,正确地传达出人物在全部活动中所体现出来的思想感情,刻划出沉着、稳重并具有着高度政治责任感的牧业互助组组长和年青、热情而又机警、勇敢的机要通讯员的形象。树海扮演的道布钦,脱出了一般的反面形象的公式,演员认真地探索着人物在规定情境中的内心生活。他没有脱离开角色去向观众说明人物的身份，而是按照人物的处境和周围人物的关系，找到了人物的正确的动作——掩藏自己的真面貌，想办法把文件包偷走——，因而他努力证实自己是某合作社的干部，但同时也在估量着别人的态度，小心谨慎地盘算着采取什么样的行动。但是这些都是在竭力掩护自己，争取对方信任，不被别人发现自己的真面目的动作中体现出来的。他的内心活动和外在的行为是矛盾的，但也是紧密地联结在一起的，经过这样的刻划，这个人物就真实可信，并加深了戏剧的冲突。

当然演出中还存在着一些缺点，譬如特务道布钦下场去放走阿敏的马，阿敏和毕力贡商量怎样对付敌人的场面，缺乏应有的强调，没有在观众中造成深刻印象，因而在后面戏剧到了高潮的时候也就显得力量不强了。导演处理和演员表演的某些地方，对于节奏的把握，还显得不够紧凑，有些拖拉，如果再紧凑一些，全剧会更完美。

《喜事》的演出，受到了观众热烈的欢迎。舞台上新鲜的，富有诗意的画境，给观众带来了美感和欣慰。剧作者以生动的语言，有趣的情节穿插，使戏剧在活泼愉快的气氛中，展示出维吾尔族人民的新生活。特别使人兴奋的是，在全国农业合作化高潮到来的时候，我们看到了在遥远的边疆，兄弟民族的农村中，农业合作化的斗争也取得了胜利。我们还看到了维族[①]年青一代的成长，和他们对于新鲜事物和科学文化知识的追求，对于未来的幸福怀着远大的理想；我们还看到，维族人民对劳动的热爱，对党、政府和领袖的热爱，以及他们坚定、爽朗的性格，和欢乐、愉快的精神风貌。这一切都使我们感到，维吾尔族的兄弟们，正在和全国人民步伐一致地向着共产党和毛主席所指引的道路大步前进着。

作者簇龙·喀德尔真实地描写了一个固执的老中农阿西木，经过事实的教育，看清了富农的嘴脸，认识到了合作化会给农民带来克服困难的力量和广阔

---

①　编者注："维族"应为"维吾尔族"，后同。

的前途,终于下定决心参加了合作社。这个表现了正在不断生长和壮大着的维族人民的新生活,他们在农业合作化运动中所展开的新旧思想冲突和在斗争中取得的胜利。作者比较成功地刻划出一个墨守陈规、自以为经验丰富,而不相信新技术、不认识集体的优越性的老中农阿西木和朝气勃勃的、学习了新的农业科学知识、具有着远大理想的阿不都克里木(他的儿子)两个形象。作者幽默地处理了阿西木和吐尼沙漠老夫妇俩的家庭生活,和他们对儿子的思想行为的不同态度的冲突。作者还安排了阿不都克里木和劳动能手海尔尼沙姑娘的真挚的恋爱,和顽皮的吐尔地姑娘从中的撮合,使戏剧富有浓厚的生活气息。作者对于富农的讽刺和揭露是很有力的,在党支书和阿西木解释合作社先进技术的一段情节中,他当面奉承,唯唯诺诺,背后进行污蔑,形象地揭示出这个卑鄙虚伪的人物。另外富农不成器的儿子,妄想追求海尔尼沙,他用尽心机,自以为可以如愿以偿,但最后落个大失所望,这些有趣的穿插,吸引住了观众,使戏剧的进展相当生动活泼。

导演巴吐·吐尔逊诺夫和李纯信,非常朴素认真地创造出真实感人的舞台形象,演出的主要特点是生活气息浓厚,具有鲜明的民族特色,人物之间的关系被表现的具体而生动。所有的形象活动都很自然,毫不生硬。另外导演在某些场面的处理上,如合作社帮助单干农民抢救虫害,以及最后一场阿西木要求入社等几场戏,都很紧凑而动人。某些场面处理的很活泼明快,令人看来喜悦;有些地方加进歌舞,表现出维族喜歌善舞的特点,丰富了演出的色彩。

演员们以非常严肃认真的态度,创造出了生动真实的形象。卡德尔库都鲁克扮演的阿西木,第一幕出场的一段和老婆争辩的戏,就使观众认识了这个保守、自以为是、不肯接受新鲜事物的老中农。在第二幕和富农的一场戏中,演员刻划出人物的矛盾心理,使人感到他眼光狭小,但是性格是质朴而善良的。最后,他亲眼看到了富农的破坏行为,他愤恨而又懊悔,要想入社而又怕别人耻笑,演员认真地生活在角色的规定情境中,体验着人物的内心生活,细致地刻划出人物的性格,体现了真实的思想情感。艾买提吾买尔扮演的吐尔地是成功的,给人留下了深刻的印象。演员非常开展的表演和鲜明的动作,突出地刻划出一个可爱的年青姑娘的形象，她总是那么快活，总是有说有笑，手舞足蹈，她和海尔尼沙开玩笑以及逗弄富农的儿子的几段戏，表现得天真顽皮，聪敏爽朗，她洋溢着生活的热情和劳动的兴奋，她每次出场都带给人们欢乐和愉快、健康的感情。其他扮演阿不都克里木的喀斯木江，扮演海尔尼沙的卓能克斯，以及其他角色，都有着一定的成绩，因而这个戏是一个比较完整的演出。

《喜事》存在的缺点，或者说使我感到不足之处是，我认为剧本的矛盾不够尖锐。有些地方，譬如富农破坏，使人感到突然。导演和演员对某些重要场面的处理，还缺乏鲜明的调度，和更富有表现力的动作。然而整个演出是成功的。我相信，新疆维吾尔自治区话剧团的同志们，以他们在这短短几年中的成就来看，一定会迅速地不断地提高，不断地创造出更多更成功的作品来的。

十五个民族优秀歌手欢聚一堂
昆明举行庆丰收民歌演唱会

柴　扉

史料解读

　　该则史料为一篇新闻述评，原载于《人民音乐》1958 年第 11 期。在昆明举行的云南全省庆丰收民歌大会上，来自十五个民族的民歌歌手表演了云南各族民歌，召开了经验交流座谈会，各族歌手亲切地交流了民歌创作经验。通过演出、观摩、座谈，互相学唱和参观等一系列活动，各地区代表收获颇丰。该史料以新闻的形式报道了云南各族民歌发展的前沿动态，为民歌研究积累了基础材料。

原文

　　十月在昆明举行了云南全省的庆丰收民歌演唱大会。十五个民族的优秀民歌手、民间艺人和民间文学的创作者，来自云南的十四个专区、自治州和市。其中有来自高寒山区的民歌手，也有来自边疆亚热带地区的民间诗人；有年迈八十的老歌手，也有仅四岁半的小琴师。演出的节目，绝大部分是自己编写的新民歌。

　　演员们在舞台，在街头，在生产现场，在电台，表演了优美动人的云南各族民歌。在黄山坡炼铁厂演出时，根据该厂先进人物事迹即兴创作，出口成章，工人直乐得合不上嘴，一再要求再来一个。事实上，所有这次会演的演出，都是掌声热烈，经久不息。

　　会演期间还举行了经验交流座谈会，会上各族的民歌手，发表了创作民歌的经验。七十七岁的回族老歌手李美斋谈了他从十六岁"吃赶马饭"起唱民歌的一些体会和感触；著名的白族民间老歌手张明德（作协昆明分会会员）也畅谈了他自己在创作和演唱民歌中的一些经验；傣族赞哈（傣语歌手）康朗赛在发言中也谈到他对演唱新民歌配合政策宣传的一些体会。很多歌手的发言中都有一个共同的体会，这个体会可以用夷族①歌手张淑美的一首民歌来总结："各族民歌上万千，过去深埋土中间，共产党来挖开土，一跃冲上九重天。"

　　通过演出、观摩、座谈，互相学唱和参观等一系列活动，代表们都感到收获很大，他们把感想和决心编成民歌唱道："孔雀搧翅亮晶晶，歌手会唱云南省，又学习来又创作，又献宝来又取经……取得经来转回乡，大编大跳大演唱，要把我们新中国，唱得歌山诗海洋……唱得地动山也摇，唱得山笑地也笑。地笑山笑谷米多，地摇山摇江河改面貌……孔雀闪翅亮烁烁，歌手百人都会做，今天做来一箩歌，明天要做一百箩。"

　　各地代表带来了三千多首优秀民歌（包括音乐和文学的），将选辑出版。

---

① 　编者注："夷族"应为"彝族"，后同。

新疆戏剧工作的一些新气象

茅　塞　骆　勋

史料解读

　　史料原载于《戏剧报》1958 年第 24 期,为一篇述评,主要讲述新疆戏剧工作的新气象。在党的领导下,在社会主义建设总路线的指导下,新疆改变了在新中国成立前落后的文化状况:各戏剧团体积极响应党的号召,制定了与新疆维吾尔自治区生产工作相适应的工作计划与措施并取得了显著成绩;过去剧团间关系并不协调,整风后有了很大的改变,落后的本位主义被先进的集体主义代替,共产主义的协作精神开始成长;少数民族剧团帮助汉族话剧团排练和演出表现少数民族生活的剧目。在会演过程中,各剧团在演员、舞台工作人员调配方面都能够全面协作,增进了民族友谊,扩大了各民族文化交流,既促进了新疆戏剧的发展,也为今后各民族戏剧事业的发展奠定了基础。

　　该史料从社会历史的角度,对新疆的戏剧事业在新中国成立后的发展变化进行了总体性概述,关注了戏剧的人民性问题,肯定了戏剧会演对于各民族文化交流的积极意义。该史料作为新疆戏剧的基础性研究资料具有一定价值。

原文

新疆维吾尔自治区的人民，在党的领导下，在社会主义建设总路线光辉照耀下，改变了新疆千百年来落后的面貌：他们在荒原上，夺取了粮棉，让万年荒地，变成丰产的良田；在冰峰上，开辟了钢铁运输的公路，在戈壁滩上，建成了宏大的油矿……。几年来，这里的工、农、牧业有着飞跃的发展。这些巨大的变化，深深的激动着我们在边疆工作的戏剧工作者，我们热爱边疆，热爱在这里的各族人民，因为我们正和他们一起在建设着美丽的边疆！

今年三月间，新疆维吾尔自治区的党委，向全体文艺工作者发出"苦战三年，改变自治区文化艺术工作的现有面貌"的战斗口号。

各戏剧团体积极响应党的号召，制定了与自治区生产相适应的工作计划与措施，实行以来，取得了显著的成绩。

首先各剧团都争先恐后的走出剧场，分成小队，深入到了社、厂矿、农场、牧场进行巡回演出。新疆地区辽阔，山路崎岖，运输有时会遇到困难，剧团为了决心把戏送上门去，汽车不通时便骑马，马不能走时就骑骆驼，骆驼再不行就徒步。因此，新开垦的处女地——塔里木农场，终年积雪的深山野谷中的牧羊组，也都看到了我们的戏剧。生产建设兵团猛进秦剧团，八个月巡回的路程达四千二百多公里，演出三百一十八场，他们常常冒着酷暑或寒风徒步行军，到达目的地后，立刻动手搭舞台，不误当日的演出。有一次在乌苏西湖演出，发电机突然出了毛病，剧团只好准备明天再演，可是台下数百观众都规规矩矩坐着不动，我们说没有灯照明，他们就从二三里外取来四个马灯，可是灯还不够，他们就把十几个手电筒集中起来当电灯，就这样一直把戏演完才走。这说明观众是多么需要看到我们的戏剧。为了尽可能让每个职工、战士都看到戏，许多剧团都深入到各个角落，为不能离开工作岗位的人们演出，在这种情况下往往观众没有演员多，即使只有一两个人，演员也要为他们来一段清唱。生产建设兵团文工团在牧场演出时，演员们从牧羊战士手中接过枪来替他们值夜，看护羊群，让牧羊战士安心看戏。

一次，一个哈族^①老大爷，骑着马从几十里外的山里赶来看戏，当他赶到时，演出已经结束了，他失望的蹲在一边叹息，文工团同志知道后，为这位远道而来的哈族老大爷增演了近两个小时的节目。猛进秦剧团到乌苏演出时，维吾尔族社员听不懂秦腔，剧团就组织武工组到田间去翻筋斗，扳抢背，打把子等。剧团的这些活动，使战士们、社员们深受感动，他们把剧团的演出，看做是自治区党政领导的巨大关怀，都表示以提高生产指标，超额完成生产计划，来答谢党和政府的关怀。

过去有不少的同志，单纯的追求艺术性，不顾广大群众的需要，认为大戏不能离开剧场，否则就不能保证质量。其实在实际工作中证明了并不然。由于深入生活，加强实践，在个别角色创造上和整个演出水平上，许多剧团都有不同程度的提高。一位熟悉新疆维吾尔自治区话剧团的观众，在剧团巡回演出中看了他们的戏后说："你们比在乌鲁木齐市的演出又进步了不少。"

为谁服务的思想明确后，频繁的巡回演出对剧团成为极大的锻炼，他们克服了各种困难：如话剧团开始巡回演出时，装一次台需要两天，渐渐地只要两小时了。可是新疆天气变化无常，时雨时晴，在露天演出时，为了不使观众徒劳往返，有时在短短时间内，不得不将舞台三卸三装，在这样的锻炼下，后来装台的速度只用十几分钟就行了。他们不仅以软景、纸景代替硬景，克服运输上的困难，而且创造了一种"风、雨、电、雷联合器"，只要一个人，就可以操纵全部音响效果。另外还创造了一种"万能箱"，在巡回时它是装用物的木箱，在演出时，这几个木箱并在一起，可以变成舞台上的沙发，木床，桌子，山坡。这些创造，充分的表现了剧团同志们的革命干劲。

各剧团都下放了一部分干部，到工厂、农村、部队进行劳动锻炼，经过半年时间，大多数当了生产能手和标兵，受到车间、农业社、连队的表扬。留在剧团的同志，在紧张的演出中，也积极的参加了修建青年渠、筑铁路、修公园和炼钢

---

① 编者注："哈族"应为"哈萨克族"，后同。

铁等义务劳动。如民族歌舞团一边进行以反地方民族主义为中心的整风运动，一边也参加劳动；猛进秦剧团一次在伊宁清水河农场演出，将要开幕时，突然接到霜降警报，农场决定不看戏了，去抢救棉苗，剧团的同志们也立即投入了这场战斗，在漆黑的夜里跑到两公里以外去背棉杆，往返好几趟，有的女演员一直坚持到最后。他们的行动，受到当地党委和群众的表扬，而剧团的同志们，通过劳动实践，在思想情感上，也起了很大的变化。

过去剧团之间的关系，不是十分协调。整风后，也有了很大的改变，落后的本位主义被先进的集体主义所代替，共产主义的协作精神开始成长。如猛进秦剧团在伊宁时，伊秦剧院给他们腾房子住，替他们解决伙房问题。在互相交流艺术经验中，猛进秦剧团的导演、演员放弃午睡时间，将伊秦剧院所需要的《借女冲喜》剧本内容及表演完整地传授给他们。猛进秦剧团在南王宫分场和自治区话剧团相遇时，听说他们没有带汽灯，便主动将全部汽灯借给他们使用，并派一专人毫无条件地跟着他们工作几天。在西北五省（自治区）观摩演出大会的筹备工作中，民族歌舞剧团虽然整风十分紧张，但是他们还是抽了一部分同志，帮助汉族话剧团，排练和演出表现少数民族生活的剧目。在会演过程中，各兄弟剧团在演员，舞台工作人员调配方面都能够全面协作。很显然，这是新面貌。

为了更进一步的作好新疆地区戏剧工作，增进民族友谊，扩大兄弟民族文化交流，适应新疆地区的特点，自治区汉族话剧团制定了一条"苦学苦练，保证1959 年7 月1 日开始用维、汉两种语言演出"的计划，这个计划，得到自治区党委书记和自治区主席赛福鼎同志的赞扬，党政领导部门表示支持他们这种大胆的倡议，给该团派去了维语[①]教员，拟定了教学规划。他们为了实现这个计划，大家正在刻苦学习，无论在走廊、楼梯、工房等处都贴着维文字母和词句，早晨起来，在宿舍、办公室、院子里都是一片读书声。目前已取得一些成绩。

以上所述，只是苦战三年中第一年的部分剧团的新气象。我们今后将沿着党所指示的方向，用不断革命的精神，勇敢地向前迈进！

---

① 　编者注："维语"应为"维吾尔语"，后同。

　　附记：新疆军区评剧团在今年下半年到兰新铁路筑路工地演出，为筑路的战士和工人演出了《一定要解放台湾》《比比看》《恩与仇》等节目，剧团的全体同志并参加了筑路劳动。他们有时每天演两场戏，没有戏的同志就参加劳动。国庆节全体同志早上工，晚收工，紧张地劳动了一天，突破了指标。

民族艺术花朵日益繁荣

肖　英　张　曼

史料解读

史料原载于《人民日报》1959 年 9 月 27 日，为一篇述评。该史料从"群众艺术的蓬勃发展""专业艺术队伍的迅速成长""人才辈出，艺术品质大大提高""挖掘整理工作取得显著成绩"四个方面，总结了新中国成立十年来各民族在艺术发掘与整理、人才培养等方面取得的成就。文章认为，少数民族艺术取得的成就证明了党的民族政策的正确性，是正确贯彻执行党的文艺方针政策的结果，也是各族人民以及广大文艺工作者积极努力的结果。这一结论符合实际，在今天也具有指导意义。

原文

我国五十多个兄弟民族，都有着自己优秀的文学艺术传统：他们能歌善舞，创造了极其丰富的艺术财产。这些富有强烈人民性的文学艺术，过去在艰苦、黑暗的岁月里，曾成为广大劳动人民生活斗争中不可缺少的锐利的武器。他们深深热爱着它们，用各种方式将它们保存下来，广泛流传。但是，几千年来，特别是近百年以来，少数民族的人民，一直受着帝国主义、封建主义、官僚资本主义以及奴隶主的重重压迫，不但在政治上、经济上没有平等的权利。而且各民族的文学艺术，也都处于被歧视、被排斥，乃至被扼杀的境地。历代的反动统治阶级及其他反动势力，为了加强对少数民族的精神统治，不仅对他们宣传封建道德和散布民族自卑感；而且制订了许许多多的禁条、禁令，甚至用武力来对付各民族人民的文学艺术活动。在这种种的压迫下，少数民族的文学艺术遭受到极其残酷的摧残和蹂躏。到了解放前夕，少数民族的专业艺术团体和专业文艺工作者，已寥寥无几了；许多宝贵的艺术遗产残缺不全，有的甚至早已佚失；尚在流传着的文艺形式，也是比较单调的了。

中华人民共和国的诞生，永远结束了民族压迫、民族歧视、民族同化的罪恶历史，开始了民族平等、民族团结、民族繁荣的新纪元。十年来，随着政治、经济、文化建设的飞跃发展，人民物质生活和文化水平的不断提高，各民族的文学艺术事业在党和政府的领导关怀下，得到了空前的发展和繁荣，并取得了辉煌成绩。

群众艺术的蓬勃发展

解放以来，少数民族地区的群众艺术活动，在党的百花齐放、推陈出新的文艺方针和业余自愿，小型多样的原则指导下，围绕着生产斗争和各个时期的中心任务，蓬蓬勃勃地开展起来。许多人民公社都有了自己的戏剧、音乐、舞蹈、美术等等各种业余艺术组织，并且涌现出了成千上万的文艺活动积极分子和文艺骨干。各族劳动人民的艺术才能得到了充分的表现和发挥。他们在继承本民族的优秀传统的基础上，运用和发展着各种民间艺术形式。如蒙族①的"牧歌"、朝鲜族的"集体舞"、藏族的"囊玛"、维族的"单人舞"、侗族的"大歌"、苗族的"飞歌"和"芦笙"……以及各种说唱形式和工艺美术等等，在劳动人民的智慧创造下，都比过去更加光彩了。在国民党统治时期，被禁止、被摧残而得不到发展的僮②戏、侗戏、藏戏、傣戏、土戏、白族吹吹腔等民族剧种，解放后都已经相继恢复、发展起来，经过同专业文艺工作者的共同努力，挖掘和整理出大量优秀剧目（其中个别剧种已成立了专业剧团）。这些剧目（如藏戏《郎萨越得东巴》、侗戏《珠郎与梅娘》、僮戏《红铜鼓》等），都是反映少数民族人民生活和斗争的宝贵艺术财产。

由于生产关系、生产方式、生活内容发生了根本性质的改变，因而，风俗习

---

① 编者注："蒙族"应为"蒙古族"，后同。

② 编者注："僮"应为"壮"，后同。

惯、欣赏习惯也在逐渐变化。表现在各个民族的艺术形式和内容上也都有了相应的新的发展。过去有些带有封建迷信色彩的活动形式，经过一定的改革、改造后，已成为健康的、对社会主义有利的艺术武器。如云南大理白族自治州有名的"绕山林"，本来是一种用来向本主祷告的歌舞形式，但现在它已经发展成为歌颂新生活的群众文艺活动形式了。而更使人感到高兴的是彝族、苗族、土家族的人民，已经从山歌的基础上创造出自己的"彝剧"、"苗语剧"、"土语剧"等新的剧种和剧目。各族人民在实际生活中感受到了幸福，他们衷心地歌颂党的领袖、党的领导，歌颂丰收，歌颂劳动英雄，歌颂兄弟民族大团结，歌颂整个的新生活、新时代。他们欢欣鼓舞，充满了信心。那种在重重压迫下的低沉的调子再也听不到了。特别是 1958 年以来，在总路线的鼓舞下，少数民族地区和全国各地一样，出现了诗画满墙、歌声遍野、百花齐放、艺术创作空前繁盛的崭新的局面。

专业艺术队伍的迅速成长

在这样一个规模庞大、蓬蓬勃勃的群众艺术发展的基础上，为劳动人民服务，同时又辅助群众艺术发展的各种文艺机构和专业艺术团体，得到了迅速的增长。各自治区和 80% 以上的自治州，乃至不少的自治县，都有了自己的专业歌舞团、剧团或文工团。比起解放前，在数量上增加了二十余倍。历年来，党和政府采取了各种措施，为各个少数民族培养了大批文艺干部。除中央民族学院设有专门培养民族干部的艺术系和各个自治区建立的高等、中等艺术院（校）外，全国二十多个高等艺术院（校）中，少数民族的学生也占着一定的比例，连同历年来开办的各种艺术专业训练班、学习班等，使上万人的民族文艺工作者队伍迅速地成长和壮大起来了。目前仅新疆维吾尔自治区，就有五十二个专业文工团和剧团，有作家、艺术家和专业文艺工作者三千多人。

这是一支力量雄厚的文艺大军。这支队伍在参加一系列的社会改革和政治运动中，进行了思想改造，特别是经过整风、反右、反大汉族主义和地方民族主义的斗争，以及下放劳动锻炼，使他们受到了深刻的教育；因而，在政治上、思想上得到了显著的提高；汉族干部和兄弟民族干部更加亲密团结。十年来，他们在各级党委的领导下，一贯遵循着党的文艺方针，广泛地深入和联系工农兵群众，走向农村、牧区、厂矿和部队，创作和演出了许多优秀的文学艺术作品；紧密地配合了各个时期的政治运动和生产斗争；有力地教育和鼓舞了人民的斗争意志和建设社会主义的劳动热情，辅导和推动了群众业余文艺活动。如广西僮族自治区歌舞团、内蒙古自治区歌舞团等，经常爬山越岭、长途跋涉、深入山区和草原，为群众演出和进行辅导工作。类似这样的活动，已经成为民族地区专业艺术团体光荣的、经常性的任务了。

人才辈出，艺术品质大大提高

由于贯彻执行了党的"百花齐放、推陈出新"的方针，不同风格、不同题材的作品和多种多样的艺术形式，都得到了充分的展现和发挥，优秀的艺术人才，愈来愈多地涌现出来。像出色的说唱艺人毛依罕、爬杰，马头琴艺人色拉西（蒙族）等；歌唱演员宝音德力格尔（蒙族）、方初善（朝鲜族）、阿农木泥沙巴夏（维族）、阿泡（苗族）、白秀贞（彝族）、才丹（藏族）等；舞蹈演员阿米娜、明娜娃（维族）、欧米加参（藏族）等；作曲家郑镇玉（朝鲜族）、金国富（彝族）等；以及其他许多出色的艺术家。他们杰出的艺术表演和艺术创作，受到了国内外广大人民的热烈欢迎和赞赏。各民族的文艺工作者和民间老艺人紧密合作，在继承传统的基础上，整理加工了大批优秀的艺术节目。如：朝鲜族的《扇舞》，傣族的《孔雀舞》，维吾尔族的《种瓜舞》，藏族的《草原上的"热巴"》，蒙族的《鄂尔多斯》和《挤奶员舞》，以及撒尼族①的《远方的客人请你留下》、朝鲜族的《闺女之歌》等歌曲……。这些节目不仅被国内各民族人民所喜爱和广为流传，而且都是我国参加历届世界青年联欢节比赛获奖的优秀节目，它们充分显示了我国少数民族艺术的丰富多采，和优异的艺术才能，给世界人民留下了深刻的印象。

十年来，通过历次的区域性、全国性的会演和巡回演出，各族人民进行了广泛的文化艺术交流。大家互相学习，互相吸收，使各族人民艺术增添了新的光

---

① 　编者注："撒尼族"应为"撒尼人"，后同。

彩。少数民族的许多歌舞节目,被汉族地区的专业或业余艺术团体广为吸收并经常上演。而汉族的甚至国外的一些艺术形式和剧目(如话剧、歌舞剧、舞剧和各种地方戏;合唱、合奏、油画、国画等)也被各民族地区的专业和业余艺术团体所吸收,所介绍,并充分运用它们来表达本民族人民的思想感情。这种互相影响,互相吸收,使各族人民的艺术在继承和发扬本民族的优秀传统与独特风格的基础之上,得到了进一步丰富和发展。

挖掘整理工作取得显著成绩

建国以来,党和政府采取了各种积极措施,发动了广大文艺工作者和人民群众,对各民族民间流传的艺术进行了挖掘、收集和整理工作。几十万种古典文学、口头文学、民歌曲、乐曲、民间舞蹈、民间工艺美术品被收集起来,并且有很多已经整理出版或正在陆续出版。这里特别值得提到的是,许多流传在民间历史悠久的珍贵遗产(如新疆维吾尔族的古典音乐"十二部木卡姆"、纳西族包括十大乐章的元代器乐曲"别司歌里"及侗族的"大歌"等),也在中央和各级党委的关怀领导下,初步挖掘出来或正在继续挖掘中。各民族的民间老艺人,解放后得到党和政府的极大关怀和重视,生活上得到了妥善安置和照顾,他们在发掘、整理和继承、发扬各民族传统艺术的工作中,贡献出了很大的力量。

少数民族文学艺术的理论研究工作,已引起各方面的重视。有些地区成立了专门的艺术研究机构,出版了艺术研究资料和刊物,并取得了一定成就;中央的一些艺术研究单位也已设立了专门的研究小组。这对推动各民族艺术的迅速发展,将会起重要的作用。

这一切辉煌成绩,是党的民族团结、民族平等、民族繁荣政策的胜利,是正确贯彻执行了党的文艺为政治服务、为生产服务、为工农兵服务、百花齐放、推陈出新、普及与提高相结合的文艺方针和各族人民以及广大文艺工作者积极努力的结果。在党和各族人民伟大的领袖毛主席的领导下,祖国多民族的绚丽的艺术花朵将会开放得更加光辉灿烂!

让我国多民族的戏剧艺术百花齐放

李　超

史料解读

　　史料原载于《戏剧研究》1959 年第 4 期。新中国成立以来,社会主义革命和社会主义建设使各民族间实现了真正的平等。但是,各民族文化发展水平不同,应当重视每一个民族的文化精华,使各民族文化在互相交流中得到发展,从而使整个中华民族的文化更加丰富多彩。为此,党和政府采取了一系列措施,使各民族的文化艺术随着我国社会主义建设的推进而飞速发展。文中指出各民族的文化艺术必须反映和适应社会主义经济和社会主义政治,各民族的文学艺术在思想内容上必须是社会主义的、爱国主义的,形式上则是民族的,可以丰富多彩。文中还具体分析了藏戏、侗戏、壮族戏剧、维吾尔族戏剧等的发展状况及存在的问题,指出少数民族传统戏剧艺术的发展是不平衡的。新中国成立以来,由于党的民族政策和文艺方针以及各族人民的共同奋斗,许多少数民族戏剧得到了扶植,也在民族歌舞及说唱艺术基础上创建了一些新的民族戏剧。但是新的艺术形式还处在形成和发展的过程中,需要坚持不懈地发展,还需要作家、艺术家等多方的协同努力,只有这样才能迎来各民族文化空前繁荣的时代。

　　该史料分析了新中国成立后少数民族戏剧的发展状况,通过对具体民族戏剧的分析,说明了少数民族文艺加入政治叙事主旋律的文艺现状。该史料视角开阔,作为少数民族戏剧发展的概览式研究资料,为总结少数民族文学发展规律提供了基础材料。

原文

一

建国十年来，轰轰烈烈的社会主义革命和社会主义建设使我们这多民族的祖国空前繁荣，空前团结；我们社会主义的经济制度和社会主义的政治制度，使我们各民族间得到了经济上、政治上真正的平等。

但是，不容否认，在过去的历史年代里，由于地理条件的不同，由于生产发展的参差和生活方式的各异，所以在文化的发展上，国内各民族间还有先进与落后之分。甚至有的少数民族还没有完全摆脱奴隶制度，有的少数民族没有自己的文字；有的少数民族由于政治、生产、生活以及历史上的各种原因，同汉族人民杂居在一起，逐渐消失了自己民族的某些特点——但还保存着他们自己的民族文化。

我们应该把国内每一个民族的文化精华当作我们民族大家庭的精神财富，注意研究它、保存它、继承它、发扬它，使各民族的文化在互相交流中得到发展，使整个中华民族的文化更加丰富多采。正是为此，解放以来，我们党采取了一系列的措施，使各民族的文化艺术随着我国社会主义建设和社会意识形态的转化而飞跃发展，迅速提高。在结束了历史上民族的压迫之后，少数民族的同胞们更进一步地要求结束阶级剥削，摒除封建的、迷信的思想束缚，他们要求和全国人民在各方面一起飞跃前进。这是少数民族文化能够迅速发展的根本动力。按照党的民族政策，各民族在摆脱了一切旧的束缚之后，在各民族集居的地方成立了行政区域，在政治上团结起来了，在经济上、生产上得到了发展。这蓬蓬勃勃发展的社会主义经济基础，迫切地要求它的上层建筑之一的文化艺术来相适应。文化艺术也迫切地要求促进其基础的巩固和发展。因此，发展和提高各民族的文化艺术，已成为迫不及待的任务了。

一般地说，各少数民族的文化艺术，是落后于汉族的。但是有些少数民族的民间歌舞，在和生活紧密结合的意义上，在艺术发展高度上，却不弱于先进民族。他们不但人人能歌善舞,而且这些艺术活动已经成为人们日常生活的一部分,成为人们不可缺少的一种需要。歌、舞的发展,当然是和各民族的生产方式和生活方式分不开的。由于少数民族地区缺乏人口集中的城市,甚至有些民族由于生产方式和地理条件的限制,还没定居下来,所以他们的生活适合于采用歌、舞和说唱的艺术形式来表现。但今天不少游牧的少数民族逐渐定居了,很多地区开办了工、矿企业,少数民族地区的城市也开始建设起来了,人口增多了,生活面广阔了,生产复杂了,人民思想活跃了。因此,他们对艺术也就要求丰富多采,要求以综合的戏剧艺术来反映更丰富、更复杂的生活和思想感情。本来就有戏剧传统的民族,在旧社会,由于帝国主义和反动统治双重压迫,经济衰落,人民生活困苦,他们的戏剧自然也没能得到应有的发展。解放后,这才渐渐地得到恢复。如僮戏、侗戏和藏戏等,在党的领导下,都发动老艺人挖掘、整理了传统剧目。解放后在这些地区,党为了发展民族戏剧,曾采取了许多措施,如广西僮族自治区曾举办过师公戏研究班,维吾尔族、蒙古族和回族等都先后成立了民族歌舞剧团或文工团,并集中老艺人组织季节性的戏剧团体。因此,各少数民族的戏剧像雨后春笋般地在成长壮大,或者正冒出欣欣向荣的幼芽。这些剧种挖掘、整理了旧有的传统剧目,发扬了剧目中的人民性,还把传统说唱中的故事改编成戏剧上演;尤其可喜的是还创造了不少反映当前现实生活、描述少数民族从未有过的喜悦心情的剧目。这些情况说明了:只有在这社会主义的民族大家庭中,只有在党的"百花齐放、推陈出新"的方针指导下,各民族的文化艺术才能得到发展、繁荣和提高。

为迅速有效地推进少数民族戏剧的发展为民族进步和祖国建设服务,我提出几个问题供大家参考。

首先,少数民族的戏剧必须是社会主义的民族戏剧。现在,各民族团结在党的周围,共同建设着社会主义。在同一社会经济基础上、同一政治环境中成长发展起来的少数民族戏剧,不可能也不应当是别的戏剧。但许多少数民族是从封建制,封建农奴制,甚至奴隶制等一下子跳到社会主义的,这个飞跃过程在经济发展阶段上因为有党的领导和先进民族的帮助,可能是较短的,而意识形态的变革将仍是相当长期的、艰巨的。因而一切民主主义和爱国主义的思想因素都是应该加以提倡和鼓励的，并应该细致地把这些思想因素纳入社会主义的总轨道。第二，少数民族的戏剧当然是反映本民族的历史和现代生活，表达本民族人民的思想感情的。但作为新中国民族大家庭的一员，他们的思想感情，必须是属于社会主义思想、无产阶级思想范畴的。就是说今天各少数民族的主导思想的民族范畴是跟无产阶级的阶级范畴一致，并且受它的制约的。如果离开了这个基本范畴，那就会陷入狭隘的地方民族主义的思想感情。那也就是一种反动的资产阶级民族主义的思想感情；甚而像西藏上层叛乱分子那样，企图保留领主庄园制的统治，继续奴役农牧民，反对民主改革，那就是最野蛮落后的封建领主的思想感情了，这一种思想感情在人民中国断然没有存在的余地。第三，少数民族的戏剧必须是批判地继承了本民族的艺术传统，在民族文化艺术和祖国文化艺术的基础上发展的。特别是一些新创建的民族戏剧，决不应当脱离自己民族的文化艺术传统，更不能单凭主观创造一种戏剧形式。因为，戏剧是演给观众看的，这就必须尊重观众的欣赏习惯。如果表演的东西，这个民族的观众根本不熟悉、不喜爱、不理解，那么这种民族艺术就不可能生存，更不可能发展。但我们也不能狭隘地理解民族传统，我们除了各少数民族自己的传统之外还有一个中国民族悠久丰富的大传统。这个文化传统的形成虽则作为先进民族的汉民族尽力较多，但各少数民族都有自己的贡献。中国音乐舞蹈戏剧发展史实际上综合了各兄弟民族的艺术创造。因此每一个少数民族都有必要和权利继承这个大的传统。只有适当地明智地继承这个大的传统，各少数民族戏剧艺术才能得到迅速丰满的发展。同时，要尽量保存发扬本民族最有特点、最健康智慧的东西，也要批判地吸收别民族或外国文艺中先进的有益的东西，一切狭隘保守、故步自封的观点对发展任何民族文化都没有好处。第四，由于戏的内容（故事和人物）是本民族的，观众对象主要是本民族的，是为本民族服务，向本民族宣传爱国主义、社会主义、共产主义思想和道德品质的，因而观众所听到的必须是他们懂得和熟悉的语言。但这也不应该绝对化。今天中国各兄弟民族一面得发展本民族的文化，本民族的语言，把本民族的语言提炼丰富使其更美,更丰富,能传达任何高尚进步的思想感情,表现任何先进事物。但也有义务学习掌握祖国的标准语言,只有这样才能及时直接地接受中央的政令、指示和先进文学艺术的影响,并和兄弟民族交换经验,沟通思想。所以除了以本民族语言为主的演出外,根据不同情况,也可以考虑运用汉语演出。音乐也是如此,应该充分发挥本民族特色,也应该适当地吸取一些兄弟民族和外国好的东西来丰富自己,提高自己。第五,戏剧的创造者当然应该以本民族为主。继承本民族的文化艺术传统和用本民族的语言创作,都要有本民族的作家、导演和演员来从事创造。但是,我们一方面提倡本民族的创作者来创作本民族的戏剧,同时也竭诚欢迎其他民族的作家、艺术家,特别是有修养有才能的作家、艺术家来创作反映兄弟民族的生活的作品,上演反映兄弟民族的生活的戏剧,或是创作以这一民族和其他民族之间的关系为题材的戏剧。

最后,创作少数民族的戏剧应当力求以革命的现实主义和革命的浪漫主义相结合的创作方法来进行。首先,这个创作方法极为适宜于用来创作反映我们今天充满革命理想的伟大现实的作品。我们各少数民族的文学艺术,不管是歌、舞还是说唱和文学,都带有强烈的现实主义和浪漫主义的传统,如果我们认真地继承这个传统,更高地概括现实,就不难创造出我们所需要的社会主义的民族的各式各样的新戏剧来。

二

在创造、发展各民族的戏剧的道路上,不是没有问题的。

有人说:我们的国家是统一的,社会主义的经济基础是共同的,那么作为它的上层建筑之一的文学艺术也应当只有一种,为什么还要有各民族的不同的戏剧艺术?难道同一个基础还可以有不同的上层建筑吗?众所周知,我们的民族政策是根据马克思列宁主义关于民族问题的原则,结合了我国的实际情况,规定在宪法里的。我们所采取的民族区域自治政策,得到国内各民族的拥护与支持。全国人民都懂得,我国各民族必须紧密地团结在党的周围,才能避免帝国主义的挑拨,才能建成社会主义。因此,我们各民族的文化艺术也必须反映和适应我们的社会主义经济和社会主义政治。也就是说,我们的各民族的文学艺术,在思想内容上必须是社会主义的、爱国主义的、进步的;但是在形式上,则是民族的,可以丰富多采,万紫千红。各民族的文学艺术形式应当是在自己民族传统基础上,根据新内容的要求而发展了新形式。我们党的"百花齐放、推陈出新"的方针完全适用于少数民族的文学艺术,各少数民族的戏剧艺术应当在祖国的文艺大花园中百花齐放,使我国的几百种戏剧艺术争芳斗妍,从竞赛求得更大的繁荣和发展。通过竞赛更快地拂去糟粕、发扬精华。在思想上愈加提高,在艺术上愈加丰富多采,表现力愈来愈强,以此来宣传社会主义、共产主义的道理,岂不更加有力?!

　　也有人因为少数民族的戏剧艺术目前水平较低,因而认为它没有什么发展条件,甚至看不起它。比如在四川省今年举行的戏剧会演上,有人看了藏戏,就主张取消藏戏,说它太简单,不够戏剧的水平。其实任何事物的发展总是从简到繁,由浅入深的。今天已被全世界公认为具有极高艺术水平的中国戏曲,在七、八百年前又何尝不是非常简单的? 即使在七百年前,大戏剧家关汉卿的时代,戏剧艺术已经非常昌盛,戏剧创作的水平已经很高,但是在一出戏里也还只有一个主角在唱,可见那时候元杂剧的表演艺术也还没有达到全面发展的地步。可知问题不在于少数民族现有的戏剧水平如何,而在于我们对它是采取热情的扶持的态度,还是加以歧视。前面说过在今天汉族戏曲艺术中吸收、包容各少数民族的艺术因素确实不少。汉族的前辈戏剧艺术家们善于兼容并包,能够吸收消化各民族艺术的长处营养自己,不保守、不排他地对待艺术创造的工作,这才丰富了汉族戏剧艺术的音乐和舞蹈,加强了它的表现力。所以,今天已经提高了的汉族戏剧艺术家们,也应该以从民族中来、到民族中去的精神,去帮助发展少数民族戏剧艺术。当然,我们既要批判表现在文艺工作上的大汉族主义思想,也要反对狭隘的地方民族主义思想。像孜牙那样反对党的领导,不许别人插手于少数民族文艺事业的右派思想,必须坚决反对。同时,也要清除那种瞧不起自己民族的文学艺术,不承认祖国文学艺术的成就,只是盲目崇拜西洋的民族虚无主义思想。不清除这种思想就无法发展和提高本民族的戏剧艺术。

不管怎么说，少数民族的戏剧艺术是一定会发展的，这是客观的必然趋势。千百万少数民族观众期待着它的成长、发展。它是民族土壤上的产物，它的语言，它的表演、舞蹈、音乐，是本民族广大群众所喜闻乐见的，它所反映、描写和表达的也正是本民族广大群众自己的生活，自己的思想感情。本民族广大群众从这些艺术作品中将能得到艺术欣赏，取得知识，受到教育。因此，就是我们不去管它，它也会随着社会的进步而成长的。但我们一定得管它，不能让它像野生植物一样自生自长，而应该像热情的园艺家一样给它创造更好的生长条件，施肥、浇水、整枝、修叶，促使它更快、更健康地成长起来。

<h2 style="text-align:center">三</h2>

为了让我们更好地认识在少数民族戏剧中确实有着丰富、优美的财富，这里我们具体地举出几种类型的戏剧来谈一下。首先谈谈藏戏。

关于藏戏的起源有各种传说。有的说，清初的时候，有一个曾在北京住了很久的西藏贵族，回到西藏后在民间歌舞和宗教祭祀仪式的基础上，发展了藏戏。有的说，远在十四世纪的时候，有个喇嘛唐东杰白，以书、画和说唱等形式进行传教，这种形式叫"喇嘛马尼"，他为了募化修建铁索桥（所以他又被藏族人民尊称为铁桥师），在跳神的仪式中贯串了民间传说或佛经故事，穿插了人民所喜欢的情节，逐渐形成了戏剧，颇受群众欢迎，因而广泛流行起来。但是后来有些喇嘛反对公开宣露佛教秘密，因而使这一戏剧的发展受到束缚。直至十七世纪，五世达赖罗桑嘉错才把这一戏剧形式从宗教仪式中分离出来，使它成为独立的戏剧艺术形式。编出了些宣扬宗教的剧本，演剧的成员也从寺院中分离出来，组织成专业的藏戏剧团。从这时候起，在山南等地相继成立了十多个剧团，直到现在还有八世达赖的时候成立的剧团——将戛尔和更早的札西雪巴等剧团。

藏戏和宗教的渊源是很深的。据记载，十三世达赖时代噶夏政府曾有给觉木隆剧团的这样的批文："把古昔菩萨大师的故事表演出来，劝恶归善。"这说明藏戏的发展是和宣传宗教分不开的。但是，我们也必须认识到，戏剧从来是完成在观众面前的，没有观众的戏剧是不存在的。虽然传教者们的目的是为了宣传宗教，但是为了使观众接受，则必须在戏剧中加进了人民所熟悉和喜爱的歌舞形式，使之和传说故事结合在一起。更重要的是，不是传教者们自己表演，而是让更多的演员去表演、去创造。一旦这种艺术形式为广大的人民所掌握，他们在进行创造的过程中，就不可能不加进他们自己的意愿与思想感情。比如觉木隆剧团就是由藏民妇女唐桑大姐和一些爱好戏剧的劳动人民组织起来的。他们在缺吃少穿的艰苦条件下到处乞讨，甚或遭受统治者的凌辱，但是，他们由于受到人民的热爱而坚持下来了。这些艺术家紧密地联系着群众，他们的思想感情必然渗透到他们的戏剧中去，这就使他们的戏剧产生了可贵的人民性。他们选择了不少有反抗性的民间传说，采纳了民族英雄的故事，表达了他们的美丽的想象与意愿。这些演员、艺术家们代代相传，在老戏师的教授下，付出了毕生的智慧与精力，从事艺术创造，使藏戏逐渐丰富优美。我们现在所知道的藏戏故事，大体上可以分成这样几类：一种是古典题材的，宣传宗教和传统道德观念、叙述佛教经典故事的，如描写轮回转生三世的《说白王秋》，讲述观世音舍身救人普渡众生的《赤美滚登》等戏；一种是富有神话色彩的传奇剧，如《苏吉尼玛》和《卓瓦桑姆》等戏（这些故事已有译文发表）；一种是历史题材的，如《甲萨与白沙》（即《文成公主与尼泊尔公主》，写文成公主的又叫《松赞干布迎娶文成公主记》）；再一种是歌颂爱情的戏，如《诺桑王子》（民族学院有此剧本）；此外还有揭露统治者强暴的，如《朗萨姑娘》（这戏四川一个业余的藏剧团演出过）。这些戏虽然有宣传因果报应、皈依佛法等思想与情节的，但也有很多是充满反抗精神和富有人民性的戏。

　　藏戏之所以有悠久的传统，有丰富多采的剧目，不单是因为它能为宗教服务，宣扬了佛法无边，而是因为它歌颂了人民的善良愿望。同时它还有生动的、深入浅出的、富有诗意的戏剧语言，也是生活中最美的语言。我们不妨举两个最流行、为人们所熟知的剧目来看看。《苏吉尼玛》写的是：国王娶的皇后是托胎于母鹿的仙女的化身苏吉尼玛，她引起妖妃的嫉妒，妖妃就叫女巫几次三番地害她,骗得国王不得不信苏吉尼玛是个吃人的妖魔,于是把她流放到苦海去受罪。但是由于她的善良、精诚感动了神,神把她救了出来,化装成个尼姑,往京城去讲道说法,感化了很多人。这时妖妃不知道她是谁,也来跪在她的面前忏悔她过去陷害苏吉尼玛的罪行。她在心底的私话被国王听见了,国王这才明白苏吉尼玛是被妖妃所害。他又气又恨,立即要杀死妖妃,但苏吉尼玛却挺身出来讲情说:"勇如狮子满如秋月的大王,过去的一切都像飞沙一样过去了,叫一切都像春天的青草一样生长吧,幸亏我还未遭毒手,今天还站在你们的面前哩,您就饶了她们,叫她们改过吧!"我们从这简单的说明中也可以看到它的故事多么优美完整,刻画善良的苏吉尼玛,真是仁至义尽(当然也含有宣扬佛教利他主义的精神),而且人物所说的语言又是多么美啊!

《卓娃桑姆》也同样是个生动的故事:国王和善良的王后卓娃桑姆婚后生了一位太子和一位公主,这时有个妃子魔女哈江非常嫉妒,就把王后逼走,把国王害得发疯。之后,还想害死他的一双儿女,于是她装成非常正经、无比公道的样子,把大臣们找来,花言巧语地说:"火苗在微小的时候不扑灭,像须弥山一样大的草堆也有被烧掉的危险;决口在细小的时候不堵塞,连整个大地都有被淹没的危险。"因此她说服了一些大臣,下毒手来害王子。第一次没害死王子,她责备大臣们说:"孔雀的羽毛好看,吃的却是毒蛇,你们说的好听,做的却是坏事……"剧中用美丽的词句描写最坏的心灵,因此大臣们都听信她的话。这戏中的某些情节和汉族的《封神榜》有相似之处,比如哈江要害王子的时候,她躺在床上装病,说非王子的心不能治这老毛病,就有些像妲己害比干的情节。

在这里,我们仅从藏戏的历史和剧目,就可以看出它的悠久的戏剧传统和丰富多采的艺术财富,使我们知道在我们兄弟民族中有着多么宝贵的艺术遗产。同时,它也要求对那些辛勤、智慧、坚毅的藏族戏剧工作者们给予帮助,使古老的藏戏开出鲜艳的社会主义之花。

侗戏的形成,是从民间的说唱艺术——侗族大歌发展起来的。由于侗族和汉族文化交流密切,居住邻近,所以侗戏受到了汉族戏曲的影响。但是,一个民族的艺术,它总是在自己的土壤上成长的,所以它的特色还是很强。侗戏虽然比藏戏的历史短得很多，但是据科学院的调查，也有一百多年的历史了。据说清朝嘉庆或道光年间，一位侗族秀才吴文采，曾根据汉族故事编写过侗戏《梅良玉》。像这类汉族题材的或移植汉族故事的侗戏剧目虽然不少，但更多的还是富有民族色采、带有浓厚民族生活气息、描写侗族民族英雄或其他反映侗族生活的剧目。这些戏反映了在历史上由于本民族处在被压迫与被统治地位而产生的反抗情绪，也表现了他们的理想和意愿。比如写英雄吴勉的一个戏，说他降生的时候，全寨香云缭绕，一降生就左手持书，右手握鞭。到他年将弱冠的时候，他父亲因领导群众抗捐抗粮，被官家所杀，于是吴勉便继承父志，领导群众，向官家斗争，而且他以初生时带来的鞭子，像牧羊一样把群山赶到一起，以抵挡敌人。后来，终于被敌人所杀。但他死而复生，仍旧领导人民进行斗争。这个戏写出当时少数民族对统治者前仆后继的斗争，以及一代代地死在官府手里的悲惨遭遇。但是人民却认为英雄们是永生的。在其他侗戏中，不论是描写爱情的戏，或是颂善贬恶、抨击坏人坏事的戏，都充满了少数民族对封建统治者和束缚他们的落后制度的反抗精神，充满了正义和乐观的情绪。这些戏剧作品不但是现实主义的，而且有着浓厚的浪漫主义成分。

我们再看看贵州新近整理出来的《珠郎娘美》这出侗戏。

《珠郎娘美》和其他民族传统剧目一样，是经过历代的侗族老戏师和老歌师们的创造、补充、加工、整理而成的。他们在作品中留下了自己的思想和愿望。因为它是口头文学，只靠口传心授，因此一个戏就有十多个不同的故事情节；在戏剧结构上虽都是平铺直叙，但在人物处理上却各有所长。当然，由于它产生在旧社会，不可避免地也掺杂了封建、迷信和不健康的成分，但是，它仍不失为侗族人民光辉的创造，它塑造了一个庄严、瑰丽、勇敢的妇女形象——娘美，她被赋予了永不磨灭的艺术生命，流传在侗族人民当中。

侗族有个风俗，表妹一定要嫁表哥；同时又有个风俗，即是"行歌坐月"，未婚的青年男女通过在月夜里唱歌来进行恋爱的活动。于是，产生了这样一个故事：娘美是个聪明、美丽、勇敢的姑娘，她在行歌坐月中爱上了青年珠郎。但是她的母亲和舅舅不同意，强迫她嫁给表哥。娘美和珠郎为了忠于爱情，只得逃到远处去。当他们逃到贯洞的时候,地主银宜看上了娘美,想了好多办法,企图占有她。但是都被娘美设法拒绝了。银宜不死心,就把珠郎害死,以便强占娘美。可是机智、勇敢的娘美却弄清了阴谋,报了仇。这个戏塑造出了一个聪明、勇敢的侗族妇女,写出了侗族人民的顽强性格。长年积累的、压在心坎的愤怨和乐观的理想为他们的戏剧创造垫好了基石;侗族大歌的文学基础和丰富生动的生活语言,也赋予侗族戏剧以很强的表现力。剧中的词句用语,虽然非常通俗,但却很优美。比如,珠郎和娘美订了婚以后,娘美说:"表记已经换了,你要还定不下心,我们就破个铜钱订下千年盟约吧!"珠郎说:"这话就跟我嘴里说出来的一样,真合我的心!"这样真挚、生动的说法,在有些少数民族语言中是常常出现的,他们就是把话说的更俏,语意更深。他们那么善于运用比喻,善于运用"比"和"兴";唱词也很明快、健美,如当娘美的妈妈和舅舅逼她出嫁以后,她一边纺棉花,一边唱:"一年忙到头,一天做活做到晚,头发没空梳啊!没得那闲时光。一心爱珠郎啊,哪个愿把表哥见。我就是只飞雀,也不落你们的圈套。珠郎你还不来啊,撇下我像条鱼儿涸干田,你那水再不下沟来呀,只怕猫儿要把我吞咽。手中棉花断,缠绕心绪乱,老是等着你啊!夜深风凉身困倦。"这是多么朴质而富有形象的情意深长的唱词啊!又比如在珠郎、娘美逃到贯洞以后,收留他们的地主银宜设计支使珠郎去讨债,这时候娘美预感到银宜没安好心,她希望珠郎不要去讨债,而珠郎唱:"燕子停落别家楼上,稻谷种在别家田里,想不去收账,拗不过主人家……"于是娘美嘱咐珠郎:"你向人讨债要心肠软,切莫凶言恶语强收钱,人家钱没备好你莫紧紧逼,要是人家恳求宽限你就回还。"虽然是四句唱词,却唱出了劳动人民的阶级感情,表现了她善良的本质,也表达了夫妻离别叮嘱之情。这些例子不胜枚举。不但这个戏里如此,我们在许多关于侗戏的资料里还可以找到更多更生动瑰丽、打动人心的语言、歌词。

下边我们再简单地谈一谈僮族的戏剧。

僮族是我国少数民族中人口最多、历史悠久的民族。据古代史料记载,远在两千多年以前,在我国沿海一带就居住着"于越"(即今之僮族)。公元前五世纪曾和汉族发生过战争。在悠久的文化发展过程中,他们创造了具有独特风格的音乐、舞蹈，再加上跳神和民族风俗习惯中形成的一些艺术形式，便逐渐发展成为戏剧。据说僮族的戏剧历史至少也有一百多年。但因旧社会反动统治的压迫，没能得到发展。但由于人民对文化艺术的喜爱，僮族的劳动人民仍然不断地努力创造并接受了汉族广班（即粤剧）的影响，发展了僮剧。由于发展地区和历史条件不同，僮戏还分师公戏和土戏两个剧种。在这些剧种的剧目中，虽有一部分是从汉族戏曲剧目翻译来的，但也有不少是反映僮族生活的，如《莫一大王》、《顺知扆海》、《白马姑娘》等，都是脱胎于本民族的民间故事的。这些戏的内容不是歌颂民族英雄怎样击败敌人、领导生产，便是反抗苛捐杂税，抨击坏人坏事的。这些戏不但充满了民族色彩和民族感情，也充分流露了阶级感情，体现了强烈的人民性。

限于篇幅，我们不能更详细地叙述各民族戏剧艺术的形式和演出的情况，因资料还掌握得不多，研究得很不够，很难作全面的分析研究。但仅就上面简略谈到的几个民族戏剧的情况，就可以看出在少数民族传统戏剧中有多么感人的故事情节，多么鲜明的人民性，多么生动的人物形象。对于这笔宝贵的民族文化财富，过去历代的封建统治者不是以有利于他们统治的目的加以窜改，就是任意摧残，使少数民族不但在政治上、经济上受着压迫，在文化艺术上也得不到发展。使得全国五十多个民族中的绝大多数不但没有戏剧艺术形式，甚至连文字也没有。但是人民是压不服的、战不胜的。文化艺术是人民的创造，人民的精神食粮，他们能够在最恶劣的条件下，像"石压笋斜出"似的从岩石的缝隙中顽强地成长起来。在这种情况下成长的少数民族戏剧，不可免地留着旧社会的烙印。我们看出，在少数民族的传统戏剧艺术中，共同存在着几个特点：

第一，由于历史的原因，许多少数民族不久前还信奉着万物有灵的原始宗教，有的政、教合一，反映到戏剧中，宗教的思想意识还是很浓。但是因为艺术是人民创造的，少数民族戏剧还和人民生活结合得很紧，所以艺术作品中充满了人民性和正义感情。我们必须在毛主席"百花齐放、推陈出新"方针的指导下，对传统剧目细致地进行取其精华、去其糟粕的工作。

第二，少数民族戏剧都或多或少地受着汉民族戏剧的影响。这就说明在我们这民族的大家庭里,虽然在历史上各民族的各阶层的统治阶级是互相倾轧、彼此争战、以强压弱的,但是各民族的文化总是在互相吸收、彼此补充交流提高的,劳动人民所掌握的文化,总是有着劳动人民共同的阶级感情的,因此它逐渐形成了整个中华民族的文化。我国各少数民族的文学艺术既有作为中华民族文化的共性,又有各民族文化的个性。解放以来,由于党的民族政策的实施,在保持民族文化个性的基础上,更多地得到了汉民族的帮助。

第三,少数民族的戏剧中充满了对反动统治者的反抗情绪和朴素的革命思想。使人惊奇的是在这些戏剧中很少有灰暗的、消极的、悲观厌世的情调,相反的充满了乐观的、优美的神话般的热烈想望,和天真无邪的感情与幻想,而且表露着少数民族(几乎全是如此)那种直爽、勇敢、勤劳的民族性格。

第四,在戏剧的主人公的选择上,描写女性、歌颂女性的更多些。而且对妇女都是赋予了更多、更大的同情。这当然不能说是母系社会的遗迹,如果解释成在少数民族地区,有很多妇女负担着生产的主要劳动,也许更恰当一些。我们看到少数民族戏剧中所描写的女性,不只有着崇高的母性爱,更有着强烈的劳动人民的感情。

第五,虽然在艺术形式上还不够完整富丽,艺术水平还不很高,但它也有着形式自由、活泼多样的特点。有些戏不受古典形式的限制,更灵活地为表现人物、表现主题思想服务。它不但能在广场中,在自然环境中演出,也能在舞台上演出。它既可以用报幕人(掌簿的)、解说员来解说的形式,也可以有分幕分场的结构。它既运用化装,也不放弃面具;载歌载舞,有说有唱。它既可以用动作表现思想,也可以用语言一表而过,或仍运用说唱形式以语言描述。总之,少数民族的戏剧形式一般是生动、活泼、简单朴素的。

以上我们只是就少数民族传统剧目和戏剧形式,更多地谈了一些它们原有的面貌。解放以来,少数民族地区已改变了刀耕火种的生产方法,基本上结束了野蛮落后的社会制度,进行了土地改革、民主改革,创建了文字,举办了学校,提高了文化,在少数民族地区也建设了不少戏剧团体和训练、研究机构。这就大大地改变了过去历史上少数民族戏剧自生自灭的状况,使民族戏剧走上繁荣发展道路。更可喜的是，有些还没有民族戏剧的少数民族，成立了民族实验剧团、民族歌舞剧团等等组织，各地党政的领导同志对它们给予了应有的关怀和扶植。领导上所以这样重视戏剧艺术形式，就因为它是我国社会主义文化艺术建设的重要的一环。

在这里再举几个少数民族新戏剧创造的例子来谈谈吧。

蒙古族在历史上曾创建了强大的蒙古帝国，统治中国近百年，创制了蒙族文字，也吸收了西方文化，造成了庞大的统一的局面。蒙古帝国灭亡后，蒙古民族在国内反动统治阶级、民族内部封建势力和帝国主义的残酷压迫下，长期处于被分割统治的状态，社会生产力极为落后，人民生活极端贫困。

解放后，蒙族第一个建立了民族自治区。由于党的领导，从经济上、政治上、文化上根本改变了面貌。人民在生产上，在发展畜牧业上有了突出的成绩，文化艺术也随之而得到发展与提高。蒙族歌剧、话剧在国内已为各兄弟民族所接受，他们还在同汉族共同创造的"二人台"的基础上发展着蒙族的新歌剧，领导上大力支持、扶植此种民族歌剧的发展。在民族实验剧团中他们把民族最有名的传统说唱《傲力格里玛》改编成新歌剧。这个戏的故事是：草原上一个聪明、贤淑、坚贞的姑娘和一个勇敢善良的青年恋爱着，经过了一些阻碍终于结婚了。但是正当婚后从娘家"回门"归来的时候，丈夫便被王爷的狗腿子抓去当兵了。从此"棒打鸳鸯两离分"，婆母整天咒骂她，说她的命不好，害得她丈夫被抓走，因而虐待她。可是她还贤淑地侍候婆母，担当一切生产任务（牧羊等）和家务。但是那糊涂的婆母却把她休回家去了。这姑娘回家后忠贞地等待着她丈夫达十年之久。终于解放了，她丈夫在外边参加了党的军队，胜利地回到了家乡，夫妻、母子、婆媳又重新团圆了。这个戏现在看来在剧本方面虽然还不够丰富深刻，还缺少深入的细节描写和对人物性格的精心刻划，但是由于传统的深厚，民族色彩的浓郁，生活气息的强烈，所以还是很能感动人的。在表演上，他们运用了民族舞蹈，也吸收了蒙族人民生活中特有的骑马、摔跤等形体动作，予以加工提高，运用到戏中。在音乐上他们更注意了民族风格，采用了汉族和西洋乐器中适宜于表现民族感情的乐器，特别是把民族特有的马头琴摆在重要的地位;在曲调上,他们一方面充分发挥了说唱音乐原有的唱腔,一方面也在编曲写词的过程中大力吸收了民歌和其他民族音乐,他们在民族戏剧实验中已经获得初步成绩。我们为这枝民族戏剧幼芽的成长而欢欣鼓舞,期待它在很快的时间内就能鲜花怒放,绿树成荫,作为我们社会主义民族的新戏剧之一种而放出异彩。

自从宁夏回族自治区成立后,中央和各地区的文化领导者和文艺工作者,对这一穷二白的回族自治区给予了大力的支援,使这一地区有了不少汉族的剧种,同时成立了自治区的文工团,创造了新的民族歌舞剧。这些歌舞剧,有的通过别具风味的民族婚礼,表现了回族青年人的前进面貌,表现了他们和那些封建迷信的人们的斗争。更值得提起的是文工团创作的《星星之火》,这是写的红军北上抗日途中路过宁夏,培养了回民武装,同敌人进行斗争的故事。这个戏不但写出了回民在旧社会受到土豪、军阀的残酷压迫和剥削,以及宗教势力的统治和束缚,同时也写出了回族人民勇敢善战、艰苦奋斗的性格和他们反对帝国主义的民族意识;特别是写出了一位回族妇女银花的成长,她从贫困交加的痛苦生活中锻炼出了强烈的阶级感情,在党的培养教育下,她变得那么坚强。戏中使人难忘的是,当敌人抓到了留在这个地区领导斗争的女红军,并且要她交出她的孩子,否则就把全村的孩子杀光的时候,银花不但不献出她隐藏的红军孩子,反而献出了自己亲生的孩子,眼看着自己的孩子被敌人杀戮,拯救了全村和红军的孩子。这一行动把一位觉悟了的回族妇女英雄形象刻划出来了。此外,银川秦剧院创作的《西吉滩》反映了回民在党的领导下,如何战胜了宗教的黑暗统治,兴修水利,发展了生产的事迹。这些戏虽然在艺术上还缺乏本民族的特征,在表演和音乐上还都是采用汉民族的艺术形式,但是它却真切地反映了回族人民的艰苦斗争历史和在建设中的尖锐的阶级斗争,以及对披着宗教外衣的反动分子的斗争。所以这还是非常值得欢迎的,应该大力支持。我们期望回族戏剧在宣传社会主义、共产主义思想和反映本民族生活内容的前提下,逐步建立自己民族独特的艺术风格。

谈到少数民族新的戏剧艺术创造的时候,就不能不谈谈新疆维吾尔自治区的情况。

谁都知道维吾尔族是个历史悠久的、以歌舞著称于世的民族。他们有很好的口头文学、说唱艺术作品和有系统的音乐创作，如《十二姆卡目》就是具体的例证。但是在旧社会，这些艺术财富没得到应有的重视，艺术家们则受着百般的煎熬。解放之后，这个民族的歌舞，在党的文艺方针指导下，得到了空前的飞跃发展，而且使歌舞和戏剧等艺术综合起来，发展了民族歌舞剧和话剧，建立了一支戏剧队伍，建筑了不少剧场。

在这里，我想从新疆维吾尔自治区的民族歌舞剧团创作的歌剧《吐鲁番之歌》谈起。这部歌剧是以一个具有民族特殊风味的婚礼开始的。在一对青年男女进行着喜气洋洋的婚仪的时候，来了一个汉族姑娘，她是繁殖葡萄的农业技术员。从此这位姑娘在葡萄沟就引出一段故事来。这位汉族姑娘为了繁殖葡萄，和富有经验但又有保守思想的社员托乎地展开了思想斗争。女技术员通过自己的工作争取到老农民的支持，因此他们积极地把经验拿出来同她合作，但托乎地不但不肯提供经验，反而跟汉族女技术员对立起来，遭到群众反对。托乎地一气之下，舍弃了葡萄经营去修铁路了。但是群众的力量是巨大的，他们团结起来，在技术上、劳动组织上克服了许多困难，不但提高了生产技术，完成了大量繁殖葡萄苗的任务，而且还以他们繁殖葡萄苗的成绩来迎接修路胜利归来的社员们。托乎地回来后终于认识到了自己的错误，而且为公社繁殖葡萄苗作了很多有益的贡献。这个剧本所描写的民族团结是表现在发展生产的基础上的，是民族之间的互相信赖，他们之间的矛盾是思想上的先进和落后的矛盾，他们共同的斗争目标是妨碍生产的保守思想。这就使我们看到在民族大家庭里的团结基础是什么，看到各民族的劳动者在建设社会主义祖国的共同事业中如何更进一步地团结起来，也看到维吾尔族人民是如何感谢党、感谢毛主席。

这出歌剧在艺术处理上，发展了民族特有的能歌善舞的特长。戏一开头，我们就看到了公社为社员艾则孜和海里曼举行着热闹的婚礼，男女社员们华服盛装，有的头顶一个瓷茶壶和塔一样的一叠碗，有的捧着各样鲜瓜香果，他们成群结队地唱着、舞着、做着彬彬有礼的交接。这一生活气息浓郁的场面，不但表现出维吾尔族人民那种热情、纯朴而爽朗的性格，也显示出他们解放后那种丰裕的生活和舒畅的心情。从这一场生活的描写中，说明了维吾尔族人民的生活——这个艺术的唯一源泉，不仅为戏剧创造提供了思想内容，人物形象，而且也为维吾尔族原有的丰富的表现形式和语言技巧找到了新的出路。我们看到，在维吾尔族的丰富多彩的舞蹈中，可以找出表现各种各样性格的舞蹈动作，也可以摘取出表现各种各样的思想感情的舞蹈语言和音乐语言。何况在他们的生活中，就有着像艺术作品中的人物那样的人物，就有着像由导演排出来的戏剧场面那样的生活场面，就有着像作曲家编写出来的乐曲那样的生活情调。艺术家们从生活中选择了优美的、适宜于用歌剧形式来表现的素材，运用到这个戏中来，由于生活素材选择得好，这就反过来丰富和加强了歌剧艺术的表现力。如妇女们成群结队地提着篮子奔向葡萄园的场面，她们采摘葡萄和剪秧的场面，公社的老人们抱着"东不拉"尽情地弹唱的场面，以及社员们欢欣鼓舞地迎接从修铁路工地上回来的子弟的场面，都是选择得很好的。有了这生动感人的生活情景，丰富美丽的生活色彩，宜歌适舞的风俗人情，再加上民族艺术遗产中的优秀传统，怎么会创造不出好的民族歌剧来呢？

延边朝鲜族自治州的话剧团是一支出色的艺术队伍。例如，他们在一九五六年全国话剧会演的时候，就曾把朝鲜民主主义人民共和国的《春香传》改编成朝鲜语的话剧演出，获得成功；在抗美援朝的时期，他们编演了不少戏剧，获得很大的成绩。

少数民族文艺在解放后有了日新月异的发展。但它的发展是不平衡的。有的文艺家底较厚，有的较浅；至今有的有语言而没有文字，有的有歌舞而没有戏剧。要把各少数民族的歌舞和各种艺术形式结合，发展成戏剧，不是轻而易举的事。这有待于作家、艺术家们作严重的工作。除了根据客观的可能，发展民族戏剧之外也可以直接移植相近的戏曲剧种以资借鉴。但运用戏剧形式为社会主义建设服务既然是迫不及待的事，我以为各少数民族应该极力提倡话剧，首先是民族语言的话剧。

话剧这一艺术形式在我国虽然只有五十多年的历史，但它已经达到了相当高的水平。特别是新中国成立十年以来，话剧事业的发展和它们质量的提高，都已取得显著的成绩。话剧较易于移植，也较便于表现民族的生活和斗争。这几年来，话剧在内蒙古、新疆已经有了显著的发展。在一九五六年，他们就以《我们都是哨兵》(蒙语①的)和《喜事》(维语的)、《春香传》(朝鲜语的)等剧参加了全国话剧会演，成功地演出在各族人民面前。后来还有些成功的创作曾译成汉语上演。至于汉族作家创作的反映少数民族生活的话剧，那就更多了。

为了在少数民族地区提倡话剧，我们当然希望少数民族的剧作家以自己的语言写出反映自己民族生活和斗争的剧本，但也赞成该地区的汉族文艺工作者用汉语来写作和演出，通过这些创作活动可以培养少数民族的作家、演员、导演，使他们熟练地掌握这一艺术武器。戏剧艺术的成长发展，是和产生伟大的作家、艺术家分不开的。比如没有关汉卿、王实甫等的出现，很难想象元杂剧的昌盛。话剧所以能从希腊悲剧进一步地发展，就和莎士比亚等大作家的出现有着密切关系。京戏的形成和发展也有赖于程长庚、谭鑫培、王瑶卿、梅兰芳等人的成就。因此，要发展少数民族的话剧，就必须首先培养少数民族的作家、艺术家。据我所知，新疆、延边和内蒙古为了解决这一问题，就大批选拔了具备戏剧才能和条件优秀的青年到中央戏剧学院来进行系统的学习。这当然是最好的办法。此外我们也不妨通过艺术实践和其他方法，在工作中有意识地培养选拔艺术干部，帮助他们进行艰苦的锻炼和创造。

四

新中国成立以来，由于党的正确的民族政策和文艺方针，由于各族人民的努力，我们扶植起了许多少数民族戏剧，也在民族歌舞说唱艺术基础上创建了一些新的民族戏剧。可以说，各民族戏剧在党的"百花齐放、推陈出新"的方针指导下，走上了康庄大道。少数民族戏剧的整理和创造，是在继承和发展民族传统的原则下进行的，从传统中找到了艺术发展的种子，这些种子又在表现当

---

① 编者注："蒙语"应为"蒙古语"，后同。

前现实、表达今天人民的生活感情上开了花。许多民族人民生活丰富多采,能歌善舞,对发展民族戏曲和歌剧,具有先天的优越条件。

新的艺术形式还在建立和成长的过程中,不可能一下子就完美无缺。也不可能一帆风顺,不遇到一点困难。比如在少数民族地区发展新歌剧,就有不少问题需要解决。拿蒙族的《傲力格里玛》和维族的《吐鲁番之歌》两剧来说,它们虽然初步取得了成就,但是在剧本文学、语言运用等方面,还不够成熟。这就要求艺术家们切实地研究民族传统,民族文学的结构和人物形象塑造的经验,并且重视学习汉族戏曲的表现形式和规律。在表演和舞蹈的结合上,也应向汉族戏曲学习经验,此外也要向斯坦尼斯拉夫斯基演剧体系学习,甚至也要向西洋歌剧、芭蕾舞学习,这种学习当然是借鉴,不是生搬硬套,是从中吸收适合本民族特点的表现方法。在音乐方面也应广泛学习,深入生活,既要兼容并包,又要有本民族的独特风格。我们从上边说的这两个戏中,虽然看到维吾尔族和蒙古族的能歌善舞,但也看到许多形体动作还沿用了话剧的表现方法,不敢大胆地使动作舞蹈化、美化,使唱、念、舞蹈、表演更趋统一。我们知道,歌剧和话剧一样,都是概括、集中地表现生活的艺术形式,但是话剧比较接近于生活的本来面貌,而歌剧则要将生活素材加以更多的提炼和艺术的夸张。从歌剧艺术所表现的思想感情的深度上来说,它更易于发挥感情,更能揭示灵魂深处的东西。歌剧中的形体动作、说话等,也可以说是赋予了比生活更美的形式。换句话说,歌剧更严格地要求艺术的真,艺术的美。因此不要怕人说:"生活中谁像舞蹈那样走路的?"也可以说,实际生活中没有一个人像舞台上的人物那样行动,实际生活中有谁用歌唱代替说话呢? 但是如果因此得出结论说,剧中人也不应当唱,那岂不是取消了一切歌剧艺术形式吗? 不但歌剧如此,一切艺术都有它的表现形式,如果取消了它的表现形式,这种艺术也就消灭了。生活中是没有哪吒的,不可能真有人剔骨肉还父母以后还能有个灵魂存在;即便能够存在,他的师父还要替他设法找到依附,或是用莲花为他造个化身。皮之不存,毛将焉附,体既毁灭,魂将何存? 有些人对艺术只要求思想性而不讲艺术性,甚至否定艺术形式,那岂不是要求无体之魂吗? 当然,缺乏灵魂的行尸走肉,那更是不行的。所以我们要求民族的戏剧既有美丽的灵魂——社会主义思想，又有健全的体魄——严整的、优美的、具有高度技巧和民族特点的艺术形式。

有人虽然承认了艺术应该有形式，但是还怀疑我们兄弟民族所创造出来的歌剧算不算歌剧，甚或不承认它是歌剧。从这些疑问中我们不难看出，有些人头脑中关于歌剧的概念是很成问题的。他们总是用西洋大歌剧的框子来套一切歌剧，或者幻想着还有某种神秘的歌剧形式。其实这两种想法都是不实际的。本来，任何艺术形式都是由生活内容所决定的，它却又高于生活的自然形态，它在千百万观众的面前经受考验，或者说千百万人民参与创造了它，同时又经过多少艺术家精心的创造，它才逐渐形成。而后，人们就根据这种艺术形式形成的客观规律，确定了它的概念，反过来再以它指导创作，研究艺术问题。比如说话剧的概念是怎样的，在作家头脑中弄清楚了，他就可以把他所积累的生活表现在话剧这种艺术的形式中，如果这个形式真能表现这个内容的话。诗人知道了格律诗、民歌体诗等等的概念，如果合适的话，他就可以选择格律诗或民歌体诗的形式来表现他所要表现的内容。我们不可能按照西洋歌剧的概念、按照西洋歌剧的定义创造我们民族歌剧。这不仅在逻辑上说不通，而且实际上也不必这样作。我们的戏曲既不同于西洋歌剧，也不能用西洋歌剧的概念来规范它，戏曲就是戏曲，它就有它自己的艺术形式、自己的艺术规律，有它自己的概念。它是人类文化宝库中一种独特的奇花。它的唱、念、做、打就那么多样而统一，它的表现力就那么强烈、那么有说服力，它就那么丰富多彩。这原因就是因为它是真正从这块土地上生长出来的，而不是先有个什么定义和概念，而后才创造出来的艺术形式。还应当说明的是，我们既不否认艺术形式，也不能被艺术形式束缚住，我们要辩证地、从发展的观点去理解艺术形式问题。我们知道一切艺术形式一旦被我们掌握了，它就会随着内容的要求而发展变化，但等到一种艺术形式形成之后，它又反过来要求一定的内容来适应它。总起来说，什么种子发什么芽，什么土地长什么花，违反这条规律的作法是绝对行不通的。

在我们民族的大家庭里，在解放后社会主义的建设中，各民族一同大踏步前进。国民经济生活的提高，不可避免地要看到一个空前文化繁荣的到来。

也许有人要问,我们各少数民族戏剧的发展繁荣有什么条件,有什么保证?我们说:有。首先,有党的百花齐放、百家争鸣、推陈出新的方针,这正是引导我国戏剧艺术走向繁荣发展的正确方针,是指导我们建设社会主义的民族的新戏剧的正确政策。解放以来,我们党和政府的负责人对戏剧事业给予了极大的关怀,使得全国的各个剧种得到发掘整理,使在舞台上绝迹十几年以至几十年的剧种重新复活起来。各个少数民族的戏剧也逐步地呈现了欣欣向荣的景象。

第二,我们的少数民族在过去长期受到阶级的、民族的压迫和剥削,可以说是"一穷二白"的。而在解放后,开发了各种矿藏,开办了大型的工厂,兴修了水利,发展了生产。同时,社会制度的改变,以及历次政治运动,提高了人民的觉悟,鼓起了他们的革命的热情,社会意识形态也从根本上起了变化。社会的变迁,迫切地要求着文学艺术的适应。同时这一日千里的飞跃前进,在生活中留下了不可磨灭的印记,因而也就给文学艺术创造提供了无比丰富的源泉。如新疆的人民解放军征服了无缰野马——塔里木河,内蒙古地区建设了大规模的重工业——包钢,在这些建设中涌现出了大批的前无古人的今朝英雄……这些都是作家写不完的题材和主题,歌颂不尽的英雄人物,有了这丰饶的生活源泉,怎么会不产生少数民族的出色的戏剧呢?

第三,前边已经谈过,我国各少数民族都拥有丰富的民族艺术遗产,这些艺术并不是只存留在少数艺术家的身上,而是为广大的劳动人民所掌握的,真可以说是人人能歌,个个善舞。而且这些掌握艺术技巧的人往往具有鲜明的民族性格,他们对自己的思想感情是那么富有表现力,这种民族性格和他们生活方式的特点是非常有利于艺术创作的。因此,我们正可以充分利用这样的有利条件,在普及的基础上提高和发展少数民族的戏剧艺术。

第四,我们幸福地生活在这民族大家庭中,我们这大家庭有悠久的戏剧传统,有戏剧艺术创造上宝贵的经验,有解放十年来戏剧艺术辉煌的成就,而且在党的领导下,民族压迫和歧视早被清除,先进的汉族艺术家大师、老前辈,以及一支宏伟的艺术队伍,都是我们少数民族戏剧发展的有力支柱。我们相信各民族热爱祖国的艺术家、作家在轰轰烈烈的建设社会主义文化的运动中,一定会彼此无间地热爱着各民族的戏剧艺术，关心和促进着它的发展。当然，我们也应该承认人民群众对艺术还有欣赏习惯的不同，欣赏传统的不同。所以我们决不能强求一致。我们一方面要帮助少数民族提高艺术质量，同时也要虚心地学习少数民族艺术中的精华，在民族间建立互相尊重、彼此学习和无私援助的关系，这样才能使我们祖国的社会主义民族新戏剧得到辉煌的发展。

1959 年 8 月 18 日

西南少数民族艺术有了新发展

叶 林

史料解读

　　该则史料为一篇评论，原载于《人民音乐》1959 年第 1 期。作者在参加西南区文化工作会议时接触到各民族丰富多彩的戏曲形式，改变了对少数民族艺术的陈旧观念并有了新的认识。在社会主义建设中，随着经济基础、生产方式和人民群众思想的变化，少数民族艺术也有了新的发展。第一，出现了许多少数民族新剧种，如彝剧是彝族在继承原有的舞蹈、曲调、乐器的基础上整合而成的唱白俱全的小调歌剧形式。白族的说唱音乐大本曲虽然发展为戏曲形式时间短暂，但反映现实生活的能力比白族的另一种戏曲形式——吹吹腔更强，甚至能够表现古典题材。第二，原有艺术形式得到发展，如侗族大歌由传统的男女分别合唱发展为男女混声合唱，侗戏由两人同台的小戏形式发展为三人以上同台演出、表现力更丰富的戏剧形式。

　　该史料从地域视角关注西南地区侗戏、傣戏、土戏、彝剧、藏剧、白族的吹吹腔和大本曲七种戏剧形式的发展变化。从地域的角度观照少数民族戏剧特色是该史料区别于其他宏观性研究史料的重要特点。

原文

　　最近，我参加了西南区文化工作会议，收获是很大的。在会议期间，我听了不少报告，能够和川、黔、滇、桂四省（区）二十一个民族的四百多位代表共同生活了一个时候，观摩了不少精采的演出。这里面除了这二十来个民族的歌舞节目以外，还接触到很多少数民族的戏曲，计有侗戏、傣戏、土戏、彝剧、藏剧、白族的吹吹腔和大本曲等七种。沿途，在这个多民族地区，还看到了滇剧、弥渡花灯，桂剧和彩调等汉族地方剧种的演出；广西僮族自治区、云南省和大理白族自治州等三个京剧团的演出也给我们许多启发。这些丰富多采的歌舞和戏剧演出使我们大开眼界，改变了过去对少数民族艺术看法上的某些陈旧观念，并对民族艺术的新发展有了新的认识。

这里，着重谈谈少数民族在艺术表现方法方面的改革与发展的问题。由于经济基础、生产方式和人民群众的政治思想起了根本性的变化，人们也同时在艺术上寻求着适应这种变化的表现方式。于是旧的艺术形式起了变化和发展，新的艺术形式也产生了。这中间，最大的一个特点是出现了许多少数民族新剧种。彝族本来是没有戏剧的，但为了适应当前的形势，他们在去年十一月才组织了有史以来的第一个业余彝剧团，继承原有的舞蹈、曲调、乐器，综合为唱白俱全的小调歌剧形式。这次他们演出了《半夜羊叫》和《青年的心》两个剧目，前者反映群众阻止富裕农民半夜杀羊的两条道路的斗争，后者描写一对青年延改婚期以便上山参加炼钢的故事，都反映出彝族人民当前的社会主义建设生活，都很生动。彝族人民还喜欢看用彝语来演话剧，最近听说还要成立话剧队。又如，白族的大本曲，本来是一种说唱音乐的形式，相传起源于明朝，通常是在台子上由一人演唱，一人以三弦伴奏，演唱的大都是有比较复杂的故事情节的唱本，据说传统唱本有三十六大本，七十二小本，实际上比这还多。我听到过这种曲艺的演唱，音乐活泼生动，带有民间小调的气质，很吸引人。大本曲发展为戏曲形式也只有两三年，可是生命力却很旺盛，反映现实生活的能力比白族的另一种戏曲吹吹腔更强，同时，它最近甚至能够上演古典题材的戏了。可以说，少数民族戏曲的产生并不是偶然的，它是与社会主义生产建设相适应的产物，也是少数民族艺术发展的一种新的标志。

原有艺术形式的表现力也有很大发展。如侗歌是贵州侗族人民最喜爱的一种艺术形式。侗族大歌有一种独特的和声,演唱时分成几个声部,但却只能分成男声大歌和女声大歌,男女从不合唱,而且唱法非常严格,有老师教导,一个音也不能随便更动。这次,他们却发展了一种男女混声合唱的大歌,表现力更加丰富了。又如侗戏也是一种具有多年历史的传统戏曲,它也是从一种曲艺说唱形式发展过来的。但在旧社会,它发展的很慢,至今仍然是一种基本上只有两人同台的小戏形式,而且表演上还保存着说唱形式的痕迹,两人对唱时,每唱完一句就走着一种没有动作目的性的竖8字形(据说是由于过去唱曲艺时经常有回后面去听提词的习惯所造成的。)现在,这种形式已经发展了,有三人以上更多的人同时登台,两人对唱时的竖8字形有时也改成横8字形,动作的目的性也更明显了。此外,有好些节目的演出也可以看出各族民间艺术相互影响和相互吸收的关系,使它们的表现力逐步丰富起来。

少数民族艺术的新发展

——在西南区民族文化工作会议期间观剧有感

叶 林

史料解读

　　该则史料为一篇评论，原载于《民族团结》1959 年第 2 期。随着社会主义建设的发展，人民群众的思想发生了巨大变化并反映在民族艺术发展上。少数民族历史传说被整理和二度创作，如白族传说被改编为戏曲，实现了浪漫主义与现实主义的结合。民族艺术的阶级性被充分强调，如藏戏《郎沙越得东巴》、侗戏《珠郎和梅娘》等都具有鲜明的阶级斗争色彩。不仅如此，还出现了许多现代题材的戏剧，如以白族吹吹腔为形式创作的《花甸坝》、广西壮族自治区的彩调剧《铁水漫山谷》等。在艺术表现方法方面，在原有的传统艺术的基础上，发展出许多少数民族新剧种，如彝剧、由白族大本曲发展的戏曲等。

　　该史料重点探讨社会主义建设主题对少数民族戏剧的改造和促进作用，认为少数民族艺术发展要注意把握好民族特色和民族共同性的关系，注重表现阶级意识和朴素唯物论，在继承民族优良传统的基础上敢于发展交流。该史料属于对西南少数民族戏剧的宏观研究。

原文

最近,我有机会去云南大理白族自治州参加了西南区民族文化工作会议。在会议期间,听了不少报告,和四川、云南、贵州、广西四省、区二十一个民族的四百多位代表共同生活了一个时候,还观摩了不少精彩的演出。这里面除了这二十来个民族的歌舞节目以外,接触到的少数民族戏曲计有侗戏、傣戏、土戏、彝剧、藏戏、白族的吹吹腔和大本曲等七种。沿途,还看到了滇剧、弥渡花灯,桂剧和彩调等汉族地方剧种的演出;广西僮族自治区,云南省和大理白族自治州等三个京剧团的演出也给我们许多启发。这些丰富多采的歌舞和戏剧演出,使我们大开眼界,改变了过去对少数民族艺术看法上的某些陈旧观念,并对民族艺术的新发展有了新的认识。

各族人民不仅在经济基础上、生产方式上起了巨大的变化,而且在人民群众的政治思想上也起了巨大的变化,这种变化正在迅速地开始改变着整个民族地区的面貌,并且同时开始吹响了民族文化艺术革命的号角,为民族艺术的发展提供了深厚的基础。

从这次观摩中,可以明显地看出:少数民族的艺术随着整个社会主义生产和人民群众的政治思想上的开展,已经有了很大的发展。尽管这里面还存在着某些不平衡,但有许多新气象是值得我们重视的。

首先,我们看到各族人民正在开始以一种新的观点来对待本民族的传统艺术,大量有关少数民族历史和传说的题材正在被整理和创作着。云南大理的白族是一个有千年以上文化艺术传统的民族,在这个州里流传着许多美丽的传说,如:坚贞于爱情的《望夫云》,舍身斩蛟的《段赤城》,为民族除害的《杜朝选》,投海殉情的《慈善公主》等等,这些永远像朝霞一样流传在大埋的苍山洱海之间的传说,实际上都是白族人民的历史英雄的史诗。他们是白族人民心目中的道德的典范。这些传说许多都被编成戏曲了。在戏曲中,这些人物的形象都很完整，他们和人民群众的联系被加强了，阶级关系更鲜明了，同时却又保存着传说中的理想色彩，具有积极的现实主义与浪漫主义相结合的精神。这是十分可贵的。

　　在所有的传统和现代题材的节目中，还有一个十分显著的特点，那就是阶级关系和阶级性被充分地强调了。这是各族人民阶级觉悟大大提高后在艺术中的反映。在民族地区，民族矛盾和阶级矛盾过去确实是错综复杂的，解放初期阶级矛盾常常被民族矛盾所掩盖，其实，在阶级已经形成的民族地区，民族问题的实质是阶级问题，有了正确的阶级观点和群众观点，才能真正符合无产阶级的民族观点。在民族地区进行阶级教育是十分重要的。这种变化也给少数民族的艺术带来了鲜明的阶级性。值得注意的是四川甘孜的藏戏《郎沙越得东巴》。这个戏描写的是一位像花一样美丽、像云霞一般纯洁的藏族姑娘被一个豺狼般的土司凌辱磨折至死的故事。这里面充满着对反动统治者的控诉，到处都显示出群众对被压迫者的同情和群众共同的命运。在藏戏中能够有这样鲜明阶级性的戏是十分难得的。此外，侗戏《珠郎和梅娘》更是一出具有强烈反封建斗争精神的好戏，它描写一对青年男女为了反抗封建家庭而出走外乡，在财主银二家里做帮工，银二见梅娘年轻貌美，企图夺为己妾，借故害死了珠郎，后来被梅娘知道，并找到了珠郎的尸骨，真是气愤填膺，她就设计假意答应嫁给银二，要银二同去埋葬珠郎，引诱银二到荒郊，当银二在坑内挖土时，梅娘用镰刀将银二砍死，为珠郎报了仇。在这个戏里，正像梅娘的唱词所说的："苦命的燕子不怕风，伤心的丽楼鸟不再怕雨淋"，它突出地刻画了一个不与旧社会妥协的刚强的侗族女性形象。这个戏是侗戏艺人根据真人真事编成的，它的编者侗戏老师梁绍华现尚健在。现在经过了整理改编，无论从思想到艺术都更加完整了。

　　在这许多演出节目中，积极反映当前社会主义建设生活的题材更是占了很大的比重，成为少数民族艺术最大的特色。过去，我经常有这样的忧虑，认为各族人民的传统艺术固然很好，但表现解放后现实生活的新创作毕竟嫌少了一些,这将不利于民族艺术的发展。现在,这份心事总算是有了着落。在会议过程中,几乎每个剧种、每个民族的歌舞,都演出了反映现实生活的节目,而且大都有着较高的质量。白族的吹吹腔本来是一个历史十分悠久、群众基础相当深厚的剧种,传统剧目很丰富。这次,大理文工团却用这形式来创作和演出了一个反映白族人民进行社会主义建设的现代戏《花甸坝》。花甸坝的事迹是可以和白族的那些动人的历史传说相比美的,简直是一篇具有共产主义风格的革命现实主义与革命浪漫主义相结合的新传说。我们在大理时就曾经访问过那隐没在云层之上的花甸坝和建设花甸坝的英雄们。这个山岭上的平原是在大理苍山十九峰之一的云弄峰后面,海拔二千六百多公尺。那里不但土地肥沃,而且物产丰富,盛产药材,有"一屁股坐下有三棵药"的说法。但,由于山高岭险,气候酷寒,草深过人,解放前土匪盘据,多达一、二千人。解放后也很少有人敢去,加上野兽太多,种上庄稼也常给野兽吃光,故有"观音老母封山,荒甸坝子不出粮"的传说,致使这方圆数百里的平原成了一块野兽成群,人迹罕到的禁地。1954年,这块禁地给一位从朝鲜复员归来的白族英雄段继谟打开了,他响应党的号召上山,最初回去的只有几个农民,还带了一狗。他们艰苦奋斗,开始时住在岩石下面,以狗为耳目,和野兽、大自然作斗争,种出了粮食。经过几年苦战,现在荒甸坝已经变成了花甸坝,山上人口已经发展到三千多人,建成了国营农场,开荒三千多亩,牲口一千多头,同时还建立了数十个工厂,在五台峰危崖上修筑了一条长达二十多公里的可通大卡车的上山公路。建设花甸坝的英雄们的雄心是很大的,他们决心在党的领导下,三年内使花甸坝工厂林立、良田万亩,人口上万,野兽入园,要把花甸坝变成苍山顶上的新兴城市。

最近,苍山下周围的人们正在进行一项巨大的水利工程,把云弄峰辟开,把花甸坝的山水引到山下灌溉大理周围的良田。一首出名的民歌这样唱道:

　　身披下关风　　脚踏苍山雪

　　山顶开沟去　　晚盖洱海月

这就是那些进行水利工程的人们创作的。吹吹腔《花甸坝》正是反映这一件富于传奇精神的现实生活英雄事迹的。它并没有被单纯向大自然作斗争的题材所局限，同时也注意刻画了建设者们的精神状态和阶级思想的斗争、显示了党的作用和人民群众集体主义精神的成长。

我们在广西僮族自治区也看到了一出类似的好戏彩调剧《铁水漫山谷》，这是反映僮瑶两族人民社会主义大协作、以山沟为窑、学罗成、赛鹿寨的故事。这个戏尽管还存在着一些问题，如对待知识分子和科学知识的态度有一些偏，但整个戏却充满着一种英雄风格，使彩调这个年青的剧种放射出生命的光辉。

汉族剧种编演少数民族题材的戏，在多民族地区，看来是个很好的发展。这次看到的京剧、滇剧、桂剧、花灯、彩调等都在纷纷编演以少数民族人民为舞台上的主人的传统与现代节目，如桂剧《红河烽火》《一幅僮锦》，滇剧《望夫云》，广西京剧团的《玫瑰花》，白族自治州京剧团的《蛇骨塔》（演白族英雄段赤城舍身斩蛟故事）等等，这都是很好的气象。

这里，还得着重谈谈少数民族在艺术表现方法方面的改革与发展的问题。由于经济基础起了根本性的变化，人们也同时在艺术上寻求着适应这种变化的表现方式。于是，原有的艺术形式起了变化和发展，新的艺术形式也产生了。这中间，最大的一个特点是出现了许多少数民族的新剧种。彝族本来是没有戏剧的，但为了适应当前的形势，他们在去年十一月才组织了有史以来的第一个业余彝剧团，继承原有的舞蹈，曲调，乐器，综合为唱白俱全的小调歌剧形式。这次他们演出了《半夜羊叫》和《青年的心》两个剧目，前者反映群众阻止富裕农民半夜杀羊的两条道路的斗争，后者描写一对青年延改婚期以便上山参加炼钢的故事，都反映出彝族人民当前的社会主义建设生活，都很生动。彝族人民还喜欢看用彝语来演话剧，最近听说还要成立话剧队。又如，白族的大本曲本来是一种说唱音乐的形式，相传起源于明朝，通常是在台子上由一人演唱，一人以三弦伴奏，演唱的大都是有比较复杂的故事情节的唱本，据说传统唱本有三十六大本，七十二小本，实际上比这还多。这种曲艺的演唱，音乐活泼生动，带有民间小调的气质，很吸引人。大本曲发展为戏曲形式也只有三两年，可是生命力却很旺盛,反映现实生活的能力比白族的另一种戏曲吹吹腔更强,同时,最近它甚至能够上演古典题材的戏了。可以说,少数民族戏曲的产生并不是偶然的,它是与社会主义生产建设相适应的产物,也是少数民族艺术发展的一种新的标志。

原有艺术形式的表现力也有很大发展。如侗歌是贵州侗族人民最喜爱的一种艺术形式。侗族大歌有一种独特的和声,演唱时分成几个声部,但却只能分成男声大歌和女声大歌,男女从不合唱,而且唱法非常严格,有老师教导,一个音也不能随便更动。这次,他们却发展了一种男女混声和唱的大歌,表现力更加丰富了。又如侗戏也是一种具有多年历史的传统戏曲,它也是从一种曲艺说唱形式发展过来的。但在旧社会,它发展得很慢,至今仍然是一种基本上只有两人同台的小戏形式,而且表演上还保存着说唱形式的痕迹,两人对唱时,每唱完一句就走着一种没有动作目的性的竖 8 字形(据说是由于过去唱曲艺时经常有回后面去听提词的习惯所造成的)。现在,这种形式已经发展了,有三人以上更多的人同时登台,两人对唱时的竖 8 字形有时也改成横 8 字形,动作的目的性也更明显了。此外,有好些节目的演出也可以看出各族民间艺术相互影响和吸收的关系,使他们的表现力逐步丰富起来。

从上面所谈到的各种现象归纳起来看,对于今后少数民族的艺术的发展,我想,下面的三个问题是值得我们重视的。这几个问题曾经在会议上讨论过,它不仅与艺术问题有关,而且与一切民族工作都有关,但在艺术上尤其值得我们思考:

第一,共同性与特殊性的问题。随着少数民族地区政治经济和思想上的变化,我们应当看到,民族关系已经出现了许多新的因素,我们各民族之间的共同性正在不断扩大,由于过去历史、社会、经济原因所造成的民族隔阂和差异性正在不断缩小,但是绝不能因此就认为可以不注意事实上还存在的民族特点了。看不到各民族共同性越来越多的总的趋势。不采取促进的态度,会犯右倾保守的错误,而忽视特殊性,只强调共同性,也会犯教条主义的"左"的错误。把共同性的问题提到应有的日程上来是完全应该的，但在有些地区却也出现了忽视民族特点的偏向。这是当前我们应该注意的问题。

第二，民族矛盾与阶级矛盾、有神论与无神论的矛盾问题。应该说，这两个问题，都是如何对各族人民进行共产主义思想教育的问题。有些人在民族团结和民族上层统战问题上，看不到阶级斗争，放松甚至放弃了阶级斗争，这是完全错误的。像电影《边寨烽火》就有这样的问题，其中片面地表现团结上层，而很少表现民族内部的阶级矛盾和党的阶级路线。此外，对于少数民族中一些不利于社会主义建设和民族发展的风俗习惯和宗教迷信，也不敢通过细致的教育工作，根据群众自觉自愿加以改变。其实，在这次演出的节目和在现实生活中，少数民族的劳动人民已经在党的领导下正确地解决了这些问题。我们在艺术中敢于宣传唯物主义，敢于对各族人民进行阶级教育，把群众在生活斗争中产生的朴素唯物论与阶级意识提高到应有的科学的水平。在现阶段，我想，这应该是对少数民族人民进行社会主义教育的两项具体内容。

第三，继承传统与文化艺术交流问题。在这个问题上，我们不能把艺术上的民族形式和政治上的民族主义混为一谈。艺术上的民族形式和优良传统还是为了宣传社会主义，为社会主义服务，而不是为了宣传民族主义，所以民族形式和民族特点仍然是要十分重视的。但是，重视传统的目的在于发展传统，而交流则是发展传统的最好方法之一。如果只要昨天而不要明天，只要传统而不要交流，那将无法适应今天的社会。过去我们是强调要重视和接受民族文化艺术中的优良传统的，今后还要强调。但是，今天看来，同时为交流多说几句话也是必要的了。我们还有一些同志胆子小得很，提到发展改革就心惊胆跳，喜欢给别人扣帽子，对于改革则采取消极的态度，把个别的失败和缺点看成是倾向性问题，这是不利于民族艺术的发展的。当然，改革与发展有一个群众路线问题，要注意培养少数民族人民群众对改革的自觉要求和积极性，不能采取代替的办法，脱离了群众。同时，对于具体对象也要有不同的重点，一般说，对群众强调交流是适宜的，而对于事业工作者、特别是从事民族艺术工作的汉族干部，对传统熟悉得还不够的,强调传统当然仍然是必要的。

　　关于这些问题,因为限于篇幅,这里不可能说得很透彻,看来只好在另一篇文章里专门去讨论它。这里先把它提出来,作为在这次观摩中的一点收获和感想。总之,这次会议对我们的帮助是很大的,尽管还是走马观花,但却使我们对于民族艺术的新发展有了一个新的概念,对各族人民的艺术有了更加深厚的感情。

兄弟民族戏剧的新发展

许工时

史料解读

　　该则史料为一篇评论，原载于《戏剧报》1959 年第 9 期。云南各少数民族戏剧丰富多彩，如白族的吹吹腔剧，傣族的傣戏，壮族的土戏、沙戏等，这些传统戏剧在新中国成立前日渐衰微，在新中国成立后重获新生并衍生出新剧种，如白族的大本曲剧、彝剧、傣族的章哈戏、哈尼族剧等。各少数民族剧种大致分为三种类型：第一类是艺术传统深厚的白族吹吹腔剧，壮族沙戏、土戏等传统戏剧，第二类是在各民族说唱艺术基础上发展而成的大本曲剧、章哈戏等戏剧，第三类是彝剧、哈尼剧、苗剧等各民族的新剧种。云南各少数民族戏剧艺术的繁荣是党领导下各民族政治经济生活飞速发展的体现。少数民族戏剧发展应尊重本民族艺术传统，在此基础上吸收借鉴其他民族的优秀戏剧艺术，同时注重对艺术人员的培养，促进剧种发展。

　　该史料对云南各民族戏剧发展态势进行总体评述，用比较分析的方法对民族剧种类型进行了划分，并总结了不同戏剧类型的特点，体现出民族戏剧研究向纵深发展的尝试。

原文

　　在最近举行的云南省艺术节目会演中，有好几个兄弟民族的剧种，演出了自己创作的剧目。其中有白族的吹吹腔剧《朝珠花》、大本曲剧《破旧立新》,有撒尼剧《阿诗玛》,有僾尼剧《破除迷信》,有俐侎剧《吃水不忘挖井人》等。这些剧目的演出,使我们不能不为他们在戏剧艺术上的创作和表演才能感到兴奋!

在 1958 年冬西南区民族文化工作会议以前,云南各兄弟民族戏剧,还较少有人提到;可是,实际上云南各兄弟民族的艺术是五彩缤纷、艳丽无比的。这次参加会演的还只是其中的一部分,其它还有僮族的土戏(土指僮族支系土族①)、沙戏(沙指僮族支系沙族②),傣族的傣戏、章哈戏,以及彝族剧、苗族剧、哈尼剧等。

在全省各兄弟民族剧种中,有的已经有相当悠久的历史,流传的地区也相当广泛。如白族的吹吹腔剧,根据各方面的材料推断,差不多已有一两百年的历史了。它不但为大理白族自治州的大理、邓川、洱源、鹤庆、云龙、剑川等地白族人民所喜闻乐见,就是这些地区的其它民族,也把它当成自己的艺术一样热爱。其它如流传于德宏傣族景颇族自治州的潞西、盈江、瑞丽一带的傣戏,文山僮族苗族自治州的广南一带的土戏,富宁一带的沙戏,也都已有一百多年的历史,并深为本民族人民所喜爱。但是,这些剧种在解放前都受尽反动统治的压抑、摧残、歧视、排挤,大都濒于奄奄一息;解放后,在党的关心扶持下,在党的民族政策的光辉照耀下,才得重新恢复生机,并走向新的繁荣。比如我们从这次会演中看到的白族吹吹腔剧,是其中历史较久、传统较厚、艺术上成就较高的一个剧种,但它在旧社会遭受的灾难也最深重,甚至逼得有的艺人气愤得把唢呐都砸了,发誓儿孙后代永不再干这个行当。但今天,我们看见它在全省艺术节目会演中演出,它在剧本、唱腔、表演艺术等各个方面都有了创造革新,演员中新生力量大量成长。它散发出了多么清新的气息,显出多么蓬勃的气象!

解放后的几年中,在各个较老的剧种重发新枝、欣欣向荣的同时,我们也兴奋地看到很多新的民族剧种的产生和发展。其中如大本曲剧,是 1954 年在大理"三月街"的群众大会上才演出它的第一个剧目;楚雄彝族自治州的彝剧,是

---

① 编者注:"土族"应为"土支系",后同。

② 编者注:"沙族"应为"沙支系",后同。

1958年在西南区民族文化工作会议中才正式和各族人民的代表见面。彝剧的演出有着十分重要的意义，可以说它给了其它民族在创造自己的戏剧艺术上以很大的启发和鼓舞。从这以后，还不到三、五个月的光景。西双版纳傣族自治州的傣族章哈戏、红河哈尼族彝族自治州的哈尼族剧、昆明安宁区的苗族戏，以及这次会演中出现的几个新剧种——西双版纳勐海的僾尼剧、路南圭山的撒尼剧、云凤大雪山的俐侎剧，就相继出现了。这些新的剧种，绝大多数是在社会主义建设中产生的。首先反映了各族人民随着工农业生产的飞快发展，政治经济面貌的巨大改变，对文化生活产生新的要求——要求有戏剧这种综合艺术来描绘新的生活图景，抒发各族人民的激情。其次，也正显示了各族人民精神面貌的巨大改变，思想解放，意气风发，敢于在本民族传统艺术的基础上，创造新的艺术形式。再其次，我们也不能不看到，这正是各民族文化交流的结果，正是各兄弟民族向先进民族文化艺术学习的结果。

全省各兄弟民族剧种，由于产生的基础和发展的过程等不同情况，大致可以归纳为三个类型。

历史较久、艺术传统较厚的如白族吹吹腔剧、沙戏、土戏、傣戏等，可以算做第一类。这一类剧种，在较长时期的发展中，已经形成较完备的戏曲艺术表现形式，拥有较丰富的艺术遗产和一批业余艺人。如吹吹腔剧就有细致的行当区分（可细分为十几种），并有二十多种唱腔（根据已经发掘出来的），成套的多种多样的表演程式。一两百个传统剧目（根据初步调查）；其它如服装、道具、脸谱，也都有其自己的传统。沙戏、土戏等的情况也和吹吹腔剧相类似。根据这些情况，我们不但可以看出这些剧种在艺术上已经达到一定的高度，还可看出这些剧种在发展过程中，曾向汉族戏曲借鉴和吸收了很多东西，甚至这些剧种的传统剧目也大多数是根据汉族的历史故事和民间传说编成的（也许正是从汉族戏曲中移植过去的）。但内容又都按本民族的爱好进行了选择，并按本剧种的艺术特点作了具体处理。这里，我们还应特别看到，这些剧种在旧社会都受过反动统治的狠毒摧残，大都没有组织过专业性的剧团（即使有，维持的时间也不长），也没有完全职业化的艺人，因此它们在艺术上的发展就受到很大的限制。从目前的情况来看，这些剧种的传统艺术，有的已经失传了（如剧目就有好多是有目无剧），有的分散地保留在个别艺人的身上（这种情况吹吹腔剧最突出），还待进一步发掘。

第二类剧种包括大本曲剧、章哈戏等。这类剧种是新生成的，但比其它新剧种稍早。这类剧种赖以发展的主要艺术基础是本民族的说唱艺术。如大本曲剧的前身是大本曲，章哈戏的前身是章哈的说唱，都是历史悠久并深受本民族广大群众热爱的曲艺，都有其深厚的艺术传统。如以大理为中心的白族曲艺大本曲，它的唱腔有"三腔、九板、十八调"①，它的曲目有"三十六大本、七十二小本"，在演唱上通常是一人唱，一人伴奏，演唱者有喜、怒、哀、乐等表情和一定的表演动作。这些都是发展成为戏剧的一定的根据，但这些兄弟民族曲艺（不管大本曲或章哈的说唱），都是一人演唱，对故事人物作第三人称的叙述描写，现在发展成为戏剧，演唱者要以剧中人物的身份在舞台上表演，因此就需要各种各样的动作和舞蹈身段；另外，要表现各种人物的情绪变化，烘托强烈的戏剧气氛，音乐伴奏的力量也得加强。当然还有服装、脸谱等也得解决。这些问题，一般都是从本民族歌舞中和现实生活中吸收养分，并借鉴汉族戏曲求得解决的。

在新的兄弟民族剧种中，大多数的剧种可以归入第三类。这一类的剧种如彝剧、撒尼剧、偎尼剧、哈尼剧、俐侎剧、苗剧等，都是在社会主义建设中产生的，大都以歌、舞、剧相结合的形式演出，也就是说，这些剧种主要继承了本民族歌舞艺术的传统和民间文学的传统。如这次会演中演出的《阿诗玛》，剧本主要是在同名史诗的基础上编写的，同时也从本民族的其它诗歌和传说中吸取了养分。在表演上广泛地应用了本民族的歌舞，仅调子（山歌）就用了十几种；这些调子都根据人物情绪的变化作了选择和加工。如〔库吼调〕在撒尼人民生活中就是适于抒发内心情绪的调子，在剧里就用作《阿诗玛》的主要独唱曲牌；而同调子在剧中节日　场里唱的和在《逼婚》　场后摘野菜时唱的，情绪上就很不相同。民族舞蹈在这个剧中不但被用作人物的表演动作，甚至还构成和剧情发

---

① 大本曲以大理城为中心，分南腔、北腔两个流派。南腔分三腔、九板、十八调；北腔有三腔、九板、十三腔（调）。

展有关的整段的舞蹈场面，当然在这里我们也看到了汉族戏曲的虚拟手法得到了大胆的运用。在这个剧中使用的伴奏乐器（如笛子，月琴，叶子，大三弦等）和伴奏方法也都和生活中见到的相近。总之，这一类剧种在表演上的最大特点是载歌载舞，自由、活泼。

这三类剧种的产生和发展，虽各有不同的具体情况，但也有共同的几个特点。第一，这些剧种，不管新老，都是各族人民自己所创造，都是在各族人民群众的劳动生活中孕育和成长起来的，因此，从内容到形式，都深刻地反映了各民族人民的生活和精神面貌，具有强烈的人民性，浓厚的生活气息和健康朴素的艺术风格。第二，这些剧种在自己的发展过程中，尽管吸收了汉族戏曲或其它艺术中的某些成份，但主要的还是继承了本民族的艺术传统。特别是一些比较老的剧种，这种继承是比较深入和广泛的。就以吹吹腔剧的唱腔作为例子吧，唱词的格式、音韵都来自白族民间诗歌，唱腔的高亢、粗犷正是一部分白族民歌的特点，唱腔的唢呐伴奏和打击乐过门都和白族民间吹鼓乐密切相关。正因为这些剧种是从本民族生活的土壤中长出来的，并受到本民族艺术传统的滋养，因而都具有突出而鲜明的民族色彩和风格。第三，这些土生土长的剧种，除了少数的老剧种外，大都还很年青，甚至还处在初生阶段，在艺术上还比较粗糙，还没有形成系统的程序和严格的规律，因此都具有极大的可塑性，在发展上没有更多的拘束。这说明这些剧种从剧本、表演到其他舞台艺术，都还需要进一步提高，使在艺术上更加完整。

在这次全省艺术节目会演中，关于兄弟民族戏剧的发展，也提出了一些问题，有待我们深入研究。

第一，在前面，我们曾将全省的兄弟民族剧种归纳为三个类型，而实际上，即使同一类型的剧种，仍各有其很不相同的特点；他们第一次和观众见面，也都以它们自己独特的面貌，给人以鲜明的印象。但有些人却感到看不惯，他们想用汉族的剧种作为标准，来衡量各兄弟民族剧种（特别是新的），究竟这算哪一种戏？究竟这算不算做"戏"？我们认为，根据党的民族政策的精神和"百花齐放、推陈出新"的精神，应该首先对这些兄弟民族戏剧予以肯定。一种新的艺术的产生,粗糙是难免的,可以进一步提高、发展。究竟发展成甚么样子,则主要看它如何能更真实、深刻地反映本民族人民的生活和理想,如何能更紧密地为社会主义建设服务,如何能更为本民族人民所接受,所喜闻乐见。它可以向先进民族的剧种学习,但它不一定死死模仿哪一个剧种,尽可以创造成一种新的戏剧形式。总之应该坚决贯彻"百花齐放"的精神,使民族戏曲的百花园中出现万紫千红的繁荣景象。

第二,我们看到这次会演中演出的兄弟民族戏剧剧目,虽也有以传说故事作为题材的,如《阿诗玛》《朝珠花》等,但大多数却是反映现代生活的,如《破除迷信》《吃水不忘挖井人》等,这是因为一些比较老的剧种,虽都有自己的传统剧目,但由于在旧社会里受摧残,很多传统的好剧目都失传了。因此,这些剧种,除了演现代戏以外,更应该大力发掘传统剧目,这对于这类剧种的发展有很重要的意义。在大力反映现代生活的同时,将本民族的传说故事等编成剧本也是很必要的。在表演艺术上,也应该大力发掘各民族戏剧艺术和歌舞艺术的传统,并从现实生活中提炼动作。这里,学习汉族戏剧的表演方法及技巧,也是必要的。从兄弟民族戏剧的发展过程看来,由于汉族戏剧在艺术上的巨大成就和丰富经验,无疑对各兄弟民族剧种的发展会有很大帮助。实际上,各兄弟民族的剧种(特别是新剧种)几乎从一开始就无可避免地要受到汉族或其他民族戏剧的影响。前面已经谈过,新的兄弟民族剧种的产生,从某个方面讲,正是向汉族戏剧艺术学习的结果。老的剧种在这点上更为突出,如白族吹吹腔剧及僮族土戏、沙戏传统剧目中的行当、表演程式、服装、脸谱甚至打击乐等,都看得出和汉族戏曲有极密切的关系。当然,我们说学习,必须强调在充分尊重和继承本民族艺术传统的基础上,采取吸收、借鉴的方式,而不是生搬硬套,更不是用别人的东西来代替自己的东西。同时,对本剧种的发展,还必须考虑到本民族人民的爱好和欣赏习惯,充分估计各方面的条件,决不能采取要求过高、过急的态度。

第三,各兄弟民族剧种的艺术人员的培养,也是发展剧种的一个重要环节,特别是需要培养一批骨干。但如何培养,却应按具体情况处理。老剧种和新剧种不能一概而论。至于是否要建立专业剧团，也要根据不同的条件考虑。如白族剧的传统深厚，剧目丰富、艺人众多，故目前已有半专业的剧团。其他的剧种就不一定要这样做。总的来说，民族剧种的发展，决不能依靠少数人来作，一定要在党的领导下走群众路线；特别是新的剧种，必须让它在本民族群众中深深扎下根子才行。目前大多数的民族剧种，都有一个到十几个、几十个业余剧团，对于这些剧种说来，是合适的。当然，如果主客观条件成熟，也可以建立半专业的或专业的剧团。

云南省各兄弟民族的戏剧艺术，在党的领导和关怀下，随着各民族政治经济生活的飞跃发展，正在不断提高，迅速地走向繁荣。我们将在云南民族戏剧的百花园中，看到更美丽、更繁荣的景象！

（本文有删节）

兄弟民族戏剧欣欣向荣

——访出席中国文学艺术工作者第三次代表大会的兄弟民族戏剧代表

朱 青 游 默

史料解读

该则史料为一篇访谈,原载于《戏剧报》1960年第17期。记者通过采访参加第三次全国文代会的少数民族戏剧代表,了解到在党的民族政策下,少数民族戏剧事业是如何繁荣发展的。在旧社会反动统治下的传统民族戏剧备受摧残,大量传统剧目几乎失传,戏剧艺人更是被压榨、迫害。新中国成立后,在党的方针政策下,这些传统民族戏剧才得以复苏,戏剧艺人也重获新生。党的民族戏剧工作是有计划、有步骤的,不仅重视已有剧种的发展,还在尊重民族传统艺术的基础上,通过吸收借鉴其他民族的戏剧经验,帮助许多民族创造了新剧种,如彝剧、苗剧、大本曲剧等。同时,许多传统的民间传说也被搬上舞台,这些由传统民间传说改编成的戏剧深受各族人民喜爱。各民族代表通过此次大会的交流学习,坚定了从事党的文艺工作的决心。

该史料对民族戏剧在新中国成立前和新中国成立后的发展状态进行了对比,进一步印证了党对少数民族文艺事业领导的正确性和合理性。史料的批评话语带有鲜明的时代特色。

原文

　　"毛主席的道理传来了,我们各族的鲜花开放了!"当记者访问了出席第三次全国文代大会的藏族、蒙族、傣族、白族、僮族、彝族、维吾尔族、哈萨克族、朝鲜族等十数位兄弟民族的代表以后,深深感到,这两句动人的云南民歌不仅概述了云南一省兄弟民族戏剧的发展情况,而且是我们祖国各兄弟民族戏剧事业繁荣的写照。

　　在祖国这个多民族的大家庭中,各兄弟民族都有优秀深厚的艺术宝藏。但是在旧社会,兄弟民族长期受到压迫和歧视,他们的文化当然也不能得到尊重和发展。解放后,在党的民族政策的光辉照耀下,在百花齐放、推陈出新方针的指导下,兄弟民族的戏剧事业得到了发展和繁荣。

　　云南白族吹吹腔老艺人杨绍仁谈起白族吹吹腔在旧社会的遭遇,那时人们说:"白家吹吹腔,唱了就遭殃,被人捉了去,割舌又见官。"在反动统治下,白族人民唱吹吹腔被视为造反,受到种种迫害;同时,演唱吹吹腔还受到各种凌辱和歧视,如吹唢呐的儿子娶不着媳妇,女儿嫁不出去,以至有的艺人气愤的把唢呐砸了,发誓不唱吹吹腔。因此,这个已有100多年历史、曲牌丰富、行当齐全、有一定的表演程式、有相当数量传统剧目的剧种在解放前几十年就很少演出,几乎失传了。解放后,在党的大力扶持下,派了干部帮助挖掘整理传统遗产,进行创作,这棵枯枝才又复活了。广西僮族代表农正丰也谈到,僮剧有一二百年的历史,但解放前僮族在国民党反动派"同化"政策的迫害下,作为一个民族是不为反动派承认的。僮族的文化备受摧残,僮戏是不准演出的,甚至剧团的衣箱也被反动派没收了,僮戏演员不是被关就被放逐。因此,解放前二十多年僮戏就已衰落,近于绝灭。直到解放后,才被党救活。

　　至于兄弟民族戏剧艺人们在旧社会的生活就更苦不堪言了。傣族代表方正湘七岁便被卖到土司家,除了演戏,还要进行繁重的无代价的劳役。演出时,稍一演得不合土司的意,便被打得死去活来。而且只能演歌颂统治阶级的戏,剧目内容若稍稍反映了人民的愿望,便要受到残酷的迫害。白族杨绍仁也因逃避迫害而背乡离井出外赶了几十年的马帮。新疆维吾尔族乌买尔玉素音谈到过去的演剧生涯是极其悲惨的。那时剧团过的是流浪生活,到处流动,在过年过节或地主过生日时演出,非常辛苦,但一个月的工资,往往连一天的生活都不能维持。因为通货膨胀,拿到的钱的数字很多,但一张票款买不到一个鸡蛋。解放了,新的生活给这些戏剧家们带来了新的生命。傣族代表方正湘成了自由的人,由于他优秀的艺术才能,在1957年他曾被派出国在世界青年联欢节上演出。杨绍仁结束了游荡生活,成为极受尊重的老艺人。乌买尔玉素音现在是文工团的一级演员,每月工资不仅足够养活七个孩子,而且还有节余。

谈起过去和现在的不同,恐怕要数藏族代表扎西顿珠的感受最强烈了。这位从事藏戏工作五六十年的老人,直到一年多以前才结束他的奴隶生活。扎西顿珠向我们描述了他们以前的痛苦生活,平时除了为贵族老爷演戏外,每年秋季还得出差服役,为噶厦政府、大寺庙、大贵族演出。但外出时农奴主不给路费和口粮,艺人们只有沿途乞讨,讨不着什么吃的,就只有饿着肚子赶路。除此,还得向领主缴纳人头税,这又只靠乞讨和做短工来把税款缴齐。至于受痛骂和毒打更是家常便饭了。扎西顿珠指着身上的新衣服说,这样的衣服在过去五十几年的农奴生活中,我从来没有梦想过。解放前,我们是穷人中最穷的,简直和叫花子一样。在谈到藏戏的情况时,他说:"到西藏和平解放时,原有的十二个藏戏团,在反动统治的摧残下,几乎全被埋葬,只剩下一个'觉木龙'藏戏团在苟延残喘。"西藏平叛以后,藏戏艺人们获得了自由,在政治上翻了身,生活上也得到妥善的安排,现在一般演员都有足够的工资,扎西顿珠担任了西藏藏戏团团长,而且还当上了西藏政协委员。

各族代表们在回忆过去辛酸经历的时候,都满怀感激谈起党和政府是怎样重视和扶持兄弟民族的戏剧事业,有计划、有步骤地开展民族戏剧工作,并兴奋地介绍本民族戏剧事业发展的盛况和各族人民的热烈反应。

解放后,在党的关怀和支持下,在党的民族政策和文艺方针的光辉照耀下,各兄弟民族的戏剧事业得到了很大的发展。各地党的领导在恢复、挖掘兄弟民族已有剧种的同时，根据各兄弟民族的具体情况，在条件成熟的情况下，大力帮助一些至今没有戏剧的民族创造了自己本民族的戏剧。云南彝族代表李学强谈到，彝族自治州成立后，彝族人民迫切要求改变文化落后的面貌，希望看到本民族的戏剧。根据这种要求，党提出在彝族歌舞基础上发展戏剧，经过一个时期努力，已经成立了一个彝剧团，创作了不少反映新人新事的剧目。它在表演上载歌载舞，形式自由活泼，时代气息强烈。根据这样的路子，云南的撒尼剧、傣尼剧、哈尼剧、俐侎剧、苗剧、大本曲剧、赞哈戏等新的剧种相继产生，这些剧种都是从各族人民群众的劳动生活中孕育和成长起来的。所以从内容到形式，都反映了各族人民的生活和精神面貌，具有浓厚的生活气息和健康朴素的民族风格。朝鲜族代表朴泳一也谈到，在延边除了已有的韩语话剧团外，因为朝鲜族人民十分喜欢歌舞，所以目前又成立了一个实验剧团，尝试发展以朝鲜族民歌为基础的唱剧。

丰富的历史资料表明，党一向就很重视发展兄弟民族的文化事业。例如1929年在广西右江地区，红七军的政治工作人员就曾用僮族流行的山歌曲调，尝试创造僮族山歌剧。然而真正对整个兄弟民族戏剧事业有领导、有计划、有步骤地进行扶植、发展、创造，却是解放以后的事。僮族代表农正丰谈到，解放后党和政府到处寻找各路僮戏的老艺人，对僮剧的沿革、唱腔和表演程序进行了研究，使已经绝灭一二十年的不曾演出的僮剧又复活在舞台上。各个兄弟民族中的老剧种在党的百花齐放、推陈出新的方针指导下，作了很多挖掘、整理、改革、创造的工作。如僮剧吸收了当地流行的木偶剧唱腔和马隘调的表演方法，大大丰富了僮剧的唱腔和表演。在1957年，广西僮族自治区文化主管部门又把僮剧团调到南宁艺术学校进修，一方面系统研究僮剧的特点，同时向汉族的桂剧、邕剧学习表演方法，使之溶化成为自己的东西，使僮剧的表演艺术更趋于完整。又如吹吹腔的现代戏《花甸坝》，运用了吹吹腔的旦角和丑角的表演，又根据人物性格需要加以革新，在演出上富有创造性。内蒙古自治区蒙族代表孟和谈到了蒙族民族戏剧的发展。蒙族过去是没有完整戏剧形式的，解放后，1946年内蒙古就在革命斗争中成立了第一支新的文艺队伍——内蒙古文艺工作团,它通过民族形式宣传党的政策,为内蒙古新的戏剧事业准备了条件,培养了干部。内蒙古自治区在 1957 年成立了实验剧团,经过三年摸索,比较了话剧、歌剧、演唱等形式,最后确定在蒙族歌舞的基础上,结合蒙族流行的《浩特格沁》等戏剧传统,剔除了其中迷信落后的成份,创造了符合民族欣赏习惯的民族歌舞剧,并且有了专业的民族歌舞剧团。

很多兄弟民族的新剧种由于它们一开始就紧密配合了党的中心任务,创作演出反映当前现实生活斗争的剧目,才受到各族人民欢迎,获得了发展。如彝剧《半夜羊叫》,是根据合作化高潮中,富裕中农半夜偷杀羊吃,又谎报羊被豺狼拖走的事件编成的。演出后,社员们受到很大教育。由于它迅速反映当前斗争生活,就很快地受到大家欢迎,促使这个剧种取得发展。各兄弟民族剧种还创作了大量的现代剧,它们密切配合了政治和生产任务。如藏戏《解放军的恩情》,吹吹腔《花甸坝》,傣戏《食堂》《边疆五支花》,僮剧《敬老院》《两条道路》,维族的话剧《应该加酵母》《吐鲁番之歌》都是很受观众欢迎的剧目。

各民族戏剧以新的面貌重新出现在舞台上,受到各族人民最热烈的欢迎。许多僮族同胞看了僮戏之后说,如果没有中国共产党领导,僮族恐怕不可能有自己的戏剧了。僮剧团巡回演出时,人们往往走几十里路赶来看戏,各区、社的干部们还亲自动手搭台。傣族方正湘、白族杨绍仁同志都说,傣剧团、吹吹腔剧团所到之处也是这样受人们的热烈欢迎。傣剧团巡回演出时,人们骑着马,抬着老人来看戏,他们说,几千年穷人看不上戏,毛主席给我们送戏来了。吹吹腔剧团在白族地区巡回演出,白族老人们反映,几十年没见过吹吹腔了,以为再也听不到了,真是有了毛主席的领导,什么奇迹都会发生!让我们听五、六十遍都还要听。剧团到了前一个寨子,下一个寨子的人就都迫不及待地赶来看。

代表们还谈到,在民族戏剧工作中,党和政府是如何深入地进行领导,既做到尊重各民族的传统,又使这些剧种获得健康的发展。藏族代表扎西顿珠谈到,过去《文成公主》和《囊萨姑娘》就一直被奴隶主禁演,现在,这些人民喜爱的剧目也得到了革新。方正湘代表说,解放后,党和政府一直鼓励傣族戏剧工作者反映本民族的生活,重视本民族的艺术遗产,傣族优秀的民间传说《娥并与桑洛》《葫芦信》等都已经搬上舞台。僮族代表农正丰也谈到僮族人民最喜爱的传说《百鸟衣》和《刘三姐》等都搬上了舞台。各民族代表都谈到，在发展本民族戏剧的时候，绝不应当排斥学习其他民族、特别是汉族先进的戏剧经验。各民族剧种都演出了大量的优秀的汉族戏剧剧目，这些剧目很受兄弟民族人民欢迎，并且帮助了兄弟民族戏剧的提高。各族代表都谈到党和政府对于兄弟民族戏剧干部的培养情况。在中央戏剧学院、上海戏剧学院、北京电影学院，以及各省市的艺术学院，每年都有大批的兄弟民族学员入学。目前，在不少地区的兄弟民族，已有了一套完备的戏剧创作、导演、表演、舞台艺术工作的干部。代表们还特别谈到在学习和工作上经常得到汉族同志热情的帮助。

代表们谈到，在民族戏剧的发展过程中，也是充满着斗争的。例如维族代表吐尔地毛沙谈到，在1957年，右派分子和地方民族主义分子就曾叫嚣不要党的领导，反对党的文艺方针，主张为艺术而艺术，竭力反对翻译上演优秀的汉族作品。各民族戏剧工作者在党的领导下，展开了大辩论，向资产阶级右派分子和地方民族主义分子展开了坚决的反击。经过这一场斗争，新疆各民族戏剧工作者在毛主席指出的文艺的工农兵方向的指导下，更加意气风发，斗志昂扬，阔步向前，民族戏剧走上了一个更新的阶段。过去很多同志不相信自己的力量，不敢动手搞剧本，专业戏剧工作者中间有很多从来没有写过剧本的同志也都投入了创作的热潮，写出了一些具有一定质量的剧本，像新疆维吾尔自治区民族歌舞剧团的同志们，集体创作了《好消息》，演出以后，受到观众欢迎。同时，他们看到汉族戏剧工作者排演《为了六十一个阶级弟兄》以后，也破除迷信，鼓足干劲，用了二十六个有效的工作时间，日以继夜地排出了由自治区文联突击翻译的汉族剧本《为了六十一个阶级弟兄》，受到观众普遍的赞扬。吐尔地毛沙说，他们过去排一个大戏，一般要一两个月才能完成，而这次用这么短的时间排出一个大戏，对他们来说是不简单的事。

各民族代表这次来到北京出席第三次全国文代大会，都感到非常兴奋。新疆维族乌买尔玉素音说，这次到北京来开会，听了中央负责同志的报告，受了很大的教育，这是我新的艺术生命的开始。很多代表都谈到通过这次大会，思想提高了一步,表示今后一定要在过去取得的成绩的基础上,更加信心百倍地向前进。维族吐尔地毛沙说,过去为工农兵服务,我们虽然也作了一些工作,但是很不够,今后首先必须参加劳动,同工农兵打成一片,同吃同住同劳动,真正做到工农化,才能更好地为工农兵服务。哈萨克族木特里夫说,通过这次大会,也进一步体会到毛主席提出文艺为工农兵服务的方向的无比正确性,我们必须为工农兵服务。我们文艺工作的道路是最宽广的。他认为周扬同志报告中提出的社会主义文学艺术的道路,不仅在国内具有历史意义,而且具有全世界的意义。

(本文有删节)

剧作家谈戏剧创作

——访出席全国第三次文代大会的部份剧作家

韦启玄

史料解读

　　该则史料为一篇访谈，原载于《剧本》1960 年第 8 期。史料的访谈对象是剧作家胡可、安波、贾克、黄悌、任德耀等人。胡可表示，革命战争题材的戏剧要反映出解放军的革命精神与崇高品德，要深刻正确地表现战争与和平这一主题，拒绝歪曲革命真面貌的现代修正主义作品。在文艺工作者工农化问题上，安波认为文艺工作者必须工农化，要将自己的思想感情与广大劳动人民相结合，站在工农兵的立场上改造自己的世界观。在革命现实主义与革命浪漫主义相结合的问题上，贾克认为文艺工作者要有远大的革命理想，将革命现实主义同革命浪漫主义结合起来，以此表现英雄的时代和时代的英雄。在同时代英雄人物形象塑造问题上，黄悌认为要将英雄人物放在矛盾前端并体现其主导地位，树立英雄人物的革命理想，塑造爱憎分明的英雄形象。在儿童剧如何贯彻工农兵方向问题上，任德耀表示要发挥儿童剧的教育作用，培养儿童的审美能力，用共产主义思想教育儿童。

　　该史料从戏剧创作主体的角度探讨创作理念、立场、出发点以及心理因素等对民族戏剧新变化的内在作用。该史料立足创作主体研究，是民族戏剧研究中的重要资料，具有一定的学术价值。

原文

第三次文代会期间，文代会的代表们一直沉浸在幸福里。毛主席的会见，周恩来总理、李富春副总理、陈毅副总理的报告，陆定一同志代表党中央和国务院在大会上的祝词，周扬同志的报告……给代表们带来多么大的喜悦、鼓舞和激动啊！正如部队代表们普遍谈到的，在这次大会中他们产生了"三感"，就是：幸福感、自豪感、责任感。为了了解出席大会的剧作家们的具体的感受、心得和想法，趁大会的空隙，我访问了出席文代会的部份剧作家。

戏剧要正确地表现革命战争

八月三日，文代会休会，我访问了胡可同志。胡可同志是大家熟悉的在部队工作的剧作家。他曾经写过《战斗里成长》、《英雄的阵地》、《战线前移》、《槐树庄》等几部描写革命战争和革命斗争的优秀剧作。我们见面之后，他爽快地对我说：

"在陆定一同志代表党中央和国务院的祝词和周扬同志的报告里，都谈到了战争与和平的问题。作为一个在部队工作的作者，我觉得，怎样对待描写革命战争的题材这个问题，和我们更有关系一些。我就在这个问题上说说我的看法吧！"他接着说道：

"我是一个部队的文艺工作者，对我们部队，对战争生活，对中国人民在抗日战争、解放战争和抗美援朝战争当中所表现出来的英勇精神和昂扬斗志，是比较了解的。几次战争中，我都曾跟我们的指战员在一起生活过。和他们的相处，一次次加深着我对他们的理解。这支部队的广大指战员，由于曾身受帝国主义和反动派的剥削和压迫，他们对敌人抱有无比的仇恨。斗争的经验使他们深深懂得，在争取民族解放和阶级解放的斗争中，在保卫自己已经得到的胜利果实和保卫世界和平的斗争中，握在手里的枪杆子具有着怎样的意义。他们在党的领导下，不断提高觉悟，在斗争中表现出无比的英勇。他们那种为了革命事业的胜利和发展而前仆后继的英雄气概,那种为了社会主义和保卫世界和平而不惜流血牺牲的崇高品德,经常给我以激励和鼓舞……。

"我觉得,把这革命的斗争反映出来,把曾教育过和感动过自己的具有崇高的道德品质的人物描绘出来,用以教育人民,用以鼓舞人们的斗志,这对革命的文艺工作者来说,是很自然的事。我们的以革命战争为题材的戏剧,从《万水千山》到《英雄万岁》,都深刻地反映了中国人民解放军的斗争生活,都正确地表现了革命战争。"

说到这里,胡可同志的话题转到了我们曾看过的另外一类描写战争题材的作品上,这类作品把正义战争和非正义战争混为一谈,极力渲染战争对个人幸福的破坏,把正义的战争描写得既悲惨又恐怖,把我们的战士描写成毫无革命意志的受难者,人们进行战斗,似乎只是出于求生的本能。

胡可同志回忆说:"记得在战争中,敌人有时用飞机在我军的阵地上散发一些宣传品,那上面画着铁丝网和骷髅,画着妻子儿女流着眼泪盼望战士归来的景象。这种画虽然颇有'人情味',但那目的却是很明显的。我们刚才谈到的某些作品,就其基本内容来说,和那类宣传品实在没有什么两样。

"在帝国主义为了挽救自己的灭亡而疯狂备战的时候,这些作家却在人民当中散布悲观情绪;在这世界人民反帝斗争风起云涌的年代,这些作家却用反对一切战争的说教来磨灭人民的斗志,连人民的革命战争也加以诅咒。他们由于对战争的畏惧,而背叛了一个革命文艺家对人民所担负的职责,因此,他们的作品也就不得不歪曲了革命战争的真实面貌,成为替帝国主义效劳的宣传品。……"

我对胡可同志说道:"是的,但是现代修正主义者却标榜他们的作品是'最真实'的,说什么是反映了'战壕里的真实'!"

这时胡可同志有些激动地说道:"一部表现革命战争的作品,而完全看不到人民对敌人的仇恨,看不到人民的远大理想,看不到战士们对革命事业的荣誉感和对集体的关怀,看不到党的活动,看不到革命军队的政治工作,这样的描写革命战争和革命军队的作品,能说是真实的么? 就说'战壕里的真实'吧,难道战壕里真象这些作品里所写的只有对个人生死安危的关怀么？……

"我们对战壕的景象并不陌生。那请战和表决心的豪迈气概，那争着担负艰巨任务的高尚风格，那精心建设着'阵地之家'的革命乐观主义感情，那顽强不屈的战斗，这些发生在我们战壕里的事物，这些反映着革命战争本质的事物，这些共产主义的美好的情操，在那些热衷于描写'战壕里的真实'的作家们看来，竟是'不真实'的。说穿了，其实不过是不符合他们宣传的需要罢了。他们需要的是描写战争的破坏力，死亡的恐怖等等。"

胡可同志停了一下，继续说道："战争确是残酷的，有流血，有牺牲。在牺牲的人们中，也包括着一些我所认识的同志，我的战友。但他们的牺牲是有代价的，这就是我国人民的解放和我们社会主义事业的胜利。他们的流血牺牲为我们带来了今天的幸福生活。但是，有些人却宣传一切牺牲都是毫无代价的，都是对个人幸福的损害，这是典型的资产阶级和平主义者的说教，也是对那些为革命而流血牺牲的战士的诬蔑。

"我每当想起了在革命战争中牺牲的同志，就感到一种鞭策的力量，感到一种责任。如果我在作品里把阴郁的色彩涂在他们的脸上，用感伤的情绪去描写他们的斗争，他们在九泉之下是不会瞑目的。不，我们不能也决不会这样作。我们必须正确地去表现他们，我们必须坚持我们的道路，把文艺作为团结人民、教育人民、打击敌人、消灭敌人的武器！"

临别之前，胡可同志告诉我："为了打击帝国主义和现代修正主义，我们应该努力工作，创作出深刻和正确地表现战争与和平这一主题的作品。"

我们必须工农化

八月七日，我访问了安波同志。他就文艺工作者工农化这个问题，谈了一些意见：

"周扬同志在报告中说：'文艺工作者的工农化是文艺的工农兵方向的根本关键'。这句话很重要。的确，文艺工作者的工农化，是毛主席文艺思想的精髓。"

接着，安波同志从自己的创作体会，以及他所了解的辽宁省戏剧创作的一些情况，说明了这个问题。他说：

"我常常想：好些作家都在写剧本，有的写的比较成功，有的不够成功，有的甚而写出毒草，原因何在呢？从辽宁一些剧作家的创作情况和我自己的体会来说，我认为之所以会出现以上三种情况，归根到底，就是我们能否真正踏踏实实地走毛主席指出的文艺道路：为工农兵服务，和工农兵打成一片，改造自己的世界观，使自己工农化。

"有的作品所以写的比较成功，就是因为作者认真地执行了毛主席的文艺方针，自己的世界观得到改造，取得了认识生活的能力，有了丰富的生活知识，不断提高艺术技巧。真正熟悉了工农兵，了解了工农兵，写的是工农兵的真正的思想感情。

"有的作品所以写的不够成功，人物写的不深刻，没有表现出时代的精神和风貌，不动人，就因为作者对工农兵还不够熟悉，自己世界观改造不彻底，缺乏工农兵的思想感情和工农兵的语言。

"而有的所以写成了毒草，则因为作者坚持自己反马克思主义的观点，坚持资产阶级的世界观，站在和工农兵相敌对的立场上去观察生活，反映生活，其作品必然成为毒草。"

安波同志接着进一步用实际事例证明了他上述的论点。他说："几年来，辽宁出现了一些大家喜爱的话剧，如《在新事物面前》、《人往高处走》、《妇女代表》、《刘莲英》等。这些比较成功的剧作，都是由于作者认真地深入生活，努力改造世界观。当然不是说上述作品的每一位作者都已彻底工农化了，都不需要再改造了，对工农兵的生活已十分熟悉了。当然不能这样说。这样说来，是否和刚才的说法相矛盾呢？也不是的。我的意思是说，只要作家踏踏实实地到生活中去，有改造世界观的强烈的愿望和实际的努力，就有助于作家正确地认识生活和反映生活。同时，在他们进行创作的时候，积极争取党委的帮助，帮助他们认识生活和分析生活中的种种现象，认识生活斗争的发展规律，研究生活中各种各样的人物，等等。现在回想起来，以上几个剧本都得到党委许多具体的帮助。而且,作者们还用群众路线的方法,和工农群众合作,也和其他作者、导演、演员结合。这就弥补了自己生活的不足。"

安波同志很谦虚地对我说,他写的《春风吹到诺敏河》应该说是集体创作,他不过是集体创作的参加者。他说,在创作过程中,曾得到过各级党的领导同志,以及导演、演员、村干部和农民兄弟的许多热情的帮助。

"参加劳动,是和农民兄弟交朋友的最好办法。"安波同志深有所感地说。他谈到在写《春风吹到诺敏河》之前,他和一些导演、演员到农村去生活的情形。刚下去时,农民穿新衣服来接他们。他说:"这说明他们把我们当作客人。后来经过同吃、同住、同劳动,才成为朋友的。在和农民一起生活和劳动中,才了解他们的思想感情、了解了他们对合作化的不同态度。"

话题转到有的剧本为什么写得不够成功的问题上来。安波同志说:"这是因为作者对工农兵的思想感情还不熟悉和了解,特别是作者不能以更高的革命理想来把这些生活中的人物塑造成具有更高的精神风格的典型人物。这不仅是作者生活深度的问题,也是作者思想水平的问题。"安波同志谈到了自己写过几个剧本没有成功,以及《春风吹到诺敏河》一剧还存在一些缺点,其根本原因即在于此。他接着说,去年辽宁产生了《红心虎胆》、《铁的红旗》、《三代》、《钢城春秋》、《海边青松》、《怒海红心救亲人》、《红心巧匠》等几部比较受观众欢迎的戏。但如果更高的要求,这些戏还可"更上一层楼"。主要是人物崇高的品德没有更充分地展现出来。并且有的剧本一再修改,仍然提不高。究其原因何在呢?看来也仍是生活深度与思想高度的问题。有的作者深入生活后,把抓取生活素材当成主要任务,而不是如周扬同志所说的,把思想改造当作主要的任务。比如,有一个写工人生活的剧本,改来改去,仍然感到单薄,后来我和作者一起到工厂去开了一次座谈会,会上工人同志们提了许多生动的材料,作者过去虽然在这个厂生活了很久,但对这些材料却不知道,这是因为作者没有认识它们深邃的意义。可见作家的深入生活与他的思想认识能力是密切相关的,而思想认识能力与作者的世界观改造又是分不开的。

安波同志告诉我,有的作者是"一分材料九分虚构",深入生活很差。他说:

"艺术创造当然需要虚构和想象，但这只有在丰富的生活基础上，只有占有了丰富的生活素材，才能进行选择、概括和加工，使其典型化。而不是一分材料九分凭空编造。"

我问他："怎样才能把剧中人物写的栩栩如生，真实动人？"

安波同志的回答是简练而深刻的：

"作家落笔时，对自己笔下的人物，应如见其人，如闻其声。剧中人对特定环境下的每一具体事物，是怎样想的，又是怎样做的；他的声音，表情，姿态……作者闭上眼睛，应该如同见到他在舞台上活动一样。如果达不到这一步，就不可能把人物写活。"

关于有的作家为什么写出毒草，他认为："就是因为这些作者从根本上没有接受毛主席所指示的文艺方针，站在和工农兵对立的立场上了。"为了便于说明问题，他也举了一个例子：

东北某农村有位女劳模。她解放后在土改、合作化、人民公社等历次运动中，一直站在最前面，是面不倒的红旗。现在她是一个公社的党委书记，有位作者想以她为模特儿创造一个新型的劳动妇女。于是，这位作者就把家搬到这个农村去，看来决心是很大的。后来，他写了个叫做《褪了色的红旗》的剧本，专门讽刺一个女劳模。而从描写的缺点看来，有些根本是优点，作者反而把它当作缺点。比如，剧中这位女劳模对同志身上的缺点和错误，绝不调和，坚持斗争。这本来是优点，但作者却认为这是不民主、官僚主义……。由此可见，文艺工作者的工农化，的确是个根本问题。如果作者的世界观不改造，思想感情和广大工农兵的思想感情没有结合起来，他的喜爱不是广大工农兵的喜爱，他的审美观就必然和广大劳动人民的审美观不同。如果他坚持资产阶级的世界观，那么我们当作香花的，他们就会当作毒草；我们认为是毒草的，他们反而会认为是香花。他们是"以小人之心度君子之腹。"

安波同志最后强调："所以，一个作家如果要真正深刻反映我们这个伟大的时代，塑造我们时代的英雄人物，除了加紧改造，使自己工农化之外，别无其它的捷径。"

革命现实主义和革命浪漫主义的结合

剧作家贾克同志跟我谈到了革命现实主义和革命浪漫主义相结合的问题。关于这个问题,他说:"听了周扬同志的报告后,受到很大的启发,有些问题更清楚更明确了。经过这次学习,我们认识到如果不站在共产主义的高度,就不可能真正理解我们时代的特征,也不可能真正理解先进人物的思想感情;如果没有远大的革命理想,也不可能真正掌握、运用革命现实主义和革命浪漫主义相结合的艺术方法。因此,首先要改造世界观,使自己工农化,才能运用这个艺术方法来反映我们这个充满了革命浪漫精神的时代。"

在谈到现代一些剧目时,贾克同志感到有的作品革命理想不够充分。他说,有的作者常常是就事论事。站得不高,看得不远。初级社时就喊初级社万岁,合作化时就喊合作化万岁……等等,缺乏远大的革命理想,缺少既看到今天又看到明天的革命精神。

贾克同志还提到过去大家会争论过要不要创造理想的英雄人物的问题,他说:"经过这次学习,这个问题更加清楚了。整个文学史告诉我,每个时代,每个阶级都会在自己的文学艺术中创造自己'理想'的英雄人物。我们的文艺当然更应该创造最能体现无产阶级革命理想的人物。我们的时代是英雄辈出的时代。各个战线上的英雄人物,正在创造历史上从来没有的奇迹。他们身上洋溢着革命理想和求实精神相结合的光辉,我们既然是为社会主义建设事业服务的作家,要用文艺武器参加斗争,那么,如何运用我们的戏剧艺术去反映和歌颂这个伟大的时代和伟大的人民呢?我觉得我们要牢牢记住周扬同志在文代会上所指出的:'用阴暗的色调,灰色的语言,鲜明的自然主义的手法,难道能够反映我们的时代面貌吗?那是决不可能的。我们需要用豪迈的语言,雄壮的调子,鲜明的色彩,来歌颂和描绘我们的时代。文艺上的革命浪漫主义正是人民生活中的革命浪漫主义的结晶。采用革命现实主义和革命浪漫主义相结合的艺术方法,可以帮助我们的作家、艺术家最真实、最深刻地表现出这个英雄的时代和这个时代的英雄。'"

贾克同志说：由此可见，不运用这个艺术方法，就不可能最真实地反映我们这个伟大的时代，也不可能创造出我们的理想的英雄人物，至于有些人不赞成创造理想的英雄人物，认为我们所描写的英雄人物"不真实"、"干巴巴"；据他们说，每个人都有缺点，都有阴暗面，都有片刻的"动摇"，等等；只能说明这些人用自己资产阶级的思想感情来代替无产阶级英雄的思想感情。这也正如周扬同志所指出的："只不过是他们自己的阴暗心灵的自我流露罢了"。

积极创造同时代人的英雄形象

如何在剧作中塑造同时代人的光辉的英雄形象，一直是剧作家关注的问题。青年剧作者黄悌同志这几年为我们创造了两个给人印象较深的英雄形象。他们是《钢铁运输兵》中的高克英和《巴山红浪》中的许康。因此，我想请他谈谈创造英雄人物的一些体会。八月五日夜间，当我和黄悌同志见面之后，我们的话题就从在作品中创造同时代人的英雄形象谈起。黄悌同志说：

"要反映我们这个充满了矛盾斗争的伟大时代，就必须把冲突中先进的主导力量表现出来，就必须创造出打动人心的英雄形象。因为戏是用形象去反映生活的。在一出戏里，最能引起观众关心，对观众影响也最大的，首先是舞台上的人物。

"有些作品，写了英雄人物，也歌颂了英雄人物，但人物总是站不起来。其原因当然很多，作者没有把英雄人物放在矛盾的尖端，并使其站在主导方面，大概是一个重要的原因。所以，有些人物看起来很正确，但在戏剧冲突发展中，他是被动地而不是主动地推动事物的发展。同时，又往往轻而易举地战胜落后事物，因而给人的印象就不深。"

在生活中，人们有先进和落后之分，有英雄人物和一般人之分。但有的作者硬说英雄人物和一般群众没有什么区别，所不同之处只不过是英雄人物能够忍受。黄梯同志反对这种观点，他说："这就完全抹杀了英雄人物身上崇高的道德品质和远大的革命理想，其实，英雄人物所以成为英雄，就因为他有远大的革命理想，有不断革命的精神，正因此，他们才不畏困难，不畏艰险，敢于向一切阻碍革命前进的事物进行不调和的斗争,并在斗争中不断地丰富他们的经验,丰富他们的精神世界。而不是逆来顺受,忍受痛苦,忍受折磨的。所以,如果剧中只具体地描写反面人物如何在策划,不具体地描写英雄人物如何组织群众进行斗争,老让他处于被动的地位,这人物就不可能站起来,必然苍白无力。"

黄悌同志进一步强调说:"应该让英雄人物、正面人物处处站在主导地位,去发动对落后事物的进攻。当然,也要很好地描写旧事物对新事物的抵抗力量,但总的来说,它是被动的。象《敢想敢做的人》中的万主任,就是一个比较真实的落后典型。"

有些作品中的英雄人物写的比较"温",感情不够丰富,爱憎不够强烈。黄悌同志对于这种现象是比较注意的,并说他自己也正在写作中努力克服这些缺点。他接着说道:"我们的无产阶级英雄人物决不是冷冰冰的。他们热得很,充满了无产阶级的阶级感情。他们对敌人恨之入骨,对违背党利益的现象从不妥协,但对党对人民则有深厚的感情。在他们身上,爱和恨是统一的。所以,如果把英雄人物写成'温开水',既不疼,也不痒,没有什么喜怒哀乐,光说一些空洞的豪言壮语。这样的人物就不是我们这个时代真正的英雄人物。"

儿童剧如何贯彻工农兵方向

八月七日,我访问了儿童剧《马兰花》、《友情》的作者、上海儿童剧院副院长任德耀同志。他说,听了大会的几个报告之后,考虑得最多的,是在儿童剧中如何积极贯彻工农兵方向。他说:

"有些人认为儿童年龄小,接受能力低,不能接受阶级斗争、反帝斗争等重大题材,因此儿童剧舞台上只能是儿童的身边琐事,或者是小猫小狗等动物的故事,把重大题材排斥在儿童文学之外。这当然是不对的。孩子们是祖国的花朵,是人类的未来,现在祖国七岁至十五岁的儿童有一亿三千万之多。重大题材对孩子们的教育作用最大,放弃重大题材,就是在儿童剧中放弃对孩子们进行共产主义思想教育,和革命斗争知识的教育。我们是必须反对的。"

关于如何在儿童剧中贯彻工农兵方向,任德耀同志认为应该加强剧本的思想性，用"工农兵的光辉形象来教育我们的下一代，应该成为儿童剧的主要方面。"他接着补充说："当然，不能把用共产主义思想教育孩子理解得太狭隘、我们要使孩子们变得有知识、聪明和勇敢，要使孩子们具有丰富的知识、崇高的道德，并培养他们的审美能力，也就是共产主义的真、善、美。我们的接班人应当具有共产主义道德，最聪明，最勇敢。他们的共产主义精神不应当建筑在缺少知识，对历史无知的基础上。因此，儿童剧的题材也应该多种多样。以下五个方面的题材都应该重视：一、塑造各个战线上的英雄形象，使他们成为孩子们的学习榜样，这是主要的方面。二、描写孩子中的少年英雄及好孩子、优秀的少先队员。用他们的英雄行为、先进事迹来教育广大儿童。三、写革命斗争历史，丰富孩子们的革命斗争知识，培养孩子们的革命意志。四、写历史上的杰出人物，如岳飞、花木兰……，以丰富孩子们的历史知识。五、写童话、神话、民间传说等，以启发孩子们的丰富想象。不管什么样的题材，都必须具有鲜明的立场，爱憎分明，是非清楚。"

关于儿童剧的特点问题，任德耀同志说："儿童剧到底是儿童剧，应该注意孩子的年龄和理解能力，忽视这些也是不对的。有些一般成年人的剧目，成年人兴趣很大，但孩子却不喜欢：接受不了或者不能完全接受。所以，儿童剧如果没有儿童特点，就不能打动孩子们的心。"

任德耀同志还说，今天我国的少年儿童跟过去的少年儿童大不一样了。他们的思想境界很宽。他们对国内外大事也很关心，对社会主义建设怀着无比的热情，积极响应党的各项号召。同时，他们对舞台上的一切斗争都相信。他们满腔热情的关怀台上主人翁的斗争；舞台上的生活反过来又指导了他的生活。最近上海儿童剧院演出《少年英雄刘文学》时，有个孩子从戏上知道今天还有敌人，从而提高警惕，结果抓住了一个特务。

谈完上述的情况以后，任德耀同志告诉我：

"我们儿童剧作者的任务是很重的。为了充分发挥儿童剧的教育作用，我们从事儿童剧创作的人必须进行思想改造。使自己工农化、劳动化，不然就无法用共产主义思想教育儿童。同时，我们还应该深入儿童生活，熟悉孩子们的心灵,研究他们在想些什么,从而创造出为孩子们所喜爱的作品。"

最后,他充满信心地说:"经过这次大会,我们进一步明确了我国社会主义文学艺术的发展道路,我们一定要发奋图强,创造出最新最美的儿童剧来!"

少数民族戏曲剧本将出版

史料解读

　　史料原载于《戏剧报》1960年第11期。该则史料为一篇书讯，报道了中国戏剧出版社将陆续出版一套少数民族戏曲优秀剧本的信息。该史料是对少数民族戏剧出版动态的及时反馈，对剧本的传播起到了宣传作用。

原文

　　少数民族戏曲是我国戏曲艺术中重要的一部分。十年来，在党和毛主席的"百花齐放、推陈出新"方针的光辉照耀下，得到了繁荣和发展。为了促进兄弟民族间的文化交流，中国戏剧出版社将陆续出版一套少数民族戏曲的优秀剧本。剧本大体分三类：一、神话剧；二、根据美丽的民间传说改编的剧本；三、现代剧。

　　月内将出版的剧本有《杜朝选》（白族戏吹吹腔）、《红铜鼓》（僮剧）、《哈迈》（苗剧）、《珠郎娘美》（侗剧）、《宝葫芦》（僮剧）、《千瓣莲花》（傣戏）、《对菱花》（满族戏）、《半夜羊叫》（彝戏）、《夫妻竞赛》（白族大本曲剧）等。

新疆的戏剧事业在不断发展中

——试评《步步跟着毛主席》

赛福鼎

史料解读

史料原载于《剧本》1961年第1期，为一篇评论。作者是维吾尔族作家赛福鼎，他也是党和国家民族工作的卓越领导人、杰出的社会政治活动家。本文选取新中国成立以来新疆优秀的戏剧作品《步步跟着毛主席》展开论述，作者认为该作品通过动人的故事情节、浓郁的民族色彩、群众喜闻乐见的艺术形式反映了新疆维吾尔族人民的生活，表现了"永远跟着党走"这一重要主题。作品在艺术表现上充分展现了维吾尔族的特点，因此更富有新疆风味和民族情调。作者还对作品的不足之处，如音乐话剧形式运用生疏，歌舞配合不够协调一致，主人公的思想性、典型性不够强等问题提出相关改进意见，力争使这部作品在思想性和艺术性上达到更高的水平。

该史料对新疆戏剧代表作品《步步跟着毛主席》的研究具有概括性，将这部维吾尔族戏剧视为新疆戏剧的代表，对民族戏剧存在的思想性和艺术性问题提出富有建设性的意见，该史料对于维吾尔族戏剧研究具有重要价值。

原文

　　新疆维吾尔自治区话剧团集体创作的大型音乐话剧《步步跟着毛主席》发表了，这对新疆戏剧界无疑是很大的鼓舞，同时也是新疆戏剧事业发展的又一良好开端。

　　《步步跟着毛主席》是新疆解放以来比较优秀的创作之一，它所以能够受到群众的喜爱和欢迎，是因为它通过动人的故事情节、浓郁的民族色彩、群众喜闻乐见的艺术形式反映了新疆维吾尔族人民的生活，表现了永远跟着党和毛主席走这样一个重要的主题。新疆各族农民同全国农民一样，在党和毛主席的领导下，得到了彻底的解放，由"旧社会地主脚底下的奴隶"翻身作了新社会的主人，他们对各族人民伟大的领袖毛主席怀着无限热爱的心情，听党和毛主席的话，步步跟着毛主席，在阶级斗争和生产斗争的风浪里，坚定地走互助合作的道路，坚决走上了社会主义和共产主义的光明大道。新疆各族农民和全国各地的农民走过的这条斗争的道路、胜利的道路，在剧本里得到了很好的体现。

　　我们的文艺是为工农兵服务、为社会主义事业服务，这是毛主席指示的最彻底最坚决的无产阶级的文艺方向。几年来，新疆文艺工作者坚决贯彻毛主席指出的文艺为工农兵服务的根本方针，使新疆文艺工作欣欣向荣，得到了很大的发展，出现了许多具有一定思想性和艺术性的好作品。《步步跟着毛主席》也正是这许多好作品里的一部，是执行文艺为工农兵服务的这一根本方针所获得的成果。

　　剧作者给我们塑造了库尔班老人这样令人喜爱的坚强、朴实的农民形象，通过库尔班的形象概括地反映了新疆各族农民的过去，以及解放十一年来的生活面貌和斗争道路。

　　库尔班的过去是一个辛酸的血泪史，在那吃人的旧社会里，农民连喝口河水的权利都被剥夺了。库尔班的父亲就是因为爬到地主吐尔逊霍加所强占的水闸上灌了一铜壶水而断送了生命。库尔班被地主逼得走投无路，带上父亲临死前交给他的一把破旧铜壶,逃到荒无人烟的塔里木,他忍受着饥寒交迫的痛苦,在死亡线上挣扎。剧本在描写库尔班全家沉浸在土改翻身的欢乐和幸福中时,有这样一段回叙:"库尔班在一个木柜上看见了那把破旧的铜壶,他一下子紧握在手里,好象那一去不复返的苦难重又涌现在他的心头","库尔班慢步走向房子的中央,铜壶抱在胸前,眼睛里满含着泪水"。

这是库尔班对旧社会无声的,沉痛的控诉!这是几万万农民对旧社会的控诉!

解放啦!库尔班终于熬过了漫长的苦难的岁月,回到了自己离别已久的家多,斗倒了地主恶霸,分到了土地和房屋,老人获得了新生。他从心底里唱出:

> 千百年的岁月黑又黑,
>
> 苦难的奴隶受尽了罪。
>
> 盼光明啊,盼解放,
>
> 盼来了今天,
>
> 这平地一声雷!
>
> 滚滚乌云被驱退,
>
> 封建牢笼被击碎,
>
> 火红的太阳放光辉,
>
> 自由的鸟儿展翅飞!

想想过去,看看眼前,一切都发生了巨大的变化,库尔班老人从切身经历中,深深体会到是党和毛主席给他带来了幸福和欢乐,因此,他从翻身的第一天起,日日夜夜都在想念着毛主席,渴望见到毛主席,表述自己内心的喜悦。他把自己亲手生产的东西,拣最好的留给毛主席,这是多么纯朴的愿望啊!

出现在剧本里的库尔班,不仅是一个朴实的农民形象,而且剧作者把他提到更高的思想境界和精神境界里去表现。库尔班老人始终把自己渴求见到毛主席的心愿同搞好生产紧密结合起来。他积极劳动,努力生产,建设美好的家园；他处处听毛主席的话，同以富裕中农脱乎提和小商贩艾沙为代表的资本主义道路坚持斗争，坚定不移地走社会主义道路，因而受到群众的拥护和爱戴，加入了中国共产党，屡次当选为劳动模范，终于光荣进京见到了日夜想念的毛主席！幸福的会见更激励着他沿着毛主席指出的道路，胜利前进！

《步步跟着毛主席》在艺术性方面也有许多值得注意的成就和特点，它紧紧把握了维吾尔民族的特点——民族风味的音乐、歌舞相结合的艺术，以及维吾尔族生活习俗，因而更富有新疆风味和民族情调。没有对维吾尔民族特点的深刻认识和掌握，就不可能作到这一点。

我们十分高兴地看到汉族文艺工作者在创作这个剧本时所作出的努力和有益的贡献，他们深入观察和学习维吾尔民族的特点并在艺术上进行了大胆的概括、加工和提高，同时也得到了当地各民族文艺工作者的大力协助。可以说，这个剧本是新疆各民族文艺工作者互助合作的果实。我们从剧本里特别是从舞台表演里可以看出许多汉族文艺同新疆各民族文艺互相学习、互相结合、互相吸收的成果，这是十分可喜的现象。它表现了各民族文艺工作者密切协作，各民族文化艺术互相丰富和发展的正确方向。这是我们今后应当发扬光大的一个重要方面。

剧本在思想性和艺术性方面也存在一些缺点。我觉得对音乐话剧这种形式的运用上还显得生疏，歌舞的配合不够协调一贯；主人公的思想性还不够强，还可以更提高一步刻划得更加理想、更加典型，使这部作品在思想性和艺术性上达到更高的水平。

几年来，在毛泽东文艺思想的光辉照耀下，新疆的戏剧事业有了很大的发展和提高，有了一个十分良好的基础和开端。但是同我们整个事业的发展需要以及群众的需要比较起来，我们的戏剧事业还远远不能满足当前需要。客观形势的发展要求我们创作出更多更好的作品来反映我们这个伟大光辉的时代，反映工农兵群众新的精神面貌，反映新疆各民族的新生活，以及他们同伟大的汉族人民之间的深厚友谊和兄弟情感，用文艺武器去提高人民的思想觉悟和道德品质。为此,新疆的各族文艺工作者必须努力学习毛泽东思想,认真改造自己,更高地举起毛泽东文艺思想的红旗,互相帮助、互相学习、发愤图强、埋头苦干,努力攀登社会主义文学艺术的珠穆朗玛峰!

傣、壮、白、彝四种民族戏同现昆明舞台
云南举行首次民族戏观摩演出

史料解读

　　史料原载于《人民日报》1962年2月2日，报道了来自中缅边境、普厅河畔、洱海之滨和昙华山上的傣、壮、白、彝等四个民族剧团，在昆明市举行的云南省历史上第一次民族戏剧观摩演出的信息。参加这次演出的有四个民族剧种：傣戏、壮戏、白戏，以及新中国成立后诞生的彝戏，都是在本民族的传统文学、歌唱、舞蹈、音乐和美术等姊妹艺术的基础上产生和发展起来的。四个民族剧团都是由业余剧团转型为专业剧团的，但在观摩演出中表现了较高的艺术水准。演出期间，云南省文化部门召开一系列座谈会，总结了几年来云南省发展民族戏剧的工作经验，探讨了民族戏剧的共同性与特殊性、民族文化遗产的继承与革新等问题。此次观摩演出中四个剧团演出的几十个剧目在艺术上具有独特的民族风格，不仅为本族人民所喜闻乐见，而且为其他民族的观众所欣赏，既推进了民族戏剧的发展，又增强了各民族之间的文化交流，起到了促进民族团结的效果。

　　该史料对傣戏、壮戏、白戏、彝戏四个民族剧种在云南地区的发展过程进行了概括，及时总结和反馈了民族戏剧的经验与不足，为四个民族剧种的继续发展提供参考。同时，史料从民族团结的角度肯定了民族戏剧的作用与价值。

原文

据新华社昆明 1 日电　来自中缅边境、普厅河畔、洱海之滨和昙华山上的傣、僮、白、彝等四个民族剧团，最近在昆明市举行了云南省历史上第一次民族戏剧观摩演出。

这次参加演出的四个民族剧种，无论是历史比较悠久的傣戏、僮戏和白戏，或者是解放后诞生的彝戏，都是从本民族的传统文学、歌唱、舞蹈、音乐和美术等姊妹艺术的基础上产生和发展起来的。它们的根基深厚，与本民族群众血肉相联。从四个剧团演出的几十个剧目看，有的反映现实生活，如彝戏《半夜羊叫》、白戏《赶三月街》；有的取材于历史传说和民间故事，如傣戏《娥并与桑洛》、僮戏《螺蛳姑娘》。这些戏不仅为本族人民所喜闻乐见，而且为其它民族的观众所欣赏，增进民族之间的相互了解。这些戏在艺术上具有独特的民族风格。看傣戏《娥并与桑洛》时，人们听到了象脚鼓和铓锣的声音，看见了优美的孔雀舞的动作和具有鲜明民族特征的服装，好像被带到亚热带傣族的竹楼中。看彝戏《半夜羊叫》时，那高亢激昂的调子，那清脆的芦笙和响篾声，那豪放质朴的舞姿，又在观众面前展现出了一幅高寒山区彝族人民的生活图景。

这四个民族剧团都是在不久前由业余发展成专业的，但它们在这次观摩演出中却表现了较高的水平，出乎许多观众的意料。各剧团都有一批有才华的剧作者、演员或其它艺术人材。彝戏创始人之一，曾在昙华山麻秆房农业社当过会计的彝族青年杨森，就是一位出色的编剧和演员。几年来他参与和执笔创作的彝剧有十七八个，包括思想性和艺术水平相当高的中型彝戏《半夜羊叫》和《曼嫫与玛若》。在傣戏《娥并与桑洛》中扮演女主角的傣族青年演员郎俊美，学戏才一年多，但在运用唱腔上已能适应傣族音乐的特点和变化。在同一个戏中，她前半部演的是喜剧，塑造了一个美丽多情的傣族少女形象；后半部演的是悲剧，又演得声泪俱下，引起观众深切共鸣。在僮戏《螺蛳姑娘》中扮演女主角的僮族演员张小妹，在白戏《窦仪下科》中扮演女主角的白族演员杨学英，都只有十七岁,她们的舞台生活长的不过一年,短的才一个多月,但是这次演出都得到了观众的好评。

在观摩演出期间,云南省文化部门曾召开一系列的座谈会,初步总结了几年来云南省发展民族戏剧的工作经验,探讨了民族戏剧的共同性与特殊性、民族文化遗产的继承与革新等问题。

这次观摩演出,不仅促进了民族戏剧的发展,而且有助于各民族间的文化交流和增强民族团结。在昆明的各民族代表人士、云南民族学院的各族师生以及专门从边疆赶来观摩的兄弟民族代表,看了演出后,纷纷发表观感。云南省副省长张冲(彝族)在一次座谈会上激动地说:解放前,我们彝族人穿民族服装到昆明来,要被国民党反动政府抓去关起。现在大家穿起民族服装在昆明舞台上演出,演出又这样成功,这说明在党的领导下,少数民族在政治上翻了身,经济上翻了身,文化上也翻了身。德宏傣族景颇族自治州州长刀京版(傣族)在《云南日报》上发表文章说,傣剧在解放前得不到改进和发展,连怒江也跨不过来;在党的英明领导和亲切关怀下,今天才能前来参加观摩演出。有的民族代表看见舞台上演出本民族的戏,高兴得流下了眼泪。

发展社会主义的民族的新文化

——在一九六二年云南省民族戏剧观摩演出会上的讲话

袁　勃

史料解读

　　该则史料为一篇讲话稿,原载于《边疆文艺》1962 年第 2 期。新中国成立后,随着政治、经济的发展,各民族文化都有了很大的发展,民族戏剧亦发展起来,不仅旧有的剧种得到了发展,而且产生了新的剧种,这对提高民族自信心、自尊心和发展民族文化起了促进作用。讲话稿集中探讨了民族戏剧发展的四个问题。首先,在民族文化工作的共同性和特殊性问题上,提倡一般和特殊相结合。其次,在民族文化遗产的继承和革新问题上,应批判地继承,"剔除其封建性糟粕,吸收其民主性精华"。再次,在民族文化的形式和风格问题上,要善于利用各民族固有的文化形式,社会主义文化只有和民族特点、民族风格相结合才能更好地发挥作用。最后,在民族文化工作的普及与提高问题上,要大力普及各族人民群众的文化活动,提高文化工作质量,从而实现民族文化艺术的发展。

　　该史料对于民族戏剧发展过程中问题的认识是客观中肯的。该史料基于辩证观点认识民族戏剧的共同性与特殊性,从历史角度看待民族文化的传承发展,并重视民族风格和民族文化工作质量。该史料对民族戏剧发展进行了全方位的考察和研究,视野开阔,对民族戏剧的宏观性研究具有重要价值。

原文

在云南省民族戏剧观摩演出期间，观摩了傣、僮、白、彝四个民族的戏剧和皮影剧团的演出，并开了许多座谈会，相互学习，交流经验，探讨了民族戏剧发展的一些问题，大家的思想认识有了很大的提高，为今后民族戏剧的发展打下了良好的基础。

这次观摩演出应该看成是我省的一件大事。戏剧是综合艺术，是由文学、音乐、舞蹈、美术等综合发展而成的。云南各民族文化遗产极其丰富，解放前有的民族已经产生了戏剧，如白、傣、僮等民族，但由于反动统治的摧残、压迫，得不到发展，甚至处于奄奄一息的境地，上述剧种就从未建立过专业剧团。解放后在党的领导下，随着政治、经济的发展，各民族文化都有了很大的发展，民族戏剧亦相应发展起来。不仅旧有的剧种得到了发展，并且还产生了新的剧种，如彝剧、撒尼剧、僾尼剧等。这有着重大的意义，对提高民族自信心、自尊心和发展民族文化将起很大的促进作用。

这次演出十分成功，看得出有的民族的戏剧传统极其深厚，有的民族虽然过去没有戏剧，但他们新诞生的剧种也是在传统的文学、音乐、舞蹈的基础上发展起来的。这些戏剧，无论内容和形式都具有浓厚的民族色彩，深受本民族群众的欢迎和喜爱。看来各个剧种所走的路子是对的，特别是最近几个月，思想更明确了。只要这样做下去，民族戏剧大有发展前途。

看了演出，看了座谈会的记录，我有一些看法和体会，提出来供同志们参考。下面谈四个问题。

一　民族文化工作的共同性和特殊性问题

社会主义道路是民族繁荣的道路，各民族的政治、经济和文化，只有在祖国社会主义的大家庭里，才能得到真正的发展。走社会主义道路，建设社会主义，是各民族人民的共同要求和共同利益。社会主义的文化是社会主义的经济基础的反映,是上层建筑,必须紧密配合和促进社会主义建设。社会主义的文化工作要按党的总政策来办事,要对各族人民进行爱国主义、集体主义和社会主义教育,发展社会主义的民族的新文化。这就是民族文化工作的共同性。

在长期的历史发展过程中,由于各民族不同的历史条件、地理环境、语言文字、生活习惯、宗教信仰等,决定了各民族政治、经济、文化发展的不平衡,因此各民族都各有特点,存在着差别。民族文化工作就要密切结合民族地区的实际,注意特点,注意差别;要紧紧抓住民族问题这个主要环节。

我们云南边疆,经过解放以后十多年的工作,各民族政治、经济、文化都发生了巨大的变化,从根本上废除了民族压迫,废除了阶级剥削,各族人民在社会主义基础上更加亲密团结,建立了一种平等互助、共同发展的新的社会主义的民族关系。各民族已经开始成为社会主义民族,民族之间的共同性在增长扩大。但是,各民族之间仍然有程度不同的差别,民族之间历史上遗留下来的隔阂也没有完全消除,因此,民族问题仍然存在,在我们这个多民族省份,更不能忽视民族的差别性。我们提倡一般和特殊相结合,不以一般否定特殊,也不以特殊否定一般。我们既要注意共同性,又要注意差别性,也就是说既要有一般,还要有特殊。缺哪一方面都不行。完全不要共同性,不适当地强调特殊性,那就是狭隘的民族主义情绪,这是不对的;同时,只看到共同性,忽视特殊性,在工作中不结合具体情况,不注意民族差别,甚至想以汉族的东西代替民族的东西,就是大汉族主义的情绪,这同样是错误的。

目前的主要思想倾向是在我们取得巨大胜利之后,有一部分同志产生了误解,他们只看到了共同的一面,认为各民族已经成为社会主义民族,可以不注意民族特点和民族条件了。有的还说,各民族反正将来要融合,现在就不应强调民族间的差别。他们看不到民族的融合是一个长期的历史发展过程,列宁对民族差别问题说过这样的话:"这些差别就在全世界无产阶级专政实现以后,也还要保留一个很长很长的时期。"(《列宁全集》第 34 卷 73 页,《共产主义运动中的"左派"幼稚病》)今天不发展民族的文化,民族的戏剧,就不利于将来的发展。各民族文化的特点不发扬,就无从互相吸收。充分发扬特点,才能更好融合。

所以我们文化工作不能一般化，要贯彻"百花齐放，百家争鸣"的方针。各民族戏剧都是百花园中的鲜花，我们应该满腔热情地浇灌它，扶植它，使它越开越艳。

二 民族文化遗产的继承和革新问题

社会主义文化不是从天上掉下来的，必须从旧有的传统基础上建立起来。我们文化工作的方针是建立社会主义的民族的新文化。我国是一个统一的、多民族的国家，要建立社会主义的民族的新文化，就要继承各民族优秀的文化遗产，从中吸取营养。当然，在各民族的文化遗产中，有统治阶级的腐朽的有害的文化，有劳动人民创造的带有民主性和革命性的文化，所以我们对文化遗产是批判地继承，"剔除其封建性糟粕，吸收其民主性精华"。

继承民族文化遗产是肯定的，我们不能割断历史。同时也要看到，文化传统也不是一成不变的，它要随着社会政治、经济的发展而变化。另方面，各民族之间的文化不可能不互相影响，互相吸收。民族文化要发展，要革新，这也是肯定的。这里就有个文化遗产的继承和革新问题。我们既反对对民族文化遗产一概否定的虚无主义态度，也反对原封不动、墨守成规的保守主义态度。我们既反对排斥和拒绝吸收先进民族特别是汉族文化的倾向，也反对强加于人、用自己的东西去代替各民族的东西的倾向。兄弟民族原有经济和文化基础比较落后，仅仅依靠自己的力量改变历史上遗留下来的落后状态还有困难，要提高就要借鉴和吸收先进文化，而汉族也特别有义务帮助兄弟民族发展文化，来共同繁荣和发展祖国的文化。但借鉴和吸收先进文化，必须采取慎重的态度，不能生吞活剥，毫无批判地吸收；而帮助者也要注意通过各该民族群众的同意，尊重民族的艺术欣赏习惯和民族特点，不能包办代替。

我省各民族都有着光辉灿烂的文化遗产，从已经发掘、整理的文学、音乐、舞蹈、戏曲、美术等作品来看，不但数量极其丰富，而且具有很高的艺术水平。它们是祖国社会主义文化不可缺少的部分，有的东西在世界上也享有声誉，如撒尼族叙事长诗《阿诗玛》，傣族的《孔雀舞》等。经过解放后十几年的工作，民族戏剧也得到了很大的发展,如傣剧、僮剧、白剧,现在都恢复了青春,获得了新的生命力。彝剧是新创造、发展的一个剧种。这是最可喜、最令人满意的;是党的民族政策和文艺方针的伟大胜利。但是我们绝不能自满,我们的工作,与丰富的文化遗产相比,还显得十分不够。发掘整理文化遗产的工作,仅仅是开始。例如我省的民族乐器把乌、葫芦丝等,音色、音量很好,这些乐器已被证明为具有丰富的音乐表现能力。在云南工作,不搞本地区、本民族的东西,在政治上说,就要脱离群众;在艺术上说,就是一花独放和花色单调。

民族文化需要发展和提高,但在文化遗产还没有发掘出来或发掘很少的时候,妄谈革新是危险的。以民族传统戏剧来说,工作才开始,目前首要的工作是发掘传统,抢救遗产,把它们都保存下来,哪怕是糟粕,也要把它记录下来再说,然后才谈得上整理,去其糟粕,取其精华。就是整理改编时也要保持原有的形式和格调。例如白族吹吹腔,当前才开始搞的时候,不能强调革新。人家那么久的历史,剧团演出的一点东西仅是凤毛麟角,如果现在随便窜改、乱改,搞得面目全非,会把吹吹腔这朵花糟蹋掉。

我们要保持民族传统,发扬民族传统,继承文化遗产,尊重老艺人是很重要的。以戏剧来说,老艺人所熟悉的剧本、唱腔、表演技巧等,都需要年青一代继承下来。因此,尊重老艺人也就是尊重传统。各剧团应该找几个年青的演员向剧团老艺人拜师,同时也要向散居各地的民间艺人学习,必要时可以请他们到剧团来演出、传授。总之,要想尽各种办法,把民族戏剧遗产继承下来。

三 民族文化的形式和风格问题

各民族文化,经过长期的演变、发展,形成了自己特有的文化,自己特有的艺术形式和风格。各民族文化的形式和风格,表现了各族人民的意识形态、心理素质和生活面貌,为各族人民所喜闻乐见。我们要建设社会主义的民族的新文化,在社会主义内容的前提下,对于各民族长期历史发展过程中所形成的文化形式,要很好地加以运用,善于依照各民族文化活动的方式,注意民族风格。

关于保持和发扬民族传统,包括继承和发展民族文化的形式和风格,毛主席说过："对于过去时代的文艺形式，我们也并不拒绝利用，但这些旧形式到了我们手里，给了改造，加进了新内容，也就变成革命的为人民服务的东西了。"（《毛泽东选集》第2版第3卷857页，《在延安文艺座谈会上的讲话》）社会主义文化，只有和民族特点、民族风格相结合，经过一定的民族形式，才能发挥作用。

对于民族的形式，虽然可以采取和创造新的形式，但首先还是对旧形式的采取，这也是继承传统的问题。各民族都有文学、音乐、舞蹈等传统形式，有的还有综合这些形式的艺术——戏剧。所有这些形式，都有深厚的群众基础和鲜明的民族风格，我们要善于利用各民族固有的文化形式，向人民群众进行宣传教育工作。但是，我们对旧有文化形式的采取，绝不是不分精华和糟粕地全盘接受，对于那些影响生产、不利于民族发展、民族团结的恶习，需要通过本民族的自觉自愿去改变；有利于生产和民族发展、民族团结的形式，就要保持和提倡；对生产妨碍不大的可不去管它，但要加强对群众进行教育。民族文化形式的改革，都要由本民族群众自己决定，不要操之过急。因为民族文化的形式，将随着社会生活的发展变化而发展变化。比如《阿细的先基》，解放后已出现了歌颂新生活的本子。大理的《绕山林》，过去是祷告"本主"的迷信形式，现在变成欢迎客人、歌唱新的生活的形式。傣族的"赞哈"，过去有的是迷信职业者，现在大部分已成为宣传社会主义的歌手。

民族形式的运用是多方面的，应该把那些过去的迷信职业者，如"贝码""磨八"等，引导到社会主义有利的方面来。这些人是兄弟民族的知识分子，对保留本民族的文化传统有功劳，我们对他们要做些特殊工作，通过团结、教育、改造，使他们为社会主义服务。

民族文化的形式与艺术的风格和群众的欣赏习惯有密切关系，本民族喜爱，那就要尊重这种形式，不能用我们自己喜爱的形式去代替。在这方面，决定问题是本民族群众。例如剧种的曲调，就应该用本剧种的传统唱腔和本民族群众喜爱的民歌曲调以丰富唱腔；伴奏乐器，也要用本民族最有特性的乐器；演唱语言，也应该用本民族的语言。现在有的半汉半僮或半汉半白的语言形式，目前可以保留，将来用甚么语言，是个学术问题，大家可以研究。至于各剧种的发展道路,向戏曲或向歌剧或两种风格都发展,既要考虑剧种的传统,也要看群众意见,不能简单规定,大家也可以展开讨论。总之,要保持本剧种的风格。如果没有自己的风格,就没有存在的必要了。

一般说来,创造一个剧种是比较容易的,但是要保持风格特点是不容易的。一个剧种是一朵花,但这朵花和那一朵花不同,这个不同就形成了流派。云南茶花、杜鹃花和报春花,也可以说都有若干种"流派",所以才不只是百花争艳,而是万紫千红。一个民族剧种是一朵花,但都要有自己的独特风格,自己要自成一派,即一个流派。据我估计,彝剧会有很多流派,如撒尼剧和彝族花灯等等。

四　民族文化工作的普及与提高问题

社会主义的民族的新文化,是为各族劳动人民服务的,因此,对于各族广大人民群众的文化活动要给予特别的注意,要作好普及的工作,也要作好提高的工作,以满足人民群众的要求。关于文化的普及和提高,毛主席辩证地说明了它们之间的正确关系:在普及的基础上提高,在提高指导下的普及。既要大力普及,又要积极提高。二者要很好地结合起来。对群众业余的文化活动,只要群众需要、自愿、业余、小型多样,不影响生产,就要给予积极的支持和帮助。

普及和提高的关键在于领导,在于提高干部(包括专门家)的思想。我们在云南工作,就要重视云南民族民间的东西。北京和外省的同志十分羡慕我们在云南工作得天独厚。这几年,专业文化工作者做了些工作,但远没有达到应该达到的成就。特别是各民族地区的专业文化工作者,更应在思想上明确这一点,工作对象是兄弟民族群众,就要用他们所喜闻乐见的文化形式进行宣传、教育,满足他们文化生活的需要。要有出息,只有走这条道路,许多中外闻名的艺术家,都是和群众结合,向民间学习的。只有专业和业余密切结合,正确处理好普及与提高的关系,文化工作才能得到发展。毛主席说:"我们应该尊重专门家,专门家对于我们的事业是很可宝贵的。"同时又告诉我们,专门家必须和群众结合,"如果把自己看作群众的主人,看作高踞于'下等人'头上的贵族,那末,不管他们有多大的才能，也是群众所不需要的，他们的工作是没有前途的。"《毛泽东选集》第 2 版第 3 卷 865 至 866 页，《在延安文艺座谈会上的讲话》）

人民要求普及，也要求提高，要求逐年逐月地提高。我们几个民族剧团，都是从业余转为专业的，这是人民要求提高的表现。由于剧种初创或刚转专业，有的戏剧有些粗糙、简单，是难免的，我们不能作过高的要求和过多的责难，应该大力肯定他们的点滴成绩，提高是逐步的，我们的任务就是要帮助它们提高。其实，这次的演出说明我们各个剧团已达到了较高的水平。四个剧团，除了傣剧团排练时间较久外，其他剧团仅一两个月的时间，能演成如此水平，是应该大书特书的；也要说明这是专门家与群众、省级有关部门与自治州有关部门结合的结果。

还需要指出的，几个民族剧团的提高，要十分注意吸取本民族、本地区传统的口头文学、舞蹈、音乐以及民歌和山歌的曲调来丰富自己。既起普及的作用，也使自己得到提高。这种搜集、整理研究工作，要逐步地有计划地和系统地做。

总之，我们民族的文化艺术大有发展前途，让我们共同兢兢业业，埋头苦干，为发展本民族社会主义的文化，为建立社会主义的民族的新的文化贡献自己的力量。

促进民族戏剧的繁荣与发展

彭 华 夏国云

史料解读

　　该则史料为一篇综述,原载于《少数民族戏剧研究》(中国戏剧出版社,1963 年)。新中国成立以来,随着社会主义革命的胜利和社会主义建设事业的发展,各民族的政治、经济和文化面貌发生了根本变化,但各民族之间的差别性和特殊性依然存在。在工作中,既要巩固和发展各民族戏剧不断增加共同性,同时,也要照顾各民族戏剧之间的差别。民族戏剧是融合各民族文学、音乐、舞蹈、美术、说唱等艺术形式的综合性舞台艺术。发展社会主义的民族新文化,既要认真地对待和鉴别民族戏剧的遗产,批判地继承各民族的戏剧传统,又要革新创造新的民族戏剧传统,只有这样才能有利于社会主义的民族戏剧的繁荣和发展。

　　该史料属于民族戏剧的宏观性研究,特别关注到了汉族戏剧与各少数民族戏剧之间的相互影响和借鉴,特别是汉族戏剧对少数民族戏剧蜕变和革新的推动作用。史料从各民族相互交往、各民族文化交流交融的角度看待民族戏剧的发展,具有明确的中华民族共同体意识。

原文

一

　　云南是一个多民族的省份。建国十二年来,随着社会主义革命的胜利和社会主义建设事业的发展,各民族在党的统一领导下,都已确立了社会主义的方向;各民族地区都挖掉了产生阶级剥削和民族压迫的根源,进行了民主改革和社会主义改造;政治、经济和文化面貌发生了根本的变化;民族之间出现了平等互助、亲如手足的关系。在祖国统一和民族团结的基础上,各民族之间的共同性越来越多,今后,这种共同性必然还会不断地增长。尽管如此,各民族之间的差别性和特殊性,还会继续存在。这是因为,各民族的政治、经济和文化在长期的历史发展过程中,由于地理环境、风俗习惯、文字语言等方面的不同,由于原有的社会制度、经济结构、物质条件等方面的差异,同时,也由于解放后过渡到社会主义的时间有先有后,生产发展有快有慢,以及其他多方面的原因,就决定了各民族政治、经济和文化上的发展不平衡。这不仅是汉族与少数民族之间的发展不平衡,就是少数民族与少数民族之间,内地与边疆之间也还存在着差距。这种差距不仅过去和现在存在,就是过了一个相当长的时期,在民族未最后消亡之前,也不可能彻底加以改变。列宁在《共产主义运动中的"左派"幼稚病》一文中曾明确地指出:"只要各个民族之间、各个国家之间的差别还存在(这些差别就在全世界无产阶级专政实现以后,也还要保留一个很长很长的时期),各国共产主义工人运动国际策略的统一,就不是要求消除多样性,取消民族差别(这在目前是荒唐的幻想),而是要求把共产主义的基本原则(苏维埃政权和无产阶级专政)运用到各民族、各民族国家的不同情况时,在细节上把这些原则正确地加以改变,使之正确地适应和应用于这种情况。"文学艺术是社会的上层建筑,它是反映经济基础的。就是说各民族的文学艺术,由于民族差别而形成的形式、风格和特点,即便到了将来的社会,各民族完全融为一体之后,也不会彻底消除,其中有些优良的文学艺术珍品,必然还会在未来放射出光彩。因此,应该正确地对待各民族文学艺术、尤其是各民族戏剧之间的共同性和特殊性的问题,工作中既要巩固和发展各民族戏剧不断增加的共同性,同时,也要照顾各民族戏剧之间所存在的差别和特点;既要看到随着社会主义建设事业不断的胜利,各民族文学艺术相互的影响,民族戏剧的共同性必然会日益增多,同时,也要看到在现阶段的情况下,发扬各民族戏剧的特点是有十分重要意义的。只有考虑民族戏剧的差别，发扬民族戏剧的特点，才能更好地促使差别逐渐变化，才能促使特点更加鲜明，使祖国的戏剧艺术园地里放出奇葩。

如果认为，现在的少数民族都已成为社会主义的民族，历史遗留下来的民族隔阂亦已消除，各民族在团结友爱的基础上，正向着同一的目标前进，彼此的共同性越来越多，因此，只看到共同性、统一性、一致性的一面，而看不到或忽略了特殊性、差别性的一面，在实际工作中，不尊重少数民族的风俗习惯和文字语言，不研究少数民族文学艺术的特殊规律，不注意民族戏剧特有的形式、风格和特点，不善于同民族演员商量和倾听人民群众的意见，就采取过急的办法改变民族戏剧的面貌，或不适当地把汉族和其他先进民族的有关戏剧艺术方面的经验，机械地搬用，甚或强加予某一民族的剧种，都是不对的。这是不利于民族戏剧和整个民族文化艺术的繁荣和发展的，甚至会影响到民族之间的团结。

应该认识到：民族戏剧所具有的形式、风格和特点，是在各民族优秀的文学艺术的土壤中孕育成长起来的，是经过各族劳动人民千百年辛勤的劳动而创造出来的，有着深厚的群众基础，并且和各族人民爱好与欣赏习惯有着非常密切的关系。比如，云南省的某些少数民族在未产生自己的戏剧之前，都是借音乐、舞蹈或说唱等艺术形式来反映自己的生活。后来，有的民族感到单纯的歌舞和说唱形式，已不足以表现更为广阔的生活内容，于是便把这些艺术形式综合起来，表达一个有情、有景、有人物活动的故事情节，这样就产生了早期的民族戏剧。虽然这些雏形的民族戏剧，免不了还有些简单幼稚甚至是粗糙，但它却比单纯的歌舞或说唱形式，更能全面地表现边疆各族人民的生活和斗争。民族戏剧的形式和风格，是随着各民族的政治、经济、文化的发展，和人民群众的需要，而在不断地发展和变化着的。现在，历史的车轮已经转到了社会主义时代，那种早期的唱作分离以及进三步退三步的简单的戏剧形式，已经不能适应今天群众对文化艺术生活日益增长的需要了。他们要求看到更多、更好的民族戏剧，听到更加悦耳动听的音乐唱腔，欣赏更为精湛优美的艺术表演。希望看到出文学、音乐、舞蹈、美术等综合性的戏剧艺术，来描绘自己民族重大的历史变革，借以增进民族之间的了解和团结。所以在一九五八年，傣族、僮族、白族、彝族等少数民族，便先后在原有的傣剧、僮剧、白剧、彝剧等业余剧团的基础上，建立了自己民族有史以来的第一个专业民族剧团，另外，苗族、撒尼族、僾尼族、傈僳族等少数民族，也创造了自己民族歌、舞、剧三者相结合的舞台艺术，在业余自愿的基础上开展了戏剧活动。

一般说来，少数民族人民群众虽然也喜欢看滇剧、花灯和其他汉族的戏剧艺术，但他们却更热爱自己的民族戏剧，这是因为民族戏剧正是运用本民族人民所熟悉的民族语言、音乐、舞蹈、美术等等，来表现他们所熟悉的故事，来反映他们的精神面貌，寄托他们的理想和愿望。民族戏剧之所以被人们喜爱，之所以称之为民族戏剧，正是因为它有着与汉族剧种不同的形式和风格，具有自己民族浓厚的地方色彩。倘若把民族戏剧的特点去掉，也改为像汉族剧种一模一样的唱、做、念、打，甚至完全搬用汉族剧种一套表演程序来代替，那么，民族剧种就不可能更好地表现本民族人民的意识形态和心理素质。假如持有这种作法，不管是汉族或少数民族的戏剧工作者，也不管其动机如何，必然会脱离群众，遭到各族人民的反对。

但是，如果过份地强调民族戏剧的特殊性，不适当地突出民族特点和民族差别，扩大民族戏剧与汉族戏剧之间的差异，根本不注意现在仍不断增长着的共同性，拒绝吸收和借鉴先进民族文学艺术方面的经验，尤其是汉族剧种所取得的成就和经验，认为凡是少数民族的东西都是好的，凡是外来的东西都挡之门外，这也是不对的。事实表明：各民族的剧种在发展过程中，已经向汉族剧种借鉴与吸收了很多有益的东西，特别是新产生的民族剧种，在它们还没有形成系统的程序和严格的规律之前，艺术上有着很大的进取性，它们几乎一开始就不可避免地要受到汉族剧种的影响。云南解放以来，汉族戏剧工作者，曾多次深入少数民族地区，积极辅导专业和业余的民族剧团，帮助提高艺术质量，起到了很好的作用。我们从一九六二年一月份云南省举行的民族戏剧观摩演出中，所看到的剧目，如：傣剧《娥并与桑洛》、《千瓣莲花》、《岩佐弄》、《帕慕鸾》等，僮剧《螺蛳姑娘》、《换酒牛》等，白剧《杜朝选》、《窦仪下科》、《火烧磨坊》等，彝剧《曼嫫与玛若》、《半夜羊叫》等，都是根据剧情发展的需要，或多或少地借鉴与运用了一些汉族剧种的表演程序，并且经过了汉族戏剧工作者的帮助和少数民族戏剧工作者的创造，有了不同程度的溶化，使形式与内容达到了比较和谐统一的程度，因此，赢得了观众的赞赏，给人留下了极为深刻的印象。

再以汉族剧种而言，早在解放初期，汉族的戏剧工作者便积极尝试用各种戏曲形式反映兄弟民族的生活了。像表现军民团结和少数民族新的生活面貌的歌剧《新米节》，根据撒尼族长诗改编的京剧《阿诗玛》，根据白族民间传说创作的滇剧《望夫云》等等，这些剧目尽管初次和观众见面的时候，还没有达到尽善尽美的程度，但它却给汉族剧种如何表现兄弟民族生活闯出了一条路子。国庆十周年期间，汉族剧种表现兄弟民族生活，更加受到重视。这一时期便相继涌现出许多优秀的剧目，其中表现傣族人民生活的有滇剧《元江烽火》、花灯《依莱汗》、川剧《葫芦信》、话剧《遥远的勐龙沙》等，表现白族人民生活的有京剧《雕龙记》、《蛇骨塔》等，表现撒梅族人民生活的有曲剧《红石岩》等，表现哈尼族人民生活的有歌剧《多沙阿波》等。这些剧目都从不同角度，反映了云南边疆各族人民古代和今天的生活和斗争，塑造出许多生动的工人、农民、士兵、干部、革命知识分子和古代英雄人物的形象，使兄弟民族中的先进人物和英雄人物，在汉族戏剧作品中占有重要的地位。因而演出中受到了各族人民群众的欢迎与喜爱，不仅汉族人民赞扬这些剧目，就是少数民族的人民群众也把它们当成自己民族的艺术财富了。汉族剧种积极反映民族生活，无疑将对少数民族剧种的诞生与成长，起到了鼓舞与促进作用。这说明了汉族戏剧艺术上的成就和经验，从历史上直至今天都对少数民族剧种的发展有着很大的影响，即使在将来也仍然会有直接或间接的借鉴意义。

毛主席在《关于正确处理人民内部矛盾的问题》中说过："无论是大汉族主义或者地方民族主义，都不利于各族人民的团结，这是应当克服的一种人民内部的矛盾。"所以，我们在这个多民族的省份工作，既要看到民族戏剧之间的共同性，又不能忽视特殊性；工作中，既不以共同性否定特殊性，也不以特殊性否定共同性，要从思想上很好地解决共性与特性的辩证关系。任何强调一面而忽视另一面的作法，都将是错误的。只有按照各民族的实际情况出发，尊重他们的风俗习惯和人民群众的需要和爱好，发展具有多种形式多种风格的多民族的社会主义文化，提倡民族戏剧的题材、体裁、形式和风格的多样化，才能更好地体现党和毛主席提出的"百花齐放，百家争鸣"的精神，丰富中华民族的戏剧艺术，满足各族人民群众对文化艺术生活多方面的需要。

二

　　社会主义文化是在各民族深厚的文化传统基础上建立起来的。今天，我们要发展社会主义的民族新文化，就要努力继承各民族优秀的文学艺术遗产。毛主席说过："我们必须继承一切优秀的文学艺术遗产，批判地吸收其中一切有益的东西。"（见《毛泽东选集》第862页）云南省各民族的文学艺术遗产丰富多彩；凡是来过云南的外地的文艺工作者，都称赞这里是艺术的宝库。然而，这座宝库在历代反动政权统治时期，却是紧紧地封闭着的，各种宝藏淹没于灰尘和泥土之中，见不到天日，只有到了解放之后，在党的民族政策和毛主席文艺思想的照耀下，才打开了一座又一座长年累月被封闭着的艺术宝库。各民族的文艺工作者根据去芜存菁的精神，抹去了沾在它们身上的尘土，使之重新放射出夺目的光彩。像《阿诗玛》、《召树屯》、《娥并与桑洛》等民族叙事长诗；《孔雀舞》、《赶摆》、《阿细跳月》等民族民间舞蹈；《小乖乖》、《耍山调》、《小河淌水》等云南民歌；《十大姐》、《大茶山》、《探干妹》等花灯；《牛皋扯旨》、《鼓滚刘封》、《打瓜招亲》等滇剧；以及前面所列举的若干民族戏剧剧目和汉族剧种反映少数民族生活的剧目等等，都是经过去其糟粕，取其精华而发掘并整理出来的。这些整理、出版和上演了的作品，是各民族的文艺工作者努力把握毛主席的文艺思想，以自己的智慧和才能丰富了前人的成果，使这些遗产更加饱含思想性与艺术魅力。

　　我们理解继承民族遗产是广义的。民族戏剧是综合性的舞台艺术，各民族的文学、音乐、舞蹈、美术、说唱等等都可以吸收。少数民族的戏剧正因为是在各民族优秀的文学艺术遗产基础上孕育成长起来的，所以才别具民族特色。我们要发展民族戏剧，提高民族戏剧的艺术质量，广泛地接受各民族优秀的文学艺术遗产是非常必要的。虽然，建国十二年来，我们在继承与发展各民族文学艺术遗产方面是作了一些工作，也积累一些经验。但是，这项工作还仅仅是开始，比之各民族丰富的艺术宝藏，还显得十分不够。看来，继续发掘传统，继续整理遗产，仍将是我们戏剧工作者的一项重要任务。现在当务之急是把这些遗产继承下来。一般说来，民族戏剧的传统和遗产都保留在老艺人身上和他们的记忆中，应该鼓励青年戏剧工作者把老艺人身上和记忆中的剧目、表演、唱腔等等都继承下来，即便有封建的迷信色彩也要把它先记录下来再说。对待民族戏剧的遗产，只有先了解它，熟悉它，有了可靠的依据，才能进行鉴别工作，区别它是香花还是毒草，然后才谈得上改编或整理。如果，对待少数民族的文学艺术传统缺乏足够的了解，又不进行深入的调查研究，就想改编或整理民族戏剧的传统剧目，或对民族戏剧进行革新，这样必然会把原有的东西改成非驴非马的四不像，造成严重的恶果。所以，对待民族戏剧的遗产应抱有正确的态度，我们体会到：只有先调查、了解、学习、研究，然后再进行改编、整理或艺术革新，才是正确的作法。我们对待民族戏剧的遗产，既反对那种墨守成规、故步自封的作法，也反对割断传统、否定传统的态度，应该正确地对待民族戏剧遗产的继承和革新的问题。毛主席以"推陈出新"这句话，极其简明而又生动地指出了对待民族戏剧传统应持有的正确态度。我们理解"推陈"绝不是抛开传统，"出新"也不是移花接木，更不是割断传统另搞新的一套。而应该是在各民族戏剧原有的传统基础上推陈出新，"推"本民族戏剧之"陈"，"出"本民族戏剧之"新"。继承的目的是为了革新，而革新又必须首先继承。我们既要批判地继承各民族的戏剧传统，同时又要革新创造新的民族戏剧传统，这两者是既矛盾又统一的。民族戏剧要革新旧传统，创造新传统，也需要借鉴与吸收先进民族的先进文化。少数民族剧种要借鉴与吸收汉族剧种艺术上的成就和经验，而汉族剧种也要虚心向少数民族剧种学习。我省各民族戏剧在它的发展过程中，正是这样互相借鉴与吸收了很多有益的东西，才丰富了彼此的表演艺术。

借鉴与吸收来的东西都必须溶化，不能生搬硬套，更不能用别的剧种的东西来代替民族戏剧的传统，强迫本民族人民群众接受。这种做法必然会违反人民群众的欣赏习惯与意愿。我们认为：凡是借鉴与吸收来的东西，只要能和本民族所特有的语言、音乐、舞蹈等结合在一起，并且经过不断地溶化，经过本民族艺人不断的革新创造，久而久之，就会变成自己民族所特有的艺术财富了。对于中国和外国过去时代所遗留下来的丰富的文学艺术遗产，我们是要继承的，但继承的目的是为了人民群众的需要。我们并不反对借鉴与吸收外国有益于民族戏剧的优良的艺术传统，但借鉴与吸收来的东西必须加以融会贯通，使之民族化，使之有利于表现中国的作风和中国的气派。

　　不论是中国的或是外国的优秀文学艺术遗产，都是人类文化艺术宝库中的珍品，我们批判地继承这些遗产，将有利于社会主义的民族的文学艺术的繁荣和发展，有利于民族戏剧之花越开越红，越开越艳，越开越繁茂。

1962 年 4 月

少数民族戏剧的艺术风格问题

曲六乙

史料解读

　　该则史料为一篇评论,原载于《少数民族戏剧研究》(中国戏剧出版社,1963年)。1962年春,昆明举行了云南省兄弟民族戏剧观摩演出,本文作者通过观摩此次演出,探讨了关于少数民族戏剧的艺术风格问题。首先,少数民族戏剧作为中华民族戏剧的组成部分,有着一般的共性,但更重要的是它们具有各自的个性。艺术风格正是个性与共性的统一。民族戏剧发展的基础是继承本民族的艺术传统,同时,吸收其他民族的先进艺术则是发展的必要条件。其次,艺术风格不是一成不变的,它是在少数民族戏剧的诞生、发展的过程中逐渐形成的,它伴随着剧种的逐渐成熟和演出形式的逐渐定型化产生了相对的稳定性。稳定性是衡量剧种是否成熟或趋向成熟的标准。要正确认识继承和发展的关系,理解剧种艺术风格的发展规律。最后,艺术风格是形式与内容的统一问题。艺术风格的鲜明程度同内容与形式的结合、统一的程度成正比例。作者通过此次观摩演出发现,改编民间传说、叙事长诗是一个好经验,它能将内容与形式更好地结合起来,这对戏剧传统底蕴不深的剧种,特别是新生的剧种而言,有着很大的意义。

　　该史料从辩证唯物主义的观点看待民族戏剧风格上的个性与共性问题、形式与内容问题。这些辩证关系都是民族戏剧发展过程中需要协调和平衡的问题。该史料以具体民族戏剧状况作为例证,论述充分,属于少数民族戏剧宏观性研究资料。

原文

一

　　一九六二年春天，在四季皆春的昆明，举行了云南省兄弟民族戏剧观摩演出。会上演出了白剧、傣剧、僮剧、彝剧。它们的鲜明而又独特的艺术风格，强烈地激动我的心弦。观摩期间，偶游昆明西山，踏入云栖寺，围绕着大雄宝殿，但见山茶一片葱绿，花团锦簇，心中若有所悟，便自然地把剧种和山茶花联在一起了。

　　山茶花的品种有早桃红、牡丹茶、宝珠、柳叶银红、菊瓣、狮子头和恨天高等六七十种。做为花，它们具有同报春花、杜鹃花、牡丹、梅花一样的共性：有干有枝，有叶有花，有色有香；也有不同的个性，早桃红开花报春早，牡丹茶丰满红艳艳，柳叶银红叶儿似扁柳，恨天高枝干矮小，状貌不威，大有恨天何其如此之高之憾。

　　少数民族戏剧，做为中华民族戏剧的组成部分，它有着一般的共性，譬如歌、舞、剧的高度融合，唱做念的完整运用；曲调的类型化，动作的舞蹈化；特殊的舞台空间概念和时间概念；复杂的技术性和虚拟手法。这些共性使它们得以与汉族各种戏曲艺术称兄道弟。另一方面，它们的个性，譬如本民族独特的声腔、器乐、舞蹈、口头文学和舞台美术，正是相互区别的重要标志。山茶花没有别具风格的品种和独特的芳香色彩，就不成其为山茶花；少数民族戏剧没有各自独特的风格，就不能成为各民族的戏剧。

　　艺术风格是个性与共性的统一。没有不具备花的共性的山茶，也没有不具备独特个性的山茶，否则就丧失了山茶不同于牡丹、梅花的特征。而山茶与牡丹、梅花相同的共性，则又是通过它们的独特的个性——独特的颜色、香味、芳姿、状貌体现出来。同样道理，中华民族戏剧的共性——共同风格，是通过汉族戏曲以及各少数民族戏剧的个性——独特风格体现出来的。兄弟民族戏剧，缺乏做为中华民族戏剧的共同风格，当然不成其为中国气派、中国风格的戏剧；另一方面,忽略或抛弃本民族的独特风格,那共同风格也无从体现出来。我们要求的艺术风格,是共同风格和独特风格、亦即共性与个性的统一体,片面强调共同风格,强调生拉硬扯的一致性,会丧失自己的个性——独特的艺术风貌,最终丧失民族戏剧文化的差别性;片面强调脱离这个共性的独特风格,也许就会脱离中国戏剧范畴,模仿起西洋戏剧,或者变成不伦不类的四不像。目前,不论白剧、僮剧、傣剧或彝剧,特别是传统较浅或新生的剧种,首先更多地重视和探讨本民族的独特艺术风格,是完全必要的。健康地发展各自的艺术个性,就自然会体现出做为中华民族戏剧的共同风格来。

中华民族戏剧的共同风格,是从汉族各种戏曲艺术和藏剧、僮剧、白剧、侗剧等少数民族戏剧里抽象出来的。做为先进的汉族戏曲,对兄弟民族戏剧的诞生和发展,有相当大的影响,譬如白剧、僮剧的"哎咿呀"、"哎的呀"两个流派,受汉族古典戏曲艺术风格的影响非常明显浓厚。所以汉族各种戏曲的共同风格,必然成为中华民族戏剧的共同风格的重要因素,它对后者的形成,在某种意义上说,起到了决定性的作用。我们研究中华民族戏曲的共同风格和艺术发展规律时,不能排除对汉族戏曲的艺术风格和发展规律的探讨。但另一方面,不能用汉族戏曲特别是古典戏曲的艺术风格来代替和规范中华民族戏剧的艺术风格,就像不能用汉族戏曲完全代替和规范中国戏剧一样,那是不够科学、准确的(虽然,对外国来说,汉族戏曲可以代表中国的民族戏剧——这是两回事)。做为中国戏剧,它的艺术风格的概括范畴,要大于汉族戏曲艺术风格的概括范畴。中国戏剧的艺术风格包括了汉族戏曲,汉族戏曲却包括不了中国戏剧。譬如歌、舞、剧高度融合的艺术特点,在汉族戏曲中存在,但汉族戏曲如京剧、昆曲的四功——唱念做打、细致的行当分工、动作的程序化,不一定都能成为中华各民族戏剧的共同特征。汉族戏曲的这些特征,也许大致可以概括白剧、侗剧,却不能概括傣剧、彝剧、苗剧、傻尼剧和僮剧的"咿嘀嗨"流派。后者比较年轻,甚至是解放后诞生的艺术婴儿,它们将来的艺术面貌可能像白剧、僮剧的"哎咿呀"那样,走汉族古典戏曲的路子,也可能走花灯、彩调的路子,也可能走其他的路子,譬如新歌剧的路子。目前还很难肯定,也不必过早地肯定。今天如果把汉族戏曲特别是古典戏曲的艺术风格，做为中华民族戏剧的唯一的艺术风格，也就是把两者等同起来，势必要用汉族戏曲艺术风格来规范所有各兄弟民族戏剧，势必要求在发展、成长过程中，也要唱念做打缺一不可，建立行当；唱腔也要联曲体（曲牌体）或板腔体，趋于类型化；动作趋向程式化。其结果对少数民族戏剧的发展道路，不但不是开拓，相反会相对地狭窄一些。反过来，不用汉族戏曲艺术风格进行规范，而是合理地借鉴和吸收汉族戏曲中某些艺术经验，把路子开拓得更多些，开辟得更宽些，对促进中华民族戏剧的百花齐放，是大有好处的。一九六二年春天云南省会演命名"兄弟民族戏剧观摩演出"，不叫兄弟民族戏曲会演，我想就含有这种用意吧。

事实也是如此。蒙族剧《慰问袋》是个小歌舞戏，一对青年男女用对唱形式表现简单的情节，歌颂中国人民志愿军，剧中没有道白，也不讲行当和程式。傣剧《千瓣莲花》、《娥并与桑洛》等，也没有行当和程式。僮剧《螺蛳姑娘》实际是歌舞剧或新歌剧。彝剧《半夜羊叫》、《曼嫫与玛若》等的唱腔，既不是联曲体，也不是板腔体，而是山歌体。白剧的小歌舞剧《赶三月街》运用了竹马形式舞蹈。白、傣、僮、彝四个剧种都采取了西洋的乐队指挥方法，甚至开始运用了领唱、齐唱、合唱等表现手段。这些艺术实践表明，它们都不曾完全受到汉族戏曲艺术风格的规范，虽然在今后的发展中不可避免地，而且应该受到后者的良好影响。

不受汉族戏曲特别是古典戏曲的规范，不仅使少数民族戏剧会更多更好地发展本民族的艺术风格——个性，使其百花齐放，就是在一个剧种里，也为风格的多样化提供了充分的发展条件。僮剧在目前就有三种路子：一、哎咿呀派的剧目如《侬智高》，接近汉族古典戏曲的风貌；二、咿嗬嗨派的剧目如《换酒牛》，走着载歌载舞的类似花灯的路子；三、《螺蛳姑娘》运用了更多的民歌、山歌和民族舞蹈如碗舞、手巾舞，实际上是接近新歌剧的路子。这三种风格，都可以发展，不必抑此扬彼，让它们在实践中竞赛，任凭不同观众的选取和鉴赏好了。风格的多样化，既标志着这个剧种的逐渐成熟，也意味着这个剧种的艺术风格的百花齐放，这对扩大剧种反映生活领域，提高艺术表现手段，丰富群众的艺术欣赏内容，有百利而无一害。

目前我们强调创造和发展少数民族戏剧的个性——本民族独特的艺术风格，目的是为了丰富中华民族戏剧艺术大花园的万紫千红的繁荣景色；各民族戏剧（包括汉族戏曲）间，起到互相交流、学习的作用，对增强民族间的文化交流，相互的了解都大有好处。当然，向先进的汉族戏曲学习也是必要的。但这里有主次、先后之分：本民族的独特风格为主为先，向汉族戏曲的学习是次是后。汉族戏曲的艺术风格，是不能代替所有少数民族戏剧的艺术风格的。京剧就是京剧，滇剧就是滇剧，白剧就是白剧，傣剧就是傣剧，藏剧就是藏剧，就像不能用牡丹代替山茶、报春、杜鹃一样。自然，汉族戏曲艺术发展的许多宝贵经验，也是值得各兄弟民族戏剧剧种学习的。这个工作可以放后些，目前当务之急，则是继承本民族艺术传统，发展本民族的独特艺术风格。

应当着重指出，兄弟民族戏剧继承本民族的艺术传统，这是发展的基础；吸收汉族和其他先进民族的艺术，这是发展的必要条件。本民族独特的艺术风格，是联系本民族广大群众的重要纽带，它愈鲜明突出，联系的群众面就愈广泛，就愈为中华民族戏剧艺术宝库增加奇珍异葩，丰富中华民族戏剧艺术的光采。但另一方面，各兄弟民族戏剧，不仅是本民族的，也是中华民族大家庭共同的艺术财富。譬如傣剧首先应该受到傣族人民的喜爱，紧跟着就必然受到其他民族、甚至全国各民族的喜爱。傣剧做为中华民族戏剧的艺术共性愈鲜明、丰富，就愈易为中华各民族所理解，而本民族独特的艺术风格愈鲜明、突出，就愈能赢得其他民族（包括汉族）的广大群众的心。共性与个性是辩证的统一体，是不可分割的。不能体现中华民族戏剧共性的艺术"个性"，未必是我们需要的民族风格；反过来，缺乏本民族戏剧个性的所谓"共性"，也未必是中华民族所能理解的。艺术个性的增多，并不注定意味着艺术共性的减少，就像艺术共性的增多，并不注定意味着艺术个性的消失。当然，这种情况是有的，我们必须、也可能避免。我们需要的是科学的态度，亦即使艺术个性与艺术共性相得益彰的辩证态度：这就是共性与个性对立的统一。本民族的独特风格，需要通过中华民族戏剧的共同的艺术风格——共性体现出来；共同的艺术特征必须通过本民族独特风格体现出来。随着社会主义文化的日益发展，各民族文化交流的日趋频

121

繁，各民族戏剧的共同艺术特征必然逐渐增多，这是发展的趋势，是好现象，可愈是这样，就愈显得各民族戏剧的独特风格的宝贵，倘说各民族间的差别性，在今后的很长很长的时间里还要存在，那么各民族戏剧的独特艺术风格，就更不能让它们在发展过程中逐渐减少、消失，而是要发扬光大。这就不仅扩大了各少数民族戏剧反映生活的领域，丰富了艺术表现能力和描写手段，更重要的是它得以迅速地被中华各民族的群众所理解，所喜爱，视为全民族的艺术珍品，这对任何兄弟民族来说，都是非常光荣的。

<h2 style="text-align:center">二</h2>

　　艺术风格不是一成不变的，它是在少数民族戏剧的诞生、发展的过程中逐渐形成的。所以艺术风格有它发展的历史性。任何剧种都经历着萌芽时期、成长时期、成熟时期。在不同的时期里，艺术风格也在起着变化。萌芽时期的艺术风格，一般来说是不够稳定、鲜明的。傣剧早期表演形式是剧外人坐在桌后逐句提词，剧中人在桌前动而不唱，唱而不动，前三步后三步，既没有舞蹈穿插，动作也是非舞蹈化的。应该承认，这也是传统，也有自己的艺术风格。随着时代的前进，傣剧在成长发展的过程中，唱做分离，只歌不舞不白等传统的形式，已经不能适应本民族群众对戏剧文化的欣赏需求，人们便在这个传统的基础上推陈出新，推这个传统之"陈"，展现出"新"的表现形式和"新"的艺术风格。从《千瓣莲花》、《娥并与桑洛》来看，那就是载歌载舞，有唱有做有白，有乐队指挥，有本民族的丝竹乐器（如葫芦笙、木叶），有打击乐（如象脚鼓、铓锣），动作逐渐舞蹈化，唱腔委婉优美，既善于叙事，更善于抒情。在舞台美术方面，服装也在逐渐民族化（只是布景还可以在写意风格方面做些尝试，民族美术如图案、绘画、剪纸也可尝试着运用到舞台布景里）。

　　对待传统艺术风格的态度，一种是"弃陈换新"，一种是"推陈出新"。这两者不论在思想上、方法上都有原则的区别。前者是鄙弃早期传统演出形式和艺术风格，力图原封不动地代之以其他民族（如汉族）戏剧的演出形式和艺术风格。"陈"与"新"没有必然的联系，新中无陈，这是中断艺术发展的历史，难免失之简单粗暴。后者截然不同,它是"推"本民族自己传统之"陈",出本民族传统之"新","陈"与"新"是继承关系,由陈生新,新中有陈。我们只要把现在创作的傣剧《娥并与桑洛》,同早期的《十二马》《布屯腊》,以及稍后的《帕慕鸾》《岩佐弄》《千瓣莲花》做个比较,就可以看出在腔调来源、音乐旋律,以及唱词的长短句等方面,都有所联系和继承,都有些蛛丝马迹可寻。白剧《杜朝选》《赶三月街》是新编剧目,在语言上突破了白族传统唱词的"山花体"(即四句唱词一段,前三句七个字,但后一句五个字,常用来点题或破题),在许多段落里,四句都是七个字,或八句才有一个五字句。形式变化了,山花体的精髓,伴着传统唱腔,仍然蕴藏在里边。

强调继承本民族艺术传统,对任何剧种都是必需的。白剧的武打,譬如在《杜朝选》里,不尚火炽猛烈,讲究一招一式的清晰,动作缓慢、沉稳,力求在架式中显示人物性格,它不细致,却也粗犷,如果用京剧的一套武打代替它,白剧的独特武打艺术的面貌就会丧失。真正的发展应该是在正确继承传统的基础上去发展;新的艺术风格的创造和发展,其实就是对传统艺术风格的创造性的继承。传统中某些部分,今天看来或许是落后的,在当时也许还是进步的,譬如傣剧早期的前后三步的形式,伴着民族色彩浓厚的唱腔,表演群众非常熟悉的故事,在炎热的天气里,观众可以从早晨一直坐到深夜,甚至次晨,静静地欣赏着,这就需要研究它们在哪些地方有那么大的艺术魅力,吸引着广大观众,以便在进一步发展的过程里,尽量保留和继承一切值得保留和继承的东西。

少数民族戏剧在萌芽成长时期,艺术风格的不稳定性,也是历史的必然现象,就像人的性格在童年时期不稳定一样。小孩子的性格具有可塑性,萌芽成长时期的戏剧,也具有可塑性,不像京剧、昆曲那样已经达到了成熟期,演出形式和艺术风格大致都定型化了。我们要充分运用这种可塑性,使之能健康地发展,逐渐成长为具有本民族艺术风格的社会主义新戏剧。我们如果在已经定型化了的京剧、昆曲、滇剧表演艺术里,增加山歌、民歌,就会显得不谐调,这是因为它们原有的唱腔已经戏剧化,舞台节奏化了,形成了完整的独特的艺术风格。傣剧、僮剧不然,解放后新生的剧种彝剧更不然,它们在声乐上可以吸收本民族的山歌、民歌、小调（如彝剧就吸收了〔爬山调〕、〔放羊调〕、〔梅葛〕、〔马么诺调〕），在器乐上可以选用本民族乐器（如傣剧就运用了象脚鼓、铓锣、葫芦笙、木叶），在演唱方式和伴奏方法上，路子也可以宽一些（如彝剧就运用了独唱、对唱、轮唱、齐唱、领唱和唱中夹白的形式。彝剧、傣剧、僮剧也采取了幕前曲、幕间曲，和类似西洋乐队的指挥方法），这些如果行之有效，逐渐为本民族人民所接受和欣赏，也是可以尝试的。

年纪较轻的傣剧、僮剧，特别是新生的彝剧，本民族的戏剧传统较少，甚至没有，但本民族的艺术传统非常雄厚，正在等待人们的开采。譬如，音乐、舞蹈、美术、民间传说、叙事诗一般都是相当丰富的。传统也非常雄厚，这就为发展傣剧、僮剧和彝剧，提供了可以广泛吸收的宝贵艺术传统，而在吸收、消化、创造性的运用过程中，必然会雕塑成具有本民族鲜明色彩的艺术风格。

我们承认本民族的艺术风格不断地创造、不断地发展，也承认它伴随着本剧种的逐渐成熟和演出形式的逐渐定型化产生了相对的稳定性。据我看，白剧就表现得非常明显。在唱词结构上主要是"三七一五"的"山花体"，每唱完一节（四句）就有个较长的音乐过门。在角色分类方面，有生旦净丑各个行当，甚至还可以细分，如旦角分老旦、正旦、花旦、苦旦、武旦、摇旦。各种行当都有固定的步法。在唱腔方面大致分为三类：一、按行当划分，如生腔有〔小生腔〕、〔须生腔〕，净腔有〔英雄腔〕、〔抖马腔〕；二、按节奏和唱法划分，有〔平腔〕、〔高腔〕、〔流水板〕、〔垛垛板〕；三、按传统曲名划分，有〔阴阳板〕、〔二黄腔〕、〔风绞雪〕、〔七句半〕、〔课课子〕等。唱腔通常不分板眼，唱时无伴奏，用唢呐吹奏过门……这些艺术特征在长期的舞台实践中，逐渐被肯定、保留下来，成为白剧不可缺少的组成部分，并由它们构成完整的演唱形式和鲜明的艺术风格。傣剧、僮剧、彝剧的演出形式和艺术风格，经过一个时期以后，也会逐渐显露出来，但不会同白剧一模一样。

艺术风格的稳定性的强度，因剧种的成熟程度有所不同，京剧、昆曲比滇剧、越剧、评剧强；滇剧比彩调、花灯强。稳定性的强度，是剧种成熟和趋向成熟的标志，但它的强度越甚，持续越久，越具有艺术的保守性（不是保守主义，两者的含意是不同的);它的演出形式和艺术风格的进一步改革和发展,就需付出更艰巨的努力。京剧、昆曲每前进一步都是不容易的。傣剧、僮剧、彝剧缺乏这种艺术的保守性,就可以在本民族的传统艺术的基础上尽情地创造和发展。昆曲、京剧的文场,至今仍难以像越剧、沪剧、评剧那样加入大提琴,用以增强音量、增加音域、丰富音色(当然也不一定要增加,甚至不必增加),傣剧、僮剧、彝剧在初期成长过程中,就敢于增加大、小提琴,而且看来并未发生大的困难和严重的不谐调。京剧、昆曲如今很难增加山歌小调;傣剧、僮剧、彝剧就可以广泛吸收山歌小调,力求丰富自己。这样看来,后者没有定型化,倒是缺少顾虑,具有极大的艺术进取性的,对发扬本民族艺术传统,创造独特艺术风格都大有好处。这恐怕是戏剧艺术发展过程中,必然产生的一般现象。

　　年轻的和新生的剧种有更多的艺术进取性,这是好的,但事物总是有两面性的。倘或不辨传统的精华与糟粕,不辨汉族或其他民族戏剧的精华,是否有补于自己的机体,盲目胡乱吸收,一律吞入腹中,就会食而不化,得胃肠病,甚至严重影响自己的正常发育的。这里就存在一个如何吸收以及吸收什么的问题。泥塑艺人可以把自己手中的泥团,随便捏成个武松或者林黛玉。戏剧不能这样,僮剧这团"泥",不能捏成京剧模样;彝剧这团"泥",不能捏成滇剧模样。僮剧就是僮剧,彝剧就是彝剧,人们再怎样捏、再怎样改造变化,僮剧还是僮剧,彝剧还是彝剧。

　　我们必须认识继承和发展的关系,理解剧种艺术风格在发展中的规律。艺术风格的发展和稳定,两者是对立的,又是统一的。艺术风格在不同的阶段里,它的发展是不平衡的,不是同一个速度的。它或快或慢,或隐或现,但它在任何时候,任何阶段都不曾停止过,所以发展是绝对的。而艺术风格的稳定性,主要是出现在成熟和较成熟的阶段,不过,即使在成熟的阶段,稳定性再强固,也不曾停止过发展,所以稳定性是相对的。认识和把握了发展的绝对性,会帮助我们避免陷入保守主义,永远充满进取的精神;认识和把握了稳定的相对性,会帮助我们避免陷入急躁粗暴。我们理解了两者对立统一的辩证关系,掌握了"两点论",就不会走向任何极端,就会保证少数民族戏剧健康的正常的发展,使各自的艺术风格,愈来愈突出鲜明。

三

艺术风格是形式问题,也是内容问题,确切地说,是形式与内容的统一问题,而首先应该是内容问题。我们看傣剧《娥并与桑洛》自然感受了唱腔、器乐、舞蹈、文学语言等艺术形式美,甚至只要倾听器乐的几节旋律,就知道它是傣剧的艺术风格。可是这些艺术形式不会脱离戏剧内容单独存在。艺术形式虽然有其相对的独立性,可反转来影响内容,在一般的情况下,是离不开内容的。

我们知道,戏剧中没有民族的生活内容,即或套上民族的艺术形式,未必具有民族的艺术风格。用唢呐或葫芦笙吹奏西洋歌曲,无论如何不能成为民族的艺术风格。

用傣族的孔雀舞、彝族的打跳(趺脚)、僮族的碗舞来演出《天鹅湖》或者《海侠》等外国舞剧,恐怕也不会产生民族艺术风格。

反过来,如果内容是民族的,如《梁山伯与祝英台》的故事,用西洋的小提琴协奏曲形式演奏,我们只能说内容与形式的结合还不够理想,却不能断然说它不是民族的,说它丝毫不具有民族风格。话剧是从西洋移植过来的艺术形式,一旦运用我们民族的语言和演出方式,反映我们民族的生活,就不能说它不是民族的;自然今后应该努力使其民族风格更加鲜明突出。这原因在于外来的艺术形式还不曾完全溶化成为中国民族大多数观众喜闻乐见的艺术形式,还未能充分准确、真实地表达我们民族的生活。

云南省这次观摩演出,四个剧种都注意到用本民族的艺术形式反映本民族的历史生活和现实生活。但这些戏之所以感人至深,主要还是因为真实地反映了各民族的生活内容,彝剧《半夜羊叫》描写了中农力立颇在农业合作化道路上的犹豫、徘徊和脚踏两只船的复杂心理过程。他的羊只多,怕归公家,不愿入社,可是"家里人少喂不赢",他左思右想决定不下来,唱道:

> 吹得响的竹子看得出,
>
> 是笙是笛一听就能辨清,

他们要做的事情啊，

不要细问我就知音。

大风刮来挡不住，

顺风走路脚步轻。

我只得附和答应，

大家面前留个人情。

前怕狼后怕虎，可又觉得合作社有点甜头，被逼入社嘛，还要卖个"人情"。入了社以后又觉得吃了亏，半夜杀羊，偷偷到市上去卖羊干巴。一年过去了，他亲眼看到合作社的优越性，可又下不了决心去坦白错误：

老人说：

火把节的火是吉祥，

老人说：

火把节的火是安康。

我想让火把节的火，

把绊脚的茅草烧光，

我又怕羊骨头着火，

烧出一股臭的羊膻。

作者用富有山区彝族生活色彩的语言，逼真地塑造了一个中农的艺术形象，这个中农形象不是别的民族的，而独独是彝族的。通过这个艺术形象反映出的民族色彩，正是彝剧艺术风格在内容上的体现。

但是，艺术风格的鲜明程度，同内容与形式的结合、统一的程度，成正比例。有些戏，内容是本民族的，形式是本民族的，艺术风格并不鲜明、突出，其原因就在于内容与形式没有得到理想的统一程度，这就有待于艺术家用巧夺天工的妙手，赋于内容以最完美的艺术形式，赋予艺术形式以最生动的内容。但戏剧做为综合性的艺术，它的艺术形式不像小说、诗歌、舞蹈、美术等等那样是单一的，而是包括了音乐、舞蹈、文学、美术等诸多艺术因素的。这些艺术因素虽然统一在表演中，在某些剧目里，如僮剧《换酒牛》、白剧《窦仪下科》等小戏，大致得到和谐与统一,但在更多的剧目里,却常常不是平衡、谐调的。它们有的同内容结合得好一些,有的就差一些。如彝剧《曼嫫与玛若》的文学性很强,语言非常优美,但动作的舞蹈化和唱腔的戏剧化还有加强的可能;僮剧《螺蛳姑娘》的舞蹈穿插(如碗舞、手巾舞)、动作舞蹈化解决得较好,但故事结构还不够紧凑,唱腔的戏剧化也有待加强。傣剧《娥并与桑洛》的语言优美,戏剧结构完整,唱腔的抒情性也解决得较好,但唱腔的悲壮美有待丰富。白剧《杜朝选》的武打艺术很有特色,戏剧故事也具有传奇性,只是语言的文学性较差,整个戏还显得单薄些。各种艺术因素之间,在不同剧目中产生的不平衡是必然的现象。特别是在新创作和新改编的大型戏里,表现得更为明显。这表明,艺术风格是具有完整性的,它要求各种艺术因素,都能统一在一个风格里,得到大致平衡的、谐调的发展。在统一的过程中,任何一种艺术因素,譬如唱腔或舞蹈,同整体的色调不相适应,甚至格格不入,就会显得碍眼,不调和,不顺畅,有损艺术的完整性。这是需要在艺术实践中逐步加以解决的。

　　这次会演的剧目除现代剧目,大致有二类:一类是整理的传统剧目,如白剧的《窦仪下科》、《火烧磨房》、《崔文瑞砍柴》;另一类是根据本民族的民间传说或叙事诗改编的,如彝剧《曼嫫与玛若》,僮剧《换酒牛》、《螺蛳姑娘》,傣剧《千瓣莲花》、《娥并与桑洛》。按一般情况来说,新创作和新改编的戏,难免幼稚,不够成熟,艺术风格也不易鲜明突出。可是上述几个改编的剧目为什么比起新创作的现代剧目,在艺术风格上还更鲜明突出些呢?这是因为被改编的对象——传说故事和叙事长诗——不仅仅是创造的生活素材,更是口头文学作品;那穿插在剧中的民族舞蹈,如僮剧的碗舞、手巾舞,傣剧的孔雀舞,彝族的打跳,也是艺术作品;那被吸收进来的山歌小调当然也是艺术作品。这些艺术作品,还在未被吸收和组织到戏剧艺术里以前,多少年来,就曾经过劳动人民(包括民间艺人)天才的创造,有了艺术的锤炼、概括和集中;从艺术内容来说,有着强烈的现实主义色彩或浪漫主义精神。更具备着本民族的传统的艺术风格。这些艺术作品做为生活素材和艺术因素被吸收和组织到综合性的戏剧艺术里的时候,它们的现实主义色彩和浪漫主义精神,以及深受广大群众喜爱的艺术风格,不但保留下来,甚至经过戏剧艺术的创造,得到更大的补充、渲染和发挥。本民族口头文学、音乐、舞蹈的艺术风格,本来就是一致的,它们到了戏剧艺术里,虽然会起变化,风格的一致性还不致破坏、抹煞、消失,甚至容易突现出来。

这样看来,改编民间传说、叙事长诗,的确是一个好经验,它对戏剧传统较浅的剧种(如傣剧、僮剧),特别是对新生的剧种(如彝剧),有着很大的意义。本民族的广大群众,本来就非常喜爱那些口头文学、音乐、舞蹈,一些优秀的民间传说、叙事长诗甚至家喻户晓,深入人心;把它改编成戏剧搬上舞台,就自然有一种特殊的艺术魅力吸引着他们,赢得他们的喜爱,最后获得了深厚的群众基础。本民族的优秀口头文学、音乐、舞蹈、美术,在艺术风格上有其客观的一致性,把它们综合组织到戏剧舞台上,艺术风格比较容易处理得谐调,经过艺术家的创造劳动,内容与形式就容易达到比较理想的统一程度,也比较容易获得艺术风格的完整性。

1962 年 3 月

学习少数民族剧种史的心得

余　从

史料解读

　　该则史料为一篇学术随笔，原载于《少数民族戏剧研究》（中国戏剧出版社，1963年）。本文是作者观摩云南民族戏剧演出后，又读了剧种史文章写下的心得体会。作者认为，了解每个民族剧种的历史，考查它的形成发展规律，有助于认识每个民族剧种的特点和风格。民族戏剧（壮戏、傣戏）的形成规律即由歌舞、说唱综合发展为新的艺术戏剧，与近代戏曲史中地方小戏的形成有共同性，这也是中国戏剧艺术的共同特征。史料探讨了汉族戏曲艺术从内容到形式被少数民族剧种吸收和借鉴的原因与合理性；从壮戏、傣戏的历史发展角度说明民族剧种的发展必须注意本剧种的特征，遵循规律，在吸收其他民族艺术时注重内化，正确处理中国各民族戏剧的共性与个性的辩证关系。重视民族戏剧的历史及发展规律研究，既可以认识剧种的特征、规律和民族特点，又可以有效促进民族戏剧的发展。

　　该史料关注民族戏剧的发展过程及发展规律，从辩证唯物主义立场看待民族戏剧的共性与个性问题，从各民族文化交融的角度阐释了少数民族戏剧受汉族戏剧影响的必然性和合理性，高度肯定了民族戏剧以民族特色反映现实生活的现实意义。该史料对于具体剧种的点评客观中肯，为傣戏、壮戏、白戏、彝戏的理论研究提供了基础材料。

原文

这次来云南观摩民族戏剧演出，心里很高兴，首先是对党的民族政策和文艺方针在民族戏剧发展方面取得的光辉成就有了具体的认识，深切的体会；同时也对民族戏剧的历史发展，及其民族风格、特色，有所认识，开了眼界。这一切令人永志不忘。从戏剧史的角度上来看，等于从云南省民族剧种身上学习了民族戏剧发展史的一部分。这是过去历史载籍中学不到的。

看了傣戏、僮戏、白戏、彝戏的演出，读了剧种史的文章，谈谈自己的看法。白戏（吹吹腔）历史久远，明、清以来就在白族人民的抚育下成长起来了。民族色彩很浓厚，形式完整，风格古朴，对中国戏剧发展史的研究也有很大帮助，从它的艺术形式和民族特色来看，反映了明、清时汉族人民和白族人民在戏剧艺术上的交流、影响。僮戏和傣戏看来是清中叶以后发展起来的。彝戏则是解放后新生的剧种。彝戏反映现代生活的《半夜羊叫》、反映彝族民间故事的《曼嫫与玛若》的演出，都令人亲切地感受到彝族人民的新思想、新感情。它们各有自己形成发展的时代背景，各具本民族的风格和特色。我觉得了解每个民族剧种的历史，考查它的形成发展的规律，都有助于我们认识每个民族剧种的特点和风格。试从僮戏和傣戏的情况来看。僮族人民在过去的劳动生活中，创造了表情达意的民歌、歌舞说唱，由原来是民歌演唱的"咿呀哎"发展到叙述故事的说唱"哎咿呀"，又再结合歌舞和生活中提炼出来的表情动作，形成了初期僮戏的表现形式。傣戏，则是从本民族的民歌演唱，"跳柳神"、"喊班光"等民间艺术中综合产生的《十二马》以及有了一定情节和故事内容的《冒少对唱》、《布屯腊》的基础上形成初期的表现形式。僮戏、傣戏的初期可以叫作是民族地方小戏的阶段。我们从僮戏、傣戏的形成过程中看到僮戏、傣戏这两个民族剧种共有的个规律。这个规律就是适应本民族人民反映生活内容的要求，在本民族民歌、山歌、舞蹈的基础上，由有情节、有故事的民歌对唱、演唱或说唱叙事等艺术中逐步创造了表演人物、再现生活的戏剧形式；在创造过程中，为了表演人物、再现生活，便从生活里，歌舞艺术中提炼出表现人物的动作、音乐，以及人物的造型等。这个规律是僮戏、傣戏等民族戏剧形成的客观规律。它们是本民族人民在民族文化艺术上的新创造。由于僮戏、傣戏的基础是本民族的生活，是本民族的民间歌舞、说唱等艺术，所以综合艺术手段所形成的戏剧形式，也就有自己的民族特色。这种形式和表达民族思想感情的戏剧内容构成了本剧种的民族风格。同时，它们在民族戏剧形成的共同规律之中还又有所不同，比如：傣戏较早的情况是民歌对唱与歌舞的结合，僮戏则更多的来自说唱艺术的演变。这也就影响到它们在发展上，有其共同性和差异性。

　　谈到这里，我想到这样一个情况，就是民族戏剧（僮戏、傣戏）的形成所反映出来的客观规律，也和近代戏曲史中地方小戏的形成情况，有着共同性。比如：山西河曲的"二人台"，就是在当地群众培植下从民歌演唱结合当地秧歌等民间艺术形成的地方小戏。山东吕戏也是从说唱的山东琴书演变为戏曲，成为山东人民群众用以表现自己思想情感的地方小戏。由此可见，由歌舞、说唱综合发展为新的艺术——戏剧，正是近代汉民族的地方小戏和兄弟民族戏剧各自形成发展中共同体现出来的规律。它是汉族人民群众和兄弟民族人民群众创造出来的地方小戏和民族戏剧所共同具有的特征，也即是中国戏剧艺术的共同特征。同时，民族戏剧由于本民族的语言、群众的思想情感、心理素质、美学要求、欣赏习惯，就又有着本民族自己的特点；地方小戏也由于各地区群众的要求有所不同，而具有地方特色。剧种的民族特点和地方特色是非常重要的，因为它与本民族和本地区的群众有着密切的关联。剧种离开特点，本剧种的工作者不注意自己剧种形成发展规律的特点，都会有脱离群众的危险。我是从戏剧史角度上来谈这个问题的，从近代僮戏、傣戏和地方小戏的形成发展规律中，确有个共同性与特殊性辩证的关系在，我们能够借助于共同性来认识剧种形成发展规律中的特殊性，但共同的规律，总是首先育于各剧种的规律之中的，因此必须掌握了本剧种形成发展的特点，才能借鉴本剧种的历史经验，有利于我们今天继承与革新的创作实践。

　　在僮戏、傣戏的历史发展中，我们还看到一种历史事实。僮戏形成不久，就接受了汉民族戏曲粤剧、邕剧的影响，演出汉族历史题材和传说故事的剧目，形成一种僮戏的戏曲形式。傣戏在清末也有过类似的情况。另外,从白族吹吹腔来看,也曾接受过明、清高腔、乱弹的影响。白戏历史较早,还不能摸清它的大致情况,无从说起。然而就僮戏、傣戏的情况来看,如何历史地、具体地认识这一历史现象,看来也是戏剧史上的一个课题。不妨谈点肤浅的学习心得。

为什么汉族的戏曲艺术从内容到形式会被兄弟民族的剧种所吸收,而且在兄弟民族的群众中生了根,开了花?首先应当看到在旧社会,汉民族的人民群众和僮族、傣族、白族的人民群众同样处在封建制度的压迫下,虽然各民族的人民群众的遭遇有些差异,但封建制度的阶级剥削、压迫却是共同的。因此,汉族的戏曲艺术中,反对封建压迫、封建道德、封建习俗的民主精神,就和兄弟民族中劳动人民的阶级感情、思想愿望密切维系在一起了。因为民主精神正是封建制度里劳动群众共同的阶级思想感情,所以在兄弟民族戏剧艺术的互相交流中,它起着主要的作用。比如,这次看到吹吹腔的传统剧目《火烧磨房》。剧本通过婆婆要火烧磨房想害死前房儿媳的事,揭露了封建社会中,为了独占家产而害人的残酷现实。又通过兰季子放走嫂嫂表现了劳动人民崇高善良的品格。兰季子对母亲的遣责,就包涵着劳动群众对旧社会私有制度下自私思想的谴责。因此兰季子的形象被汉族人民喜爱,也同样为白族、僮族的人民群众所喜爱。由此看来,汉族戏曲对兄弟民族剧种的影响,有着劳动群众表达阶级思想感情和反映生活愿望的一条思想红线。当然,统治阶级的思想,总是占着统治的地位,在旧社会,封建统治阶级同样要利用戏曲来宣传封建道德、迷信,以便有利于他们进行阶级剥削和民族压迫,这也是有许多历史事实可以证明的。这样在戏剧艺术的交流中也就存在着两种文化的斗争。所以,戏曲对民族戏剧的剧目内容的影响,就会既有精华,亦有糟粕;既有劳动人民的东西,也有封建统治者的东西。并且有时精华糟粕杂揉,必须慎重分辨,才能看出。我认为由于戏剧艺术的群众性很强,所以两者比较起来,汉族戏曲与民族戏剧的交流,主要取决于劳动人民的共同思想要求和愿望。从现象上看,也许是有势力、有文化的土司把戏曲带过来的,但是它却不是主导的因素。群众的取舍确是最主要的原因。

从汉民族的戏曲中移植剧目，就会引起戏曲形式对民族戏剧艺术形式的影响。民族戏剧的剧种如僮戏、傣戏等就吸收和运用过戏曲的东西。为什么会这样呢？我觉得还有一个原因，那就是前面所说的僮戏、傣戏形成的规律和特征，都具有中国戏剧艺术的共同规律和特征这一共性。因此，僮戏、傣戏就可能吸收、借鉴有着较长历史的汉族戏曲，这样也不背谬自己剧种形成的规律和特征。这只是从僮戏、傣戏历史发展中看到的一个方面。另一个方面，它们移植剧目运用戏曲形式和表现手段，都有一个使戏曲的东西民族化的特点。例如：僮戏移植了《柳荫记》，艺人依据自己民族人民的思想感情、生活、习俗加以改编处理。这样，反对封建婚姻、歌颂爱情自由的主题，就通过浓厚的僮族群众生活习俗的画景中展现出来，像把梁山伯、祝英台相逢的场面，处理成僮族对歌的情景等作法，就更有僮族生活的特色，更被僮族人民所喜爱。像这样的例子，如果深入调查是会发现很多的。不仅在内容上，而且在形式和表现手段上更能看出民族化的情况。把汉话改成本民族的语言，唱自己戏剧传统的唱腔或民歌，改造戏曲表演的程序、武功（傣戏曾经把本民族的武术提炼运用在表现历史战争题材的戏中，表现对战、对打等战斗场面），发展自己剧种的行当等，都反映了这方面的情况。甚至他们曾运用这种形式来反映本民族的历史故事。民族戏剧吸收汉族戏曲的东西，使它民族化的情况，和地方小戏吸收地方大戏的东西加以改造，融化成有自己地方特色的东西相似，是个性特征的反映。民族化和地方化，正是民族剧种、地方剧种，吸收营养丰富发展时必须与本民族、本地区群众相结合的反映。这也是一条客观规律。过去的反动统治者，他们能够凭借势力，迫害民族的艺术，或者土司曾用别的东西来代替自己民族的艺术，造成民族戏剧发展中的弯路和有害倾向。但是他们的主观意图是不能改变这一客观规律的。现在我们看到僮戏、傣戏中接近戏曲路子的戏，已经成为本民族喜闻乐见的一种形式。这也是共性和个性的辩证发展在民族戏剧历史中的表现。

从上述情况看来，僮族、傣族人民群众不仅先在本民族歌舞、说唱的基础上创造了表现民间生活故事的民族小戏形式，而且后来又在这一基础上吸收了汉族戏曲的经验，发展出能够表现历史传说和历史故事的民族的戏曲形式。形式多了,也就扩大了僮戏、傣戏的题材范围,自然也就增强了自己剧种反映生活、表现人物的能力。这既反映了僮族、傣族人民对戏剧的要求,也满足了群众的欣赏需要。从僮戏、傣戏的历史发展也说明民族剧种的发展必须注意本剧种的特征,遵循规律;在吸收其他兄弟民族艺术的时候必须融化为自己剧种的东西,正确处理中国各民族戏剧的共性与个性的辩证关系。在旧社会,由于历史的局限、思想的局限,这些道理还不能被人们充分认识、掌握。所以,民族剧种除了受反动势力迫害不能得到正常发展的主要原因之外,也还有由于对民族剧种特征、规律、民族特点这些道理认识的局限,走了不少弯路。

今天我们在党的思想领导下,研究民族戏剧的历史,探索其发展规律,不仅可以认识剧种的特征、规律和民族特点,而且可以自觉地掌握这些道理,使民族戏剧更好的发展。

从分析民族剧种的历史中可以看到它的形成和发展完全是人民群众创造的,在发展过程中,往往是艺人与群众在思想情感、欣赏习惯上密切连系,剧种才能有健康的发展。这是最根本的一条真理。

现在,我们生活在祖国各族人民建设社会主义的时代,党的文艺方针、政策是我国各族人民对文艺发展要求的集中表现。我们应当充分认识党的文艺方针、政策,更好的为群众服务。并进一步探索自己民族剧种形成发展的规律及其特征,保持和发扬本民族群众喜闻乐见的艺术风格和特色。不仅要运用发展本剧种已有的表现形式,而且在继承优秀传统的基础上,一手伸向本民族的生活和民间艺术,丰富表现能力,一手伸向其他兄弟民族戏剧的经验,借鉴、吸收、融化变成自己民族群众喜爱的东西。这样,在反映历史生活和现代生活上会有多样的形式、多样的风格、更加鲜明的民族特色。

参加观摩,有如参加了一次云南省民族戏剧的丰收节。在丰收的喜庆中,展望前景真是令人神往。我只能从戏剧中的角度上来谈谈自己的认识,发言象是一次考试,有待同志们评点。

1962 年 5 月

少数民族戏剧音乐二题

林　绿

史料解读

　　该则史料为一篇论文，原载于《少数民族戏剧研究》（中国戏剧出版社，1963 年）。作者在观摩了云南省民族戏剧演出后，从戏剧音乐的角度分析了少数民族戏剧的风格特点。该文主要探讨了两个问题：首先是音乐的民族特点和地方色彩问题。不同剧种的音乐是区别剧种风格的鲜明标志，彰显着不同的民族特点和地方色彩，极大地影响了其艺术风格。其次是音乐的戏剧化问题。民族戏剧戏曲的音乐是综合艺术的一部分，充分发挥音乐的表现性才能实现音乐的戏剧化。尝试运用各种方法丰富音乐的表现手段从而形成本民族特有的风格色彩，能够更好地满足各族人民对文化生活的需要，鼓舞各族劳动人民同心同德，团结一致，为创造社会主义新文化和社会主义事业而奋斗。

　　该史料从戏剧音乐的角度考察民族戏剧的特点与表现形式，重视民族音乐对于戏剧表演、戏剧冲突的重要作用。史料从单一的戏剧因素入手展开戏剧研究，作为戏剧宏观研究以外的重要补充材料，体现出民族戏剧研究开始深入微观研究层面。

原文

元月的气候,在北方正是一片白银世界,这预示着瑞雪丰年之兆;而在祖国西南的大门——昆明,山茶花辉映着雪白的玉兰花,正在争芳斗艳。云南省民族戏剧观摩演出,展放了各民族鲜艳多朵的戏剧艺术的花朵。四季如春的气候和适宜的土壤,促使山茶、玉兰尽快的开放,党的民族政策和"百花齐放、推陈出新"的方针,给民族戏剧艺术的发展、繁荣,开辟了广阔的道路。

看了傣剧、僮剧、白剧、彝剧四个民族剧种的演出,感到真是丰富多采,各具特色,使我从中学习了不少的知识,开阔了眼界。而每一个剧种的演出,对我都有一种特别的新鲜感和很大的吸引力量。这不仅是由于它们反映了本民族丰富的生活内容,而且在艺术的民族风格上、鲜明的音乐色彩上,都具有自己民族的特色。傣剧的音乐抒情、优美,表现感情特别细腻。僮剧的音乐,民歌风味浓厚,表现载歌载舞的场面,活泼、开朗。白族吹吹腔粗犷、豪放,音乐高亢、激越,唢呐吹奏起来,配合锣鼓的伴奏,给人以强烈的感染。彝剧的表演朴实,生活气息浓厚,音乐也具有这种特色,〔放羊调〕、〔爬山调〕都是从生活中吸收来的,又经选择用来表现群众的生活。通过舞台演出,好像把观众引入到彝族人民生活的境界。

有关民族戏剧的音乐问题,涉及的范围很广泛。我想仅就其中的两个问题谈一些浅见。

一　音乐的民族特点和地方色彩问题

每一个剧种在它形成、发展的过程中,都是综合各种艺术的表现手段,来丰富自己的表现能力的,其中包括文学、表演、音乐、美术等等。每一个剧种的这些表现手段,都有它自己民族的特点和地方的色彩。而不同剧种的音乐,则是区别剧种风格的鲜明标志。一个剧种的音乐,从民族戏剧来看有本民族的特色,而在不同的地区又有不同的地方色彩。这是因为一个民族都有其民族的共同特征，但在不同地区由于经济和文化生活，自然条件等的差异又有不同的差别。比如白族的吹吹腔，在白族聚居的不同地区，像玉龙、鹤庆、洱源等地，因语音和声调的差别，在唱腔上就有大同小异之处。彝剧的音乐也有这种情况。彝族在楚雄彝族自治州的地区内，有十几个支系，虽然他们有共同的语言系统和丰富的民间艺术的宝藏，但由于居住地区的不同，在语言的音调上和民间的山歌、小调方面，也都存在着程度不同的差异。现代戏《半夜羊叫》的音乐，主要是采用了大姚县昙华山地区的山歌小调，所以也就反映出昙华山地区的地方色彩来。至于彝族其他支系或地区的民间艺术能否被吸收到昙华山地区的彝剧中来，这种可能性从发展上来看当然是存在的，但是其他支系或地区在本地民间歌舞的基础上，形成彝剧的另一种流派，这种可能性也是完全存在的。正像云南花灯一样，作为一个剧种它是统一的名称，但是其中又有昆明花灯、玉溪花灯、姚安花灯、弥渡花灯……之分。形成和流布地区的不同，也就必然带有不同的地方色彩。看来民族戏剧或戏曲的音乐的民族特点和地方色彩问题，并不是截然无关的，这种民族的共同特征和地方色彩是有着密切关联的。这一点也许和一般的音乐创作有所不同，在戏曲音乐上地方色彩发挥的越充分，也就会更加具有鲜明的民族共同特征。当然，不适当地过分强调地方色彩并且拒绝吸收、借鉴先进的文化艺术，就可能裹足不前。反之，过分地强调民族共同特征的一面，就会抹煞地方色彩，忽略了地方的特点。这将会导至脱离本地的群众。因为每一个剧种都和本地区的广大群众保持着密切的联系，傣剧、僮剧如此，白剧、彝剧也是如此。每个民族的戏剧艺术，都有本民族人民群众所喜闻乐见的艺术形式，都有自己的艺术欣赏习惯和审美观点。保持和发扬本民族的艺术特点，就要根据不同地区的群众喜闻乐见的形式，来更好的进行社会主义的教育，从多方面来满足人民的文化生活的需要。

音乐虽然只是民族戏剧艺术中的一部分，但它的民族特点和地方色彩问题，对一个民族剧种的艺术风格有着重要的作用。剧种音乐风格的形成，包含很多种因素，比如语言或语音声调的差别，唱腔、曲牌的不同，发声方法上真声假声的区别，不同主奏乐器的运用以及伴奏方法的区别等等。这些因素对一个剧种的音乐风格,都有着或多或少的影响。如白族吹吹腔语言的尾音,常常是由高滑下,《窦仪下科》中窦仪唱的"一更里(也)读书要斟酌"的"酌"字,在语言音调上就是作大幅度的下滑,所以在唱腔上也就随之出现了下滑音。傣剧演员朗俊美的唱腔里,鼻音和颤音很有特色,这种鼻音大概是和傣族语言的"桑姆"、"喊姆"闭口音多有关。在伴奏乐器上,像白族吹吹腔的唢呐,傣剧的葫芦笙、象脚鼓等,都有丰富的表现能力,突出了音乐的民族色彩。总的来看,这些因素都不是互相孤立存在的,而是有机的互为联系的。从许多剧种的发展经验来看,一个剧种的音乐风格,总是在不断地发展中逐渐形成,又在相对稳定的情况下,逐渐地充实、提高,并进一步求新的发展。

这四个民族剧种的演出,在音乐的民族特点和地方色彩方面已经取得了一些成就,相信在这个基础上经过不断的挖掘、吸收、发展,一定会使每个民族戏剧艺术的花朵,开放得更加鲜艳美丽,更具有自己民族艺术的特色。

二 音乐的戏剧化问题

民族戏剧或戏曲的音乐,是综合艺术的一部分。音乐作为一种戏剧艺术的表现手段,更擅长于渲染人物的思想情感,从感情的深处来感动听众。在民族戏剧中如何充分发挥音乐的表现性能,这就有个音乐的戏剧化的问题。许多剧种都曾经从本地的民间音乐中吸收过丰富的营养,把富有特色的山歌、小调、舞曲、器乐曲等吸收过来,用以表现不同人物的不同感情。傣、僮、白、彝这几个剧种都有类似的情况。在运用过程中,有些还保持了原来的面貌,有些就根据不同情感的需要进行了程度不同的发展变化,这两种情况都是可以的。比如傣剧《娥并与桑洛》中《思桑》一场的唱腔,表现娥并思念桑洛的感情,抒情、优美、委婉、缠绵。僮剧和彝剧中有些山歌对唱的场面,用原来的山歌调子,抒发青年男女互爱之意,表现的也活泼、欢畅、明快、开朗。但是要表现慷慨激昂或悲愤的感情,原来比较欢快、抒情的民歌就感到气氛不足,力不胜任了。

从戏剧的内容来看,表现的范围是非常广泛的,而戏剧音乐又是为了表现剧本内容服务的。音乐不仅要能表现叙事、问答,而且要能深刻细致的表现人物的复杂性格和丰富的思想感情,烘托戏剧气氛,来感染观众。用唱腔来抒发人物的感情,不只是表现委婉缠绵或欢快之情,还要能表现慷慨激越和更为复杂的感情。现在有些剧种特别是一些民间小戏,一般都存在这个问题。当然每个剧种的音乐都可以有擅长表现的某些方面,不一定要强求一律。不过有许多剧种也都在寻求方法,来弥补表现手段的不足,以便丰富自己的表现能力。有的是从板类的发展变化上,来丰富自己的表现手段的,如评剧、吕剧等。有的是从曲牌连接的变化上,来丰富自己的表现能力的,如鄘鄂剧、花鼓戏、采茶戏等。有的是二者兼用或以某种表现手法为主。如京剧就是二者兼用而以板类的变化为主。高腔也是二者兼用,运用不同的曲牌,又有板眼的变化。不管采取哪一种手法,其目的无非是为了提高音乐的表现能力,更好的表现戏剧的内容。但是在解决这个问题当中,也还是要涉及到剧种的传统和音乐的风格问题,生搬硬套或凭空创造,必然同本剧种的风格特色格格不入,当然会遭到群众的反对。但是在自己剧种的基础上适当的吸收、借鉴其他剧种的经验,也还是不乏先例的。有些剧种虽然在表现慷慨激昂之情方面感到不足,可是仔细研究一下,它的某些唱腔里,表现这种感情的因素一般还是存在的,只是没有得到充分的发挥而已。比如彝剧的《曼嫫与玛若》,结尾很像汉族的《梁山伯与祝英台》,不过梁祝是化蝶,而曼嫫与玛若是化为两枝古藤缠绕在一起,表示对封建势力的反抗和坚贞的爱情。曼嫫和玛若被封建土司逼迫到饿虎山,当曼嫫被恶虎吃掉,玛若悲痛欲绝的时候,这段唱腔用彝族传统的民歌〔赤梅葛调〕(也叫〔古腔调〕或〔哀调〕)来表现悲愤的感情,选择的基础较好,但没有充分发挥音乐的表现性能,很难表达那种激愤人心的感情。尽管演员的表演是很激动的,而在音乐上未能适应戏剧发展的要求。当然彝剧是一个新生的剧种,音乐上也还在不断的发展丰富中。不过有些剧种的经验也还是可以参考借鉴的。例如《梁山伯与祝英台》中哭坟的唱腔,不管是越剧或是河北梆子在音乐上大致都是运用戏剧化程度很高的〔散板〕来表现的。中国戏曲音乐中的散板形式,是很有表现力的戏剧化的音乐,在表现悲痛或激愤感情方面是很激动人心的。当然表现悲愤感情也可以用其他方法处理,彝族的〔赤梅葛调〕本就口语化,在节奏上看来很接近〔散板〕的特点。如果作者能在此基础上加以发挥,效果可能会更好些。其他如傣剧中的〔悲腔〕、〔琴歌〕,僮剧中的"哎咿呀"、"哎的哎"以及"咿嗬嗨"中的〔哭板〕、〔苦板〕等,这些原有曲调都有一些悲怨或激愤感情的因素。在这些唱腔的基础上,吸收、借鉴其他剧种的经验,根据表现不同感情的需要,作一些适当的加工发展,经过不断的艺术实践,不断的修改补充,一定会使本剧种音乐的表现能力更为丰富多彩。

把民间的山歌、小调,吸收到戏剧中来,不断的提高其戏剧化的程度,充分发挥它的表现性能,使其能表现复杂的戏剧内容,创造鲜明的人物形象,也是一种很好的途径。

总之,我们应该尝试运用各种方法,使音乐的表现手段,逐渐丰富起来,并形成本民族特有的风格、色彩,这样,才能更好的满足各族人民对文化生活的需要,鼓舞各族劳动人民同心同德,团结一致,为建设祖国社会主义和创造社会主义新文化而奋斗。

1962 年 2 月

《中国少数民族戏剧》前言

史料解读

　　史料原载于《中国少数民族戏剧》（作家出版社，1964 年）。该则史料为
一篇序言，主要讲述少数民族戏剧作为中华民族戏剧的重要组成部分，在新
中国成立前极少有人重视，新中国成立后，在党的民族文化政策指导下，少
数民族戏剧工作被纳入了社会主义文化轨道，获得空前的发展。该文针对
古老剧种如何挖掘和革新、新生剧种如何健康发展、民族戏剧的产生条件、
少数民族戏剧的范畴等问题展开论述。同时，作者认为少数民族的戏剧工
作者应运用具有民族特色、民族风格的艺术形式反映本民族生活（也包括多
民族生活）。作者以具体剧种为例进行了介绍。

　　该序言对中国少数民族戏剧发展状况进行总体性概括，作为少数民族
戏剧的宏观研究资料具有一定学术价值。

原文

　　少数民族戏剧是中国民族戏剧的重要组成部分，丰富多采，光芒四射，是一
笔宝贵的文化财富。解放前，从不曾引起重视，戏剧史著也极少提及。解放后，
在党的民族文化政策和百花齐放、推陈出新的方针指导下，少数民族戏剧工作
纳入了社会主义文化轨道，获得空前的繁荣与发展，越来越引起了人们的注意。

　　我国有五十多个少数民族，其中有本民族戏剧艺术的大约有十几个。古老
剧种如何挖掘和革新？新生剧种如何才能发展得更健康？有些民族究竟在怎

样的条件下才能产生和创造自己的民族戏剧？以及应当如何借鉴和吸收汉族戏曲、话剧、新歌剧和其他兄弟民族戏剧发展的经验？……这都是急需明确的问题。近年来，一些少数民族聚居地区的有关部门和同志，做了不少有益的调查、考证和研究，甚至派出工作组，帮助剧团进行工作，成绩是巨大的。这对今后有系统地全面地进行研究，提供了良好的基础。

少数民族戏剧的范畴，历来有不同的解释，有的把它划得窄，有的划得宽，甚至把一般反映少数民族生活的汉族戏曲、话剧、新歌剧也包括进来。笔者认为，汉族戏剧工作者用汉族戏剧艺术形式把少数民族生活介绍给汉族观众的，不应也不必划入这个范畴。少数民族戏剧，应该主要是少数民族的戏剧工作者，运用具有民族特色、民族风格的艺术形式，反映本民族生活（也包括多民族生活），并且主要是以本民族广大群众为服务对象，而这种戏剧艺术形式，为他们所喜闻乐见的。它一般还应该是运用本民族文字和语言来写作和演出的。但也不能机械划分，譬如，汉族戏剧工作者投身到这个关系到三千八百多万少数民族群众精神生活的工作里，同少数民族同志一起，或帮助（不是代替）他们整理与创作剧本，或参加导演与演出，这是应该鼓励和肯定的，甚至在某种意义上说是必需的。同时，少数民族戏剧不能、事实上也不曾排斥全部运用或部分混用汉族的文字和语言，特别是目前还没有自己文字的民族。根据这一看法，凡是汉族戏剧工作者用汉族戏剧艺术形式反映少数民族生活，而演出对象主要是汉族观众的，一般不在本书叙述范围。为了大致分清两种不同性质的剧种、剧目，提供读者参考、研究，书后附录两表：《少数民族主要剧种和代表剧目简表》和《汉族戏剧中反映少数民族生活的主要剧目简表》。

有一些剧种，如二人台、新疆曲子、云南彝族地区和贵州布依族地区的花灯等，不曾列入表内。它们原属一个民族的戏剧艺术，随着各族间文化的密切交流，不可避免地灌注了其他民族的艺术血液，从而超越一个民族的艺术范畴，成为两个（或两个以上）民族的戏剧艺术结晶，为两个（或两个以上）民族的广大群众所喜爱。二人台就是蒙古族和汉族两族艺术的结晶，受到蒙古族和汉族甚至满族群众的欢迎。由于这些剧种一时不好分类，本书一般从略。

　　编写这本小册子，旨在做常识性的介绍，许多目前尚无定论的问题，这里或采用一般看法，或取众说所长予以融汇。引用和参考的著作、文章，也不曾一一注出。

　　在编写过程中，云南杨明、戴旦、夏国云，广西侯枫、兰鸿恩、覃桂清，贵州萧家驹以及北京中央民族学院王尧诸位同志，提供了不少数据线索和宝贵意见，这里一并表示谢意。

　　笔者对少数民族戏剧接触不多，不可能做全面的介绍。譬如朝鲜族和其他民族的戏剧情况，就不得不省略了，这是非常遗憾的。即使本书介绍的某些少数民族剧种，由于材料不多、不完整，甚至互有矛盾，这就给编写带来了一些困难；加以个人研究不深不广，缺点和错误在所难免。切望读者和专家提出批评和指正，务期再版时得以补正。

1963 年 5 月于北京

第二辑

蒙古族戏剧

本辑概述

　　本辑收录了五篇史料，包括戴再民的一篇评论，张光年、金犁的两篇书信，马白的一篇论文，黄克保的一篇观后感。这些文献涉及的戏剧有《巴音敖拉之歌》《金鹰》《草原烽火》。戴再民认为《巴音敖拉之歌》总体上是一部成功的戏剧，他通过对该剧修改本和初稿本的对比分析，认为修改本较初稿本在剧情设置和人物刻画上有所改进，但仍存在人物刻画处于被动地位等问题。张光年的书信首先对《巴音敖拉之歌》表达了肯定，其次对主要人物塑造的不足进行分析。金犁的书信主要针对《金鹰》在排演时遇到的问题进行商讨，指出剧本规定场景中的贯穿动作需要合理化，剧中的主要人物缺少实际行动，提出了修改或增加动作场景的建议。作为本辑唯一的学术论文，马白的论文立足于民族化和群众化的特点，从内容、情感表达、语言、角色塑造、结构五个方面说明了《金鹰》是一部剧具有民族特色和地方色彩的作品。黄克保的观后感指出，京剧《草原烽火》在第一场就奠定了全剧的风格基调，第二场在组织冲突和介绍人物上也有创造性。黄克保对出演该剧的演员做出肯定，提出了京剧如何准确地反映兄弟民族生活特点、如何在保留京剧原有特点和突破旧形式带来的局限之间保持平衡的问题，并做出了解答。

　　本辑收录的史料类型多，包括书信、评论、观后感和学术论文四种形式。史料围绕蒙古族三部戏剧的主题、结构、人物塑造等戏剧要素展开，其对具体戏剧作品的微观研究和问题反馈有利于戏剧的进一步发展。作品研究是对少数民族戏剧宏观研究的有益补充，因而本辑史料具有一定的学术价值。

关于超克图纳仁和他的《巴音敖拉之歌》

戴再民

史料解读

　　史料原载于《剧本》1956 年第 5 期，为一篇戏剧评论。超克图纳仁作为参加全国青年文学创作者会议的蒙古族青年剧作家，自 1952 年起就长期深入牧区生活，产生了创作《巴音敖拉之歌》的强烈愿望。该史料认为《巴音敖拉之歌》是一部比较成功的作品，让观众仿佛置身于真实的内蒙古草原，展现了在党的领导下蒙古族人民生活发生的变化。作者将《巴音敖拉之歌》修改本和在《内蒙古文艺》上发表的初稿本进行了比较，指出初稿本存在人物刻画过于简单、弱化党的领导作用、削弱人物性格等缺点，而修改本在剧情设置和人物刻画上改正了初稿本存在的缺点。修改本存在的问题在于人物刻画仍处于被动地位、女性角色刻画缺少女性独有的语言和动作等。总体上来说，《巴音敖拉之歌》仍然是一部优秀的剧作。

　　该史料采用对比分析的方法评价《巴音敖拉之歌》的初稿本与修改本，直接指出该剧在修改本上的提升之处和存留问题。对作品初稿本与修改本进行跟踪批评的做法值得肯定，体现了对该剧创作和传播过程的高度关注，对该剧的艺术锤炼起到了推动作用。

原文

　　这次参加全国青年文学创作者会议的超克图纳仁同志，是蒙族青年剧作家。

　　超克图纳仁是吉林省郭尔罗斯前旗人。他于一九四六年参加革命后，先后在旗政府剧团里当演员、在旗人民武装部队做宣传工作以及在内蒙古文艺工作团（现内蒙古歌舞剧团）做演员和创作工作，现在是内蒙古文化局剧本创作室的创作员。

　　超克图纳仁在党的培养和教育下，逐渐成长为一个有希望的青年剧作家。开始时，他是和同志们一起进行集体创作的。一九四九年起，他先后和同志们合写了一个反映民族团结的剧本，一个小歌剧《荣军张勇》和一个三幕歌剧《牧场新歌》。这几个剧本虽都未曾发表，但却使超克图纳仁在集体创作中学习了不少东西，打下了他以后在创作上的良好的发展的基础。

　　超克图纳仁这几年来长期深入牧区生活，从一九五二年开始，他到锡林郭勒盟牧区生活，平均每年是六个月。他在西联旗的特木热（全国劳模）互助组参加过放牧、打井、下夜等生产工作，在实际工作中丰富了自己的生活知识。一九五四年在西联旗第三佐担任了青年团团工委书记和特木热互助组的生产管理委员会委员等职务，在这一段工作期中，使他更全面地了解和掌握牧区的生产情况，并产生了写作《巴音敖拉之歌》的激情。正如他说："在这四年当中，我亲眼看见了牧区建设的蓬勃发展，尤其是人的精神面貌的变化，他们不但摆脱了封建统治，他们还每时每刻都以科学知识丰富着自己的头脑，毫不疑惧地参加和完成了党在牧区的各项建设工作。这些生动的现实生活，不但深刻的教育了我，也启示了我要写什么，应该写什么。"

　　《巴音敖拉之歌》（一九五五年二、三月号《内蒙古文艺》上连载）修改本，在《剧本》月刊三月号上发表。这是一个比较成功的作品。在这里，作者把我们带进了内蒙古的辽阔而肥美的草地，看到了在党领导下的蒙族人民发生了一些新的变化：部落的界限拔掉了；民族内部的隔阂消除了；社会主义的因素，在蒙族人民的心中繁殖起来了。这是一幅真实的激动人心的画面。

《巴音敖拉之歌》修改本和《内蒙古文艺》发表的初稿本比较起来，作者确是付出了大量的劳动进行了修改，而且取得了良好的成果。初稿本是存在着许多缺点的。首先是人物性格的刻划上；五佐佐长吉尔格拉，他的错误和缺点形成的生活根据是不充分的。副佐长巴特尔，是刚从部队转业的人，我们的部队环境，培养了他的坚强的斗争意志和新的品质，这是真实可信的，但在剧本里却把他写得太简单，弄得常常是处在被动的地位，在吉尔格拉面前显得没有力量，使人物性格失去了说服力。二佐佐长阿日布基，应该是一个纯朴、敦厚、诚恳的人，因为他是全心全意地为自己佐政府的牧民工作着，只是他们所处的地理环境太坏，遇上不利的气候才造成的暂时的灾害，因而他才向五佐来借牧场。可是他却以一个可怜的人的姿态出现，只会说"请你们帮忙吧"之类的话，特别是借牧场的这样大事件，他只拿着二佐的一封公函来请求，缺乏有力的行动来表现，使得这个人物软弱无力，性格模糊不清。奔巴和那科长这两个人物性格和精神面貌也是模糊不清的，成为剧中可有可无的人物。

其次，当阿日布基、巴特尔和吉尔格拉之间因个人荣誉与集体利益产生矛盾，在他们的思想上和行动上产生了尖锐的冲突的时候，坏分子萨木斯仍钻了空子，造成了"巴音敖拉"河东的牧场被破坏的事件。在这个严重事件中，作者没有表现出党的领导作用，同时也削弱了人物性格的表现。五佐和二佐都有党支部基层组织，而这些领导干部都是党支部委员，但他们却没有在借牧场之先和问题不能解决时去向上级党委提出请示和汇报情况。直到第二场的两佐代表会议快结束时，阿日布基才说："我已经把这件事情向旗党委提出了，咱们就等着上级来决定吧。"而巴特尔却在第二场结束时，才把五佐牧场分配计划图交给奥其尔去向旗党委汇报。这就使得这些作为党员的人物得不到符合党性的表现，同时也就必然看不出党的领导作用了。

由萨木斯仍为首的阴谋破坏，以四百匹马群祸害了"巴音敖拉"河东的牧场之后，原是两佐的领导干部之间的矛盾冲突，转而引起了两佐之间群众性的矛盾冲突，使剧情发展推上了高潮。但是，第三场却被处理为破坏了"巴音敖拉"河东的牧场以后的情景，前边的这场震动人心的戏，却是由额尔敦嘴里叙述出来的，因而使这场戏黯然失色。在这里，虽然出色的描写了二佐牧民在灾难中的情景，这些生活细节的描写是动人的。但它们实际上已经喧宾夺主，不能够正面地表现冲突，高潮不能造成，冲淡了剧本主题的思想性。以上这些都是初稿本的缺点。

而在修改本中有了很大的改进。删去了佐秘书敦金和旗委书记，改为三幕四场。剧情和人物性格有了很大的改动，已经基本上改进了初稿本的那些缺点。

对吉尔格拉这个人物性格的刻划，是更加鲜明和生动了。第一幕开头新写的两段戏，奔巴向他夸马，萨木斯仍向他阿谀，成为滋长吉尔格拉追求个人荣誉思想的典型环境。所以，当他拒绝了二佐借牧场的事以后，和巴特尔发生争论时，他说："我时时刻刻在想着怎样保持第五佐的荣誉，因为我尊重五佐的荣誉和它的声望！"其实，在他的思想深处是：保持了五佐的荣誉和声望，才能保持五佐牧民对自己的尊敬。作者也生动地刻划了他的性格，当"巴音敖拉"河东的牧场被糟蹋以后，他对萨木斯仍的态度就不像从前了，他严厉地问萨木斯仍说："萨木斯仍，你们的马群为什么惊动了？""为什么你们来河东放马？""政府下令把河东牧场给二佐以后，我不是告诉你们别搬了吗？""一切后果由你自己负责！"当证实了萨木斯仍是糟蹋牧场的祸首以后，萨木斯仍还企图欺骗他的时候，他卑视地说："你怎么？（气得嘴唇发抖）呸！"之后，他急快地离远了萨木斯仍。最后，上级党委要他去党校学习，他看了信说："好吧，我服从组织，没有什么说的。我是一个共产党员，服从惯了。"虽然语调上还有一些意气用事，但从他的耿直和爱憎分明的性格的这一面看来，会使读者相信：经过党校学习，在党的教育下，这个自负、执拗和存在个人意识的吉尔格拉一定会转变好的。

阿日布基已经是换了一种面貌神态在修改本中出现的，他不仅仅是一个纯朴、敦厚、诚恳的人，而且是一个富有斗争性的干部和能够坚持党性原则的党员。当他在第一幕出场，作者就赋予了这个人物性格以极其鲜明的色彩。例如,阿日布基到了五佐以后,他就明确地告诉吉尔格拉说:"这是上级叫我来和你商量的……旗委书记说,你们这儿还可以抽出一些牧场……"和他同来的那科长敷衍这次工作时,他敢于责问那科长说:"那科长,你是代表上级政府来帮助我们解决问题的。"当问题迟迟不能解决时,显露了他那牧民忠实的儿子的感情,激动地说:"那科长,时间不允许我坐在办公室里商量,三万多头牲畜眼看都饿死了,你知道吗?"这时,问题虽然不能解决,但他有信心地说:"我找旗委书记去。"在这些行动上,他变为主动地争取一切来营救二佐的牲畜。一切为牧民利益着想的行动,贯串了全剧,完成了一个亲切可爱的好干部的艺术形象。

奔巴应该是一个善良的劳动牧民,正像他说:"我是个牧民,牧民的良心不允许我眼看着上千上万的牛羊都饿死!"这个有良心的牧民,作者把他在初稿本里的那句——我的牛羊太平无事就行了。——有愧于良心的话删去了。现在是:"你们别这样死逼着我了。(自言自语地)……我……(跟跟跄跄的走着)我……什……么……都……不说……不……(下)"这样,完成了奔巴的善良而又统一的性格。因此,使他在后来揭露萨木斯仍的阴谋破坏时起了有力的积极作用。

那科长这个人物,被作者描写得有声有色,他胆小、怕事、怕负责任,在读者眼前摇来晃去说着话。"真叫'扎手'啊!""你们这个事情太扎手了。管不好就惹祸呀!""要闹大了!""我这才是个得罪人的角色呢!""还是大家来研究吧。""咱们再商量商量嘛!""我也正在考虑这个问题呢……""我算作不了主,决定不了这个问题。等上级来决定吧。"这些完全符合他的性格的语言,作者很巧妙地把它安置在特定的情景中。他会开玩笑,懂得替别人捧捧场,因为这些事情不会得罪人。

萨木斯仍阴谋破坏"巴音敖拉"河东的牧场的戏,现在搬到剧本中来了。这些有强烈的感染性的戏剧动作,震撼了读者的心。这样改写后,加强了剧本主题的思想性,使戏剧的高潮翻滚起多采的浪花。二佐牧民在灾难中的情景,那些生活细节动人的描写,对戏剧的高潮起了"烘云托月"的作用。剧中的人物性格,更加鲜明和生动了,人物的精神世界丰富了,善良与丑恶、新的与旧的,具有各种不同品质与个性的人物，出现在观众的面前。

当然，修改本还存在着一些缺点。譬如对巴特尔这个人物性格的刻划，虽然已经有了改进，但仍然没有使他摆脱处于被动中的地位。吉尔格拉送马给巴特尔，他为什么会不要呢？因为他知道吉尔格拉非常爱这匹马，所以他不愿夺人之所爱。当他在吉尔格拉的友情强制下，只好把马收下了。这时，他却没有把心里的话说出来，这些富于表达感情的话，却一下子溜掉了。这不能不使读者感到，巴特尔像是一个不懂得感情的人。

阿日布基来借牧场时，巴特尔没有说话。阿日布基把那科长也邀来了，这次谈话中，巴特尔好容易提了一个补充意见，但立刻被吉尔格拉碰回去了。这时，巴特尔当然还是有话要说的，却被奔巴过早地上场而中断了，使他处于难堪的被动的地位。

两佐代表会上，那科长那种对工作不负责任的丑态，不但剧中人都会对那科长产生极大恶感（吉尔格拉的人例外），就是读者也是对这个人物感到厌恶。可是，巴特尔从会议开始到那科长下场，他始终没有和那科长正面接触过，更没有向那科长进行斗争。这是不符合当时情景中的人物的思想感情，也和巴特尔的人物性格不相一致的。

修改本把吉米洋改为奥云格日勒是好的，因为现实生活中，牧区有很多女青年和男青年一样从事着放牧劳动，她们把自己的青春交给了祖国的草原，勇敢地和不辞辛劳地做出了和男青年一样的轰轰烈烈的模范事迹。但是，作者对这个人物性格的刻划，主要的缺点是，她在特定的场合里，却没有女性特有的性格，也没有女性特有的动作和语言。因而，这个人物总给人感到缺少一些东西。

老年牧民奥其尔的人物形象，是十分成功的艺术创造，特别是在初稿本中，当奥其尔一出场，这个人物的面貌是清晰的，性格是鲜明的，一下子就让读者看到了他的内心世界，一个可爱的老爸爸。但是，经过修改以后，在第一幕里，他的清晰的面貌和鲜明的性格却不见了！直到后来，他像是才从雾层里走出来让人们看清楚。作者可以考虑初稿本第一场的奥其尔的戏，还是应该让他一出场就有吸引读者的力量。

第三幕第二场的戏，是作者重新写的。这样描写两佐牧民的联欢是好的，两佐的纠纷解决了，二佐缺牧场的事也解决了，这次联欢是有它的强烈的政治意义，说明了只有共产党领导下的新社会，才能合理地解决旧日所不能解决的事；才能使我们亲兄弟般欢聚在一起。但是，处理这场戏，却过多地致力于戏剧情景的安排和戏剧气氛的描绘了。

《巴音敖拉之歌》虽然还存在一些缺点，但这个剧本应该算是我们近年来剧本创作上的一个成功的作品，这无疑是一首优美的、新的牧歌。

超克图纳仁是新近出现的有才能的蒙族青年剧作家，他在创作上是努力的，并且有了良好的开端，我们希望他更加努力，深入生活，提高创作水平。希望他在党和人民的培养下更快的成长起来！

给《巴音敖拉之歌》作者的信

张光年

史料解读

　　史料原载于《剧本》1956 年总第 48 期，为一封书信。本文通过书信的方式表达了对剧本《巴音敖拉之歌》的评价及意见。作者认为剧本描写出了内蒙古牧区在党的领导下欣欣向荣的景象，反映现实，鼓舞人心。作者针对剧本两个主要人物——吉尔格拉和巴特尔的塑造提出意见，认为对吉尔格拉的塑造总体上是成功的，他是一个具有个人主义、骄傲自满的人物，但剧本在对他的塑造上仍存在对人物观察不全面、态度不明确等问题；巴特尔是剧本中的新人形象，也是剧本人物塑造的重要成就，但性格鲜明性不及吉尔格拉。作者认为可以通过在适当场合安排两位党员恳谈的方式来丰富两个角色的思想及性格，也可适当地运用独白来展现人物的内心世界。

　　该史料以戏剧接受者写给戏剧创作者的书信的形式，对剧本中人物塑造问题提出了客观中肯的建议，以观众反馈的方式促进创作主体的调整和戏剧作品的完善。该史料作为具体作品研究具有学术价值。

原文

超克图纳仁同志：

　　你的剧本《巴音敖拉之歌》，我和《剧本》编辑部的两位同志都看过了。我们认为这是一个好剧本。昨天我在医院里又重读了一遍,伸出你的手来,超克图纳仁同志！为了我们亲爱的兄弟民族出现了有才能的剧作家,我应当向你祝贺哩！

从你的剧本里,看到了我国内蒙古牧区在党的领导下发生的一些新的变化。遗憾的是,关于这方面的生活知识,我知道得太少了;这大大限制了我对你的剧本的分析能力。但是,通过你的描写,我们看到了在边远的畜牧地区,新的事物在成长,旧的东西在衰亡;社会主义的因素,像三月的牧草,在你们的春营地上欣欣向荣地繁殖起来。在一向被认为荒凉、落后的畜牧区,出现了像巴特尔,敖其尔,阿日巴基这样的洋溢着社会主义精神的人物。通过他们,可以看到党的坚强的手,也像在祖国其他地方一样,奋勇地推动着生活前进。所有这些,都是真实的,可信的,能够鼓舞人心的。

我还应当说,在巴特尔,吉尔格拉及其他人物性格的刻划上,可以看到这些性格的鲜明的民族特点。语言,有一种朴素的、豪放的调子,散发出草原牧歌的特色。当然,这是一首新的牧歌。社会主义的内容,通过民族的特点,表现出一种强烈的吸引力。民族的特色,不是人为地故意地装饰起来的,而是通过人物性格的冲突,自然地散发出来的。我以为,这是这个剧本特别值得重视的地方。

以下,对剧本的两个主要人物,说一点意见。

我想先谈谈吉尔格拉。这个个人主义,骄傲自满的人物,这个犯错误的共产党员,被你成功地描画出来了。在剧本的第一场,第二场,特别是第二场和巴特尔正面冲突的地方,你写得有声有色。后两场,吉尔格拉的面貌忽然模糊起来了。我想,这是由于你对这个典型人物的态度,还不够明确。你不想把他写成一个坏人,而写成一个由于思想意识特别是思想水平的弱点而发生错误的党员,这当然是可以的,并且是正当的。可是缺点在于:第一,你对他的错误和缺点描写得很生动,却没有稍微化那么几笔,写出他曾经忠心为党工作,曾经得到牧民的爱戴。这样,当错误完全暴露之后,你才借旗委书记之口,肯定他过去的优点,说是"你对党的事业很忠实,并且做出了一定的成绩,为了这个人们尊敬你。"等等。这使观众很难接受,脑筋一时转不过弯来。第二,后来吉尔格拉的亲信萨木斯仍如何弄计破坏牧场,这个罪行与佐长吉尔格拉的关系如何,剧本里写的不够清楚。这是个关键问题,如果萨木斯仍是瞒着他搞的,按照他的性格,他知道之后是会暴跳起来的;看出自己受到坏分子的利用,闹出了这样的祸事,对萨木斯仍之类会非常痛恨的。可是剧本却避免了这类明确而有力量的描写,把吉尔格拉放在不可原谅的地位中了。第三,你把吉尔格拉的性格处理的过于单纯了。他在一切场合,对他的战友巴特尔,对二佐的人们,都没有表现出任何的善意。例如,对巴特尔,尽管立场、作风是对立的,但看到对方那种不辞劳苦的精神,难道一点也不受感动吗？在和二佐代表的联席会议上,吉尔格拉公开坚持自己见死不救的立场,公开地叫喊:"我光负责五佐的事情,别的我不管。""我再说一遍:我是第五佐佐长,不管二佐的事!"这些话都过于开门见山了。要知道,在我们新社会,坏人、坏事、坏思想,总想找些似通不通的理由为自己辩护,一般是不敢公开在群众面前这样叫嚷的。

可见,吉尔格拉这个人物,虽然总的说来是写得成功的,但还有不完善的地方。其所以不完善,除了对这类人物的观察不够全面以外,态度不明确是很大原因。你带着充分的热情和自信暴露他的思想、性格上的毛病;可是,当你接触到他曾经对党忠实,工作有成绩,得到群众尊敬的地方,你却并不是那样自信了。我看出来,你在情感上觉得吉尔格拉这人是不能挽救的;在原则上又觉得这人应当挽救;情感和原则没有水乳交融地粘合起来。结果你让旗委书记说了空话。观众可能认为这位旗委书记有意识袒护犯错误的党员。

现在说说巴特尔。这个新人物的创造,当然是你的剧本的重要成就。巴特尔给人的印象是一个聪明的、热情的、坚强的人。这是一个有生命、有理想的人物,不是某种概念或原则的化身。剧本告诉我们,巴特尔从革命部队中锻炼出了他的集体意识和不怕困难的精神,这也是使人信服的,随着剧情的开展,人们一定会觉得:我们牧区的工作,掌握在这样的共产党员手里,是完全可以信托的。这就说明,剧作者的企图是达到了。巴特尔的形象,也有使人感到不满足的地方。巴特尔性格的鲜明性似乎不及他的对手吉尔格拉。在吉尔格拉的进攻下,巴特尔常处于防御的地位。如果说在第二场的会议中(这个会议是写得生动的），巴特尔显得有些被动；那么，在第三场用牧民的哭叫和小羊的尸体来推动他下最后的决心，就更使他处于被动的难堪的地位了。同时，你描写巴特尔对吉尔格拉的错误进行不妥协的斗争的时候，把巴特尔的性格也处理得过于单纯了。除了正面的驳斥和在群众中公开争论以外，按照巴特尔的支部书记的地位以及和吉尔格拉的友谊关系，也还可以采取一些恳切劝勉的方式；而这一点却被你忽略了。我觉得，如果在适当场合为这两个党员提供出披心沥胆的恳谈机会（可能是谈得没有结果，可能是谈崩了），这对丰富这两个人物的思想和性格的内容，一定会有帮助的。

顺便谈一谈，在戏的第三场或第四场（尾声）的开头，当吉尔格拉的错误直接间接造成灾害性的后果的时候，不论是巴特尔或是吉尔格拉，都不会不感到震动的。我觉得不妨通过一两段独白或其他方式，展示人物在重要关头时候的心理活动。观众很希望知道，在主人公的情绪受到冲击的时候，他的心里想着些甚么。

谈到独白，我觉得在我们目前的戏剧创作中，把这个武器几乎丢掉了。这是可以理解的：如果作家追求的不过是事实原料的自然形态的真确性，如果整篇作品是缺乏诗意的，那么，一两段富有诗意的独白插在中间，就会特别地显得不调和。前面说过，你的剧本有牧歌似的情调。大概正是这个原故，虽然你也偶而用了几句独白，却不产生不调和的感觉。我并不是主张剧本里非用独白不可；我只是说明，适当地运用独白，对展示人物的内心世界，是很有帮助的。

你的剧本，整个说来是简洁的、流畅的。但第三场却显得眉目不清，有些零乱。这一场戏，似乎主要是为了演给吉尔格拉看，用来促使他的觉悟和转变的。因为这一场戏，性格的东西太少，教训的东西太多了。我想，在这场戏里，如果通过敖其尔、奔巴、吉米洋这类人物，突出一下两个佐的群众互相体贴、互相帮助的精神，而不只是强调他们之间的利害矛盾，教育的意义还可能大一些。第四场即尾声，看来是太单薄了。

你把你的长达四万五千字的剧本当成独幕剧，分为三场和一个尾声，这是不能使人同意的。它实际上是一个三幕剧（如果把第三、第四场并为一场）或四幕剧（如果把第四场充实一下）。就字数说吧，也够得上一个多幕话剧，或者说中型的多幕话剧了。我们现在的独幕剧或多幕剧，有越来越长的趋势，这只能说明作者对生活原料的加工不够，不能认为是正常的现象，我劝你大胆地把你这个剧本称为三幕剧或四幕剧。

从你这个剧本的汉文稿，看出你对汉文有很好的修养。我读的时候，也发现其中个别字句运用得不够恰当。这些地方，我在原稿上随手用铅笔划出来了。定稿的时候，需要在文字上再作一次校订。

剧本只读了两遍，又没有看演出，我提的这些意见不一定对。最好是听过观众的意见，经过深思熟虑之后再来修改你的剧本。

编辑部的同志告诉我，他们在一九五六年新年号上将要发表你另一个独幕剧本，我真感到高兴。亲爱的同志，努力吧！ 就像你的巴特尔所说的那样，"把咱们这辈子碰到的新鲜事都编成歌子"，"像民歌那样流传下去吧！"

紧紧地握手！

一九五五年十二月二十四日于北京

给《金鹰》作者的一封信

金　犁

史料解读

　　史料原载于《剧本》1958 年第 2 期，为一篇书信。作者主要针对《金鹰》一剧在排演时所遇到的问题进行商讨。《金鹰》是一部充满民族特色的话剧，作者认为主要人物布尔固德（即金鹰）的动作性仍需要加强，在剧本规定情景中的贯穿动作需要合理化，只有这样才能将布尔固德拯救家人及家乡人民的主题表达得更生动鲜明。针对这个问题，本文作者提出如下建议：一是修改第二幕金鹰与珊丹定情后的动作。二是第三幕第一场增加金鹰为了报仇，杀死僧格的动作。三是第三幕第二场增加金鹰独自一人，奋不顾身前往王爷府刺杀王爷的动作。此外，剧本中人物的语言虽然吸收了民间习惯用语，但存在缺乏动作性的问题。另外，可以采用经艺术加工后的民间口语来改进翻译味道过重和书面语过多的语言运用情况。

　　该史料以书信形式表达戏剧排演者对该剧的反馈，提出完善布尔固德这一角色的具体建议，体现出作者对该剧的深入思考。

原义

亲爱的朋友，超克图纳仁同志：

　　接读您从遥远的草原寄来的信，充满了对我们排演《金鹰》一剧热情的关怀与信任，这给了我们很大的鼓舞。

当我们初次听到朗读剧本时，便对这个富于民族特色的戏，产生了创造的兴趣。现在，我把排演这个剧本时所遇到的一些问题，提出来和您共同商讨。

最主要的是如何加强剧本主要人物布尔固德（即金鹰）这个人物的动作性，尽可能地使他在剧本规定情景中的贯串行动能合理化。您知道演员导演是非常注意人物的动作性的，尤其是剧本中主要人物的动作性。

原剧中布尔固德这个人物的贯串行动线是这样的：第一幕，他为了反抗王爷及其帮凶，开始了逃亡生活。第二幕，他和珊丹相遇，一见钟情，他告诉珊丹，要回到自己的家乡去找老义父，去为黎民百姓报仇雪恨。第三幕第一场，当他被关在囚车里周游各部落示众时，他向牧民群众揭露王公统治者及其帮凶们的罪恶。他在安思乐和杜桂玛的帮助下逃走了。第三幕第二场，他回到老义父的蒙古包里，向义父告别，又要去找珊丹。第四幕他和珊丹在却日与群众的帮助下逃走。

现在再来探索一下布尔固德的生活愿望是什么，在第二幕中：

　　布：（好像自语）一个人活在世界上，他能够为别人的幸福去受苦，甚至为别人的幸福去牺牲自己的生命，……啊！那该是多么高尚的事啊！

　　布：为了拯救黎民百姓免遭苦难，掉脑袋也是值当的。

这使我们了解到，布尔固德有一种强烈的愿望："为了找到真正自由，公平，幸福的生活。愿和家乡人们一道受苦受难，报仇雪恨。"如果，这不是一时冲动的空洞豪语，就应该变成他在全剧中的贯串动作。布尔固德是一个贫牧出身的青年，父亲和弟弟少布都被王爷的亲信僧格害死，一年多的逃亡生活，所见所闻，使他逐渐不自觉地增长了对统治阶级的仇恨。他想要报仇雪恨的意志更加坚定了。这一切都是可以理解的。问题在于这个英雄复仇的愿望，却仅仅是由人物自己的嘴里说出来。观众听到布尔固德在台上说出那些壮语时，当然迫切需要看到人物的发展，看到他怎样用具体行动来实现誓言。可是，剧本中始终没有给布尔固德以实行他的誓言的机会。反而让他在第三幕向久别重逢的老义父告别，又去找他的爱人珊丹。这样，他在第二幕里对珊丹说过的誓言："回到家乡,找老义父,和家乡的人们一道受苦受难,报仇雪恨"实际上便落了空。这时,会使观众提出:为什么不让这个群众所歌颂赞美的英雄人物行动起来?

谈到这里,必须承认第三幕里,布尔固德在各种威胁、诱骗、酷刑面前,都坚决表现出不会背叛爱他的人民,忠实于朋友,忠实于爱情,那种头可断,血可流,宁死不屈,反抗到底的精神,这是一种了不起的英雄品质。他是蒙古族人民最忠实的儿子,他的反抗行为,反映了当时人民群众的共同愿望。如安思乐和杜桂玛冒着生命危险,救出金鹰时,安思乐对他说:"布尔固德,你好好记住,我不光是为了你一个人才救了你,……草原上有成千上万个屈死的灵魂等着你去为他们报仇,孩子,你的使命重得很,快去吧!"人民对金鹰寄与了何等巨大的希望啊!

我们认为在演出中加强金鹰这个人物的动作性,会使你所歌颂的这个英雄形象更加突现、动人。

在这样的精神下我们作了部分更动的具体处理,不知您以为然否?

(一)原剧从第二幕起金鹰的动作性就削弱了。现在我们确定他的动作是:要在阿公旗探听家乡的近况和老义父的下落,然后再设法回到巴音旗去报仇。(他终于从查干胡那里了解到家乡近况和义父下落)

我们把他和珊丹定情后的动作愿望改成是决定设法回到家乡去报仇,并把老义父接出来,和珊丹一道去到远远的天边,搭起新的帐篷,过自由自在的生活。(这就强调了人物不仅打算回到家乡找到老义父,报仇雪恨,并具体想到复仇之后把老义父接出来和珊丹一道共同生活的理想。)

(二)第三幕第一场:除了让金鹰完成"揭露"的动作而外,我们给金鹰一个重要动作——为了报仇,杀死僧格。让他用自己的行动实现了复仇的愿望。并让他在最后接过安思乐赠给他做护身用的腰刀时,对天发誓说:"我若不为黎民百姓除害,誓不为人!"安思乐舍命救了他,更激起他为百姓报仇除害的决心。

(三)第三幕二场:我们让他在暴风雨的夜里,冒着极大的危险,奋不顾身地独骑一人闯进了王爷府去刺杀王爷。(这个行动可惜是在幕后进行的,当布尔固德逃回义父的蒙古包内,告诉了他的义父,我们才知道他做了这件事,但同样能增加人物的动作性，这是他在三幕一场之后行动新的发展。）

同时，我们确定他回到义父的蒙古包内来的目的是："要赶快把老义父接走。"这样更加强了人物动作的积极性。

我们认为像金鹰这样的人物处在黑暗的王公统治时代，（大约在光绪末年。）采取个人复仇的行动去达到他的志愿是可能的。但如果强调了个人复仇这一点，而没有把他"为黎民百姓"的思想通过舞台动作去表现，人物形象就不够高大。在第三幕里，以金鹰为代表的人民群众反抗王公统治阶级的斗争发展到了高潮，这也是全剧的高潮。所以，我们突出地强调了金鹰和群众血肉相连的关系，我们让牧民群众冒着有被砍头的危险，给金鹰送奶食，送衣服……当金鹰被严刑拷打时，牧民群众们唱起了《金鹰之歌》，愤怒的歌声像海涛般澎湃凶涌，声势越来越大，僧格开枪制止……突然，群众中有一位老妇人大声悲痛愤怒地哭倒在地说："巴依代老爷，你不要再打他了！……"群众爆发了不可抑止的愤怒吼声："不要再打他了！"。僧格在群众的压力下，不得不下令停止用刑。……这样处理是企图表现出牧民群众们用一切可能去支持金鹰，并和他一道向统治阶级作斗争。正如金鹰所说："草原的风吹得我的心肠更硬了，亲人们的热泪给我增加了不可征服的力量。"

亲爱的朋友，关于剧本中人物的语言：我觉得很美，与此剧浪漫主义风格相协调。可是在注意语言动作性，语言性格化，以及运用民间传说故事里习惯用语方面，全剧中有许多好的例子：

如在第一幕里，僧格的语言就写得很好——

僧格：遵照您的命令，打了他六十皮鞭，他就起不来了……。

王爷：我不是叫你们打五十下吗？

僧格：（急忙跪下）禀告王爷，那十下是我给加上的。

王爷：你为什么不执行我的命令呢？

…………

僧格：王爷，我恨桑布。

…………

僧格：谁要是不效忠王爷，他对我来说，就像喉咙里扎的刺一样，我非拔掉它不可。

在巴音王爷祭敖包大会上，因为王爷的摔跤手桑布被别人摔败，使得王爷大怒。桑布虽然六年以来一直保持了王爷的荣誉，但是今天被人家摔败，王爷认为在大会上那么多人面前丢尽了他的荣誉，这就是当时的规定情景，而僧格居然敢擅自更改王命，王爷让他打"五十下"他却打了"六十下"，又在王爷面前装做非常紧张，惧怕而又恭谨的样子表示：为了效忠王爷，宁愿冒着违犯王命，有被砍头的危险，也要去打死那些不能效忠王爷的人。他为什么敢用这种方式去讨好他的主子呢？因为他摸透了主子的脾气，果然，最后王爷明白了僧格的话之后，由暴怒转为高兴要重赏他。这时王爷觉得在他面前的僧格是一条最忠顺而又凶猛的猎犬，谁也比不上像僧格那样"赤胆忠心"地去维护王爷的利益。这时僧格讨好王爷的目的也就达到了。

从僧格的语言动作里，形象地描绘出一个狡猾，会讨主子欢心而又狠毒得像豺狼一样的性格和他那十足的奴才本性。

我们觉得您能够吸收民间传说故事中习惯用的优美语言，但也有在运用时，稍不注意，便脱离剧中规定情景，缺乏语言动作性的地方。

例如：第二幕第二场——

珊丹："你走的时候，我妈妈给你银子作为你放马的工钱，可是你别收它，你就要我们家枣红骒马生的三岁小红马——你把它拿回去好好驯服它，等它的尾巴长到拖地的时候，无论如何也要来看我，我等着你。"

演员念了这段台词觉得很美，但接着就提出了一个问题：珊丹为什么让布尔固德到马尾巴拖地时来看她？

这段话是在珊丹和布尔固德惜别时说出来的，这时他已经知道布尔固德是一个逃犯，并且同情他回自己的家乡去报仇雪恨。对他们俩来说这是一个严肃而又严重的时刻——生离死别将来怎样遭遇很难预知。珊丹多么不希望布尔固德离开她呵！那怕是一秒钟也不要。但是残酷的现实使他们不得不离别，这时她热烈地希望布尔固德马上能回到她的身边来。这就是我们分析珊丹在此地此时的心里的愿望。

那么，珊丹又为什么让布尔固德到马尾巴拖地时来看她呢？据说等到三岁小红马马尾巴拖地需时一年半到两年。（不知确否？）珊丹又为什么让布尔固德一年半到两年之后来看她呢？（全剧中始终没有交待清楚。）作者在采用这段民间传说中的优美语言时，没有在剧中规定情景里找到人物充分的心理根据。因此，当珊丹说出这些话时，不知道她为什么这样说？我们考虑到人物的语言动作："暗示布尔固德回到家乡办完事情以后，能很快地回到自己身边来。"便把这段话改成："你走的时候，我妈妈给你银子作为放马的工钱，你别收它，你就要我们家枣红骒马生的小红马，它会像箭一样把你带回家乡去。"

另外，我们觉得您在语言运用上还有某些翻译的味道和运用书面语过多之处，例如："总之""喜欢与爱之间，有什么区别""徘徊在……""凄楚地""忧郁""不要流那男子汉的珍贵的眼泪吧！"等等。如果不是翻译上的困难，我觉得应该多采用民间口语，然后艺术加工为好。听说草原上的牧民们在日常生活中的语言原是像诗歌一样优美动听。您是生长在草原上的作家，掌握了蒙古语和汉语两种语言文字作为创作的利器。在这方面由于我不懂蒙语又缺乏一般语言常识，故无法提出更具体的意见，以上所谈仅供参考，有错误的地方，希望来信指正。亲爱的朋友，《金鹰》已经在北京演出了，衷心的祝贺您，要是您能看到观众是如何激动的热爱着您的《金鹰》，那该多好啊！

敬祝

健康！

金犁

于 1958 年元月 10 日北京。

论话剧《金鹰》的民族化群众化

马　白

史料解读

　　史料原载于《草原》1962 年第 2 期，为一篇论文。民族化与群众化是我国文学艺术的特色之一。民族化与群众化有利于反映特定的民族历史生活，描写人物的民族性格等；也能充分体现在民族语言、民族艺术形式及表现技巧的运用上。《金鹰》是一部具有民族特色和地方色彩的作品。在内容上，《金鹰》深刻地揭示了民族历史中阶级斗争内容，真实描写了内蒙古的风土人情以及牧民与贵族之间的斗争。在情感表达上，《金鹰》从蒙古族人民特有的思想方式和感情方式出发。在语言上，《金鹰》的语言具有抒情性、形象性和精练性三大特点，在北方普通话基础上融合蒙古族口语，擅用比喻和象征，并且吸收运用了部分古代汉语。在角色塑造上，《金鹰》较多地继承了民族传统，通过富有性格的对话及戏剧性的动作来展现人物性格，同时借鉴并吸收了欧洲戏剧中的抒情独白，并将其与中国的民族传统很好地结合起来。在结构上，《金鹰》主线鲜明，结构简洁，主次分明且有节奏感。该文由《金鹰》出发，讨论了文学艺术民族化与群众化的具体途径：一是深入工农兵生活，在生活源泉中汲取养料。二是向传统学习，同时注意吸收外国文化中的优秀部分。

　　该史料从民族化与群众化的视角切入，以此作为对话剧《金鹰》内容和语言的评价标准，并对如何调整和完善剧本提出建议，史料的批评范式带有鲜明的时代色彩。

一

　　民族化与群众化是无产阶级文学艺术的标志之一。早在一九三八年，毛主席就明确地指示我们："洋八股必须废止，空洞抽象的调头必须少唱，教条主义必须休息，而代之以新鲜活泼的、为中国老百姓所喜闻乐见的中国作风和中国气派。"（《毛泽东论文艺》6 页）我们今天所提倡的民族化与群众化就是毛主席这一指示的具体实践。在去年召开的第三次文代大会上对于文艺的民族化与群众化问题有了较多的讨论，这就因为它关系到文艺能否更好地为工农兵服务的问题，"革命文艺如果不具有民族特点，不在自己民族传统的基础上创造同新内容相适应的新的民族形式，就不容易在广大群众中生根开花。"（周扬：《我国社会主义文学艺术的道路》）就不能迅速为群众所接受。为什么人服务的问题是和如何为的问题密切地联系在一起的，无产阶级文艺的性质决定了它必须具有民族化与群众化的特色。

　　民族化与群众化是相互联系的，它们就是批判地继承旧传统，吸收外来文化中的有用部分，创造与新内容相适应的新形式，从而更好地为工农兵服务的问题。民族化与群众化既是内容问题，也是形式问题。在内容方面，民族化与群众化主要表现为：反映特定的民族历史生活，描写人物的民族性格，民族心理状态和人情风俗等；在形式方面，民族化与群众化主要表现为：民族语言、民族的艺术形式及表现技巧的运用。

　　我国社会主义文学艺术的民族化与群众化，在一九四二年毛主席指出文艺的工农兵方向之后，已经有了初步的成就，在小说、诗歌、戏剧等艺术门类中，民族化与群众化的特色愈来愈显著。内蒙古自治区的文学艺术虽然比较年轻，但由于它一开始就在党的领导下，因之，在它成长与发展过程中，民族化群众化的问题始终为作家艺术家所注意，并取得一定成就，例如纳·赛音朝克图和巴·布尔贝赫等人的诗作。除此之外，我们觉得，在话剧方面超克图纳仁的剧作在民族化方面亦有自己的成就,特别是他的代表作《金鹰》,不仅以特定的蒙族历史生活,浓厚的草原气息吸引人,而且,民族的艺术形式及表现技巧,也赢得了广大读者的喜爱。因之,分析一下《金鹰》的民族特色和地方色彩,它可以显示出内蒙古文学在民族化方面的实绩,也可以帮助我们深入了解内蒙古文学的特点,而且,内蒙古文学是祖国文学百花园中的一朵红花,总结它的民族化的经验,无疑的,对于我国社会主义文学的进一步民族化与群众化会是有益的。

<h2 style="text-align:center">二</h2>

《金鹰》的民族特色的表现之一便是:正确地、深刻地揭示了民族历史的阶级斗争内容,真实、生动地描绘了民族的风俗习惯,风土人情,剧作散发着浓烈的时代气息和草原气息。

《金鹰》是以历史上广大牧民与王公贵族之间的阶级斗争为题材的,它通过广阔的画幅,描绘了王公统治时代的蒙族历史生活。在那个时代里,王爷、巴彦等是最高统治者,他们过着荒淫无耻的生活,为所欲为,专横顽固、粗暴残酷地对待人民。巴音王爷为了要给自己争光,让自己的摔跤手取胜,可以任意杀害牧民,少布就是这样被害死的;因为同样的原因,摔跤手桑布六年来一直以自己的生命作为王爷享乐的工具,而一旦败于牧民少布之手,也被毒打六十皮鞭,濒于死亡。阿公爷为了要夺得布尔固德的爱人,可以明目张胆地下毒计,谋害布尔固德,任性到了极点,残忍到了极点。他们一切都从"我"出发,他们的生活哲学与逻辑便是:世界上的一切都应归属于我,宝贝属于我,爱情属于我,荣誉属于我,一切的一切都非我莫属。你看,布尔固德摔倒了王爷的摔跤手,巴音王爷便要布尔固德从属于他,甚至连他的枣红马也不放过,因为枣红马也跑了第一。在他们的眼中,荣誉的王冠,爱情的项练,只有王公贵族才配披戴的。巴音王爷的一席话便是这种思想的最好表述,他说:"……即便在死后,如果有人走到我的坟墓前说'巴音王爷,你的摔跤手被人家摔倒了……'那我也要立刻冲出坟墓把那个摔倒我的荣誉的人打死。"这真是一个典型的"黑暗的王国"。在这个王国中只允许奴性和顺从的存在,而不允许有丝毫的反抗与不满。但是,蒙族人民是爱好自由的，他们有着坚强的性格，革命的传统。当无理的压迫使他们忍无可忍时，他们便挺身而起，表示反抗了。开始时，他们出于一种直觉，从"蒙古人的良心"出发，对残酷的压迫不满，但是对王爷还有些迷信。由于斗争的深入，事实的教育，他们认识到"天下乌鸦一般黑"的道理，于是对于王公统治的反抗愈来愈坚决，愈来愈彻底了。布尔固德是他们的代表，人民以无限的深情与关切帮助他，支持他；布尔固德与人民在一起对统治阶级作着艰苦而顽强的斗争。但是，总起来说，这种反抗是自发的，缺乏组织的，因之，没有得到彻底成功。

剧本《金鹰》所反映的这一段蒙族的历史生活，是以一定的历史事实作为基础的，虽然这一事实并未列入历史记载。但是，我们知道，在历史上蒙族人民曾经有过无数次风起云涌的反抗暴君、反对封建统治的群众运动，在解放以前，较为普遍的是"独贵龙"运动，几乎席卷了内蒙古绝大多数的盟旗。《金鹰》所反映的这一历史生活，与这些史实是本质上相符的，因之，它是带有民族特点的。

当然，对于民族化、群众化来说，并不是客观地记录民族生活，更重要的是以无产阶级的观点和方法来认识、评价并反映特定的民族历史生活，揭示它的阶级斗争内容，正如列宁所说的："如果我们看到的是一位真正伟大的艺术家，那末他就一定会在自己的作品中至少反映出革命的某些本质的方面。"（《列宁论文学与艺术》第一卷，页 281）

超克图纳仁同志在《金鹰》中不仅描写了蒙族人民的斗争生活，而且是从无产阶级的观点出发，以无产阶级的思想与方法来反映与描绘这一切的。超克图纳仁同志通过以布尔固德为代表的广大牧民与王公贵族斗争的故事的描绘，集中地暴露了蒙族统治阶级的暴虐，残酷与贪婪，揭露了反动社会的罪恶，真实地表现了在黑暗的年代里蒙族人民的悲惨遭遇，同时，也歌颂了蒙族人民的英勇不屈的斗争，反映了他们渴求过自由、幸福生活的愿望。于是，特定时代的蒙古民族内部的阶级斗争面貌便真实地呈现在读者面前，从而，作品显示了阶级斗争的民族特点和历史特点。这是真正意义上的民族化。《金鹰》可喜的成就的首要标志，正是表现在这里。

与揭示特定历史时期的阶级斗争内容相联系，剧作所描绘的草原风光，蒙族地区的风土人情,也给作品增添了不少民族特色及地区色彩。我们为这一幅幅充满着草原气息的民族风俗画所吸引:在无垠草原上,排列着整齐的"敖包",在"敖包"上随风飘动着红绿色的彩绸和雪白的"哈达"。随着吹乐手吹奏的悦耳的乐声,摔跤和赛马的节目开始了,于是草原上扬起了灰尘,响起了马鞭声。草原之夜是更为迷人的,在明月当头,芳草接天涯的夏夜里,男女青年在旷野里互相表达着自己最美好的情意,于是,蕴藏着深沉的感情的缓慢的马头琴声和粗犷雄浑的歌声从四处传了过来。与此同时,还飘来阵阵马奶的香味……。在这些诗情画意的场面出现之后,我们还看到了王爷和福晋太太正坐在华丽的帐篷里,和"梅林"、大喇嘛等围着丰盛的酒宴,喝酒享乐,把摔跤当作自己取乐的工具;看到了在破旧的蒙古包里,微弱的灯光下,孤苦伶仃的寡妇和衣衫褴褛的老牧民正在哭泣和怨恨;阿公爷强迫珊丹和自己结婚,民族形式的婚礼开始了——妇女和青年都穿着色彩鲜艳的衣服带着礼品陆续走进蒙古包,丰盛的酒席摆上了,为新郎新娘祷告的喇嘛也已经来到,歌声唱起来了——这一切都是阿公爷的无耻与贪婪的明证。人民用歌声来颂扬为自由而斗争的英雄……。这一幅幅民族风俗画的色彩是多么鲜明,草原气息是多么浓郁与强烈!正是通过这些色彩鲜明的民族生活画面,揭示了蒙古民族特定历史时期的阶级斗争内容。

三

俄罗斯杰出的革命民主主义批评家别林斯基在谈到文学的民族特点时说:"一个真实的俄国诗人能够不是一个俄国的诗人吗?他之所以是俄国的,难道仅仅在于出生地,而不在于精神、思想、情感方式等等方面吗?……"(《别林斯基论文学》,新文艺出版社,页71,重点引者所加)一部真正民族化的文学作品它不可能不反映出民族特有的思想方式及情感方式。我们觉得,《金鹰》民族特色的第二个方面正是表现在这里。

按照毛主席的正确论断,"中华民族不但以刻苦耐劳著称于世,同时又是酷爱自由、富于革命传统的民族。"(《中国革命和中国共产党》。《毛泽东选集》第二卷,页 593)蒙族正是这样的一支酷爱自由与富于革命传统的民族。他们反抗压迫,反抗残暴,追求真理。追求幸福,对未来永远充满信心;这种民族的精神与思想——反抗黑暗的坚强意志、追求自由与幸福的善良愿望与高度的乐观主义——反映在文学艺术中便成为浪漫主义精神的表现;这种浪漫主义象一条红线贯串在整个蒙古族文学的发展史中。我们只要举出《江格尔传》与《格斯尔传》就足以说明这一点。这两部作品都是英雄史诗式的,在内容上都表达了人民的美好理想,歌颂了人民的智慧与力量,而且都以大团圆结尾,表现了高度的乐观主义;在艺术上,都以夸张的手法塑造了传奇式的英雄,因之具有神话色彩及传奇色彩。在蒙族古代文学中,这样的作品不在少数,《江格尔传》和《格斯尔传》只是它们的代表而已。这不能不说是与蒙族人民的心理特征、思想方式、情感方式有关的。我们高兴地看到,蒙族古代文学中的优秀传统在《金鹰》中得到了继承,蒙族人民特有的思想方式及情感方式在《金鹰》中烙下了鲜明的印痕。

作者把人民的理想与愿望赋与正面英雄布尔固德,把他作为人民的代表与统治阶级进行斗争,着重地表现他在斗争中巨大的毅力和顽强的意志,最终以个人式的反抗战胜了遍地都是的统治阶级的黑暗统治。这里已经包含了某种程度的传奇性。特别是布尔固德和珊丹的爱情遭遇,使剧作平添了一层浪漫主义的轻纱。把马神化,人化,使它具有无穷的力量,从而体现人民的善良愿望与美好理想,是蒙族古代文学中常用的手法,例如在《江格尔传》中,我们就可以看到这样一段以夸张的笔法和深厚的情感来歌颂坐骑的驰骋的描写:"当它跑起来的时候,前两只腿迈出了半天的路程,后两只腿却落在整天的路程上;它鼻子里喷出来的气,吹得青草东倒西歪,扬起的沙土变成了云雾;它踏出的脚印象个旱井,四蹄卷起的泥土象脱弦的箭般向相反的方向呼哨着飞去。"在英雄史诗中,它们往往和英雄人物一样,都带有传奇性,占有同等重要的地位。在《金鹰》中,马的形象在表达人民的思想感情、增加作品的传奇性上,也是极为重要的一个因素。例如,我们看到:当布尔固德在珊丹家中已经暴露了自己的逃犯身份,将要回家乡去"和自己家乡的人们一同去受苦受难,去报仇雪恨"时,珊丹除了和他订下山盟海誓,送他一只笛袋以表出心意之外,还特地嘱咐布尔固德说:

"你走的时候,我妈妈给你银子作为放马的工钱,你别收它,你就要我们家枣红骒马生的小红马,它会象箭一样把你带回家乡去。"实际上,布尔固德与珊丹的美满结合也是在部份地得到马的默默的帮助之下才实现的。在这里,马的形象对于增加作品的浪漫主义色彩是起着一定作用的。故事的圆满的、传奇式的结局更加显明地表现了蒙族人民的思想特征。在珊丹被迫与阿公爷结婚的时候,布尔固德和寄父希日赶到来了,希日假扮成喇嘛,进入珊丹家,借口属蛇、鸡、兔的三种人一律回避,把阿公爷的爪牙嘎拉僧等人支使开,然后引进布尔固德,让他们骑着枣红马,走向自由天地。他们的愿望终于得到了实现。在这里,一方面通过大团圆的结局,表达了蒙族人民渴望过自由、美满生活的善良愿望,表现了他们的乐观主义;另一方面,在这传奇性的结局中,也歌颂了蒙族人民的机智与智慧。在歌颂人民的智慧方面,又不禁使我们想起《巴兰森格》及《巴拉根仓的故事》来,这两部蒙族作品中所描写的牧民对于统治阶级的嘲弄与摆布,难道不正是和《金鹰》有着某些内在的联系吗?

第三幕第二场追兵搜捕布尔固德,希日尽情地倾泻自己的愤懑与怨恨那一场,也在增加作品的浪漫主义色彩上起着重要的作用。

总之,从《金鹰》中,我们可以窥见蒙族人民所特有的思想方式和感情方式;这是我们读着作品时感到亲切的一个重要因素。

四

民族特定历史时期的阶级斗争内容是在人与人之间的矛盾、冲突中揭示出来的,民族特有的思想感情也只有在人物形象中才有全面而集中的表现,因之,对于民族化、群众化来说,中心课题便是民族性格的刻划。我们说,《金鹰》的最大成就也正是在这里。

《金鹰》成功地塑造了一些具有民族特性的性格,例如慓悍、刚强、英勇的布尔固德,聪慧、热情的珊丹,忠厚、机智的希日,纯朴、善良的查于呼,等等,不论是他们的谈吐、风貌,还是爱好、习惯,都鲜明地带有蒙族人民的特征。

我们首先从作品所歌颂的正面英雄布尔固德谈起。布尔固德是一个穷苦的牧民，他一直受着统治阶级的压迫，自小养成了倔强、耿直的性格。父亲及好朋友少布的先后被害，更增加他反抗统治阶级的思想。开始时，他只从一个蒙古人的良心出发对统治阶级表示了不满，他对王爷说："王爷象这样糟蹋黎民百姓，你不会得到幸福的。你掌管着巴音族，你是我们的头人，我们都尊敬你，都得听你的命令，为了你的荣华富贵，我们毫不迟疑地去死。但是……我的王爷，我的良心，一个蒙古人的良心……如果你要剥夺我的良心，那比登天还难！"这一段话概括地反映了蒙族人民爱好自由，追求真理的优秀性格。由于阶级斗争事实的教育，他处处看到一幅幅血泪交织的阶级斗争生活面，认识到"哪儿都有统治者豪华的生活，遍地都是黎民百姓辛酸的眼泪"，由于，阶级的意识觉醒了，崇高的信念产生了，他要"和自己家乡的人们一同去受苦受难，去报仇雪恨。"蒙族人民所固有的刚毅、顽强的性格使他即使在危及生命时依然不向统治阶级低头，他替黎民除害，杀死了僧格，也曾经去暗杀过王爷。头可断，血可流，志不能屈，这是他的誓言；这种反抗到底的精神集中地表现了蒙族人民的英勇、顽强的品格。他在和统治阶级作斗争时，始终和人民站在一起，受到他们的支持，虽然由于时代的局限，他没有去自觉广泛地、积极地发动群众，以一个集体的力量向残暴统治的堡垒冲击。布尔固德不仅刚毅、顽强，而且还是一个感情十分丰富的人，象所有蒙族人民一样，他讲义气，重感情，特别是他对珊丹的始终不渝的爱情，完整地反映出了他的优秀品质。因之，我们说，布尔固德的形象是建筑在蒙族人民基本性格的基础上而又赋与了蒙族人民美好理想的形象；布尔固德的形象概括地反映了蒙族人民从自发到自觉反抗的过程，在他身上带有蒙族人民特定历史阶段阶级斗争的痕迹。

作为广大牧民代表出现在剧中的是正直、善良的希日，坚贞、热情的珊丹和纯朴、可爱的查干呼，他们从各个方面显示了蒙族人民的优秀性格。特别是查干呼的形象，不难使我们想起无数生活在草原上的善良的牧民，他的心地是如此善良与纯朴，甚至纯朴到区别不开"爱"与"喜欢"的界线。他热恋珊丹，便爽直地向珊丹表示了自己的心意：

查干呼：珊丹，珊丹……

珊丹：你这是做什么呀？

查干呼：(所问非所答地)珊丹，你的微笑多叫人喜欢……

珊丹：哎，又来了，又来了！（欲下）

查干呼：(拦住)珊丹，你让我说几句话呀！

……

查干呼：你酿的马奶酒比冰糖都甜，总之你的一切我都爱。

珊丹：你倒很诚实。

查干呼：(极兴奋地)你爱我吗？

珊丹：我倒也挺喜欢你。

查干呼：珊丹，你……(靠近珊丹)

珊丹：(站起来)只是喜欢你。(急走下)

查干呼：唉——！什么叫"喜欢"，什么叫"爱"？

……

　　这一段富有生活气息而又颇为风趣的对话把查干呼那种热情、单纯的可爱性格栩栩如生地展示了出来。查干呼的可爱正是在于心地的善良，虽然他得不到珊丹的爱情，可是他一直深深地保持着这种美好的感情，他对布尔固德说过："她说，她只喜欢我，而不爱我。我倒希望她能幸福。象她这样的好姑娘只有象金鹰那样勇敢、坚强的人，才配做她的丈夫……"。当他一旦发觉珊丹爱的是布尔固德时，他曾产生过妒忌及怨恨的想法，甚至于想杀死布尔固德，可是，他又爽直而近乎幼稚地把自己的这些想法向布尔固德吐露了，而且和布尔固德交了朋友。是什么促使他这么做的呢？是蒙族人民所固有的爱真理与正义的信念。查干呼的可爱不仅在于善良与纯朴，也在于他热爱正义，是非分明。他懂得金鹰——布尔固德对于统治阶级的反抗是代表人民的心愿的，因之，他深深地热爱金鹰，愿意以全力支援他。他对当时改名为少布的布尔固德说："少布，有那么一天，你真的找到了金鹰，你就告诉他说：阿公旗有一个放马的小伙子，他叫查干呼，总有一天他也来找你，愿意在各种艰苦凶险的遭遇里，在枪林弹雨里保护他……"。正因如此，他不仅不恨布尔固德，而且一直为促成布尔固德与珊丹的结合,尽着自己一切的力量,作着努力,甚至于在危及自己的生命时也不惜牺牲自己。心灵是多么崇高,思想是多么纯朴,心地是多么善良! 这是一个典型的青年牧民的性格。

超克图纳仁同志不仅成功地塑造了一批集中地反映蒙族人民优秀品质的正面人物形象,而且,他所刻划的反面人物形象也有着鲜明的民族特色。例如巴音王爷的愚蠢、残忍、贪婪、任性,专横、顽固,僧格的阴险狡猾,厚颜无耻,等等,这一切都带有牧区上层阶级的特点。这里,我们只以僧格的形象为例来说明一下。僧格是统治阶级的走狗,但他并不是一般的统治阶级的走狗,而是牧区的封建、奴隶主的走狗,因之,他的奴性更为十足。僧格的奴才性在这段对话中得到了淋漓尽致的揭露:

巴音王爷:把桑布押走了没有?

僧格:没有。

巴音王爷:为什么还没把他押走?

僧格:遵照您的命令,打了他六十鞭,他就起不来了……

巴音王爷:我不是叫你们打五十下吗?

僧格:(急忙跪下)禀告王爷,那十下是我给加上的。

巴音王爷:你为什么不执行我的命令呢?

僧格:我的尊贵的王爷……

巴音王爷:你说,你为什么要这样做?!

僧格:王爷,我恨桑布。

巴音王爷:为什么?

僧格:谁要是不效忠王爷,那么他对我来说,就象喉咙上扎的刺一样,我非拔掉它不可。

巴音王爷:(喜形于色)僧格,你很聪明,以后重赏你。

僧格:札。

巴音王爷:起来吧。

(僧格站起来。)

巴音王爷:(指吃剩的肉)把这个给我的乐师们拿去吃吧。

僧格:(急忙端起盛肉的盘子)札。

喂,王爷赏给你们的,拿去吧。

僧格的奴才相正是表现在这里:对上奉迎、吹捧,竭尽阿谀、献媚之能事;对下则欺诈盘剥,毫不留情,做尽了伤天害理的坏事。这样的性格正是封建、奴隶制的产物。

创造出一批具有较为鲜明的民族特征的性格,是《金鹰》民族化、群众化上的最大成就。

五

《金鹰》中民族语言的成功运用,是使作品具有民族化、群众化特色的另一个重要因素;这方面的成就也不能忽视。

民族性格的刻划是和民族语言的运用分不开的。综观全剧,我们觉得,超克图纳仁同志在《金鹰》中所使用的语言具有三大特点:抒情性、形象性和精练性。所以使语言具有这样的特点,是超克图纳仁同志努力学习人民口语的结果,是从人民口语中提炼,经过艺术加工而成的。要学习人民口语,这一点毛主席很早就指示过,他说:"人民的语汇是很丰富的,生动活泼的,表现实际生活的。"(《反对党八股》)要创造具有民族特征的人物形象,很大程度上要依赖于这种人民口语的学习与运用;《金鹰》所以能真实地反映了蒙族的历史生活,塑造了一批民族性格,和运用人民口语是分不开的。《金鹰》是以汉文写成的,它所使用的基本上是北方普通话的基本词汇和基本语法,但是,由于超克图纳仁同志恰如其分地运用了一些蒙族人民的口语,因之,使剧作增添了不少的地区特色及民族特色。例如阿公爷的管家嘎拉僧在向珊丹的母亲提亲时,就这样说:"公爷昨天又对我说了一次:他看中了你家的那朵鲜花……","我们的阿公爷眼下多么需要一位贤惠的'福晋'夫人啊!他就象牧羊人需要猎犬,嗯——象青草需要雨水和阳光,更好比一把钢刀需要刀鞘一样……"。珊母厌恶地回答他:"你这只乌鸦赶快给我飞去吧!这里没有你吃的肉。"又如在第二幕第一场中,姑娘们取笑查干呼，查干呼半恼怒地对姑娘们说："你们这帮花脖子喜鹊。"可以看出，这是超克图纳仁同志从人民口语中提炼出来的。人民口语的特点是形象而生动，它能具体地描绘某一事物，特别是蒙族人民的口语，更擅长于比喻和形容，善于通过某一具体事物去说明另一事物，适当地运用这些口语便能使形象更加鲜明。超克图纳仁同志的文学语言的抒情性、形象性、生动性的源泉正在于此。除此之外，在《金鹰》中，还有不少地方成功地运用了蒙族民间的成语，如珊丹的母亲知道布尔固德的逃犯身份后便要布尔固德离开她的家，她不收留他，不告发他，但也不主张他去杀害贵族王爷，她说："狼吃羊，羊可怜，猎人打死狼，狼也可怜，你也赶快逃跑吧！"这一成语确切地表现了她处于中间立场的思想和温情主义的态度。《金鹰》中还适当地使用了蒙古语汇，这些主要用于称呼上。如把管家叫做"巴依戴"，把协理叫做"图斯勒其"，把手艺匠叫成"达尔罕"，把富翁叫成"巴音"，等。这些称呼的使用对于真切地表现蒙族人民的生活，增加草原气息是有好处的。当然，应该适当有所控制，过多的使用蒙族语汇达到了使人难以理解的地步，那就不妥当了。总的看来，《金鹰》在这方面的运用还是成功的，因之，对于增加民族特色是有所帮助的。

此外，《金鹰》还吸取了古代汉语中有生命的部分，使自己的文学语言除了抒情性及形象性之外，又增加了精炼性的特色。我们知道，我们古代汉语的优点就在于言简意赅，精炼、严密，恰当地加以运用，会使作品增加不少民族特色。例如，嘎拉僧企图挑拨离间，破坏布尔固德与珊丹之间的爱情，曾在珊丹面前造谣说布尔固德已另有爱人，劝珊丹嫁给阿公爷，他对珊丹说："傻孩子，人心隔肚皮呀，你不是他肚子里的蛔虫，怎么会知道他心里想的什么呢？真是'痴情女子负心汉'啊！嗳，行了，别想他了。""痴情女子负心汉"，短短七个字便把嘎拉僧的意图表明了。汉语中的成语在《金鹰》中也被用来描写特定事物，例如，当王爷的爪牙僧格在逼迫布尔固德在笛袋上写血书表示拒绝珊丹的婚约时，嘎拉僧乘机拾得了笛袋，伪善地过来劝说僧格，他说："何必生这份闲气呢？布尔固德现在就象面团一样握在你的手里，你要把它捏成什么样，就是什么样。哎，要说你也真是'智者千虑，必有一失'啊！既然有了这个东西（指笛袋），你何必再逼他写那份血书呢?"在嘎拉僧口中说出"智者千虑,必有一失"这一成语,活现了他的老奸巨滑的嘴脸。对于这些语言的运用,就使得《金鹰》的语言具有精炼的特点,这和全剧的风格是一致的。

超克图纳仁同志还运用五四以来的新文学语言来表现诗情的、细致的、起伏如潮的感情。在月光如泻的长夜里,珊丹和布尔固德初次表露了自己的爱情,当时,在珊丹的眼中世界该是多么美好呵!她深情地对布尔固德倾吐着自己的感受:"你看那边,天上的星星照在河水里,多象一条嵌满珍珠的头戴呀!翠绿的草原又多么象金丝绒的服装啊!(略顿)我怎么想到它象一个打扮得非常漂亮的新娘呢?你说象吗?"这样的语言对于表现一个少女的思想感情是多么合适啊!

总之,超克图纳仁同志在运用民族语言上是较为成功的,通过这些语言的运用,一方面有效地创造了具有民族性格特征的人物形象,另一方面也增加了作品的民族特色。但是,从严格要求看来,还有某些不足之处。所谓不足,主要是指在运用蒙古语汇、古代汉语、五四以来的新文学语言时,尚未能熔三者于一炉,构成一个风格一致、情意一致的统一体,在某些地方尚未做到"天衣无缝",而还留有斧凿之痕,这是尚待进一步努力的。

六

在塑造人物形象的方法上,《金鹰》也较多地继承了民族传统。中国传统的文学作品在塑造人物形象上较多地通过对话与行动来刻划人物性格,特别是在戏剧作品中动作性更强。这是与中国民族的心理习惯有关的。《金鹰》也是如此,它也较多的通过富有性格的对话及戏剧性的动作来展示人物性格。例如,上面我们曾谈到过,查干呼和珊丹那一段极为生动的对话,多么淋漓尽致地刻划了查干呼的善良、单纯、热情的性格,这是通过对话刻划性格的一个成功的例子。而查干呼的性格,另一部分则是从他的行动中自我展示出来的。查干呼的性格在第四幕中有全面的描绘,查干呼为了帮助珊丹脱逃、去找布尔固德,爽然地把自己的马借给珊丹;而当追兵来搜捕珊丹时,他又主动要求掩护珊丹,把自己装扮成珊丹模样，向另一方向走去，以迷惑追兵的视线；最后，他冒着危险把伪装成喇嘛的希日引进被王爷严密监视的珊丹家，才使布尔固德和珊丹得以逃出重围，走向自由天地。在这一些事件的过程中，作者把查干呼的性格逐步地揭示，直到塑造成完整的查干呼形象为止。由此可见，较多地通过对话及行动来刻划性格是超克图纳仁同志描写方法上的一个特点。

在塑造人物形象、刻划性格上，超克图纳仁同志还继承与运用了蒙族民间文学中的讽刺、对比的描写方法。我们知道，在《巴拉根仓的故事》、《疯人沙格德尔的故事》等作品中，在揭露统治阶级的丑恶与愚蠢时，往往使用这种讽刺、对比的描写方法，一针见血地把反动统治者的本质揭示出来。这种方法在《金鹰》中也有成功的运用。在第三幕第一场中，僧格押解布尔固德至半途中宿于牧民家中时，他向下层下命令：不许喝酒，不许跟女人睡觉。谁要是违抗命令，出了事情，就地砍头。他刚下完命令，回过头来，走进蒙古包便调戏都桂玛，企图污辱她。这难道不是巨大的讽刺吗？冠冕堂皇的命令与卑贱下劣的行为之间有着多大的矛盾，前后的对比，就把统治阶级的丑恶本质深刻地揭示了出来。毫无疑问，《金鹰》中的这种写法，和蒙古民族、民间文学中的讽刺、对比的描写方法是有着某种渊源关系的。

但是，民族化并不仅仅指的对于民族传统的继承。民族化并不排斥对于外国文化中的有用的东西的吸收；要确切地说，民族化的主要内容便是吸收外国文化中的有用的东西，融会贯通，使之成为我们民族自己的东西。话剧艺术是从西洋传来的，它必须和中国的民族传统相结合，在中国人民的生活土壤上生根开花；既是如此，对于它来说，一方面要继承中国民族、民间戏剧的优秀传统，同时也要继承欧洲优秀话剧的传统遗产，作为我们创造无产阶级新文艺的借鉴。可喜的是，我们看到，超克图纳仁同志正是朝这样的方向努力的。在《金鹰》中，超克图纳仁同志一方面继承民族传统，较多地通过对话及行动来刻划性格，另一方面则学习与吸取了欧洲戏剧中直接揭示人物内心世界的方法，并且把两者很好地结合了起来。这里所谓直接揭示人物内心世界的方法主要指的是抒情独白。抒情独白在中国传统戏曲中不是没有，但在欧洲戏剧中有着更多的运用。抒情独白的长处就在于它能把人物的内心世界赤裸裸地、直接地呈现在读者面前，也能够加强剧作的抒情性。《金鹰》的抒情因素，与这种表现方法是分不开的。在第四幕第二场，珊丹被迫与阿公爷结婚，失去了自由，但是她的心依然向着布尔固德，作者就运用抒情独白来表现她内心的焦急不安以及对爱情忠贞不渝的态度："苦啊！我的命有多么苦啊！我好象是掉进陷阱里的鹿一样，有灵巧的四只腿也难逃出这龙潭虎穴。人为什么不象小鸟儿那样长上翅膀呢？（稍停）老天爷，老天爷呀！你给了我多么可怜的命运啊！难道说我前世做过杀害生灵的横事吗？罪过……罪过……我所受的折磨怎么也抵得上我的罪过了！（稍停）老天爷呀，用您的神力，带给我布尔固德生死存亡的准确的消息吧！好解除我的疑虑……他要活着，我也活着，他要死了，我好快去找他……"。这一段感情洋溢、激动人心的独白顿时使珊丹的形象高大起来。不借助于这种方法，把观众迫切需要了解而又隐藏于主人公内心深处的珍贵的思想揭示出来，直接呈现在观众面前，就会妨碍观众对主人公的深入了解，会有损珊丹形象的完整，因之，抒情独白是刻划性格的一种极为重要的方法。在谈到抒情独白时，我们最不能忘怀的是第三幕第二场，追兵搜捕布尔固德时，希日那一段震撼人心的，充满愤怒与仇恨的抒情独白：

希日：我那屈死的孩子啊！你死的屈，死的冤，你死的太可怜！你别再呻吟，别再叹息，施展你的魔力，向那杀人的凶手报仇雪恨吧！

（隐隐的雷声）

……

希日：你听，雷声响啦。（雷声）……屈死的冤魂们，施展你们的威力吧！让那巨雷劈死他们吧！……让那暴风骤雨变成利剑，刺穿他们的胸膛吧！让那山洪暴发吧，淹没这个黑暗的世界，把那些行凶做恶的家伙，一齐吞掉吧！（此刻雷声、雨声、风声交织在一起，真如鬼哭神嚎之状）……孩子，仇人就在我们面前，用巨雷劈死他们吧！（巨雷）……劈吧！（巨雷）……劈吧！（兵士甲、乙同时卧倒）……再来一下，对准他们劈吧！

这一段独白，气势的磅礴，感情的充沛，音调的高昂是可与诗剧媲美而毫无愧色。这样的抒情独白，完全是希日形象本身的要求，是运用得恰到好处的。读着这样的抒情独白，我们不禁想起莎士比亚的名作《李耳王》第三幕第二场中李耳王的独唱和郭沫若《屈原》中的屈原的雷电颂，其气势，其音调，是何等的仿佛！我们这样的说法并不是在证明《金鹰》是对于《李耳王》及《屈原》的机械的模仿，而只是想说明：《金鹰》是吸收了欧洲优秀话剧的某些长处的，同时，也是继承了五四以来的话剧的优秀传统的。这样的结论可能不至于出于过分的武断。总之，超克图纳仁同志是不拘一格的，他把欧洲话剧中的有用的部分和中国民族传统有机地融合，浑成一体，成为崭新的、具有民族特色的中国话剧的一个部分。

七

《金鹰》的情节结构以简洁、紧凑见长，和中国传统戏曲的结构特点是基本一致的。中国传统戏曲情节结构上的特点是：主意鲜明、脉络清楚、组织严谨，这也就是清代戏剧家李笠翁所说的"减头绪，立主脑，密针线"。因之，优秀的古典剧作往往矛盾集中，主题突出，人物性格解明。《金鹰》也具有这样的特色。

它的主线非常鲜明：一边是作威作福的王公贵族；一边是以布尔固德为代表的、从苦难中挺身而起作着斗争的广大牧民。布尔固德与珊丹的爱情遭遇作为主线的分支而存在。全剧共分四幕，在第一幕中，作者对人物关系作了必要交代后，便迅速地揭露矛盾，展开故事情节：布尔固德怒打僧格，王爷命令追捕，于是，布尔固德被迫流浪他乡。第二幕第一场从查干呼向珊丹求爱写起，然后再引出布尔固德，这种写法有很大好处，一方面在结构上显得紧凑，另一方面，一张一弛，从紧张到松弛，为以后剧情的再度紧张准备了条件。此外，嘎拉僧这一线索的出现也为布尔固德遭到新的迫害埋下了伏笔。紧接着，第二幕第二场便是布尔固德遭到阿公爷的迫害。第二幕之重要就在于它显示了：到处都是阶级压迫，天下乌鸦一般黑的事实。第三幕中，布尔固德与王公统治者的斗争达到了高潮。在这里，作者并不是单纯地表现斗争的尖锐，而是通过斗争的事实，一方面揭露统治阶级的丑恶面貌，另一方面则表现人民与布尔固德的同心同德；而这种同心同德也正是布尔固德和珊丹最后能如愿以偿、美满结合的原因；

因之,这一幕也为第四幕剧情的发展奠定了基础,是它的必要前提。第四幕第一场又是一个松弛,从札巴和查干呼打猎写起,这种松弛是为以后剧情的急转直下的发展做准备的。接着就引出珊丹的逃奔与嘎拉僧的追捕,这是写珊丹的这条线索;到第二幕,引出布尔固德,两条线索合而为一,矛盾得到暂时解决,剧情到此解决。从上面的概述中我们可以看出:幕与幕之间、场与场之间的衔接非常紧密,剧情发展的脉络甚为清楚,主次分明而且有节奏感,组织也比较集中。结构的原则是以人物性格的发展及事件的冲突为叙述的逻辑顺序,因之,显出结构上的单纯与清晰的特点。当然,《金鹰》在情节、结构上的特点,不仅和中国传统戏剧的转点相符合,同时,也是吸取了欧洲戏剧结构上的某些长处的。

八

上面我们粗略地考察了《金鹰》民族特色的几个主要方面。从这里我们可以看出超克图纳仁同志在努力实践文艺的民族化、群众化上是取得了一定成就的。当然,这并不是说,《金鹰》在民族化上已经达到了顶峰,已经没有任何可以再继续努力的地方;也不是说《金鹰》民族特色的几个主要方面所达到的成就,是并驾齐驱的,并没有任何的高低之分。不是的,正象我们曾经指出过的那样,如果进一步努力的话,《金鹰》的民族化、群众化的成就会更大一些。但是,这并不能否定,就目前的状况来说,在内蒙古文学创作中,《金鹰》的民族特色是较为显著的,成就是较为突出的。因之,对它作一定的评价与分析是有必要的。

在粗略地考察了《金鹰》的民族特色之后,自然还会产生一个问题:《金鹰》的民族特色是如何获得的? 说明这样一个问题,也不是毫无意义的,因为它涉及到贯彻与实践民族化、群众化的具体途径问题;而且,超克图纳仁同志的创作经验足够供我们解答这一问题。因之,我们在最后来对这一问题作一简单的阐述。

前面我们说过,民族化、群众化是无产阶级文艺的一个标志,民族化、群众化的目的就在于以人民大众所喜闻乐见的艺术形式去反映人民群众的生活、思想与感情,以期更好地为工农兵服务;因之,为什么人服务的问题是与如何为的问题密切地结合在一起的。要想创作出具有鲜明的民族特色的作品,首先就要自觉地贯彻文艺的工农兵方向,把自己的作品服务于工农兵,服务于社会主义事业。这是作品具有民族特色的基本前提,这一前提是极为重要的。在解决这一前提之后,那末,具体途径何在呢?从超克图纳仁同志创作《金鹰》的过程和经验来看,途径不外乎两条:一条是深入工农兵的生活,在深入生活的过程中培养工农兵的思想感情,同时,也在生活源泉中吸取养料,发掘素材,学习人民的语言,学习民间文艺的艺术形式及其表现技巧。超克图纳仁同志所以创作了具有较为鲜明的民族特色的作品,和这一点是分不开的。在《金鹰》的后记中,他曾提到,他在锡林郭勒盟体验生活时听到不少牧民讲述过去年代中反抗王公统治的斗争故事,"这些可歌可泣的斗争生活激动了我,使我产生创作欲望,于是我写了《金鹰》"。由此可见,离开了工农兵的生活,要想创作出为人民群众所喜闻乐见的艺术作品是不可能的。

另一条道路便是向传统学习。"我国文学艺术有几千年的传统,积累了丰富的创造经验,形成了自己长期流传的民族形式和风格。"(周扬:《我国社会主义文学艺术的道路》)只有批判地继承传统,创造与新内容相适应的形式才能更好地为工农兵所接受、所欢迎。除此之外,还要大量吸收外国文化中于自己有用的东西,改造,融化,使之具有民族色彩,成为本民族的东西。超克图纳仁同志曾自述在创作《金鹰》时,他曾有意识地学习了法国浪漫主义戏剧及郭沫若的剧作,吸取与借鉴了其中某些长处。由此可见,《金鹰》之所以能较为深刻地反映蒙族历史生活,受到读者的普遍喜爱,是和它继承旧传统、吸收外国文化中的优秀部分,是分不开的。

我们相信,在作家和艺术家不断向生活学习,向民间学习,不断继承民族遗产、吸取外国文化优秀传统的过程中,将会出现一大批具有鲜明的民族特色的优秀作品。丰收在望,《金鹰》只是吉兆而已。

一九六一年十一月二十九日

京剧《草原烽火》观后

黄克保

史料解读

　　史料原载于《戏剧报》1963 年第 10 期,是一篇观后感。从艺术上说,《草原烽火》的题材、尖锐的戏剧冲突、鲜明的人物为京剧演出提供了有利条件。该文详细评论了《草原烽火》的第一场和第二场。第一场通过简洁的开场拉开了冲突的序幕,奠定了戏剧的风格基调。第二场是将原本分散在小说中的几处剧情进行集中处理。在这一场中,主要人物大部分都已出场,并展现了其性格特点。出演这部戏的演员也以精湛的演技将人物塑造得极为生动。该文还提到了由《草原烽火》衍生出的问题,即京剧如何准确地反映少数民族的生活特点,在这一问题上,需要深入少数民族的生活,了解其生活习惯和风土人情,只有这样才能更好地完善京剧表现。在如何既保留京剧原有特点又突破旧形式局限的问题上,作者建议把主要力量放在突破旧形式、发展新形式方面。

　　该史料聚焦北京京剧团对乌兰巴干的小说《草原烽火》进行改编,以京剧的形式展现蒙古族人民斗争生活的历程,高度肯定北京京剧团在解决京剧旧形式与新内容的矛盾方面做出的巨大努力。

原文

京剧《草原烽火》，是北京京剧团于继《智擒惯匪座山雕》以后 1960 年演出的又一出现代剧目。辍演三年，最近又重新演出，自不免有些生疏，一些早已感到的缺点也来不及进行修改，但演来仍很动人。

《草原烽火》原是乌兰巴干同志的优秀长篇小说。写的是在抗日战争时期，内蒙古科尔沁草原的奴隶和牧民，在党的领导下向封建王爷及其主子日本帝国主义者展开的一场尖锐斗争。这是一首描写奴隶翻身斗争的英雄诗篇，也是一曲歌唱蒙古族、汉族两族人民战斗友谊的颂歌。用京剧特有的艺术力量来体现这个激动人心的主题，确是一件十分有意义的事情。

从艺术上说，这个题材，也为京剧演出提供了有利的条件。这倒不仅是因为蒙族人民那宽袍大袖的服饰、能歌善舞的生活习俗，便于发挥京剧歌舞表演的特长；更主要的是它那尖锐的冲突，鲜明的人物，都能给予京剧这种概括性比较强、色彩比较浓重的艺术形式以发挥的园地。事实上，这个戏的演出者正是重视了题材的这一特点，并在运用京剧传统的表现技巧来为这一特定内容服务方面，做了很大的努力。编导王雁同志很熟悉京剧的艺术特点，因此无论在介绍人物、组织冲突、取舍情节和经营结构等方面，都是力图既从主题思想的要求出发，又从发挥传统技巧的特长着眼，而进行构思的。有些地方，由于表现形式与所要表现的内容结合得比较紧，因而获得了很好的舞台效果。

很多搞现代戏的同志，都很讲究在第一场戏"定调子"，即要求戏一开场就能表现出剧种的艺术特色，奠定本剧种的风格基调。《草原烽火》的开场用的也是这种手法：幕启后，身着蒙族服装的李大年匆匆过场，看来，由于只身深入敌人的心脏地区，他的神情在激动中又透露着警惕；忽然，远处传来了嘈杂的马嘶声，他机警地闪过一边；紧接着，一队日本侵略军骑马追踪而来，大肆搜索，表现了敌人发现"一个来路不明的人"深入草原而引起的骚动和惊慌。这样的开场，既简洁地揭开了冲突的序幕，也利用了传统的过场、搜场等形式，奠定了京剧的风格基调。戏的第二场,在组织冲突和介绍人物上也是有创造性的。先是,几个奴隶手执套马竿子骑马飞奔而来;接着,达尔罕王爷的管家旺亲和日本军官小野,威风凛凛地骑着马在草原上奔驰。忽然,小野被烈马掀下地来,他迁怒于牵马的奴隶巴吐。王府的马官札木苏荣(地下党员)挺身而出,降服了烈马,暂时缓和了对巴吐的迫害。这段戏,是把小说中分散在几处的情节集中起来的。这种集中处理,至少有几个好处:第一,通过同一纠葛,把巴吐的悲惨命运,札木苏荣的剽悍、善良,旺亲的奴才嘴脸,小野的残暴面貌,同时表现了出来;第二,至此,主要人物大部分都已出场,以压迫者为一方,被压迫者为一方,斗争的阵势已经摆开;第三,这种处理,又是从草原生活的特点和蒙族人民骁勇善骑的特征生发出来,而且是与有意识地发挥传统趟马技巧的功能这一目的相联系。类似的艺术处理,还有几处。不过,假如能把人物的来龙去脉介绍得更清楚些,舞台调度的逻辑性更周密些,导演的意图也许能体现得比现在更加鲜明。

这个戏的演员是很有表演才能的。比如马长礼同志,就演出了李大年的一个重要性格特征:平易近人的朴实作风。这是符合原作的精神的,也是真实可信的。演员在舞台上有一定的自信,比较自如,看来,演员已经很快地越过了扮演正面人物容易僵硬、拘谨的阶段。在唱腔的安排上也有精采之处,比如第十场启发桑吉玛时的那段〔二黄碰板〕,就很生动别致;叙述巴吐的父亲跟随嘎达梅林闹革命的英雄事迹那一段,音乐结构上的起承转合,基本上合乎人物感情的逻辑发展,因而给人留下了比较深刻的印象。

比较起来,谭元寿同志演的巴吐似乎给人的印象更深一些。他把这个年轻的奴隶从朦胧到觉醒的思想发展脉络表现得比较清楚,尤其是未觉醒以前的精神状态,刻划得更为深刻。比如初遇李大年的一段戏,当李大年满怀热情地问他"你这样生活孤苦,难道连个知心朋友都不想交吗?"的时候,他似乎从中感到了友情的温暖,霎时连眼睛也变得明亮起来;但是,忽然他又警觉起来,猛然推开了李大年,诚惶诚恐地匍伏在地,用沉痛的声调,向不在场的王爷忏悔他信仰的动摇。这刹那间的感情变化,深刻地揭示了一个未觉醒的奴隶性格中的悲剧性矛盾:一方面对正常生活有着本能的向往,同时,又摆脱不了封建统治者强加给他的精神枷锁！从表演技巧的角度说，这是深刻的体验，也是对奴隶制度的血泪控诉，是有一定的概括性的。在演唱上，演员也有很好的发挥，比如寻找父母坟墓时唱的那段〔二黄散板〕特别是那句凄厉、悲咽的〔哭头〕，就倾吐了人物的满腔悲情。这段唱腔，显然与《文昭关》的唱腔有一定的继承关系，但用得恰当，化得巧妙，因而获得了感人的力量。

此外，张韵斌同志扮演的札木苏荣，戏虽不多，但形象很鲜明，他把这个人物的剽悍、豪迈和勇敢的性格特征恰如其份地体现了出来；周和桐同志也在一定程度上演出了大管家旺亲这个封建爪牙的蛮横、颟顸而又卑鄙无耻的精神面貌。

看完这个戏，不禁引起了一些感想。

我国是个多民族的国家。因此，人们不仅要求能在舞台上看到反映汉族人民的斗争和生活的剧目，同时也要求在舞台上看到兄弟民族的斗争生活的图景；而京剧的艺术形式在表现这类题材方面确有它的有利之处。我想，只要不是从"猎奇"的观点和单纯从形式上着眼，而是从思想与艺术、内容与形式统一的观点出发，反映兄弟民族生活的题材，正可以在京剧现代戏舞台上发出独特的光采。这也是京剧现代题材剧目的多样性所需要的。但，这里有一个如何准确地反映兄弟民族生活特点的问题。有的同志看了《草原烽火》以后，觉得巴吐的性格似乎软弱了一些，缺乏剽悍的一面。我同意这个意见。一般地说，谭元寿同志对巴吐这个人物，是有所体验的，否则就演不出那些动人的片断来；但他对于蒙族人民所特有的民族性格、精神风貌，可能是缺乏具体的感受，因此只能用一般的体验以弥补具体体验的不足。这个问题，在一些反面人物，例如蒙族的王爷、管家等的表演上同样存在着。是不是可以这样说：演出反映兄弟民族生活的剧目，即便在运用艺术形式上有一些便利之处，但更重要的，还是要深入兄弟民族的生活，多研究有关的形象资料，去了解他们的过去和今天，去熟悉他们特定的民族心理、民族感情、生活习惯、以至表现感情的方式，等等，才有可能准确地反映出特定民族、特定地区的生活图景来。仅仅在音乐上选择一些典型的民族音调，或是从舞蹈身段上选择一些典型动作来加以点缀，还是不够的。

虽然这对丰富演出的民族色彩也是不可缺少的。

　　还有一个问题：京剧反映现代生活，既要保持京剧的特点，又要突破旧形式的局限。这是有矛盾的，解决这个矛盾，分寸很不容易掌握。假如京剧的现代戏而没有京剧特有的艺术光彩，观众是不会满意的。从这个意义上说，我们一般地不应排斥从发挥传统技巧的特长着眼去处理题材。只要内容与形式结合得好，有时确能收得相得益彰的效果。但仅有这一面是不够的。因为传统的表演形式对于现代的生活内容，毕竟有很大的局限性，因此还是要把主要的力量放在突破旧形式、发展新形式方面。《草原烽火》这个戏，虽然每场戏都发挥了传统技巧的光彩，但把这些场面放在一起，却觉得全剧的贯串动作不够鲜明，人物形象也缺乏应有的深度。其原因，可能就是因为在处理这个题材时，从如何发挥传统技巧的角度考虑得多了一些，相对地放松了对整个演出思想和形象处理的全面构思的缘故。特别是当传统技巧的运用一经与人物的规定情境相游离，失去了生活的实感，就会连艺术技巧的感染力也随之丧失了。例如乌云琪琪格的出场就是。这个出场，孤立地看，情调很美，但与人物的规定情境不大调和；同时，运用传统花旦的纤细、柔媚的表演风格来表现健壮、洒脱的蒙族姑娘，显然也是不够妥当的。像这些地方，就需要大胆突破一下才好。用京剧来演出现代戏，目的是利用这种为群众喜闻乐见的形式为新的生活内容服务，并不是为了保存旧形式。因此，当着旧形式与新内容不相适应的时候，必须首先服从内容，改造形式。我觉得，北京京剧团的同志们并不是不懂得内容决定形式的道理，只是在掌握分寸上还缺少实践经验。而他们在《草原烽火》中所遇到的困难，是带有普遍性的，他们的劳动，在寻求解决京剧旧形式与新内容的矛盾的途径方面，是一种有意义的探索。

　　京剧反映现代生活，是一个艰巨的新课题。在创新的道路上，存在缺点是难免的；而任何一次有意义的尝试和点滴的艺术经验，都值得我们重视和欢迎。北京京剧团拥有雄厚的创作实力，只要能继续发扬勇于尝试和创造的精神，不难把《草原烽火》改得更好。

第三辑

藏族戏剧

本辑概述

　　本辑收录了六篇史料。对藏戏的三篇介绍文章各有侧重，东川和锦华系统地介绍了藏戏的起源。东川聚焦藏戏的主要剧目、特点和主要的职业剧团。锦华的介绍侧重于演出、剧目的内容，认为对待藏剧应该发扬民主性，批判封建糟粕，以帮助藏剧长远发展。王尧则对藏戏的起源进行了调查归纳，列举了十三种藏戏，并介绍了其中的八大藏戏，认为应该以历史唯物主义的态度和"百花齐放、推陈出新"的方针，整理、改编和创作藏戏。集文的评论和东川的学术随笔都是针对藏戏《文成公主》的。集文主要从表现手法、艺术方面、人物塑造三个方面着手，论述了《文成公主》是一部极具人民性的藏戏，噶尔是藏族劳动人民智慧的化身，《文成公主》这部戏歌颂了汉族人民与藏族人民之间的友谊。东川则是从藏戏这个大范围中聚焦到《文成公主》这部具体的作品上，从历史和文学两个角度概括了藏戏《文成公主》对藏族人民的重要意义。李佳俊的评论通过藏戏《喜搬家》在表演艺术上的曲折，认为藏戏改革不能一味地摒弃旧的艺术形式，而是要让旧形式服务于新内容，处理好批判、继承和革新的关系。

　　从本辑收录的史料类型来看，介绍、报道等客观记录的内容较多，内容集中在对藏戏的来源、剧目、流派以及解放后新发展的介绍。王尧和锦华都是藏族文学艺术最早的研究者，他们的观点具有一定的学术价值。集文和东川的学术随笔也值得重视。本辑史料是对藏戏研究状况的直接体现，说明藏戏研究尚处于介绍、总结阶段，理论化研究较为薄弱。

谈藏戏

东　川

　　史料原载于《戏剧论丛》1957 年第 1 期，为一篇介绍。该文介绍了藏戏的起源及剧目。有着悠久历史且流传广泛的剧目主要有六种：《曲集罗桑》《成默滚登》《说白王秋》《聚真米勒》《种》《甲萨与白沙》。晚近创作的剧本主要有《苏格尼玛》《白玛王秋》等。作者具体介绍了《苏格尼玛》和《甲萨与白沙》的主要内容。作者总结了藏戏的几个特点：第一，藏戏剧本的创作与宗教有着极其密切的关系。第二，部分藏戏剧本受到印度佛教的影响，甚至有根据印度佛教故事编写的剧本。第三，藏戏的故事情节具有鲜明的人民性。第四，藏戏剧本的演出时间比较长。此外，作者还介绍了"扎西雪巴""将夏尔""窘巴"和"猎木娃"等主要职业剧团，以及藏戏随着时代的发展在表演地点、演出形式等方面出现的新变化。作者提出，对于藏戏这一有着悠久历史的古老剧种，应该给予高度重视。

　　该史料对藏戏起源、剧目、剧本特点以及藏戏剧团的介绍是对藏戏宏观情况的介绍，作为藏戏研究的基础材料具有一定价值。

原文

　　藏戏距今约有五百年左右的历史。据传说，最初有一喇嘛名叫汤东给波，他经常采取一种书、画,主要是以说唱形式来进行传教。这种形式叫做"喇嘛马尼",以这一形式为基础就产生了并逐渐形成了今天的藏戏。藏族同胞对藏戏有深厚的爱好,藏戏的形成是和广大的藏族胞对它的热爱,以及在长久年月里藏戏演员对它进行不断丰富、加工是分不开的。

关于藏戏剧本,由于过去出版困难和其他条件的限制,有一些早已流散了。比较有名而现在仍保留下来的主要剧目有:一、《曲集罗桑》:意即宗教之王,是叙述释迦牟尼佛生前的故事;二、《成默滚登》:讲述观世音原来是一个国王的儿子,因为他将自己所有的财富施舍给那些无衣无食,到处流浪极其痛苦的穷人,国王盛怒之下将他赶走。路上,遇见一位行动十分困难的盲人而将自己双目挖出使他复明。由于观世音这样舍身救人,对贫困者的至善而成了佛;三、《说白王秋》:是描写一个人转生了三世,经过很多痛苦而终于修行成仙;四、《聚真米勒》:米勒的父亲因经商致富,当年衰病重时,托叔婶照看米勒,要他们在他十五岁时,仍将全部财产交还米勒自己掌管。父死后,叔婶变心将米勒母子赶出受苦。米勒成人后学得了魔法,使用咒语下了一场冰雹,赶走叔、婶和其他坏人。但又因也伤害了一些好人和庄稼,自己感到非常后悔。随后信了正教,离家苦修成佛。五、《种》(弟兄的意思):这个戏也叫做《吞主吞月》。是写一个国王的前妻之子名吞主,后妻之子名吞月,国王和后母有意将吞主赶走,被吞月发现,同兄一起偷逃。在外历经许多苦难,弟兄的感情因此更为深厚。最后他们一起回国接了王位,共同作了国王。六、《甲萨与白沙》:甲萨是文成公主,白沙是尼泊尔公主。这个戏描写两位公主嫁给藏王的故事。特别是关于文成公主有着许多很有风趣的穿插。唐王很喜欢公主,有不少人向唐王求婚,于是唐王就出了很多难题让这些人猜,比如说有一百只小鸡那些是公的那些是母的? 一堆大小粗细一样的木棍,哪头是树梢那头是树根? 让公主和很多宫女一样装扮,请求婚者辨明谁是公主,谁猜对了这些问题就将公主嫁给谁。藏王松扎堪布派大臣戛瓦来求婚,却一一猜对了。公主赴藏时并带了不少经文、耕种方法、纺织、天文仪器等,从这个戏里边我们可以看出汉族、藏族两个民族从唐朝以来的深厚的友情;和在经济文化发展上的密切关系。

属于近五十年左右所创作的剧本,主要的有《卓娃桑姆》《苏格尼玛》《白玛王秋》和《恰钟》等。而《苏格尼玛》和《甲萨与白沙》是藏族同胞所最喜欢的一些剧目。《苏格尼玛》的主要内容是述说在某处深山里,有一位像寿星似的喇嘛在洗衣服,一只母鹿跑过喝了洗衣水,回去便生了一个姑娘,母鹿把她送给喇嘛认作女儿抚养。这女儿就是苏格尼玛,是一个非常美丽、善良又很能体贴人的好姑娘。到十五岁时被一位年轻的国王娶去,生了一个儿子,他们的感情很好。不料国王外出,又娶回一个由魔鬼所变成的妖艳女人。她非常妒忌苏格尼玛,指使另一坏女人亚沙格第用各种方法来折磨她并毒害了她的儿子。国王发现爱子死了,误认是苏格尼玛伤害的,便将她送至荒山给野兽吃。结果却被野兽救下来。苏格尼玛就用"喇嘛马尼"的形式到处说唱她所身受过的悲惨身世,去劝人为善。过了若干年,回到国王所在地,她所讲的故事传到了国王耳里,并查知了真情,于是将亚沙格第杀死,把那个妖艳女人赶走,和苏格尼玛又恢复了幸福的生活。

《阿加朗萨》是描写一位很美丽的姑娘,因婚后生活上的种种痛苦而自杀。以后又还了阳,就成为一个有名的修道女了。以这种"死后又还阳"类似的内容,形成了一种形式叫做"得罗",在拉萨较为流行,主要的有五六部这样的故事如《林沙却基》《公戛让则》等。

从上述这一简单情况,可以看出藏戏剧本有这样几个特点:首先,藏戏剧本的创作是和宗教有着极其密切的关系。多数作者就是喇嘛:他们通过藏戏这一形式达到传教的目的,达到传播宗教,保持传统道德观念的目的;其次,藏戏中有些剧本很受印度佛教的影响,有的剧本甚至就是根据印度佛教故事所编写的,比如《说白王秋》等;再次,同样我们可以从不少生动的故事中,许多优美的性格和对败坏道德的斗争中看出闪烁着的鲜明的人民性;最后,就是藏戏剧本的演出时间一般讲都是比较长的,比如《曲集罗桑》就可以连演七天。

这些剧目主要是保存在藏戏职业剧团和业余剧团里,并经常演出。在西藏有下面几个比较主要的职业剧团:一、"扎西雪巴"——是藏戏中最早的一个剧团,因为语言关系,影响还不很大,因而不大有名。二、"将戛尔"——是从八世达赖时成立的，到现在已有二百多年的历史，每年藏历六月间进行演出活动，是富有代表性的藏戏，唱的好是这一剧团的特点，（类似汉族的"文戏"）很受群众欢迎。三、"窘巴"——虽比"将戛尔"剧团早，但不如他有名。这个剧团除了演出藏戏外，还附带表演一些杂技。主要使用地方语言，剧团的特点是表演活泼。四、"猎木娃"——"角木龙"的前身，但"角木龙"却是一个有成就的剧团。"角木龙"剧团是由唐桑大姐所建立起来的，学习了"猎木娃"剧团的表演，后来开展了自己的独特风格，动作和整个演出看起来极其活泼，说拉萨语，很受西藏特别是拉萨群众的热烈欢迎，是现在比较有名的剧团。《苏格尼玛》《卓娃桑姆》《白玛王秋》等剧已是这个剧团所表演最好的优于其他剧团的剧目。

他们主要是在"林卡"（一些上层人们避暑和休息的庄园）和广场上进行演出。其演出形式是由观众围起来，演员在中间表演。当戏开始的时候先由"温巴"（戴蓝面具的人物）出场演唱，继由"加鲁"（戴高帽子的人物）登场和之，再由"哈才"（仙女）接着由另外戏的全部或部分演员出来，随跳随唱，然后一起退场。这一形式叫"开场"。它主要是来说明戏的要旨或者以他作为戏的开端。"开场"之后才逐渐展开戏的情节。他们的服装、道具大体上和其他戏曲差不多，但有着西藏的一些特点。在音乐上主要是以鼓和钹来进行伴奏，有一些男女演员在旁边根据藏戏的要求配以伴唱。总之，它是以唱、白、舞蹈相结合的一种戏剧形式。他们在戏的舞蹈（或者称为跳法）方面更是比较注意。总的说来，藏戏能给人以朴素和粗犷的感觉。

在拉萨去年新建了一座规模较大的礼堂，实际也就是西藏第一座较近代化的剧场。藏戏开始了剧场演出，产生了新的情况：因为藏戏要从广场移到剧场，由于条件的不同，就要求在演出形式，在很多艺术问题上作一些适当的变化。比如剧本就需要集中，在使用幕布以及化装等问题上，都要进行改革。藏族同志正在力求改进的办法。

藏戏有着悠久的历史和丰富的遗产，应该引起我们重视。特别是在西藏的戏剧工作者们首先应该重视挖掘和整理藏戏的遗产。关于藏戏的起源和发展更是需要慎重研究。又因为条件的变化（当然不是单指已开始有了剧场，主要是指因为兄弟民族艺术日趋频繁的交流,藏族同胞在文化和觉悟上的逐步提高和社会情况的逐步变化)就更应考虑如何来进一步开展藏戏,要采取极其慎重和稳妥的步骤来丰富和发展藏戏。总之,希望藏戏能够在祖国百花齐放这一大花园里开放出更美丽的花朵。

已达七十高龄的擦竹活佛给我提供了不少材料,当结束这篇短文时,特向他表示感谢。

评藏戏《文成公主》

集　文

史料解读

史料原载于《民族研究》1959 第 9 期，为一篇评论。该文介绍了藏戏《文成公主》的故事梗概，认为该剧体现了藏族人民对文成公主真挚而热烈的感情，凸显了该剧的人民性。从表现手法来看，《文成公主》是藏族人民的集体创作成果，通过噶尔形象赞颂了勤劳勇敢的藏族劳动人民。从艺术特色方面来看，《文成公主》的突出特点是情节曲折，噶尔与四个强劲对手智斗的情节扣人心弦；此外，在人物刻画上，戏剧通过具体活动刻画人物，将文成公主塑造成一个有眼光、有才干的公主形象，人物鲜活立体。总的来说，《文成公主》赞颂了文成公主和松赞干布的婚事及汉族与藏族之间的友好关系，表现了藏族劳动人民的智慧；人物性格饱满，情节曲折，是一部优秀、深受欢迎且影响深远的戏剧。

该史料从戏剧表现手法、人物刻画的角度评析藏剧《文成公主》，认为该剧不仅是对历史的再现，更是一部现实主义和浪漫主义相结合的剧作典范。该史料高度肯定了这部经典剧目的人民性，并准确地概括了这一历史题材的现实意义。该史料作为具体作品研究，分析客观全面，具有一定的学术价值。

原文

"藏戏"是西藏地方戏，起源于八世纪的土风舞，正式形成于十七世纪，流行于前后藏地区。藏戏有许多民间剧团和许多传统的优秀剧目,《文成公主》就是这种优秀剧目之一,为藏族人民所热爱,很多藏戏剧团都以能演出《文成公主》为极大的光荣。藏族人民不论男女老幼,只要一谈起文成公主和松赞干布就自然地流露出无限亲切和崇敬的感情。

藏戏《文成公主》是一出历史剧,但它又不是完全根据历史事实编写的,它是用西藏劳动人民的丰富想象和历史人物结合在一起而创造的,是一篇现实主义结合浪漫主义的作品。

一

藏戏《文成公主》的剧情的概略是这样的:

十六岁的吐蕃赞普松赞干布听说唐朝皇帝的女儿文成公主非常美丽、聪明能干,便想娶为王后,协助他治理吐蕃,为民谋福。于是他派大臣噶尔带着贵重的礼物,前往唐朝京都长安求婚,噶尔接受命令,带着聘礼、随从,经过长途跋涉,到达了长安。这时天竺、突厥、格萨、大食等国也派来使者求娶文成公主。他们都晋见了唐太宗,献上财宝聘礼,都请求把文成公主嫁给自己的国王。唐太宗一时非常为难,不知许给哪国是好!于是他便召集大臣商量,但是大家的意见也不一致,有主张许给天竺的,有赞成嫁给突厥的,……议论纷纭,也没商议出个结果来。第二天,唐太宗将五国使者召来对他们说:"我只有一个女儿,你们却有五国使者来求亲,我对你们并没有什么亲疏远近之别,为了不使大家有怨言,现在你们来举行智力比赛吧,谁胜利了,我就把公主嫁给谁的国王,你们觉得这办法如何?"五国使者觉得这个办法倒也公平合理,都同意了。

第一次比赛,是将丝线穿入碗大的"九曲明珠"里,吐蕃使者噶尔胜利了;第二次,唐太宗给五个使者每人一百只羊,让他们一天之内把羊都杀了,把羊肉吃完,把羊皮揉好。又是噶尔先做完了;以后又举行了比喝酒不醉;辨认一百匹母马和一百匹马驹的母子关系;区分一百只母鸡和一千只小鸡的母子关系;分辨上下一般粗细的木棒的根基以及半夜突然将他们召入皇宫再让他们找路回旅馆等。在这些比赛中,也都是噶尔获得了胜利。最后,唐太宗在广场上集合了三百名梳妆打扮一模一样的年青女子，文成公主也杂在里面，然后让五个使者去选认，谁选认了公主就可迎回本国做王后。别的使者因不知公主的模样儿都选了一个普通的女子走了，只有噶尔事先请教了曾服侍过文成公主的女店主，知道了公主的特征，所以把公主认出来了。于是唐太宗准备了无数奇珍异宝、五谷的种子、天算文学等书籍、治病的药方和药材、佛象经典等做为嫁妆，送公主前往吐蕃。同行的除男女侍从人员外，还有许多富有经验的各种技艺的工匠。文成公主等人经过千山万水，饱尝旅途辛苦，最后来到西藏，沿途藏族人民热烈迎送，松赞干布知道消息后，亲自来迎，在王宫举行了盛大的欢迎宴会和隆重的结婚典礼。从此文成公主协助松赞干布治理吐蕃，改进生产技术，发展农业，手工业生产，建筑拉萨市等，把吐蕃治理得非常好，人民都过着幸福、美满的生活。这就是藏戏《文成公主》的主要内容。

二

我们从历史记载中知道，在公元六世纪时，西藏已由部落联盟的形式逐步走向统一。到七世纪时，松赞干布继承了他父亲夷日论赞的基业成为赞普。松赞干布是一个"饶勇多英略"的有雄才的国王，在他执政期间，击败和降服了周围的一些小邦国，开拓疆土，建立了一个强大的奴隶制的国家。这时吐蕃的奴隶制社会尚处于初期阶段，对生产力有其促进作用。但是比起处于较高的历史发展阶段——封建制度的大唐帝国来说，不论是在政治、经济、文化哪一方面，都还是远为落后的。所以当时的吐蕃迫切需要从先进的汉民族学习先进的生产技术，吸收先进的文化艺术等等以推动吐蕃的社会更快地向前发展。因此在松赞干布执政期间和唐帝国建立了极其亲密友好的关系。从汉族延请了富有经验的制造农具、造纸、酿酒、制陶、碾硙（磨）等工匠帮助改良农具，提高农业生产技术，发展手工业，使经济有了长足的进展，因而人民生活得到了很大的改善。松赞干布还派子弟到长安读书学习汉族的文化以推动本族文化的前进。文成公主嫁给松赞干布，同时传入汉族的先进的生产技术和优秀文化，对当时吐蕃的政治、经济、文化的发展起了很大的推动作用。除了藏戏《文成公主》对

这方面作了突出的反映之外,在西藏民歌中,也有同样的反映,下面举一首西藏民歌为例:

> 从汉族地区来的王后文成公主,
>
> 带来不同的粮食共有三千八百类,
>
> 给西藏的粮食仓库打下了坚实的基础;

> 从汉族地区来的王后文成公主,
>
> 带来不同手艺的工匠共有五千五百人,
>
> 给西藏的工艺打开了发展的大门;

> 从汉族地区来的王后文成公主,
>
> 带来不同的牲畜共有五千五百种,
>
> 使西藏的乳、酪、酥油从此年年丰收。

因此,藏族人民对于文成公主入藏加以热情歌颂是很自然的,藏戏《文成公主》正体现了藏族人民的这种感情。

文成公主到西藏后,加强了汉藏两大民族的亲密团结影响也很深远。自从文成公主入藏后,吐蕃和唐帝国建立了亲戚关系,所以在松赞干布执政期间,不但没有发生过战争,而且一直保持着非常亲密友好的联系。如当唐太宗伐辽回来时。吐蕃派禄东赞(即噶尔)奉表来贺,表曰:"陛下平定四方,日月所照,并臣治之。高丽持远,弗率于礼,天子自将渡辽,隳城陷阵,指日凯旋,虽雁飞于天,无是之速。夫鹅犹雁也,臣谨冶黄金为鹅以献。"[①]当唐太宗死,高宗即位时,藏王致书于唐朝宰相长孙无忌:"天子初即位,若臣下有不忠之心者,当勒兵以赴国除讨。"并献金银珠宝十五种,请置太宗灵座之前。高宗嘉之,进封为宾王[②]。自从文成公主入藏以后,吐蕃与唐朝之间亲切的称为"甥舅之邦","和同为一家",长庆元年(公元821年)唐穆宗和吐蕃王热巴巾共同建立的会盟碑,就叫做

---

① 见新唐书,转引自新唐书吐蕃传笺证32页。

② 见旧唐书,转引自新唐书吐蕃传笺证34页。

"甥舅联盟碑"。唐朝这一时代，是汉族和藏族两族友好往来大发展的时代，在所有这些友好往来中，文成公主嫁往吐蕃一事，成为最生动、最集中、最典型的代表。所以《文成公主》一戏对之进行了讴歌，这也正反映了人民的心愿。

三

从藏戏《文成公主》的剧情的表现手法来看，这是西藏劳动人民长期的集体创作，用噶尔这个人代表了劳动人民的智慧，这一点，我们从几次智力比赛中完全可以看出。如当唐太宗叫人牵来一百匹母马，一百匹马驹，让五国使者辨认哪一匹母马是哪一匹马驹的母亲时，那些平日虽然骑惯了高头大马的使者都目瞪口呆，毫无办法，"只有噶尔不慌不忙把全部马驹圈在一边，一昼夜之间只给它草吃，不给它水喝，到第二天，把马驹赶进母马群中，马驹渴得要命都各自寻找自己的母亲吃奶去了。"噶尔因此认清了他们的母子关系。请问，若不是熟知马的习性，掌握了马的生活规律的劳动人民，那些饱食整日无所用心的老爷们如何能办得到？其他几项比赛如穿珠、认鸡、杀羊、揉皮子、识别木棒根基等项比赛，无一不是充满了浓厚的牧民和农民的生活气息，有好几种有关牲畜的比赛是牧民从长期的劳动实践中总结出来的经验。因此我们认为，藏戏正是通过噶尔这个具体人物，热情而激动的颂扬了勤劳勇敢的藏族劳动人民，赞美了他们超凡的智慧。这也进一步说明了藏戏《文成公主》是西藏劳动人民歌颂她的作品，这出戏的人民性也正表现在这里。

四

藏戏《文成公主》在艺术方面突出的特点是情节曲折，除认马、辨鸡两小节有些雷同略嫌重复外，全剧结构紧凑，环环相衔成一有机的整体。戏剧一开头就让噶尔碰上了四个强硬的对手，提出了矛盾，在智力比赛中，一次胜利了不行，再来二次，二次胜利了不行再来第三次，第四次……以至第七次，七次都胜利了，总该没有问题了吧，谁料想唐太宗又出了更难的题目，要在广场上集合三百名一样梳妆打扮的美女，让文成公主也混在里面，然后五国使者去挑认。噶尔从没见过公主的模样，在三百名花枝招展，环珮叮当的美女面前，又往哪儿去选中这位素不相识的公主！看来真似乎是走到绝路上去了,却又忽然出来了那位曾经侍奉过文成公主的女店东帮助他解决了难题,这真可以说是"山穷水尽疑无路,柳暗花明又一村"了。这出戏没有正面描写文成公主入藏之可贵,反而偏偏给文成公主的入藏制造种种难题,布下层层关卡,然后极力去解决这些难题,冲破这些关卡,最终才达到目的。这正是观察到人们平时认为"最难得到的东西,最为可贵"的心理状态后,所采用的高度艺术手法,从侧面烘托出主题思想——对文成公主入藏的热望和珍视,而达到更高的效果。我们在民间传说故事中常常见到用比赛本领、才干等方法挑选女婿的情节,这儿正是很恰切地学习并运用了这一表现手法。

其次,戏剧不是概念地,而是从具体活动中刻画了几个活生生的人物。如写文成公主到拉萨后与尼泊尔公主讲团结的对话以及帮助藏王修建大小昭寺等细致地刻画了一个有才干、有眼光的公主的形象。其他如对唐太宗、松赞干布、噶尔等这些历史人物的性格刻画也都有真实可取之处。

五

总的说来,藏戏《文成公主》歌颂了文成公主和松赞干布的婚事及汉族和藏族的民族友好关系,表达了藏族人民的心愿,体现了他们的利益,并且赞美了劳动人民的智慧,情节曲折,人物生动,富有浓厚的民间故事色采,是一出比较优秀的戏剧。数百年来,由于各剧团经常在广大的藏族人民群众中演出,给了人们以难忘的印象,使藏族人人都知道,远在一千多年以前,当他们的历史上出现了第一个英明的赞普时,就和汉族结下了不可分割的亲密关系,成为生活在一个"天下",休戚与共,同患难共幸福的"一家人"。它的影响是深入而且广远的,就是到现在来说,对于加强藏族与汉族以及其他民族的团结,参加祖国大家庭共同缔造统一的伟大祖国仍具有巨大的意义。

以上是我们对藏戏《文成公主》的初步分析和评价,由于我们的水平很低,错误之处在所难免,希望同志们批评指正。

记藏戏及《文成公主》

东 川

史料解读

史料原载于《戏剧报》1959 年第 9 期，为一篇学术随笔。该文的写作背景是西藏反动分子的武装叛乱被平息，西藏重获新生。该文首先介绍了藏戏的剧本结构、伴奏乐器等特色，然后重点介绍了藏戏《文成公主》。藏戏《文成公主》主要描写了藏王松赞干布和文成公主结亲的故事，深受藏族人民喜爱，也是汉族和藏族在历史上民族交往的重要事件。大昭寺中藏王松赞干布和文成公主的金色雕像以及大昭寺旁文成公主亲手栽种的千年古柳都是汉族和藏族人民不可分割、血肉般的兄弟情谊的最好证明。

该史料从历史和文学两个角度概括了藏戏《文成公主》在表达汉族和藏族的民族交往交流交融方面，具有重要的现实意义。

原文

1956 年，我曾随同陈毅副总理率领的中央代表团前往西藏，参加西藏自治区筹委会成立的庆祝典礼。当时我曾对西藏的戏剧活动做了一些了解。我们先到了拉萨，然后经过雅鲁藏布江到了日喀则，后来又到了边境重镇——亚东。在这期间，我们看了一些藏戏，和西藏的戏剧工作者也进行了接触，感到有着悠久历史的、深受广大藏族同胞热爱的藏戏，在很多方面和祖国内地的戏曲很相近。藏戏也是一种歌、舞结合的戏剧形式。在剧本结构方面，藏戏开始时，先由戴蓝面具的"温巴"和戴高帽子的"加鲁"出场演唱,说明戏的主旨作为开端;然后再分场逐渐展开情节,这和我国古典戏曲中的"副末开场"很相似。藏戏过去的剧本很长,很多戏都要连演上几天,这也正像是保留了祖国古典戏曲剧本的多折数本、连演数天的特点。藏戏在音乐上主要是用鼓、铙等打击乐器伴奏,除了剧中人物演唱外,还有一些男女演员根据戏的情节,在一旁"帮腔"。其他如表演的动作,服装的色调、样式、刺绣,和内地戏曲也都很相似。由此可见,藏戏是地道的中国戏曲,是在祖国内地戏曲的影响下,发展起来的剧种之一,是祖国优秀的文化遗产的一部分。虽然,藏戏有其本身特点、风格,但是,这正像其他各具特点的戏曲剧种一样,它是祖国戏曲百花坛中的一朵鲜花。仅就藏戏来说,丝毫看不出和外国戏有什么"共同的"地方。

在西藏时,我非常高兴地看过了著名的藏戏《文成公主》。这个戏在西藏流传很久,非常受到西藏同胞的喜爱。它主要是描写文成公主和藏王结亲的故事,戏大、曲折、丰富而又优美动人。藏王松赞干布听说唐朝皇帝的女儿文成公主美丽非凡,才能出众,就派大臣噶尔到长安求婚。当时,各地来求婚的人很多,皇帝一心要为公主选一个好女婿,于是就出了很多难题让这些求婚的人回答,比如,一百只小鸡中哪些是公的,哪些是母的?一堆大小粗细一样的木棍,哪头是树梢,哪头是树根?公主和许多宫女一样打扮,让求婚的人辨明谁是公主。谁猜对了这些,就把公主嫁给谁。聪明的噶尔都一一猜对了,皇帝暗想既然噶尔都这么能干,那么松赞干布就一定更出众了,于是就满心欢喜的把文成公主嫁给了藏王。公主赴藏的时候,带去了经文、纺织技术、耕种方法、天文仪器等,协助藏王发展西藏的经济、文化。我看的是其中的一折,是在西藏自治区筹委会新建的礼堂中看的,这是西藏同胞专为招待我们而演出的。戏从唐朝派官员和工匠等人携带着种籽、经书、药物、器皿等,护送文成公主入藏开始,到公主与藏土结了婚,共同掌管着西藏事务,过着幸福美满的生活为止。这个戏的演出效果很好。从这个戏,以及路途上所见所闻中,可以看出:文成公主在西藏同胞中有着很深的影响和极高的威信。由于她帮助发展了西藏的经济和文化,增进了藏族和汉族两族人民的兄弟关系,所以深受广大藏胞的尊敬和热爱。千百年来，人们用民歌、用戏剧、用各种各样的形式，来赞颂这位可尊敬的公主。

我还到过大昭寺，瞻仰了藏王松赞干布和文成公主的金色塑像。当我离开了供奉塑像的殿堂，站在大昭寺闪闪发光的"金屋顶"下，望着文成公主亲手栽植而一直生长到今天仍然茁壮的柳树的时候，我内心不禁在想：我们藏族和汉族两族人民不可分割的、血肉般的兄弟友情是多么深厚久远，在经济和文化上又是有着多么密切的关系呀！在这一金碧辉煌的大昭寺旁边的千年古柳不正是历史最好的说明吗？在我写这篇文章的时候，西藏上层反动分子的武装叛乱已平息了，我和西藏同胞一样，为西藏获得新生而感到欢欣鼓舞，同时也深信：汉族和藏族两族人民的兄弟关系将愈益紧密；西藏生活在祖国的大家庭中，一定会很快地建设成为一个美好繁荣的乐园。

略谈藏剧

锦 华

史料解读

史料原载于《少数民族戏剧研究》(中国戏剧出版社,1963 年),为一篇藏剧(戏)介绍文章。该文对藏剧的起源、演出、剧目、评价及展望方面做了简单介绍。藏剧的产生发展与宗教、广大藏族人民的劳动生活以及藏剧演员的辛勤付出密不可分。藏剧的伴奏音乐、舞蹈动作及表情比较简单,因此唱腔更为重要。常见的曲调有"达仁""教鲁""达通""当罗"等,每一种曲调代表不同的感情。目前整个藏族地区知名的藏剧共有十几部,经常演出的有《松赞干布迎娶文成公主记》《诺桑王子》《朗萨姑娘》等七八部,该文对这些剧目进行了简单介绍,特别指出其中具有鲜明人民性的剧目受到大众喜爱。

该史料在围绕藏戏起源、演出、剧目等进行概括介绍的同时,认为藏戏长远发展的关键在于藏戏中必须具有人民性、民主性的内容。该史料从政治意识形态话语出发批判藏戏中的封建糟粕,其理论话语具有鲜明的时代性。

原文

在西藏每年七月,前藏、后藏、山南等地的藏剧团就特别活跃起来,他们四处表演,所到之处,受到广大人民的热烈欢迎。人们背上糌粑,近的走路,远的骑马，从各村赶来看他们的精彩演出。人民把藏剧团的来临，看做是吉祥之兆，预示着一年的丰收和百事如意。一九五七年三月，西藏剧团有史以来第一次来到北京，参加了全国性的民间文艺会演，和其他兄弟民族的文艺一样，显示了自己独特的艺术风格，在观众面前展现了一幅朴实的藏族人民的生活图景，给人们以深刻的感受和印象。这说明，做为文学艺术高度发展的综合表现形式——戏剧，在藏族中已有了高度发展并得到党和政府的深切关怀。

本文想就藏剧的各方面做一简单介绍。

一　藏剧的起源

公元八世纪，西藏是藏王墀松德赞执政，他受母亲金城公主[①]的影响，非常信仰佛教，就派人迎请高僧莲花生前来西藏宏扬佛法，并在山南修建了桑鸢寺。当寺庙建成，举行落成典礼时，莲花生采藏族土风舞与佛教哲学的内容结合起来，形成一种哑剧的舞蹈形式来镇魔酬神，这种仪式流传到现在，仍在寺庙中以跳神的形式保留下来。

后来藏王朗达玛毁灭佛法[②]，接着吐蕃王朝崩溃，西藏陷入割据和混乱的局面，佛教因而衰败。直到十三世纪，中央政权元朝的统治者元太祖统一了西藏，封当时萨迦派的八思巴为"大宝法王"，统治整个西藏，佛教才得到复兴。到十四世纪，高僧唐东杰白[③]将简单的跳神仪式，穿插情节，注入一些留传在民间的或记载在佛经中的故事内容，使其戏剧化，利用来吸引群众，宣扬宗教，受到群众的欢迎，因而广泛流行起来。但到后来，由于一些喇嘛反对公开宣露佛教秘密，因而使当时戏剧化了的跳神仪式，受到了限制。

到十七世纪，五世达赖罗桑嘉错是一个很有才学的人。他把藏戏做为一种独立的文艺形式，从宗教仪式的跳神中分离出来。从那时起才有了"脚本"，演

---

①　金城公主于唐中宗景龙四年（公元710年）嫁给吐蕃王（今西藏）尺带珠丹为后。是墀松德赞的母亲。

②　朗达玛毁灭佛法为佛教徒所痛恨，但在历史上应做如何评价，尚有待于历史家研究。

③　唐东杰白生于一三八三年，除被藏族同胞尊为藏剧始祖外，还被尊为铁桥师。

剧的人们也才逐渐从寺庙分化出来,组织成为职业性的藏剧团。据说当时前后藏、山南等地先后组成的藏剧团竟达十二个之多。

由以上所谈的情况以及藏剧的舞蹈动作,演员所戴的面具来看,藏剧的产生、发展是和佛教有密切联系。另外,五世达赖所以把藏剧独立出来,也正是为了更好的宣扬宗教,这一点我们从十三世达赖时"噶夏政府"对觉木隆剧团申请在诺布林卡等处演出的呈文上所加的批文中就可以得到间接的证明,批文中有"……把古措菩萨、大师的故事,表演出来,劝恶归善"一节,由此可见,当初五世达赖和藏政府发起组织藏剧团的目的和要求了。

讲清藏剧的产生、发展与宗教的密切关系是很重要的,因为只有实事求是的认清这一点,当我们去评价藏剧的时候,才能够不因当前所流行的剧目的内容杂有大量宣传宗教的糟粕,而简单粗暴地将其全部否定,才能看到它所受的历史发展和社会条件的限制,才能以历史唯物主义的观点去有区别的对待各个剧目,并给以正确的认识和处理。这儿应该指明一点,就是跳神的舞蹈动作,就像前面所谈到的那样,归根到底,也是脱胎于民间舞蹈的。

但是,除了藏剧和宗教的关系以外,更重要的一面,就是我们应该看到藏剧的产生与发展,是和藏族的广大劳动人民有着血肉不可分割的关系。首先我们知道,正是劳动人民将自己具有艺术才能的子弟献出来组成了藏剧团,而有些藏剧团是直接由人民群众自己组成的。如觉木隆剧团,就是由一个名叫唐桑大姐的妇女和本村爱好戏剧的劳动人民共同发起组成的。组成之初,他们的生活非常困难,甚至没有吃的,到处乞讨。由于不能按期向统治者交纳租税而经常遭到本村头人的凌辱,但是他们终于在广大人民的支持和热爱下成长起来了。发展到今天,被人誉为"拉萨人民的朋友",这不是偶然的。其次,我们可以看到,尽管统治阶级将他们的统治思想和佛教教义等强行灌入到藏剧中去,使它蒙上了或多或少的灰尘,但是在藏剧中闪耀着不可掩灭的光辉的,还是劳动人民的现实生活和思想感情。若是可以说宗教给了藏剧以最初的形式并相应的带来了若干内容上的糟粕的话,那么,正是劳动人民以及他们的现实生活给了藏剧以精华。再其次,我们还可以看到,藏剧的产生和发展是和广大人民的热爱分不开的。我们不能设想，没有广大的人民做为热心的基本观众，藏剧团只对贵族和寺庙演出而能够存在和发展到今天。

最后我们还要强调指出的，就是藏剧的发生和发展是和数百年来一代代众多的藏剧演员的辛勤劳动分不开的。他们之中，有很多人都是从小就参加了剧团，在老师傅的指导下，勤学苦练，刻苦钻研，用自己毕生的精力和全部智慧从事于艺术创作，使藏剧从最简单的形式，逐步发展丰富，到今天，成为具有优美的表现手法的综合艺术形式。

因此我们可以肯定的说：正是广大的劳动人民，劳动人民的现实生活以及藏剧演员的精心创作，培育、灌溉了藏剧，使它生长、壮大、开花、结果，使它充满了生活气息。使它能以刚毅不屈的战斗姿态冲破各个历史时期的统治者所强加于它的重重限制和浓厚的宗教宣传牢笼，而放射出光芒来。

二 藏剧的演出、音乐舞蹈及舞台布景等

藏剧在表演过程中，一般分为三个部分，即"顿"、"雄"、"扎西"。"顿"，是戏前的开场白，向神祈祷，向观众祝福，有时间或介绍一下正戏的内容。这一部分可长可短，在旧派剧团演出时，它成为一种"例行公事"，没有什么感人之处，但是新派剧团吸收了民间舞蹈的动作，除祈祷祝福外，还有精彩的舞蹈表演，很受观众欢迎。"雄"，就是正戏。从目前所流行的几种剧目来看，正戏戏文并不是很长的，但是由于各剧团在演出的过程中，有时在间歇中插入一些逗笑或其他的东西，所以使一出戏常常要演一整天的时间。在演出正戏时，不一定从头演到底，若时间短，也可以挑出其中比较精彩的一节演出。如《文成公主》一戏，可以只演噶尔在长安比智慧的一段。"扎西"是正戏演完以后的祝福。"顿"和"扎西"很可能是宗教仪式——跳神的遗迹。

演唱藏剧时，伴奏的音乐是比较简单的，一般只有皮鼓一面，铜钹一副，在原西康一带有时加入唢呐和长号。以节拍的变化配合舞蹈动作，唱时即停止，以免影响听唱词。除甘肃一带有笛子伴奏外，大多没有什么乐器为唱词伴奏。

舞蹈的节拍，一般可分为下列几种：一、"顿达"，是出场时的舞蹈节拍，由慢

而快,舞步随之变化。二、"切冷",是行进时动作的节拍,先向右,后向左,成曲线行进,舞姿优美。三、"恰白",配合作揖致敬等动作的节拍。四、"德东",休息或静场时的鼓点,非常缓慢。五、"格切",表示经过长途跋涉到达目的地的动作。六、"波尔钦",是一种上身平伏,下身平跃,全身与地面平行转动的一种激烈舞蹈,跳这种舞要经过艰苦的训练。一般说舞蹈动作比较简单、朴素,节奏性相当强,演员的表情不是很细致复杂的。总起来给人一种浑厚、自然、纯朴、健壮的感受。

如上所说,藏剧的伴奏音乐、舞蹈动作及表情是比较简单的,因此在唱腔方面就显得特别重要,常用的有下面几种曲调:一、"达仁",是表达精神愉快、心情欢乐的调子。二、"教鲁",是表达忧愁、悲伤的曲调。三、"达通",用于一般的叙事。四、"当罗",感情有了突然的起伏,如突然生气或突然高兴转变腔调时用之。据了解,藏剧曲调有十几种,但我们对详情不甚了然。此外当一个演员唱到一段词的末尾时,其他演员就加入伴唱,颇似川剧的帮腔。两者是否有关,还有待研究。在演出中,不论角色的男女老幼,都以演员的自然嗓调唱出。整个唱腔给人以高昂、豪迈的强烈印象,这是长期以来在高原旷场上演出所形成的特色。

演员出场时,一般采用面具代替化妆,在原西康一带也采取化妆的手法,甘肃一带则发展为以化妆为主。使用的面具有新旧派的分别,旧派戴白色面具,新派戴蓝色面具。除布或胶制的软面具复在脸上以外,那些硬质面具多顶在头上。面具可以表现出角色的美丑、善恶。在服装方面,一般是终场不换,如朗萨姑娘,当初本是平民之女,但也就穿上了她后来当"少奶奶"时的服装。

藏剧演出,通常要在柳林坝子中,打青稞的场上或广场中。没有专门的舞台,也没有幕布和布景,有些地区在场中张一个天幕,观众围成圆圈,中间就是演员活动的地区。开演时,全体演员一齐出场,排列起来作环形,轮到自己时即出来到场中心表演,演完退回队列,进行伴舞和伴唱。解放后,甘肃一带已采取舞台表演,西藏拉萨自一九五六年修建了大礼堂后,藏剧团也做过若干次舞台演出。

三　藏剧剧目

就现在所知,在整个藏族地区,知名的藏剧共有十几出,目前常演出的有七八出。下面加以简单介绍:

(一)《松赞干布迎娶文成公主记》(简称《文成公主》):是描写唐太宗时代,藏王迎娶唐文成公主的历史剧。剧中集中歌颂了汉族和藏族两民族亲密友好的关系,夸耀赞美了劳动人民的智慧。吸取了民间故事,并富有传奇色采。

(二)《诺桑王子》:描写诺桑王子热爱引超仙女,娶回宫中,为其他妃子所嫉,乘他出外打仗时,逼走了仙女。诺桑回来不见了仙女,就追往天国,经千辛万苦并战胜仙女的父亲,终于和引超团聚。这个剧本歌颂了坚贞的爱情。

(三)《朗萨姑娘》:朗萨本是一个平民家的姑娘,被山官的少爷看中,强娶去做太太。但在山官家中受苦挨打以致死而复生,最后出家修行。暴露了统治者的残暴面目,但杂有大量宣扬"人生无常"的消极厌世的宗教糟粕。

(四)《卓娃桑姆》:一个国王名叫噶拉旺布,强娶了民女卓娃桑姆,生了一男一女,魔女所变的哈江王后想杀害他们,卓娃桑姆被逼走了(飞了)。她的女儿和儿子逃往邻国,长大后,儿子当了邻国的国王,带兵杀死了哈江王后。这里表现了强暴者对弱小者的迫害,但最后强暴者得到了应得的下场。但是,同时也宣传了宗教。

(五)《苏吉尼玛》:一个修道者的女儿被国王看中,强娶为妃,其他妃子妒嫉,就暗害了王子,诬赖是苏吉尼玛杀的,因此将她逐于林中,钉其手足。后被修行者救去,修成得道后,劝化世人,并感化了过去害她的妃子及国王也笃信佛教。

(六)《顿月顿珠》:顿珠、顿月是一个国王的两个王子。哥哥顿珠是已死的皇后生的,弟弟顿月是续娶的妃子白玛坚生的。白玛坚为了使自己的儿子能继承王位,就设法谋害顿珠,但顿月、顿珠兄弟非常友爱,知道这件事后,就一同逃往他处,经历了许多磨难,最后顿珠作了邻国的国王,回来感化了继母,让顿月继承了父亲的王位。

(七)《赤美滚登》:赤美滚登是一个王子,笃信佛教,他舍弃一切,把自己的财产、妻子、儿女甚至连自己的眼睛都布施给了别人，隐入深山修行，最后由于神佛的力量，双眼复明，夫妻、父子团聚，极力宣扬了佛教的超阶级的"利他主义"思想。

（八）《云乘王子》：是两段故事，一段讲云乘王子和某国王的女儿恋爱到结婚的经过；一段讲王子看到老母龙送小龙去供给大鹏鸟作食物时分离的惨状后，心中不忍，愿以身代，结果感化了大鹏，立誓不再吃龙。

（九）《白玛文巴》：白玛文巴是一个富商的儿子，聪明、贤能、笃信佛教，为人所敬。信奉异教的国王及异教徒心存嫉恨，想尽各种办法折磨他，谋害他，但都不能得逞，最后自取灭亡，由白玛文巴继承了王位。

（十）《日琼巴》：日琼巴不听师傅米拉日巴的劝导，被一个美妇所诱惑，迷失本性。直到师傅又来点化他，他才幡然醒悟，和他的情人同修苦行，先后得成正果。

此外还有：《敬巴钦保》、《德巴登巴》、《绥白旺曲》也含有宣扬佛教的东西，就不加详细介绍了。

目前被有些人称之谓"藏剧脚本"的书面作品，实际上只是一种说唱体的作品。在这里面叙事用散文，带有说明环境、动作、时间、过程等的作用。对话用韵文①，是第一人称，相当于台词，便于扮演者歌唱。此外便没有目前一般剧本中所包括的其他部分。我们仅在《云乘王子》一书中见到注有某人唱某人之调，如："云乘王子唱诺桑王子之调"等样的提示。据我们所知，在藏剧团演出时是与书面作品有差异的，尤其是新派剧团差异更大，所以在进行评价时，书面作品内容和演出内容应有区别的对待。一般来说，书面作品由于作者多是统治阶级的知识分子，所以糟粕是比较多的；剧团的成员多是劳动人民，演出的对象也是劳动人民占大多数，所以演出的戏人民性是比较强的。特别是只抽出一节来表演，如朗萨受苦的情况，那么人民性就更其强烈了。

四 对藏剧的评价及展望

藏剧剧目中有精华也有糟粕，而在目前比较常演出而为人民大众所喜爱的

---

① 所谓韵文并非押韵，只是音节数目字相等。

正是《文成公主》等具有鲜明的人民性的戏,而久置不演的却正是那些以宣扬宗教为主题的戏。停演的原因当然不止一端,但是人民的好恶,恐怕是相当重要的一条。当然对于这类以宗教思想为主题的戏,我们绝不能毫无区别毫无分析地一笔抹煞,而应该结合藏族的历史发展和社会情况,结合藏剧产生和发展的具体过程,以历史唯物主义的观点,阶级分析的方法,在藏族和汉族的有关人员及广大群众中展开广泛、全面、深入、系统的讨论研究,分清哪些是为封建统治者和宗教迷信服务的,是麻醉人民斗志,毒害人民思想的,然后加以彻底批判和清除;哪些是合理的,是具有民主性的,应该肯定并加以发扬。其实对整个藏剧、整个藏族文学遗产,我们都应该采取同样认真、严肃、慎重的态度,任何企图用三言两语,笼统地加以全面否定或全面肯定的态度,都是不科学、不恰当的。总的说藏剧尤其是目前较流行的几种藏剧,一般都具有一定的思想性,它暴露了统治者的丑恶面目和残暴的本性,表达了人民群众的痛苦和善良的愿望。并且从各不同角度,反映了一定历史时期的社会面貌。

从藏剧使用的语言来看,和其他藏族书面文学比起来,是非常接近口语的,尤其是引用的比喻,生动而确切,充满了生活气息。人物刻画也是非常鲜明。被派往长安迎娶文成公主的使臣的聪明、机智;朗萨姑娘的勤劳、朴素;山官父子的凶狠、残暴,刻画得各如其份,深刻动人,给人以活生生的印象。

所以总的说来,藏剧虽曾被统治阶级利用来做为巩固其统治的工具,但是,做为一种独立的文艺形式,是有其久远的历史传统,丰富的思想内容,独创的风格特点,并且闪耀着人民性的光芒,为藏族各阶层人民所喜闻乐见,成为他们文化生活中的重要部分,并因而成为祖国丰富的文学宝库中一份极可珍贵的遗产。今后在党的伟大的民族政策和"百花齐放,推陈出新"的文艺方针指导下,有着广大藏族人民的劳动建设和生活战斗为藏剧提供崭新的取之不尽的题材,再加上藏族和汉族文艺工作者的密切合作,从音乐、舞蹈、布景等各方面加以合理的改革和发展。我们相信,不久的将来,藏剧将开放出更加鲜艳、灿烂的花朵来。

1959 年

藏戏和藏戏故事

——西藏文化巡礼之一

王 尧

史料解读

　　史料原载于《西藏文艺》1979 年第 3 期，为一篇藏戏故事的介绍文章。该文分为四部分，首先介绍了藏戏及剧团。藏戏是以歌舞为载体表现人民生活的艺术形式，在各地形成不同的流派，出现了一些颇负盛名的剧团，演绎不同主题的剧目。其次，该文对藏戏的起源进行了调查，归纳出了以下三点：第一，藏戏作为一种表演艺术起源很早，形成完整的形式大概是在公元 14、15 世纪。第二，藏戏在公元 17 世纪时已经普遍流行。第三，藏戏的形成和发展与说唱"喇嘛玛尼"的表演，以及宗教的酬神活动有密切关联。再次，本文介绍了藏戏的唱腔、舞蹈、服饰和剧本，指出在"百花齐放、推陈出新"的文艺方针指导下会创造出新的藏戏艺术。最后，该文列举了经过统计后的十三种藏戏，并简单介绍了其中的"八大藏戏"：《文成公主》《诺桑王子》《朗萨姑娘》《苏吉尼玛》《顿月顿珠》《卓瓦桑姆》《赤美滚登》《白马文巴》。

　　该史料对藏戏起源进行调查，同时对藏戏的发展流变进行了介绍。该史料从历史唯物主义观点出发看待藏戏的整理与改编问题，认为只有承认历史、尊重历史，并结合时代特色推陈出新，才有利于藏戏的发展。

原文

（一）

藏戏是以歌舞形式反映社会生活的综合艺术，是藏族人民智慧的结晶。在西藏和四川、青海、甘肃、云南等省区藏族聚居的地方普遍流行，成为藏族人民最喜闻乐见的传统文化表现形式。

在漫长的农奴制社会里，广大农奴在残酷的经济剥削和政治桎梏的重压之下，辗转挣扎于死亡线上。但是，人民的力量始终是引向光明的火炬，人们用文学艺术的各种形式，来进行团结、教育自己的活动，抚慰苦难中的阶级弟兄。这样，在西藏解放前，藏戏团就自然地被人民称之为"人民的朋友"。各地形成不同的流派，出现了一些颇负盛名的剧团。列表如下：

名称	地点	主要演出剧目
扎西雪巴	拉萨	苏吉尼玛、文成公主
江嘎尔	江孜	朗萨姑娘、卓瓦桑姆
菊翁巴	后藏拉孜	顿月顿珠
觉木隆	拉萨、尼木县	苏吉尼玛、诺桑王子等
宾顿巴	山南乃东	诺桑王子、文成公主
萨迦巴	后藏萨迦	文成公主、卓瓦桑姆
巴塘娃	四川巴、里塘	诺桑王子、卓瓦桑姆
拉卜楞	甘南夏河	赤美滚登
结古多娃	青海玉树	卓瓦桑姆

这些剧团严格地说来都是一些戏剧爱好者组织，有的就是一种差役负担。基本上都是在藏历七、八月间，农业上开始收获的季节，展开他们的演出活动。先在拉萨、日喀则、江孜等几个大城市中自然形成会演式的演出，然后就分别流浪到各地农村，有的还远走国外，到印度、尼泊尔一带喜马拉雅山南侧、藏族聚居的地区演出。演员们都是拖家带口，过着十分清苦的生活，他们为农牧民演

出中,有时还帮助参加收获劳动,度着艰苦而自得其乐的生活。

由于历史条件的限制,演员并没有机会进专门的学校,也没有受过系统的教学程序,大都是家庭传授,子继父业,所以很多著名的藏戏演员都是出自"藏戏世家"。

藏戏,藏语称之为"阿佳拉木",演员被称为"拉木娃"。本来,"拉木"的意思是"仙女",可能由于藏戏演出正戏之前,往往要由"仙女"出场,表演歌舞,一方面借以集拢观众,一方面介绍演员跟观众见面(这都是为适应广场演出所需要),所以才产生这样的称呼。至于"阿佳拉木",本意为"仙女大姐",那就更带有某种程度的亲昵意味了。藏戏演出的剧本称为"扯不雄"意思就是"表演的内容"。绝大部份剧本都有木刻本传世,人们习见的是拉萨印书院的印本。

(二)

藏戏的起源是人们普遍关心的问题。过去,笔者对这个问题曾做过调查,许多学者如江金先生、察珠活佛先生和觉木隆剧团导演扎西顿珠先生[①]都认为:依据传说,藏戏是噶举派僧人唐东杰白创造的。并说:当初,雅鲁藏布江上河水汹涌,来往行人依靠牛皮船过渡,经常发生危险,丧人性命。唐东杰白发大誓愿,要在江上建造铁桥。于是由山南七姊妹帮助,组成剧团,表演仙人故事,用以化导群众,同时募化铁料和资金。经过长期努力,建造了十三座铁桥。桥成,而藏戏也就流布于整个藏区。这一传说反映出藏戏作为一个艺术品种,产生于生产劳动之中,是劳动者智慧的成果,这一点,很值得重视。《云乘王子》[②]一剧的改编者,在序言中说"……往昔,我雪域之最胜成就自在唐东杰白赤列尊者,以舞蹈教化俗民,用奇妙之歌音及舞蹈,如伞纛复盖所有部民,复以圣洁教法,及伟人之传记,扭转人心所向,而轨仪殊妙之'阿佳拉木'遂发端焉……"(手抄本,第五页下,中央民族学院藏本)。这个记录跟民间传说基本一致。按唐东杰

---

① 这三位藏族学者都已先后去世,作者在草成这篇小文时,对他们深表怀念。

② 《云乘王子》是依梵剧《龙喜记》的故事改编的一出藏戏。

白其人，据《正法白琉璃大事年表》①一书所载，生于藏历第六饶迥之阴木年（乙丑），即公元 1385 年。那末，藏戏应该是公元十四、十五世纪的产物了。然而，我们从早期的一些记载来看，当初不过是偏重于舞蹈的哑剧，在《萨迦世系史》一书中有一段描写："……昆宝王生于阳木犬年（1034 年甲戌），幼聆父兄之教，尽悉之，对新旧密法意窃向往，时卓地有大庙会，往观焉，百技杂艺之中，有巫师多人，自在女二十八人，戴面具，手持兵器，另有长辫女击鼓，随之而舞至为奇观……。"这一段文字表明在十一世纪，歌舞作为酬神禳解的宗教仪式，与藏戏的最初形态有着密切的关系。1960 年，笔者在萨迦地区调查时，萨迦剧团老艺人旺阶向笔者口述一出久已失传的剧目《巴空木》，内容为桑鸢寺兴建时，莲花生大师降魔捉怪，化为猎人打猎，与麋鹿母子相遇的故事。基本没有唱词，纯以舞蹈来表现故事内容，属于哑剧。这一剧目也可以作为哑剧向藏戏的过渡形式来看。

在布达拉宫、大昭寺和罗布林卡里面的壁画上，有藏戏演出的场景②，说明在十七世纪中叶，布达拉宫扩建时，藏戏已经成为西藏流行的艺术品种了。

我们还应当提到西藏一种说唱形式的表演艺术——"喇嘛玛尼"。这种演员用比较简单的道具，挂上一幅唐喀（轴画），用一根木棒指着画上的人物，一边讲说，一边歌咏，表演其中故事。艺人说到动人处，声泪俱下，听众也跟着唏嘘不止，收到很好的效果。这种艺术形式对藏戏的形成也起了催化作用，至少也可以看出藏戏演员的"说唱"基本功训练，从"喇嘛玛尼"得到帮助和启发。

我们可以综合归纳为下面几点：

1.藏戏作为一种表演艺术可能起源很早，形成为完整的形式大概是在公元十四、十五世纪。

2.公元十七世纪时已经普遍流行。

3.藏戏的形成和发展与说唱——"喇嘛玛尼"的表演，以及宗教的酬神活动有密切关联。

---

① 《正法白琉璃大事年表》十七世纪第巴·桑结嘉错著，木刻本。
② 见拙译《藏剧故事集》的插图。（北京，中国戏剧出版社 1963 年版）

（三）

从藏戏的剧本、舞蹈、唱腔、服装和面具等各个方面来看，它是在藏族民间歌舞、说唱表演和宗教仪式酬神谢鬼等不同艺术土壤上形成的。几百年来，有无数的艺人、艺术爱好者、剧作家，以及上层知识分子不断的努力丰富、充实、提高，汇成今天独具风格、有强烈民族特点的剧种。在解放以前，基本上采用广场演出的形式（只有在甘肃夏河一带，因受汉族剧的影响，采取了舞台演出），它要求演员"唱""做"适合广场的需要。一般是音量宏大，舞姿流动，广场上声音散失较快，演员必须以高亢的嗓音，起落幅度较大的步伐，以引起观众的注意，这就是藏戏具有粗犷格调的特点及其原因。

根据几种剧目的演出底本上所标明的唱腔来统计，至少有二十种以上，男女老幼，哀乐悲欢各各不同，但大的分类有四种：

调名	在剧中表现的情绪
达任	表现欢乐、舒畅的心情
教鲁	表现愁苦、悲痛的心情
达通	一般性的叙事
当罗	感情变化，时起时伏

演出时，演员根据剧情的变化，时时更换唱腔，很细致地表达剧中人物的感情，刻画其内心世界。像《朗萨姑娘》一剧本，朗萨姑娘用几种不同的唱腔表现环境的变化，心境的不同。《诺桑王子》一剧中，王子出征时所用的唱腔和回宫时所用的唱腔迥然不同。还应该说明，藏戏的唱腔沿用《诺桑王子》、《卓瓦桑姆》等几个传统剧本中人物的唱腔作为曲牌定名，如："诺桑北征调"、"诺桑回宫调"、"噶拉旺保调"、"色玛壤高调"等等。

演唱时有打击鼓乐器伴奏，另有一位旁白演员，藏语称之为"雄桑肯"意为情节说明者。由他交代剧情的进展，一般采用"快板"、"数板"形式。而剧中人物则专心致志玩腔吟调，有时把字音拖得很高、很长，形成藏戏特有的托腔。听这种唱腔，能使人不由得联想起风雪高原的辽阔大地，峡谷险滩、激流、奔马等等壮美的场面。

藏戏的唱腔与舞蹈动作是互相配合的，舞蹈的基调与内地许多地方剧种相似，都是以模拟和夸张的手法来表演故事内容。以藏戏的舞蹈语汇来说，有它自己的特点，如骑马、行船、爬山、登楼、飞驰天际、深入地下、擒魔降妖、礼佛拜祖……都形成一套格式，人们一眼就知道舞蹈所表现的内容。由于藏戏的舞蹈动作一般都是从现实生活的动作中提炼和加以夸张而来的，就给人以和谐、壮观、实在的美感。有些动作如揖拜、敬礼等还体现了早期藏戏所残留的宗教仪式的痕迹。舞蹈按姿势、节拍和动作要求可以分为六类（每一种舞蹈节拍、图形、手和足的要求不同），列表如下：

舞名	样式	表现内容
颉达	由慢而快；跳动	出场时用
切冷	转半圈先右后左；曲线行进	进行中用
恰白	手作致敬、揖礼	敬礼时用
格切	转整圈、环行	用于长途跋涉
德东	慢步	静场、休息时用
波尔钦	转大圈、双臂平伸与地面成六十度角、旋舞	武功、技艺

舞蹈动作是演员的基本功夫。由于造诣不同，功夫深浅，因人而异，许多特技表演就不是每一个演员都能达到的，某些名演员"旋子功"轻如飞燕，迅如惊鸿，成为人们口头传颂的美谈。

"面具"是藏戏早期演出的遗迹，近代除了仙人、魔怪等特殊角色还沿用面具以外，一般已不用了。因为戴了面具有很多局限性。演员的面部表情无法表现，演员演唱时口腔活动也受到限制，因而逐渐被淘汰了。但是，若从历史角度观察，面具则是藏戏的一个特征，在布达拉宫壁画上的藏戏《文成公主》一剧中，演员在演唱时把面具顶在头上，表演动作时，又把面具从头上拉下来，绷在脸上。看出面具在实际使用中的情况。现在见到的几种面具，除了丑角、仙翁、武士之类，很少新颖内容，有陈式化的感觉。

服装的原来特点是多用古装，极少时装。衣、帽、靴、带都是旧式模样，时代特点不明。由于高原气候早晚和中午温差较大，演员在服装上不能脱离当地实际，一般都是穿厚重大袍，舞蹈动作过多的演员略加扎束而已。武士和将官的打扮稍有不同，在裙袍之上再加一层绳球络纲，使他们动作中摇曳多姿，更加活跃。近若干年来，服装已有极大改革，基本采用时装。不过在质料和色彩上略微讲究一些而已。有的剧团采用京剧的戏装，那是解放以后一种新的尝试。

藏戏演出时，除了折子戏以外，一般都分三个部份：

第一部份："顿"，或叫"温巴顿"，是演出的序幕，目的是介绍全体演员跟观众见面，平整场地；表演一些歌舞和诙谐、滑稽的小节目，供以集拢观众，为正戏演出做好准备工作。根据考证，"温巴顿"原来是从《诺桑王子》一剧中的序幕，逐渐成为固定的程式，在各个剧目中都有这一部份，看来，《诺桑王子》的确是藏戏中最古老的剧目。

第二部份："雄"，意思就是正文，正戏，也就是这次演出的主要内容。大的戏码子有的要演两三天，好在观众早已熟悉这些戏剧故事，人们主要是在欣赏演员。唱腔和舞蹈，正文长、短都不是重要的。我们曾见过在拉萨罗布林卡供达赖观赏的演出本的正文，文词特别讲究典雅，唱腔也都一一注明，可见藏戏的唱、做都已有某种程度的规范化了。

第三部份："扎西"，是正戏演出终了后的祝福迎祥的仪式，也伴有歌舞，同时接受观众的捐赠。

在封建农奴社会里，藏戏演员的生活跟其他农奴一样，受尽了乌拉差役的折磨，他们常常以差役的形式去为三大领主演戏，形成一种"戏差"。大家知道，一年一度的"雪顿节"，是藏戏会演的盛大节日，但是对于演员来说，却是一种差役负担，他们平素靠种一份差地和接受一点微薄的捐赠来维持生活，长年受到饥寒的威胁。官府的啰皂、贵族的欺凌，整个藏戏事业在旧社会的凄风苦雨中日见凋零，许多剧团逐渐销声匿迹，停止了活动。只有少数艺人在风雨飘摇的生活里挣扎，坚持，保留下这一份珍贵的文化遗产，迎接了解放的到来。

艺术家们的苦心没有白费，人民当家作主的日子给藏戏艺术带来了新的生命。当西藏自治区还正在筹备阶段，就成立了国营的西藏藏戏团。像扎西顿珠先生(已故)——觉木隆剧团的演员兼导演,著名的表演艺术家,担任了藏戏团团长。各地民营和业余的藏戏团也有不同程度的发展。翻身的幸福感给藏戏艺术带来了强大的动力。扎西顿珠先生生前曾感慨万端地说:藏戏是"枯木逢春花重开"!

在"百花齐放、推陈出新"的文艺方针指导下,对藏戏传统剧目做了初步调查、整理;在服装、道具、演出场地、布景、化装等方面进行了极大的提高、改进,使藏戏走上了正规化道路。如对传统剧目《朗萨姑娘》的改编就是一个很好的开端。剔除其封建性的迷信糟粕,突出其反封建、反压榨的民主性精华,很为藏族人民欢迎。可以肯定,沿着党的文艺方针走下去,会带来藏戏的繁荣,会为社会主义建设做出自己的贡献。今天,当人们高举建设四个现代化大旗,高歌猛进的时刻,藏戏这朵奇葩,放出自己的芳香,为建设四个现代化服务是完全可能了! 我们有着"双百"方针的指引,在广大关心藏族文化的同志们的共同努力下,推陈出新,定会创造出新的藏戏艺术来!

(四)

藏戏的传统剧目究竟有过多少,一时还难以说清。有的是时生时灭,受时间的考验、人民的检验,到解放初期,统计有下列十三种。

1.《文成公主》(又名《文成公主和尼泊尔公主》,但在演出时基本上只演文成公主一段)。

2.《诺桑王子》(又名《曲佳诺桑》)。

3.《朗萨姑娘》(又名《朗萨娥波》)。

4.《苏吉尼玛》。

5.《顿月顿珠》。

6.《卓瓦桑姆》。

7.《赤美滚登》。

8.《白马文巴》。

9.《絮白旺秋》。

10.《岱巴登巴》。

11.《日琼巴》。

12.《云乘王子》。

13.《井巴钦保》。

前八种,又称为"八大藏戏"。按其内容大致可以分为历史人物剧、人情世态剧、民间故事剧和佛经故事剧四大类。下面我们根据八大藏戏的演出本来介绍主要情节,略加考证和叙述。

《文成公主》一剧,取材于历史传说,是以历史人物为依据进行创作、塑造出来的艺术形象。像文成公主、松赞干布、禄东赞都是历史上实有的重要人物。他们在加强汉族和藏族的民族团结、推动历史前进都起过一定的积极作用。可以毫不夸张地称他们为历史上有影响的英雄人物。尤其文成公主,对藏族社会的物质、文化生活的发展,功勋卓著。剧作家把她与松赞干布的婚姻编成剧本,在群众中演出,正说明人们对他们的赞美和歌颂。在这出戏中,这些人物形象,都反映了藏族人民的愿望,倾注了藏族人民的感情的,比如有一首流传了一千多年的藏族民歌《爱玛林季》唱道:

> 正月十五那一天,
>
> 文成公主应允来西藏,
>
> 您别怕广漠的莲花坝,
>
> 有一百匹骏马来迎接;
>
> 您别怕高耸入云的山峰,
>
> 有一百头犏牛来迎接;
>
> 您别怕河水宽又急,
>
> 有一百只皮船来迎接;
>
> ……

——《西藏歌谣》藏文本第一百一十一页

这里表现了藏族人民对文成公主的尊崇和爱戴。在历史记载中也不止一次提到这一重大事件。如《新唐书·吐蕃传》云:

"（弄赞）遣大论薛禄东赞献黄金五千两，他宝称是，以为聘。十五年，妻以宗女文成公主，诏江夏王道宗，持节护送，筑馆河源王之国，弄赞（即松赞干布）率兵次柏海亲迎。见道宗，执婿礼甚恭。见中国服饰之美，缩缩愧沮。归国，自以先未有婚帝女者，乃为公主筑一城以夸后世，遂立宫室以居……遣诸豪酋子弟入国学，习诗书。又请儒者典书疏。又请蚕种、酒人与碾硙诺工，诏许。……

东赞始入朝，占对合旨，太宗擢拜右卫大将军。"

藏族历史学家萨迦教持金刚福幢在他的历史名著《西藏王统世系明鉴》中，也有这样一段记载：

"大臣噶尔，又来王府，请王俞允，往迎唐朝公主……帝（太宗）许与公主，公主请以释迦本尊与众宝仓库等为奁嫁许之。于是公主与侍婢等来藏臣噶尔处问曰：'大臣！觉卧释迦像，亦将迎往汝国，无量财宝亦得将携往汝国，于汝国中有殖土否？有虫石子否？有桑树、百合、芜菁否？'噶尔对曰：'余者皆有，惟无芜菁。'遂携去芜菁种子，此后造舆，置觉卧释迦其上，使汉力士贾拉伽与鲁伽二人挽之。又派遣多量马骡骆驼等，运送珠宝、绫罗、衣服、饰物及临时所需物品。更赐藏臣盛宴。公主衣宝珠之衣，与二十五美丽侍婢，并各乘马，父母、大臣等皆送一短程。"

——汉译本，题名《西藏王统记》商务版三十八页

《文成公主》这出戏，基本上是根据上述这类历史资料再综合民间传说，加以艺术的想象创作出来的，成为脍炙人口的优秀剧目。

汉族和藏族两族在共同缔造伟大祖国的历史过程中有过血肉的联系，产生了深厚的友谊。这出戏里歌颂的松赞干布与文成公主之间的婚姻，实际上是歌颂汉族和藏族人民之间的情谊。正如恩格斯所说："对统治阶级来说，婚姻，基本上是一种政治行为。"壁画、说唱、歌谣、历史著作都歌颂这些历史人物，而剧作家却从戏剧角度表现这一主题，可以看出这一主题具有多么深厚的社会和历史基础。

剧中的禄东赞为了迎娶文成公主，一次又一次胜利地通过比赛，留下了五

试婚使的佳话,他在引线穿珠、饮酒不醉、马驹认母、教场选主等智力比赛当中,表现出超群的智慧,令人感到朴素而且亲切,正可以看出劳动者如何在历史人物身上寄托自己的愿望和想象。

剧中还可以看到藏族人民对自己家乡的热爱和自豪感情,唱词中有这样的赞词:

"西藏幅员广,五宝散四方,山有万株树,土地多平阳、五谷与六菽、莫不能生长,金银铜铁锡,样样皆齐备,牛羊遍山野,绸缎堆满仓,天下常太平,人民得安康……"

从唐太宗对西藏的赞美词里也可看出:

"西藏,四海环布所拱,雪山矗立,如天然祭塔,草地上开满鲜花,河边长满茂密森林,粮食满仓,牛羊遍野……"

剧中给人们展开了童话般的境界,反映出藏族人民对高原风光的恋情,这种朴素、自然的感情,也是值得我们重视的。

《诺桑王子》是取材于民间故事的代表作,是一出人神恋爱的神话剧。最早见于故事集《如意宝树》一书,题名《诺桑王子传》。在 1642 年成书的五世达赖阿旺罗桑嘉错的《西藏王臣史》一书的开头序言中,就把这出戏称为"引超玛的故事"(引超玛是这出戏中的女主人公)。在六世达赖仓洋嘉错情歌里,也有一首以这一故事作为譬喻抒发自己的爱情的。

笔者见到一种较为古朴的手抄本,书的前言中说:"才仁旺堆见到《诺桑王子传》,受到古词语和韵律上的限制,在表演上有欠缺之处,因而把它改编为藏戏《诺桑王子》"。

故事的主要情节是这样的:

北国额登巴国的王子诺桑,英俊贤明,深得人心,辖土境内有一猎人,名唤邦列曾巴,因救护龙王脱难,获得一条捆仙索,用这条捆仙索捆住了常到湖中来洗澡的仙女引超娜姆,经山中隐士指点,献给诺桑王子为妃。诺桑王子与引超娜姆十分恩爱,形影不离,遭到其他嫔妃嫉恨,勾结宫廷巫师,诡称恶梦,通过昏庸老国王逼迫诺桑王子领兵远征异地,进而谋害引超娜姆。仙女忍无可忍,在母后帮助下飞回天宫。诺桑王子从异地班师回来，见到人去楼空，悲愤填膺，立即去寻找仙女，历尽千辛万苦，走遍海角天涯，一直追索到天宫，与引超娜姆会面，把仙女重新迎返人间，过幸福美满的生活。

这出戏具有强烈的民间神话故事的气息，保持了民间创作的绚丽的浪漫主义色彩。马克思在《政治经济学的批判》导言里曾说过："希腊神话不仅是希腊艺术的宝库，而且是希腊艺术的土壤。"从他的教导中，我们得到启发，藏族神话故事也正是藏戏的艺术土壤，从而丰富了藏戏的剧目。

《诺桑王子》讲的并不是现实生活中的事情，是仙女、王子、隐士、神人等等超凡脱俗的人物。然而，这里还是反映了现实生活的某种现象。正如高尔基所说过："一般讲来，神话乃是自然现象与自然斗争以及社会生活在广大的艺术概括中的反映。"《诺桑王子》就表现出人征服自然的豪迈气魄，人既可以捆住仙女，还能娶仙女做妻子，仙女本人也对人间生活产生了眷恋。总的说来，人的权威，人的战斗精神受到赞颂，这不正是曲折地反映了古代人民渴望征服自然的愿望吗？这与宗教宣传的天命观，希望人成为驯服的奴隶的猥琐思想构成鲜明的对照。拿它来跟汉族地方戏《天仙配》、《沙门岛张生煮海》等剧来比较，格调一致，毫无愧色。

戏中歌颂的忠贞的爱情，事实上也就是对旧的不合理的婚姻制度的批判，人们从戏中呼吸到真挚的爱和美的情操。像诺桑王子抗拒父王威严的命令，无视王位的尊崇，鄙夷美女的诱惑，始终如一地热爱着仙女引超娜姆，最后是人们所热望的"有情人终成眷属"。在最野蛮、最黑暗的带有中世纪某些特征的封建农奴社会里，宣传这种爱情是有绝对的进步意义的！

《朗萨姑娘》是人情世态剧的突出代表作。看来在时间上出现得较晚，它是以江孜一个农家少女的悲惨遭遇作为取材来源的。这是一个社会悲剧的缩影，它反映的既是真实事件，主人翁又是平凡的女子，这与历史传说剧中的英雄王侯不同，跟神话故事剧中的仙女神魔也两样。它所表现的是人们周围习见的、经常发生的人情世态：

后藏娘堆（江孜）地方一位美丽、能干、善良的农家姑娘朗萨娥波，在一次乃宁庙会上被当地山官扎钦巴看中,山官倚仗权势,强逼为婚,指派其管家,硬订朗萨作为媳妇,朗萨父母是可怜的农民,慑于山官淫威,只好屈从。朗萨被迫来到山官家中,终日辛勤劳作,仍被山官父子毒打,肆意侮辱,以至肋骨折断,含冤负屈,抱恨而终。死后还魂,又遁入空门为尼。后扎钦巴父子又来侵扰,被喇嘛点化,他们也认清自己的罪恶,皈依佛法……

在这出戏里,除了那带有宗教宣传的尾巴不谈,整个故事来说,揭露封建农奴社会的黑暗,控诉农奴主阶级的残暴专横,描写得非常深刻有力,山官扎钦巴在逼婚时的那一段唱词是何等蛮横,何等淫虐:"在这儿所有聚集的人们齐听着:山官的儿子扎巴森珠已把朗萨姑娘娶定了! 就打今天起头算,大户人家抢不走,小户人家偷不走,中等人家娶不走;往高你飞不上天,往低你钻不进地,山官定下这姑娘,你们大家都知晓!"山官殴打朗萨姑娘时,是"拳脚交加,仰面朝天,摔得像天都要亮起来;扑面磕地,跌得像地都昏黑下去……"以致"拔下头发,折断肋骨","满口流血,鼻息皆无"。戏里把野蛮残忍的农奴主凶恶本性和狰狞面目暴露得何等彻底! 这里接触到的是西藏封建农奴社会里最本质的矛盾,每当演出这出戏时,演员和观众泣不成声,场内场外一片唏嘘叹惋。不知触动了多少人家的隐痛,不知引起了多少人的共鸣!

戏中对劳动人民,特别是对劳动妇女寄予极为深切的同情,说明朗萨姑娘勤苦操劳,"早上比雄鸡起的早,晚上比老狗睡的迟","炒青稞,织氆氇,下地干庄稼活,没有一样不勤快。"粗粗几笔就勾勒出一位劳动妇女的质朴感人的形象。偏偏就是这样勤劳、温顺、善良的妇女却遭到那样悲惨的死运。不正是对封建农奴社会的控诉吗? 所以观众喜爱它,因为它几乎能作为一面镜子照出自己的命运。

解放后新改编的《朗萨姑娘》,剔除了宗教尾巴,突出了斗争主线,显得更加饱满,更受人们喜爱。

《苏吉尼玛》是利用民间故事作兰本,表现善与恶、真理与邪魔之间的斗争。从故事情节的前一半来看是吸收了梵剧《沙恭达罗》的部份手法。苏吉尼玛是隐士的女儿,美丽而温婉,住在森林里。国王因打猎,追寻惊鹿,来到林间,见到苏吉尼玛,惊其貌美,迎娶回宫。不料遭受奸人嫉恨,被指为妖女,受到迫害凌辱,这一场冤案最后得以昭雪。表明邪恶总不能战胜真理,正好像当时社会上勤劳的劳动大众受到剥削和压迫,心中总燃烧着希望一样。人们在现实生活中得不到实现的理想,就曲折地通过幻想来表达。从这个角度来看《苏吉尼玛》一类的藏戏,是有一定的社会意义的,也是曲折地反映了人们的要求和愿望的。这出戏是觉木隆剧团的拿手好戏,曾在 1956 年去北京参加会演。

《顿月顿珠》也是取材于人情世态的内容的,它描写后母虐待前妻的儿子,以及兄弟手足情谊,故事生动感人。像后母虐待前妻子女,在旧社会里带有一定的普遍性,失去母爱的孤儿很受社会的同情,描写这些情节容易收到戏剧性的效果。这出戏的一个脚本被宗教上层改移为某某两位大师的前生故事。而顿月、顿珠两兄弟的友爱,则被说成是某某两位大师之间的友情,失去了本来的意义。

故事讲到顿珠是国王前妻的儿子,顿月是后母所生的王子,顿珠受后母的凌辱、虐待,不能存身,为了王位继承权问题,后母千方百计要害死顿珠。顿月年纪虽小,十分厚重,对兄长关怀体贴,多次保护其兄,违逆母意,替兄讲情,最后不惜放弃王位,与兄长一起外逃,弟兄二人在外流浪,受到了多次考验,吃尽苦头,也遇到过极大危险,最后在某一国中受到公主爱慕,兄弟二人获得了爱情和王位,得到了圆满美好的结局。

故事情节较为曲折,表演也颇生动,后藏迥巴剧团专演此戏,有时干脆称这出戏为《迥·顿月顿珠》。假若去掉那一层宗教迷雾,这一出戏还是反映了一个社会问题的。兄弟之间的友情也很感人,表现了一种美好的情操,对嫉妒心进行了无情的鞭挞,具有一定的积极意义。

《卓瓦桑姆》是根据民间故事《俩姊弟》的情节改编成藏戏的。[①] 这出戏讲一个国王噶拉旺布强娶民女卓瓦桑姆为妃,生下一男一女。大妃名叫哈江,是魔女化身,一心要害死这母子三人,卓瓦桑姆被逼远走高飞,剩下两姊弟,哈江几

---

① 这一故事发表在《民间文学》(1959 年),流行于四川省藏族地区,据搜集者报导,它在民间流传较为久远,语言有古老的特色。

次派猎人、渔人、屠夫杀害他们，这些劳动者被这两个天真无邪的姊弟所感动，都不忍杀害，最后哈江魔女逼得姊弟外逃，在邻国获得帮助，得了王位，哈江又前来攻打，兵败被杀，姊弟二人各掌一国，过着幸福生活。

这个故事虽然原来是反映妻妾之间的不和，争风吃醋，但表演中却转移了重点，逐渐形成表现姊弟二人天真烂漫和魔女险恶凶狠的斗争。所谓魔女，不过是代表一种邪恶势力，而邪恶总是斗不过真理，虽然它能一时得逞，最后胜利必然属于真理。这就是这出戏的最后点题。像这样的思想，在封建农奴社会里，不过是农奴某些正当要求的曲折而隐晦的反映而已，作为戏剧来说，这出戏安排得相当紧凑，有高潮，语言也相当生动、流畅。

《赤美滚登》是至今为止，我们见到的直接以佛经故事为题材的唯一一出戏。原故事载于《大藏经·方等部》，题名《佛说太子须大拏经》。故事讲赤美滚登贵为王子，但一心皈依佛法，对世俗的涸浊生活表示厌恶，对世上的孤苦残废深表同情，对僧侣出家人的虔诚表示尊敬。为了实现佛教徒的"渡人济世"的目的，彻底放弃个人的欲求，追求解脱的境界。他要求实现自己的誓言："愿意牺牲自己的一切去利益他人。"这样，他把王位、财宝、妻子、儿女、最后连同自己的眼睛都布施给了别人，实现了自己的理想。当然最后的结局还是美好的，因为积了功德，幸福仍然向他招手。

这是彻底的以佛教哲学为中心话题而编造出来的故事。随着佛经的流传，形成一种通俗的"变文"，由喇嘛玛尼——说唱演员在街头唱诵，同时绘成画像（也就是所谓"变相"）。在"变文"和"变相"的基础上改编成了藏戏。

从藏戏史的研究上来看，这出戏有一定的价值，就其所表现的思想来说，是十分消极、十分有害的。

这出戏在西藏地区各个剧团很少演出，在甘南夏河，由拉卜楞寺喇嘛组成的剧团演出它。这也是藏戏演员在宗教上层控制下所能争取到的一点点"自由"而已。

《白马文巴》，这是一出非常奇妙的儿童剧。全剧都是采取虚幻的浪漫主义手法，表现白马文巴在幼年时的智慧和勇气（这出戏一向没有形成定本，1960年笔者在萨迦地区调查时，向萨迦剧团老艺人旺阶请教，费了整整一星期工夫，由他复述，笔者用藏文记录，记下一个按演出程序的口述记录本。后来，把这个记录译成汉文，当时曾引起藏戏界的同志们浓厚的兴趣）。故事是这样的：

白马文巴（他是莲生大师的又名）是一位传奇性的魔术师似的能人，降妖捉怪，呼风唤雨，又会建造房屋，医治疾病，成为一位超人，关于他的故事，传说很多。幼年时期随父母同住，父亲为国王到海中取宝，国王贪财害命，杀害了他的父亲，白马文巴就随着母亲过着清苦生活；国王又以种种借口加以刁难，企图杀人灭口，白马文巴虽然年纪幼小，智力超群，运用巧计，骗得国王登上金锅，飞入天际，然后把国王摔死，白马文巴继承了王位。

以上是八大藏戏的简单介绍。最后，我们还要着重指出，由于历史的和社会的原因，藏戏剧目中或多或少都有宗教色彩，几乎形成一种特征。这是因为编剧者大都是宗教上层或是虔诚的宗教信徒，西藏地方统治者又有意识地希望利用戏剧来宣传宗教，如十三世达赖在觉木隆剧团的批文中就明确写道："把古昔菩萨、大师的故事表演出来，劝恶归善。"所以我们从上述八个剧目中见到的即使是表现男女爱情、兄弟友谊的内容，也同样夹杂着劝诫弃恶为善的说教。甚至连《文成公主》这样的历史剧也都借文成公主之口宣传佛教在西藏的胜利。

我们对待这个现象是以历史唯物主义的态度，承认历史，尊重历史，并指出其产生的原因和背景，更要以推陈出新的积极态度进行整理、改编，认真地对待这一份文化遗产。我们相信：在全国上下一致为实现四个现代化而努力奋斗的大好形势下，"藏戏"这朵祖国艺术之花，必将在党的"双百"方针的指引下重放异彩！

一九七九年三月重写于北京

（本文有删节）

批判·继承·革新

——从藏戏《喜搬家》的反复谈起

李佳俊

　　史料原载于《西藏日报》1979 年 3 月 3 日,为一篇评论。该文通过梳理藏戏《喜搬家》在表演艺术上的曲折反复来探寻藏戏的改革。起初,藏剧团的表演人员为更好地表现新题材,为《喜搬家》增添了许多新的唱腔、舞蹈动作和乐器,群众反响不热烈,直到将新加的内容删减,依靠传统的唱腔、表演程式和乐器,才让观众产生强烈的共鸣。由此,作者指出,藏剧改革要尊重藏剧产生的历史条件,尊重不同地区、不同民族的艺术欣赏习惯,不能一味地摒弃旧的艺术形式,而是要在劳动人民能接受的基础上,让旧形式服务于新内容。因此,对待民族文化遗产必须持谨慎严肃的态度,正确处理好批判、继承和革新的关系,要在继承的基础上进行创新。

　　该史料从戏剧观众的接受角度看待藏戏《喜搬家》中唱腔、舞蹈动作和乐器的设计,提出藏戏改革要遵循规律,考虑接受者的艺术欣赏习惯。该史料从接受角度进行文学批评,具有一定的学术价值。

原文

　　两年来,藏戏《喜搬家》在表演艺术上出现反复,或者叫做曲折吧。探索这段道路的意义，十分耐人寻味。

开初，藏剧团的同志为了更好地表现这个新题材，给戏中人设计了许多新的唱腔和舞蹈动作，加进弦乐和铜管的伴奏，舞台上呈现一派喜气洋洋的气氛。不料群众不买账，说它既不像藏戏，又不像歌舞。最近参加全区文艺会演，他们撇开庞大的乐队，只留下鼓和钹，恢复了一些传统唱腔和表演程式。奇怪，新的东西减少了，观众的掌声却比过去热烈。

于是，有人说群众喜欢旧瓶装新酒，不用为藏戏改革煞费苦心了。这是一种偏见。问题的关键并不在藏戏要不要改革，而在于怎样进行改革。

藏戏已有五百多年的历史。它与其他艺术形式一样，有它自己的发展过程，在新的历史条件下，特别是在加速实现四个现代化的新形势下，藏戏更不能不随着社会的变革而变革，随着形势的发展而发展。

但是改革藏戏，不能完全推倒重来，要在继承的基础上创新。任何一种艺术形式都是从劳动人民的长期阶级斗争和生产斗争中创造、发展起来的。每个地区、每个民族的人民大众都有其自己独特的艺术欣赏习惯，这种欣赏习惯又与它所处的地域环境和共同的心理素质紧密相联，是长期接受某种艺术熏陶所造成的。欣赏习惯也会发生变化，但总是循序渐进的。我们不能强迫群众扬弃一切旧的艺术形式，而只能经过由量变到质变的漫长的演变过程，使旧的艺术形式适应新的经济基础的需要，而又能为广大人民群众所接受。否则，它就会脱离群众，达不到艺术应有的宣传教育效果。《喜搬家》最初的尝试没有成功，不是说藏戏不需要改革，而是因为改革的路子走得不对，脱离了群众的欣赏习惯。

今天的《喜搬家》并非"旧瓶装新酒"。熟悉藏戏的行家都可以看出，它不仅有别于解放前的藏戏，就是与解放后加工改造过的传统戏《朗莎姑娘》也有明显的差异。摘掉面具，由广场搬上舞台，唱腔动作性格化，生活气氛更加浓郁。这些变化没有使观众感到不协调，反倒认为"我们又看到了真正的藏戏"。奥妙就在于它继承了传统藏戏中健康有益的东西，保留了藏戏基本的表演程式和音乐唱腔，使人感到亲切自然。

　　《喜搬家》在两年内走的一段曲折道路告诉我们：对待民族文化遗产必须持审慎的态度，正确处理好批判、继承和革新的关系。批判是为了继承，吸取文化遗产中健康有益的东西。而批判和继承最终的目的是为了革新，发展社会主义新文艺。就像给婴儿洗澡，是要去掉身上的污泥，让他健康成长，而千万不能在倾倒污水时，把婴儿也泼了出去。

　　在艺术探索的道路上，出现反复是常有的事。《喜搬家》的反复不是复旧，而是思想认识上的一次提高。

第四辑

维吾尔族戏剧

本辑概述

　　本辑收录了十篇史料，都是围绕维吾尔族话剧《火焰山的怒吼》展开的，包括吴寿鹏的一篇学术随笔，铁衣甫江艾里耶夫、雷茂奎、肉孜哈斯木、茅幼冬、闻希群的五篇评论，季阳的一篇导演札记，一首《火焰山的怒吼》主题歌，一篇观后感，以及一篇关于话剧《火焰山的怒吼》演出的报道。

　　《火焰山的怒吼》取材于一场农民起义。新中国成立前，吐鲁番唯一的水源"坎儿井"以及广大农民赖以生存的土地全被控制在地主手里，随着辛亥革命的浪潮席卷全国，1913 年到 1914 年在新疆吐鲁番孜里克山附近爆发了一场由维吾尔族农民艾买提领导的农民起义。起义虽以失败告终，但在这场起义中，维吾尔族和汉族人民用鲜血结成的战斗友谊值得永远纪念，这也充分说明了新疆各族人民的命运同全国各族人民的命运密切相关。

　　吴寿鹏的学术随笔介绍了这部剧搬上舞台前的准备工作，包括参演人员到二堡、三堡一带体验生活，访问艾买提的儿子和当年的邻居，到剧中王爷府所在地拜访，在吐鲁番当地寻找模特并揣摩他们的神态动作等。季阳的札记为其导演《火焰山的怒吼》过程中的感想和认识。本辑评论所占篇幅较多，涉及话题多元，总体为正面评价。铁衣甫江艾里耶夫的评论聚焦于剧情背后的社会现实，认为《火焰山的怒吼》展现了半个世纪前吐鲁番的社会历史情况，揭示了各族人民只有团结一心，才能取得反压迫、反剥削斗争胜利的真理。雷茂奎和肉孜哈斯木的评论都提到了剧作者是用阶级观念分析历史事实和人物的，民族团结主题既是贯穿全剧的重要政治内容，也是新疆各族作家的重要创作主题之一。闻希群的评论肯定了这部剧题材的重要意义。艾买提这一角色向观众展现了一个英勇无畏、不屈不挠的民族英雄形象,同时,对这一角色缺点的适当描写使人物更加真实、立体;戏剧在语言上善用维吾尔族谚语,为整部戏增添了独特的光彩。但这部剧也存在一些值得探讨的问题,例如从第二幕起笔力有些分散,以及如何能更好地凸显特定历史时期人物特点的问题等。茅幼冬的评论则主要是针对剧中饰演艾买提这一角色的演员贾志杰的表演进行点评,认为他通过动作、笑声等真实地表达了艾买提的情感,并且通过几个动作将人物坚毅、沉着的性格呈现在观众面前。

　　本辑涉及的维吾尔族戏剧只有《火焰山的怒吼》一部,围绕该作品的新闻报道、作品评论、导演札记等史料类型比较全面,涉及戏剧主客体各个角度,对该作品的研究较为充分,但对维吾尔族其他剧作的研究尚未出现,这也反映了少数民族戏剧研究发展不平衡的现状。

在火焰山下体验生活

吴寿鹏

史料解读

　　史料原载于《新疆日报》1962 年 5 月 10 日第 3 版，为一篇学术随笔。史料记录了新疆维吾尔自治区话剧团导演、演员、舞台美术人员到二堡、三堡一带体验生活的经历。话剧团工作人员通过文化调查、人物访谈等形式在感性体会之上进行理性创作，为演好历史剧《火焰山的怒吼》做了充分的准备。

　　该史料记录了话剧团工作人员通过体验生活来进行舞台创作的经历，对文学创作与体验生活之间先后顺序与主次关系的重视体现了文学评价体系和标准上鲜明的时代性。

原文

　　包尔汉同志的历史剧《火焰山的怒吼》发表之后，引起了各方面的注意。自治区话剧团参演该剧的导演、演员、舞台美术人员等，为了演好这个剧，曾于 4 月上旬，一行二十余人到二堡、三堡一带体验生活。在体验生活的日子里，他们访问了一些人家，会见了剧中人艾买提的儿子，搜集了一些史料，参观了一些建筑，对当时的风土人情，宗教信仰，官府活动等进行了解，还邀请了一些老年人参加座谈。体验生活的时间虽然不长，但收获不小。

"艾买提是个好样的"

一天,演员们去访问老农哈兹阿得尔。

哈兹阿得尔老人今年虽已经九十五岁了,但精力却十分健旺,大家不禁为他的健康祝福。五十年前,他曾在胜金口附近和艾买提一度作过邻居。艾买提当年的生活状况和革命活动,有许多都为老人亲眼看到。老人一开口便说,"艾买提是个好样的,他为人正直,讲义气,个人生活虽然很苦,还能经常接济别人。利用闲时打土块赚的钱,替别人交租还债。因此,乡亲们有了事常找他帮忙。为了公众的利益,他甚至不惜自己的生死!"接着老人又谈到艾买提如何机智勇敢,如何团结群众。听了老人的叙述,大家对这位维吾尔族优秀的儿子,不禁肃然起敬。谈话的题目是多方面的,你一言、我一语,很有意思。这时,不知是谁插了一句:"老爷爷,您还记得艾买提的模样吗?"老人慢条斯理地点点头说:"要想知道艾买提的模样并不困难",他顺手指着东南方向:"那就是二堡,艾买提的儿子就住在那里,他和他父亲的相貌非常相似,甚至连说话的声音语气都一样,见到他,就等于见到艾买提了。他叫努而艾买提。"

在努而艾买提家里作客

努而艾买提这位革命的后代,解放后在党和政府的培养下,当了公社干部,同时又是种瓜的能手。他有妻子和两个正在小学里读书的孩子。从他们充满生气的喜悦的面容上,可以看到时代的光彩。他们的父亲、祖父所经历的颠沛流离的悲惨生活,在他们身上永远也不会有了。

他们听说剧团的同志们要去访问,很早就作了准备,房子里收拾得干干净净,并且提前到门口迎接客人。这位身材较高,有浓黑的鬓须和深陷的眼睛的男主人,就是努而艾买提同志,他很懂礼貌,也很热情。当人家问他父亲的情况时,他似乎有些腼腆,只是说,"我父亲是为了穷人。"谈话结束后,有人提议为努而艾买提照张相片作为纪念。孩子们听说要照像,非常高兴,也要求为他们照一张,并且找妈妈要新衣服。摄影的同志说,"好,我给你们来个全家福。"

在鲁克沁王府的废墟上

由三堡出发,乘汽车往西南行驶,约两个多小时,就到了鄯善县的鲁克沁区。鲁克沁王府就设在这里。包尔汉同志在剧本里提到的王爷府就是指这里而言。目前,这里已是一片废墟。从那些残垣断壁来看,这座建筑,在当时是很豪华的。它约有七、八层楼房高。站在顶端远眺近瞰,很象是一座城堡。据这次陪同而来的曾一家几代为王爷当奴仆的艾沙同志说,鲁克沁王爷站在上面监视周围的活动,到收庄稼的时候,看到谁家的庄稼好就霸占过来。接着他又仔细地介绍了鲁克沁王的生活、相貌和这座建筑的部位。从这片废墟上,完全可以设想,统治者的横征暴敛和广大群众的悲惨命运!

找模特儿

人物造型,对扮演好一个角色,有很大作用。所以演员们到了吐鲁番很注意观察人们的相貌、举止、行动,供自己参考。有时,在大街上,在田野里,遇见接近自己所设想的形象便兴奋的说:"这是塔吉,那是早尔汗。"(均是剧本里的人物)必要时,甚至把他们用笔勾画或用照像机拍照下来。或者揣摩他们的更替动作。舞台美术人员也十分忙碌,到处参观访问当时的建筑结构、服装式样和色彩、道具形状等等。

通过这次体验生活,该团导演、演员和舞台美术人员都感到收获很大。生活不但是写作的源泉,同样是进行舞台艺术创作的源泉。如果不是通过这次体验生活,他们只能依据剧本所提供的东西进行创造。有了理性的认知,再有了感性的体会,创造的形象就会更生动一些。

话剧《火焰山的怒吼》主题歌

史料解读

史料原载于《新疆日报》1962 年 5 月 10 日第 3 版。

原文

世界是人民的世界，

吐鲁番是人民的吐鲁番，

还给我们土地，还给我们田园！

那怕鲜血染红了草原，

也要把老爷们的世界

闹得地复，打得天翻！

克任达希拉耳，库来下以里①

兄弟们！ 兄弟们！

团结起来，斗争向前，

维汉人民心相连，

维汉人民心相连。

战斗中血的友谊象烈火，

照亮了博格达山；

---

① 维语，即"同胞们，斗争开始！"

战斗中血的友谊象红花，

开遍了戈壁滩。

千年万代，万代千年，

冰雪压不倒，

狂风吹不散！

冰雪压不倒，

狂风吹不散！

革命者的歌

铁衣甫江艾里耶夫

史料解读

史料原载于《新疆日报》1962 年 10 月 21 日第 3 版，为一篇话剧评论。该史料从民族团结的角度高度肯定了包尔汉创作的历史剧《火焰山的怒吼》，认为它是对维吾尔族和汉族人民在长期历史进程中团结抗争精神的再现。该史料对文学的社会功能的重视体现了理论话语鲜明的时代性。

原文

新疆自古以来就是祖国不可分割的一部分。新疆的历史，是新疆各少数民族同伟大的汉族人民共同缔造的友谊的革命史。今天，当维吾尔族人民为幸福生活欢欣鼓舞的时候。我不禁为世世代代在劳动和革命斗争的过程中同汉族人民同生死、共患难的历史感到自豪。

只有各个历史时期的剥削阶级及其走狗，特别是帝国主义者，才无视和歪曲这光荣的历史。他们歪曲历史的目的在于破坏我国统一和各民族的友谊团结。中国人民，特别是真正做了自己独立的国家的主人，红色中国的劳动人民，绝不容许歪曲自己祖国的光辉历史。

歌颂祖国这样的光耀历史，是祖国文学艺术的一个重要内容。包尔汉同志的历史剧《火焰山的怒吼》是出现在真正继承了这光辉历史的新文艺园地里的一朵鲜花。因此，自治区汉族话剧团把这个剧本搬上舞台，自然引起新疆文艺界的重视。

我在看这个剧演出的时候，深深地为它所激动。我仿佛置身于剧本所描写的历史事件之中。各族劳动人民反压迫、反剥削的历史斗争和英雄人物的精神，引起了我的共鸣，燃起了我对各族人民的共同敌人——剥削阶级的代表们的怒火，也使我为汉族人民和少数民族人民、包括维吾尔族劳动人民的诚挚友谊而兴奋。

这个剧反映了距今半个世纪发生在吐鲁番的社会历史情况。那时，孙中山先生领导的辛亥革命取得了某些胜利，清政府虽然被推翻，但是封建社会的统治者却仍然存在。封建统治者对革命运动疯狂的镇压。这种形势在新疆地区也有所反映。正象上个世纪的太平天国的农民起义鼓舞了新疆劳动农民的革命暴动那样，辛亥革命的浪潮也直接地影响了新疆人民反对清王朝的革命运动。这些革命的暴动的目的和行动虽然受到历史的局限，但是各族劳动人民更清楚地认识到，封建主义是各族人民的共同敌人，在这个斗争中必须依靠汉族劳动人民的兄弟般的阶级援助。这个真理，在戏中领导暴动的艾买提、衣明、赵正奎和李孝等人的关系上得到了栩栩如生的表现。互相勾结的地方封建主、官吏和他们的走狗不论怎样掩盖这个真理，也欺骗和迷惑不了革命的队伍，因为阶级仇恨把各族人民紧紧地连接在一起了。这些革命的阶级弟兄宁可一死，也不愿在歪曲真理的敌人面前屈膝投降。赵正奎反击县知事张华令和当地封建主达吾提稽查等人的言词就证明了这一点。他说："……维吾尔族弟兄亲眼看到我死在你们手里，他们更会认清谁是穷人的朋友，谁是他们的对头冤家！"

人们在斗争中对这个真理认识得更加深刻了。他们识破了敌人的骗局。艾买提对认识不够清楚的弟兄们说："你们错了。难道我们的仇人是汉人吗？杨增新是汉人，他不是一个普通的汉人，他是专制政府的头子，和他勾结在一块的还有那些王爷、伯克、巴依老爷，他们可都是我们维吾尔族人！那个捧着可兰经向铁木耳发誓，欺骗了铁木耳的李营长是回族人，还有向我们逼租逼债的鲁克沁王爷，阿西木巴依，杀死早热汗的凶手达吾提稽查，他们是汉人吗？……"

这些宣告性的反问，帮助了人们正确地总结了生活经验，同时也提高了人们的认识——团结在"全世界劳动人民是一家"的旗帜下进行斗争,才能取得胜利。否则,就会遭到失败。我国各族人民在为自己的彻底解放的斗争中,有了伟大的汉族人民的帮助,才能取得胜利。因此可以说,这个剧是维吾尔族人民和汉族人民共同谱成的历史命运的乐章,革命者的歌。我们的人民世世代代唱着这支歌,今天,这支歌的内容更加丰富,让这支歌永远嘹亮吧!

民族团结万年常青

雷茂奎

史料解读

史料原载于《新疆日报》1962 年 10 月 21 日第 3 版，该则史料为一篇话剧评论。该文认为包尔汉运用阶级分析的观点正确地反映历史，戏剧《火焰山的怒吼》强调了各族劳动人民团结一致共同抗击阶级敌人，具有历史唯物主义思想。该文标题中的"民族团结"也是该剧的主题。

原文

团结起来，继续战斗

看完了《火焰山的怒吼》，舞台上博格达山上的古松，久久萦绕在我的记忆里。那松，象征着民族团结，千秋万代常青。

包尔汉同志的这个剧本贯串全剧的一条红线就是以阶级观点处理一切历史事实和人物，而民族团结的主题恰象一朵丰硕灿烂的红花结在这条红线上。

1913 年，以艾买提为领导的吐鲁番农民起义是一次具有相当规模的阶级斗争。参加的人有维吾尔族、哈萨克族和汉族等民族的农牧民与工人。由于历代统治者有意制造民族歧视，当时的民族关系是比较复杂的。包尔汉同志运用阶级分析的观点正确地反映了历史的真实。

维族、汉族的团结有悠久的历史传统，从西汉的张骞通西域起，汉族人民就和新疆各族人民发生了经济、政治、文化等方面的相互交流。在近代的反帝反封建的斗争中,在政治上的团结就更紧密了。《火焰山的怒吼》里描写了铁木耳、艾买提的死,也描写了赵正奎为了营救艾买提而流血牺牲的情节。作者用这样的艺术处理形象地说明了维族、汉族人民在斗争中结下的血的友谊。在最后一幕艾买提临死前,还抓着衣明和李孝的手让他们紧紧握在一起,说:"我们维族和汉族两族的兄弟友谊是在战斗里用鲜血结成的,永远不要分开。"这段描写多么生动感人!

剧本作者反复强调了各族劳动人民团结一致共同对付阶级敌人的思想。这正是历史唯物主义的正确体现。劳动人民由于长期的流血斗争和现实生活的教育,他们产生了"穷人永远是一家,敌人永远是敌人"的朴素的阶级意识。铁木耳、木以登、艾买提等所领导的几次农民起义都有汉族兄弟参加,斗争的对象不是某个民族而是都督、县长、巴依、王爷这些各族人民共同的阶级敌人。

团结就是胜利,各民族紧密地团结在一起,才能从根本上拔掉反动统治的老根,受苦难的劳动人民才能得到解放。剧本的许多戏剧情节都充分表达了这种思想。如二幕一场艾买提对哈斯木等人的那段明晰恳切、语重心长的话,和二幕二场稽查达吾特挑拨民族关系、转移斗争目标的描写。敌人最害怕的便是人民的团结,所以他们首先要千方百计地破坏民族团结,以达到各个击破、巩固统治的目的。作者热情地歌颂了艾买提和赵正奎之间的团结与友谊。这是历史上民族团结的概括,也是向今天的群众进行革命传统教育的生动的历史教材。

民族团结是各族人民取得斗争胜利的保证,是各族人民走向幸福生活、建成社会主义社会的保证。这是我们政治生活中的一个重要内容,也是文学作品应该表现的重大主题。因此,《火焰山的怒吼》在教育群众方面将发生深远的政治影响。过去各族人民在战斗中结成了血的友谊,今后在党的民族政策的光辉照耀下,它将得到进一步的发展,它将象博格达山上的古松一样,万年常青。

团结就是胜利

肉孜哈斯木

史料解读

　　史料原载于《新疆日报》1962年10月21日第3版，为一篇评论。该文认为包尔汉创作的历史剧《火焰山的怒吼》在历史事件的基础上反映生活，思想性强，艺术性高。该史料从民族团结的角度看待该剧，具有歌颂各民族之间深厚情谊的实际作用。

原文

　　回顾一下我们祖国悠久的历史和我国人民的斗争生活，我们就会看到我国各族人民为了祖国的解放和独立，在共同的斗争中所结成的兄弟般的友谊和团结。因此，正确地反映这样伟大的历史和生活的真实，便成了新疆的社会主义文学艺术和各族作家、诗人的重要任务之一。

　　包尔汉同志用这个题材所写的历史剧《火焰山的怒吼》博得了广大读者和观众的欢迎。这个剧的思想性强，在现实主义的基础上正确地反映了生活的真理，艺术性也很高。所有这些，都是对我们社会主义文学艺术事业的巨大贡献。我在这篇文章中，只想就这个剧中的民族友谊方面，谈一点感受。

　　包尔汉同志通过以铁木耳为首的哈密农民暴动失败后，于1913年在吐鲁番兴起的以艾买提为首的农民暴动，非常动人地描写出在军阀杨增新统治时期新疆农民的悲惨生活，反动官僚及其走狗——封建主、伯克、巴依和披着宗教外衣的豺狼们,对人民的暴戾压榨、残酷剥削和公然抢掠,以及各族人民对反动派所进行的英勇卓绝的斗争和在斗争中维族和汉族人民结成的兄弟般的友谊。

包尔汉同志是用阶级的观点分析和反映发生在吐鲁番农民暴动的。在第一场就描写了被剥削阶级践踏的一个贫苦的维吾尔族农民家庭的悲惨境遇。

看,吐尔的老爹的纯洁的姑娘早热汗正在以极大的深情怀念着她的情人哈斯木,他们深挚地相爱着,希望终生永不分离,在那美丽的土地上共同劳动。这是多么纯洁而崇高的愿望啊?！但是,剥削劳动人民自由和权利的罪恶社会不容他们那样。巴依巧取豪夺他们的劳动果实——粮食、棉花,并无理地把吐尔的关进了监狱。巴依、乡绅、阿訇和稽查,狼狈为奸,穷凶恶极地抢走了早热汗。

毫无疑问,吐尔的一家所蒙受的灾难,是新疆人民生活的缩影。农牧民陷入了无法生存的境地。

赤脚不怕水,农民移于在吐鲁番掀起了猛烈的暴动。但是缺乏斗争锻炼的艾买提不知怎么样才能使斗争更为有利。正在这时,乌鲁木齐兵工厂的工人赵正奎、李孝等人带着枪支来了,并把宝贵的斗争经验告诉艾买提,坚定了他们胜利的信心。后来赵正奎为了营救艾买提而牺牲。赵正奎的牺牲,深深地感动了暴动的农民兄弟,他们从自己的斗争和生活经验中更明确地认清了谁是朋友,谁是敌人,斗争的现实使他们懂得了在反压迫的斗争中,紧密团结的必要性。

艾买提临死的时候,嘱咐依明和李孝更要加强在战斗中凝成的维族和汉族人民的团结,更高地举起团结的旗帜。这是最宝贵的遗嘱;历史和斗争,更加鲜明地证实了它的正确性。看了戏,使我们更清楚地认识到,有史以来汉族人民和维吾尔族人民就团结一致,共同斗争的。同时,为了新疆各族人民的解放和幸福,汉族革命者洒了热血。

世世代代开放在人民心上的这朵友谊之花,今天开得更为娇艳了。汉族、维吾尔族和其他各族人民紧密团结,为了把新疆建设成社会主义的新新疆,正在携手并举,阔步前进!

我向表演包尔汉同志这个剧本的汉族话剧团的同志们表示由衷的谢意,并祝他们在以后的演出中创造更大的成绩。

朴实感人的表演

茅幼冬

史料解读

　　史料原载于《新疆日报》1962 年 10 月 21 日第 3 版，为一篇评论。该文认为饰演艾买提这一角色的贾志杰，善于将动作、眼神、语言、笑声等带入规定情境，对角色的把握有分寸，其表演朴实而不失魅力。该史料从戏剧演员的舞台表现角度看待戏剧成就，将戏剧研究引入微观研究和细部研究，提供了关于该剧研究的独特视角。

原文

　　自治区话剧团这次演出的《火焰山的怒吼》，是一出好戏。大多数演员的表演都是比较成功的。我对贾志杰饰艾买提这个角色的表演最感兴趣。

　　贾志杰在《步步跟着毛主席》一剧中扮演的库尔班·吐鲁木，和这个剧中的艾买提一样，表演的很朴实，但不失去艺术的魅力，有分寸，而又不失去适度的艺术的夸张。艾买提是个农民起义领袖，是群众心目中的英雄，要创造这么一个舞台形象必须首先深入到人物内心世界里，紧紧地掌握住了贯串动作，一步步深入到规定情境中。艾买提第一次上场那段戏，演得相当出色。当人们静静地看着他走来的方向等着他到来时，他没有紧接着出场，而是在一个小小的停顿之后，以急速的步伐从屋顶上走出。走到楼梯口时，突然来了一个立定，稳住自己，用明亮亲切的眼光环视了众乡亲一眼，接着又投给老吐尔的一个热情的目光。这么几个简单的形体动作,把人物的分量、内心活动显示在观众眼前,让观众感到艾买提是个坚毅、沉着的人物。在第五场掌教阿訇等人来找他谈判的那段戏里,艾买提的语言不多,更多的是听对方说话,他的内心活动却比较复杂。可是演员依然演得很真实。我们看到他是真正在听,在判断,透过他那炯炯有神的眼睛能够看到人物高度警惕的精神状态。我们能从他的动作、眼神、语言、笑声中清晰地感到他憎恨敌人、鄙视敌人的情感。特别是在几次听完敌人的陈述之后,他发出情不自禁的大笑,是那样有分量,以致使敌人不得不在他的笑声中发抖。这段戏中的台词也说得非常好,磅礴有力,节奏鲜明,感情充沛。听完这几段台词就是大快人心。又如艾买提在牺牲前说的那句话:"我们维族和汉族的兄弟友谊是在战斗中用鲜血结成的,永远不要分开。"贾思杰激昂慷慨语重心长,一字一句都显出十足的分量。这就是真正发自艾买提心灵深处的声音,这声音紧紧扣住观众的心弦。

整个看来艾买提这个角色是演得很好的。但是在监狱的那场,以及最后和阿衣木汗单独在一起的那段戏,演得不够细腻,对人物感情的处理不够真实有力。这些地方是否可以再推敲一下。

怒·仇·火

——导演札记

季　阳

史料解读

　　史料原载于《新疆日报》1962 年 10 月 21 日第 3 版，为一篇导演札记。史料作者作为戏剧《火焰山的怒吼》的导演，从导演该剧过程中的感想和认识出发，总结了戏剧创作经验，该史料因其导演的视角而具有一定的学术价值，这在戏剧史料中并不多见。

原文

　　《火焰山的怒吼》是包尔汉同志"扑不灭的星火"三部曲之一。作为这个戏的导演，我想谈谈在导演过程中的一些感想和认识。

　　怒，被压迫被剥削的人们满腔忿怒。有的人怒眉紧皱，有的人怒气冲冲，有的人愤怒填膺，有的人怒发冲冠，有的人隐怒掩泪……。

　　苦难席卷着吐鲁番，真是没有穷人走的路啊！达吾提稽查老爷看上了吐尔的女儿早热汗姑娘，一心想把她强占。在披着宗教外衣的掌权阿訇、笑里藏刀的依不拉音乡绅、逼租逼债的阿西木巴依和仗势欺人的托乎提乡约的共谋下，终于公开抢走了十四岁的早热汗姑娘。人们怒目而视！天空怒云滚滚，受迫害的人们心底埋下仇恨的火种！

仇,使人们走向团结斗争;仇,形成了巨大的阶级力量,产生了前仆后继的农民革命。

维族和汉族人民在那黑暗深重的阶级社会里,被封建军阀政府、王爷伯克、巴依老爷们残酷地压迫,无法生存,个个愤怒地拿起刀枪,誓和老爷们拼杀到底。年轻果敢的哈斯木,要杀死稽查达吾提,为屈死的早热汗报仇!豪迈刚毅的赵正奎,和地主阶级有三代冤仇。当夏克尔把铁木耳被杨增新杀害的消息带到吐鲁番之后,人们复仇的烈火顿升千丈,艾买提誓为铁木耳、木以登、早热汗和无数屈死的兄弟姐妹们报仇!

在斗争中,使人们认清了谁是朋友,谁是对头。尽管敌人千方百计的在挑拨和破坏维族和汉族人民团结一致的反抗斗争,可是,他们枉费心机,未能得逞。对敌人恨入骨髓的艾买提、赵正奎、夏克尔等,从生活斗争的经验里,深刻地理解了"天下穷人是一家"的真理。因此,在杨增新杀害义军领袖铁木耳之后,艾买提、赵正奎、吐尔的等,以自己沸腾的鲜血、宝贵的生命,揭露了敌人的罪行,激发了饱含新仇旧恨的劳动人民,复仇的火焰越烧越旺,终成燎原之势。

火,愤怒的火,复仇的火。已烧遍了吐(鲁番)、鄯(善)、托(克逊)——博格达沸腾了!

可是,鬼火暗暗在蠕动,赵正奎和艾买提遭到了敌人的杀害。

艾买提象博格达山上的青松依然挺立,朝着达吾提的方向,用铁木耳的枪,亲手打死了达吾提。

各路义军在敌后打响了!博格达山上的勇士们出击了!敌人垮了,义军会师的欢呼震撼山谷,博格达燃起了熊熊的火焰,四方愤怒的火炬齐集山顶,火焰冲击着天空的乌云。划破了黎明前的黑暗。艾买提在牺牲前对弟兄们说:……我不过是大树上的一个树枝,树枝断了,大树不是还在吗!你们看,我们的队伍不是更壮大了!你们领着弟兄们继续战斗吧!艾买提倒下了!远天的火,近山的火,复仇的火,交相辉映。启明星在远远的天边出现,闪耀着耀眼的光芒。艾买提点起的烈火,照亮了山川。

表现维族历史生活的新创作

——谈话剧《火焰山的怒吼》

闻希群

史料解读

　　史料原载于《戏剧报》1962 年第 7 期，为一篇评论。该文高度肯定了话剧《火焰山的怒吼》选题角度的独特性。关于辛亥革命以后、共产党成立以前的少数民族农民革命的戏剧在话剧创作领域里为数较少，这更凸显了该话剧的文学价值和历史价值。该史料提出的如何处理戏剧中题材和主题和谐统一等问题，为该剧的理论化研究开辟了思考路径。

原文

　　中央实验话剧院不久以前上演的话剧《火焰山的怒吼》，是首都话剧舞台上第一次演出由维吾尔族作家所写的反映维族历史生活的大型剧本，由于演出上的成功，受到了观众的欢迎和戏剧界的重视。剧本的作者是包尔汉同志。众所周知，他是维吾尔族人民的老革命战士。近五十年来维族人民的斗争生活，他是非常熟悉的，很多斗争他还亲身参加过。由于对战友的热爱和对敌人的憎恨，促使包老要用艺术的形式把过去激动过自己的历史生活记录下来。反动派的铁窗石墙可以限制包尔汉同志的人身自由，却无法束缚住老革命的赤诚之心，这个剧本便是他二十年前在盛世才监狱里写的，直到去年才正式出版。包老的这种政治感情和写作热情，真是令人感佩！

《火焰山的怒吼》写的是 1914 年前后维族英雄艾买提领导农民反抗地主压迫和官府统治惨遭失败的悲壮事迹。这是维族近代史上的一段动人故事。在那些年代里，维族农民在清朝反动官吏和地主老爷们的苛捐杂税重重盘剥之下，处于水深火热之中，他们的苦难比起汉族农民的苦难，有过之而无不及。辛亥革命在内地曾经轰轰烈烈一时，可是在新疆，清朝的道尹杨增新摇身一变成了民国的都督，一切仍然照旧。这次不彻底的革命，没有给边疆的人民带来丝毫好处。这是一个黑暗的沉重的局面，农民阶级和地主阶级的矛盾越来越尖锐，越来越紧张，武装斗争有一触即发的情势。艾买提领导的农民起义，继铁木耳之后，成为划破这黑暗局面的一片星火，照亮了维族人民前进的道路。作者选取艾买提领导农民起义的事迹，作为戏剧的题材，无疑是很有意义的。

当时维族农民的生活，在这个剧本里面有着真实而生动的描写。作者在第一幕里向我们介绍了农民土尔的一家人的遭遇：土尔的向官府交钱粮带去一石五斗粮食，经过官府的大秤，只算九斗；用了地主两天水浇地却被勒索一百五十斤棉花；王爷要米收账；稽查老爷看中了土尔的的女儿早热汗；……压迫和剥削，一桩接着一桩，使土尔的这个善良的老头到了走投无路的地步。通过这一家人的遭遇，作者揭示了那段历史生活的具体特征，概括了当时许多农民共同的命运。第一幕里有两段戏是新颖而出色的。一段是土尔的的小儿子哈米提由于对英雄的同情，偷偷放走了官府的"犯人"夏克尔，稽查老爷在盛怒之下逮捕了土尔的，妈妈责怪哈米提不该闯祸牵连到父亲，哈米提告诉妈妈："他（指"犯人"）是铁木耳的兄弟啊！"母子之间短暂的矛盾，表现出丰富的内容：他们对于为农民打抱不平的英雄铁木耳共同的热爱和尊敬；哈米提正直的品质、在斗争的风雨中锻炼出来的明确的爱憎态度和见义勇为的果敢行动。淡淡几笔，就把这个英雄少年的优异品质生动地刻划出来。后来，哈米提追随父亲上山，参加农民斗争的行列，这种发展是并不偶然的。另一段好戏，是早热汗被逼嫁的喧闹的婚礼，作者在不多的笔墨中间，不仅描绘了当地的风俗、习惯，制造了浓郁的悲剧气氛，而且有力地勾勒出地主、乡绅、反动的掌教阿訇们为稽查老爷帮忙的丑恶嘴脸。牛鬼蛇神横行霸道，老百姓们怒不敢言。这两段戏具体、生动地反映出那段历史生活的独特的面貌，具有着感人的艺术力量。

作者企图在这个剧本里塑造一个农民领袖艾买提的形象，为此用力最多，用心最苦。作者在土尔的一家人处于万分痛苦的情境中，在王爷的大队人马即将来到这个村讨债的时候，让艾买提出场。艾买提告诉群众赶快躲到山上去，"一颗粮食也不给他们，王爷不是要跟咱们算老账吗？咱们要叫他知道穷人不是好欺负的！"艾买提的出现，给手足无措的农民们撑了腰，带来了巨大的鼓舞和力量，这样一个尖锐的富有戏剧性的场面，一下子就使这个无畏的英雄人物留给观众以强烈的印象。后来，作者不仅写出了艾买提在和敌人斗争中坚强勇敢、不屈不挠的高尚品质，同时还适当地表现出这个英雄人物身上的某些缺点。例如发现敌人借着谈判的机会施展阴谋，艾买提毫不留情地杀了三班稽查和地主老爷，但却轻轻放走了和反动派穿一条裤子的掌教阿訇，这就表明，艾买提虽然认识到了地主和官吏是农民的死对头，对于反动的掌教阿訇的认识，却还有些模糊不清。还有像对待塔吉，艾买提只相信塔吉是和自己一块出来的穷弟兄，却没有充分地估计到塔吉因受不住敌人的威逼利诱早已当了叛徒，因而严重地丧失了警惕。英勇、豪放，轻敌、麻痹，在艾买提的性格中是统一的。敢于和敌人作斗争，但对于斗争的艰苦性和复杂性却估计不足，不认识敌人有丰富的反革命的经验，这就是艾买提的悲剧。作者揭示了艾买提思想上的局限性，批判了他性格上的缺点，这并没有损伤英雄人物的形象，而使人物性格显得比较丰富，比较真实。一般地说，这个人物形象的基本特点还是被作者粗壮的笔触勾画出来了的。剧中其它几个人物，如土尔的、尼亚孜、塔吉、稽查达乌特等，也都各有特点。可惜的是，从第二幕起，戏剧冲突引向更广阔的斗争场景时，作者的笔力便有些分散，所要表现的人物和事件都趋于纷繁，细节描写不够丰富，因而使得这些人物的塑造，都还有些不够完满。

作者在剧本里有选择地运用了一些维族人民的谚语，如尼沙汗说的"地主的心，蝎子的针"，"财主见面谈家产，穷人见面扯辛酸"；衣不拉因说的"你们女人就是头发长见识短"；艾买提说的"怕狼的不是牧人，怕狗的不是穷人"等等，言简意赅，用到表现人物思想感情的节骨眼儿上，能够起到画龙点睛的作用，让人念念不忘。这些谚语为这个戏的语言增添了一些独特的光彩。

《火焰山的怒吼》描写的是辛亥革命以后、共产党成立以前的少数民族农民革命，这种历史题材在话剧创作的领域里还是不多见的。这个剧本目前还存在的某些问题，是向新的领域探索中所不可避免要接触到的。例如怎样真实地描写和突出那个特定的历史时期的人物的特点，以及怎样使这个剧本的题材和主题取得和谐统一的问题，等等，都是可以深入研究的。

我们的国家是个多民族的国家，话剧和新歌剧艺术，在反映各民族的历史和现实斗争生活方面，有着优异的长处。在过去几年里，我们曾经看到过一系列反映维吾尔族斗争生活的话剧、歌剧作品，如《喜事》《天山脚下》《步步跟着毛主席》《两代人》等，《火焰山的怒吼》又把我们引向一个新的生活领域，使我们认识和了解了维族人民的历史，这对于我们各民族人民之间的相互了解和增强团结，都是有益处的。

包尔汉同志还是第一次写剧本，有了这样的成就，是值得庆贺的。包老准备完成《扑不灭的星火》的三部曲，《火焰山的怒吼》是其中的一部，目前已经上演，另一部据说已接近完成，我们等待着新的消息。

友谊的赞歌

——看话剧《火焰山的怒吼》

拜合提·肉孜

史料解读

该史料为维吾尔族话剧《火焰山的怒吼》的剧评，原载于《新疆日报》1963年4月12日第3版。《火焰山的怒吼》以辛亥革命后新疆地区革命历史为背景，展示并歌颂了维吾尔族和汉族人民在战斗中结成血肉情谊的历史画卷。该史料反映了新疆话剧创作的历史传统和新的收获。

原文

当我看维吾尔语话剧《火焰山的怒吼》的时候，我深深被从前饱受压迫和践踏的新疆各族人民在争取自由的斗争中用鲜血凝成的诚挚友谊所感动。

"我们维族和汉族弟兄的友谊是在战斗里用鲜血结成的，永远不要分开！……继续战斗吧！"1913年吐鲁番农民暴动首领艾买提牺牲前抓住同维吾尔族农民一齐参加暴动的汉族劳动人民的代表之一——李孝和另一重要人物衣明的手，让他们紧紧地握在一起时说的这句话，是对我们维吾尔族人民同伟大的汉族人民以及新疆其他各族人民世世代代共同熬过的艰难困苦的生活和斗争的总结，是给我们留下的有重大意义的遗嘱。

在我国，爆发于1911年的辛亥革命虽然推翻了清朝的封建统治，但清末的道尹杨增新却摇身一变成了民国时代新疆的都督,反动政府、封建王公、伯克和巴依们的重重压迫和剥削,仍然象几座大山压在新疆各族人民的肩上,使得各族人民生活不下去。面对着这样的压迫和蹂躏再也忍无可忍的各族人民受到辛亥革命的影响,拿起武器,向统治阶级展开斗争。剧中描写的农民暴动就是一次这样的斗争。起初,由于他们不明确斗争的方向和斗争的目的,他们中间有些人就认为:一旦杀死了直接压迫我们的王爷伯克和巴依,我们身上的重负便能释去;另一些人则认为:我们的力量无法消灭拥有大量士兵、金钱和武装的反动政权。在这种情况下,参加农民暴动的汉族革命者赵正奎、李孝等使革命的人们初步了解了斗争的目的。赵正奎说:"我们要革掉他们的命!……我们的仇人是专制政府、王爷伯克、巴依财主,我们要想报仇,要想翻身,就得把扎在咱们穷人心坎上的这三把刀子拔掉……"随后,李孝又号召革命者坚决团结起来,他说:"我们汉人常说'一根竹竿容易折,十根纱线扯不断。'……如果大家拧成一股绳,跟着艾买提干,不用说他们,就是博格达山也能把它翻过来!"

于是,维吾尔族和汉族革命者宣誓为屈死的弟兄们报仇。他们吻了被狡猾的敌人杀害的哈密农民暴动首领铁木耳的战刀,咬破拇指在白布巾上捺下血印,以示坚决革命到底。反压迫的血的斗争,把新疆各族人民的命运同汉族人民的命运永远紧密地连接在一起了。从第四幕的一段戏里,就可以看出汉族人民同维吾尔族人民自古以来的兄弟般的情谊:艾买提被敌人逮住时,为把艾买提从敌人的监狱里救出来,赵正奎率领一部分革命者,不顾生命危险去进攻敌人的监狱。艾买提被救出了,可是赵正奎却落入敌人的魔爪。敌人用尽了一切阴谋诡计,也不能使赵正奎屈服,后来敌人越发猖狂,竟然要把赵正奎处死。这时,赵正奎英勇不屈地对敌人说:"维吾尔族弟兄亲眼看到我死在你们手里,他们更会认清楚谁是穷人的朋友,谁是他们的对头冤家!""……我姓赵的祖祖辈辈打的是铁,炼的是钢,怕死就不会跟着艾买提干,你们死了心吧!"

当剑子手们拧眉瞪眼,动手杀害赵正奎的时候,土尔的的老婆尼沙汗不顾一切扑倒在赵正奎身前:"你们不能杀害他,让我替他去死!"

看着这一场戏,我激动得忘了自己是在剧场里看戏,差一点喊出声来。看,为了自己的阶级弟兄,赵正奎和尼沙汗不惜牺牲自己的生命! 这是多么伟大的精神、多么深厚的情谊啊!

看过《火焰山的怒吼》并为它感动的每一个人,都不能不向用维吾尔语演出该剧的新疆歌舞话剧院话剧一团的全体演员表示谢意。参加演出的全体演员、音乐工作者和全体工作人员,在塑造角色、谱曲伴奏和布景等一系列工作中,都积极地发挥了自己的创造性,通过对维吾尔族和汉族革命者的革命生活的描写,相当成功地表现了汉族和维族人民在共同的对敌斗争中用鲜血结成的战斗友谊。因此我在看戏的时候,眼前的人物不是扮演角色的演员,而觉得他们仿佛是当时对敌人激烈斗争的英雄人物的本身。

话剧把我带进了这样深邃的思想境界:新疆各族人民长期以来肩并肩、手拉手,进行艰苦卓绝的血的斗争,许多人牺牲了,前面的人倒下去了,后面的人踏着他们的足迹,又继续斗争。各族人民的鲜血并没有白流,在中国共产党和毛主席的领导下,终于实现了自己的愿望。新疆各族人民在祖国幸福的大家庭里,正沿着社会主义的康庄大道前进。汉族人民和少数民族人民在长期的艰苦斗争中用鲜血凝成的友谊空前巩固,在社会主义社会的甘露琼浆的哺育下,正在开放着更为绮丽斑斓的花朵。

自治区歌舞话剧院话剧一团
演出维语话剧《火焰山的怒吼》

史料解读

史料原载于《新疆日报》1963 年 4 月 12 日第 3 版，为一篇新闻报道。该文报道了新疆维吾尔自治区歌舞话剧院话剧一团运用维吾尔语、汉语演出包尔汉的五幕历史剧《火焰山的怒吼》的信息，并介绍该剧的汉语和维吾尔语演出情况。该史料作为新闻报道，记录该剧的演出语言及演出获得的积极反响，追踪戏剧动态，作为该剧研究的基本资料具有多重学术价值。

原文

本报讯　最近，自治区歌舞话剧院话剧一团（维吾尔语）演出了包尔汉同志的五幕历史剧《火焰山的怒吼》，受到各族观众的热烈欢迎。这个戏的汉文本，去年曾由中央实验话剧院在北京演出，以后新疆歌舞话剧院话剧二团（汉语）也在乌鲁木齐、克拉玛依上演了这出戏。这次话剧一团是依据包尔汉同志剧本的最后修改稿排演的，在排练过程中吸取了前两次汉语话剧团演出中的经验，并对自己所扮演的角色都进行了深入的、细致地分析，然后写出了角色自传。因而在塑造人物形象、运用舞台技巧和丰富音乐话剧等方面获得了新的成绩。

目前该剧团在乌鲁木齐市内的演出已告一段落，他们将带上这个剧目到西山煤矿、六道湾煤矿、八一钢铁厂等地巡回演出。

第五辑

满族戏剧

本辑概述

　　本辑收录了十四篇史料，包括座谈纪要、学术随笔、答复、论文、访谈等。这些文献涉及老舍、胡可两位剧作家。老舍的学术随笔和答复都围绕《茶馆》展开，前者简单介绍了三幕剧《茶馆》的主要内容，指出剧本通过小人物来反映五十年间发生的大事，观众看了《茶馆》更应当鼓起革命干劲，在一切工作事业上争取大的进步；后者回答了有关《茶馆》的几个问题，包括"为什么要单单写一个茶馆""怎么安排小人物与剧情"等，老舍认为一个大茶馆就是一个小社会，描写小人物的生活是为了反映社会的变迁。与老舍本人持同样观点的还有王云缦，王云缦认为一个茶馆就是一幅旧社会的缩影，剧中的登场人物虽然众多，但并未妨碍剧情的高度集中，剧本其实是用一个具有代表性的人物来表现一个群体的命运，同时王云缦还认为《茶馆》克服了环境因素造成的单调和重复，因此呈现出的效果极佳。

　　除王云缦以外，本辑中对老舍作品持赞扬、肯定态度的还有夏淳、苏叔阳、张锲、梁化群、杨竹青、王朝闻。其中夏淳、苏叔阳、张锲都提到了《茶馆》的现实意义，不同的是，夏淳的学术随笔先是从老舍笔下的感情、语言和人物描写等方面论述了剧本的优秀之处，最后才总结《茶馆》是一部具有现实意义的戏：它时刻提醒我们要牢记旧社会的黑暗，并不断为美好的明天奋斗。而苏叔阳和张锲则用了更多的笔墨描写《茶馆》的现实意义，指出它是一面历史的镜子，让人联想到现实，老舍通过描写自己熟悉的人和事，反映了一段历史的侧面，看《茶馆》能让我们憎恶旧时代，更加珍惜来之不易的今天。梁化群和杨竹青的论文从《茶馆》的表演艺术入手，称赞了其中几个主要演员的表演效果，包括扮演常四爷的郑榕、扮演秦仲义的蓝天野、扮演康顺子的胡宗温、扮演反面人物庞太监的童超，以及扮演王利发的于是之，他们在演出过程中都善于运用语言和动作，做到了把老舍先生笔下的人物栩栩如生地展现在舞台上。王朝闻的论文对《茶馆》中精妙的语言进行了细致剖析，与老舍的《答复有关〈茶馆〉的几个问题》中关于语言的介绍相呼应。刘芳泉、徐美禄、刘锡庆等集体写作的一篇论文以及辽宁大学中文系现代文学教研室的一篇论文对老舍作品的评价与之前文章的观点截然不同，这两篇文章认为老舍作品存在一些缺陷。刘芳泉等人认为《茶馆》没有把反动派必然灭亡，革命斗争必将胜利的思想贯穿在整个剧本中，同时也存在剧作者在塑造与对待不同阶级的人物形象时缺乏阶级观点的问题。且剧中的劳动人民所呈现出的形象都是消极的，他们逆来顺受，不知反抗，这显然与现实中劳动人民在斗争中做出的巨大贡献不符。辽宁大学中文系现代文学教研室的论文对老舍先生的创作以及文艺批评问题提出了一些看法，认为《茶馆》没有突出地反映社会本质矛盾与推动社会前进的本质的社会力量，没有明确指出人民胜利的必然性与远大的社会理想；认为《大红院》在思想上缺乏深度，作者避开了现实中的根本矛盾与斗争，没有深刻地反映出人民公社化运动中的社会主义与个人主义两种思想的斗争，没有表现出社会主义共产主义思想的光辉胜利；此外，还指出作者的小资产阶级立场与人道主义思想，以及脱离现实斗争的狭小的个人生活圈子造成了《茶馆》与《大红院》的问题。《座谈老舍的〈茶馆〉》一文记录了《茶馆》从剧本到舞台的诸多细节，特别对《茶馆》主题的分析、提炼具有十分重要的史料价值。

本辑为满族戏剧研究，从文献数量和比例上看，本辑大部分都是关于老舍《茶馆》的相关文献，关于胡可戏剧研究的文献只占了小部分，可以看出对经典作品《茶馆》以外的其他满族作家作品的研究尚不充分。本辑关于老舍《茶馆》的正反面批评体现出理论界对该作品的重视，思想活跃，视角多元，其批评范式和话语特征都带有鲜明的时代色彩。

座谈老舍的《茶馆》

史料解读

　　史料原载于《文艺报》1958 年第 1 期。该文是由《文艺报》和北京人民艺术剧院共同组织的对正在排演中的《茶馆》的座谈会的会议纪要。出席会议的有张光年、焦菊隐、赵少侯、陈白尘、夏淳、林默涵、王瑶、张恨水、李健吾等文艺评论家和主要创作人员。参会人员就剧本的主题、人物设计、舞台演出等各方面进行了深入交流，提出了修改意见。该文是一篇珍贵史料，记录了《茶馆》从剧本到舞台呈现过程中的诸多细节。

原文

时间：1957 年 12 月 19 日

地点：本刊编辑部

出席者：焦菊隐、赵少侯、陈白尘、夏淳、林默涵、王瑶、张恨水、李健吾、张光年

　　张光年　老舍同志的新作《茶馆》，是个好剧本。三幕戏写了 50 年的变迁。剧本发表很久了，因为大家很忙，没能在一起谈谈。今天把大家请来，我们就是这几个人，像聊天似地漫谈漫谈。

　　焦菊隐　我们（北京人民艺术剧院）正在排这部戏，准备明年 3 月上演……

　　赵少侯　这个剧本的人物可真多，光说话的就有 50 多人。

　　焦菊隐　在演出时，有的由一个演员兼演两个角色，如唐铁嘴和小唐铁嘴、

刘麻子和小刘麻子、二德子和小二德子、宋恩子和小宋恩子、吴祥子和小吴祥子。演了老的再演小的;这样,对演员也是锻炼。

我们现在对剧本研究得还不够,对如何挖掘作品的深刻的意义,如何把作家的意图具体体现在舞台上,有些问题心里还不十分明确。在座的同志们可以给我们启发。

剧本创作过程中,我们和作者谈过。老舍同志认为,虽然只写到解放前夕,没有写解放后,但是要使读者(观众)感到社会非变不可。主要是埋葬三个时代。当我们排起来,就感到困难了。导演,就得要求有一条贯串到底的线。这条线,剧本中也有;但是怎样把它在舞台上弄得更清楚些,却遇到了困难。剧本对过去的三个时代揭露得很多。当然,不一定要求作品一定要加上几句批判或往前看之类的话。但是,揭露旧社会的写法有两种:一种是只把那种愚蠢的可笑的现象揭露出来,只是使读者感到那一社会的生活不对;另一种写法,就是作者不是单纯的揭露,而要有理想。这两种写法是有区别的。《茶馆》的写法属于后者;这是老舍同志今天写的,作者是站在更高的角度来对待过去的,和 19 世纪的作品不同。我们导演,就要想办法把它处理得使人感到:写的虽然是旧社会,却是我们今天的作家写的。

第一幕写得好,大手笔,一气呵成;第三幕差一些。据我所知,老舍同志准备还要修改。第一幕是作者原来写的一个关于"普选"的剧本初稿中的第一场。原来是写弟兄三个:一个是谭嗣同派;一个保皇党;另一个主张实业救国。主张实业救国的就是现在的秦仲义。这个人物后来变成了民族资本家,比较进步,国民党时受压迫。一直写到解放后。我们读过之后,觉得通过茶馆这样一个地方,是能够反映出整个社会的变迁的。后来,老舍同志认为,索性就写茶馆,经过一年多的时间,作者几经修改,才成了现在这样。第一幕的时间是 1898 年,正是戊戌政变那年。"维新",看得特别清楚。茶馆里贴着很多"莫谈国事"的纸条。偏偏通过这个"莫谈国事"的茶馆,可以看出哪些人拥护"维新",哪些人反对"维新"。

看来,茶馆掌柜的王利发像是主要人物;但不能把这一个人物孤立起来。

秦仲义那条线也很要紧。康顺子的命运也是贯穿下来的。几个主要人物都贯穿下来，主题才能突出。光是一个王利发，尤其，他的职业是茶馆掌柜的，恐怕就单薄些。光是他一个人，矛盾的力量也不强。别的人物也都很重要。更重要的是，还应当在戏后有条红线，积极因素更多一些。要使观众感到这条红线，不是加人物或喊口号。问题是怎样从剧本挖掘出东西来……

张光年 哪几段最出戏？

焦菊隐 现在刚开始排第一幕。庞太监和秦仲义见面那场很好……

张光年 不错。我读到这里，写了个批语：针锋相对，笑里有刀。

焦菊隐 这场戏很有劲。再有卖孩子那场也很有戏。

现在觉得，在第一幕，导演对王利发这个人物要小心。王利发只是一条线。主要是写三个人：王利发、秦仲义、常四爷。

陈白尘 秦仲义在第二场就没有了，是不？

夏　淳 我们希望他能出场，可惜线断了。

陈白尘 秦仲义在第二场应当上升一下。因为在第一次世界大战以后，中国的民族工商业是发达了。不过，这样也许整个戏的调子就有困难了。

焦菊隐 我们和老舍同志商量了一下。将第三幕的结尾就结在王、秦、常三个人撒纸钱那里。我们觉得这样比原来结束在沈处长的那场戏上好些。沈处长的戏，或者移前一些。

林默涵 结束在撒纸钱的地方，还可以象征着给旧时代送葬。

夏　淳 这个戏和反帝反封建有关系。从第一幕起，就提到了洋人。那时，人民的反帝情绪很热烈但还是比较幼稚的。这条线应当贯串下来。也就是焦先生所说的红线。第三幕的学生运动要强调一下。最后，想不让王利发上吊，而结束在三个人撒纸钱上，有一送殡的行列在外边过的同时，交错着学生游行队伍，喊着口号过去。老舍同志也同意了。有些人从第一幕起就是好人，如常四爷、王利发、秦仲义、康顺子等。可惜第二幕没有秦仲义。观众会把他忘掉的。拿这三个人作条线，思想性就会突出一些。

王　瑶 这个剧本时代气氛足，生活气息浓，民族色采浓，语言精炼。第一幕写得好,地方味道浓,人物只几笔就出来了;第一、二幕比较现实,讽刺剧的手法不明显;第三幕用的是夸张的讽刺剧的手法,与前两幕的风格不太协调。秦仲义开工厂只是在第一幕时说几句,没有行动,没有留下印象,当中隔了一幕才又出场,这个人物的性格比较模糊。茶馆掌柜的王利发的性格也没有发展。贯串全剧的三个人物只有常四爷写得最明朗,但若当作一条主线看也还是弱了一点。

张恨水 我也觉得第一幕写得好,第二、三幕较差。我是写长篇小说的。读过之后,觉得这是个很好的长篇小说材料。剧中很多事足够写一部长篇小说的。戏,几句就过去了,好像觉得不过瘾。

松二爷,是个玩鸟的,无事可做,吃点俸禄("铁杆庄稼",恐怕青年人就不懂了),和常四爷不错。可是没提到他为人究竟怎样,觉得不够。常四爷写得好。青年人对庞太监讨老婆恐怕又觉得奇怪了。这并不是奇事,从前太普遍了。康顺子被卖给太监,哭的时候还应当过一下场,才更清楚。庞太监本人当了太监之后,他本家弟兄也可能有儿子。本家的侄子和康顺子及康大力之间应当有矛盾。马五爷吃教的事,写得不够。光绪三十一、三十二年间,我正在江西南昌。当地曾发生一起教案。教堂要知县把闹教的抓起来。知县没抓,外国人就把知县杀了。当地群众听说杀了县官,都跳起来了。闹起几万人,杀了好几个外国人,把外国香烟的广告牌子都砸了。这事发生在《茶馆》的同时。光说马五爷吃教,就不够了。那时,吃教的人威风大得很。吃教的见官大三级,见官不跪,立着。在前清,秀才见老爷才立着。如果老爷革掉功名,也得跪下。吃教的就不然了。二德子这个人物,写得也不错,可惜少了点。写王利发妥协,应当表现他是怎样妥协的。第三幕写他自杀了。我看用不着。

总之,我觉得《茶馆》写得好,尤其是第一幕。

赵少侯 第一幕是在什么季节?

焦菊隐 农历八月十五、十六,谭嗣同刚问斩。

剧中所反映的很多人很多事,对今天的青年来说,都是陌生的。马五爷出现在台上,人们为什么怕他,观众不能理解;俩逃兵合娶一个老婆,恐怕观众也不能理解。在台上要通过行动来使观众理解，又不能打幻灯说明，这就难了。

王　瑶　俩逃兵合娶一个老婆的事件，老舍同志过去曾在两篇小说里写过，可见他对旧社会的这种畸形现象的印象很深。

赵少侯　常四爷向马五爷凑过去要发牢骚，马五爷却不理他，站起来走了。这是因为常四爷刚才骂了洋人。描写得很细腻，但恐怕观众不能理会。

茶馆的逐渐消灭，说明游手好闲的人少了，这是社会变迁的结果。现在大家都上班工作，谁还上茶馆！我小时候也去过这种大茶馆。记得茶馆满屋都是鸟笼，大梁上有很多挂鸟笼的钩子。桌上每人都有个葫芦，都有个鼻烟碟。在茶馆斗蟋蟀的较少，多半是斗油葫芦。沏好了茶，未喝之前要到每桌前打千让茶，不认识的人也让；然后还要到后边去绕一下。这些，做得都非常认真。本剧对这些细节一点也不放松，非常逼真。这样大的茶馆，前堂后堂，座儿非常多，还带卖饭，王利发和李三两个人，似嫌太少，恐怕照顾不过来。

像王利发这样人，在旧社会很多，他们到处叩头请安，想过太平日子，却过不了。因为从辛亥革命以后，几乎年年逃难，直到解放，才不用逃难了。不过，王利发，作为一个茶馆经理，他对任何事情都不能表示态度，只能像镜子一样接受。所以这个人物不易突出。其次，我觉得，这个人物似乎不应该学时髦说Yes，all right。

剧本最后的结尾诚然没有很大意思；刚才焦先生说的那样结尾很好。还有，几个人物都世袭传代，也觉得不好。有一个两个还可以，相面的、说媒拉纤的、打手、特务都是世袭的，就未免嫌多了。

焦菊隐　老舍同志也考虑过。只是因为演员太多了。

张恨水　演员是太多了。我看这个戏在北京、天津、上海还能演，其他小城市的剧团就成问题了。

焦菊隐　我们也只用四十几个人。

陈白尘　健吾同志已经给《人民文学》写了文章，他有警辟独到之见。

李健吾　最初，从报纸上知道老舍同志要写这个剧本时，就想他一定能写好。因为他熟悉北京。他选择茶馆来写，真是太聪明了。这是旧社会的活动中心,外国有沙龙,咱们中国有茶馆。从前我住在南下洼子,那里也有个茶馆。小时候,从那里路过,常看到很多人斗蟋蟀。当时很奇怪,人们怎会有那么多的时间来消磨!待剧本发表,读过之后,还是很满意的。他所选择的这三条线,一直往下走的这几个人物——王利发、常四爷、秦仲义,说明一个问题:懦弱的人没有好下场。在这几个人物之中,观众最有好感的该是常四爷。他虽然比其他两个人较为刚强些,但是他背得太重了,也始终没有走出来。

一看人物表,就感到气魄很大。看完第一幕,觉得很好,但也有个感觉,没完,好像是序幕。一看下边,相隔十余年,第三幕又相隔十余年,就知道有问题。时间变了,人物不能发展。但,我又觉得,不能这样要求老舍同志,不能要求他一定把人物心理变迁的线索都写出来。这个戏有这个戏的特点。用中国话说,这是"图卷戏",是三组风俗画。每幕每场都是珍珠,不是波浪。本身都很好,但不能向前推动。菊隐同志方才说要一条红线,我看不必,就这样排吧!世界上有各式各样的戏。作家给我们什么,我们只好接受什么。导演只好辛苦点。观众看了这三堆东西,自然会产生一种情绪,一种"憎恨"的情绪。这要看导演是不是这样处理的:嘲笑,也是属于憎恨的,如《巡按》就没有一个正面人物。老舍同志企图在观众心里唤起的感情,是憎恨,是否定。第三幕虽然在组织上有毛病,但在感情上还是伏下了暗流的(康大力出走)。这股暗流是逐渐紧张,逐渐光明的。老舍同志虽然未写到解放后,实际上是暗示了。……

张光年 第三幕看起来虽然弱些,还是满感动人的。

李健吾 语言好,人物也活,几笔就勾出来了,画龙点睛式的手法。抓得准确,人物一上场,三言两语就出来了。如马五爷,二德子那么凶,他只说"二德子,你威风呵!"连站都不站起来,二德子就赶紧过来请安。用二德子来衬托马五爷,太好了。问题也就在这里,正如诸位所说的,恐怕观众就不大理解。老舍同志心里有数,但他忘记了观众心中无数。看过很多传统戏之后,就容易要求多。如这个戏的人物虽活,但仍会感到个性不深。恐怕这样要求,又不合乎这个戏的体例了。这是三堆画面戏。而越是图卷戏,越要去掉拉洋片的印象;越是画面的东西,越要大块文章。在这方面,稍感不足,这是从人物上下来说的;

如果从整个剧本所暗示的，人吃人的社会要否定这一点来说，还是统一的。因此，也就特别感到，导演找个中心贯串线，那是很重要的。因为它没有一个统一的感情事件，只有重复的情境。但因为是图卷戏，不能这样要求。正因为这样，找出中心线来，就更为必要了。的确像各位所说的，第二、三幕太像速写了。看完了整个三幕，觉得应当是三场。再不，干脆不写"幕"或"场"，就是三景，还更合乎体例些。前边是无声的控诉，到第三幕，三位老人上来，就是有声的控诉了。这是拿话来控诉，用自悼自吊来控诉。导演处理，沈处长不出场，我没意见。只是听不见七个"好"和一个"传"字了，真舍不得。老舍同志真会选择语言，真是喜剧的语言！不过，你们不演也不要紧，我们可以读。……

焦菊隐　我们听听意见，还不一定。

李健吾　叫沈处长在三个老人谈话之前上场也可以，就可以听到那几个"好"字了。老舍同志真厉害！用最简练的语言，最简练的动作。总之，我希望你们能尽量保留原来的样子。

焦菊隐　我们不准备多改，剧本怎么写的，就怎么处理。

陈白尘　我是一口气就读完了的。读过之后，心情很愉快，我认为这是老舍同志在写作上的重大收获。全剧的字数并不多，才 3 万字，就写了 50 年，70 多个人物。精炼的程度真是惊人！要叫一个青年作者写，不写 15 万字才怪哩！虽然是旧时代的葬歌，但爱憎还是分明的。作者对常四爷以及比较正面的人物，还是有着强烈的爱的，特别是透露了作者对于剧作中并没出现的新社会的爱。所以读起来不感到消沉，有鼓舞力量。读完之后，也感到很难上台。这个剧本打破了陈规，没有统一的事件；第一幕太短，第三幕较长。又一想，老舍同志写过很多剧本，不是不懂舞台，看来他是有意打破的。老舍同志既然有这样大胆的尝试，剧院也应当大胆一些，应当按着作者的意图去处理，干脆不管它什么幕和场，就是三大段。不妨请老舍同志写个幕前词，向观众解释一下。假设能有一些内在的联系，更好。我不反对你们的意图，但不要勉强。如秦仲义这个人物，第二幕是否可以使他有些戏，因为这样改动，并不影响作者的风格；对马五爷，也是这样。因为近 50 年来，中国的社会生活和帝国主义是分不开的。

第二幕是不是让秦和马同时上场,可以提供给老舍同志考虑。第三幕没有第一幕完整;但在情节上有动人的东西,那在第一幕是没有的。

焦菊隐　第三幕的舞女那一套东西,把沈处长这个人物的特务身分冲淡了。

王　瑶　这里写反动道门的作用也不大。

陈白尘　是不是让反动道门跟特务联系起来。事实上,在生活里他们是勾结在一起的。

张光年　这个戏很好,估计上演时观众也会欢迎的。

李健吾　对年轻人也是有教育意义的。

张光年　这个戏在写法上使人联想到《夜店》。所不同的,《夜店》是往人物内心深处去挖;而《茶馆》却伸展到更广大的社会面。打开演员表,就可以看出反映幅度之广,真是五颜六色,使人目不暇给,看出作家社会知识的丰富。看完之后,觉得在某些地方再突出些,就更好了。整个看来,虽然贯串性差些,但生活潜流还是看得出来的。人物很多。也很难让作者甩掉几个,因为是茶馆。有些人虽然有名有姓,其实就是群众。所不同的,每个不重要的人物,上得场来,也带上了他们各人的历史、甜酸苦辣。通过茶馆,使人引起了生活联想,想到更广大的社会面。作者写这些人物是有困难的。这些人都不是处在时代漩涡的中心,大时代的风浪却天天冲击他们。他们不是劳动人民,是帮忙的或帮闲的人物。劳动人民除非卖孩子、求爹爹告奶奶,是不会到这里来的。这里对劳动人民来说,是可怕的。作者写的是漩涡边沿和漩涡外边的东西。即使这样,也给了你联想,可以看见当时的阶级关系:皇族、爪牙、资本家、善良的小市民、被压迫的农民……;接触到了时代的主要东西。洋人虽未出场,人们对之却都表示了态度。第一幕是英、法;第二幕是日本;第三幕是美国。这几个时代,中国政治舞台上的阶级力量的变化,剧本还是接触到了的。

据焦菊隐同志的介绍,作者开始是想把秦仲义作为主人公,后来才变了主意的。等到第三幕,这个人物再出场时,仅仅是为了说明一种社会现象(民族资产阶级的处境),多少是概念化的。我看,不一定把秦仲义当作主要人物。像他这种人，在近 50 年来，不是有那么大的决定力量的。越到后来，这种人就越不能成为积极力量了。如果同时批判他，又不是这个剧本的任务，就扯远了。

印象最深的，还是常四爷。老舍同志对这种人物是付出了最大的感情的。可以看出他对这个人物的同情和寄托。这个人物不是劳动者，后来才下降、破落了……

陈白尘　城市贫民，卖菜的。

张光年　还是个封建性相当浓厚的城市贫民。作者在好几个地方有意识地写了他：被抓，看不起洋货，个性坚强，有民族气节，耿直。老舍同志在别的作品里也写过这种人。对这种人，他虽然也有批判的地方，但总是怀着满腔热情的。从这种人身上，可以看出老北京和满族贫民的特点，也有他们民族的共同的东西。这个人物站得住。

王利发，很善良，基本上属于消极的形象，像他这样逆来顺受，总陪笑脸，也是活不下去的。康顺子、李三等，是值得同情的劳动人民，可都是作为陪衬的。

这个戏所反映的，是荒唐的时代，荒唐的人物。对旧社会的批判效果、喜剧效果，不用费很大的力气，在舞台上很容易就会出来。看得出来，剧中是有一条潜伏的红线的，如谭嗣同的死，常四爷的参加义和团，一直到康大力的参加游击队。问题是怎样贯串下来。同时，也不妨提一下：作者对社会力量的积极方面，是估计不足的；尽管不一定正面地表现它。我想，最好是在第二幕里再暗示一下五四运动前夕的时代波澜。正好茶馆改成了公寓，是有可能住学生的。这样，这条潜伏的红线就连下来了……

林默涵　剧中有这个暗示。

张光年　最好是形象的，哪怕是过场戏也好。不一定去描写那些知识分子。从公寓里抓出一个学生来，过一下场就可以了。在生活中，有比较激烈的浪花往茶馆带一下，就不能不冲击一下茶馆里的王利发、常四爷、康顺子、李三等人，从而波动他们的情感。这些学生是代表当时社会的积极力量的……

焦菊隐　老舍同志的初稿中，第二幕有这样的描写。学生正在茶馆里开会，结果被抓走了。

张光年 带一笔就可以了,不一定开会,戏照样发展下去。因为这样一个戏,观众把同情只放到常四爷这几个人身上,那是不够的。这样冲击一下,尽管没有一句话,就给观众很多联想,戏的内容也会丰富得多。我甚至想到,后来在第三幕里罢课的小学教员原来就在公寓里住过。这当然是属于胡思乱想之类的。

王　瑶 剧本中的第二幕离五四运动还有三四年。

焦菊隐 可以往后错一下。"五四"前几年也可以。

陈白尘 我同意光年同志的意见。正面的力量不一定写,但一定要有发展的暗流。

夏　淳 原来,我们是这样考虑的,剧本中的人物基本上有两大阵营:有些是人民,有些是人的渣滓。秦仲义也是属于人民这个阵营的。这些不同阶层、不同职业、不同出路的人,都不成,结果都送葬了……

焦菊隐 这些人非常可怜,也非常可笑。他们用他们的方法去对待当时的社会,是值得同情的;但在今天看来,又是可笑的。

赵少侯 秦仲义一出场,态度不太明确,好像是去要求涨房钱的,那是"吃瓦片"的口吻,可又说要房子办工厂。

焦菊隐 秦仲义要房子有两方面:一方面想要涨房钱;另一方面是要强调他的办实业。他上场,走进茶馆时,这些人全不在他的眼里。他主要是看房子,一边看一边盘算着哪里作仓库,哪里作工场。

林默涵 我和大家在很多地方有同感。现在很需要这样的剧本。老舍同志是通过对旧社会的批判,表现了他对新社会的热爱。作者虽然没写到新社会,但正因为他热爱新社会,才对于旧社会有更深刻的憎恨。观众,特别是年轻的观众看了这出戏,会知道很多不知道的东西,会更加爱护今天的新社会。作者用很精炼的笔法表现了旧时代的三个阶段。一方面,通过茶馆里所出现的人物和事件,表现了三个时期的变化;另一方面,通过茶馆本身的变迁,茶馆经营方式的改变,也反映了时代的变化。老舍同志用几笔、几句话就把一个人物刻划出来了。出场的人物很多,但每个人物都不一样,都有鲜明的特性。我们估计这个戏的演出会有很好的效果,因为每场戏里都有许多动人的事件和精彩的语言,能够把人紧紧地吸引住。……

张光年　还有很多意想不到的场面。

林默涵　写法别开生面。从没有一个贯串全剧的中心事件这点上说,有点像高尔基的某些剧本的写法,但高尔基的剧本反映的时代比较集中,对人物内心的挖掘也比较深;《茶馆》所反映的时间却很长,前后50年。用一幕或一场来表现那样复杂的社会变化的一个阶段,是很不容易的,这里表现了老舍同志很高的概括能力,但同时也就不能不显得有些不充分。

整个剧本读完之后,感到有些地方似乎可以再加强一些。

第一幕,是写中国最后一个封建王朝崩溃前的景象。帝国主义的侵入,对中国社会发生了很大的影响。这个影响也不能不反映到茶馆里来。这里写了吃洋教的马五爷,老舍同志用几笔就表现出了这个人物所代表的威风和势力(可惜这个人物没有发展下去,只一闪就过去了),也写了具有单纯的爱国心的常四爷,他后来参加了义和团的战斗。但一般市民对洋人的反映怎样,写的就不够了。事实上,当时中国人民对洋人是普遍憎恨的。许多地方发生打教堂事件,就是证明。尽管茶馆里贴了"莫谈国事"的纸条,还是封不住这些市民的嘴巴的。这方面似乎可以加强一点。因为这是很重要的问题。第三幕,美国人进北平后的横行霸道,茶馆里的反映也不够强烈。

从茶馆的表面看,日子是越变越糟了。但作者向我们暗示了一种潜在的力量,这个力量会给我们带来一个新的时代,新的生活。这是从剧本里可以感觉到的。但我觉得,对这种力量的反映,也是不够充分。当然,第一、二幕反映革命力量是要困难一些。我觉得,第三幕的革命气氛是可以而且应当更强烈一些的。解放前夕的北平,城外就有解放军。国民党正处在灭亡的前夕,在作最后的挣扎,马上就要有新的力量来代替它。剧本不一定出正面的革命的人物,但要有这种气氛,应当表现出茶馆里的市民们对于那个他们所不大熟悉的革命力量的反应:有的害怕,有的存着朦胧的希望……这里只写了一个暗示投向革命的康大力,但他在第三幕并没出场,第二幕出场时,还是个小孩子。他在人们脑子里留下的印象也只是一个小孩子。总之,当时的实际情况——风雨前的北平的气氛,在第三幕中是表现得不够充分的。这些,导演都可以有办法加强。为了更好地表现剧本的思想,导演在某些地方作适当的加强或补充,是完全可以的。

这是从反映社会变化的力量来看。其次,从人物来看,我觉得许多人物都有鲜明的特性,但挖掘得不够深。有点像水彩画一样,色彩鲜丽,但还不是厚实的雕塑。当然,这有困难。因为人物既多,又不是以几个人物为中心来展开事件的纠葛,因此很难对人物作更深刻的刻划。但这不能不说是一个缺点。看的时候,不是人物的命运本身在吸引你。像祥子、程疯子一样,使你不得不关心他们,关心他们的命运的结局。这个戏中的人物却不能引起读者这样的关心。人物出场的目的,不应当只是通过他们来看社会面,而是他们本身的命运在紧紧地吸引着你。

资本家秦仲义这个人物写得比较单薄。如果在光绪年间,他确实抱着实业救国的幻想,经过几十年以后,到国民党时代,秦仲义的这个幻想就早已烟消云散了。他老老实实不过是一个资本家而已。即使是民族资本家,也有坏的一面,对他应当是又同情又批判。现在,这个人物到后来叫观众完全同情他,就不大适当了。

还有,四奶奶出来找康顺子回去帮她管“皇上”,显得有些勉强,好像只是为了要使这个人物出场而不得不找的理由。她有什么能力可以帮助四奶奶管“皇上”呢?

张光年 反面人物容易在台上博得效果。把常四爷再勾几笔就好了。

赵少侯 我觉得第三幕的革命力量不强调也可以,点明白更好,不点也行,因为演的是解放前夕的事,观众会明白的。老舍同志写人物时,虽然惜墨如金,但很能抓住要点,如第二幕松二爷进来时,那么懊丧,饿得连腰都直不起来了,但是一提到鸟笼子,马上精神就来了,说“一看见它呀,我就舍不得死啦!”老舍同志真抓住了这个人物的特性!再如说评书的邹福远,对个人的生死倒不大在意,他最伤心的是“咱们这点玩艺儿,再过几年都得失传!”。这真是一言道破艺人爱艺术的真诚。语言是精炼、逼真已极。例如包办酒席的明师傅说："你等等！坑我两桌家伙，我还有两把切菜刀呢"正是厨师傅受了欺侮，要拼性命的话。每个时代的特点也都有精炼的描写。如国民党时的茶费预付暗示物价的飞涨，上街要留神吉普车暗示美国兵一日数起造成车祸。一个字一句话，都把那个时代照应了。老舍同志常常是把他所想到的，用一句话就点出来。而且每个人说的话。都比台下寻常人说的好听。观众有各式各样的。通过舞台，每个人都可以从他自己的角度回忆一下 50 年来的生活；和现在的生活对比一下，便能加深对过去的憎恨，对目前的热爱和对未来的向往。

张光年　感谢大家。言有未尽的，希望给我们写文章，把意见说透。

谈《茶馆》

老　舍

史料解读

史料原载于《中国青年报》1958 年 4 月 4 日第 3 版，为一篇学术随笔。老舍简要介绍了三幕剧《茶馆》每一幕的剧情和主题。该史料从作家角度介绍作品，为主体论研究提供了基础材料。

原文

《茶馆》这出三幕话剧，叙述了三个时代的茶馆生活。头一幕说的是戊戌政变那一年的事。今年又是戊戌年了，距戏中的戊戌整整六十年。那是什么年月呢？一看《茶馆》的第一幕就也许能明白一点：那时候的政治黑暗，国弱民贫，洋人侵略势力越来越大，洋货源源而来（包括大量鸦片烟），弄得农村破产，卖儿卖女。有些知识分子见此情形，就想变变法，改改良，劝皇帝维新。也有的想办实业，富国裕民。可是，统治阶级中的顽固派不肯改良，反把维新派的头脑杀了几个，把改良的办法一概打倒。戏中的第一幕，正说的是顽固派得势以后，连太监都想娶老婆了，而乡下人依然卖儿卖女，特务们也更厉害，随便抓人问罪。

第二幕还是那个茶馆，时代可是变了——到了民国军阀混战的时期。洋人为卖军火和扩张侵略，操纵军阀，叫他们今天我打你，明天你打他，打上没完。打仗需要枪炮，洋人就发了财。这么一来，可就苦了老百姓。这一幕里的事情虽不少，可是总起来说，那些事情的所以发生，都因为军阀乱战，民不聊生。

277

第三幕最惨，北京被日本军阀霸占了八年，老百姓非常痛苦，好容易盼到胜利，又来了国民党，日子照样不好过，甚至连最善于应付的茶馆老掌柜也被逼得上了吊。什么都完了，只盼着八路军来解放。

这样，这一幕共占了五十年的时间。这五十年中出了多少多少大变动，可是剧中只通过一个茶馆和下茶馆的一些小人物来反映，并没正面详述那些大事。这就是说，用这些小人物怎么活着和怎么死的，来说明那些年代的啼笑皆非的形形色色。看了《茶馆》就可以明白为什么我们今天的生活是幸福的，应当鼓起革命干劲！

答复有关《茶馆》的几个问题

老　舍

史料解读

史料原载于《剧本》1958 年第 5 期，为一篇答复。作者老舍对观众问题的回应是文学创作活动结束后的再度阐释，为创作主体视角的戏剧研究提供了具有重要参考价值的资料。

原文

《茶馆》上演后，有劳不少朋友来信，打听这出戏是怎么写的等等。因忙，不能一一回信，就在此择要作简单的答复：

问：为什么单单要写一个茶馆呢？

答：茶馆是三教九流会面之处，可以多容纳各色人物。一个大茶馆就是一个小社会。这出戏虽只有三幕，可是写了五十来年的变迁。在这些变迁里，没法子躲开政治问题。可是，我不熟悉政治舞台上的高官大人，没法子正面描写他们的促进与促退。我也不十分懂政治。我只认识一些小人物。这些人物是经常下茶馆的。那么，我要是把他们集合到一个茶馆里，用他们生活上的变迁反映社会的变迁，不就侧面地透露出一些政治消息么？这样，我就决定了去写《茶馆》。

问：您怎么安排这些小人物与剧情的呢？

答：人物多，年代长，不易找到个中心故事。我采用了四个办法：（一）主要人物自壮到老,贯串全剧。这样,故事虽松散,而中心人物有些着落,就不至于说来说去,离题太远,不知所云了。此剧的写法是以人物带动故事,近似活报剧,又不是活报剧。此剧以人为主,而一般的活报剧往往以事为主。(二)次要的人物父子相承,父子都由同一演员扮演。这样也会帮助故事的连续。这是一种手法,不是在理论上有何根据。在生活中,儿子不必继承父业;可是在舞台上,父子由同一演员扮演,就容易使观众看出故事是联贯下来的,虽然一幕与一幕之间相隔许多年。(三)我设法使每个角色都说他们自己的事,可是又与时代发生关系。这么一来,厨子就像厨子,说书的就像说书的了,因为他们说的是自己的事。同时,把他们自己的事又和时代结合起来,像名厨而落得去包办监狱的伙食,顺口说出这年月就是监狱里人多;说书的先生抱怨生意不好,也顺口说出这年头就是邪年头,真玩艺儿要失传……因此,人物虽各说各的,可是又都能帮助反映时代,就使观众既看见了各色的人,也顺带着看见了一点儿那个时代的面貌。这样的人物虽然也许只说了三五句话,可是的确交代了他们的命运。(四)无关紧要的人物一律招之即来,挥之即去,毫不客气。

这样安排了人物,剧情就好办了。有了人还怕无事可说吗?有人认为此剧的故事性不强,并且建议:用康顺子的遭遇和康大力的参加革命为主,去发展剧情,可能比我写的更像戏剧。我感谢这种建议,可是不能采用,因为那么一来,我的葬送三个时代的目的就难达到了。抱住一件事去发展,恐怕茶馆不等被人霸占就已垮台了。我的写法多少有点新的尝试,没完全叫套子捆住。

问:请谈谈您的语言吧。

答:这没有多少可谈的。我只愿指出:没有生活,即没有活的语言。我有一些旧社会的生活经验,我认识茶馆里那些小人物。我知道他们做什么,所以也知道他们说什么。以此为基础,我再给这里夸大一些,那里润色一下,人物的台词即成为他们自己的,而又是我的。唐铁嘴说:已断了大烟,改抽白面了。这的确是他自己的话。他是个无耻的人。下面的:"大英帝国的香烟,日本的白面,两大强国伺候我一个人,福气不小吧?"便是我叫他说的了。一个这么无耻的人可以说这么无耻的话,在情理中。同时,我叫他说出那时代帝国主义是多么狠毒,既拿走我们的钱,还要我们的命!

问:原谅我,再问一句:像剧中沈处长,出得台来,只说了几个"好"字,也有生活中的根据吗?

答:有! 我看见过不少国民党的军、政要人,他们的神气颇似"孤哀子"装模作样,一脸的官司。他们不屑与人家握手,而只用冰凉的手指(因为气亏,所以冰凉)摸人家的手一下。他们装腔作势,自命不凡,和同等的人说起下流话来,口若悬河,可是对下级说话就只由口中挤出那么一半个字来,强调个人的高贵身份。是的,那几个"好"字也有根据。没有生活,掌握不了语言。

评老舍的《茶馆》

刘芳泉　　徐美禄　　刘锡庆　等集体写作

史料解读

史料原载于《读书》1959 年第 2 期，为一篇评论。该史料认为老舍的《茶馆》缺乏对历史本质的揭示，在思想主题上具有严重缺陷。史料以阶级斗争的观点作为评价戏剧和人物的重要标准，其集体写作的方式和批评话语具有明显的时代特征。

原文

老舍的《茶馆》发表后，接着北京人民艺术剧院把它搬上舞台。因此，这个剧本在群众中有着比较深刻的影响。

我们认为这个作品在某些方面暴露了旧社会的罪恶，因而对群众来说，也有一些教育意义。但是从全篇来看，作品没有真实地全面地揭露出各个历史时代的本质，作者没有把反动派必然灭亡，人民革命必将胜利的前途贯穿在整个剧本中；剧中出现的人物，其阶级性格是极模糊的。

正由于这个剧在思想内容上存在着严重缺陷，因而在客观效果上必然产生消极的影响。

《茶馆》的三幕是分别以戊戌政变失败、民初军阀混战和抗战后国民党反动统治三个历史阶段作为时代背景的。这三个时期的共同特点是半殖民地半封建性质的社会，主要矛盾是三大敌人同人民大众的矛盾。同时它们又是不断发展的三个历史阶段,是帝国主义对中国侵略不断加剧,中国社会急剧变化的过程;又是中国人民逐渐觉醒,最后在共产党领导下,争取解放并终于取得胜利的过程。剧本虽然在某些方面揭露与批判了旧社会的黑暗,暴露了一些统治阶级的残暴与罪恶,但作者在作品中远没有真实地反映出当时阶级矛盾民族矛盾错综复杂的严重斗争。对旧社会的罪恶揭露不深,鞭挞不力,更没有揭示出一切反动派外强中干、垂死挣扎的"纸老虎"的本质。对劳动人民在斗争中所表现出来的巨大力量,和对革命事业获得最后胜利的必然性,也没有表现出来。

例如剧本的第三幕,正是抗日战争胜利后,国民党特务和美国兵在北京横行的时候。当时美帝国主义代替了日本帝国主义在中国的统治,美国侵略军到处胡作非为,"水兵出巡马路上,吉普开到人身上",俨然以"太上皇"自居。可是剧本却对美军罄竹难书的暴行没有充分反映。我们只听到周秀花对王小花的一句叮咛:"在路上留神吉普车!"只从小刘麻子口中听到要办"花花联合公司"来满足美军的"需要"。此外便没有什么了。"一个茶馆就是一个小社会",但是我们从这个社会缩影中,却没有嗅到反动派残害人民的火药味,没有听见亿万群众饥寒交迫的呻吟,更感不到时代的脉搏——阶级斗争——在剧烈地跳动着。当然,我们不能要求作者将一个剧本写成一部历史教科书,可是我们认为这是历史的现实,有理由要求文学作品尖锐地反映这些现实,而不能把革命的主流当作戏剧的"效果",不鲜明地反映到舞台前面来。

在《茶馆》里出现的人民群众(如康六、康顺子、李三等),都是些苟且偷生,麻木不仁的人物,他们在统治阶级面前如此软弱无力,充满着一副逆来顺受的"奴隶"性格,只要求"有三顿饭吃"就行。难道这是劳动人民的真实形象吗?第一幕正处在义和团反帝运动的前夜,帝国主义和中国人民的矛盾与斗争十分尖锐而紧张。当时流行着"官怕洋人,洋人怕百姓"的说法,反映着人民具有反帝色彩的斗争,这也是帝国主义侵略所引起的必然后果。可是作者却没有表现出中国人民这种不畏强权充满反抗精神的斗争传统和爱国主义思想。常四爷是唯一对洋人表示过不满的人物,但他的义愤和"牢骚",却在广大群众的思想中没有引起点滴的共鸣和同情。在第三幕中同样也很难感到人民力量的蓬勃发展和革命即将取得全国胜利的光辉前途。作者为从"茶馆"背后反映革命力量的蓬勃发展作了努力，如教员的罢课大暴动，康大力离开"茶馆"暗示革命力量。但是教员的罢课，被抽去了反内战、反迫害、争取民主的政治内容，成了单纯是为解决"吃不上饭"的斗争。康大力的暗示在剧本中只是一闪即逝，看不出革命者和群众之间有什么联系。

作者企图写反动派凶恶的一面，借以暴露旧社会的本质，但没有指出反动派的疯狂，正是他们"趋近于死亡"的表现，正是暴露了反动派力量的空虚与对人民力量的恐惧。我们倒看到的是反动派的飞扬跋扈，穷凶极恶地肆意打人、捕人、杀人和"消灭八路"的叫嚣。但是听不到人民解放斗争的战场上的节节胜利的消息，和全国人民波澜壮阔的爱国民主运动。事实上，这些关系到亿万人民生死命运的斗争消息，决不是反动派一张"莫谈国事"的纸条所能封住的。尽管这些纸条愈贴愈大，却正是从反面说明了人们非谈不可的事实。

由于作者在剧中没有充分地表现出日益发展中的人民革命力量，因此，也就不能把光明的未来展示给读者。王利发、秦仲义、常四爷这三个老头子的控诉是极其无力的。王利发的上吊，三个老头的自悼也根本算不了"给旧时代送葬"。它不仅不会加强主题的力量，而且这样一来，倒给全剧造成一种滑稽的、阴沉的、不协调的气氛。剧本以特务处长的七个"好"作为结束，更使人感到反动派的"不可一世"。剧中所显示的光明是如此的微弱，希望是这样的渺茫，胜利是多么的遥远呵？这又怎能让人充分理解作者所想要说明的问题，这世界非变不可呢？

《茶馆》还存在着的另一个严重缺陷是：作者在塑造与对待不同阶级的人物形象时，缺乏阶级观点，有浓厚的阶级调和色彩。

剧中出场的人物很多，其中的主角是秦仲义、常四爷、王利发、康顺子等几个人物。这也是作者所着力描写并寄予深切同情的人物。不少评介文章也都认为这几人"从第一幕就是好人"，"比较进步"，"能站得住"，"很善良"……但我们有不同的看法。

秦仲义一出场就口口声声为了要"救国"、"救穷人"、"抵制外货"、"谋富强"

而兴办工厂。这个幌子似乎也迷惑着一些人，但是实际情况是怎样呢？秦仲义的身份明显的是个阔少，靠着祖宗剥削劳动人民血汗而"积累"起来的那些家当，处处显露他的"那点威风"。在发财致富的那条途径上，他比他父亲更精明，他和当时的"好些财主"一样，变卖了"乡下的地，城里的买卖"。标榜着"新"的时髦招牌企图由此飞黄腾达，这就是秦二爷的真正意图。尽管他装出一副"悲天悯人"的样子，声称"救国"、"救穷人"，但我们很难相信如果开工厂、当资本家不比当土财主更发财，秦二爷会干那样的蠢事。其实真当他见了昏饿的妇孺，立刻露出狰狞的本来面目，大呼"轰出去！"，刚刚挂在嘴边的"救穷人"的那套鬼话，也就毫不顾及了。这种伪善冷酷的性格，也正是一切剥削阶级的本质所决定了的。为了"发财"，他可以廉价地出卖一切人格，甚至连民族的气节也可以无耻地卖给敌人。果然不久，日寇的侵占华北，秦仲义就以他的工厂与日本人"合作"起来了，甘心充当帝国主义的一名走狗。象这样一个不顾民族大义的汉奸资本家，作者却用了较长的篇幅，在最后一段通过秦仲义自己的嘴来表白他那套"实业救国"的主张，惋惜用"四十年的心血"而苦心经营的"富国裕民的事业"。可以设想秦仲义并不是一个不会压榨穷人的人，有了他那四十年经营的"事业"，也就有了工人阶级四十年间饥寒交迫充满血泪的无限辛酸。诚然，作者要对这样的人物作某些批判，但结果是更多地流露了作者的同情。为什么会是这样，那就是由于作者以超阶级的人道主义观点来对待人物，想以人道主义来批判，结果是以人道主义来同情。

常四爷在剧中是作为正面人物来表现的，也是作者寄予了最深厚感情的人物。老舍会极力赞扬他的"正直"、怜恤穷人和能与松二爷共患难的精神，是的，常四爷曾经给过一个穷孩子两碗烂肉面吃，但是这也不过是贵族老爷式的施舍与慈悲而已。甚至隔了五十年，常四爷还提醒别人："还记得吧？当初，我给那个卖小姐的小媳妇一碗面吃。"这种"恩赐"有什么可以肯定呢？

常四爷真正同情的人，是松二爷一类的人物。因为他们都是没落的封建特权阶级的"遗老"。在过去吃着大清国的"铁杆子庄稼"，精神空虚，过着百无聊赖、寄情画眉黄鹂的有闲生活。常四爷对现实有些不满，也发过些"反洋"的牢骚，"不佩服吃洋饭的"，流露出一些民族意识。但是他的"不满"，那也只不过出自对"洋缎大衫"代替了"大缎子、川绸"的不满，是对帝国主义势力冲击了封建旧秩序，深怕"大清国要完"的"牢骚"。他害怕由此会失去了俸禄、地位、靠山及其舒适的优裕生活。显而易见，他的反洋意识与苦难深重的劳动人民反对民族压迫、追求民族自由的反帝斗争是有本质区别的。

常四爷并不了解劳动人民终年贫困的真正疾苦，他在被逼得出卖儿女的乡妇面前，还颇为惊诧地问道："乡下怎么了？会弄得这么卖儿卖女的？"至于后来由于阶级的没落，不得不做起小生意来，那也只是"铁杆子庄稼没有啦，还不卖膀子力气吗？"但是他始终并没有走进劳动人民的行列，也没有扔弃他那种剥削阶级的思想感情，他愈来愈走下坡路，这时，他只能与他的松二爷共饮几盏，抒发一下没落的情调。至于到了旧时代总崩溃的前夜，曙光已经在望，而常四爷却早已准备好后事，等着送终。曾经说过"什么时候洋人敢再动兵，我姓常的还预备跟他打打呢！"的常四爷，再也讲不出这句话了。他只能无声无息地陪着旧世界殉葬。这样的人，难道还能"站得住"么？

王利发是个城市的小商人。这样人在旧中国的确存在着，他们的那种经济地位是很不稳定的，在三大敌人的压迫下，破产的命运几乎是不可避免的。对于他们的遭遇，给于适当的同情是可以的，但必须站在工人阶级的立场上，除了同情以外，还要对他们的缺点与落后面，予以严厉的批判。王利发阿谀秦仲义是："你的手指头都比我的腰还粗。"甚至当秦仲义威胁着要收回房子时，王利发还是这样一副奴才相："您甭吓唬着我玩，我知道您多么照应我、心疼我，决不会叫我挑着大茶壶，到街上卖热茶去！"这个人为了生意，逢迎拍马、逆来顺受、奴颜婢膝，苟且偷生，甚至行贿赂，贴美女广告，招聘女招待，学说外国话……。什么都干得出来。这样一种典型的奴隶性格，难道不应该予以批判么？如果人人满足于"王利发思想"，那就只有当"顺民"作亡国奴。可是不要忘记，当时正是民族危机到了最严重的关头的时候呵！令人遗憾的是，作者对此并没有有力地给予批判，反而在最后通过王利发的自白，把他的这种行为美化了。

王利发说："我呢，作了一辈子顺民，见谁都请安、鞠躬、作揖。我只盼着呀，孩子们有出息,冻不着、饿不着,没灾没病!"嚷着"我可没作过缺德的事,伤天害理的事,为什么就不叫我活着呢?我得罪了?谁?……"作者用着强烈的感情来感染读者:这样的老好人,也遭此惨况,太可惜了,太值得同情了。于是,一切丑事也就在一片叹息声中烟消云散了。

作者笔下的几个劳动人民的形象也都是消极的,他们只会在饥饿线上挣扎,逆来顺受,苟且偷生,不会斗争,没有理想更没有希望。康六与李三固不必说,就是康顺子也是如此。康顺子自幼深受蹂躏与迫害,她的阶级仇恨应当是很强烈的,在时代浪潮的冲击下,她完全应该成为一个具有强烈的反抗性格与爱憎鲜明的人物。可是剧中的康顺子却与此恰恰相反。受尽庞太监侮辱的康顺子,当她的这个生死仇人——庞太监死去她逃出庞家的时候,应该现出那种虎口余生的惊喜心情。然而刚跳出火坑的她却告诉读者:"一改民国呀!他还有钱,可没了势力,所以侄子们敢欺负他。他一死……。"这是种什么样的"义愤"呢?我们再看一下康顺子又是怎样对待那个出于无奈被迫出卖女儿的可怜的老父呢?"他?是死是活,我不知道。就是活着,我也不能去找他!他对不起女儿,女儿也不必再叫他爸爸!"这显然不是劳动人民的"爱憎分明"的情感。

此外,在剧中也出现了不少迎合小市民阶层的庸俗趣味。例如将太监买老婆和两个逃兵合娶老婆之类的畸形故事告诉今天的读者,究竟有多大的现实教育意义呢?

从《茶馆》与《红大院》谈老舍创作中存在的问题

—— 兼评关于《茶馆》的评论

辽宁大学中文系现代文学教研室

史料解读

　　史料原载于《文艺红旗》1959 年第 2 期，为一篇论文。该史料认为《茶馆》的致命弱点在于剧本没有突出地反映社会本质矛盾与推动社会前进的本质的社会力量，没有明确指出人民的必然胜利的历史规律。史料所使用的政治批评话语和阶级话语具有鲜明的时代特征。

原文

　　现在，在老一代作家中，写作最勤的，应该说是老舍先生。解放以来，他写了《龙须沟》、《方珍珠》、《春华秋实》、《西望长安》、《茶馆》以及近作《红大院》等多幕剧。和他解放前写的著名的长篇《骆驼祥子》及短篇《月牙儿》等优秀小说加在一起，老舍先生的创作，勾划了黑暗时代的罪恶的某些侧面，记录了那些时代人民的痛苦和呻吟；他也以丰沛饱满的政治热情描绘了新社会的光辉的画图，写出人民的幸福和欢乐。他的创作是新旧时代的见证。因而被誉为"人民艺术家"与"语言大师"。

　　但近年来，老舍先生的创作的进展，显得有些迟缓与缺乏力量了，赶不上这个伟大时代的要求。如《茶馆》与《红大院》等剧作，似乎只看见生活的浪花，没有进入生活的深流,只抓住了浮光掠影的时代面影,没有揭示出惊天动地的时代巨浪。而有些批评者却不掌握批评标准,作了一些不够实事求是的评价和不适当的赞扬,这是不能令人同意的。本文试图通过《茶馆》《红大院》的分析,对老舍先生的创作提出一些看法;同时,也对文艺批评问题表示一点意见。

一

《茶馆》的三幕戏,集中地概括了三个历史时代——戊戌政变失败,民国初年的军阀混战,抗战胜利后国民党的反动统治,反映了从 1898 年到解放前的将近 50 年的中国社会状貌。这充分地显示出老舍先生社会知识的丰富和出色的运用语言的能力与非凡的艺术概括能力。作者独出心裁地选择了茶馆做为背景,巧妙地通过几十个人物的活动来表现这个历史真实,也可看出一个作家的匠心。

《茶馆》好像一面镜子,清晰地展示出复杂而广阔的社会生活和社会矛盾的某些方面。从清朝的腐朽的宫廷生活写到洋人、国民党官僚以及他们的大大小小的奴才的活动;从拼命挣扎的资本家和苟延残喘的小市民写到卖儿鬻女的劳动人民的悲惨境遇;从历史的变迁写到社会风尚和各阶级的思想面貌、阶级关系。《茶馆》可以说是一个时代的万花筒,五颜六色,光怪陆离。

作者在描写这 50 年的社会生活画面的同时,也就在揭露和控诉了这个将被黑暗窒息了的漫长的前夜:风雨飘摇的清廷发疯似地垂死挣扎,杀谭嗣同"以儆效尤"——"谁敢改祖宗的章程,谁就掉脑袋!"到处贴着"莫谈国事"的纸条,封锁思想,防微杜渐。就是"铁杆庄稼"的旗人,而且是从"爱大清国,怕它完了"的"善良"动机出发说了一句"大清国要完",就犯了"王法",打进囚牢。作者告诉我们,这是一个使人啼笑皆非的时代。窃国大盗袁世凯死后,帝国主义唆使军阀混战,于是"天下大乱","今儿个打炮,明儿个关城门"。高挂"改良"的招牌,好象给人民以一些自由了;然而,"莫谈国事"的纸条不仅"保存下来,而且字写的更大"。特务是世袭的。作者向我们说明,依旧是换汤不换药的野蛮统治。历史又前进了几十年,抗战胜利了,但是,照样被一个黑暗王朝统治着。蒋介石继承了"先辈"的衣钵,把"莫谈国事"的条子贴的更多,字写的更大,茶馆成了党部和宪兵司令部的情报站,特务如毛。美国的吉普,从中国人民的身上轧过。作者为我们指出这大半个中国简直是各族人民的监狱。在这个监狱里还有国民党豢养的狱卒——恶霸、流氓头子、打手、兵匪,布成一个榨取的大罗网。劳动人民则啼饥号寒,成群结队挣扎在死亡的边缘。

三个时代,是罪恶的时代,是"做奴隶而不可得"的时代。作者通过剧本中主要的、极具概括性的人物王利发的一生,深刻地揭示了这一思想。王利发呕尽心血经营他的茶馆,小心翼翼,逆来顺受,委屈求全。然而尽管是这样,尽管他练就了能适应那种"城头变幻大王旗"的环境的本领,也终究难免被赶出他的茶馆,乃至吊死。市民阶层尚且如此,劳动人民的命运就更不可知了。作者语重心长地说出:人民不能生活下去,必须把这股时代的逆流堵死。

特别值得强调的是,老舍先生在1957年的大风浪里,在保卫党和社会主义事业的日日夜夜里,来揭露这三个被埋葬了的时代,无疑地有着极大的政治意义,对广大读者会产生莫大的教育作用。它使人们重新回忆多难的过去,和现在生活对比,从而冷静地做出正确的判断,热爱今天。从这里,我们看出一个作家的政治责任感,他对党和社会主义事业的热爱。

剧本的语言达到了少有的精炼和准确。只用了三万字,就概括了50年的历史,描写了数十个形形色色的人物;一句话甚至是一个词就恰当地表现出人物的身份和性格,鲜明而生动。不难看出,这些人物直到今天还活在作者的思想里,他对旧社会的社会生活和人与人之间的关系,观察的多么深刻,体会的多么透彻啊!

这些,都是必须肯定的并且值得大书特书的成就。而当我们肯定这些成就的同时,也愿意把剧本的缺点指出来。

任人皆知,近百年来尤其是解放前的几十年来的中国社会的本质矛盾是人民大众跟帝国主义封建势力的矛盾,中国近百年史是中国人民反帝反封建斗争的历史。可是,从三幕戏所反映的三个历史时代来考察,剧本则没有突出地反映这个社会本质矛盾与推动社会前进的本质的社会力量,没有明确指出人民的必然胜利与远大的理想。这应说是剧本的致命弱点。

戊戌政变前后，进行着激烈的维新与复古的斗争，这一斗争虽然表现为统治阶级内部的矛盾，但就其实质来说，还是人民大众跟清朝统治者的矛盾，而当时表现得更为明显的则是中国人民跟帝国主义的矛盾，人民的反帝运动如火如荼，轰轰烈烈。杀洋人、毁教堂、砸洋商的事件，层出不穷，表现出中国人民热爱祖国、不畏强暴的革命传统精神。可是，作者在第一幕里只点出谭嗣同"问斩"，安排一个昙花一现的吃洋教的小恶霸，写下常四爷的几句牢骚。这种表现是很不全面的，因而也就缺乏力量。

五四前夕，马克思列宁主义已开始在中国传播，革命知识分子和进步的小资产阶级知识分子在积极地从事革命的活动，而中国工人阶级也在成长壮大起来，并且逐渐成为领导斗争的盟主。作者知道这个史实。然而，除了在第二幕里点出住在公寓里的、可能成为宋恩子和孔祥子搜捕的对象的学生外，并没有交代出来什么，使人很难看出这个茶馆周围的广阔的社会背景，感受不到革命斗争的气氛、时代的要求和人民的呼声。与此同时，中国民族资本呈现一度繁荣的局面，它跟帝国主义和封建势力也有矛盾。作者也想通过民族资本家秦仲义这个人物来表现；但是，对这个人物描写不深，没能写出他的兴衰史，愿望也就落空了。因此说，作者对这个复杂的斗争的时代和斗争的人民，也没有做全面的如实的反映。

尤其是第三幕。抗战胜利后，革命力量空前壮大，最后胜利在望，人民的力量就要主宰一切。但同时革命与反革命的斗争也就更为激烈和残酷。这无论从全国范畴来考察或就北京来看，都是如此。特别是当时的北京，暂时还统治着她的国民党已是四面楚歌，成了困兽，做垂死的挣扎。党的地下组织领导的工人和广大青年的革命斗争不仅没有一刻停息，而且越来越扩大、深入。这种政治攻势密切配合着解放军、游击队的武装进攻，使敌人腹背受敌，奄奄待毙。那么，作者是怎样表现这个斗争形势的呢？作者写了小学教师的罢教，然而他们却只是为了反饥饿，没有更明确的政治口号和目标，显然这种描写缺乏代表性，并不足以概括当时的群众运动；作者交代出康大力的参加革命，但这是由康顺子的嘴隐隐约约地道出来，表现的那么"含蓄"、朦胧。我们说作者只写了这两件事而且是这样来写，是很难反映出党和人民的威力与斗争的残酷的。当然，出现在茶馆里的大都是处在斗争的浪潮之外的，做为斗争的主力的工农大众比较难登上这个小舞台。但是，这个伟大的时代风暴，必然冲撞着它（它不是世外孤岛），在这些尽管是浮游着的小人物身上也必然产生强烈的反映（他们不是生活在真空里）。康大力要影响康顺子，康顺子要影响王利发，而王利发可能把这影响扩展开去；梗直、正义的常四爷会看见过罢工、罢课、罢教、示威游行，看见过工人学生跟警察宪兵搏斗，他要谈革命，尽管他对革命并不十分理解。他们都渴求新的生活，也必然把希望寄托在革命上。因此，我们认为作者完全有可能通过这些出场人物来表现党领导的革命斗争，并不是过苛地要求作者加几幕戏来正面描写。——虽然，事实上革命工作者是完全有可能在茶馆里出现，并且把它做为活动的据点。因此，如果严格一点来说，作者是没有真实地反映这个时代。

把这三个时代联系起来看，作者似乎也有这样的意图，就是从侧面表现出社会的本质矛盾和人民的力量。如写谭嗣同的被杀，常四爷的参加义和团的反帝斗争，康大力的走向革命。然而作者却没有用一条红线把它穿起来，从而显示出中国人民的革命斗争在近 50 年的继承与发展，在党的领导下由自在状态变为自为自觉的过程。正因为没有把它做为一个统一的整体来描写，所以在作者的笔下，这个惊天动地的斗争，好象是孤立的偶发的事件，反动的统治阶级好象是自动退出政治舞台的，革命的胜利好象是轻而易举的。读者从全剧中看不出人民革命斗争的全貌，看不出人民怎样最后战胜反动派。

既然没有明确地表现本质的矛盾和推动社会前进的革命力量，也就很难说在埋葬这三个黑暗时代的同时，指出什么理想，展望出明天。在第三幕里，王利发、常四爷和秦仲义烧纸钱象征了旧的罪恶的时代的灭亡，而接着是宪兵司令部的沈处长粉墨登场，把茶馆做为情报站，继续进行反人民的勾当，最后以王利发上吊结束。显然,这样的结尾既没有"透露"对"剧作中并没有出现的新社会的爱",①也没有革命必将最后胜利的预言,没有人民迎接幸福生活的欢乐,没有振奋人心的理想。而带给读者的却是灰暗与低沉,使你情绪受到压抑,感到郁闷。这样的结局,有可能使人认为这不是一个革命空前高涨的时代,革命力量占绝对的优势。胜利地从这个斗争道路上走过的人民,广大的读者,该是多么不满足啊!理想又在什么地方呢?

现实主义作家应该表现时代的主流,表现推动社会前进的主导力量。但每一个作家生活环境不尽相同,他尽可以写他所接触的生活,写他最熟悉的事物,表现时代的侧面或某些本质方面。老舍先生写自己最熟悉的茶馆,是可以的,但应该展望时代的明天,表现出人民的理想来。只有这样,才能更好地达到教育人民的目的。基于这一点,我们不能同意焦菊隐同志的看法。他说:"揭露旧社会的写法有两种:一种是只把那种愚蠢可笑的现象揭露出来,只是使读者感到那一社会的生活不对;另一种写法,就是作者不是单纯的揭露,而要有理想。这两种写法是有区别的。《茶馆》的写法属于后者;这是老舍同志今天写的,作者是站在更高的角度来对待过去的,和 19 世纪的作品不同。"②我们认为《茶馆》还没有达到社会主义现实主义的高度。因为如上所述,作者不仅没有十分真实全面而又深刻地反映历史,而且也没有表达出什么理想。

老舍先生在描写这些跟劳动人民一样受迫害的市民阶层的人物时,表现了很大的同情,而且热情地歌颂了象常四爷那样梗直、具有民族革命的人。这种感情是应该肯定的,也是可贵的。但是,用更多的同情和歌颂代替了应有的批判,这是不合适的。对资本家秦仲义也给予同情,没有批判他的反动落后的一面。对反动统治者,尤其是对国民党匪帮的血腥统治和美国兵在中国的暴行揭露的不足;对吃洋教的恶霸、特务以及那些人的渣滓也没有给予狠狠的鞭打,这不能不说作者多少还有些旁观者的态度。相对地来看,对处在社会底层的劳动

---

① 陈白尘同志认为《茶馆》"虽然是旧时代的葬歌⋯⋯还是透露了作者对于剧作中并没有出现的新社会的爱"。(《文艺报》1958 年第 1 期。)

② 见《座谈老舍的〈茶馆〉》。(《文艺报》1958 年第 1 期。)

人民则缺少更大的同情与真挚的爱的表露。如走向积极反抗道路的康大力，作者竟没有让他出场，也没有通过别的人物的反映表现对他的赞颂。把这些综合起来看，我们觉得作者的爱憎还不是很分明的，还不是很强烈的。

人物必须处在斗争里，人物的性格要在斗争的展开中得到充实，而越是本质的矛盾，越能显示人物的性格。正因为剧本没有揭示出社会的本质矛盾，矛盾没有充分展开，所以人物的典型性不强。全剧除常四爷和王利发的性格比较鲜明外，大多是类型化的。资本家秦仲义是个概念化的人物，马五爷是为了表现洋教势力而硬加上去的，其他如特务、打手、说媒拉纤的、算卦的，也都只有职业上的特征，没有个性，缺少内心精神世界的剖析。而作者这种清一色地"子承父业"的安排方法本身就有概念化的倾向。因此，人物感人不深，好象走马灯似地在读者面前掠过。我们只能通过这些人物的活动看出当时的社会，人物本身的命运却不能吸引读者，引起读者的爱憎的感情。（附带谈几句：职业的世袭，在现实生活中确是不乏其人，尤其是在旧社会，父亲总愿把谋生的一技之长传授给儿子，能够有碗饭吃。但是不能绝对化，老子是特务，儿子不一定也做特务，老子贩卖人口，儿子也不一定还做丧天害理的勾当。作者这种毫无例外的"有其父必有其子"的安排，客观上给读者、观众印象是不怎么好的，因为读者、观众不能跟着作者一道去想象这是为了演出方便或是怎么的。）

《茶馆》有很大成就，是优秀的剧本，但也有它严重的缺点。指出这些缺点，并不妨碍给予它应有的评价。这些缺点的产生，归根结底还是跟作家的世界观、阶级立场和创作方法密切关联着的。

接着，我们来谈谈《文艺报》关于《茶馆》的座谈以及李健吾同志对《茶馆》的评论。

《茶馆》发表后，《文艺报》编辑部组织了一次座谈会。参加会的同志们的意见，就总的倾向看，倒可以分成两方面。林默涵、张光年两同志着重就剧本的思想内容提出了中肯的意见，指出剧本存在的主要问题，我们很同意。焦菊隐、陈白尘、夏淳、赵少侯诸同志，基本上是从所谓技巧和演出效果等方面着眼的，如情节的安排，线索的把握，人物的上场，语言的运用以及幕的是否完整等等。总起来看,都没有接触到剧本的主要问题,没有对作品的思想倾向进行挖掘,严格一点说,是没有掌握正确的批评标准,按照文学的党性原则来要求作家和作品。这些发言,反映出目前的批评界对象老舍先生这样有成就的老作家存在着过分的赞颂的倾向。

至于李健吾同志,他在座谈会上发言之先,就给《人民文学》写了评论。[①] 综合起来看,他所强调的是这样几个问题:"第一幕在戊戌政变后;第二幕在袁世凯死后;第三幕在日本投降后"的"后"字,"特别值得重视";"老北京和老舍可以说是虽二犹一";"幕也好,场也好,它们的性质近似图卷,特别是世态图卷";宪兵司令部沈处长的七个"好"一个"传"——这是他大加赞赏的成就所在。缺点呢? 他则认为剧本"属于致命的遗憾"是"单粒的感觉",还有"幕间休息(假定是十分钟)短暂,扮王利发的演员该怎样忙着改装啊"。看来并没有必要花费笔墨来加以批评,因为聪明的读者一眼就能看穿,这是典型的资产阶级形式主义的唯"技巧"的评论。它违背了毛主席提出的文艺批评的标准,跟十多年前的刘西渭的笔法是一脉相承而毫无变化。这不仅说明李健吾同志的思想远远落后于现实,而且表现出跟一个批评家的称号很不相称的、庸俗的捧场作风。

二

老舍先生的《红大院》,生在共产主义的春天中,是一件可喜的事。老舍先生的政治责任感与饱满的热情促使他歌颂这个光辉灿烂的时代。虽然,作家无法在一个篇章里画出五彩缤纷的生活的全貌,但确已勾划出了时代的轮廓,记录了时代的脚步。这是完全应该肯定的成就。

《红大院》可以看作是《龙须沟》的续篇。在"龙须沟"里,作者通过龙须沟一个大杂院的今昔对比,以不可抑止的热情歌颂了党在城市建设中的巨大成就。在《红大院》里,作者通过另一个大杂院的人物与环境的变化,更深刻的歌颂了党所领导的人民公社化运动在城市中的伟大成就。这个变化比起《龙须沟》里

---

① 见《谈茶馆》。(《人民文学》1958 年第 1 期。)

的变化要深刻、广阔得多。在这个变化当中，人物的自觉的革命觉悟与共产主义思想的成长是《龙须沟》中的人物所不能比拟的。作者以写《龙须沟》时的政治热情创作了《红大院》，这是可贵的，值得赞扬的。但比起社会的发展来，《红大院》却缺乏更深的思想。因而，我们也提出一些看法。

首先，我们认为作者避开了现实中的根本矛盾与斗争，没有深刻地反映出社会主义与个人主义两种思想的斗争，表现社会主义共产主义思想的光辉胜利。作者接触到了耿兴久同徐四嫂等落后人物之间的冲突，写出耿兴久曾解决了徐四嫂、王大嫂之间的疙瘩，成立了夜校，办了食堂、托儿所，最后还办起工厂。但作者只限于单纯地写这些工作的开展与事情兴办的经过，没有展开正面冲突的描写。这些事情虽然平凡，但每一件事情背后都有着个人主义与社会主义的两种思想的斗争。徐四嫂、方大妈、小唐嫂是个人主义思想的典型人物，自然他们的表现形式与思想根源是不同的。耿兴久与她们之间的冲突是两种社会力量的冲突，也就是社会主义与个人主义两种思想的斗争。深刻的发掘和表现这种冲突，显示出共产主义思想的光辉，正是作家的艰巨的责任。但作者没有展开正面冲突的描写，把徐四嫂送去劳动锻炼，把方大妈送到兄弟家去了。小唐嫂呢？经过整风大字报一"轰"，也就变好了。显然，作者避开了正面冲突、轻易的解决了根本矛盾，没有表现出这个伟大的共产主义运动中的斗争和共产主义思想的必然胜利。戏剧的矛盾是现实矛盾的反映，没有深刻理解现实生活中的矛盾，也就不可能真实表现出戏剧中的矛盾来。

与此相联系，《红大院》中的人物描写是单薄、无力的，存在着一定的缺点。如以耿兴久为例，他是大杂院中的重要人物，作者把他作为党员的形象来描写的。确实这个人物象我们在现实中所看到的那样，在居民里弄中起了骨干带头作用与组织作用。他的工作是繁杂的、艰巨的，但又是极平凡的。大杂院中的问题常常是千头万绪，纠葛纷繁的，需要以共产主义思想来说服、动员和组织群众，最终达到破个人主义立共产主义。但在作者笔下的耿兴久的形象是单薄的，很不丰满的。他做的工作显得太简单、太容易。比如，他一搬到大杂院，毫不费力的说服了淘气的孩子和妈妈们，种上花、搞绿化组、成立小图书馆，大杂院突然变化了。接着,街道整风开始了,经过批评,徐、王两家的疙瘩解开了。徐四嫂参加农村劳动,方大妈到兄弟家去了,小唐嫂也变好了。这些问题都解决得很突然,没有冲突与斗争。因而,耿兴久这个人物的共产主义性格就不可能得到充分的表现,人物自然就显得单薄。另外,作者在处理落后人物的转变上也是不够合情合理的。这些人物转变得那么快完全缺乏思想基础。拿徐四嫂来说,好吃懒做,见到别人买鱼都要流口水的人,半个月的劳动可不可能产生这样前后迥异的变化呢? 我们认为这是不可能的。自私、狭隘的方大妈,贪图享乐的小唐嫂在短期内能产生这样大的变化也是不可思议的。因而这些人物给读者不够真实的感觉。

《红大院》中生活情节的描写,也显得色彩单调,没有充分烘托出时代气氛,这也是由于作者深入生活不够的缘故吧! 没有进入生活斗争的深处,就不可能了解丰富、动人的生活情节,就难以描绘出绚烂夺目的画面来。这也是必然的规律。

三

《茶馆》与《红大院》所存在的问题,不是偶然的。在这里让我们回忆一下老舍先生所走的创作道路,可以帮助我们理解问题的根源。

老舍先生早期的作品,如《老张的哲学》《赵子曰》《二马》等,都产生在大革命的时代。这时中国人民在中国共产党的领导下进行着轰轰烈烈的反帝反封建的斗争,这是继五四运动之后的中国人民第二次反帝反封建的高潮。它具有五四运动所未曾有的特点,即在中国共产党领导下工农阶级联合其他革命阶级拿起武器与封建军阀帝国主义进行着搏斗。这个斗争的火焰不仅蔓延全国,而且也震动了全世界。老舍先生早期的创作离开这个火热的阶级斗争与社会主流是较远的。固然,在这些作品中,作者对不合理的阶级社会进行了一定的揭露与批判,带着人道主义的义愤勾划出了一幅血淋淋的吃人社会的画面,对黑暗社会进行了控诉。但作者只是从小资产阶级的角度,以民主主义与人道主义的思想来描写的,没有指出革命斗争与社会发展的方向。作品中那种油腔滑调的逗笑也在一定程度上削弱了作品的主题思想与战斗作用。早期作品的成就与缺点，是与作者的生活与思想相联系着的。由于作者自小过着"缺吃少穿"的生活，使他同情被压迫被侮辱的人，"反抗那压迫人的个人与国家"，揭露批判了旧社会及其统治者。同时，也由于作者的市民生活地位与阶级意识的限制，作者离开了阶级斗争的主流，没有更深刻的认识并揭露旧社会的黑暗统治的本质以及指明社会发展的方向。

1930 年以后，老舍先生回到祖国。在逗留新加坡期间，他发觉自己作品中的反帝反封建精神远未能满足华侨青年的要求，因而"想改进自己"。回国后，正是国内革命文学运动蓬勃发展的时候，老舍先生也受到了一定的影响，创作态度与思想感情都比较严肃、深沉了。这时期他歌颂了勇敢有义气的好汉（《上任》），在贫穷苦难中闪耀着人性光芒的暗娼（《月牙儿》），揭露与鞭打了旧社会的伪君子（《善人》）……。但是，作者这时的生活圈子远离开大革命失败后在共产党领导下的深入的农村革命与深入的文化革命，因此作者创作的基本立场与思想还没有根本变化。如长篇《离婚》《小坡的生日》，短篇《上任》《断魂枪》等就是明证。1933 年在国民党法西斯统治下，白色恐怖疯狂时，作者的小资产阶级立场与个人主义人道主义思想就使他在政治上迷失了方向，竟写出了嘲笑革命的作品《猫城记》。抗战前夕，作者在全民族一致要求抗战的斗争面前，思想上有了显著的进步，较清醒的认识了现实，写出了优秀的现实主义小说《骆驼祥子》。作者通过人力车夫祥子的一生，揭示了吃人社会的面貌与本质，使我们看到了封建军阀的战争，统治阶级的掠夺，逼迫得劳动人民挣扎在饥饿与死亡线上，想做奴隶与顺民而不可得。《骆驼祥子》比较深刻而有力的控诉了军阀统治的罪恶，记录了时代的惨淡的面影。但与祥子生活的斗争现实相比较，这部作品的缺点是没有反映出工农阶级的革命斗争，即使是斗争的侧面。作者笔下的曹先生，也只不过是人道主义的化身而已。

抗战时期。老舍先生积极的参加了抗战救亡的文化运动，对黑暗现实也有了较深的体验与观察，作品有了较明确的倾向性，如《残雾》《面子问题》对国民党的辛辣产讽刺，《张自忠》对抗战将士的歌颂，《火葬》《四世同堂》写敌占区人民的痛苦生活。在残酷的斗争现实面前,作者的思想情感比较深沉,语言也比较精炼、朴素,不象前期那样浮浅、油滑。虽然,象《火葬》《四世同堂》等由于作者不了解敌占区人民生活的局限,存在着概念化的缺点,但作者的创作热情,渗透在作品中的爱国主义的思想情感,是深刻感人的。从创作思想来看,作者这时期的创作都是从民族主义立场与民主主义思想出发的。与前几个时期一样,作者还没有完全摆脱小资产阶级的立场与思想。

1949年,老舍先生回到了解放了的家乡——北京。他看到祖国日新月异的突飞猛进的变化,充满奇迹与希望的新社会激起了他强烈的政治热情。在党的教育下,他积极参加社会主义建设,努力学习革命理论与毛泽东文艺思想,改造自己,提高了政治觉悟。他的创作思想与创作方法发生了前所未有的变化,因而创作了具有革命激情的剧作《龙须沟》。但这个剧作,是从一般人民特别是市民的角度来讴歌新事物的,还不是从无产阶级立场与共产主义思想的高度来表现的。剧中所表露的,还不是无产阶级的思想情感,正象老舍先生在《龙须沟写作经过》里所说"我感激政府的热诚使我敢去冒险",只不过是出于一种"感激的热诚"。

当我们回顾了老舍先生的创作道路之后,可以清楚的看到社会的发展在推动着作者前进,但与时代的前进步伐相比较,作者的脚步显得较迟缓而乏力。是什么拖累住作者的脚步呢?是作者的小资产阶级立场与人道主义思想,是脱离现实斗争的狭小的个人生活圈子。全国解放以来,老舍先生立刻投入社会主义建设事业,他以多病之身,担负着作家、社会活动家、行政领导的多重任务,确是难能而又可贵。他在创作上的饱满的政治热情,值得学习;对社会主义事业竭诚拥护的政治态度,应该肯定。但自《龙须沟》发表以来的作品来看,作者的创作思想更多还是小资产阶级的革命热情。《茶馆》与《红大院》也是如此。因此,从作品中所表现的思想立场来看,老舍先生还停留在革命民主主义的思想水平上。

解放以来,老舍先生较努力的深入了生活,"体验"了生活。但我们觉得老舍先生所体验的都是小市民的生活,《龙须沟》《方珍珠》《茶馆》《红大院》所描写的生活与人物就是。固然也反映了新旧社会的侧面,但却不是生活的主流。这主流在老舍先生的创作中是出现得较少的。当然,我们不能要求所有的作家都写一律的题材,每个作家都可以通过不同的题材反映现实。但问题是以什么思想感情来对待小市民的生活。我们认为老舍先生在作品中对小市民是有偏爱的,《茶馆》就是明证。作者在二十多年前写《离婚》《上任》《断魂枪》时,那样描写是可以理解的,但在今天,特别是社会主义革命时代,没有站在无产阶级思想高度来描写小市民,批判他们性格中消极的一面,那就使人感到不够了。总之,从深入什么生活、爱什么人物、以什么思想高度来描写生活这些问题来看,充分表明了作者的思想、立场还没有达到无产阶级高度。这是《茶馆》与《红大院》中没有完全解决的问题,也是老舍先生在创作道路上还未彻底解决的问题。我们大胆地提出这些看法,正是对老舍先生这样一个有成就的、誉满全国的老作家的关切和期待。我们想广大的读者也会是具有同样的感情的。

此外,象前面所提到的那样,对于批评界来说,如何坚持党的文艺批评的原则,正确地评价作品的成就,指出缺点和错误,应该是批评家的严肃的政治责任。我们不同意以李健吾同志为代表的那种资产阶级形式主义的批评和盲目的赞扬的态度。

1959 年 1 月 8 日

（本文有删节）

细腻　深刻　个性鲜明

——谈话剧《茶馆》的表演艺术

梁化群　杨竹青

史料解读

　　史料原载于《光明日报》1979 年 5 月 11 日第 3 版，为一篇论文。史料从北京人民艺术剧院对戏剧《茶馆》的舞台演绎表现的角度评价老舍创作的价值。史料将剧本研究延伸到舞台研究，是关于老舍研究的重要资料。

原文

　　一台完美的戏剧，应该使观众不仅受到深刻的教育，得到巨大的艺术享受，而且还能够丰富人们的历史知识。北京人民艺术剧院重新上演的老舍的名剧《茶馆》，堪称是这样一台完美的演出。老舍的优秀剧作给表演艺术家提供了深厚的再创造的基础，北京人民艺术剧院的艺术家们的精彩的表演艺术，为剧本增添了夺目的光彩。

　　老舍在《茶馆》一剧中，仅用三幕戏就概括了从戊戌政变到北京解放前夕，五十年间中国社会的巨大变迁。这个戏的特点，不是用一个贯穿的事件来反映五十年发生的变化，而是通过几个人物的命运，集中在裕泰茶馆里的生活画面，揭露了旧中国的黑暗，人民的疾苦，民族的灾难。要演好些人物，把老舍刻划的跃然纸上的人物，成为栩栩如生的艺术形象展现在舞台上，这对演员的表演技

巧,艺术修养,生活知识都是一次全面的检验。北京人艺的艺术家们以高超的
表演技巧,在舞台上历史地、真实地再现了经历过我国近代史上三个不同时期
的人物的风貌,使观众从他们的悲惨命运中,去了解腐败的旧中国必须埋葬,更
加热爱光明的社会主义的新中国。

　　《茶馆》在表演艺术上的特点,就是细腻、深刻、个性鲜明。演员们演得像剧
中的那个人。他们把角色鲜明的阶级性、生动的个性和时代的特征,通过人物
的音容笑貌表现出来了。要做到这一点,演员不仅要有丰富的生活积累,而且,
还要善于从深邃的生活海洋中去提炼最典型、最富有表现力的东西。如果说
《茶馆》象一部旧中国苦难人民命运的交响乐,那么,每个主要人物在这部交响
乐中,都奏出了自己独特的旋律,深深地扣住了观众的心弦。例如,第一幕戏里
与茶馆中发生的几起事件有关的几个主要人物,他们在表演上都各有特色。郑
榕扮演的常四爷,是和松二爷一前一后地进入茶馆的,他一进门,首先在舞台最
突出的地方——门口那个有两层台阶的平台上,借着和茶客打招呼的机会,和
观众打个照面,观众就从他那身华丽的服饰,手提的鸟笼和悠闲的神态中看出
这是一个天天溜鸟,常泡茶馆的旗人。常四爷不卑不亢的豪爽开朗的个性,又
是通过演员的语言和形体动作的特点表现出来。郑榕的语言说得刚劲有力,不
拖腔拉调,很少有北京人常用的小字眼。在体态上也是腰板挺直,迈着大步走
路,手势也大方洒脱,言谈举止豪放却不粗鲁,处处不失一个旗人的身份。在张
贴有“莫谈国事”的纸条、常有特务走动的茶馆里,常四爷在说“大清国要完”的
台词时,没有左顾右盼,而是脱口而出,以致引来被捕入狱的横祸,从此结束了
靠吃俸禄的生涯。蓝天野扮演的秦仲义,他进入茶馆之后,既不找座喝茶,也不
和人们打招呼,而是若有思地四处打量,他衣着素雅,举止不俗,使人感到这是
一个不寻常的人。当常四爷赏给穷人一碗面时,他脸上掠过淡淡的冷笑。蓝天
野用这个细微的表情,来表现秦仲义的自命不凡的清高。但是,当他向茶馆掌
柜王利发谈到他决定变卖产业去办工厂,以此来富国救民时,演员的话却充满
了赤诚,把秦仲义的一片爱国的热忱,对自己理想的憧憬都表达清楚了。

　　胡宗温扮演的康顺子,是一个在旧社会受尽屈辱的温顺善良的妇女的典

型。第一幕中,她的出场表演得非常精彩,细腻:当庞太监急于要看到他收买的这个农村姑娘时,康六是拉着康顺子的一只手进门的。但是,当康六往里进时,康顺子的手却抽回去了,她仍然留在门外。刘麻子再三催促,康顺子才低着头慢慢地蹭到门里来,但这时,观众看到的只是她身后那条乌黑的长辫子和背影。这个形体动作比康顺子整个身体面对观众更有表现力。它巧妙地把康顺子将要给太监做老婆的痛苦,不愿和亲人别离的心情和一个农村姑娘的腼腆都表现出来了。这个片断里,这个人物没有什么台词,形体动作又很缓慢,但是,戏的节奏并没有拖下来而使人感到冗长无味,足见一个好演员在表演上的真功夫。康顺子在第二幕出现时,已经是一个从庞太监家里被轰出门的无家可归的人,她来到裕泰茶馆又见到把她推入火坑的刘麻子时,抑止不住满腔愤怒。这时胡宗温的表演是那样恰如其分,她哆嗦的嘴唇骂不出一句话,她高举着拳头又打不下去。把那个时代一个善良、安分的妇女的个性,不温不火地表现出来了。最后一幕戏里,康顺子要到西山去投奔康大力,和王利发告别的那场戏,演得十分感人,她对王利发的感激的心情,为王利发面临破产的厄运的忧虑,都在那句化为祝愿老掌柜"硬硬朗朗"的话语中,用左行一个礼右行一个礼的形体动作深情地表达了。胡宗温把这句简短的台词,说得温和深切,感人至深。

童超扮演的庞太监是一个重要的反面人物,他的出现与康顺子和常四爷一生的命运有关。童超的表演特色是用一种近似漫画的手法,几笔就把这个人物勾划出来了。他曾经访问过许多清末的太监,通过对人物的观察,抓住形象的外部造型和声音的变化来表现庞太监的特征:脸庞苍白,下巴溜光,肿眼皮下有一双闪烁着凶恶和贪婪目光的眼睛。第一幕中他的表演有两处最为精彩,一是刚进门时对秦仲文说:"天下太平了,圣旨下来谭嗣同问斩!告诉您,谁敢改祖宗的章法,谁就掉脑袋。"演员说这段台词的时候是拿腔拿调,这是故意摆谱来显示他有权势的身份,他齿缝里含着怒意,眼里又露着凶光,在观众面前,现出一个大清国中顽固势力的走狗的原形。还有一处是人们正为常四爷被特务抓走所震惊时,下面的戏如何转到庞太监身上呢?演员用一阵几乎背过气的刺耳的咳嗽,把人们的注意力吸引到他身上,他伏在桌上,在嗓子里发出一声痰喘的怪声之后，刚直起那僵硬衰老的身躯，就用阴阳怪气的颤音对黄胖子说："等吃喜酒吧"。这段表演，多么深刻地把庞太监丑恶的灵魂、变态的心理鲜明地揭示出来了。更难能可贵的是童超这次是在患脑血栓后登台演出的，这个过去以演正面角色著名的演员，如果没有顽强的毅力和高超的演技，是难以演好的。

于是之扮演的裕泰茶馆的掌柜王利发，是有口皆碑的。他的表演特色是：自始至终地生活于角色之中，把王利发善良而又自私，迎合时势又不随波逐流的复杂个性都溶化在生动的语言动作和有表现力的形体动作之中，使体验和体现达到较好的统一，戏很有深度。第一幕开场，他坐在柜台里很有兴趣地看着他经营的茶馆这派兴旺景象，流露着得意的神情。他时而打算盘数着铜钱，时而关心往来的主顾，时而又陪着笑脸张罗生意。在没有台词的每一个瞬间都是按着王利发的逻辑在行动着，表现了他精明能干又谨小慎微。对待主顾时，哪些是显贵的人物要格外殷勤，哪些只做一般的应酬，都十分鲜明地表现在人物关系之中，这不仅揭示了王利发商人的本质，也烘托了其他人物。如果说舞蹈演员的动作是表达人物语言的词汇，于是之那双手也是会表达思想和语言的。第一幕戏里，王利发的手只用来拨弄算盘，数数铜钱，指挥伙计和照应达官显贵，手的动作利索明显，表现了生意兴隆时期一个茶馆掌柜的特征。第二幕戏里，在打发那些敲诈勒索的警察和兵痞时，那双手数钞票还是那样熟练，送戏票却是那样难舍。跟人说话时，那双干过杂活的手，是张开手指撑在桌面的，这是怕弄脏新铺的桌布。这些细微的动作，把王利发此时的艰难，无奈，精细都表达出来了。第三幕戏里，王利发常常把一只手插在棉坎肩里，另一只手转动着两只核桃，说明茶馆到了濒于倒闭时王利发那双勤快的手已经没事可干了，只有伸到坎肩里取暖，玩着核桃来活血脉。他被迫上吊之前，这双手艰难地拾起纸钱又轻轻地撒开，再抓起那条腰带缓缓地走向后房……王利发绝望的心情，全在无言中用这双无力的颤抖的手表现出来了。

这里还要提及的是第三幕里王利发和秦仲义、常四爷会见的那段戏，演员的表演技巧得到最好的发挥。在中国黎明前最黑暗的时刻，常四爷和秦仲义又来到茶馆和王利发叙旧。随着岁月的流逝，饱经忧患的境遇使人物关系发生了很大的变化,因此演员在角色的外部造型,即角色的体态和声音的运用上都有精致的设计。例如常四爷已经失去豪迈的气概变成一个耳聋眼花、步履艰难的老人。秦仲义已不是精神抖擞要干一番事业的富家子弟,成了一个弯腰驼背、衣衫破旧的穷老头。演员在表演时,动作迟缓了,手脚也僵硬了,台词的速度更缓慢,音调里显出苍老,与第一幕中人物形成鲜明的对比。王利发此时见到他们,热情地再给他们沏上一碗小叶茶时,人物之间已经不是房东与房客,掌柜和主顾的关系,他们之间的每一个眼神,每一个招呼,都非常亲切,共同的命运使他们活成了知己。他们共同回顾几十年辛酸的往事,总结着坎坷的一生,在他们走向生活的尽头时,方悟到社会黑暗和命运悲惨之所在。他们辛劳一生,身后却没有棺材和寿衣,孤寡的老人只有用拾来的纸钱来祭奠自己,他们在昏暗的茶馆里,借着旁人出殡的锣声,唱着挽歌,撒着纸钱,那个黑暗的时代在他们的挽歌声中被埋葬了。

写在重排话剧《茶馆》之时

——纪念老舍先生八十诞辰

夏　淳

史料解读

　　史料原载于《人民戏剧》1979 年第 2 期，为一篇学术随笔。史料作者多次担任《茶馆》的导演，从对排演过程的直观认识中体会作品的深刻主题和独特风格。导演角度是老舍戏剧研究不可或缺的研究视角，因此该史料具有重要价值。

原文

　　《茶馆》是老舍先生的一个杰出的作品，也是我们北京人民艺术剧院的保留剧目。本来我们预定要整理排练这个戏的，恰好今年二月是老舍先生的八十诞辰，为了纪念这个日子，我们把重排《茶馆》的计划提前了。

　　老舍先生是我们所熟悉、热爱的一位老作家。我们剧院演出老舍先生的作品是比较多的。从解放初期的《龙须沟》到一九五九年的《女店员》，一共演出了六个大戏。这六个大戏（加上梅阡同志改编的《骆驼祥子》应该是七个大戏），反映了不同时代、不同历史时期的北京人民的生活面貌和精神状态，也写出了半个多世纪以来中国社会的巨大变迁。他以作家的现实主义态度，饱含着诗人喜悦的心情，热情地注视着北京人民在党的领导下，为社会主义祖国的建设事业，而奋发图强,努力工作。他从一九五八年十月到一九五九年三月,仅仅五个月的时间就写出了《红大院》《女店员》两个多幕剧。老舍先生的这种革命热情和乐观主义精神使他更加勤奋,使他的笔锋跟着时代的脚步前进。

老舍先生非常熟悉北京,也非常熟悉北京的人。因为熟悉,就产生了非常深的感情,在这样深的感情里,包含着爱,也有着恶与憎。老舍先生笔下的好人,也是他所同情的人,都是在旧社会靠自己卖力气吃饭,自食其力的人。这些人却受苦、受穷、受欺、受侮,日子过得每况愈下。而这些人,又都有着一颗善良的心。自己受着苦,却怀着最大的同情去安慰、帮助别人,并且相信只要自己还有力气就一定能活下去,对生活永远怀着希望。如:《骆驼祥子》里的老马,一辈子没有得个温饱,自己是埋在土里半截的人了,为了活下去,还要给死人去抬杠。就是这样,他还同情祥子,劝解祥子不要难过,并且说,明天还有明天的事呢!还有《龙须沟》里的程疯子、王大妈、程娘子、丁四嫂等,他们都是这样互相同情,互相关照,有时为了帮助别人,竟忘了自己也在苦难之中。程疯子为了使小妞子高兴,非要卖掉自己唯一的一件长衫,给小妞子买一缸小金鱼。老舍先生所推崇和敬佩的又是在劳动人民中具有刚直的个性,侠义心肠的人。他们不畏强暴,维护弱小,敢于仗义执言,如:《龙须沟》中的赵大爷、《骆驼祥子》里的栓子、《女店员》中的宋爷爷,都具有这些性格的特点。老舍先生了解他们,同情他们,喜爱他们;老舍先生和他们是知己,是朋友;老舍先生为他们的苦难遭遇表示深切的关注,为了他们的不幸而焦心如焚。但是老舍先生从不想使他们绝望,总想用自己的幽默,给他们一点温暖,给他们一点活下去的勇气。但是为什么这些好人永远不能得个温饱,永远不能很好地活下去,他们的出路又在哪里呢?

解放了,欺侮程疯子的冯狗子和骑在人民头上的黑旋风在人民面前头朝下了,在人民民主专政下被镇压了。溺死了小妞子的臭沟,被填平了,修成油光光的大马路。老舍先生看到了这些变化,看到了朋友们得到了新生,竟比自己有了什么天大的喜事还要兴奋,还要高兴。老舍先生夹着快板、拿着鞭炮和赵大爷、程疯子他们一起,参加了欢庆的行列。老舍先生像孩子一样,拄着拐棍,在人群中奔告，为了这么个从未见过的新时代，为了让大伙活得更有滋味点，都应该人尽其力。旧社会把人逼成了疯子，新社会又把疯子还原成了有用的人。程疯子就看管自来水吧，看好了自来水，也是为大伙做了好事嘛！宋爷爷在胡同口摆茶摊，给人做个路标、做点小玩意，能让孩子咯咯一乐，难道这不也是为人民服务么！老舍先生多么喜欢"为人民服务"这几个字啊！他自己就要做一个不问代价、不计报酬、认认真真地为人民服务的人。他不想拿自己的作品给自己建立个什么里程碑，他就想写、多写、写些对人民有益的东西，写些让人们欢乐、鼓动起人们去走新的道路的东西。于是，老舍先生受到人民的欢迎，受到人民的爱戴，老舍先生成了人民艺术家。

老舍先生写了不少好的作品，人民也哺育了自己的作家。解放的十年中，老舍先生深受党的关怀，人民的钟爱，他感到无比温暖，抚今忆昔，自己的前半生都是饱经沧桑，历尽艰辛，几乎一懂事就在忧国忧民之中熬度，都在为朋友、知己的不幸鸣不平。难道使人受穷、受苦、受压迫的原因，就是因为"做官的坏"吗？老舍先生总结了自己的一生，毅然产生一种强烈的心愿，一定要亲自把那个旧时代彻底埋葬掉！老舍先生清楚地看到只有它才是一切罪恶的渊源，它是滋生黑旋风这样恶霸的土壤，它只能制造贫穷与灾难，让它就此从世界上消灭吧！人民不需要它，人民已在憧憬着一个新的时代。老舍先生孕育的《茶馆》终于降生了，那是文坛上的一颗宝珠，舞台上一株奇异的花。老舍先生站在今天看过去，站的角度是比较高的。老舍先生自己讲过，《茶馆》虽然只写到解放前夕，没有写解放后，主要是埋葬旧时代，但是要使观众感到社会非变不可，非走我们现在的社会主义道路不可。可是当时竟有人荒唐地认为《茶馆》是在替资本家说话，《茶馆》写的是一代不如一代，到了"四人帮"时，干脆就把《茶馆》诬蔑成反党反社会主义的大毒草了。

解放前，蒋家王朝政治上反动透顶，经济上已濒于破产。反动派对人民进行法西斯的残酷镇压，弄得危机四伏，怨声载道，哀鸿遍野，民不聊生，连表面的繁荣都维持不了。像这样腐败不堪的统治，还不许人捅它个底儿掉，还不该把它埋进万丈深坑，难道还要人给它擦胭脂抹粉，拍巴掌叫好吗？这就是"四人帮"才会有的反动逻辑。

今天,我们重新上演《茶馆》,就是要用它来纪念我们的人民作家老舍先生,就是要为这部曾受文艺界的赞扬、受到观众喜爱的好作品平反!

老舍先生的《茶馆》写的是清朝末年、军阀混战、和解放前夕三个时代,时间延绵五十年,出场人物非常之多,涉及的社会面也非常之广。可是剧本仅写了三幕戏就把这一切表现出来了,这是此剧的特色。也只有像老舍先生这样有丰富的社会经验、有高度的概括能力的作家,才能办得到,否则是想也想不出来的。

老舍先生剧本的独特的风格,比较主要的表现在人物刻划上,而老舍先生刻划人物又善于运用非常简练、形象而富有人物性格的特点的语言来表达。老舍先生的幽默,是他战斗的武器,也是他用以慰籍知己的方式,这些特点在《茶馆》里有了更高的发挥,达到更美的境界。

一个作家对一个剧院风格的形成,对剧院演员的培养是起着重要作用的。可以说,老舍先生用他的作品培养了我们剧院整整一代人,也使我们有了自己的表演特色。但是一个作家的作品,如果没有一个懂得他和他的思想,以及他的艺术品格的导演和一批演员,来把它形象地展现在舞台上,那也是不行的。应该说老舍先生的《龙须沟》和《茶馆》能在舞台上有了很出色的成就,这和我们的导演焦菊隐先生以及于是之、郑榕、蓝天野、童超、英若诚等这些演员是分不开的。我想借此机会也对我们的已故的焦菊隐先生表示深切的怀念。

最后我还想讲一点,今天演出《茶馆》这个戏,还是有它的现实意义的。我们常讲:旧社会是黑暗、腐朽的,但它究竟是怎样黑暗,怎样腐朽呢?生长在新社会的青年们是不太能懂得的。《茶馆》正是我国旧社会黑暗腐朽的一个真实写照,它可以丰富我们的历史生活知识,开阔眼界,它使我们更加痛恨旧社会,更加珍爱社会主义的新时代,鼓舞我们为更美好的明天而努力奋斗。

戏剧明珠重生辉

——试论老舍名剧《茶馆》的艺术特色

王云缦

史料解读

史料原载于《十月》1979 年第 1 期，为一篇论文。史料出现在"文化大革命"结束之后，史料作者以相对客观的艺术分析为老舍创作成就正名。与之前的史料相比，该史料以其观点和出现的时间背景可以作为老舍研究不同历史阶段、不同话语和意义生产史的重要资料。

原文

在四害已除、万物复苏的春日里，我以十分强烈的怀念心情，迎来了我国著名人民艺术家、优秀剧作家老舍先生的八十诞辰。

老舍先生离开我们十二年了。但是，他那热忱的神态、爽朗的笑容、幽默的语言，却深深地铭刻在我的记忆里，永不能忘。十几年前，我在一家刊物当编辑，有机会几次接触老舍先生。那时，他的腰痛病越来越厉害，拄着拐杖还步履艰难。但只要是探讨、座谈青年剧作者的作品，他总是抱病而来，认真发表意见，一坐就是半天。当我们担心他的身体，请他提前回家休息时，老舍先生总是和蔼地说："不要紧，听听，听听！"那种关心青年作者的火一般的热情，使我们深为感动。

打倒"四人帮"，老舍先生的著作重新发行了，他写的剧本又陆续上演了。

但是,这还不够。我们还要认真学习这位前辈艺术家热爱祖国的精神,勤奋的写作态度,高超的写作技巧。今天,我尝试分析老舍先生的名剧《茶馆》,既是为了纪念他的八十诞辰,也是作为向他学习的开端。

我看北京人民艺术剧院演出《茶馆》,是在二十年前。当时,我就感到这是一出好戏。最近,我重读了新版本的《老舍剧作选》①,更加感到《茶馆》思想倾向鲜明,艺术功力深厚,是我国话剧史上的一颗明珠。

文艺要反映生活,就要比生活更集中,更典型,这是艺术的一个普遍规律,话剧创作也不例外。但是,话剧有三面墙,有时间、地点和环境的严格限制,创作上就要求更集中,作高度的艺术概括。因此,一些作者常感到话剧难写。老舍先生早年以写小说为主,接近中年之后才开始写剧本。由于他热爱话剧创作,刻苦磨炼,很快地就掌握了戏剧艺术的特殊规律,写出了不少好剧本,《茶馆》就是艺术裁剪上高度集中的一个范例。

《茶馆》只是一出三幕剧,可是,它所反映的年代却长达半个世纪。上下五十年的风云变幻、世态人事,即使以长篇小说来描绘,也是一个难题,何况是短短的一出三幕剧。可是,老舍却偏偏选择了三幕剧形式来反映,这说明了他在艺术上的独创精神。老舍先生怎样解决这个难题呢?首先他匠心独具地选择了北京一家祖传的老茶馆,作为剧情展开的场所。为什么选择茶馆呢?老舍先生曾回答说:"茶馆是三教九流的会面之处,可以容纳各色人物。"

"一个大茶馆就是一个小社会。"中年以上的读者,大概对旧社会里遍布各地的大小茶馆,还会留下一些印象。这确实是一种特殊类型的公共活动场所,每日每时,进出着三教九流、各色各样的人物;早早晚晚,发生着许多富于戏剧性的事件。如果说一滴水反映了太阳,那么一个茶馆正是旧社会的一幅缩影。老舍先生把戏集中在一个角落、一个如"茶馆"这样的环境,借茶馆的变化兴衰,来反映社会和时代的动乱变迁,这说明了老舍先生的创见和卓识。

当然,老舍先生艺术上的这种选择,是不轻松的。一个三幕剧,地点始终在

---

① 一九七八年新版的《老舍剧作选》,由人民文学出版社出版。

一家茶馆,极易造成单调和重复,削弱演出效果。但是,回想当年看《茶馆》演出的情景,广大观众一直被剧情发展强烈地吸引着,兴趣浓郁,息息相通,达到了极佳的效果。这就说明:《茶馆》在题材选择和艺术处理上的种种难处,到了十分熟悉旧社会、旧北京城生活,到了擅长话剧创作,深知这种艺术武器性能的老舍先生手上,就成了集中地描绘生活的灵便条件。以短为长,变弊为利,这正是一个富有创作经验的艺术家不同于一般的原因所在。

老舍概括提炼生活的巨大能力,还表现在他从半个世纪中选取了三个时代,作为这出三幕剧的支架:从清末维新失败后的茶馆,到民初军阀混战时的茶馆,又到抗日战争结束后的茶馆。从旧民主主义革命到新民主主义革命,这三个时代都富有特征意义,是半个世纪以来中国社会变化的重要时刻。老舍先生这样选材就不只是展示几幅不同年代的生活素描,而是要完整和统一地体现出剧作家的创作意图和艺术构思:在三个代表性的时代中,茶馆这一地点尽管没有变化,数十年的风风雨雨,却不断冲击着这一环境中不同的人们,引起了各种人物关系的不断变化,从而体现出时代的变迁。老舍先生正是以这样别出心裁的艺术构思,达到以一个小茶馆侧射大时代的目的。

这种高度集中的艺术本领,在《茶馆》里主要还体现在典型人物的塑造上。一部戏剧作品,如果缺乏典型环境的再现和描绘,就谈不上典型人物的塑造。而不能塑造出生动真实的典型人物,那是难以有艺术生命力,也是无法感染人的。

如果说《茶馆》中有主角和中心人物的话,那就是贯穿全剧的茶馆掌柜王利发。这是一个富有光彩的艺术典型。塑造出这个艺术典型,说明老舍先生对这类人物的熟知程度,和善于集中揭示人物思想性格的艺术表现力量。在王利发这个人物身上,生动地再现了一个旧社会中精明、干练、富于混世经验的北京茶馆老板的形象,刻画出了自私、圆滑、怕事,却又一心往上爬的小商人、小资产阶级的典型。在旧中国,王利发比穷苦百姓有钱,地位、财势高出一头,心理、性格、思想和广大受压迫劳动者根本不同;可是,旧中国的三座大山和反动政权庇护下的大小爪牙们——官差、太监、军警、地痞流氓,又无一不在他的头上拉屎撒尿,他又是个受压迫者、可怜虫,这又使他和反动统治阶级中的人物不同。在旧中国,王利发这种人是大量存在着的。他们日趋破落的境遇和悲惨命运,无疑也是广大中国人民被压迫的遭遇的一部分。塑造这种艺术典型,对于揭露旧社会的黑暗面貌,丰富和扩大我们的历史知识,都是很必要的,有意义的。"五四"以来的文学作品中,曾无数次描绘过这样的人物,但十分成功的不很多,著名作家茅盾在《林家铺子》中写的林老板,是上乘之作。不过,这是江南小城镇上一家小杂货铺的老板,带有那个地区、那种职业、那类人物的性格特征。老舍笔下的王利发,却是个地地道道、土生土长的北京城里一家祖传的茶馆老板,谈吐、作风、性格都另有一副色彩。从阶级特性看,他们之间有不少共同的地方,可是,作为艺术形象,这两个地分南北,行业、经历又不同的老板,无疑又是各不相同的。因此,王利发并不是过去同类作品中人物形象的简单重复,而有着不同于一般的独特的思想艺术价值。

茶馆老板王利发这一典型的成功之处,是由于老舍在剧本中,从阶级、家庭和历史等方面,深刻揭示了他的思想和性格的发展。正如这家茶馆是百年祖传老店一样,王利发的人生哲学也是祖辈相传的。在第一幕里,青年时代的茶馆老板信奉的就是这一条:"我按着我父亲遗留下来的老办法,多说好话,多请安,讨人人的喜欢,就不会出大岔子!"几十年里,他就是按"讨人人喜欢"的人生哲学办事的。他不仅仅在权大势大,压人一头的太监、官差和地痞面前,是一副买卖人的左右逢源、八面玲珑的姿态,就是对那个落魄江湖、身价颇贱的算命先生唐铁嘴,在发自心底的轻蔑讨厌的同时,也宁愿送"一碗茶喝"。剧本中就有这样一针见血的笔墨:作为一个充满发家致富欲望的小商人,苦心经营,多方聚财,本是他生活中的天经地义的法则。可是,王利发在有钱有势的房主人秦仲义面前,居然可以毫无怨言地、心甘情愿地表示同意涨房租,吃了亏,受了气,还要乐呵呵、热乎乎地赔礼奉承,这是多么惟妙惟肖、活灵活现的性格啊!但是,这是王利发对强者、对有势力和靠近有势力的人们的态度,是他性格的一个方面。他还有另一方面,那就是对弱者,对一无所有的穷人的态度:当一场卖女儿的悲剧就在他这家茶馆演出时,他丝毫没有怜悯和同情,还冷冰冰地规劝一位好心的茶客说："这路事儿太多了，太多了！谁也管不了！"这平淡的没有一点热情的寥寥数语，真实得入木三分地暴露了他身上的剥削阶级的烙印。这里，老舍先生并没有采用浓重强烈的笔触，突兀变化的戏剧性情节来塑造王利发。相反，他透过一些日常生活中看来琐碎的活动，一层层地、细致入微地揭示了王利发的思想性格、风貌神态和内心情感，使这一人物形象产生着耐人寻味的艺术魅力，给人留下深刻印象。

王利发在《茶馆》中第二幕再出场时，已是中年了。我们看到：这一人物和这家茶馆的种种变化，在剧本中互为一体地融合在一起。一开幕，老舍先生就采取了以景物烘托人物的戏剧手法，人物尚未登场，周围的情景已展示着十多年来人物思想的发展和命运的变化。茶馆地点未变，只是前半部分卖茶，后半部分却改成了出租的公寓；茶座也今非昔比，一律是小桌和藤椅，桌上还铺着漂亮的桌布。此外，那时装美人的外国香烟的广告画，已经取代了前清时代醉八仙画轴和财神龛，……这一切都显示出茶馆主人力图通过"改良"来振兴茶馆的愿望。看到这些细节的处理，我不禁深深感叹：老舍先生艺术上是多么严谨啊！即使只是"茶馆"中的一桌一椅，一物一饰，都是精心选择，考虑再三，都有着鲜明的生活特色、地方特色和时代特色，都有助于揭示王利发的命运和思想性格的发展。

王利发在《茶馆》第二幕中登场，恰恰是在茶馆大加改良后即将开张的前夕。岁月过去了一二十年，王利发早已不是当年的小伙子了。不过，我们从王利发忙里忙外、专心张罗的神态中，清楚地看到这个茶馆老板，依然保持着，甚至是发展着当年那种旺盛的、不可抑制的、发家致富的心理。但使王利发大为苦恼的是：他梦寐以求的发家意愿，却和军阀混战的黑暗时局发生了尖锐的矛盾。尽管在茶馆里，王利发把"莫谈国事"的字条写得越来越大，"国事"却如无情的潮水一样涌来：军阀开战，军警横行，饥民逃难……这一切把茶馆日益逼入窘境。他对"改良"充满希望，以为这会像救苦救难的菩萨一样给他带来钱财和运气。民国的动人称号更让王利发痴心妄想。然而这些不过是一场令人哭笑不得的好梦。当然，王利发不是乳臭未干的小毛孩子，不是一推就倒的泥人儿，而是从动乱纷争中熬炼出来的一位精悍的茶馆老板,为了保住这份祖传家业,他使出了浑身解数:加紧剥削尅扣自己的帮工;千方百计地在房客身上打主意、刮油水;他学时髦,赶潮流,力图在"改良"中找出路。总之,他像一个落水者那样进行挣扎。他仍然胆小怕事,自私保命。但在受了洋人、军阀和兵痞的压迫欺诈之后,表面上,仍然和过去一样满面笑容,低声下气,和这帮家伙周旋,可是内心上却产生了不平、恼火和愤慨。他仍然是满脑子的发财思想,对生活在底层的劳苦大众,一贯抱有阶级偏见,从不怜悯和同情。虽然是民国了,在茶馆这方小小的天地里,照旧是人口买卖,特务抓人,王利发从来是熟视无睹,毫无所动。不过他在军阀混战民族危亡的关头,还有中国人的良心,不甘心做亡国奴,发出了"想想主意""别叫大家做亡国奴"的呼吁。和第一幕一样,王利发的阶级本性、生活哲学、处世态度,还是祖传百年老店的那一套。但是时代不同了,王利发的命运变化了,他的性格中也出现了新的东西。老舍先生正是紧紧抓住王利发的这条思想脉络来写,真实地再现了典型环境中的典型人物,使一二幕之间,达到了年代长而戏不断,地点不变而吸引人的效果。这看来是一个艺术结构的问题,实际是老舍对人物看得深,抓得准的结果。技巧是建立在生活基础上的。

《茶馆》的第三幕,王利发已老态龙钟,在茶馆里出头露面的其他人,也都是子继父业的下一辈人了。操心一辈子的王利发,从清末挣扎到民国,从民国又挣扎到了美军和国民党特务横行的年代。这些年里,北京城有许多家茶馆破产了、歇业了。他却奇迹般地坚持下来,成了一个"不倒翁"。在这一幕里,王利发还未登场时,剧作者通过他儿子、小掌柜的埋怨,点出了王利发一个新的"改良"计划——用女招待招徕顾客。可是,世道无情,王利发的"改良"计划尽管如万花筒似的变幻多端,终于一个个在现实生活中被撞得粉碎。茶馆是王小二过年——一年不如一年,以至连喝茶都不得不先收款,为的是"茶叶、煤球儿都一会儿一个价钱"。最后,王利发终于挣扎不下去了,旧社会张开了血盆大口全部吞噬了他的祖传家业,王利发只能绝望、沉痛地呼喊:"我呢,作了一辈子顺民,见谁都请安、鞠躬、作揖。""改良,我老没忘了改良,总不肯落在人家后头。卖茶不行啊,开公寓。公寓没啦,添评书! 评书也不叫座儿呀,好,不怕丢人,想添女招待! 人总得活着吧? 我变尽了方法,不过是为了活下去。""我可没做过缺德的事,伤天害理的事,为什么就不叫我活着呢?"这段发自肺腑的自白,正是对王利发这个人物悲惨命运的一个生动概括。在旧中国,有这种命运的无疑不是个别人,千千万万的小商人、小资产者都有着这种共同遭遇。小商人的命运尚且如此,广大劳动人民的命运就更是不堪设想了! 一叶知秋,从茶馆的破产和王利发的自杀,老舍先生以深刻真实的艺术感染力量使人深深地感到:旧时代旧社会真是太黑暗了! 太不合理了! 它必然要灭亡。

在《茶馆》中,除了茶馆老板王利发外,有名有姓的人物多达数十人。如强买妇女、无恶不作的庞太监;贩卖人口、拉纤扯皮的刘麻子;颇有财势的土财主、资本家秦仲义;以打架为业、欺软怕硬的流氓头黄胖子;落魄江湖、相面为生的唐铁嘴;被卖给庞太监为妻的贫农康顺子;耿直大胆的旗民常四爷,等等。这些人物有的贯穿全剧,有的一幕即下,但不管戏多戏少,大都有鲜明的个性。如老牌特务宋恩子,他成天逛大街、坐茶馆,查找和镇压不满现状的人。旗民常四爷只说了一句"大清国要完",就立刻被宋恩子逮捕入狱,这显示出宋恩子是清王朝的一条凶恶走狗。但是,老舍先生不只是揭露他的凶恶和残暴,在第二幕里,他通过十多年后,宋恩子在茶馆再次碰见常四爷这场戏,深入发掘人物思想性格的另一面——有奶便是娘。宋恩子是清王朝的走狗,却不忠于一家一姓。有皇上的时代,他忠于皇上;皇上倒台了,他忠于袁大总统;袁大总统完蛋了,他又忠于新军阀。"谁给饭吃,咱们就给谁效力!"这就是宋恩子的人生哲学。当然,这不是说宋恩子没有固定的主子,有的,就是"洋人"。宋恩子的同伙吴祥子说的好,"要我们效力的都仗着洋人撑腰",这就点出了他们虽然朝秦暮楚,真正的主子却只有一个,就是帝国主义。为帝国主义服务,这就是宋恩子思想性格最本质的东西。由于深入展示了人物的内心世界,老舍先生笔下的宋恩子,就带有鲜明的时代色彩,带有鲜明的个性,使宋恩子有别于其他类型的特务。

登场的人物这么多,是不是妨碍艺术剪裁上的高度集中呢? 没有。人物的多少,决定于剧情的需要。表现一个动乱的社会,就需要有各种各样的人物。

从庞太监身上，不多少反映了行将崩溃灭亡的清朝的命运吗？从人贩子刘麻子身上，不是让我们看到了旧社会黑暗、可怕和卑劣的一个侧面吗？从康顺子身上，不是集中地反映出广大劳动人民生活无着，不得不卖儿卖女的悲惨情景吗？正是这几十个有代表性的人物，带着各自的经历、命运，和主要人物王利发一起，互相烘托，集中展现出一个小社会。一滴水珠，当然很难构成大海；千百条细流，却可以组成奔腾的江河。由于老舍先生精心刻画了众多的人物，《茶馆》便成了半封建、半殖民地中国的一幅缩影，一张风俗画。

由于写《茶馆》的目的是"葬送三个时代"，这个剧本就不可能花很多的篇幅写新社会的诞生。老舍先生只是通过贫农康顺子、康大力的上西山，和垫场人物的快板，指出"苦水去，甜水来，谁也不再作奴才"的光明前景。这虽然是寥寥几笔，却起了画龙点睛的作用，加强了全剧的说服力，使观众深深感到，旧社会的灭亡，新社会的诞生，都是铁定不移的真理。

《茶馆》重新出版和上演了，戏剧明珠重生辉。《茶馆》——这颗话剧史上的明珠，定将在亿万人民中间闪射出更加耀目的异彩，定将获得更多人们的喜爱。让我们努力从《茶馆》，从老舍先生的其他优秀作品中吸取有益的营养，创造出更多更好的戏剧作品，作为对这位人民艺术家的深切怀念吧！

葬歌·镜子及其它

—— 重看老舍同志的《茶馆》

苏叔阳　张　锲

史料解读

史料原载于《人民日报》1979 年 04 月 16 日第 3 版，为一篇论文。史料作为"文化大革命"后老舍研究的重要论文，对老舍《茶馆》创作价值的重估意义重大。

原文

好戏是耐看的。老舍同志的优秀作品《茶馆》，我们就不止看过一遍。每看一遍，都会有一些新的感受，新的启发。

新近看《茶馆》，是"四五"革命群众运动三周年之后，感受又有不同。舞台上那三个老人王掌柜、常四爷、秦仲义在一起共话人世沧桑的情景，还在我们眼前浮现。他们共同经历了清朝末年、军阀混战和抗战胜利后国民党反动统治三个时代，痛切感到自己和那些旧的时代都行将灭亡。于是，便按照老年间出殡的规矩，高高扬起常四爷捡来的纸钱，自己祭奠自己。他们不仅是在祭奠自己，也唱出了旧时代的葬歌。

走出剧场，我们听到一位年青朋友提出疑问："今天重新上演这出戏，有什么现实意义？"

这倒是个值得探讨的问题。

老舍同志不愧是戏剧大师。他用精练、简洁的笔墨，为我们展现了一幅从戊戌变法到抗战胜利长达大半个世纪的时代画卷。剧本写了六、七十个人物，有的虽然只有三、五句话，但经过北京人民艺术剧院导演和演员们的精心处理，都栩栩如生。

看《茶馆》的演出，仿佛把我们又带回到那个黑暗得令人窒息、无法生存的岁月。老舍同志自己说："一个大茶馆就是一个小社会"。他写的虽只是一个茶馆，却是那整个旧社会的缩影。他不是简单地、生硬地去宣传什么政治观点，而是寓政治于艺术之中，通过艺术地再现一个历经几代兴衰的茶馆里曾经出现过的形形色色的人和事，使人强烈地意识到：那个吃人的旧社会，必然要灭亡。

让我们再回到八十一年前，透过那个表面上似乎相当热闹、繁华的裕泰茶馆，去看看那个国弱民贫、政治腐败已达极点的晚清社会吧。正是以谭嗣同为代表的维新志士们被开刀问斩、慈禧太后在到处捉拿谭嗣同余党的时候，裕泰茶馆里还聚集着熙熙攘攘的一大批有钱、有闲阶级的人们，五花八门，光怪陆离！在这些错综复杂的现象之中，有几个人、几件事特别引人注意：吃洋饭、信洋教的马五爷，在这里大耍威风；因为圣旨下来，谭嗣同被斩，而觉得心里安顿了的庞太监，买了个农村姑娘做老婆；人贩子刘麻子一转手，就从不得已才卖去生身女儿的农民那里，榨取了多于买价二十倍的银子；一心要搞"实业救国"的资本家秦仲义，同庞太监进行了一场"谁敢改祖宗的章程，谁就掉脑袋"的唇枪舌剑的争斗；善于周旋的王掌柜，不停地给茶客们打招呼："诸位主顾，咱们还是莫谈国事"；而最后被两个穿灰大褂便衣当做谭嗣同余党抓走的，竟是因为"爱大清国，怕它完了"，才说了句："大清国要完"的清朝皇室的支柱之一的旗人常四爷！

多么深刻而尖锐的揭露！多么辛辣而酸痛的嘲讽！而接替清朝以后的一代又一代王朝，不仅丝毫没有改变那些丑恶的现状，反而每况愈下，变本加厉。到了第二幕，虽然出现了个民国，王掌柜为了维持那个风雨飘摇的茶馆，也做了些改良，把一部分房子改成公寓。可是，整个国家又陷入军阀混战、民不聊生的混乱状态中。不仅开茶馆的王掌柜感到很难应付下去，连住在公寓里的一个退职国会议员，曾经自诩过"年轻的时候，以天下为己任"，到了那时也发出了"死马不能再活，活马可早晚得死"和"中国非亡不可"的哀鸣！好不容易盼哪，盼哪，盼到抗日战争胜利，国民党的反动统治又给他们带来更大的失望。善良的普通人日子越来越不好过；为非作歹的坏人却越活越有滋味。三个贯串全剧的主要人物，都落了个可悲的下场：爱打抱不平、刚强了一辈子的常四爷，在蹲过清朝监狱出来之后，还参加过义和团，打过洋鬼子，到老来只能提着个篮子卖花生米；发过财，开过工厂，"从二十多岁起，就主张实业救国"的秦仲义，最后连自己也没有救了，沦为一无所有的穷光蛋；费尽心机，不断改良，想保住那个茶馆的王掌柜，到头来还是没把茶馆保住，他被国民党特务闹得家破人亡，在把子媳、孙女送往西山投奔参加了游击队的康大力之后，便和常四爷、秦仲义一起，撒起大纸钱，唱起了葬歌，上吊自杀。

《茶馆》是一面历史的镜子。对于我们这些不熟悉过去历史和比较年轻的人来说，看了很有好处。它让我们憎恶旧社会，使我们知道今天的新社会来之不易！

但是，这些历史毕竟已经过去了。《茶馆》的第一幕，是以戊戌变法失败、谭嗣同问斩作为主要政治背景的。谭嗣同在那个时代可以算个叱咤风云的人物，他的诗："我自横刀向天笑"，至今犹脍炙人口，写得何等有气势！然而，他最终还是不免被慈禧太后在宣外菜市口斩了脑袋。他曾说过："杀贼有心，回天无力。"是他自己充满愤懑的感叹！他尚且如此，更不要说被误认为是他的余党的常四爷了。常四爷最后只得靠提着个小篮子卖花生米为生！谭嗣同为学博览，不仅系统地学习过中国封建的经典，还比较认真地学过西方自然科学，如《几何原本》等，并且跟一个叫大刀王五的学过击剑术，在他的同时代人中算个文武全才。常四爷也当过武举人。是他们的个人能力不济么？不。任何个人都是有局限性，会感到"回天无力"的。中国人民经过无数曲折，终于认准了马列主义的真理，并且在马列主义、毛泽东思想的旗帜下，建立起一个伟大的党。有了这个党的领导，才有了回天的力量，推翻了三座大山，建立了中华人民共和国，做出了许多惊天动地的大业！而在党的领导层内，出现了林彪、"四人帮"这些败类之后，又和广大人民团结在一起，一举清除了他们，重新拨正了中国革命航船的航向。这说明了什么？说明了我们党是一个能和广大人民紧密联系，并且代表人民意志的党；也是个坚强到能够清除侵入肌体内的病菌，医治好身上的伤口，继续前进的党！

林彪、"四人帮"终于垮台了，代之而来的是一个朝气蓬勃、充满希望的新时代。重看《茶馆》，还从另一个方面给了我们一些启示：我们的新时代，是从那样丑恶、那样漫长的旧时代走过来的。所以，出现林彪、"四人帮"那一小撮坏人，并不奇怪；而要彻底消除他们留下的影响，却并非易事，不能希望在一个早晨就把所有的事情都办得好而又好。这需要长期的、坚持不懈的努力！

老舍同志是怀着对旧社会的强烈憎恨，和对新社会的无限热爱，写出《茶馆》的。他没有写到新社会，也没有直接去写党所领导的斗争。他只是通过自己所熟悉的人和事，写了一个历史的侧面。但这却是一个多么深刻，包含的内容多么丰富的侧面呐！

列宁指出过：教育青年不能只让他们知道共产主义的结论和口号，而且应该懂得以前时代的全部知识，来充实这个结论。为了不忘记过去，为了更加珍惜这得来不易的今天，看看《茶馆》是很有意义的。

（本文有删节）

你怎么绕着脖子骂我呢

——看话剧《茶馆》的演出

王朝闻

史料解读

史料原载于《人民戏剧》1979 年第 6 期至第 8 期，为一篇论文。史料通过对《茶馆》台词意蕴的分析，探讨老舍戏剧语言含蓄又暗藏锋芒的艺术风格。史料作为对该剧的语言研究具有重要的学术价值。

原文

一　如鱼得水

当我第二次看了北京人民艺术剧院演出的话剧《茶馆》以后，在天津听到一位青年朋友对我说：他有一位学写小说的朋友，最近感到很苦恼：在他自己的实践经验里，感觉比较熟悉、觉得非写不可的，是"四人帮"的罪恶。别人鼓励他写的却是他所不熟悉的——人民怎样敢于同"四人帮"进行斗争。怎么办？对于这样的实际问题，我既不应当用"说不清"的话来搪塞，也不应当夸夸其谈，乱开药方；所以我向他建议，去看看《茶馆》的演出。这样，可能有助于解除他朋友那难于解除的苦恼。

《茶馆》——尤其是第一幕，所反映的是剧作家老舍所非常熟悉的生活。对于参加再创造的演员来说，可能是比较陌生甚至非常陌生的生活。前者并不是不靠想象只靠记忆进行创造,后者并不是完全没有可供再创造的间接的生活经验。《茶馆》对我来说,尤其是第一幕,是我不熟悉的生活。但它对我认识前天、昨天和今天都有益,而且觉得每一句台词都有其自身的独特的意蕴,看演出真是难忘的艺术享受。我特别感谢不幸逝世的剧作家,他为我们写出了他所熟悉的生活。如果剧作家只从需要出发而不从可能出发,不写他所熟悉的生活,硬写应当写但他还不熟悉的生活,他自己的想象力的翅膀飞翔不起来,即使他企图宣传最值得宣传的思想,那思想与形象的关系难免是魂不附体的,既不能引起由衷的感动,也难免丧失了有效的教育群众的社会作用。不论从哪一方面作比较,《茶馆》与话剧《于无声处》等新作都不能互相代替。幸而它们不能互相代替,戏剧艺术才可能百花齐放。

《茶馆》第三幕里那个小唐铁嘴,比起他那靠算命混饭吃的父亲唐铁嘴来,完全是一个社会的渣滓。他和另一渣滓小刘麻子互相吹捧,得意忘形,公然说:"……我们是应运而生,活在这个时代,真是如鱼得水!"在国民党反动派接收大员所控制的旧北京,他这样的丑类意识到自己与他所生活于其中的环境之间的关系,是互相依存的一种融洽无间的关系。老舍从他所经历的实际生活里,选择出来和加工过的这种语言,是对这种丑类的一种抨击。这种抨击其所以有力量,在于台词切合人物性格,切合人物与环境的关系的特殊点。在全剧里,比这样的台词更富于表现力的台词还多得很。我在这里引用它的目的,不只为了说明艺术创作必须以实际生活作为加工的素材,也为了说明艺术创作活动与认识对象的关系,说明《茶馆》的写作和演出之所以能够成功的一个重要原因。

小唐铁嘴不是什么艺术家。但是,愚者千虑必有一得,不能认为凡是坏人说的都是假话。也许,小唐铁嘴不过是信口开河,把听来的现成话拿来上市。但是,不论从剧本创作与素材的关系着眼,还是从舞台演出与观众的关系着眼,"如鱼得水"四个字作为一种比喻,它也是一个经得起实践检验的相对真理。受污染的水养不活鱼,鱼离开了水,还有可能引起"焉知我不知鱼之乐"之类的反映吗?

二　你怎么绕着脖子骂我呢

似乎谁都会说，艺术不等于生活。但艺术不只必须以生活为反映对象，而且就生活本身来说，它也存在着近似艺术创作的特点。关于这一点，我们不妨从《茶馆》的某些情节中，举出与我的这一想法相联系的论据。

茶馆老掌柜王利发的儿子王大栓，劝阻他小时的同学小二德子不要打人，两人的对白，在一定意义上说，近似艺术创作与艺术欣赏以及艺术批评的关系。

栓　　他们就那么老实，乖乖地叫你打？

德　　我专找老实的打呀！你当我是傻子那？

栓　　小二德子，听我说，打人不对！

德　　可也难说！你看教党义的那个教务长，上课先把手枪拍在桌上，我不过抡抡拳头，没动手枪啊！

栓　　什么教务长啊，流氓！

德　　对！流氓！不对，那我也是流氓！大栓哥，你怎么绕着脖子骂我呢？大栓哥，你有骨头！不怕我这铁筋洋灰的胳臂！

栓　　你就是把我打死，我不服你还是不服你，不是吗？

德　　喝，这么绕脖子的话，你怎么想出来的？大栓哥，你应当去教党义，你有文才！……

小二德子挨了王大栓的骂，省悟到这骂法是"绕着脖子"的。如果可以把整个《茶馆》当成骂腐朽的旧社会的话来读，也可以说整个《茶馆》的骂法，也是"绕着脖子"，并非直截了当的。那么，腐朽的旧社会已经一去不复返了，社会主义时代的人民艺术家，为什么在"骂"它时，还要"绕着脖子"呢？我想，如果老舍不采用形象的形式，让观众通过具体的情节和场面来感性地认识旧社会的丑恶，而采取"打倒"或"反对"什么的标语口号式的直截了当的"骂"法，老舍可以避免挨某些批评家的"骂"，譬如说可以避免遭受主题不明确之类的指责。我以为，正因为老舍不只十分熟练地掌握了艺术之所以是艺术的手段，而且十分明白作品怎样才能有效地作用于观众的思想认识。如果说"绕着脖子"不等于故弄玄虚,而是不忽视艺术形象与思想内容那种互相依赖的关系,或者说作者是按照生活本身而不是按照既定观念的逻辑,让观众自己透过形象,去领会剧作家是在暴露什么,歌颂什么,反对什么,提倡什么,那么,《茶馆》就具有"绕着脖子"的性质和作用,这正是这一名著的艺术价值和思想价值所在。事实表明:凡是简单化的形象,难免削弱作品的思想内容。

如果说含蓄的艺术手法不只是为了适应观众的审美需要,而且为了有效地教育人民——看戏的观众自己教育自己。那么,我这样把反面人物小二德子这句话当文论来听,不见得就犯了敌我不分的错误吧?

三 不喝更省事

《茶馆》的演出表明,老舍的语言达到了所谓言简意赅、经得起吟味、雅俗共赏的极致。在普通实际生活里,存在着非常富于表现力因而耐人寻味的语言。这种语言不必加工提炼,拿来表现这种角色的趣味、情绪、性格与环境,都是敲得响的语言,都是掉在地上可以砸一个坑儿的语言。但是,存在于日常生活中的语言,即使它自身是闪光的,它对特定的创造意图来说,也不一定都是切合需要的。没有选择、不经过改造的生活语言的照摆和堆砌,不能算是艺术的语言。

为了说明《茶馆》语言的卓越性,我暂不选择它那一听就能使观众迅速反应的台词,先举出可能为观众以至演员忽视其卓越性的台词为例。

在第三幕里,老掌柜接待刚进来的顾客,说:"二位早班儿!带着叶子哪?"接着对儿子说:"老大拿开水去!"大栓下去拿开水时,他说:"二位,对不起,茶钱先付!"顾客之一说:"没听说过!"老掌柜:"我开过几十年茶馆,也没听说过!可是,您圣明:茶叶、煤球儿都一会儿一个价钱,也许您正喝着茶,茶叶又长了价钱!您看,先收茶钱不是省得麻烦吗?"另一顾客说:"我看哪,不喝更省事!"两人干脆不喝茶,走了。拿开水的王大栓回来:"怎么?走啦!"老掌柜说:"这你就明白了!"在老掌柜这句话里,包含着丰富的心理内容以至社会内容。但是,究竟"明白"什么呢?老掌柜没有向儿子说明白。大栓也没有说他是否明白。看来剧作家认为,不必让人物说明白,而要让演员和观众明白。如果老舍把大家的感受能力估计过低，唯恐大家不明白，硬要让老掌柜细细说明，为什么茶叶、煤球儿的物价飞涨，为什么国民党的法币丧失平衡，以为只有这样才算是"主题明确"，那么，不仅老舍可以改行写经济学，而且对于并不是为了进戏园子听经济学讲课的观众来说，对老掌柜的性格以及他和他儿子的关系的表现，可能是更不明白的。

如果不把观众的审美需要与认识作用统一起来，如果作者为了观念而不顾艺术特性，如说把角色当成自己的传声筒，那么，观众可能把不愿先付茶钱后喝茶的顾客的台词当成"样板"，改头换面地想："我看哪，不进戏园子更省事！"这样强调台词的精炼，是不是片面强调精炼，而不顾观众对演出的理解呢，其实，老掌柜对顾客所说的，为什么要先付钱、后泡茶的那一番话，已经有所说明了。但是作为艺术，老掌柜那一番话本身，就是一种既精炼而又内容丰富的台词。演员于是之那富于节奏感的道白，把"我开过几十年茶馆，也没有听说过"这些话的心理和情绪，表达得既不难理解，又是意蕴深隽的。

善于运用语言的剧作家，不只是善于理解语言与塑造人物、结构冲突的关系的艺术家，而且是善于理解观众在剧场里看演出，怎样才易于发挥自己的想象，从而领会台词的意蕴的艺术家。重复地说：高明的欣赏者不都是高明的艺术家，但不是高明的欣赏者不可能成为高明的艺术家。老舍创作过程中的一些事例足以说明，这位语言艺术家是拥有丰富的欣赏经验，因而能预见演出效果，因而在艺术设计方面也是卓有成就的剧作家。

四　人还不如一只鸽子

据说《茶馆》排练初期，老舍与导演、演员在一起，曾提出过受到大家首肯的演出设计。

《茶馆》第一幕，满台茶座茶客。没有适当的从乱中求治的场面调度，要让观众注意哪些局部而不注意哪些局部，有兴趣地进入戏的境界，并不容易。演出时的井井有条，该让戏的让戏，该突出的突出，避免了观众有初入茶馆的杂乱之感。当然，这主要是导演焦菊隐、夏淳的处理，但，也可能与老舍的示范性导演客串有关。

常四爷和二德子发生冲突,刘麻子与康六谈判买卖女孩子,二德子引地痞黄胖子进后院,这一个片断接一个片断演出之后,有一个卖耳挖勺子的老人进了茶馆。这个只出场一次,只有一句台词的人物,为什么给我们造成了难忘的印象,能够这样不只同情他的不幸,而且觉得他那一句台词包涵着丰富的生活内容,包含了范围广阔的讽刺对象? 这和剧作家的导演客串的贡献分不开。

李三　老大爷,您外边蹓蹓吧! 后院里,人家正说和事呢,没人买您的东西!

松二爷　李三! 他们到底为了什么事,要这么拿刀动杖的?

李三　听说是为一只鸽子。张宅的鸽子飞到了李宅去,李宅不肯交还……唉,咱们还是少说话好,(问老人)老大爷您高寿啦?

老人　(喝了李三给他的残茶)多谢! 八十二了,没人管! 这年月呀,人还不如一只鸽子呢! 唉!

老人这一句能够引起观众思考的台词,是他缓慢地进场之后,顺着侧边的茶桌走,在匆忙地一手高擎满盘烂肉面往后院跑的跑堂与他擦身而过之后,然后绕到"九龙口"般的表演区吐出来的。据说,当年排戏,剧作者为了突出这句台词,使它在观众前打响,才在场面调度上这么建议的。

五　见见总管

剧本对演出来说,只是一个半成品。它要说服的直接对象是演员和导演,它在舞台上的体现,依靠的也是演员和导演。剧本作为演员和导演在认识上的直接对象,是他们发挥再创造的艺术活动的依据。但并不是一切剧本都能是适应他们展现艺术才能的依据,而老舍先生的剧本为他们提供了很大的再创造的可能性。甚至没有一句台词的角色,例如一个只顾向后院送饭的跑堂,也能从剧本的规定中挖出很多戏来。

第一幕出场时间不多的人物康顺子,演员胡宗温把她演活了。康顺子没有什么台词,剧本没有特别给表演提出什么提示,演员却把这个不能自己掌握自己命运的女孩子，表演得真挚动人，给人留下了深刻的印象。据说胡宗温已经年逾半百，扮演一个十五、六岁的小姑娘，应当说是一个艰巨的任务。但是拥有艺术素养和精湛表演技巧的胡宗温，演来那么得心应手，创造性地完成了这一形象的塑造。

　　不知道老舍是不是有意为卖身的这个受难者的戏作铺垫，不仅事前着重描绘了她的父亲怎样在人贩子刘麻子跟前的挣扎，事前着重描绘庞太监怎样与刘麻子关于人价的谈判，而且在康顺子上场之前，还插曲般描绘了那个头插草标的小女孩求她妈妈："不卖妞妞啦？妈！不卖啦？妈！"不论如何，康顺子这个命运可能比小妞更不幸的人物，是带着幕后的戏上场的。观众不知道她怎样为了让全家能够活命，不得不同意她父亲把自己卖掉，但她出场时似乎成了一只已经确定将被宰杀了的羔羊的神气，能使观众体验到她离家后一路上的辛酸。在陌生的茶馆门口，她不知道什么样的命运在等待着她，她也想不清楚将在陌生的环境中和完全陌生的人怎样在一起生活。她那散了架子的身姿，使人觉得她对自己的未来感到的朦胧。她面对眼前自己被卖掉这一残酷的现实是否预感到一种恐惧呢？她似乎知道不幸的未来是真实的，但又不愿它是真实的，所以她才这么带着一种似醉如痴的迷惘心情，步履沉重、呆滞地走进茶馆。这时她到了茶馆门口，全身无力地靠着门框，眼睑低垂，既不愿进门，又不得不进门的神态互相补充。她觉得，一迈进茶馆这条门槛，就象迈进了鬼门关，她就永远离开了虽不幸福，却也亲切的家乡，再也见不到亲人，而投入一个非常陌生而不会有自由的世界中去，因而痛苦得顾不上看看那个主宰她的命运的买主。当她被人贩子叫到庞太监面前，她不敢看或不愿看一看对方，朝一旁扭着脸，低垂着双眼。可是刘麻子硬让她给庞太监磕头谢恩，叫她"见见总管"，出乎她的意料的事变发生了。她在猛可间所见到的，从今以后要和自己生活在一起的那个男人，原来是这么一个可怕的怪物，原来是一个老掉了牙、半男不女的怪物。这对康顺子那脆弱的心灵，是一种难于顶住的沉重的打击。她只惊叫了半句"我……"，便吓得晕了过去。

　　这么动人的表演和剧作家精心的设计分不开。剧本已经表明，连比较了解她的亲人,她那可怜的父亲,也未必完全体会女儿心中极度的悲苦。不知道剧作家是不是要观众深入体验康顺子的痛苦,才故意给她父亲设计了一句文不对题的道白:"又饿又气,昏过去了!……"

多么富于表现力的剧作也不能不借助于演员的再创造,演员胡宗温对内心节奏把握得那么适度,虽然没有什么大的形体动作,但通过姿态、眼神把观众情绪调动起来,使观众体验康顺子的心情,与她一起悲愤,为人物的命运揪着心。这样的表演,可以说不做就是做,表面上看,好象没有戏的环节,实际上处处是戏,这就不辜负剧作家老舍的苦心经营,也堪称剧作家的知己。

六　没工夫专伺候你

剧作家是否能被演员视为知己,正如演员是否能被观众视为知己一样,并不容易。每一个人有每一个人不同的生活实践,因而人们对于同一现象所引起的感受,至少大同中有小异。演员与剧作者之间,矛盾不可避免。然而高明的演员,却能成为自己所扮演角色的知己。演员能做到这一点,正是由于演员是剧作家的知己,因而才能体现剧作家的心曲。

深知康六的弱点的刘麻子,一开始对他就既是劝告,又是威胁:"说说吧,十两银子行不行?你说干脆的!我忙,没工夫专伺候你!"地位卑贱的刘麻子,在他看来,康六比自己地位更卑贱,他这句话的真实含义是:你不配让我伺候。作为痛恨反派角色的剧作家的知己的演员英若诚,以知彼的努力,并不吃力就揭示了刘麻子那丑恶灵魂。

看来老舍塑造人物,不只是把他们安排在众生芸芸的茶馆里,很自然地让观众对他们作善恶美丑的比较,而且同时为了表现人物与人物之间,在怎样互相纠缠着和互相影响着。刘麻子在与康六这场谈判结束、康六暂时离开茶馆之后,也凑到常四爷、松二爷这张茶桌来,仿佛争取别人对他的本领的欣赏,也就是争取别人同情他的罪行:"乡下人真难办事,永远没有个痛痛快快!"他听了常四爷并不同情他的话——"刘爷,您可真有个狠劲儿,给拉拢这路事!"——之后,运用了不会使我们感到希罕的强盗逻辑给自己作辩解:

我要不分心，他们还许找不到买主呢！……

如果说这些话是直接说给众人听的，那么他对康六说的"没工夫专伺候你"这话，分明是专说给康六一个人听的。刘麻子那些装着认真替对方着想的好话，其实很难听。但是，走投无路的康六听了，只好打掉牙齿往肚里咽。单说刘麻子对康六不愿意得十两银子就卖女儿的那句话的反驳，驳得不只刺伤了康六的心，也刺伤了常四爷和观众的心："卖到窑子去，也许多拿一两八钱的，可是你又不肯！"

扮演康六的演员牛星丽，在力求使自己成为康六的知己。他的表演，正如他的台词那么既简练，又有分量，心理内容明确而又不单调。对待刘麻子那些刺痛人心的反应，他那无声的表演，如此真切动人。譬如说，习惯性地掏出旱烟袋，向烟锅里装烟，突然用劲把烟袋向烟管一绕，再把它揣起来；譬如说，突然好象身不由己，沉重地坐落在椅子上；譬如说，嘴唇颤动着，好象有话要说又把它压回肚里；譬如说，双眼注视着刘麻子，好象正在探索对方究竟在打什么鬼主意；譬如说，双眼紧紧一闭，不知道他是想牢牢地把仇恨记在心里，还是因为对方的话刺痛了他的心，借以自持；……总之，康六作为招架刘麻子的打击的对手，他那被动中的复杂心情，主要依靠演员去体现。演员做戏做得一点也不做作，我们也避免了看一般化的表演的痛苦。

七　可没见您去冲锋打仗

把《茶馆》比喻为贯穿在一起的明珠，当然很有道理。因为每一幕，每幕中的各个片段都在闪光，相互之间的关系符合生活的逻辑。不过，这许多明珠大小各异，亮度不同，自身是在旋转着，伸缩着，光泽相互之间的映射状况，也是变幻着的，看来这种比喻不能完全概括《茶馆》的艺术成就。

为了便于说明自己的看法，我想抽出一个片段中的片段来作论据。

常四爷与二德子之间，发生了一场偶然的冲突。从开始到结束，有二德子、松二爷、常四爷、王掌柜、马五爷这五个人直接参预其中。五个性格不同的人物，相互关系各别，在冲突中的地位、作用和表现都很有特色。有的蛮横，有的软弱,有的爽朗,有的委婉,有的威严。不,这么一些抽象的词汇,远远不足以说明,出现在冲突中的每一个人物自身那性格的复杂性,那心理内容或情绪状态的丰富性。

看过戏的观众不难想起,冲突是为人直率、忽视处境的复杂性的常四爷惹出来的,是胆小怕事、又想缓和矛盾的松二爷无意中激化了的。这场冲突的发展,更重要的是欺软怕硬、安心闹事的二德子为了在闹事中显示自己的能耐,或为了压服对方从而肯定自己的厉害,才把常四爷当做练把式的对象的。

刚坐下来要喝茶的松二爷,对他的朋友常四爷说:"好象又有事儿?"他所说的"事儿",就是指为鸽子打架,现在到茶馆说和的一场戏外发生过的纠葛。常四爷不当心,根据他那老北京的经验,作了合理的判断:"反正打不起来! 要真打的话,早到城外头去啦,到茶馆来干吗?"这话被打手之一、自有倾向和派性的二德子听见,凑过去挑衅:"你这是对谁甩闲话呢?"常四爷不难理解这"甩闲话"的含义,立即"甩"回一句硬话:"你问我哪? 花钱喝茶,难道还教谁管着吗?"唯恐惹祸的松二爷好心为常四爷解围,说:"我说这位爷,您是营里当差的吧? 来,坐下喝一碗,我们也都是外场人。"武装到舌头的二德子,还他一句:"你管我当差不当差呢!"生了气的常四爷,干脆正面"甩"出"闲话"来。不过,他的这"闲话",与茶馆那"莫谈国事"的标语相冲突。他直接的打击对象是二德子,间接打击对象却直指最高统治者——朝廷。

　　要抖威风,跟洋人干去,洋人厉害! 英法联军烧了圆明园,尊家吃着官饷,可没见您去冲锋打仗!

常四爷在这里所说的"可没见您去冲锋打仗"的"您"作为语言结构中的词汇,貌似尊敬,其实鄙薄。他所鄙薄的对象,不只是作为单数的二德子。他所鄙薄的对象,是复数的"们"。虽然在语言形式上省略了这个"们",然而处于潜在地位的"们"字,何尝只包括这一个"营里当差的"。即便不是在现场看戏,我从剧本摘录这几句话时,越读也越觉得它有份量。

仿佛自以为代表朝廷的二德子,这回真火了,要动手管教常四爷:"甭说打洋人不打,我先管教管教你!"茶客们也许见怪不怪,见惯不惊,也许出自实践

"休管他人瓦上霜"的处世之道，下棋的下棋，聊天的聊天，……而开茶馆的王掌柜，却不能不"自扫门前雪"，跑过来劝和。他劝和的办法，是"我按着我父亲遗留下的老办法，多说好话，多请安，讨人人的喜欢，就不会出大岔子"的办法。但是这办法在二德子跟前并不灵。对方不听，顺手搂下一个茶碗，翻手要去抓常四爷脖领。当常四爷闪过这一手，准备对战："你要怎么着？"二德子摔胳臂亮腿："怎么着？我碰不了洋人，还碰不了你吗？"要不是马五爷发话，这场武斗不会轻易流产。尽管武戏流产了，不以看热闹为目的的观众，从"可没见您去冲锋打仗"这句话里，从常四爷与二德子的冲突里，认识到美与丑的对立而感到审美的乐趣，觉得这是明珠里的明珠。

八 你威风啊

在《茶馆》这一剧里，出现时间短暂，能给观众造成深刻印象的角色，还有黄胖子、马五爷。

据说黄胖子这个地头蛇般的角色，在形体设计方面，也接受了老舍提供的示范。当他进茶馆时，打拱，说："哥儿们，都瞧我啦！我请安了！都是自己弟兄，别伤了和气呀！"这使我感到奇怪，此刻茶座上并没有什么冲突。当王掌柜说，"这不是他们，他们在后院哪"之后，他用双手揉眼，同时说："我看不大清楚啊！……"这才使我明白，原来他的眼睛大有毛病。据说这揉眼的动作，是按老舍的示范设计出来的。

剧作者对这个人物着墨不多，性格却很鲜明。当他往里走时，说："掌柜的，预备烂肉面，有我黄胖子，谁也打不起来。"果然，当他从后院出来，说"得啦，一天云雾散，算我没白跑腿！"为什么他要当众说这些话呢？心理内容很容易明白。看来剧作家不放松对他的打击，而这种打击的力量，在于他自身。当松二爷向他求情，求他"给说句好话"，免得吃官司，他揉揉眼睛，看出是他所看不起的"松二"，回答换成另一种既堂皇、又狡猾的调头：

> 官厅儿管不了的事，我管！官厅儿能管的事呀，我不便多嘴！（问大家）是不是？

如果说剧作家打击反派角色主要用台词,演员打击反派角色不放松动作,那么,马五爷和黄胖子所受到的待遇大有差别。

外幕拉开之后,我从较不引人注意的角落,发现一个仿佛置身于纷扰之外,泥塑一般冷静、矜持,双眼炯炯有神、自视不凡的人物。后来我才知道,他是当师父的马五爷。当二德子正要"碰"常四爷,眼看一场武斗即将爆发,他打破沉默,有板有眼地说:"二德子,你威风啊!"他说话的语调和神态,仿佛是在说:有我在这里,你竟敢逞威风吗?被他的威风镇住了的二德子,一改他那《打渔杀家》里的教师爷的架式,赶忙转向他,打千请安。他仍旧稳坐不动,半眼也不看对方,静场片刻,才慢条斯理地发话:"有什么事好好地说,干吗动不动地就讲打?"

这时候,他不只引起了常四爷的好感,也引起了我的好感。可能因为我自己亲眼见过流氓要威风,没有人敢出面管一管的现象,他竟敢管这个狗仗人势的二德子,我开始以为他和常四爷相似,是一个正派人物。可是,当他不理睬对他有好感的常四爷,将要离开茶馆,听见教堂钟声,止步,在身上画起十字来,观众笑了,我也笑了。为什么可笑呢?他自己把自己的形象毁坏了。我觉得,好象演员在和我们开了一个玩笑——先要让我们误会他是一个庄严的人,后来又在他那仿佛是庄严地作祷告的活动中,使观众明白,他不过是一个为常四爷所憎恶的,投靠征服者的小角色。

据说马五爷背向观众,庄严地画十字这一动作,是演员童弟在最初排练时,灵机一动,即兴地创造出来,得到导演焦菊隐的认可,固定下来的。现在我所看到的演员米铁增,也遵守着这个富于表现力的形体设计。这一创造性的形体设计,丰富了剧本,深化了思想内容,……以感性的直接性的形式,狠狠地打击了这个貌似庄严的角色。正因为他那自负不凡的优越感,促使他这样利用时机在众人面前表现他的庄严,所以越庄严就越显得他可笑。这种堪称出神入化的表演,对于厌恶脸谱化、一般化表演的观众来说,真是一种审美的享受,——难怪人们说看《茶馆》很过瘾。

九　人缘儿顶要紧

秦仲义出场时，在台阶上一亮相，全场为之一震：这是一个什么人物？这个人物在那里一站，眼光四下一扫，他那种少年自负、自视不凡的精神状态，就在形体上给我造成了鲜明的印象。看来演员蓝天野是有意识在吸取戏曲艺术的优点，他的眼神和台步，都是节奏感鲜明的。

茶馆掌柜王利发立即迎上前去，显得尊敬而亲切地说："哎哟！秦二爷，您怎么这样闲在，会想起下茶馆来了？也没带个底下人？"秦二爷从容不迫，有板有眼地作了回答："来看看。看看你这年轻小伙子会作生意不会！"

这是什么意思？难道他自己不也是一个年轻小伙子，难道他真是为了来检查房客的经营艺术？不。我觉得他这句话的真实含义，是他正陶醉于自己兴办实业的美梦，在欣赏着自己的"会做生意"。这个年轻的"财主"，他以同样年轻的茶馆掌柜为对象，发话寄托自己那自我陶醉的情绪，这完全符合他的个性和他与小王掌柜之间的关系。正因为他没有赤裸裸地说出他那飘飘然的真实心情，所以台上其他角色未必已经明白他发话的真实动机。正因为他发话这么"绕着脖子"，看戏的人才有可能觉得，这样的台词真是经得起品尝的好茶，而区别于四川茶馆伙计所高喊的"免底"或"玻璃"。

包括戏剧语言，语言形式应当准确、鲜明、生动。秦仲义的这些台词，是不是具备这些条件或符合这些要求呢？以时间、地点，人物性格与其他人物的关系来考察，我想，准确、鲜明不仅是与生动相联系，甚至可以说是互相制约着的。倘若一个低能的剧作者，一个不信任观众审美能力的艺术外行，把这句话改为"我高兴极了，哈哈哈"之类，那样一来，不但语言是否生动成了问题，对人物与他所处的场合的规定性、性格或情绪的表现是否鲜明，是否准确，岂不是也很成问题了吗？

老舍写的台词，给演员准备了发挥创造性的表演的余地。善于塑造角色的于是之，是读懂了老舍写的台词的潜在意义的好演员。王利发回答秦仲义那一番话，既不是"玻璃"或"免底"，也不是一般的"花茶"。

唉，一边作一边学吧，指着这个吃饭嘛。谁叫我爸爸死的早，我不干不行啊！好在照顾主儿都是我父亲的老朋友，我有不周到的地方，都肯包涵，闭闭眼就过去了。在街面上混饭吃，人缘儿顶要紧。

于是之那沉着从容的念白，使我觉得这些话不单纯是王在说给秦听的，同时也是要说给茶客们听的。王所要说给茶客听的，也不单纯是向人卖个好。这既是为了讨好别人，同时也是在卖弄自己有能耐。他向秦说的，除了讨好，还包含着一种对房主人的警惕，警惕秦的真实来意；包含着对秦的恳求，希望房主人不要作出于他不利的决断——"人缘儿顶要紧"，只要你"闭闭眼就过去了"，何苦把事做绝？生活不等于戏剧，但戏剧必须具备生活的丰富性。丰富不等于数量大和多，它往往表现在压缩了的台词或动作里。《茶馆》的写作和演出的动人力量，在于它能使观众于单纯中见丰富。淡而无味的白开水对于愿意品茶的观众来说，是不切合需要的。对剧作家和演员与观众的关系来说，也不妨把"人缘儿顶要紧"这样的台词，当做艺术论来读。

十　我跟你说这些干什么

有朋友称赞《茶馆》的写作和演出"珠联璧合"，有道理。不过，舞台上的人物、情节、场面、语言、动作是珠，是璧，还是砖瓦，都是不以观众的感受为转移的客观存在。但是它们的"联"与"合"，究竟能不能对观众引起深切的感受，让观众仿佛身临其境地与人物共忧乐，这还有待于观众自己把它们在头脑中联合起来。如果观众没有这样的能力，即使舞台形象真的象珠子，它们也难免显得是固定着的，静止着的，是不会闪光，也不在旋转着和幻变着的。一个精彩的片段，一句精彩的台词，一个精彩的手势，一句台词中的停顿，一个包含着戏剧冲突的静场，……只有当观众不只是用耳朵和眼睛去感觉它，而且同时用头脑去体验它、补充它，以至思考它，这一切才有可能在观众心里闪光，旋转，延伸，幻变……使观众不能不受感动。

一位仔细看戏的朋友对我说，秦二爷与常四爷对饥饿的穷人，都只有怜悯而不太尊重。但两人的态度大有差别。常四爷叫堂倌李三"要两个烂肉面，带她们到门外吃去！"秦二爷平平淡淡地叫王利发把她们"轰出去"，继而又下意识地准备掏钱，想周济她们。当他听见常四爷叫李三端两碗面给她们时，才改变了主意，把那只手从口袋里拿了出来，放在桌子上，食指和中指毕毕剥剥地敲着桌面。联系前后情节来看，关于如何才能保国安民，这两人有方向性、路线性的差别。这种差别，曲折地表现在施舍两碗面这样一个细节之中。常四爷既告诉李三"要两碗烂肉面"赏给穷人，又叫他"带她们到门外吃去"，这么简炼的两句台词，既写出了他对穷人的怜悯，又写出了他和秦仲义同样的自矜。两人之间——特别是秦仲义，那种微妙的虽不露骨、却不含糊的心理方面的暗斗，表演得很细致，粗心的观众可能一马跑过而辜负了它。

观众总有他个人的偏爱，何况审美能力有高有低，注意力的着重点各有差别，相互之间与表演之间的矛盾不可避免。剧作和演出，在对白、动作、静场、场面调度等各方面，都有所着重，也都留有余地。它既不难看懂，又经得起观众反复推敲，有所发现，有所补充，达到了所谓雅俗共赏的客观效果。

汉人秦仲义和满人常四爷，都是反对帝国主义侵略、憎恶清王朝的腐朽的爱国主义者。一个正要实践实业救国的主张，一个敢在"莫谈国事"的环境中发牢骚。剧作者描绘双方的冲突，把熟悉双方、处处调和矛盾的王掌柜夹在中间，把常四爷的朋友，凡事回避磨擦的松二爷夹在中间，着墨不多，使秦与常两人之间的冲突显得很自然，有声有色，不同性格塑造得很活脱。

王掌柜对常四爷说："您是积德行好，赏给她们面吃！可是，我告诉您：这路事儿太多了，太多了！谁也管不了！"他又转向秦仲义："二爷，您看我说的对不对？"常四爷只顾对松二爷发感慨："二爷，我看哪，大清国要完！"

秦仲义说："完不完，并不在乎有人给穷人们一碗面吃没有。"接着，他又对王掌柜发表他要办工厂救穷人、救国家的主张，明里和王掌柜谈谈闲天，暗里讽刺常四爷没有见识："唉，我跟你说这些干什么，你不懂！"

即使是普通观众，也不难设身处地体验出台词的心理内容。但是，如果剧作者在着重写秦仲义信念的坚定时，不这么生动地写出他那少年自负的性格和心理，而让他在茶馆里大发议论，甚至赤裸裸地直截了当地教训常四爷一通，常四爷又这么不发火，这就只能破坏自尊心不弱的常四爷的性格，违反了戏剧结构的生活逻辑，那样一来，不论多么乐于再创造，或者说非常有耐性的观众，也难免要抱怨说：你跟我说这些干什么，我不懂啊！

十一　各显其能吧

秦仲义和庞太监之间的一场冲突，也是一种暗斗而不是明争。看起来比他和常四爷之间的暗斗，更容易为观众所感受。但是两人的身份、地位、关系的差异，斗争的内容与形式都大不相同，却都很能引人入胜。

最早扮演庞太监的演员是童超，我两次在剧场所看到的是童弟。他们都忠于剧作家所规定的人物性格，据说童弟的表演，努力学习他兄长的独创性。据说童超为了掌握庞太监那半男半女的生理特征，曾经和遗存的宫廷太监打过交道。连一声近似女高音的咳嗽，也是从太监发声的特点吸取了创造依据的。

我和导演夏淳交谈时知道，现在的演出增添了一句也有表现力的剧词。当康顺子晕倒之后，庞太监只说了一句"我要活的，可不要死的。"按剧作家原来的设计，是在一段静场之后，闭幕之前，突出正在下棋的茶客那句带三关意义的台词："将！你完啦！"我说这句台词带三关性，第一是指它直接表现棋势的定局；第二是指它暗示受害者的命运；第三是指它象征腐朽的清王朝。现在的演出，无损于只顾自己下棋，不顾旁人死活的那个茶客这句台词的复杂内容，加深了代表清廷利益、维护清廷统治、自己和清廷一样衰败却很冷酷的庞太监的丑恶的揭示。这句新添的词，是在康顺子醒过来之后，庞太监说的——"又活了！"就花银子买人的庞太监性格来说，两句台词都足以表现他看重自己银子，不看重穷人性命的这一基本特征。但"可不要死的"，只直接表现了他那不高兴的一面，"又活了"却表现了他那高兴的一面。不论他是高兴还是不高兴，他都是一个可鄙、可憎、可怕的怪物。但是加了这个一句台词，无损于原作那语言含蓄的风格，而是使原作那句台词更闪光的。

庞太监和秦仲义的冲突，在剧本里，只占十五六行，这么简短的篇幅，却是一场完整的戏剧冲突。它自身也有开头，有高潮，有结局以及余波的。暗斗的内容带一贯性，暗斗的形式富于变化。

开头，——秦仲义正要往外走，庞太监被人搀扶往门里进，两人碰面，交谈起来。庞说："哟！秦二爷！"秦说："庞老爷！这两天您心里安顿了吧？"

发展，——庞说："那还用说吗？天下太平了：圣旨下来，谭嗣同问斩！告诉您，谁敢改祖宗的章程，谁就掉脑袋！"秦说："我早就知道。"

接近高潮与高潮，——庞说："您聪明，二爷！要不然您怎么发财呢。"秦说："我那点财产，不值一提！"庞说："太客气了吧？您看，全北京城谁不知道秦二爷？您比作官的还厉害呢！听说呀，好些财主都讲维新。"秦说："不能这么说，我那点威风在您面前可就施展不出来了。""哈哈哈"笑了。庞说："说得好，咱们就八仙过海，各显其能！""哈哈哈"笑了。

尾声，——秦说："改天过去给您请安，再见！"

余波，——庞自言自语："哼，凭这么个小财主也敢跟我逗嘴皮子，年头真是改了。"

在《茶馆》的第一幕里，写了好几个相互之间有内在联系的明争与暗斗。所谓明争或暗斗，这种划分只是相对的。因为，明与暗在这里，没有绝对的界线。庞太监与秦仲义之间，表面和和气气，骨子里兵刃森森。"讲维新"的秦，对保皇党所说的在他面前施展不出一点威风，貌似恭维，其实藐视。庞所说的"咱们八仙过海，各显其能"好象包含对秦的肯定，其实是一种挑战。观众不难觉察这些话的明与暗的交替以至掺和，所以说暗斗不是和明争绝对对立的。它作为审美对象，正因为它外松内紧，外柔内刚，外和内狠，所以它既能使人感到好笑，又能使人精神紧张。前人说得好：如果"没有观众，就没有戏剧。"但也可以反过来说：如果没有《茶馆》这种能够善于给观众造成真实幻觉的戏剧，这样透过两个立场、观点完全对立的双方的偶然间的交谈，从而曲折地表现了以谭嗣同为代表的一方，以慈禧太后为另一方的社会冲突的情节和场面，作为创造善于欣赏美的观众的重要条件，那就只有不高明的观众，那就不会有高明的戏剧。

十二　也甜不到哪儿去

北京人艺的演出，给我最好的印象，是一种纯朴的、稳重的、不追求过火夸张,却很能打动观众的艺术风格。不论是正面人物还是反面人物,演员们的共同风格是力求不损害人物性格的真实去讨好观众。单说演员英若诚,一个人先后担任了两个角色——老、小刘麻子的扮演,演得真实可信。这父子两代的个性,正如小唐铁嘴所说的"应运而生",体现着形成他们那性格的特殊性的不同环境。演员英若诚虽然不能完全克服年龄对化装所造成的局限性,但他那力图塑造出从不同环境中"生"出来,而且在不同环境中"生"着的角色的性格特征,结果性格特征的鲜明性,常常使我不注意他那体型等自然条件的局限性。不论是戏曲还是话剧,演员塑造人物都必须在里面使劲,不宜在表面使劲。只图在表面使劲,观众反而会觉得自己受累。演反派角色要逗引一些观众发笑并不困难,难在经得起不惯于轻信的观众的鉴别。观众看戏,总会要自己问自己:这个合情理吗?

过去,一位长于演反派角色的朋友对我说过:为了强调戏剧或电影的思想性,演员在表演时,必须加强对反派角色的批判。我说:如果你在排练之前,尽可能批判地认识角色的灵魂,这当然很有必要。当你在演出时,要是还一心要用形体动作让反派角色作自我批判,形象的真实感恐怕就很难保证。后来,我没有机会看到他再演反派角色,不知道他是否坚持他的主张。但我从所谓样板戏里,看到了十分形式主义的所谓批判。《沙家浜》里的刁德一、胡传魁,演得比较可信,但是许多戏里的反面人物,例如《智取威虎山》里的座山雕,不论演员是否愿意接受长官意志,角色自己那种自我批判的造型设计,跟座山雕见到"联络图"那种"我为你,朝思暮想"的台词的风格虽然是协调的,我却领会不到艺术方面的美,因为形象已经丧失了它的真。比这更加令人觉得太难接受的,是《杜鹃山》里那些猫着腰,围绕着柯湘打转转的团丁。看来这些演员未必乐于这么作出形式主义的自我批判,而是"三陪衬"之类的法旨在作用于艺术的破坏。不论原因何在,这种令人哭笑不得的表演,使人现在看到《茶馆》里的反派角色的表演,觉得戏剧艺术的现实主义,一定会逐渐消除冒充浪漫主义的形式主义的流毒。

前文已经论述过的,马五爷听见教堂钟声,连忙脱下他那时髦的、它本身就有优越性的洋式呢帽，毕恭毕敬地在自己身上画十字的即兴表演，作为演员对反派角色的批判，是很有趣的。如果可以借用常四爷对刘麻子所说的那句话来作评介，"可真有个狠劲儿"。

不成为问题：既然《茶馆》要让反派角色上台露脸，怎么可以不批判他们呢？但是这种批判，其所以是"真有个狠劲儿"的，在于形象自身的真实性。松二爷问人贩子："这号生意又不小吧？"刘麻子回答："也甜不到哪儿去，弄好了，赚个元宝！"常四爷问："乡下是怎么了？会弄得这么卖儿卖女的？"刘麻子回答："谁知道！要不怎么说，就是一条狗也得托生在北京城里嘛！"只读这样的台词，已经可能分明感到台词的"狠劲儿"。如果演员还嫌不足，大事夸大，结果对观众的感受来说，可能是帮了反派角色的大忙，削弱观众对他们的憎恶。

十三　只好给自己预备下点纸钱

对文学艺术的教育作用问题，往往有一种过于片面的理解。似乎只有写社会主义时代，才能为社会主义服务，才算社会主义文艺。如果把文艺的教育作用看得这样简单，那么，今天演出《茶馆》，岂不会引起与四个现代化的战斗任务唱对台戏的误解？

从前，有些戏从头到尾，甚至每句台词都在教育（其实是教训）人，而观众偏偏不愿接受你这样的教育。离开反映生活的独特性，离开对人物性格、人物命运、人物的思想感情、人物与人物之间的相互关系和矛盾冲突的生动描写，就达不到用艺术——我指的是艺术——教育群众的目的。观众对演出的反应如何，不决定于剧作家的主观愿望。认真企图用艺术教育群众的剧作家和戏剧创作的领导者们，看看《茶馆》的演出，可能有助于自己工作的改进。

听说，老舍先生的《茶馆》，在"四人帮"统治时期挨了一棍子，给它加上了吓人的罪名——替旧社会制度唱挽歌。这样的棍子，究竟是使人感到愤怒，还是使人感到悲哀以至滑稽呢？

我们今天重看《茶馆》，仿佛又看到了作者那满怀正义感和爱国主义热情的赤诚之心。这一位以长短篇小说写作的成就著称于世的老作家，解放后转而更多地写作剧本和曲艺。是不是因为他感到这种艺术形式和人民群众的联系更直接、更紧密、更易于发挥文学的战斗性和教育作用呢？为什么他能把旧时代的生活，写得这样真实，写得这样富于独创性、这样动人呢？这些问题，一定有比我更熟悉老舍的同行去作出比较中肯的解释。

《茶馆》描绘了清朝末年、民国初年、抗战胜利后这三个历史时期，它使我们面对着清廷的没落、军阀混战、帝国主义的侵略、农村的破产和雕敝、人民的苦难、统治者的野蛮和腐朽。善良的受凌辱，正义的遭践踏，美好的被毁灭，不屈者则在寻出路。这一切，都是通过裕泰茶馆这个场合，通过人物命运那触目惊心的变化，通过人物之间的种种矛盾冲突反映出来的。

只用一间茶室，分作三幕，把半个世纪的历史变迁再现出来，要能使人物活在观众眼前、活在观众的心里，使观众仿佛身临其境，而避免活报式的现象罗列，这要多么辛勤的劳动，这要多么旺盛的热情，这要多么巨大的才能！如果说老舍的创作动机是为了让人们看见旧中国的昨天，从而珍惜新中国的今天，向往更光辉的明天，那么，文艺演出的效果，无负于老舍先生，也无负于已经长逝、曾和老舍密切合作过的导演焦菊隐。是的，常四爷把他"遇见出殡的，我就捡几张纸钱"拿出来，泪痕满面地说，"没有寿衣，没有棺材，我只好给自己预备下点儿纸钱"，说着说着以笑代哭；受感染的秦仲义说，"让咱们自己祭奠自己"；王利发说，"照老年间出殡的规矩，自己喊喊"……这是够凄惨的。第二次看戏回家，我曾问我家孩子和他的朋友；台上那三个感到绝望的老人，撒纸钱以哀悼自己，你们是不是感到阴暗？这些全国解放后出生的孩子说不。他们说，这无异于是在宣判：不合理的旧社会制度必须改变；丑恶的生活不容许恢复。戏剧的社会效果既然这么鲜明、这么强烈，哪里扯得上是什么为旧社会唱挽歌？

十四　我活在这儿

我说人艺演出无负于剧作家老舍和导演焦菊隐，并不是说他们在十多年后的今天"墨守成规"。

有些台词，和剧本不同。例如马五爷向常四爷摆架子，我耳朵在剧场所听到的，是"对不起，我还有事。"我眼睛在剧本上所看到的，是"我还有事，再见"。我不知道这种改变始于何时，只觉得这句台词越改越好。如果说，这是早已改变过的，那么，三个老人撒纸钱的情节，则是近期公演才有所改变的——不是改变了基本情节，而是丰富了戏剧冲突，从而使这场戏更感人。倘若剧作家与老导演还健在，他俩能不同意这种创造性的补充吗？

我说的改变或补充，是指三个老人在场外的送殡乐声中，在凄惨的气氛中，颤颤巍巍地走成直行，撒了纸钱，互相道别，说了不能再见的"再见"，场上只留下王利发一人；他在将要自杀之前，内心充满矛盾，一个人捡起一些纸钱，另撒一次，这一过去演出时所没有的情节。经过演员于是之和其他演员、导演一起的努力，才创造出来的这一情节，既是三个老人自悼这一情节的深化，也是王利发将要自杀的复杂心理和内心独白的形象化。

我以为有必要附带提到：写文章也好，写剧本也好，作者对作品的修改，可能是思路本来就不成型的表现，也可能是认识又深化了的表现。认识过程当然不能象一锄头挖出一个金娃娃那么好运气。如果作者对劳动又不愿意象小唐铁嘴说话那么随便，那么，即使有人对你感到麻烦，以至讨厌，还是"铁了心"改改的好。四川有句俗话，叫做"猴子掰苞谷——掰一个丢一个。"回顾三十年来，有些只要努力加工，就可能成为保留节目的剧作，不知道为什么已经掰下来却又把它丢掉。闲话休提，还是说《茶馆》吧。

就发表的剧本看来，王利发退场之后，还有小刘麻子、沈处长、小丁宝三人一段戏，我看演出时没有这段戏。我来不及探讨，是不是必须还有这段戏——正如来不及探讨王利发退场之后，场外那些响亮的"团结就是力量……"的歌声究竟得失如何那样。我只是认为（也许由于偏爱吧），我对新补充的王利发第二次一个人撒纸钱这一细节，很感兴趣。不是我在套用外交词令，而是打心眼里喜爱它。

三人分别以后，台上长时间静场，精神恍惚，仿佛处于梦境中的王利发，仿佛是在为自己不能解答的问题感到困惑，然后右手下意识地顺手从凳子上、桌子上捡起几张纸钱。这时候，他恰好移步到那张前不久还坐过的椅子旁边。好象为了支撑衰老的身躯,好象为了减轻精神上难于负担的负担,把习惯地插在背心口里的左手抽出来,按在椅背上,也就是按在椅背上他的那一条腰带上。看过戏的观众不会忘记,这条腰带是为了从怀中把钱和一包照片掏出,交给他儿媳妇时解下来顺手放在椅背上的。成功的静场设计,不只对于进入角色的演员来说,它是以静示动的,而且对于并非只用眼睛看戏的观众来说,它也是静中有动的。不论场上多么静,观众心里却不能平静。譬如说,王利发那只手慢慢按到椅背上那条腰带时,我虽然是第一次看演出,虽然还没有来得及读剧本,也很自然地预感到这条腰带将会发生什么作用。

这样的静场,也使我想起刚才王利发和他儿媳的对话。

周 ……爸!剩您一个人,怎么办?

王 这是我的茶馆。我活在这儿,死在这儿。

……

如果剧作家、导演、演员、剧评家,能象王利发之于他的茶馆那么执着,"猴子掰包谷"的"悲剧"不是不可能避免的。文艺新演出的这一修改,标志着粉碎"四人帮"之后,独立思考在文艺创作中的一个胜利。这一修改使我确信,未来的社会主义戏剧,一定会开放新花。

十五 好,真好,太好

用"增之一分则太长,减之一分则太短……"的文论来衡量,《茶馆》增添王利发撒纸钱以自悼,有没有必要,是不是画蛇添足,是不是与我自己赞成留有余地的话相矛盾?

为了探讨这一问题,不妨谈谈我过去看戏的两种不愉快的印象。一种是:我已经觉得情节结构很松散,混乱,却还要加上大段与对话完全重复,既不能加强戏剧冲突,又不能丰富人物性格的唱段。另一种是:两个角色发生争执,对方的发言没有人物个性,谈不上独特的心理根据,却又唯恐观众不接受教训,便让在旁"参观"争论的配角,互相对视、点头,一个还要伸出大拇指,表示他十分佩服。好象是在提醒观众说,您瞧,人家的道理讲得多"分儿"。看到这两种演出,即使我觉得应当表示感动一下子,可惜,我的情感不能紧跟台上的宣传,总是感动不起来。坏事可以变成好事！前几年这种看戏的经验,使我现在看比较动人的演出,例如《茶馆》中的王利发撒纸钱自悼,容易看出点道道来。他这么再自悼一次,不是床上架床般的重复。它不只是对前者的补充,也是一个内容丰富、形式完整的情节。如果说这老头子前一次祭奠自己,只不过受了秦、常二人的诱导,感到绝望,与他俩共同发泄愤懑,那么,后来他一个人一声不哼地"祭奠"自己,这就不只是"咱们三个老头子"的愤懑与绝望情绪的延伸,使前一情节表现得更加完善,更加充实,而且,既然在常、秦二人前来"说说话儿"之前,他已经流露出虽不分明,却已萌生了以死来解脱困境的念头,那么,这对他的心理状态的表现来说,既是一种变化,也是一种继续和发展。

为什么说他早已有了死的念头？只消提出其中之一点也就够了。我们看:小刘麻子逼他搬出茶馆之后,老头儿回答:"……凑巧,我正想搬家呢"。小刘麻子不管这句话里有没有潜台词,因为他只顾"迎接处长"。众人走后,静场,然后才是王利发的惨笑。王利发自己对自己说:"好,真好,太好。"

我不知道剧作家自己,当他被迫走上了与这个老头儿的绝路相似的绝路时,有没有发生过这么痛苦的自嘲。我只觉得,王利发这句带自嘲性的独白,既是"我正想搬家"的那句对白的心理内容的补充和发展,也是死念已萌的一种暗示性的表现。这与常、秦二人的情绪一致,但是这种共性,代替不了这个眼看死已逼近的老人的情绪的特殊性。尽管他有关心他的子孙对他的关心,但他的处境显得比常、秦的处境更为不利。这种处境的特殊性,给他撒纸钱的表演,提供了必然性的依据。二次撒纸钱这一细节的设计,真可谓匠心独运的创造,配合了善于设计静场的表演,丰富了老舍的原著。

我不怕嫌重复,还要提到再撒纸钱前后的静场的表现力与感染力。静场作为动作的一种停顿,它既是前一动作的结束,也是后一动作的开端;它对动作的未来,是一种引人入胜的预示。包括在他那"好,真好,太好"的独白之间的一些相应的静场,使我仿佛已经进入角色。因而我要再说:"成功的静场使观众心里不能安静。"曾在西长安街的人墙里,在死一般的静穆气氛中,等候周总理的灵车经过的人们,在那种可能使人昏厥的沉寂气氛下,有一种什么情绪占据着你的心灵,这就不难理解,为什么《茶馆》这一静场,有如此巨大的力量能够强烈地感染着观众。

十六　这可不能世袭

即使是受艺术教条主义毒害太深的观众,看了《茶馆》的演出,头脑里的框框套套,是不是可能松弛起来呢?

在这里,我不企图谈论关于文艺怎样提出问题而且解决问题的问题。我看了《茶馆》之后,更加觉得,戏剧在提出问题和解决问题时,戏剧至少和直接宣传政策的条文和活报大有区别,被逼得只有死路一条的王利发,要媳妇和孙女儿"快走,追上康妈妈,快!"这对于光明与黑暗的界线问题,这对于这个即将上吊的老人来说,算不算是解决了的呢?历史的发展是无限的,人的认识总是有限的,多么"圣明"的艺术家,也不可能象想象中的诸葛孔明那样神明得什么问题都会解决。诸葛孔明又怎么样呢?前后《出师表》表明,这个有自知之明的政治家,对"先主"的嘱托,也不免流露出处于王利发、秦仲义、常四爷般的困惑,所以,他那表文中的用词,多少带一点自嘲的情绪,而不单纯是自责,而不单纯是抱怨天不佑人。

话剧《茶馆》,代替不了政策条文,我不向它提出象读政策条文般的要求,来回答我想要解决的问题。相反,我觉得看戏的观众,可以根据自己的具体条件,在剧作的启发之下,发挥相应的想象、幻想和思考,自己解决某些自己所需要解决,而且与某一个这个戏剧有联系的问题。当然,这种作用是相对的——因为观众的兴趣、教养、注意力都各有各的特点,演出对于只等别人替自己解决问题的观众的作用,连万金油般的好处也谈不上。相反,如果观众对艺术欣赏不采取实用主义的态度,不象林彪说来骗人的"急用先学"、"立竿见影"地对待演出,可能在看戏之后,觉得它有助于认识生活,一定程度地学习到解决问题的方法。

《茶馆》的台词,有不少带有引人发笑的相声色彩。观众各人的兴趣与理解

能力不尽相同,从台词所领会到的东西也不会一模一样。譬如老掌柜听见小唐铁嘴这个小混蛋自称天师之后,冷冷地插了一句:

> 天师,可别忘了,你爸爸白喝了我一辈子的茶,这可不能世袭!

我听了虽未发笑,也觉得这句台词很有趣。不过,使我觉得最有趣的,不是老掌柜说话的俏皮与机智,而是在他那带刺的话里也包含着辛酸。如果说这样的台词对我提出了问题,问题的解决也要依靠我自己。我问我自己:你知道这句话的复杂内容是什么吗? 我根据其他情节与这句词相连,试作如下的回答:也许,他的牢骚不限于抱怨已死的唐铁嘴无偿地喝了他难以计数的茶,而且这也是对他所不满意的社会环境在发牢骚,也是他在嬉笑中怜悯着他自己。别的观众听了这句台词,会怎样自问自答,我不知道。而我自己,过些日子也可能修正这些答案。这种复杂性的产生,不能抱怨《茶馆》没有给我解决问题。

不论是文艺创作还是文艺批评,“这可不能世袭”。都不应当象王利发那样,“按着我父亲遗留下来的老办法”行事。一心要“讨人人喜欢”的王利发,结果不也落得个他那处世哲学破灭的下场吗?

十七　有不打仗的新闻没有

任意从剧本里抽出一句台词,当然不能认识整个剧作的思想内容。但是没有局部就没有整体,《茶馆》的某句台词作为整体的局部,较之会闪光和会旋转的珠子要有艺术魅力得多。王利发在三人自悼之前互相交心,生动地概括了他的一生:

> ……我呢,作了一辈子顺民,见谁都请安、鞠躬、作揖。我只盼着呀,孩子们有出息,冻不着,饿不着,没灾没病,可是,日本人在这儿,二栓子逃跑啦,老婆想儿子想死啦。好容易,日本人走啦,该缓一口气了吧? 谁知道。

王利发和常四爷、秦二爷说到这里,“哈哈”笑了,这笑简直就是哭。这么一段台词,既能表现他此刻的情绪,也表现了他的性格及其环境的特殊性。另一段词,对此既是一种补充,也是戏剧性的前进发展。

改良？我老没完没了改良，总不肯落在人家后头。……人总得活着吧？我变尽了方法，不过是为了活下去。是呀，该贿赂的，我就递包袱。我可没有作过伤天害理的事，为什么就不叫我活着呢？我得罪了谁？谁？皇上，娘娘①，那些狗男女都活得有滋有味的，单不许我吃窝窝头，谁出的主意？

如果说王利发只能算是一个"中间人物"，他的性格是不是一成不变的呢？评论家邵荃麟和小说家赵树理，吃"中间人物"论的苦头不小。如果他们能活到今天，能同我们一起看看《茶馆》的演出，对于老舍所塑造的这个"中间人物"，对于他如何塑造这一人物的艺术手段，对于剧场内思想得到解放的广大群众的反应，将会作何感想呢？按着他"父亲遗留下的老办法"活下来的王利发，临死之前也敢于提出"谁出的主意"这样的控诉，人物和场面这么富于个性，怎能不感谢给社会主义文艺留下财富的老舍先生？

王利发的性格特征，不只是发展着的，而且是多面的和多样的。

在第一幕里，他对秦仲义说："您甭吓着我玩。我知道您多么照应我，心疼我；决不会叫我挑着大茶壶，到街上卖热茶去！"只要读者联系其他台词来读，不难理解这样"花哨"的台词，为什么不简单是他在一味奉承人的表现，而不包括更重要的目的等内容。

《茶馆》的每一幕都有"莫谈国事"的标语，王掌柜第一幕就制止过顾客谈国事，但他有时在熟人面前，忍不住也要谈国事，谈得很花哨，很带讽刺性。当报童对他兜揽生意："掌柜的，长辛店大战的新闻，来一张瞧瞧？"他冷冷地问："有不打仗的新闻没有？"这样的话语，也象他听了松二爷对两个便衣说"我看见您二位的灰大褂呀，就想起了前清的事儿，不能不请安"而插进的那句"我也那样！我觉得请安比鞠躬更过瘾"一样，是在"绕着脖子骂人"的。而他所骂的对象，还不限于某一个人，某一件事。

两个密探临走时要王利发别忘了每月交出"那点意思"——钱，他回答说：

---

① 指逼害他的社会势力之一的"三皇道"的大坛主、国民党的大党员、沈处长的把兄弟庞海顺和庞四太太。

"我忘了姓什么，也忘不了您二位这回事！"

对方似乎没有听出，他这话的真实含义。观众通过演员善于念白的艺术，正如听了"有不打仗的新闻没有"那样，却不难觉察它是话里有话的。

十八　爷爷会说好话呀

《茶馆》观后感没有写完，预定的篇幅却早已被我超过。我只能在结束此稿之前，再枝节地谈一谈对于是之怎样塑造人物的印象。我不能把我对于文艺演员的印象一一写出，但我以为，特殊可以显示一般，何况，看过演出的观众自己，能够指出许多我没有提到的演员们的出色成就。

俗话说："响鼓不用重捶。"于是之的念白和动作，形式平易、洗练而内容充实。三幕戏跨越了五十来个年头，王利发在各个方面都有显著变化。单就年龄的变化来说，就非常显著。但演员不着重于刻画他那年龄本身的变化，而是在让那变化着的年龄，成为体现人物内心变化的外壳。单就人物那双手的动作的变化来说，前后对比鲜明而又自然，不显得是故意在作对比。在第二幕里，当他和别人对谈，他那似乎还沾着浆糊而没有功夫洗一洗的双手，似乎为了免得弄脏了衣物，露出在卷起的袖口之下，不知道该把它们放哪儿似的。当他要把右臂搁在桌上轻松轻松，也不用手，只用肘关节把碍事的针线簸箩轻轻一推。这么琐细的动作，看起来是演员精心设计的。第三幕的右手，有时也弄一下用来活动指关节的核桃，却在更多的时间，是插在背心里的。他那用手整理纸钱的动作，似乎仍然保持第二幕数钱票时的敏捷的本能，不故意为了显得人物的衰老而让它抖动。他坐在椅子上，有时脖子显得精力衰竭而往后仰，但转动时显得和这一点相矛盾——使人觉得他并不服老，也就使人仿佛看见他那打了大败仗也不甘示弱的特殊心境。也许，正因为他自己不甘示弱，街上传来凄惨的音乐时，更显得他那处境的悲凉。倘若要从第一幕的王利发怎样置身于茶客之间，又怎样在茶客矛盾尖锐时出头和解的表演，逐步写出我的印象，这稿子就结束不了了。现在，我只举一个例子，看看演员塑造人物的努力与才能。

当王利发的儿媳和孙女儿听他说"这是我的茶馆，我活在这里，死在这里"之后，一个叫他一声"爸爸"，一个叫他一声"爷爷"。老人对待和自己将成永别的亲人，既好象是在发命令，又好象是正在思索什么地说："都别难过。"①然后头一仰，似乎同时在说服不忍别离的自己："走。"如果是唯恐观众不能体验人物心情的演员，在这里会怎样表演呢？是声音梗塞吗？看来，于是之为了保持王利发这个人物性格的准确性，丰富性，为了避免代替观众的体验，或者说，因为明白越具体越抽象这一道理，他一点也没有为做戏而做戏的味道。他的表演使人觉得，演员自己变成了此情此景中的这个人物，因而也就可能使观众觉得自己不简单是一个旁观者，而完全不受王利发那竭力自持，不愿把痛苦感染他的亲人的这个老人的痛苦心情的感染。

任何观众都有欣赏的个性。我不否认，我自己看戏的感受，不可避免地要染上我自己的主观色彩。不必否认，我对《茶馆》某些台词有偏爱，我对于是之的念白有偏爱。但是，如果王利发回答小唐铁嘴的逼迫："晚上，晚上一定给你回话"；如果王利发还击小宋恩子的恐吓："我？您太高抬我啦"；如果王利发安慰孙女对他处境的忧虑而说的："我？爷爷会说好话呀"；这些台词的心理内容是简单的；如果于是之的念白是单调的；如果是一味地喊叫，那么即使我愿意"作为剧中人的心腹"，②对不起，实在不好办呀。

在我看来，所谓"剧中人的心腹"，不仅是指观众"知道发生了什么事情……"③而且从表演、想象也知道剧中人还在怎样动脑筋。这不等于观众与任何角色之间，都能建立一种穿一条裤子般的关系。这不过是说，通过演员那包括念白的语调，词与词的间隔与连贯等等，从而表达了角色特定的精神面貌，从而引起观众设身处地的体验，从而间接地认识了人物那富于特殊点的心理活动。

耐心读完我的唠叨的读者，再见了！最后，我请问：同王利发告别的康顺子

---

① "都别难过"四字中的"都"字，是否也包含着"我"字？关于这个问题，有机会再问问于是之同志。反正我把这个字当成：不只是指儿媳与孙女，也是指老人自己来体会的。——他既是在安慰亲人，也是在命令他自己应当"稳起"。
② 狄德罗《论戏剧艺术》摘引自《文艺理论评丛》第一册第 178 页。
③ 狄德罗《论戏剧艺术》摘引自《文艺理论评丛》第一册第 178 页。

说，"老掌柜，平平安安的。"王利发的答词只重复了"平平安安的"这几个字；你说，是否有人会把它当成应酬话听过了事呢？如果有，你就套用秦仲义的台词作答"我跟你说这些干什么。"

一九七九年四月二十四日

喜看胡可新作《槐树庄》

刘 川

史料解读

　　史料原载于《戏剧报》1959 年第 7 期,为一篇论文。该论文围绕《槐树庄》的艺术特点展开论述。四幕剧《槐树庄》剧情跌宕起伏,作者着眼于人的变化,因人设事,塑造了一系列农村合作化运动中典型的农民形象,呈现了剧本独特的艺术构思和艺术表现。作者打破了常规的编剧手法,跟随人物性格变化而不是事件起伏,注重以动作和台词塑造人物,这些剧本创作技巧增加了剧本的新鲜感,增强了对观众的吸引力。

　　该史料对《槐树庄》以人物命运而非事件为主线的戏剧结构给予高度评价,比较准确地概括了该剧艺术构思和戏剧结构的新颖性。

原文

　　很久以来,我们就渴望着看到胡可同志的新戏。这位曾经以《战斗里成长》《英雄的阵地》《战线南移》等剧作在舞台上激动过千百万观众的作家,一直是以他的独具一格的创作性格引人注目的。他创造的那些活生生的、充满幽默感的人物,他那饶有风趣的性格化的语言,他那浓郁的生活气息和真实感等,给他的剧本带来特殊的吸引力和隽永的情趣。我们热望在舞台上再一次看到他的人物、听到他的声音;再一次经历那独特的艺术感受。

　　胡可同志没有使我们失望。在这次全军文艺会演中,他带着新作《槐树庄》

和观众见面了。这次重逢，引起我们对他过去作品的回忆，我们在新作里看到原来的"胡可风格"的再现，也看到这个风格的发展——这就是作品中强烈的抒情色彩。在有些片段里（如第二幕的大部分）简直可以称之为生活的抒情诗。作者在这些片段里激荡着的热情，深深地打动了观众，这在作者过去的作品里，还不是很常见的。

《槐树庄》是一个普普通通的村名，但也是一大群人的命运概括。幕一拉开，作者就把我们引入小小槐树庄的巨大的阶级斗争风暴里：土改开始了，以老田、郭大娘、刘老成等为首的农民群众，正在党的领导下向地主崔老昆展开清算斗争，群众在进攻，地主在垂死挣扎，中农李满仓在动摇，而地主儿子崔治国（混入我党地方机关的干部）的干涉土改，更为这个斗争卷起巨大的浪花。观众看出了土改的必然胜利，但还看不透这群人的未来变化。第二幕里，作者把这群人带进合作化开始的新历史时期。人们在富裕兴旺的景象背后，开始了新的分化：李满仓发家了，赵和尚却破产了，在土改中翻身的党员刘老成也成了自发资本主义势力的俘虏。坚持社会主义道路的郭大娘，在引导群众建社的同时，得到儿子牺牲的消息。这一沉重的打击给许多人带来变化，观众看到郭大娘在这个打击之后变得更坚强起来，也看到刘根柱、黑妮、金梅等人所受的冲击。在第三幕里，戏围绕着老成父子夫妻而展开，我们看到党的教育终于挽救了赵老成，他的及时觉悟推动了合作化运动的发展。

到这里，事情好像完结了，槐树庄已经可以顺利地向社会主义道路走去了，谁知不然：第四幕里，阶级异己份子崔治国趁大鸣大放的时机回村活动，又一次把阶级斗争推向高潮。当然阶级敌人的垂死挣扎只不过促使他们更快地灭亡。人们在斗争中得到锻炼，槐树庄真正大步前进了。

从这段简短的内容叙述里，我们看到了相当尖锐的阶级斗争。可能，作者要写的，就是一部阶级斗争编年史？——不，作者是从这段斗争史出发，落眼于这群人的变化。作者是因人设事，不是为事设人。作者牢牢地掌握住从人物性格反映历史时代这一原则，从而构成这个剧本的独特艺术构思和艺术表现。尽管我们还不能说作者这个打算百分之百地成功，但从它现在达到的成就看来，这个努力无疑是值得重视的。

让我们回想一下吧：作者在剧本里为我们刻划出了一群多么鲜明的人物形象！我们虽然讲不出一套动人的故事，但我们深深地记得起这些人，记得起他们的行动，我们从这些人身上受到生活的教育、阶级斗争的教育。像刘老成这样的农村党员所走的曲折道路，在合作化前后的农村中，不是很有代表意义么？他从犯错误到回头，又包含着多深的教育意义！像刘根柱从毛孩子变成了党支书，像黑妮从平凡的农村姑娘变成有文化技术的拖拉机手，又多么概括地反映了时代的变化！而作者特别热情歌颂的主人公——像松柏一样长青的共产党员郭大娘，更在自己身上展开了一部多么宽阔的阶级斗争史！……

为了突出人物，作者打破了常见的编剧手法，敢于随人物性格的起伏而不是事件的起伏安排情节。例如，为了突出郭大娘，作者安排了郭永来及其牺牲这条线索，乍看起来，有没有这条线索是影响不大的。但我们试一深思，就会看出这条线索对其他人物的巨大影响：首先是对郭大娘，其次是对根柱、黑妮等人的影响——影响他们向坚强、成熟的方向变化。同时，这一线索在突出剧本的主题思想上，也起了很重要的反衬作用。这样的例子还有很多，我们不再一一举出。正因为这样，《槐树庄》的戏剧结构才不像常见的剧本一样，以运动或一个事件的起落而分幕分段、开端结尾。作者的独特的艺术构思不能不给剧本带来强烈的新鲜感，增强了对观众的吸引力。

当然，我们也不能忘记作者刻划人物性格的高明手腕，往往是一个行动、一句对话就揭示了性格——如老地主问今天十月初几，郭永来那封未写完的信，老成婶的自称军属，老成在和儿子争持到最后说的："我早就说入社！"这句话……这些片段像珍珠一般，随时在剧本里闪闪发光，耀人眼目。这些东西和作者整个的艺术构思的特点溶合起来，就突出了作者的风格、剧本的风格。

我不是说剧本没有缺点和不足之处，但我确是被剧本的艺术特点吸引住了，因此我愿意多谈这个特点，更愿意把《槐树庄》推荐给广大的观众。

生活和创作

——记胡可同志的一次谈话

陈　刚

史料解读

　　史料原载于《戏剧报》1961 年第 7 期，为一篇访谈回忆。胡可强调群众的斗争生活是文艺创作的"唯一的最广大最丰富的源泉"，要想通过作品教育观众，就必须深入生活，如果不经常同群众保持生活上的联系就容易脱离实际，把握不住快速变化的社会生活和人们的精神面貌。这里的生活是指通过土改、诉苦、整风等运动形式表现出来的阶级斗争内容。关于生活和艺术创作的关系，胡可认为生活的过程是创作的准备过程，作者在展开艺术想象的时候，必然对观察到的生活有所取舍、补充和强调。胡可还谈到了剧本主题的诞生源于作家在生活中遇到的让其受到教育的现象。剧本最初的主题思想追求的是情感和知识上的收获。

　　该史料通过访谈回忆的形式对胡可戏剧创作观点进行梳理，特别对胡可对于戏剧作者如何深入群众生活，写群众经济上的、政治上的或思想上的阶级斗争，以及作为知识分子如何受群众教育激发创作灵感，最终写出能够教育观众的戏剧作品等问题的看法呈现得较为具体。史料从戏剧创作的主体出发，通过对主客体因子的考察以及创作主体与接受主体的互动来完成对创作的闭环研究，材料翔实，是胡可戏剧研究中不可或缺的重要资料。

原文

四月四日，中国人民解放军战友文工团的同志们邀请胡可同志到团里来，请他谈谈关于深入生活及戏剧创作方面的问题，并请他介绍一下他自己在深入生活方面的经验与体会。我们知道，胡可是战友文工团的老战友，和大家比较熟识，所以他的这次谈话也就没有多少拘束。

胡可首先说明，他这几年来没有很好地深入生活，由于写作及其它一些工作，在上面的时候比较多，比起长期在生活中间的同志们，他是作得很差的。同时，对于深入生活和戏剧创作问题的认识和某些做法，可能不一定正确，有些具体的做法可能只适用于自己而不适宜于别的同志。

谈话是从调查研究谈起的。最近领导上再三强调加强调查研究工作，胡可说，我们文艺工作者要宣传党的思想，要塑造人物形象，通过作品去教育广大的观众，如果不了解生活，就只能"闭门造车"。调查研究工作具体到我们文艺工作者身上，就是要深入生活。正如毛主席在延安文艺座谈会上的讲话中所告诉我们的，群众的斗争生活是文艺创作的"唯一的最广大最丰富的源泉"，文艺工作者如果没有生活就没有了劳动的对象，因此也就谈不到艺术创作。胡可认为，在思想上是不是重视生活，是是否认真贯彻执行毛主席文艺方向的一个重要标志。

他觉得，在抗日战争和解放战争期间，革命的文艺工作者经常和群众在一起参加斗争，同甘苦共患难，而战争又是阶级斗争的最尖锐的形式，犹如疾风暴雨，生活中间的一切都被表现的非常鲜明，所以，我们比较容易熟悉群众，熟悉斗争生活，这就为我们的艺术创作提供了极为有利的条件。今天我们处在和平建设的环境，阶级斗争也比较细致复杂了，而社会的生活和人们的精神面貌都变化的相当快，我们如果不经常自觉地保持同群众斗争生活的联系，那么就很容易脱离实际，对于迅速变化着的生活就可能越来越不熟悉了。因此，他觉得深入生活的问题在今天是更加值得重视的。胡可谈到《槐树庄》的写作情况时说，因为过去参加过土地改革，所以第一幕写来还比较有把握；第四幕写的最不好,因为不熟悉农村在"大辩论"时的情形,自己没有亲身经历那一段斗争,缺少生活,光凭自己脑子去想,就感到许多的困难,他说:"缺乏生活,是作者最苦恼的事。"

胡可说,我们所说的生活,主要是指的群众的火热的斗争,而不是什么"到处有生活"。反革命分子胡风反对革命的文艺工作者和工农群众的密切联系,用"到处有生活"来迷惑年轻的文艺工作者,不让他们参加斗争,不让他们密切和工农兵群众的联系,从而改造自己的非无产阶级的思想,这种论调是反动的。在现实生活中,阶级斗争是高一阵、低一阵,波浪式地前进的。这些复杂斗争往往通过运动的形式集中地表现出来,土改、诉苦、整风、抗美援朝、农业合作化、三反、肃反、反右派斗争等,都是运动,是政治上的经济上的或思想上的阶级斗争,在波澜壮阔的运动中可以看到现实生活丰富多彩的面貌。从小的范围来讲,一个人的思想、性格、品质可能在一个运动的很短的时间里充分地展示出来。战争也是运动,在战争中间,最容易考验一个战士的政治觉悟、思想和斗志。所以,在运动中、在斗争中去认识社会、认识各阶级、认识各种人,是最方便的,在斗争中去改造思想和进行锻炼,成绩也是最显著的。当然,生活是复杂的,这一部分生活和另一部分生活之间也存在着密切的联系,在我们日常生活中也可以发现新生的事物和落后事物的斗争,也需要留心观察。我们的作者既要投身于群众的火热斗争,也要注意普通的日常生活的积累。胡可举例说,《槐树庄》里的张美丽,就是在日常生活中观察到的,从这样的妇女的思想行为中,可以想象到她回到农村的一言一行。

一个知识分子出身的文艺工作者投身到工农兵群众的斗争生活中,不可能是一帆风顺的,知识分子和工农群众相结合,一定会有一个曲折的过程。胡可回溯起一些往事。1946 年围攻大同的战役中,他和几个同志到部队里去了,住在一个团的领导机关里,因为战斗紧张,情况不了解,他们几个新去的人也插不上手,有一天快开饭了,团首长告诉炊事员不要忘记给这些新同志打饭,那位炊事员问:"给谁打? 是不是给那几位住闲的干部?"说者无意,听者有心,胡可听了很受刺激。从此他积极到下面去,主动地找工作做,了解战斗的情况,写些表扬英雄事迹的稿子，编点快板，还做一些战场鼓动工作，这时大家开始称呼他为"帮助工作的胡同志"。后来，工作继续深入，和战士们一起参加战斗，和他们蹲在一个壕沟里同甘共苦，战士们觉得不同了，就亲切地称他"老胡"。从"住闲干部"到"帮助工作的胡同志"到"老胡"，这种称呼的变化说明了战士和他的关系的变化，战士们不把这些文艺工作者当成外人了。只有在这个时候，战士同他们才会无话不谈，文艺工作者也才有可能了解战士们的思想、感情和愿望，熟悉他们的性格，交上知心的朋友。因此，胡可得出一条经验，就是要尽可能地和群众打成一片，到了一个地方首先要尽可能地主动地找事情做，不要有做客思想，遵守人家的规定，尊重周围的同志，防止特殊，以免造成人家对这"文化人"的不好印象。如果自己不主动地和群众接触，不在工作中和他们建立感情，那么，人家很可能把这些文艺工作者当成客人，相互保持着一定的距离，你也可能拿到一些材料，可以知道一些英雄模范事迹，但是你仍然不会熟悉这些人，不能交上朋友，不能深刻地了解他们的性格和思想感情。

一个作者要有明确的爱和憎，但是，对人民的热爱和对敌人的憎恨，是认识和熟悉他们的结果。胡可谈起，他曾在安国县的一个村庄领导过土地改革，发动群众斗争地主，农民们倒了苦水，揭发出地主的无数罪恶，后来，他跟随着农民到地主家里取回地主长期剥削农民的劳动的财富，在这个尖锐的斗争时刻那个地主的冷眼言冷语以及从那眼睛中间射出来的反动神气，是使人难以忘记的。《槐树庄》里的老地主崔老昆，就是从这个地主身上得到的启发。胡可说，"最难忘的人，是我在斗争中间认识和熟悉的人，即使不看自己的材料本，也能具体地说出他们的性格、思想和感情，从这些了解出发，也还可以设想他们在某种情况下的具体表现。"

胡可谈到，过去有一个时期，只重视亲身感受，而忽略调查访问，后来接受同志们的建议，也有意识地采用了访问的办法。他觉得，做些访问，可以补充自己感受之不足，是有益的方法，但也只能作为辅助的方法。当然，如果写的是革命斗争历史的题材，就要更多地借助于访问，这是完全需要的，可是也不应该忽视对现实生活的熟悉，深刻地认识今天，有助于理解昨天斗争的意义，而熟悉当代的具有无产阶级革命气概的人物,也有助于体会和表现革命历史中的英雄。胡可又说到,看到英雄和先进人物出现而去熟悉他们是好的,而把注意力放到那些具有英雄品质的、又是自己比较熟悉的、暂时还没有被公认为英雄的人物身上,和他们一齐斗争,亲自看到他们怎样成为英雄,这种作法也许更加必要些。他对于那种凑热闹、抢材料的作法是不赞成的。同时,他下去的时间,大多是既接触群众,也接近领导,领导同志那里集中了全面的情况,担负领导工作的同志集中了群众的智慧,他们对事物的认识多是提升为理性的认识,常常是对事物本质的认识,所以作者可以从他们那里得到不少的帮助和启发。胡可在深入生活的时候,常记笔记,其中有真人真事,也有根据自己观察所得"编造"的假人假事,他觉得,这种假人假事对于作者的艺术构思往往更有价值。作者在受到生活的启发而产生的片片段段的形象思维,常常是艺术创造的开端,是不能轻易放过的。

胡可说,生活中的真人真事十分需要了解,但不是为了去写这些真人真事,而是把它作为创作的素材。没有真人真事,就没有假人假事。越是虚构,越需要有扎实的生活基础,只有作者在生活中间苦心经营,才会有那创作上面"偶然得之"的愉快。

胡可从自己切身的体会中感觉到,现在文艺工作者深入生活,常常得到当地的领导和群众的关怀和照顾,这是对于我们深入生活和进行创作的有利条件。可是,如果我们自己不积极主动地投身到斗争中去,和群众打成一片,那么,人家的热情的照顾也可能变成一种生活的"浮力",使作者变成一个客人,这样对于作者深入生活就变得不利了。所以,他认为关键还是在于作者的决心。他说,我们应该永远记住毛主席的谆谆教导,把毛主席《在延安文艺座谈会上的讲话》中那段鼓励文艺工作者长期地无条件地全心全意地到生活中去的话,当作自己的座右铭,拿它来鞭策自己,努力继续不断地保持同广大群众的联系。

那么,关于生活和艺术创作的关系是怎样的呢? 人们很希望听听胡可同志的感受和意见。

胡可认为,生活的过程是创作的准备过程。一个作者写剧本,不是从坐在桌子前摆下稿纸开始的,而是在观察生活分析生活的时候,就开始了的。作者在生活中间,观察了许多人物,他对某些材料和某些人物发生了兴趣,而对另外一些人物和材料不发生浓厚的兴趣,这除了和作者的思想观点有关外,也和作者的经历、性格、艺术爱好以及个人对于生活的认识和体会有关的。一点材料,一件事情,一个人物的独特的思想性格,都可能触发起作者的艺术想象。作者把一些看来是互不联系的材料,包括过去在生活中间的积累,粘在一起,互相作用,逐渐形成自己作品的构思。当作者回味和思索这些人和事的时候,同时就开始进行艺术的安排;在作者展开艺术想象的时候,必然有所舍弃,也有所补充和强调,这就实际上进入了作品的酝酿过程。胡可觉得,现实生活是复杂的,生动的,一个艺术作品不可能把所有的生活现象都包罗进去,它往往是撷取生活中的一个片段来概括地反映生活。作为戏剧作品,它还要受到时间和空间的限制,作者必须把生动的生活现象通过一个富有戏剧性的情节集中地展示出来。剧作者要寻找独创的戏剧构思,有赖于长期的生活积累和艺术的劳动。他说,"有时生活素材很丰富,可是并不能动笔,要寻找到一个戏剧作品的理想的结构,把所有的材料从内部联系起来,而又能比较明确地表达出作者的思想意图,这还是比较困难的工作。"

胡可还谈到了剧本主题的诞生。他说,写作叫"创作",也就是要有创造性。作者在生活中看到了许多现象,使他产生了认识,使他在情感上受到激动,使他受到了教育,于是就产生了要写作品的创作冲动。这就是最初的主题思想。一个剧本的主题思想,实际上是作者观察现实生活的结果,是他在观察、体验、分析、研究了生活以后自然而然地产生出的一种结论和见解。这个见解透过人物形象和人物之间关系的具体的艺术描写,自然地流露出来。处理题材的深刻性和独创性,取决于对现实斗争的深刻和独到的理解。而这种对于生活的理解,只能由作者在生活中亲自去获得。自然,革命的作家,作为党的宣传员,他要站在党的立场上去观察生活,并且考虑到怎样写对人民有利。一个作者在生活中间选择这样的人物而不选择那样的人物,作这样的艺术构思而不作另一种艺术构思,这些都取决于作者的政治素养和艺术素养。总之,作者的思想观点是要通过艺术形象的创造来表达的，创造艺术形象又有赖于艺术的经验。所以，在一个作品中，作者的思想、生活与技巧是有机的溶于一体的。胡可强调指出，对于作者最为重要的，还是在斗争生活中取得的那些理解，那些感动，即现实生活对于作者教育最深刻的地方。这种哪怕是还不很深刻的认识、理解和感动，只要是作者在观察生活时的独到的发现，常常就会酝酿成为此后自己作品的主题，未来作品的"核心"。从这种认识出发，胡可谈到他在深入生活时的真实心情："我不是来记材料的，我是来受教育的。"他愿意追求感情上的收获，追求认识上的收获，而不是首先追求材料。

胡可在结束他的谈话的时候，一再强调说，他在执行党的文艺方针、深入生活以及在摸索写剧本等问题上，都还做的很不够；他的一些做法只是个人的"狭窄经验"。他希望同志们根据毛主席在延安文艺座谈会上对于文艺工作者的指示，按照新的形势的要求及个人的不同的具体条件，创造性地去工作，这样可能做出更大的成绩来。

老战友畅谈《战斗里成长》

侯金镜 杜 烽 刘 佳 丁 里

　　史料原载于《戏剧报》1962 年第 6 期,为一篇座谈记录。为纪念《在延安文艺座谈会上的讲话》发表 20 周年,中国人民解放军战友文工团演出了话剧《战斗里成长》。在话剧《战斗里成长》的座谈会上,侯金镜、杜烽、刘佳、丁里发表了对该剧的评论。侯金镜介绍该剧的创作背景是 1948 年 5 月刚解放的石家庄,为了对全国各族人民进行无产阶级的教育,五位同志酝酿并集体创作了草稿,这一草稿后经胡可修改形成了《战斗里成长》的剧本。杜烽同志表示这部戏阐明了一个真理——"枪杆子里出政权",并对演出团体及具体演员进行了点评,指出了舞台工作上存在的不足。刘佳也指出部分舞台语言、舞台动作还不够洗练、力度还不够等问题。丁里指出剧情不够突出,戏剧节奏需要调整等问题。

　　该史料针对话剧《战斗里成长》,从剧本来源、主题思想、戏剧结构、演出水平、演员表现等方面进行的全面探讨和经验总结,对提高话剧创作和演出水平提出了具体指导,有较强的指导性。

　　在纪念毛主席《在延安文艺座谈会上的讲话》发表二十周年的日子里,中国人民解放军战友文工团演出了话剧《战斗里成长》。这个戏是由战友文工团的前身抗敌剧社集体创作，胡可改作的。十多年来，它已经成为我国话剧舞台上优秀的保留剧目之一，而且在国外也享有声誉。六月一日，本刊编辑部邀请侯金镜、杜烽、丁里、刘佳四位同志座谈《战斗里成长》的新演出，下面是座谈的内容：

侯金镜：咱们在一起工作约摸有二十多年了。近七年虽然分了一次家，我和丁里从你们（指杜和刘）那里分出去，也仅仅是不住一个宿舍，不在一个锅里吃饭而已。这几天，又看了《战斗里成长》，引起许多回忆，我们大家所共有的回忆，永生难忘的回忆。

这个剧本的前身，我记得是在刚解放了的石家庄，1948年5月，五六个同志酝酿起来的。华北部队正准备解放太原、平津保，准备打出去，和兄弟部队一道解放全中国。人民解放军的兵源要扩大，土地改革以后，大批贫农中农的子弟涌入部队里来，大批的解放战士需要唤起他们的被压迫阶级的感情，掉转枪口，消灭骑在自己阶级兄弟脖子上的反动派。这是当时的一项很重要的任务。新兵到了部队除了战术和技术训练之外，还得把新兵（翻身农民的子弟）从"保田保家"的觉悟水平提高到能够离开本乡本土，去打败蒋介石，夺取全国政权，解放全中国，帮助全国各族一切被压迫人民翻身这一个更高的觉悟水平上来。这就需要集体主义、共产主义的教育，也就是无产阶级的教育。这种教育的结果，是把个体农民逐步炼成无产阶级的战士；或者说教育所集中的一个焦点，就是达到高度的组织性纪律性。把行动上带有散漫性和斗争目的狭隘的农民组成一支行动和意志统一的革命军队。当时，酝酿这剧本的现实目的就在这里。可是，因为概括能力不够，剧本的规模又大，抗敌剧社任务频繁（由石家庄而太原前线，又天津前线），就由集体创作者分幕写出了一个粗略的草稿。我还记得，宣传鼓动剧的味道是很浓厚的。但却是一个很好的经过初步加工的素材，给人物创造提供了个很好的基础。曾经有好多同志问我，说明书上提到集体创作，又说明是胡可改作，究竟是怎么回事？谜底就在这里。

胡可对这个素材丢不开，放不下。剧本在他的心里已经成熟了，1949年全国第一次文代大会开过以后，就马上动笔。到年底，我读着他的成稿，觉得原来的草稿经过他的手，已经被赋予了生命。这是第一次，我沉醉在最熟悉的战友的作品里面。

"革命部队大熔炉，千锤百炼成钢铁"，胡可把它放在第三幕前面当做小引，这个主题是他长时间在部队战斗生活里观察研究得来，在他心里冲击，要依附一个戏剧的故事表现出来。故事的架子已经有了，还需要人物，让人物帮助故事形成血肉和灵魂。人物也有了，这是石头。这种人物，他在农村和部队看到许许多多，已经形成一个最亲密的形象，呼之欲出了。还需要和人物能够联结在一起的生活环境、场景、气氛。正好，他参加过土改，帮他想象农民在旧时代的生活；在补训兵团（新兵团）工作过，懂得新兵细致入微的心理；到太原前线参战过，体验过大兵团作战中指战员感情的变化。这一切都具备了，才出现了成品，改作的《战斗里成长》。

这个剧本的出现，对华北部队专业的剧作者来说，是一个推动，也是一个标志：毛主席《在延安文艺座谈会上的讲话》发表以后，经过七年，开始结出丰硕的果实；同时，部队的文工团的宣传鼓动工作，曾对于革命战争有很大的贡献，这时候，时代又提出新的更高的任务，写出、演出对生活概括得更深更广的作品来。

杜烽：这个剧本在国内外影响很大，不是偶然的。这个戏形象地阐明了一个真理：被剥削的阶级，被压迫的民族，要求得到解放，就必须武装起来，没有枪杆子是不行的，反动派是不会自动退出历史舞台的。（**侯金镜**：是呀！告状不行，放火也不行，逃难也不行。）这个戏表现祖孙三代都受压迫，爷爷想靠官府主持公道，不行；父亲烧了地主的家，也不能解决问题；孙子光想着个人报仇也不行；只有组织起来，武装起来，依靠集体的力量，同敌人战斗，才有出路。"枪杆子出政权"，这话是毛主席早就说了的。

剧本过去已有人谈得很多了，今天我想多谈谈与剧本成功有密切关系的演出团体。

战友文工团的前身是抗敌剧社，从 1937 年成立到现在，已经有二十多年的

历史。它是在日本帝国主义入侵，抗日根据地建立的时候成立的，正像抗敌剧
社的社歌里所说的：

从晋察冀成立的第一天，我们就开始生长；

军区在斗争中巩固坚强，我们也一天天健壮。

艺术是我们的枪，舞台是我们的战场。……

它在战争的炮火中锻炼成长。社员在党的领导下，在群众斗争中成长，不
仅做了艺术战士，而且本身就是斗争中的一员，作过普通战士，参加了反扫荡、
反蚕食、大生产、政治攻势、土地改革……（**侯金镜**：人民群众经历过的，大家也
都经历过。胡朋的脚上就负过伤。**刘佳**：也有牺牲的，方璧同志、吴畏同志和其
他十几位同志，就是在同敌人战斗中牺牲的。）当年剧社的日常生活和艺术中所
反映的生活是一致的。不像今天，我们过的是一种生活，写的又是一种生活，要
写作就得下去体验，当时却没有这种情况。这个戏的人物、语言，生活气息浓
厚。因为作者感受深切，记忆犹新，写起来得心应手。

当然，在毛主席《在延安文艺座谈会上的讲话》发表之前，有些活动并不是
那样自觉的，如我们只明确为战争服务，为政治服务，对思想改造就不那么明
确。（**侯金镜**：不过也不是没有思想改造。）是的，在斗争中不知不觉有所改造，
但那还不是有意识的，所以早期写出来的东西，多半衣服是农民的，思想还是小
资产阶级的。记得那时对"大众化"的理解仅仅看作是"通俗化"，甚至还争论过
是"大众化"还是"化大众"。演农民也多注意农民落后的、消极的方面，实际上
还是表现了小资产阶级知识分子的优越感。不过，那时也为创作上的刻板化、
定型化、不深刻而苦恼。怎样提高？找不到出路。《在延安文艺座谈会上的讲
话》发表后，许多问题才迎刃而解。首先明确了自己要思想改造；大众化不只在
形式上，主要在思想感情上要与群众打成一片；创作上的提高，首先需要解决的
是"源"的问题。因而以后的活动就比较自觉了。

《在延安文艺座谈会上的讲话》告诉了我们要为工农兵服务，也告诉了我们
怎样为工农兵服务。知识分子出身的人，在理论上接受它是一回事，做起来是
另一回事。记得那时有位同志在自我检查中说，他跟农民握了手，回来还要洗

手。就拿我自己来说，刚参军的时候，拿扫帚扫地都害羞，打饭路过岗哨也难为情。我自己真正认识到群众的作用，也是在参加了"政治攻势"之后，所谓政治攻势，就是到敌后的敌后向群众进行宣传。当时，正是敌我斗争最残酷的时候，日寇妄想依靠碉堡、公路、封锁沟把解放区困死在山沟里。我们遵循领导上的"敌进我进"的指示，出现在敌人的眼皮底下；在敌人据点里召开群众大会，在碉堡下唱歌演戏，碉堡上的灯火，我们看得清清楚楚；我们的歌声敌人也听得清清楚楚，但是他毫无办法。这其中的秘密就在于群众同我们在一起，若是没有群众的掩护，我们将无立足之地。（**刘佳**：抗敌剧社四次较大规模的参加"政治攻势"，对全体同志群众观点的锻炼，是有深远意义的。）受过资产阶级教育的知识分子出身的人，就是看不起群众。改造的标准，就看对群众的态度如何，与群众结合的程度如何。

在斗争中成长起来的战友文工团，有它自己的特点：一、强烈的战斗性；二、广泛的群众性；三、鲜明的政治性；四、浓厚的生活气息；五、创作方法上，看重生活的客观规律和艺术的教育作用。这些是在斗争的环境中形成起来的。缺点是浪漫主义少一点，艺术上的完整性不够，还有，表现形式不够多样化。当然对话剧、歌剧如何民族化，也作过一些试探，但因学习、借鉴不够，影响提高。（**侯金镜**：读得少，看得少，眼界窄，也没有办法。**刘佳**：那时哪有书读，一本《铁流》大家看来看去都扯完了。）遗憾的是这样一个艺术团体，有许多好的经验没有总结。我觉得，像这样的艺术团体都应当很好的总结经验，应该从走过来的路，看看我们自己的经验，这也是一份很宝贵的财产。

剧本的特点是尊重生活真实。这次演出，作者、导演、演员的表演风格是统一的。朴实、自然、真实、生活气息浓厚，但又不是照搬生活。看这种表演，我感到很舒服。这次演出，某些地方不如过去那样浑然一体，有个别演员或某个演员的某些表演，使人感到不真实，有雕琢的痕迹。但整个来说，还是统一的，打动人心的。这戏我看过好多次了，这次再看还是流泪了。许多演员在感情的掌握上比过去更深厚。如李炎饰的教导员，戏虽不多，而且也较难演，但他演来是那样的自然、生动，恰到好处。在塑造我军政治工作者的形象方面，实是不多见的表演。王一之饰演的赵老忠，表演自然，感情深沉，不是那样大喊大叫。林韦（饰赵妻）的表演含蓄。葛振邦（饰赵铁柱——即赵钢）第三幕较前好；前几幕稍显生硬些。赵晓夏演的石头也是后面好。赵启明、纪风饰演的地主父子，也有独到之处。尤其是赵启明，有几句台词读得很有光采。总的印象是看戏时感到很亲切。幕一开立刻把自己带到那个境地去了，这不仅因为自己有过这段经历，主要是剧本和演出把时代气息、生活色彩表现出来了。

听说，最近在表演艺术问题上有些争论。我喜欢感情真挚、情绪饱满、地地道道从生活出发的艺术创造。这样的剧本、表演、导演我感到亲切，容易接受，容易被打动。我觉得战友文工团应当把这个传统保持下来，并加以发扬。

这次舞台工作也有创造，但是使人不满足。主景、衬景主次不分。如第一幕二场后面的炮楼，设计者的意图很好，岗楼那样大，压着下面的房子，表现敌人的压力很大。但舞台上总要把观众吸引在表演区，现在平列起来，使人感到布景的独立性太大。

刘佳：这次演出，还有若干缺点，有些缺点不仅今天存在，恐怕还要经过较长的时间才能克服。如舞台语言、舞台动作有的还不够洗练、有力，现在多多少少还有些自然形态的东西。有的是从生活体验中，把自然形态的东西带到舞台上，有的是演员自己的习惯动作。至于从体验到体现，使这戏的主题思想达到更高的境界，还有待进一步加工提高。现在的演出，该激动的激动不起来，该含蓄的，表演过火了。（**侯金镜**：第一幕有这个问题。）舞台美术（灯光、装置……）、音响效果，是向观众说话的，有的是它们自己向观众说话，有的是通过演员向观众说话，应当做到和谐统一，现在却不够理想。

侯金镜：第一幕第一场着火这段层次不明。地主发现自家失火，赵妻发现杨家起火，老庆伯发现杨家失火，几种不同的态度不够鲜明。节奏太匆促。演出后听到一些什么反映？

刘佳：部队的一些领导同志看过戏以后，认为这个戏对部队教育意义很大，应当经常在部队里演出。盖叫天老先生看了戏，我们征求他的意见。他说：好！我是个话剧迷，有戏必看。每次看戏，我就跃跃欲试，但要我演，那是两回事。

我说:我们没有功夫。他说:不,你们一是真实,二是生活。真实、生活就是功夫。戏曲演员几年出科,但这点功夫不是几年学得到的。

观众对胡朋所演的仓婶子很感兴趣,认为演的很好。(**侯金镜**:她一出场就活了,不过还需要再深沉一些。)李炎饰演的教导员,许多部队同志说,演活了,就是个道地道地的教导员,既不是团政委,也不是连指导员。赵老忠也被认为演得好,深刻、细致。(**侯金镜**:舞台调度妨碍了他,不然还要好。)对赵妻反映也好,真实,含蓄,比以前有很大进步。对石头有的说不如以前,有的说可以胜任,光彩不够。

侯金镜:我也是这一派,性格化不够,一出场差,如赵钢问:你十几啦?石头回答:十九。赵钢说:不对,根本没有可能!石头认真地说:完全有可能。这时两个人完全想着不同的心事,石头一脑门子要报仇,但效果没有出来。后面好。老杜,你的意见怎样?

杜烽:前面差,后面好,是否演员光想着效果,忘了人物?

刘佳:营长(赵钢)第三幕演得很好,架子不大不小,感情处理分寸得当。两个反派比 1950 年演得好的多。纪风饰的杨有德有分量,赵岂明饰的杨耀祖发展变化很细致具体。这是我们听到的一般反映,对演员的鼓励很大,使我们有信心把这个戏保留下来,在已有的基础上再提高一步。

这个戏最初公演是在 1950 年春天,当时,全国解放不久,抗美援朝虽然还没有开始,但是美帝国主义却虎视眈眈,残留在大陆上的美蒋匪帮还没有肃清,他们不断地从军事上、政治上、经济上对我们进行破坏,而我们队伍里又有人有"换班思想"。当时部队的政治思想工作任务,是要教育战士树立"永远是工作队,永远是战斗队"的思想。这个政治思想工作相当艰巨。当时这个戏的演出,获得了意想不到的成功。演出二十三场,观众达两万人。尽管当时演出缺点漏洞很多,由于这个剧本思想性强,人物性格鲜明,情节生动,引人入胜,却掩盖了那些缺点。同时,由于演员刚进城不久,情绪饱满,对剧中所描写的生活和人物很熟悉,演起来得心应手,生活气息浓厚,这也是受到欢迎的原因。

我们今天又演出这个戏,首先,每一个参加演出的人都想用自己的体会与实践来证明《在延安文艺座谈会上的讲话》的正确、伟大。虽然我们做的还很不够。在排练中，各方面给予很大的支持，只是曾经产生过一个问题：戏的结尾，赵钢父子又去打仗了。有人提出为了适应今天观众的心理，是否改一改，比如改为部队驻扎三天，让夫妻父子享享团圆之乐。我想，几千年前，大禹曾"三过家门而不入"，也有"先天下之忧而忧"的，何况我们是如实地反映了历史的真实，并且提高为艺术的真实，因而就没有改。（**侯金镜**：应当表现当时人民群众的精神面貌。要那样改，主题就会受到影响。）

我们从舞台上看到两个主人公的命运，明显的"成长"是石头。同时体会到石头的未来是赵钢，赵钢的过去是石头。舞台效果是两个人物合而为一，互相补充，互相发展的。一个是被迫于阶级敌人盲目的出走，一个是被迫于民族敌人有目的的参了军，两个人物都有一股"倔"劲儿，"仇"大，要报仇。怎么报仇？必须在党的领导下，组织起来，通过革命斗争报大家的仇。组织纪律问题，当时提出是为了打大仗。打出去，四海为家。而这跟农民的思想是有矛盾的，这个主题是通过父子性格的冲突体现出来的。铁柱妻也是成长中的人物，第一幕第一场是忍耐，甚至是向地主乞求的农村妇女，茫然地送丈夫走了，她甘愿等待……。经过十年的磨练，有了思想变化，又不得不送儿子走时就是有目的的了。虽然还是等待，信心和希望却增强了。到最后，与丈夫、儿子相见后，再送他们走时，对胜利就有了坚定的信心。这个人物有着中国被压迫的劳动妇女坚忍的高尚品质。经历过多少苦难，但生活使她逐步认识到好日子还在后头，被压迫人民一定会解放。

解放战争已经过去了十三年，抗美援朝战争也过去了九年。对今天的青年来说，戏里所反映的生活是陌生的；而我们过去打过仗的人，现在也感到那段生活有点遥远了。因此这个戏使我有熟悉历史，认识时代，不忘记过去的意义。当时的官兵关系，军民关系，是那样的融洽无间，充分体现了"三八作风"。这对今天仍然有很大的启发作用。

今天的演出，能不能反映出当时的生活气息和生活风貌？这对我们是个很大的考验。希望丁里同志多在表导演方面给我们提些意见。

丁里：听了大家的意见，学习到不少东西，也想起了许多过去的事情。对于剧本，大家已经谈得很多，我就不多说了。

演出上，老刘所谈的，我都同意。从戏的演出中看到了战友文工团的好传统，浑厚、朴实，生活气息浓，没有装腔作势的东西，亲切动人。整个戏给人印象很深，很完整，路子很正。导演处理无论舞台调度、群众场面、布景设计比过去的演出都有新的发展和提高，很好，看了很高兴。

演员很好，老同志们不要说了；一些新的，年青的演员也都胜利地完成了任务。

有几处小地方，我感到不大满足，还不够强烈，不够鲜明，该突出的地方还应该大胆地使它突出一些。比如王一之饰演的赵老忠是很好的，但在服毒时——就在这一点上，我觉得太安静了。我想他在服毒以前是有斗争的，他是不甘心失败，又不能不承认失败；不愿意死，又不得不死的；如果把不甘心、不愿意描绘得浓一些，就更动人心魄了！

再一点，就是当铁柱要同地主拼了的时候，他刚要上前，老庆就拉住了他，好像还不够劲。是不是可以这样处理：铁柱猛地冲到地主面前，向地主逼进，地主往后退了两步，地主的儿子插上来，护住他的老子，同时把手伸向裤袋；这时，老庆早已把一切都看在眼里，连忙赶上来把铁柱拖回。这样可能会更紧张，更尖锐一些。这一切仍然是在很快的节奏里完成的，如果把时间拖长了，那也就不合适了。这当然是要请导演来考虑的了。

戏到第二幕营部，铁柱再出场，已经事隔十几年，他在各方面都成长了，是个干部，但农民气息还要浓一些。这是一。其次，我想假如能在第一幕为他设计一些特有的习惯动作，到第二幕再出场时，虽然发生了很大的变化，但又使观众能一眼就看得出"这就是铁柱"，可能会更好些。

李炎所演的教导员，同意大家的意见。我只是觉得他在跟铁柱谈家事这一节戏中，应该多一些关怀。我觉得有些戏，过去有的效果，今天淡了，如教导员喊通讯员"搞水喝呵！"那时听起来味儿很足。类似这样的问题，是今天观众水平提高了，还是过去的东西简单了些呢？我没有想清楚。（**刘佳**：这跟生活有关系，过去看起来听起来亲切的语言，现在有些效果却得不到。）大概是这样的。如《十六条枪》中的"独一撅"，一般青年就不懂，那是过去造的只能打一发子弹的手枪，一发打响之后，退出壳来才能再上另一发，现在演出，观众不懂，效果就不大了。

铁柱和教导员谈到过去生活时的心情是怎样的呢？（**刘佳**：很激动，很沉重，但没有形之于外，所以后来他把话岔开了。）其实石头走过的那一段，他也走过。他的激动，不要使人感到好像又回到原来的状态，应站得高一些。情绪应该有所不同。（**刘佳**：他应该是以当时的觉悟水平看过去的。）就是，如我们自己现在回忆过去的事，就不会跟当时的感情一样了。

有人说林韦的戏，动作不够贯串。我觉得没有这个问题，她演得很好。但是，还应该更"热"一些，她是受苦受难最深的，丈夫、儿子都参军了，她还在"身世飘摇"。她说梦的时候，跟仓婶子谈到八路军、送儿子参军，心里要再火热一些。——多么希望丈夫还活着，这就会更动人。

这次换了很多新演员吧，等于重排，费劲很大是不是？（**刘佳**：有很多是新的，也有几位老同志。如葛振邦、林韦、李炎、王一之等都是在 1950 年就演过的。胡朋倒是第一次演这个戏，不过她因为正在拍《槐树庄》电影，排得很少。）仓婶子这角色演得好！心直口快，是个非常热心肠的老大娘。

我看石头演得也不错。那些演战士的演员和饰伙夫的胡宗禄，我觉得都演得很好。

整个戏的语言比过去有进步，没有怪腔怪调，但节奏性差一些。拖腔拿调，固然不好；但说话太像日常生活了，就会有不足之感了。

舞台上要不要第四堵墙，说法不一。我觉得重要的是处处要为观众着想。现在光线有时暗了一点。就是全场需要暗时，也还是可以把聚光灯用起来，如第一幕，林韦在锅台边时，顶上的荫蔽灯就用得好，一定要让观众看清楚。

后面群众场面处理很好，比过去强烈的多，调度比过去复杂，从烧房子、群众混乱中，逐步突出仓婶子、赵妻，搞得很好！后来赵妻要打地主，激动得没有打下去，群众上去替她出气，都很好。

战友文工团同志们最大的特点,就是始终没有脱离生活,经常下去,这是极宝贵的。希望这个戏能多演,对今天的青年是有极大的教育意义的。

侯金镜:这次音乐、戏剧、美术纪念演出和展出,帮助我们回顾了二十年来走过的道路,也启发了我们思考思考今后的工作。我有一点小小的感触:帮助青年一代了解历史、了解革命斗争历史不能忽视。不能深切地了解历史,特别是中国近代史,就不能深切地理解今天的生活,不能完全知道革命胜利果实的可贵。而且,把革命历史中艰苦残酷的斗争,正确地告诉青年们,能够鼓舞他们,坚定他们的革命意志,使他们在困难中百折不挠。二十年来,我们描写革命历史的好作品不少,并且还有好多同志正在写。戏剧是不是也从这方面对青年的一代多做些工作?《战斗里成长》已经上演了。《冲破黎明前的黑暗》描写了最残酷的历史年代里,军队和人民之间切不断的那种浓烈深挚的感情,像井台会那一场是多么动人啊!《战线南移》里面的那些英雄,国际主义精神的发扬达到了忘我的程度,战胜困难的革命英雄主义的气概,也是饱满又强烈。《李国瑞》里的政治工作人员,以心换心,帮助团结各种各样的人,哪怕是对于李国瑞那样的落后分子,也能找到开心的钥匙,唤起他的革命荣誉感、进取心,为革命贡献更多的力量。刘佳同志,请你们把这些戏都当做保留节目,排练出来,每年都演出若干场,所起的作用是没法用数目字做估量的。譬如我,最近又看了一次《战斗里成长》,我所想的,不只是农民由自发的反抗走向自觉的革命,而且从那历史生活里面想到,现实生活永远是个大熔炉,每个人都得到千锤百炼,而那使熔炉燃烧起来的动力,是党,是党对每一个人的严肃而又亲切贴心的教导。

读胡可《习剧笔记》的笔记

陈恭敏

史料解读

　　史料原载于《剧本》1963 年第 9 期，为一篇读后感。该文分为两个部分，第一部分指出胡可同志把人民生活放在首要地位，论述了生活感受、思想认识和艺术经验之间的相互关系：艺术家对生活的观察、体验、分析和研究是伴随着艺术思维全过程的，从广义上来说，生活中的一切都是创作的源泉；从狭义上来说，无论是生活源泉还是题材的选择都受着不同形式、题材、观念等的制约。第二部分就《习剧笔记》的戏剧构思、人物塑造、矛盾冲突和解决冲突的方式展开论述。

　　该史料是对胡可总结的戏剧经验的评论，比较全面地论述了胡可在戏剧取材、构思、冲突设置、戏剧语言、戏剧的民族化、大众化等方面的经验和做法，对胡可使用"戏剧纠葛"这一表述代替一般意义上的戏剧冲突给予肯定。

原文

　　最近读了胡可同志的《习剧笔记》（解放军文艺社 1962 年出版），受益颇多。这本被胡可同志自谦地称作《习剧笔记》的戏剧论文集，总共不过五万字，由八篇不长的文章集结而成。行文质朴、论述切实。其中大多是作者长期生活实践与创作实践的经验，有不少精辟独到的见解和切中时弊的评论。全书贯串着对毛主席文艺思想的深切体会，并认真探讨了戏剧反映生活的特殊规律。

学习了胡可同志的《习剧笔记》以后，怀着兴奋与感激的心情，写下了这篇读《习剧笔记》的笔记，以进一步就教于胡可同志和前辈。

一

作者在全书中，根据毛主席对文艺工作的指示，把深入火热的群众斗争生活放在首要地位。对"生活是创作的源泉"作了深刻的探讨，论述了深入生活与思想改造的关系；思想改造与生活积累的关系；生活积累与艺术经验的关系等一系列重要问题。

作者认为体验生活虽然只是创作的准备阶段，但在深入生活的过程中，艺术家不同于一般人的地方，就在于他对生活的观察、体验、分析和研究，不可能不伴随着艺术思维。作者的结论是："我们生活的过程，不能不是生活感受、思想认识和艺术经验互相交融的统一过程……这三者并不是在作者执笔写作的时候才开始结合的，当作者在生活中开始提炼材料的时候，它们已经在结合着了。"

作者对创作第一阶段具体特点的研究，正是以这一结论作为指导线索的。他分别论述了这三个方面及其互相渗透、互相推动、互相制约的关系。

毛主席说："作为观念形态的文艺作品，都是一定的社会生活在人类头脑中的反映的产物。革命的文艺，则是人民生活在革命作家头脑中的反映的产物。"

人民的生活是文学艺术的"唯一的最广大最丰富的源泉"，它蕴藏着无穷无尽的创作原料。但这丰富的原料不经过勘探与开采，不经过提炼与概括，是生产不出精神产品来的。这第一步的工作就是对现实的调查研究。

胡可同志所说的调查研究，不是指的那种直奔戏剧题材而去的单纯采访，而是高尔基所说的研究作为整体的现实。这一点非常重要。因为现实生活的任何一个局部，都和总体发生千丝万缕的联系，同时，还提出既调查现状，也调查历史，因为历史经过现在走向未来。这个提法是十分全面的。

胡可同志在论及生活感受（体验）时，把生活积累和思想改造联系起来，并提出了一个很精辟的论点：

"在生活和创作的不断循环当中，我开始发现了一点道理。那就是，有些显然为创作而搜集来的材料，往往并不是最可贵的创作原料，而真正支持着自己的作品的，使人看着有点意思的部份，原来正是自己在生活中亲自观察和体验到的、深深触动了自己的感情的事物……这时候，我就清楚地看到，那些一向被自己看作是思想感情收获的部分，原来对于创作正是最有用的。"（重点是引者所加，下同）

他据此归结出这样一条经验："把生活的过程理解为受感染的过程和受教育的过程，比起单纯地理解为搜集写作材料的过程，也许反而更有助于创作。"

对现实作总体的研究、把深入生活的过程当作受教育的过程，冷静的分析和热情地参与火热的群众斗争，这就是胡可同志对深入生活的结论。是作为一个革命的文艺家对待生活的正确态度，也是获得创作源泉的根本道路。然后才谈得到艺术经验和深入生活的方法问题。

否认艺术经验对于发掘和提炼生活素材的重要作用是不对的。对于剧作家来说，要通过戏剧形式表现生活，重要的条件之一就是要善于从生活中找到戏剧的因素。生活中的万事万物，哪些是戏剧应该和可能表现的，需要有艺术的眼光和艺术的经验。有生活经验而缺乏艺术经验的人，就像"没有采过矿的人，不能准确地发现矿苗一样"。

生活是创作的源泉，但是不是所有生活中一切都能成为创作的题材呢？从广义说，这一切无疑都是剧作题材的源泉。但从狭义来看，却又并非如此。从生活源泉到题材的选择，既受着不同文艺形式和特性的制约；还受着每个作家不同生活观点和艺术观点、不同生活经验和艺术经验的制约。胡可同志深知艺术特性和创作规律的真谛，对此作了透辟入里的阐述。

他写道："对不同的作者来说，即使同样的客观事物，所产生的反映，所积累的素材，也不可能是相同的。使这一个作者感到兴趣的方面，另一个作者可能无动于衷；被另一个作者视为珍贵的材料，对这一个作者也许毫无用处。每个作者都根据自己的艺术嗅觉，寻找着自己的题材……不是任何题材都可以被任何作者所掌握的。题材的形成，总是在作者本身经历的基础上，渗透着作者的立场观点，他对生活的全部感受和理解，以及他的性格和艺术趣味等等这些主观因素的。"

胡可同志批判了把创作神秘化和简单化的两种倾向。前者否认生活对于创作的决定意义，把创作视为脱离现实的纯主观精神的产物；后者否认文艺创作作为一种精神劳动的主观性质，认为文艺题材与作家的观点无关，从客观现实所获取的素材的价值，即可决定作品的成败。这两种倾向，表面看来好像是互相对立的，究其实质，两者都否认了思想改造对创作的重要意义。

二

在体验生活的阶段，作家就已经开始了片段的艺术构思和情节设计。戏剧由于受着舞台空间与时间的严格限制，因而要求有严谨的结构。胡可同志认为结构在整个创作过程中占着十分重要的地位。切不可在构思不成熟之前，仓促动笔。"袖手于前，始能疾书于后。"（李笠翁语）

作者写道："情节——人物关系的变化，必须具有尖锐的、集中的、引人入胜的性质。戏剧的这种特点，使得剧作者的构思，不能不首先把生活中那动人的有意义的事实材料，提炼为戏剧纠葛。"

作者用戏剧纠葛这一概念代替一般所说的矛盾冲突，是有他的道理的。因为并不是生活中的一切矛盾冲突，都可能提炼为戏剧纠葛。戏剧纠葛所表现的是"人物的命运和人物的关系"。在进行戏剧结构时，他主张"从那使我俩感受深切的现实材料中，首先理出一个以人物关系为红线的戏剧情节（本事）来"。戏剧在表现人物命运和人物关系时，要善于抓住生活中某种独特的不寻常的性格和事件，给人物寻找一个最能显露性格的处境。"不寻常的境遇、尖锐的人物关系、有趣的纠葛……可以激发出有力的行动、引出人的语言，从而有助于人物性格的深刻揭示"。

戏剧构思的过程，也就是安排性格与性格之间的纠葛形式与纠葛的解决方式，通过性格的典型化与典型的冲突，反映不同社会力量之间的矛盾和斗争，揭示现实革命发展的内在过程和历史趋向，从而表达作家的思想意图。

什么是不寻常的性格和事件呢？我理解不寻常并不一定是反乎常情、怪诞不经的事。胡可同志说的是戏剧特性所要求的戏剧性的人物、纠葛、境遇与人物关系的戏剧性变化，是指那引人入胜、令人深思、动人心魄、激发情感的个别的独特的事物。戏剧正是"通过个别事物来窥见生活的普遍真理"的。

胡可同志写道："观众喜欢看的是百岁挂帅而不是百岁养老，是十二寡妇征西而不是十二寡妇上坟，是武松打虎而不是武松打狗，是木兰从军而不是木兰出嫁，是穷棒子办社而不是穷棒子借债……"

我认为胡可同志对戏剧纠葛的解释，特别值得重视，可以说真正抓住了戏剧的特殊规律，对当前剧作中常见的"情节一般化"的毛病，找到了它的根本症结所在。这一部分还有很多精辟透彻、发人深思的分析不一一征引了。作者对于"传奇"所作的分析，也是富有启发性的。同时，为了避免混淆，他特别举出白毛仙姑的故事为例，这件奇闻发生在抗日战争的晋察冀边区。这件事的戏剧性曾引起很多人的兴趣，但当时只看到它那破除迷信的意义。只有当剧作家真正熟悉了农村阶级斗争，和千百万受苦农民有了生死与共、休戚相关的感情，才可能写出后来的《白毛女》，通过白毛女的独特命运，概括地表现了中国农民的痛苦与希望，残酷的斗争与坚强的意志。

戏剧有其特殊的规律，必须深刻地掌握它，但这特殊的规律，正是为了揭示社会发展的根本规律，掌握前一个规律只是一种手段，而揭示后一个规律才是我们的目的。

戏剧结构常常遇到的第二个问题是写人与写事的关系。对这个问题，胡可同志在《习剧笔记》一书中，用了不少篇幅进行分析研究。

作者引用毛主席的话："革命的文艺，应当根据实际生活创造出各种各样的人物来，帮助群众推动历史前进。"强调指出文艺的首要任务是创造各种各样的人物。戏剧也不例外。一切服从于创造人物，一切通过人物形象加以表现。

在现代剧创作中，确实存在写人和写事的矛盾。正如胡可同志指出的："一方面力求创造出性格鲜明的人物形象，一方面又希望报道出某些真实事件的过程。"这种把人物和事件平列地"兼顾"，很多剧作者都有过失败的经验。在我们现实生活中，各条战线每天都要出现丰功伟绩，出现历史的创举，出现有重大意义的事件。剧作者满怀热情地用戏剧形式把它表现出来，这原是应该的。但如果陷于铺叙事件过程，而丢掉了创造丰功伟绩的人物，就只能成为事件的记录或新闻报道，而恰巧不能表现出时代的精神面貌。我们提倡写重大题材，是既包括事件也包括人物创造的，而且人物应该始终占据中心位置。所以就不是提倡写人物，反对写重大事件。而是要正确解决人物与事件的从属关系。产生写人与写事的矛盾的另一个原因是戏剧不同于小说及其他文艺形式，它需要有一个中心事件，不能只有细节和场面。即李笠翁所谓为"一人一事"而设。现代剧作，不完全遵循戏曲的结构原则，也常用多人多事的多层结构法。但仍然要有中心事件将其他线索扭结成有机的整体。有的戏剧理论书籍又常常把情节解释为"事件的体系"或"事件的组合"，也是造成写人与写事发生矛盾的理论上的原因。

针对这个问题我认为胡可同志提出这一看法是值得注意的："我们不满足于仅仅从事件的过程本身来发掘它的意义，而渴望表现那创造这种事件的人物的性格所展示出来的时代的风貌和道德力量，以及性格和性格之间的关系所显示的丰富的社会内容。"

直接从事件中发掘主题思想，这是一种作法，透过典型性格和性格冲突来揭示社会矛盾，体现主题思想，就又是一种作法。前者是一种简单化走捷径的办法，因为事件经过几次调查采访就可以熟悉它的过程和缘由；而后者却要求真正熟悉各种人物，洞察其思想、感情和心理过程。

那么，表现人物就不需要事件了吗？人物性格和性格之间的纠葛，离开特定的事件又如何表现呢，这里又涉及到对戏剧中的"事件"的正确理解。胡可同志回答得非常好。他说："所谓事件正是从不同的人物间的关系（矛盾）中发展出来的……细想一下，难道表现角色间性格的分歧、意向的冲突、各种品质的抵触等等……不能称之为事件么？从另一方面讲，难道当活生生的人物去从事某一行动，所谓表现事件发展的时候，他的台词又可以不带有他的性格特征么？"

直接从新闻事件中去发掘主题，而丢掉人物去铺叙事件过程。用这种方法写出来的剧本，还常常引出很多麻烦，譬如"与主题有关与无关"、"正面表现与侧面表现"等等，事实上，那些铺叙一个战役、一项发明、一次运动、一种政策……过程的戏，总是求全不全。"有关"人物的写得太少，"无关"人物的又写得太多，事件的过程得到了正面表现，而人物就只能看到一个侧面或是表面了。我自己就写过这样的剧本，也长期为此困惑不安，找不到问题的症结，读了胡可同志的分析，领悟了至今还不十分明白的一些道理。

胡可同志在这本书中，还详尽地讨论了戏剧语言和话剧民族化群众化等重要问题，其中不但包含了作者本人的创作经验，也包括了他严肃认真地学习戏曲传统的心得。不但意见十分可贵，很有参考借鉴的作用；特别值得学习的是他处处以毛主席文艺思想为指导，深入钻研专业、虚心探讨问题的治学态度。在剧作家探讨理论问题还没有形成一种风气的情况下，在我们十三年来，现代话剧创作的丰富经验还缺乏专著加以理论总结的情况下。胡可同志作为我国创作现代话剧的优秀作家，以他的经验编集而成的这本戏剧论文集，是特别值得重视的。我这篇文章所作的粗略介绍，见薄识浅，一定有很多体会不深，甚至理解错误的地方。只是为了对这本书作一番推荐罢了。

第六辑

赫哲族戏剧

本辑概述

本辑收录了十一篇史料，这些史料分别发表在《人民日报》《黑龙江日报》上。

《人民日报》于1962年3月4日报道了哈尔滨话剧院将开始公演我国赫哲族的第一出话剧——《赫哲人的婚礼》的信息。随后，《黑龙江日报》也发布了黑龙江文艺界组织《赫哲人的婚礼》座谈会的报道。会上，大家根据"百花齐放、百家争鸣"的方针对这部戏剧发表了评价。首先，对其主题、题材、语言、创新精神和舞台设计表示了肯定。其次，提出了五点意见：历史背景展现得不够充分，风格不够统一，语言不够统一，有的人物性格发展得不合情理以及结构比较松散。最后，大家在主题、题材、创作方法，以及"依玛堪"在剧中的运用上存在争议。

关于座谈会中谈论到的主题争议，在本辑文献中探讨的次数较多。高枫、刘庆生、艾若、方浦认为本剧通过对两个制度下婚礼和爱情的对比，突出了主题——"旧社会要赫哲人死，新社会让赫哲人生"。其中，方浦虽然也持传统观点，但认为本剧的主题不够明确的根本原因在于作者没有弄清楚两个问题：一是旧社会为什么要赫哲人死，新社会又为什么要它生；二是旧社会怎样让赫哲人死，新社会又怎样让它生。除主题上的争论以外，对前后两章脱节问题的谈论也比较多，艾若认为第二章无论是从人物性格还是从风格上看，都与第一章的差异较大，第一章节奏紧凑且充满诗情画意，充满激情与浪漫主义色彩；第二章则比较平实、松散，而一部完整的作品风格应当是多样统一的。金满麟在学术随笔中指出剧中人物在第一章和第二章里表现得判若两人，且第二章在结构上与前一章迥然不同，若两章能采取相同的结构形式，就会使全剧和谐统一起来。杨世祥则从戏剧冲突的角度反映了这一问题，表示戏剧中缺少贯穿的戏剧冲突。冲突不连贯实际上是因为没有一个贯穿全剧的完整形象，使得任务行动的背后缺少逻辑。

至于本剧在其他方面的不足，程思三、史连章、祝平分别从三个不同的方面进行了讨论。程思三的论文称本剧为"散金""碎玉"，认为剧作的主题和事件、现实主义和浪漫主义、戏剧冲突和抒情性之间都存在着矛盾，造成这一问题的原因是剧作者一方面一味地追求莎士比亚式的浪漫主义风格，没有考虑自己的作品与莎士比亚的作品之间的区别，另一方面是只注重对英雄人物进行历史的诗的概括，没有注意到事物内在的逻辑联系。史连章指出了本剧采用了古典小说章回体的结构方式，这种小说结构与话剧结构相结合的做法使得剧作者在调节两种文体结构矛盾上所做的节制笔墨的努力反而带来了交代上的不清和脉络上的不明。祝平从人物塑造的角度表明剧中没有突出地刻画出几个鲜明的人物性格，例如许望云这一角色，作者赋予许望云的个性化语言和动作不多，因此角色人物个性不够鲜明，其原因在于作家推动剧情、揭开矛盾依靠的是"伊玛堪"这个形式，而不是人物性格发展的必然逻辑规律，此外与人物过多、过于分散也有关系。

本辑赫哲族戏剧研究主要集中在对乌·白辛的话剧《赫哲人的婚礼》的专题研究上。该剧作为赫哲族的第一部话剧备受评论界重视，本辑史料针对其主题、题材、民族特色及创新精神给予高度肯定，并指出其存在主题不集中、风格不统一、结构较松散等问题。总体上来说，学界对《赫哲人的婚礼》的讨论充分，观点比较全面。

需要说明的是，《赫哲人的婚礼》是赫哲族剧作家乌·白辛的作品。该剧从"伊玛堪"中借鉴了大量的元素，但本辑评论中只有一篇谈及了该问题。

哈尔滨演出赫哲族第一个话剧

史料解读

史料原载于《人民日报》1962 年 3 月 4 日，为一篇综合报道。

原文

哈尔滨话剧院在 3 月 1 日开始公演我国少数民族赫哲族的第一个话剧——《赫哲人的婚礼》。

这个话剧以赫哲族的发展历史为题材，由这个民族的自己的剧作家乌·白辛编剧的。剧作家在这个话剧中，以较大的艺术概括力，把赫哲族从几乎灭亡到兴旺成长的历史，通过典型事件和艺术形象，生动地再现出来。这个话剧共分两章八回，前一章叙述本民族的苦难命运，后一章描写解放后的幸福生活，对新时代、新社会和民族团结大家庭进行了热情的歌颂。全剧民族生活气息浓厚，在艺术表现形式上有着独特的民族风格。

赫哲族居住在黑龙江省的松花江、黑龙江和乌苏里江三江汇流的沿岸，是我国人口较少的一个民族。过去，赫哲族在清王朝、军阀、日本帝国主义的残酷压迫下，受到严重摧残。到 1945 年解放时，整个民族人口只剩下不到三百人。从前他们吃的是鱼，穿的是鱼皮，住的是地窖和破船。现在，赫哲族同全国的其他少数民族一样，跨进了社会主义的新时代。他们有了自己的学校、保健站和供销社，生产发展，生活过得安定而美满。现在人口已经发展到七百多人。

在党的培养教育下成长起来的赫哲族剧作家乌·白辛 1960 年以来曾多次到自己的故乡去，用较长时间深入生活，搜集材料，创作了这个剧本。

省市文艺界座谈话剧《赫哲人的婚礼》

——贯彻"百花齐放、百家争鸣"方针 促进戏剧艺术的繁荣

史料解读

　　史料原载于《黑龙江日报》1962年3月23日第1版,为一篇综合报道。该报道详细记录了黑龙江省及哈尔滨市文艺界人士在话剧《赫哲人的婚礼》座谈会上发表的主要观点。座谈会上,大家对该剧的成就给予了充分肯定,认为其主题鲜明,题材独特,创新精神可贵,语言凝练而富有诗意,舞台美术设计成功。同时,与会者也提出了一些批评意见,认为该剧在历史背景的展现上不够充分,风格和语言还不够统一,部分人物性格发展不合情理,结构比较松散。此外,还有一些尚待研究探讨的问题,如主题是否集中、题材与创作方法是否一致、民族化与群众化问题等。

　　相关座谈会不仅对话剧《赫哲人的婚礼》进行了深入讨论,也为戏剧艺术的繁荣与发展提供了有益的思考。

原文

　　本报讯　话剧《赫哲人的婚礼》在哈尔滨上演以来,得到了省市领导和各方面的重视与关怀,剧协黑龙江分会、哈尔滨市文联和黑龙江日报编辑部,曾先后组织三次座谈会。会上,大家对这个剧的成就作了充分的估价,同时也根据党的"百花齐放、百家争鸣"方针的精神,提出了一些意见。讨论中,有些问题看法

比较一致，也有些问题尚待进一步研究、探讨。大家认为，这个剧值得肯定的地方是：

一、主题好。它说明了旧社会要赫哲人死、新社会让赫哲人生，热情地歌颂了党的民族政策。

二、题材好。剧作反映的是我国少数民族中人数最少的赫哲族的斗争和生活，题材本身具有重大的意义，有鲜明的民族特点和黑龙江地方特色。

三、创新精神可贵。作者在创作上不拘一格地进行了一些大胆的尝试。

四、不少语言凝炼而富有诗意。

五、舞台美术设计比较成功，美，又富有黑龙江地方特色。

大家对这个剧提出的意见主要是：

一、历史背景展现得不够充分，清朝、民国、伪满等反动统治对赫哲人政治上的压迫与经济上的掠夺，反映和交代得不够。

二，风格不够统一，第一章浪漫主义色彩较浓，第二章又偏于写实。

三、语言不够统一，部分是凝炼的诗的语言，部分又是缺乏提炼的语言。

四、有的人物性格发展得不合情理，如毕克依斯加的行凶。

五、结构比较松散。

此外，还有一些尚待研究、探讨的问题是：

一、有人认为主题不集中，剧中婚姻那条线没有很好地服从民族矛盾冲突的开展，许多主要情节都是和主题游离的，乌定克和阿尔姑尼亚之死、毕忠胜又死金兰等等。有人又认为主题是集中的而且是深刻的，作者在概括主题时所采取的新旧对比的方法，收到了鲜明、突出、强烈的效果。剧中的爱情线，不仅没削弱主题，相反倒是主题的丰富，因为它既富于浪漫主义色彩（这种浪漫主义渗透在人物性格中），又反映了当时的社会本质。

二、有人认为，作者选取的重大的、流血的题材和他所运用的浪漫主义的创作方法，在一定程度上是矛盾的。这样巨大的流血的题材，就不应该是诗情画意的，但是作者却过多地追求了诗情画意和浪漫色彩，以致使一些情节与主题游离。如当日本人要灭赫哲族的时候，金星不去杀日本人，反要杀喜凤；包桔和库尔卡玛临死时不要求人们为他们复仇,反要人们为他们的婚礼祝贺等等。有人则认为题材和创作方法是一致的。包桔和库尔卡玛的结婚就进坟墓,是"生不同衾死共穴"的反抗,金星和喜凤的矛盾,乌定克和阿尔姑尼亚的未能结合,都是统治者压迫的结果。如果说创作方法是诗情画意的,那也是血和泪的诗情画意。

三、在民族化与群众化问题上,有人认为,作者运用赫哲族特有的"依玛堪"说唱形式,是很好地承了自己民族的艺术传统,并且大胆地吸收了一些戏曲、电影的表现手法,使人感到既新颖又亲切。有人则认为,"依玛堪"的形式是好的,但要看怎样运用,剧中那些不断地回叙、倒插,往往使初看的人搞不清剧情的究竟。传统的戏剧结构是直叙,故事有头有尾,人物、事件清晰明了;群众化的首要一条是让群众易于理解和接受,而这个剧就恰恰不是这样,有些地方反倒觉得"欧化"。至于戏曲身段的运用是否合适、合不合话剧艺术的规律,也值得进一步探讨。

座谈会还对历史真实与艺术真实、人物性格的塑造等方面进行了热烈的讨论,对剧本的进一步加工也提出了一些可贵的意见。

参加座谈会的有省市委宣传部、省文化局、省市文联和黑龙江日报等单位的有关同志;有省市文艺界、省委统战部、省民族事务委员会的同志:巴波、王志超、王瑞云、支援、仇戴天、左谊、刘青、刘中波、刘长安、任愫、关松年、汪秉坤、李书年、李赤、李安恒、李束丝、李默林、陈树新、周文博、周艾若、罗平、金剑、徐基述、张松年、张惠婷、高枫、陆连明、倪正华、隋书金、黄益庸、程思三、冯刚。

对主题的几点浅见

高　枫　刘庆生

史料解读

　　史料原载于《黑龙江日报》1962年3月30日第3版，是一篇观后感。该
史料对《赫哲人的婚礼》剧本的主题进行了讨论，认为剧本使用的艺术对比
手法和戏剧情节，有力地表现了赫哲族人民由死亡到新生、从地狱到天堂的
主题思想。首先，指出"伊玛堪"与戏剧表现手法的结合基本体现了作者的
思想意图；其次，通过对剧本情节的具体分析，论述情节安排与主题思想之
间的关系；最后，指出了剧本艺术手法上的不足。

　　该史料对人们进一步理解话剧《赫哲人的婚礼》的主题思想有一定
帮助。

原文

　　《赫哲人的婚礼》是赫哲族剧作家白辛同志根据本民族发展的血泪历史，写
成的话剧。从这个剧本的创作，我们看到作者具有对现实生活高度的艺术概括
能力，剧本通过鲜明的艺术对比手法和典型的戏剧情节安排，有力地表现了赫
哲族人民从死亡到新生，从地狱到天堂的主题思想。热情地歌颂了党的民族政
策的伟大胜利。

　　作者基于要表现赫哲族近三百年斗争的历史和民族发展的命运，借用了赫
哲族人民特有的喜闻乐见的说唱艺术形式——"伊玛堪"，并在话剧艺术的基础

上,有机地吸收了一些电影和传统戏曲的表现手法,突破了舞台空间的限制,基本上体现了作者要表达的思想意图。

帷幕升起,随着老歌手古驼力的歌声,舞台上展示出一幅在寒风瑟瑟的秋天,赫哲族人民被日本统治者囚禁在完达山沼泽地带,濒于全族灭绝境地的画面。在这一规定情景中,作者选择了两个典型情节:赫哲族老人铁树在临危中摔碎了鸟笼,放出了心爱的百灵鸟,让它自由地在天空飞翔;包桔和库尔卡玛在垂死时结成了夫妻,从而形象地表现了这个民族生活的愿望,强有力地揭露了日本帝国主义灭绝人性地对这个民族的摧残!

日本帝国主义摧残赫哲族人民,民国政府也不例外,为了揭示这段历史和事件,古驼力又在唱述"伊玛堪"解除金星和喜凤爱情上的矛盾时,叙述了赫哲人在民国政府的政治压迫和经济掠夺中的悲惨遭遇:

> 乌苏里,向东流,淌着多少泪,
>
> 飘着多少愁,一个浪头,一汪泪,
>
> 蓝蓝的流水,一江愁……

在这个情节里,作者以乞勒儿这个人物代表反动衙门、官行对赫哲人民的迫害;毕忠胜在走投无路时又死自己的妻子金兰,也正是揭示了他们那种宁死不屈的反抗性格。赫哲族的英雄乌定克,血战三江杀退清兵,激励了赫哲人杀敌报仇的热情;后来乌定克被叛徒射死,阿尔姑尼亚抱着他投入江中,也是对恶势力的反抗。

剧本中关于婚礼和爱情的描写,如包桔和库尔卡玛临死前的结婚;乌定克和阿尔姑尼亚的爱情悲剧;金星和喜凤在爱情上的矛盾和这种矛盾的解决;第一章里垂死的婚礼,第二章的《江上婚礼》等等,正是通过在两个制度下婚礼和爱情的不同对比,突出地表现了旧社会让赫哲人死,新社会要赫哲人生这一主题。

通过上面分析,我们认为这些情节的安排并不是支离破碎与主题游离的,作者正是为了突出剧本的主题思想,而在赫哲族三百年的历史中,选择了这些典型的戏剧情节,并把它概括、集中、贯穿在一起,完成了剧本创作的最高任务。

此外，关于剧本主题是否集中的问题，有的同志认为剧本的第一章是敌我矛盾，第二章是人民内部矛盾，没有集中地突出表现一个主题思想。我们认为有的剧本，作者在安排戏剧情节和矛盾冲突的开展上，可以是通过人物的贯穿动作和反贯穿动作两条线索的发展，揭示剧本的主题，完成剧本的最高任务，但也可以是几个矛盾交错着进行和发展，使戏剧达到最高潮，从而完成剧本的最高任务。话剧《赫哲人的婚礼》就属于后一种。作者要歌颂党的民族政策的光辉伟大，歌颂党从危亡中挽救了赫哲人是其一，更重要的是通过第二章，歌颂今天赫哲族人民的幸福和繁荣，生产的发展和生活的提高。其中捕获大蚂哈鱼；渔网破旧，影响生产的发展；党的具体帮助，汉族人民的支援，金星和喜凤爱情上矛盾的解决；毕克依斯加单干等等情节发展产生的矛盾，都是作者为了正确表现主题思想而安排的。当然，作者在艺术表现方法上，进行大胆尝试的时候，也难免不有缺点，如结构比较松散；历史事件多；剧中没突出地划出几个鲜明的人物性格；抗联游击队指导员许望云在赫哲族地区出现使人觉得突然；对单干户毕克依斯加的处理也欠合理等。以上就是我们的一些浅见，提出来供大家讨论参考。

新颖多采 画意诗情

——话剧《赫哲人的婚礼》观后

艾 若

史料解读

史料原载于《黑龙江日报》1962 年 3 月 30 日第 3 版,是一篇观后感。本文详细介绍了读者喜爱《赫哲人的婚礼》这个剧本的原因。本文指出,话剧《赫哲人的婚礼》主题深刻,通过新旧社会的对比,揭示赫哲族的命运变迁,展现了共产党领导下赫哲族的民族新生。该剧成功地塑造了赫哲族的独特性格,体现了其威武不屈、乐观向上的民族精神。该剧风格新颖别致,创造性地将赫哲族的"伊玛堪"舞台化,使得章回体结构与诗情画意相融合,为话剧欣赏带来了独特的审美体验。同时,作者也提出了对该剧的一些改进意见,如第二章在主题表现、人物性格塑造和风格统一上还有待加强。

整体来看,这篇史料展现了《赫哲人的婚礼》在艺术表现上的独特魅力和价值。同时,该史料也体现了观众和文艺界对该剧的关注和期待。

原文

走出剧场,一种收获的欢悦填满心窝。我省话剧花坛上开放出了一朵鲜艳茁壮的奇葩,赫哲族同胞获得了第一个用话剧艺术表现自己斗争历史的篇章!

我们喜爱这个剧本,因为它表现了一个深刻的主题:旧社会置赫哲族于死地，要灭绝这个民族；新社会引赫哲族到天堂，可说是一步跨越几千年。清朝反动统治者的十数次围剿，军阀时期的敲骨吸髓，无恶不作，日本在东北统治时的企图杀尽灭绝这个民族，民族的与阶级的迫害一朝接着一朝，一代接着一代，赫哲族始终过着一种灾难深重、水深火热、极其贫困落后的原始部落式的生活。特别是日本帝国主义统治东北的年代，鬼子怕赫哲族同胞通抗日联军游击队，怕他们骁勇善猎，怕他们那种不可以欺辱的反抗性格，千方百计想把这个民族斩草除根。假若不是共产党毛主席派来的救星引导他们踢开地狱的牢门，走向通往天堂的新路，这个民族的结局是不堪设想的啊！剧本真实地反映了这个民族只剩下三百多人，濒于灭亡，而被共产党挽救，从而简直是一步登天地走向了兴旺的新生之路的历史事实。这是一个多么富有社会意义的深刻的主题！

我们喜爱这个剧本，因为它形象地体现了这个民族的独特性格。又正是通过这一独特性格的刻划，不是说教式地而是形象地，不是一般化地而是具有独特风格地表现了这个主题的深刻性。作到了恩格斯所说的"倾向应当是不要特别地说出"，而是"让它自己从场面和情节中流露出来"。而这些场面和情节，又都新颖多采，生动感人，凝练深刻，充满了作者的激情与浪漫主义，英雄乌定克大败清兵，被叛徒射死，阿尔姑尼亚用嘴叼出箭头，反射一箭，处死叛徒，抱住情人双双跳入江中的一场；毕忠胜用鱼叉叉死自己心爱的妻子，宁死也不受屈辱的一场；被骗吃过放了毒药的橡子面，偏要庄严地举行婚礼双双走向墓地的一场；这些，是多么深刻地表现了这个民族那种威武不能屈、贫贱不能移的百折不挠的反抗性格，是多么感人地表现了这个民族视死如归的乐观主义精神，是多么鲜明地表现了这个民族的质朴、刚毅、顽强、坚贞！而这一切，又体现得这般凝练且光彩焕发，像一颗颗闪烁光辉的水晶珠子。赫哲族作者所独具的激情，化成了能够在自己的阅历中选择最典型的题材与构思最深刻的情节的敏捷才思，然后产生出如此凝练深湛而又新奇多采的生活画面。这时也就不仅有了较深刻的革命现实主义，而且必然交融之以浪漫主义。情节的个别性也就有了它更为深刻的普遍性。比如入洞房就是进墓地的场面，不仅不使人感到不真实，反使人感到更真实。因为不如此不足以体现出那种"生不同床死同穴"的顽强性格与乐观精神。一部文学史告诉我们,充分的乐观主义、理想色彩与强烈的精神状态,是离不开积极的浪漫主义的。作者总是把浸透了自己激情的理想,渗进其全部构思、情节、人物性格当中去。这样的构思、情节、人物性格,当然打动人心,不容易从人脑的印象中悄悄溜走。

我们喜爱这个剧本,因为它形式风格新颖别致。这是一种富有创造性的形式,载歌载舞,花样翻新。在吸取中国戏剧程式上,在揉和歌舞身段上,在采用外国戏剧中某些表现手法上,都是一种可喜的尝试。经过演出证明是一种基本成功的尝试。作者力求作到风格上的多样而又统一的美。不禁使我想起上海的《小刀会》、北京的《蔡文姬》,而如今哈尔滨又新添了一曲《赫哲人的婚礼》!特别是在运用赫哲族所特有的"伊玛堪"的形式上(据说赫哲族多会唱"伊玛堪",它是一种可以即兴唱来的抒情诗的形式,咏史事,歌人物,都很自由。它最善于用来回忆过去,对比今天。"赫尼娜,赫尼娜",只要"赫尼娜"唱开头,下边可以随便唱什么),也创造性地把它舞台化了。"赫尼娜"的歌声伴随着古驼力老人帽沿上那支洁白、灵验、智慧而又充满意志的大雁毛的指点,一幕接着一幕,看来可以随便唱什么接什么,但作为一个完整的剧本,作者已经使章与章、回与回之间用一根红线穿了起。这根线就是过去的灾难与今日的新生的先后对比,就是民族精神的一脉相承:在古驼力老人的身上,明显地畅流着清代,一身正义,不屈不挠,也是头上插着一根大雁翎毛,会编"伊玛堪"的他的高祖伊拉布的血液;在乌金星的身上,也可以看到一些他高祖、民族英雄乌定克的气质。

第一章三个折子(我把这三回看成三个情节与人物完全不同的精美的折子戏)和最后一章,既可以分开独立成篇,又可以串为完成一剧,就如同《水浒》小说及其剧目一样。经过今后的不断演出,加工修改,我想,这一特征将更加鲜明地表现出来,这就有待于众人的培植了。(有人说这种结构是可增可减的,此话如果指不断加工而言,那是对的;否则,就不见得,不信增加一折或减少一折试试,是行不通的。)

我们喜爱这个剧本,还因为它是诗剧,充满了诗情画意。既然是"伊玛堪",就必须是诗的语言,诗的意境。作者正是这样安排剧情结构,塑造人物性格,设计人物语言的。情节的凝练多采与浓烈动人，极富诗意；结构的更迭于"依玛堪"的节奏之中，极富诗意；每个场面清明简洁的布局，极富诗意；古驼力老人的风度，乌定克与阿尔姑尼亚的爱情，以至于婚礼中的赞词等等，无不都是极富诗意的。请看这样的语言："托着金珠的人，心也是金的！""啊唧，这个人的心也该是金的！"再看：

"乌苏里，向东流，淌着多少泪，飘着多少愁，一个浪头，一汪泪，蓝蓝的流水，一江愁……"以及那首印在说明书上对党和毛主席的"顶礼"，整个剧本的语言，难道不是浓缩、提炼、美化了的，尽力抛弃了许多自然形态的烦琐的语言的诗歌之剧吗？这一诗剧难道不是话剧舞台上迫切需要的一件稀有品种么？但愿歌舞剧院、地方戏剧都改编上演，当更能收到彼此推动、提高剧本的效益，我想。

因为爱之深切，要求也就深切。对这个剧，感到在第二章上，还有一些值得商讨的问题。从主题看，第二章固然与第一章形成了鲜明的天堂与地狱的对比，新生与垂死的对比；但是，地狱比天堂写得充分、深刻、淋漓尽致，垂死比新生写得浓重、浑厚、富有色彩。这就出现了畸轻畸重的现象。使人觉得，悲壮的气氛十足，而欢乐的情绪还可以大大加强。这样，主题才能更强烈一贯，才能在第二章中给观众以继续发展的感觉。从人物性格看，第二章的乌金星是比较丰满的，但也还可以有更多的性格上的发展。如果说他是民族英雄乌定克的子孙，那么，乌定克身上的英雄气概，在乌金星身上应该有着更多的时代特色，更为丰富的内容：如坚毅、顽强、果敢、有为。在社会主义建设事业的斗争当中，有着更为雄伟的气魄、出众的才能、顽强的斗志、坚定的信念。人物要有更多的主动，而不要过多地纠缠在与喜凤的爱情之中，否则就显得不刚强了，这是与此人性格相悖的。他不是神仙，即便有为，也可能受骗，因而仇恨自己心爱的人。但在仇与爱的交织中，他必须表现得有办法、果敢，不失其为英雄之本色。这就不必拿着刀子去杀她，又转而软瘫在大树旁边了。——这里我不感到有戏，反而感到有些不自然。似与人物性格，甚不相衬。至于古驼力老人，在第二章里，也没有更多性格上的发展。这个智慧的老者应该在新生活中有着更多的风趣、幽默,尤其是他所代表的这个民族的乐观主义精神;在对待社会主义事业上,忠心耿耿,老当益壮,斩钉截铁,谁也动摇不了他那坚定诚挚的信念。从风格上看,由于上述主题前后两个方面的畸轻畸重,和人物性格的缺乏足够发展,加上题材上的由敌我冲突,转换成人民内部的矛盾,与第一章的风格是迥然不同。第一章充满了激情与浪漫主义色彩,第二章则比较平实。第一章凝炼,浓烈,充满诗情画意,三折色彩不同,但也浑然一体;第二章则比较松散,甚至存在不够精炼之处,诗情画意也清淡些。虽然都是"依玛堪"中的章节,风格色彩应该多样,但作为一个完整的剧本,风格的力求合一也是必要的。只有多样,缺乏一致,则失之零乱;只有一致,缺乏多样,则失之寡味。唯是多样的统一,既光彩焕发,又融合一体,既有分,又有合,才算上乘。

我们希望话剧院对这个剧本不断加工,多多演出。文艺界重视这个剧本,大家都关心本省作家的创作活动。各种意见,议论纷纷,这真是一种好现象,好形势。观众更是喜爱这个剧本的新颖动人,就像笔者这样实在不懂话剧艺术规律的人,也不禁为《赫哲人的婚礼》的演出而欢呼!

《赫哲人的婚礼》主题商榷

方　浦

史料解读

史料原载于《黑龙江日报》1962年4月4日第3版，为一篇商榷文章。作者方浦对话剧《赫哲人的婚礼》的主题提出了自己的看法，认为主题提炼不够，导致结构松散、情节零乱。本文首先引用王汶石关于主题提炼的论述，强调主题在艺术构思中的核心地位，并以此为依据，认为该剧的主题虽然被解释为"旧社会让赫哲族人死，新社会让赫哲族人生"，但这一主题并未很好地贯穿全剧，导致人物、事件、情节分散，尤其是前后两章脱节，使剧本未能形成一个有机的整体。随后，作者进一步指出，剧作者在展示赫哲族在旧、新社会的不同命运时，未能深入挖掘社会政治原因，使主题显得肤浅。此外，作者还质疑了剧本中的婚姻和爱情，认为这些情节虽然精彩，但与主题分离，未能有效地服务于主题的表达。

整体来看，史料对《赫哲人的婚礼》主题的批评，也是对该剧的一种深度思考。

原文

《赫哲人的婚礼》是一出好戏，看完以后，颇为兴奋。其优点有些同志的文章都已谈过，我不再重复，这里我只想就它存在的一个问题谈点意见。

看完这个戏，大概不少人都有这个感觉：剧的结构有些松散，情节头绪纷繁、零乱，有些地方看不大懂，如果你没有耐性，甚至会看不下去。剧本为什么会产生这毛病呢？我以为这跟它的主题没有很好提炼、不够明确有很大关系。

为了讨论方便起见，我觉得简单地说明一下什么是文学作品的主题还是必要的（这个基本概念不弄清楚，就会缺乏共同语言，各执一词，无法讨论。），我手头恰好有王汶石同志的《漫谈构思》一文，作家就一般作品的艺术构思，结合自己创作经验，谈到主题提炼在整个创作中的重要地位，谈得非常好，而且有些话好像就是针对我们要讨论的剧本说的，虽然长些，我还是忍不住要把三段原文抄摘下来以飨读者。他写道：

把政治倾向性和强大的艺术感染力结合起来，艺术构思要解决主题思想、人物性格、生活背景、矛盾冲突、事件选择、情节安排等等一系列问题；而提炼主题是艺术构思的中心环节，是中枢神经，是从内部联系各方面的纽带。只要抓住主题思想这一环，其他许多方面，就会依着它的要求，合乎生活逻辑地被提起来，明确起来；主题思想的每一次深化、变动，其他那些方面，也必然跟着变动和深化起来。有些作品在写作过程中，写着写着，配角变成主角，主角变成了配角。有些人物退出了作品，有些原先没想到的人物闯进来了，情节故事也出现了新的变化，有些原来想好的很得意的章节被排出作品去了，有些根本没想到的章节揭开来了，这都是主题提炼加深、变动之后跟着而来的各方面的变化。这是写作中的自然现象；相反的，完全照当初想好的结构，按部就班写出来的作品，倒是十分罕见的。

谈到主题提炼怎样支配艺术构思的全部过程，他写道：

作者（指杜鹏程写《铁路工地上的深夜》和柳青写《创业史》——引者）面对着铁路工地或农村合作化中的无数事实，要想把它们在文学上表现出来，就必须找到那根贯串这一切人物、事件的内在意义的红线，否则，那满地的珍珠，就不能有机地配合起来，成为一个光彩夺目的艺术品。常常因为没有探索出生活事件的深刻思想意义，我们虽然有了大量的素材，它们还是静静地堆积在生活仓库里动也不动，鼓不起创作冲动；有时即便想写它，也鼓不起劲头。可是，当我们一旦明白了它的内在意义，获得一个深刻而新颖的思想，找到了主题，情况立刻就不同了。思想的火光一旦燃起，所有的生活事实、细节，都被通统照亮，活动了起来，向主题思想的光点聚集，各找各的位置，各显各的面目；一个作品的轮廓就明显起来，形成起来。所谓主题思想，都是从现实生活中提炼出来的，是对生活事件本身所蕴藏的社会政治思想意义的认识和提炼，同时，它又是和作者的世界观密切联系的。

一部作品我们说它主题不深刻，王汶石同志认为：

> 并不是说作者在作品没有注意政治性，而是说，作者的思想政治倾向，没有成为作品的灵魂、血液、神经，在作品的各个部分流动，成为作品的内在的力量和真正的生命。

（载《延河》1962 年第 1 期）

关于作品的主题，王汶石同志谈得够清楚的了，这里我只想再强调两点：一、主题的深刻与否要靠作家去挖掘、提炼，跟题材的重大意义不同；有重大意义的题材，不能保证作品有深刻的主题。二、主题既然是作品的灵魂，作品的一切人物、事件、情节、矛盾冲突、细节描写便都应该从属于它，为表现它而存在，这样才能使作品构成一个完整的艺术品。《赫哲人的婚礼》所以存在人物分散、结构松懈、情节零乱的毛病，正因为主题提炼得不够，没有成为吸引各个方面使之成为有机的整体的中心。

话剧《赫哲人的婚礼》的主题，据我知道的有两个解释：一个是，"表现了赫哲族人民从死亡到新生，从地狱到天堂"；另一个是，"旧社会让赫哲人死，新社会让赫哲人生"。这两个解释都见于高枫、刘庆生二同志的《对主题的几点浅见》一文（载《黑龙江日报》3 月 30 日）。我同意后一个解释，前一个解释过于笼统。主题是作家对他所表现的生活的认识，不是作品的内容，它应当是高度概括的，但又不能过于将就，正如《白毛女》的主题，是"旧社会把人变成鬼，新社会把鬼变成人"，而不能说它是表现"喜儿从死亡到新生，从地狱到天堂"一样。因为照前一解释实际上所有描写赫哲人新旧社会生活的作品都可以算那样主题了。

假定我们对剧本的主题没有理解错的话,要在剧本里表现它,我觉得有两个问题是必须要弄明确:一、旧社会为什么要赫哲人死,新社会又为什么要它生?二、旧社会怎样让赫哲人死,新社会又怎样让它生?剧本主题不明确,我以为首先也是主要的就因为剧作者在这两个问题上思考得不够,没有从社会本质意义上对它作出明确、深刻的回答,并让它成为一条内在的红线自始至终贯串在剧本的一切方面。

所谓旧社会,剧本里具体写了压迫赫哲人的三个反动统治者,即清王朝、民国反动政权和日本帝国主义。这三个反动统治的所属的阶级和社会制度是不同的——所以它们对赫哲人的压迫,就应该在原因上、方式上也有所不同,而戏剧情节的是否典型,首先应该是看它是否从本质上揭示了这三个反动统治者在当时的社会历史条件下对赫哲人的摧残,和赫哲人如何进行反抗,以及它揭示的深刻程度来决定的。

但是,剧本是通过怎样的戏剧情节来表现这三个反动统治者对赫哲人的迫害和赫哲人的反抗的呢?在第一个情节里,诚然,剧本描写了清兵对赫哲人的侵犯,但构成这个戏的主要冲突的并不是清兵和赫哲人之间的矛盾,而是英雄乌定克和阿尔姑尼亚要求婚姻自由而克翁克反对他们自由结合,硬要乌定克跟姚不兴阿的女儿圆房,这个矛盾引导和决定了主要情节的发展,而它的本质意义则在于反对克翁克的家长统治。至于清兵的进犯和叛徒姚不兴阿的暗箭杀害乌定克等情节则是从属于上述这个主要矛盾的,而且事实上,这个情节里占据舞台中心,最感动观众,给观众印象最深的,也是乌定克和阿尔姑尼亚二人在爱情上的忠贞不屈,他们抵抗清兵的行为只是作为他们解决爱情上矛盾的一个机会,起到丰富他们性格的作用。这个情节没有深刻地揭示清朝反动统治者为什么要残杀赫哲人的社会政治原因,因此跟剧本要表达的旧社会让赫哲人死这一主题就产生了相当大的距离。第二个情节,剧本以乞勒儿这个人物代表民国反动政权和官行对赫哲人的敲骨吸髓的掠夺和迫害,毕忠胜在走投无路时宁可亲手叉死自己的妻子金兰,也不愿让她被乞勒儿带走,这个情节对主题的揭示是鲜明有力的,因此具有相当的典型意义。第三个戏剧情节描写赫哲人吃了日本人的毒药,整个民族濒于灭绝的危险,他们要想尽办法使没有中毒的人逃出完达山的沼泽地带,最后,来了抗日联军、党的代表许望云,把这个民族从死亡中解救了出来。构成这个情节的冲突的是日本人让赫哲人死,党则把赫哲人从死亡中救了出来,它对主题的表达是最充分的。但是,这里也有两个问题:一、日本帝国主义为什么要毁灭赫哲族整个民族? 剧本的回答是,许多赫哲人联系抗联游击队,反抗日本帝国主义的压迫。但这种回答是比较抽象、简单的,作为一个艺术作品,剧作者有责任通过具体生活的描写,通过对主题的提炼,把生活揭示得更充分,更深刻,更令人信服,也就是如王汶石同志所说的,要找到事件的深刻的内在的政治社会思想意义。构成这个情节的基础的冲突既然是一个民族毁灭另一个民族,那么剧作者在提炼主题时便不能不从民族问题来考虑它。我们党为什么如此重视赫哲人的命运,一定要冒一切危险把他们从死亡中救活,并在以后引导他们建设社会主义呢? 根本原因也在这里。可惜的是,剧作者似乎只在描写党对赫哲人的关系时想到了从民族的角度去处理它(事实上当然还不是在处理每个情节上都是如此的,如对毕克依斯加的入社不入社问题的描写上就缺乏从这个民族的特殊点上去考虑。),而在描写日本帝国主义要毒杀赫哲人时却忽略了它,这样就势必影响到作者对前一章主题的进一步挖掘和提炼。二、日本帝国主义毒杀赫哲人,我们党挽救赫哲人,既然是前一章的主要冲突和情节,其他两个情节就应该从属于它,跟它发生内在的有机联系。而事实却不如此。正如有的同志说的,前一章实质是互相独立的三个折子戏,它们中间假如说有联系,那也是外在的。毕忠胜反抗乞勒儿这个情节,人为痕迹尤其明显。赫哲人差不多全都中了毒,面临着整个民族生死存亡的紧要关头,金星和喜凤这一对青年人却在闹婚姻纠纷,古驼力也花那么大的精力和时间唱一段"依玛堪"解决它,何况金星和喜凤的婚姻纠葛老早就已存在,并非从这次事件所引起,在这样的规定的情景中,这样的安排显然是不符合人物当时的思想感情的。古驼力的这段"依玛堪",虽然解决了金星和喜凤之间的误会,而对戏的主要冲突却关系不大,并没有把主要情节向前推进一步。由此可见,这个情节跟主要情节间不是有机的联系。

在第二章里,剧本的主题是要表现党要赫哲人生。为了完成这个主题,剧本必须着力描写党是怎样要他们生,而有哪些反动力量又顽固地阻碍他们生,戏剧的情节应该从这一个根本性的冲突引出来,并为了表现它而存在。但事实上剧本所安排的情节却不全都是这样的,有的则仅仅拐弯抹角地接触到主题。把所有这些问题如鱼网撕破,影响生产;金星与喜凤的爱情纠葛等的解决,全都包容在党使之生的"生"字里,它的范围未免太广泛了,太笼统了,其结果就必然造成主题的不够明确和情节线索的不够清晰。

剧本还有一个最明显、也是大家普遍感到的一个问题是前后两章的脱节,看起来简直象截然不同的两个剧本。为了解释这个问题,剧作者仿照"依玛堪"的形式给这个戏由分幕分场改成两章八回,但这样解释是不能令人信服的,因为这个戏尽管吸收了"依玛堪"的表现手法,但它无论如何还是戏,戏的特点和规律不能改变,吸收"依玛堪"的表现手法只是为了更好地表现内容,丰富话剧的表现手段,而不是取而代之。既然是戏,那么,我们就必须从戏的特点和规律出发,要求它的前后两章一定得统一。

为什么前后两章不统一呢?我以为关键仍在主题上。"旧社会让赫哲人死,新社会让赫哲人生"这个主题本身本来应该是统一的,旧社会与新社会、死与生不仅如高枫、刘庆生同志所说的是手法上的对比——这种外在的联系,而且是一个矛盾的两个方面,对立的统一,它们互相联系,又互相冲突,而剧本在表现时,却把它们完全割裂开来了,前一章表现主题的前一半,后一章则表现主题的后一半,一个主题分成两半,因此,剧本看起来也就使人感到成了两个。

应该说,剧作者写的时候是感到剧本前后两章分割的问题的,并作了一些努力来弥补,除了上面说的,形式上标上"两章八回",让大家不要从戏的角度要求以外,还在人物的继承性上想了办法,例如乌定克、乌哈力、乌金星这三个人物在血缘上的关系和英雄性格的继承,这种努力是好的,但因为这三个人物的继承关系没有通过统一的情节表现出来,他们的行为跟主题有游离,所以对前后章以至整个戏的联系和统一所起作用不大。如果不仔细研究,甚至这三个人物的继承性观众都不大能看得出来。

高枫、刘庆生同志认为《赫哲人的婚礼》的主题集中，并且在解释这集中时说，这个戏"几个矛盾交错着进行和发展，使戏剧达到高潮，从而完成剧本的最高任务。"我不同意这样的说法。这个戏确是有几个矛盾，而且它们也是交错着进行和发展的，但问题在于这样的交错是有机地结合，还是外在地拼凑。其次，任何一个戏都不只一个矛盾，总是有几个矛盾交织在一起，但这决不是说这些矛盾互相平行，不分主次，而是其中有主、有次，次要的要服从主要的，那么，《赫哲人的婚礼》的主要矛盾是什么？其他次要矛盾又是怎样服从主要矛盾的？如果不是如此，如我上面所分析的，又怎能说这个戏的主题是集中的？

这个戏还安排了许多婚姻和爱情的情节，甚至可以说，它自始至终都没离开这方面的描写，即使在全民族面临死亡的时候，剧作者也给安排了一对垂死青年的婚礼，让他们把新房安置在墓穴里。这样处理虽然多少可以表现出一种反抗精神，但它到底是无济于事的。我们看到过去许多作品也写了婚姻问题，通过它来揭露封建社会的等级制度和资本主义社会里的金钱统治，因为那些作品是通过个人婚姻问题来揭露社会的本质，而《赫哲人的婚礼》却把它作为一个民族求生存的手段，二者之间有本质的不同。正因为剧作者对婚姻问题与民族生存问题的关系在认识上的不够明确，所以剧本里有些关于婚姻、爱情事件的描写常常跟主题有游离状态。这个剧的主题是有意义的，但不是如艾若同志所说那样"深刻"，而是还可以作进一步提炼和挖掘。有许多情节确实很精彩，但是因为主题不够明确，而造成了剧本的"散"和"乱"。有人评价这个剧本是散金碎玉，我很同意。

《赫哲人的婚礼》摆脱了目前话剧创作中的一般化倾向，无论在内容和艺术表现上剧作者都作了些新的尝试，剧作者是有才能的，这个尝试也应该得到支持。但这毕竟是新的尝试，独辟蹊径，其中难免不产生一些问题，也许因为我太喜欢它，所以提的要求就可能过高、过严，以至脱离实际，说了许多很可能是完全错误的意见，希望得到同志们的指正。

散金和碎玉

程思三

史料解读

　　史料原载于《黑龙江日报》1962 年 4 月 4 日第 3 版,为一篇论文。本文讨论了《赫哲人的婚礼》存在的不足。首先,认为剧本的主题和事件、现实主义和浪漫主义、戏剧冲突和抒情诗之间存在矛盾。其次,就剧本冲突为何不能令人信服提出自己的观点,认为剧作者在构思戏剧冲突时,许多地方离开了现实生活本身的逻辑性。最后,认为剧作者没有揭示戏剧矛盾的内在有机联系,没有把主题、事件、人物、现实主义、浪漫主义之间的内在联系寻找出来。

原文

　　看完话剧《赫哲人的婚礼》,非常兴奋、愉快,当时我甚至沉醉在戏的气氛中,对这个剧本产生了相当喜爱的感情。

　　但是,当我稍稍清醒一下,细细咀嚼的时候,我发现该剧存在着许多问题。

　　首先我认为这个剧的主题和事件、现实主义和浪漫主义、戏剧冲突和抒情诗之间都存在着矛盾。帝国主义和一切反动派都要铲除这个民族,共产党却在江底的淤泥里捞出一颗铮亮的金砂——这就是这个剧本的主题。这种霞光闪闪的主题,应该说是一块最好的金子、最美的碧玉,但可惜的是已被作者敲散、打碎! 第一章中日寇、反动的清政府、民国年间的军阀对赫哲族的残杀和迫害,应该说使冲突性达到了任何剧本所没有的尖锐程度，如莎士比亚的悲剧，尽管男女主角为了爱情在血泊里倒了下去，也没有这一冲突这样残酷巨烈。因为那是个人的死亡，这是一个民族的生死。这样巨大的冲突，作者的任务应该是激起观众对清朝、民国等反动统治和日本帝国主义的深刻仇恨，就像观众对《白毛女》中地主黄世仁那样（观众在台下直喊打，甚至有的拿石头向黄世仁身上掷）。但是，作者却用了结婚这一事件来表现主题，并且不是通过结婚这一事件和主线激起人们的仇恨，相反是通过民族的斗争表现了生死不离的爱情。下面我们就第一章里三个回忆片段分析一下：第一个回忆片段——这个民族绝大部分人吃了日本鬼子的毒药，垂死的新郎新娘——包桔和库尔卡玛在船上结了婚，默默地走进自己的墓地；他们在临死前想到的不是复仇，而是婚礼，死前连一句消灭日寇的话也没有。这会给观众一种什么情绪呢？我想决不会燃起观众仇恨的怒火，决不会使观众想到要立刻消灭日本帝国主义，如果有也是比较轻微的，而主要的是觉得一对恋人刚得到幸福，幸福又立刻消逝。甚至于会使人们觉得人生的幸福是多么值得留恋呵！这种昙花一现的幸福是多么宝贵呵！这里确实存在着副作用。第二个回忆片段，也是以爱情为主线，民族斗争为副线构成的。英雄乌定克和阿尔姑尼亚的爱情贯穿在整个片段中，他们要结成伴侣，叛徒却要把自己的姑娘嫁给乌定克，破坏他们，这样就形成了爱情的纠葛，这个纠葛是怎么解决的呢？是清兵来惩罚这个民族，这个民族的领袖经过再三的动摇，后来不得不指派乌定克带领人马去对清兵作战，让他带罪立功，后来叛徒用箭射死了乌定克，阿尔姑尼亚则回他一箭把叛徒射死，最后，阿尔姑尼亚抱着乌定克投入江中。这一切都说明他们为了爱情同统治者斗争，为了爱情而战斗而牺牲在一起。如果在这里有的观众提出问题：为什么在清兵还没有完全被击败以前（应这样说，因为战场上叛徒暗刺，都是在利用混战的时候才不容易暴露）她不去继续战斗而先去牺牲？那么这个问题只能解释为她主要是为了爱情。第三个回忆片段也是如此，毕忠胜叉死自己的妻子金兰，是为了不让她落到军阀的警官手里，这场戏可以说没有表现出军阀时代军阀和这个民族的冲突，而只是表现了那个警官和毕忠胜私人之间的冲突。当然，通过个人的冲突本来是可以表现民族与民族、阶级与阶级的冲突的，正如黄世仁摧残喜儿，表现了地主阶级和贫农的冲突一样，只要作者把题目引向主题的方向就完全可以作到。但这场戏作者并有这样作，没有交代清楚像《白毛女》中的赵大叔所说的"刀把子在人家手里攥着"这个问题。不但如此，古驼力老人唱述这段回忆也是为了吹散金星对喜凤的仇很的乌云，因为金星想要杀死热爱着自己的喜凤，当他回述完这段事情的原委后，金星果然化仇很为爱情了。观众看完这段戏，心里解开一个疙瘩，于是想："金星。这回你不应该杀死喜凤了吧！这回你应该热烈地爱她了吧！"这就是说，归根结底这段回忆还是为了爱情。从上面分析，我认为实际上第一章里爱情的主题占了主要地位。

提到一章三回，我们就想到金星和喜凤的爱情，就是这一剧本的主线，也是从头贯穿到底的唯一线索。而这条线又有好几处不合情理：喜凤吃了毒药，待天亮就要死去，为什么这时金星还想在她身上扎上一刀以解仇恨？况且又在整个民族亦因服毒而将灭绝之时。这个缺点是比较严重的。类似问题，如喜凤的爸爸毕克依斯加当亲生女儿即将死去时连问都不问一声，却跑到江边死人堆里去发洋财。这样处理当然不能说作者在构思过程中有什么小资产阶级的思想倾向，但是作者却忘记了自己所赋予剧本的基本规定情境。作者想在艺术作品中追求莎士比亚式的浪漫主义风格，却没有具体分析莎士比亚笔下的规定情境和作者所需要的规定情境从现象到本质、从形式到内容有什么区别。同时，作者只注意了给自己民族的英雄人物进行历史的诗的概括，而没具体注意到事物内在的逻辑联系，这就是造成上述缺点的根本原因。

因为剧本存在着主题和事件的矛盾，现实主义和浪漫主义的矛盾，戏剧冲突和抒情诗的矛盾也就随之出现了。全剧以爱情事件为主要线索，它破坏或冲淡了尖锐的民族矛盾，所以剧中的浪漫主义情调也就破坏或冲淡了现实主义精神。尖锐的民族冲突和革命斗争是血的残酷的现实，要通过爱情把这种现实美化起来是不可能的，血流成河的冲突，无法使它抒情起来，有的同志却生硬地带有幻想式地爱好这种抒情和美境，并且用美丽的词汇为这种冲突作牵强附会的解释，我觉得铁的现实和铁的逻辑会使这种解释前后发生矛盾的。我们对赫哲族的同情和对敌人的仇恨会使我们这种幻想式的解释成为泡影。

历来的文艺作品的浪漫主义就有两种：消极的和积极的。按理说，解放以后赫哲族人民从地狱走向了天堂，这是一个可以掀起幻想的波浪的金子的时代，但第二章却使人感到诗情画意没第一章那样浓。原因很简单，就是第一章，爱情和死纠缠在一起构成了第一章的抒情风格，举例来说，阿尔姑尼亚抱着乌定克投入江中时，天空出现一道彩虹，象征着他们俩"生不同衾死共穴"，这使人产生多少感情呵！这里有同情也有敬佩。有叹息也有仇恨，有反抗也有悲伤，有美丽的幻想也有无声的眼泪……总之，虽然他们终于获得了爱情，使人们敬佩他们的勇敢，但又使人觉得他们的幸福时光之短暂而感到悲伤。这两种对立的感情，就形成了一种带有消极的浪漫主义的色调。假若第一章没有把爱情和死紧紧连在一起，这种情调是不会产生的。为什么第二章浪漫主义的色彩没第一章那样浓厚？根本原因就在于爱情离开了死，并且和幸福紧连了起来。（附带说一下：作者为了浪漫主义色彩，有意识地尽量避免吃毒药和激烈的流血斗争场面在舞台上出现，也避免日本鬼子上场，这种避免是不应该的，是冲淡主题思想的。）

剧本中的冲突为什么使人不太相信？这是我想谈的又一个问题，我认为作者在构思戏剧冲突时，许多地方离开了现实生活本身的逻辑性。先说主线，金星和喜凤的爱情从头贯到尾，这条线有为了冲突而冲突的倾向，金星为什么要仇恨喜凤呢？作者为了通过他们的哥哥和姐姐的关系，说明民国年间的反动统治者对这个民族的摧残；同时作者也为了没有一条爱情主线贯穿下去，全剧就连系不起来。然而，这两点原因都有现实生活的依据。其一，要概括民国年间反动统治者对这个民族的迫害，只要古驼力把"伊玛堪"从正面唱一唱，就能激起人们对下毒药的鬼子的仇恨和斗争的勇气，并且自然地使前后连系了起来，用不着和金星、喜凤二人的爱情连系起来。其二，他们二人在爱情上的矛盾并不能连贯全剧，因为第一章中，金星不可能在喜凤服了敌人的毒药后再扎她一刀，同时喜凤瞎眼睛也不太合乎情理。我在多年的战争中，见过千千万万妇女，但从未见过一个妇女因为害怕战争的炮火而瞎了眼睛；也没有见过一个妇女，因为在战争中顾虑着什么,着急着什么而瞎了眼睛。这里我要插一个艺术创作的重大问题谈一下:任何好的作品,其主要事件和主要线索都必须有它的必然性,因为偶然性是非本质的,非典型的,偶然性不能说明剧本的冲突的历史的社会原因,只有必然性才能揭示清楚戏剧冲突的社会原因和典型意义。基于这点,我们说因为喜凤瞎眼而产生的爱情线索不是本质的,也没有典型意义。

此外,毕克依斯加扎金星一刀的事件更不其实,毕克依斯加完全没有下毒手的必要,因为这一问题比较明显,我就不具体分析了。

最后,关于形式问题,有的同志说这个剧看不太懂;有的同志说倒叙的方法不适于用在话剧上;又有的同志说"伊玛堪"的形式破坏了话剧特征……虽然这确实有问题,但都不是本质。那本质是什么呢?是作者没有具体分析戏剧矛盾的内在有机联系,没有把主题、事件、人物、现实主义、浪漫主义……之间的内在联系寻找出来。作者想概括这个民族三百年的历史;想歌颂他们之中的英雄人物;想歌颂党的伟大的民族政策;想运用莎士比亚悲剧的技巧和情调;想在民族化方面取得一些新成就;想戏剧的复杂纠葛……作者的感情和想象很丰富,但没有作到很好地分析和解剖。如果作者在认识这个剧的各种矛盾时,能分清性质、找出根茎枝干,那么不仅是三百年,就是五百年的历史也能概括进去;不仅能回忆、能民族化、能运用"伊玛堪"的形式,而且可以运用自如,决不会看不懂和杂乱无章,决不会一段一段穿不起来。同时作者也不会被美丽的形式诱惑住。总之,好的作品总是极度的主观热情和极度的客观冷静溶化起来才能产生。

剧本有没有优点呢?我说不少!我这些意见之所以比较尖锐,实在是希望作者能把这个作品改得更好,使它成为我们省和国内的优秀作品。我相信作者不仅有这种热情,而且也有这个才能。

略谈《赫哲人的婚礼》的结构

史连章

史料解读

　　史料原载于《黑龙江日报》1962 年 4 月 11 日第 3 版，为一篇评论。本文针对话剧《赫哲人的婚礼》的结构进行了分析与评论，认为《赫哲人的婚礼》采用了古典小说章回体的结构方式，但在使用这种结构方式时存在一些问题与缺陷。话剧受舞台演出时间和空间的限制，章回体小说则相对自由，因此两者在结合时产生了矛盾。剧作者在尝试解决这一矛盾时，采取了"留骨去肉"和"猜谜"式的办法，引发观众联想并适应舞台演出。但这些方法也带来了人物模糊、情节枯燥、交代不清和脉络不明等问题。本文认为，这种结构方式表明剧作者有庞大构思和话剧群众化、民族化的积极探索意识，但由于没有完全了解观众的要求，也没有认清小说与戏剧在表现手段上的差异，因此出现了观众看不大懂和两种结构方式互相抵牾的情况。最后，本文希望剧作者进一步研究章回体结构方式的运用，使内容与形式完美结合起来。

原文

　　话剧《赫哲人的婚礼》，体现了作者的庞大的艺术构思，和对党拯救赫哲族于死亡边缘的感激之情。可以说，剧中的古驼力就是剧作者的化身，通过他道出了赫哲族往昔的辛酸苦难和今天的幸福生活。一部赫哲族的血泪与新生的历史,在剧作者的思想感情上是一部完整的史诗。剧作者的饱满政治热情,使他敞开了胸腔,让观众全部感受着他所感受到的东西。与表达这种激情相适应,剧作者在创作中,把赫哲族特有的"伊玛堪"这种说唱文艺样式,同古典小说章回体的结构方式与传统戏曲中的某些表演程式结合起来,从而冲破了话剧创作的常规。像这样大规模的反映一个民族的漫长历史和博采多种文艺样式的表现手段的尝试,就必然引起人们的思索和探讨。作为一个爱好话剧的观众,在这里,想就《赫哲人的婚礼》的结构,谈一点认识。

《赫哲人的婚礼》的结构,采用了古典小说章回体的结构方式。这就是变一般话剧分幕分场的结构方式为分章分回的结构方式。这不只是一个称呼上的改变(假如这样,就没有必要了),而是剧作者从表现剧作的内容需要出发的。由于剧作的内容庞大,大故事中有小故事,故事中套故事,各有中心,相对独立,其不止为一人一事所设,意在多线发展和描写群像,这就与古典小说的章回体结构方式相接近,因而剧作者采用了这种结构方式。为了达到这个目的,剧作就在具体处理上,采取了章回体的详尽性与话剧结构的集中性相结合的办法,也可以说是采取了小说结构与话剧结构相结合的办法。在剧中,我们到处可以看到剧作者在调整两者的关系上,在解决小说与话剧两种结构方式的矛盾上所作的努力。剧作者的惨淡经营在此,其捉襟见肘者亦在此。

章回体是小说特有的结构方式,一部小说可以讲今比古,详叙春秋,海角天涯,任意遨游。作者不妨长长地写,读者也不妨长长地看,这在作者及读者已经成为习惯。但是若把这种结构方式搬到戏剧舞台上来,势必与戏剧的演出性发生矛盾。戏剧之为舞台的、为观众的特点,决定了它要受空间及时间上的限制,这种限制对于戏剧来说是无法摆脱的。(也不必摆脱,因为它又恰是产生戏剧效果的有力条件)在解决这个矛盾上,我国的传统戏曲是有好经验的。这就是,它不因求全而毁全,不把全本《三国演义》及《水浒》挤在一个剧本里,而是采取了截取其部分章回铺成一篇,或接连演出其全本的办法。我想,传统戏曲对章回小说的这种"化整为零"及"连零为整"的作法,是值得我们当做一条经验来吸取的。否则,剧作就必然要把两种不同的结构方式捏在一起,既想保留章回体的详尽，又拗不过话剧舞台的限制，因而使剧作摆脱不了那种左右为难的处境。在《赫哲人的婚礼》的结构上，我以为正存在这种既不忍删减头绪又不能延长演出时间的矛盾。

为了解决这个矛盾，剧作在不改变章回体结构的前提下节制了笔墨，用以缩减篇幅适应舞台的演出时间，这是一种"留骨去肉"的办法。表现为：新旧社会的沧桑变化、两对夫妻的死难、三对青年的婚礼以及合作化运动中的两条道路斗争等骨架——保留，只是割去了一些血肉。在这里，剧作者的笔倒有些吝啬起来，对那些应当着重渲染的情节反而轻描淡写，有如蜻蜓点水，浅尝辄止。也如一位长途跋涉的乘客，一路之上经过了无数个车站，中间虽有名山胜水，亦无暇登临；虽逢旧友，亦无暇畅叙，因为他在赶路，路也在赶他。我想，剧中的古驼力就像这样的乘客，他走过了清朝、民国、伪满的漫漫长夜，他走进了新中国的锦绣河山，但他走的有些快，有些直，也有些缺乏节奏；他唱的歌还不够悲壮，不够红火！古驼力那首"顶礼诗"是激动人心的，它应当成为古驼力的贯串情感，它不应当是《口占》和《信天游》式的即兴小唱，它应当是古驼力在漫长的历史道路上，从同胞的血泊中一字一字找到的；在许望云送来的种子袋里一字一字看到的；从工人弟兄送来的渔网上一字一字认清的；所有这些，又应该是在古驼力的心中一字一字温暖过的。这就是说，古驼力的"顶礼诗"应当在剧中化为更丰满的血肉，贯串古驼力的全部行动，这就是说，古驼力的"顶礼诗"就不单是一首诗，它应当是一张网，笼罩着两章八回的全部情节。我是多么希望剧作者先扎一管描天大笔，去详细描述古驼力那支洁白的翎毛，从而使这首可以作为主题歌的"顶礼诗"具有贯串性和强烈的戏剧性呵！遗憾的是，章回体的结构方式分散了剧作的精力，使得剧作不可能集中使用血肉。节制笔墨，固然适应了演出时间；但"有骨少肉"的情况，也就同时给剧作带来了人物上的模糊和情节上的枯燥！

为了解决这个矛盾，剧作也在不改变章回体结构的前提下，在描写上力求引起观众的联想，用以缩减篇幅适应舞台的演出时间，这是一种"猜谜"式的办法。表现为：剧中的人物可以突如其来，悄然而去；可以满怀心事，沉默寡言。

在这里,剧作有如摆出许多线头,让观众理其经纬,连成一线;有如摆出一张组字画,让观众寻其横竖,明其形义。包桔和库尔卡玛的婚礼的处理就是这样:婚礼就是葬礼;走向洞房就是走向墓场;既然不免于一死,那么为什么要结婚? 既然要结婚,那么又是怎么结法,又有些什么想法? 规定情境在这里安排了多么强烈的戏剧冲突;在这里有死的痛苦和生的追求;有对爱情的忠贞特别是对悲惨命运的反抗! 可是,包桔在这里只说"呈谢了"和"我们俩是称心如意了";库尔卡玛也只说"可我们活在一起呆不到老爷落了";同时,作为主婚人的古驼力,也在说着"白云,苍天为媒,大顶子山,白杨林子为证,古驼力来祷告:你们的情爱永世长青。"这一类在正常情况下主持婚礼时所作的祝愿。这就说明了人物的行动还没有紧扣规定情境,也说明了剧作有一种举一反三、引人联想的主观愿望。当然,举一可以反三,但是,"一"之未"举"起,又怎能在观众的想象里"反"出"三"来呢? 当然,许望云的突如其来,是为了造成剧情的奇峰突起,乌哈力的悄然而去,也为了造成观众的悬念,但也必须是来有踪,去有影,否则,观众就失去了想象的基地,不能展翅飞翔,就是再细心的观众,也很难在"一次过"的演出中,在缺乏指引的情况下用想象补充出被剧作省略了的内容来。我想,也是这种章回体的结构方式,分散了剧作的精力,使得剧作不能畅所欲言。让观众多用联想,固然适应了演出时间,但"猜谜"式的情况,也就同时给剧作带来了交代上的不清和脉格上的不明!

采用章回体的方式来结构《赫哲人的婚礼》,表明了剧作者的庞大构思,和对话剧群众化、民族化的积极探索,但由于剧作者还没有完全了解观众的要求,和没有完全认清小说与戏剧这两种文艺样式,在表现手段上进行交流时所需要的条件,所以,就必然会出现观众看不大懂和两种结构方式互相抵销的情况。

从观众的喜闻乐见出发,从话剧的群众化,民族化出发,热望剧作者进一步研究一下章回体结构方式的运用问题,连同剧作的内容重新考虑;热望剧作者的政治热情和创作才能,在内容与形式完美结合着的剧作中找到它的归宿!

《赫哲人的婚礼》人物塑造浅探

祝　平

史料解读

史料原载于《黑龙江日报》1962 年 4 月 14 日第 3 版，是一篇评论。该史料从人物形象入手，对《赫哲人的婚礼》中人物形象的塑造进行了分析。史料分析了主要人物古驼力、金星、许望云、毕克依斯加，认为剧中没有突出地刻画出几个鲜明的人物性格，认为人物性格不鲜明与作品的整体构思和人物过多、过于分散有关。

原文

看了话剧《赫哲人的婚礼》，印象是错综复杂的：你不能不由衷地喜爱这个剧本，但又感到明显的不满足；它强烈地激起了你感情的波涛，但在波涛过后，又感到留下的东西不多。我反复地思索，这是不是和作者在塑造人物上的成败得失有关呢？

如许多同志所指出的，剧本要表达的是一个巨大的主题："旧社会要赫哲人死，共产党要赫哲人生。"因此，作者就不能不对赫哲族三百年的历史进行高度的艺术概括。这个艺术概括的中心问题，不是如有些评论作者所说的是否采取"伊玛堪"的形式，以及分幕分场还是分章分回；问题的中心在于如何创造出能揭示生活本质的人物形象。因为作者所要表达的主题思想，和所要揭示的社会生活的各个方面，是要通过马克思所说的作为"社会关系总和"人的来体现的。

这已是大家一致公认的艺术创作的规律。但是,认识这个规律是一回事,在创作实践中得心应手把握这个规律,则又是一回事,凡是搞过一点创作的人,都是知道一些此中甘苦的。《赫哲人的婚礼》的作者对这个规律把握得如何呢？在回答这个问题之前,让我们还是先对作品中的人物形象作一些具体分析吧。

谈起作品中的人物,我们不能不首先提到"伊玛堪"歌手古驼力。这个在剧中被称为"赫哲族的精灵"的老人,是作品中的大梁中柱,是串起全部情节的一根红线(剧中对历史的大段回叙,正是在他的歌声里出现的)。然而认真说来,这个人物性格是不够深刻和不够丰满的。不是说作品中完全没有使人物迸发出性格光辉的细节和语言,这样的场面是有的,比如,大家在争论如何哺养铁树的孤儿时：

> 老陈忽地掣出刀子："如果我们汉族人的血能养活他,就让孩子喝我的血吧！"
>
> 古驼力一把拉住老陈："金星,快,给你老陈大叔跪下！
>
> "……金星,替咱们赫哲族人,替我,跟老陈叔叔说,话不在多,就这一句我们就知情了！
>
> "老陈,要是孩子喝血能活着,喝我的！"

短短几句话,使我们看到了这个赫哲老人的一颗剧烈跳动的、火热的心,使他一下子与我们十分亲近。作者不是要歌颂赫哲族和汉族人民的兄弟情谊吗？这样一个场面,比千言万语的说教有力得多了。但是可惜,这样的场面,在作品中不是很多,而是太少了。在第一章里,随着他的"伊玛堪"的歌声,大段的回叙常常把他挤到舞台的一角；不错,他是歌者,是用歌声来生活和战斗的；然而在这里他的歌声只起到了铺陈情节和解决矛盾的作用,而在情节的铺陈和矛盾的解决中,没有再显现出这个歌者性格的光辉。在第二章里,情况不同了,他不只是歌手,而且是乡长、是共产党员了。但是,无论在对待毕克依斯加入社的问题上,还是在发展生产与战胜自然灾害的斗争中,尽管出场的次数不少,他已不再是生活的漩涡中举足轻重的舵手了。在新的生活、新的矛盾冲突面前,他失去了曾经有过的光彩,只是他热爱党、热爱毛主席的一片赤诚,还不时感染着观众罢了。

再看金星。艾若同志的文章中对这个人物作了分析。我们似乎不应该越俎代庖，说这个人物性格应该如何如何；作者写的是赫哲族人的婚礼，当然也不能责怪作者去描写爱情。问题在于：通过爱情描写，作者所要塑造的是一个什么样的人物性格？我们看到出现在舞台上的这个被称为"豹子"的人物，除了爱情的坚定、执着以外，其他方面留给人们的印象并不深。尤其是在风暴、冰排一齐袭来的那个晚上，在生产情况那么紧急的情况下，他只影孤灯，在江边声嘶力竭地呼唤喜凤，结果不仅没有引起观众对他的同情，反而引起了台下的一阵阵哄笑，破坏了人们对这个人物命运曾经有过的关注。这恐怕是作者所始料不及的！

其他如对许望云、毕克依斯加等人的刻划，是取得了一些成就，但也仍然有许多问题值得研究。许望云在三个不同的场合、以三种不同的身份——游击队员、指导员、县委书记出现，人物性格是有了发展的，演员在表演上也比较确切地掌握了这个人物在特定情景下的不同气度和风貌，演来尚较真实可信；但作者赋予这个人物的个性化的动作和语言不多，因而人物的个性还不那么鲜明。毕克依斯加的性格倒是十分独特而鲜明，作者给予他的那些颇为生动的语言和细节，加上演员出色的表演，把这个人的贪婪、自私，刻划得入木三分。但是这个人物性格的最后发展——持刀行凶却不够合理。不是他不能向金星、"向社会主义"砍这一刀，这个在"死人堆里做买卖"的人，是干得出这样的事情来的，问题是中断了这个人物性格的发展。因为当资本主义的船被"捅漏了底"之后，所引起的绝不仅仅是他的懊丧和颓唐，而且必然有绝望和仇恨，如果作者认识并且着力刻划这一点，是不是能使毕克依斯加这一刀来得不那么突兀呢？

基于上述分析，我基本同意高枫、刘庆生两同志的意见："剧中没有突出地刻划出几个鲜明的人物性格"来。

剧本在人物塑造上为什么存在这些问题呢？我以为这和整个作品的构思有关。作家从生活中孕育了作品的主题。在创作实践中，这个主题是体现在人物性格之中呢？还是依靠一些个别地看来也许还精采、但却缺乏内在的必然联系的情节的堆砌？从作品的具体情况看来，是后者而不是前者。整个作品情节的展开、矛盾冲突的发展，不是围绕人物性格的发展而展开的。他依靠的是"伊玛堪"这个形式，而不是人物性格发展的必然的逻辑规律。第一章内历史的回叙，显然是为了说明清朝和民国的反动统治者对赫哲族的掠夺而安排的，作者这个意图当然很好，而且也的确经过了一番苦心经营，但毕竟对正确地揭示主要人物性格和推进主要矛盾——日寇要灭绝赫哲族，党要拯救赫哲族以及赫哲人民的反抗和斗争的发展关系不大，因而使人感到好像三个独立的折子戏。第二章里，生产上的困难——即人与自然的冲突占据了主要地位。这个冲突当然也是可以写的，但戏剧冲突的基础是性格冲突，人与自然的冲突所以能取得艺术上的意义，其本质乃在于如黑格尔所说的："因为自然灾害可以发展出心灵性的分裂，作为他的结果加以表现"（黑格尔：《美学》）。但作品中这一点又做得不够。金星与喜凤的爱情纠葛，使他们游离于主要矛盾——社员为战胜天灾而进行的斗争之外，不仅没有能正确地揭示他们心灵的美，反而在某些地方损害了他们的正面形象。以生产上的困难为背景，围绕着毕克依斯加入社问题而展开的毕克依斯加与古驼力、德胜、喜凤、联珠之间的矛盾，有不少精采之笔，但也由于有些情节不够合理，古驼力等在两条道路的斗争中表现无力，而未能达到揭示主要人物性格的发展的目的。

其次，作品所以未能"突出地刻划出几个鲜明的人物性格"，我想和人物写得过多、过于分散也有关系。作者在他的不太长的剧本中一口气写了先后两代歌手、父女两代汉人；两对殉情的夫妻、三对恋爱的情人，此外还有占去了不少篇幅的毕克依斯加、许望云、乌哈力、乞勒儿等人。我想作者纵有再大的才力，也难以在一个剧本的有限的篇幅之中把这一大群人都写好的。既然如此，又何必让他们平分秋色地占去那么多阳光雨露呢？做一做"间苗"的工作，使主干生长得更苗壮、更丰满，从而结出更丰盛的果实，不是更好一些吗？

试谈《赫哲人的婚礼》的戏剧冲突

杨世祥

史料解读

　　史料原载于《黑龙江日报》1962 年 5 月 30 日第 3 版，是一篇评论。史料追问《赫哲人的婚礼》的戏剧冲突为何不能给人留下深刻印象，认为原因有三：部分矛盾冲突没有构成贯穿全剧的戏剧冲突、所涉及的戏剧冲突不具有典型性、戏剧冲突的展开有不真实的地方。史料作者认为戏剧冲突的展开应靠冲突双方性格内在的力量。对此，史料作者还提出了自己的设想。

原文

　　戏，要有戏剧性。造成戏剧性的基础是戏剧冲突。人物性格的刻划，主题思想的表达，美学理想的体现，无不通过戏剧冲突来完成。情节的展开要以戏剧冲突作为内在的动力。剧本的结构也要以戏剧冲突为中心。因此，我们说，戏剧冲突是戏的核心。没有冲突就没有戏剧。戏剧冲突描写的好坏也就必然成为一出戏的成败关键。

　　在《赫哲人的婚礼》这个两章八回的戏里，充满了复杂的矛盾和激烈的冲突。不少场面都有引人入胜的戏剧性，能紧紧抓住观众。每一回当时都能给人明确的印象。但看到下一回，上一回的印象就模糊了。看完全剧走出剧场，刚才得来的印象就所剩无几了。

　　这是什么原因呢？

　　我想第一种情况是,有些矛盾冲突的客观内容是真实的,重大的,也有概括性,但没有构成贯串的戏剧冲突。

　　例如,在第一章里,有赫哲族人与日寇的矛盾,与清朝反动统治者的矛盾,与民国军阀的矛盾。就其矛盾的性质来说,都是重大的社会矛盾。也有其生活的真实性和典型意义。这些矛盾如果写好了,确实可以说明"旧社会使赫哲族死"的思想。但作者却把这些都处理成一幕一幕匆匆闪过的矛盾冲突的画面。只是为了图解歌者——实际上是作者的控诉,而没有戏剧内部的必然联系。看来作者已意识到这点,所以想办法用了两个倒叙把第二、三回引出来,让它们在戏剧冲突中起点作用。如引出第二回是为了鼓舞大家向日寇作斗争;引出第三回是为了给金星解释误会,不要杀喜凤。其实这仍是外在的东西。

　　作者要反映这三个时期反动统治者对赫哲族的残害,但又觉得无法用人物从清初直到伪满贯串下来,就采用了两个倒叙的办法,来体现作者的庞大艺术构思,结果就只能形成一闪而过的冲突场面,一些情节只起了个图解、说明作者意图的简单作用。作者没有借助贯串的戏剧冲突刻划出完整的人物性格,来打动人心。在表现形式上,作者太拘泥于叙说、抒情式的"伊玛堪"形式,而没有用角色的贯串行动正面地作戏剧的描写,只是以戏剧的表演来解释歌者"伊玛堪"式的抒情,这就降低了戏剧塑造动人的舞台形象的作用。

　　几个冲突的不贯串,主要是没有贯串的人物。

　　在戏剧冲突的形式上,作者虽然构成了性格冲突,而且还是你死我活的敌对的性格冲突。如第二回英雄乌定克及他的情人阿尔姑尼亚与清兵、叛徒姚不兴阿的冲突,的确令人惊心动魄,也确实把英雄放在冲突的尖端去刻划,显示了英雄的性格。这使你敬佩这个民族的英勇而坚强的精神。但清朝的反动统治者为什么就令人可恨可憎,作者控诉它什么,观众从中却没有得到具体的明确的答复。很难产生打动人心的,不能不使你对清朝的反动统治者切齿痛恨的艺术效果。第三回民国警察乞勒儿与毕忠胜、乌金兰、乌哈力之间的刺杀格斗,第一回里古驼力鼓动大家去和日寇斗争等等的敌对的性格冲突,都是真实可信的,符合生活的逻辑,符合人物性格的逻辑。但就是不能给人很深的印象。原因就是这种种冲突如果说是性格的冲突，也仅仅是性格的一个闪光，而没有一个贯串的完整的形象。只是看到了人物如此孤立地行动，却看不到他为什么行动。作者也生怕观众不明白原因，通过歌者作了不少交代说明，搞了不少画外音。但这究竟不是戏剧。观众不是要听第三者交代，而是要看戏，要从角色自己的行动中看明白一切。叙述的艺术，不能代替行动的艺术。这种交代式的介绍，可以影响人的理智，而不会深刻地震撼人的感情，这也是在舞台上用"伊玛堪"形式带来的一个副作用。

作者要想反映清朝、民国、伪满三个时期反动统治者如何残害赫哲族，不妨构思出一个能贯串这三个时期的性格冲突。为了使人物能一直活到最后，戏剧的时间可从清朝末年开始。假如古驼力老人就是这么一个三代一直反抗统治者的代表，并且他身边的同代人都先后被统治者残害而死，而他是幸存的一个。使这个民族的英雄性格能从古驼力的身上体现出来。把他塑造成从实际斗争中成长起来的理想的英雄人物。如果有这么一个完整的艺术形象，也许会给人较深的印象。而现在这个人物倒像个化妆的报幕员，顶多是个行吟歌者。

假如作者不想都直接地正面表现这三个时期，而只想通过正面描写一个时期反动统治者对赫哲族的残害来概括赫哲族在旧社会的遭遇，也未尝不可。那就以一个时期为背景，构成有始有终的戏剧冲突，从中刻划出完整的典型人物来。如果有必要介绍一下这个民族的历史，也可稍用笔墨，略略述一下反动统治者对赫哲族人的迫害，与赫哲族人的反抗。当然，我无法代替作者的构思，不能主观地去要求作者如何去写。但我却觉得作者现在的写法虽有一些意义，却不深刻。假如能造成以完整的人物的行动贯串起来戏剧冲突，并一步一步充实地展开，相信它会产生比现在更好些的戏剧效果。新的形式当然可以尝试，但要衡量得失。能塑造出动人的形象，深刻地体现主题思想，产生感人的艺术效果的新的尝试才算是成功的。现在这种描写戏剧冲突的形式，如果作为叙事诗，或说唱文艺，那还可以。作为戏剧就难以塑造出深刻动人的完整的舞台艺术形象，难以产生强烈的戏剧效果。

第二种情况，我认为这个剧虽然也描写了贯串的戏剧冲突，却写得不典型。

从伪满，正面的戏剧情节开始，一直到情节结束，有一条贯串人物线——这就是金星和喜凤。他俩在爱情上的矛盾冲突构成了贯串全剧的基本的戏剧冲突，推动着情节向前发展。这种爱情纠葛（以及全剧的婚姻线索）是否足以概括如此复杂的社会生活，反映深刻的社会矛盾和表达严肃的主题思想呢？我觉得不能。这个爱情的冲突放在那样的环境里是不典型的。在第一章里，日寇给赫哲人吃有毒的橡子面，只构成了金星和喜凤冲突的背景。无法通过他们俩的彼此冲突反映日寇对赫哲人的迫害和他们的反抗。而那些属于交代、介绍、穿插的场面在一定程度上倒还能起到这个作用。在第二章里，也主要以他俩的爱情冲突推动戏的发展。他们的爱情冲突解决了，戏也就结束了。作者目的是想歌颂赫哲人在新社会过着天堂似的生活，共产党使赫哲人新生了。但能起这个作用的也还是那些陪衬的带象征性的情节、人物及社会背景的介绍。诸如合作社成立了，机帆船打鱼了，一对对青年结婚了，莎哈林·阔里这个有象征意义的在旧社会出生、在新社会成长的人等等。就连给喜凤治好眼睛也都是象征性的情节。而这对行动着的中心人物的爱情冲突能说明什么呢？度作者用意，无非是使之符合控诉旧社会，歌颂新社会的总意图。这也只能是象征性的，而不是深刻的典型。在他们的爱情冲突中所表现出来的只是对爱情的忠贞，给人的感觉，只是觉得这一对青年可敬。当然，围绕爱情的冲突，作者也写了他们积极拥护合作化，反对走资本主义道路的思想面貌。但究竟这种描写还只是介绍性的，不是紧密地在戏剧冲突中表现出来的。

另外，许望云作为共产党员的形象也显得苍白。在第一章里，虽然来历不清，不太鲜明，但还有些面貌，能纠葛在冲突中。在第二章里，就只是以领导者的象征人物出现了。不再参与到戏剧冲突中去，不是戏剧冲突展开的必然人物了。

这种情况，看来像是有贯串的戏剧冲突，实际上却没有典型环境中的典型性格。因而，也就不会产生打动人心的艺术效果。

最后一种情况是，戏剧冲突的展开有不真实之处。如第八回，为了造成戏剧高潮，不使金星和喜凤一下子就结婚，就人工制造了大风暴的紧张气氛。尤其不可信的是制造了毕克依斯加刺伤金星、双双跳下江去而不知下落的紧张情节。

　　戏剧冲突的展开本应靠性格冲突本身内在的力量，靠构成冲突双方性格上的冲击。因为性格冲突是人有意识的自觉的行动。他要按照自己的信念、性格逻辑去有意识地冲击对方，来达到自己的目的。我们从金星和喜凤身上找不到这种内在的性格冲击的力量。但戏剧冲突还要写下去并使之贯穿到底。这样，作者就不得不设计些外部原因，想些人工办法，如喜凤借一个什么原因一急眼睛就瞎了，这是不可信的。她经受了日本人的种种迫害，吃了放毒的橡子面，将要死去时又受到金星要杀死她的威胁，她都经受得住，眼睛未瞎。而与许望云刚刚见上一面，虽然觉得她是救命恩人，但并无很深的了解，能听到一声枪响，就为她担心着急而致双目失明吗？作者全凭瞎眼睛一事，将金星、喜凤的爱情纠葛贯穿到第八回，以"病理条件"支撑了第二章的戏，实际上没找到他俩内在的性格冲突，这就很难塑造出完整、动人的典型性格，当然也就难以深刻地感动人了。

　　就全戏的构思来说，是否可以这样设想：将第一章描写得充实些、深刻些，而第二章没有写那么多戏的条件就不勉强铺张？能扎扎实实地写，就是一两场也好，只要能完成歌颂新社会、共产党使赫哲族人新生的思想也就行了。要么就结构出一个能与第一章有机贯串的戏剧冲突。我这样提出，只是建议作者可不可以从这方面去考虑。

　　这个戏有好基础。其中一些矛盾的雏型，就其实质来说，是概括了重大的社会矛盾。某些材料也蕴藏着深刻的意义。作者有着鲜明而强烈的爱憎。看得出作者主要意图是歌颂共产党。写旧社会只是作为新社会的陪衬。让人痛恨旧社会，是叫人更加感到新社会、共产党的可爱。这都是很可贵的。现在的剧本仍能起到一些这种良好的教育作用，只是不深。如果挖掘得深，体现得生动，那将会是一个很好的剧目。

　　对这样一部既有很好的思想倾向，也在艺术上存在一些问题的作品，我们有责任热情地扶植它。愿望基此，我才不揣冒昧。

观剧随感

金满麟

史料解读

史料原载《黑龙江日报》1962年5月30日第3版，为一篇观后感。史料作者认为该剧生动展现了赫哲族的衰兴历史，深刻体现了共产党对各民族命运的深切关怀，也体现了民族间的融洽和团结。在艺术表现上，史料作者认为第一幕的结构形式既表现出了历史过程，又避免了平铺直叙；第二幕在结构和人物塑造上存在一些不和谐之处，减弱了全剧的艺术感染力。

原文

看过《赫哲人的婚礼》之后，我深为这个少数民族的衰兴历史所激动。并为此非常感激编导和演员同志们的创造性的劳动。剧中指导员许望云的形象，很自然地体现了共产党对各民族命运的深切关怀。做为一个汉人，看到跟赫哲人共命运同战斗的陈海山爷俩，我便禁不住对这种民族间的融洽和团结，感到由衷的欣悦和自豪。这个剧虽然是反映一个少数民族的生活和斗争，但由于放在三江这样广阔的背景上，赋予了深厚的地方色彩，做为本地人，我也感到格外亲切。我最喜欢第一章，编导创造性地在舞台上采取插叙镜头这样新颖的结构形式，既表现出了历史过程，又避免了平铺直叙。看到那临死时也要举行婚礼的坚韧豪迈的民族气概，忠胜和金兰夫妇同归于尽的壮烈场面（这些悲剧的气氛还应加重），我便很自然地想起了莎士比亚的《奥赛罗》和郭老的《屈原》。赫哲族的"伊玛堪"，更使这部史剧诗意盎然。同时，有不少对话也是越嚼越有味的诗的语言。第二章也充满了戏剧性的冲突，并有喜剧特色。应特别指出的，这一章语言跟前章一样，富有赫哲族水上生活的特色，甚至常用的歇后语和打比方，也是如此。（如德胜向联珠求婚被顶撞时说："你是站在桅杆上往下瞧，把我看低了！"）

《赫哲人的婚礼》，从内容到形式，我都觉得很好，但也有些地方觉得不满足。下面谈我的看法：

我觉得第二章虽也充满了比较深沉、紧张的戏剧冲突，但却转入了另一种矛盾——两条道路的斗争，与这个内容相适应的结构形式，也就跟上一章迥然不同，使观众对全剧感到很不和谐，冲淡了从上一章里得到的感染力量。我觉得如果第二章的"走向新生"，仍采取前章的结构形式，用能够反映解放后各历史阶段特点的几个富有风趣的生活插曲，来表现赫哲族走向新生的过程，就会使全剧统一与和谐起来，增强艺术感染力，这是上策。如果这样办不到，我认为宁可割爱下一章，在上一章结尾，对"走向新生"的内容，用侧面烘托办法，来个戛然而止，但余味不绝，观众自己去想象，这样做，艺术力量要更强烈些，这是中策。如果实在割舍不得（我也有这样心情），就让第二章独立成篇，成为前者的续集，也会比现在好，这是下策。

对于人物，也提一点看法。毕克依斯加跟她女婿金星动刀子的举动值得商榷，因为这令人感到突然，与他在这以前所表现出的性格特点不相符。古驼力的性格特点也和前一章不统一，在第一章里，这个"伊玛堪"歌者那么坚毅和才智，那么成熟和老练，为什么在第二章里突然变得那样暴躁和幼稚？这尤其在对待毕克依斯加的态度上更看得明显，前后判若两人。这显然不符合他的性格发展规律。在党的教导下，用最新思想武装起来的"伊玛堪"歌者（这时他已入党），应是更坚毅，更有才智，更加成熟和老练。因此，我觉得这个形象需要加以相应的调整。另外，在第一章里，抗联的许望云想解毒办法时，应有一段心理独白，交代出游击队为什么会有解毒的药品或单方，然后再向大伙说出"共产党有解毒的灵丹"这样的话，才能令人感到自然、有力、真实可信。其实抗联队伍为了解救吃野生植物中毒而备有解毒药品或汉医解毒单方等是很自然的。

话剧《赫哲人的婚礼》笔谈纪要

《黑龙江日报》"百花园"编者

史料解读

　　史料原载于《黑龙江日报》1962 年 5 月 30 日第 3 版，是一篇笔谈讨论综述。针对《赫哲人的婚礼》，史料综合了已发表文章中关于主题思想、人物塑造、情节与主题的关系、戏剧冲突的不同观点，认为这几个方面的讨论虽然在观点上不一致甚至相反，但加深了广大观众对该剧的理解。这次笔谈对文艺创作的繁荣具有促进作用。

原文

　　哈尔滨话剧院于 3 月份上演了话剧《赫哲人的婚礼》。这个剧的演出引起了我省文艺界和观众的广泛注意。为了更好地彻党的"百花齐放、百家争鸣"的方针，活跃思想，促进我省文艺创作的进一步繁荣，本报由 3 月 30 日开始，在"百花园"开展了话剧《赫哲人的婚礼》的笔谈。到目前为止，共发表文章十多篇。涉及的问题主要有：主题思想，人物塑造，情节（事件）与主题的关系，戏剧结构，戏剧冲突等。在这些艺术问题的探讨中，争鸣是相当热烈的。

主题思想

　　在主题思想方面，有人认为，这个剧真实地反映了赫哲族的衰兴历史，作者以新颖别致的创作手法，和高度的艺术概括力，从赫哲族三百年的衰兴史中，从这个民族的独特性格中,揭示了一个"富有社会意义的深刻主题":旧社会要赫哲人死,新社会让赫哲人生——"以至它一露面,观众就用这并列而又起着强烈对比作用的句子概括了它"。有人不同意前面的某些看法,理由是:这个剧"人物分散",结构不严,"情节零散",主题缺乏提炼。因此得出结论:主题虽然有意义,但表现得并不那样深刻。

人物塑造

在人物塑造上,一种意见认为,这个剧"未能突出地刻划出几个鲜明的人物性格"。如在剧中被称为"赫哲族的精灵"的古驼力,在第一章里,常常随着自己的歌声,被段段的回叙"挤到舞台的一角",没有很好地通过"语言和行动表现自己的个性"。他的歌声只起到了铺陈情节和解决矛盾的作用,而"没有显现出这个歌者性格的光辉"。特别在第二章里,更"有跌下来的趋势"。金星和喜凤是全剧的贯穿人物,他们的爱情纠葛,在第二章里就"游离于主要矛盾——社员为战胜天灾而进行的斗争之外,不仅没能正确地揭示他们心灵的美,反而在某些地方损害了他们的正面形象"。许望云,"作者赋予这个人物的个性化的动作和语言不多",因而人物个性也不"那么鲜明"等。有人则以为,"作者在那来也匆匆去也匆匆的人物身上已经下了功夫,已经使一些人物一露面就显出特定环境中的特定性格,如乌定克、阿尔姑尼亚、伊拉布、克翁克、姚不兴阿、毕忠胜、金兰、乞勒儿等,无不是粗线条,一出台就处在矛盾的漩涡中而显出性格的"。"若谈充分细致的描写,如同工笔画,它就不是,或主要不是。但它是粗刀笔的木刻,或主要是粗刀笔的木刻。"

情节与主题的关系

在情节(事件)与主题的关系上,一种意见认为,作者所选择的戏剧情节是典型的,并且"深刻"、"凝练"地表现了主题。如乌定克和阿尔姑尼亚对反动统治者的反抗;毕忠胜又死自己的妻子,宁死不受屈辱;包桔和库尔卡玛被骗服毒,死前还要举行婚礼等,"都深刻地表现了这个民族那种威武不能屈,贫贱不能移的百折不挠的反抗性格"。这种情节,不仅有"较深刻的革命现实主义,而且必然交融之以浪漫主义。"并且在情节的个别性里寓着"深刻的普遍性"。有人则对第一种看法提出了疑议,理由是:第一个情节,"剧本描写了清兵对赫哲族的侵犯,但构成这个戏的主要冲突的并不是清兵与赫哲族之间的矛盾",而是"乌定克和阿尔姑尼亚要求婚姻自由而克翁克反对他们自由结合","它的本质意义则在于反对克翁克的家长统治"。"这个情节没有深刻地揭示清朝反动统治者为什么要残杀赫哲人的社会政治原因",因此和剧本要表达的主题"就产生了相当大的距离"。毕忠胜又死自己的妻子,"是为了不让她落到军阀警官的手里",这场戏没有表现出"军阀和这个民族的冲突",而只是表现了那个警官和毕忠胜私人之间的冲突"。包桔和库尔卡玛死前结婚,默默走入墓地,"死前想到的不是复仇,而是婚礼",这些情节不仅都未很好地为主题服务,而且感情有些也不是积极的。

但也有人不同意第二种意见,觉得那种分析是离开了戏本身的矛盾冲突而作的感性解释。因为乌定克和阿尔姑尼亚与族长克翁克的矛盾是"表面的、最初的矛盾"。"所以说它是表面的,是因为克翁克后面还有个姚不兴阿!他是作为清朝反动统治者在赫哲人中的奸细、叛徒而存在的"。后来清兵与赫哲族的冲突,则进一步揭示了这一情节的主要矛盾和本质意义。毕忠胜又死妻子金兰,就因为"刀把子在人家手里攥着"。是谁使这对夫妻双双死去了?是乞勒儿代表的"那个民国时代暗无天日的反动制度"!毕忠胜"这种杀其所爱本身所满含着的血与泪的深刻内容,是谁都能够觉出其本质意义的",而包桔和库尔卡玛的死前举行婚礼,正是表现了那种诗意的"生不同衾死共穴"的反抗。

戏剧结构

在戏剧结构上,一种意见认为,作者采取的是小说章回体的构方式。"小说可以讲今比古,详叙春秋",不受篇幅所限;但如将这种结构运用于戏剧舞台,则"必与戏剧的演出性发生矛盾"。因为"戏之为舞台的、为观众的特点,决定了它要受空间及时间上的限制",而"这种限制对于戏剧来说是无法摆脱的"。作者在作品中既想保留章回体的详尽,又拗不过话剧舞台的限制,于是就产生了在结构上的"既不忍删减头绪又不能延长演出时间的矛盾"。要解决这个矛盾,作者就采取了"留骨去肉"的办法,其结果,是"给剧作带来了人物上的模糊和情节上的枯燥"。但也有人认为,第一章里的三回,"是三个情节与人物完全不同的精美的折子戏",它既可以独立成篇,又可以串为完成一剧,它是不能随便增加一折或减少一折的。

戏剧冲突

在戏剧冲突方面,有人从"戏的冲突是戏的核心"立论,对《赫哲人的婚礼》的戏剧冲突,作了比较深入的分析。(文章载今日"百花园")文章认为,这个剧"充满了复杂的矛盾和激烈的冲突,不少场面都有引人入胜的戏剧性";但就是看后给人印象不深。为什么?是作者没有把那些一幕幕"匆匆闪过的"矛盾冲突"结构成贯穿的戏剧冲突"。其集中表现,是"没有贯穿的人物"。戏剧是靠塑造鲜明、完整的艺术形象打动人的,叙述不能代替人物自身的行动,"交代式的介绍,可以影响人的理智,而不会深刻地震撼人的感情"。文章还认为,金星和喜凤的爱情纠葛,是贯穿全剧的唯一的戏剧冲突,但他们的爱情冲突放在那样复杂的社会生活环境里是不典型的,因为它不能反映那样"深刻的社会矛盾"和表达那样"严肃的主题"。他们二人的爱情冲突一直贯穿到第八回,是以"病理条件"支撑着,没有自觉的、有意识的性格冲突的依据等。

鉴于以上五个问题的探讨,已达到了一定的程度,话剧《赫哲人的婚礼》的笔谈拟就此截止。已提出的问题,在观点上虽未尽一致,甚至截然相反,但通过同志式的讨论、切磋,却达到了对剧作的进一步的了解;也帮助了广大读者和观众对该剧的理解与欣赏。讨论中涉及的一些文艺创作的普遍性问题,如如何提炼主题、塑造人物、安排结构和矛盾冲突等等的提出,无疑对我省文艺创作的进一步繁荣,也有促进作用。

本报组织的笔谈得到了全省文艺界与广大读者的热情支持,笔谈来稿五十多篇,参加的人有专业和业余文艺工作者、工人、学生、教师、机关干部等。学术上争鸣的空气相当活跃。来稿中有些问题大体相同,因版面所限,未尽发表,但这并不妨碍在以后的工作中继续研究、探讨。

第七辑

壮族戏剧

本辑概述

  本辑收录了三篇史料，有冯厚、黎方的两篇介绍，以及潘其旭的一篇读后感。这些文献分别发表在《少数民族戏剧研究》《广西日报》上。本辑中两篇介绍的区别在于，冯厚分别介绍了壮族戏剧的不同剧种，包括师公戏、壮族土戏、靖西木偶戏和德保壮剧；而黎方则是把壮剧作为一个整体进行了更全面系统的介绍，涉及壮剧的历史源流、发展阶段、艺术特点以及传统剧目介绍等。潘其旭的观后感对《百鸟衣》的现实意义、人物表演、音乐唱腔进行了分析。

  本辑收录的壮族戏剧史料篇目较少，除两篇权威性较强的评论外，只有一篇观后感，反映了这一时期对壮族戏剧的研究还十分薄弱。

谈广西僮族戏剧

冯　厚

史料解读

史料原载《少数民族戏剧研究》(中国戏剧出版社,1963年),主要介绍壮族戏剧的剧种,分别是师公戏、壮族土戏、靖西木偶戏和德保壮剧。师公戏是一种由跳神发展成戏剧的民间小戏,本文主要介绍了它的舞蹈动作、身段步伐、曲调、乐器、演出服装要求和设计等。师公戏的特点在于很少有完整剧本,演员们谈论一下故事情节就上台表演。师公戏大部分来源于民间传说或故事,例如《刘文龙菱花镜》《莫一大王》《顺知庠海》《白马姑娘》等,这些具有代表性的师公戏民族特色浓郁,群众百看不厌。壮族土戏主要分为两路,一路是田林、隆林土戏,另一路是德保土戏,该文主要对两路土戏由于不同的形成过程而产生的各自的特色进行了比较。靖西木偶戏的起源不明,曲调优美且对唱腔水平要求较高。德保壮剧是解放后形成的新剧种,虽然简称为"壮剧",但只包括德保、靖西的戏剧。德保壮剧是在原木偶戏传统的基础上形成的,在音乐上除了木偶戏原有的曲调,也从山歌、土戏等各方面吸收营养,并以此为基础进行加工,创造新腔。

该史料相对完整地介绍了壮族戏剧的四个剧种,清晰地梳理了四个剧种的特点,特别是对壮族戏剧在新中国成立前与新中国成立后的发展变化的概括以及不同剧种之间的渊源的介绍,具有较高的史料价值。

原文

一九五八年我到广西去，对僮族戏剧作了些初步调查，但因时间、语言等限制，了解的很肤浅。可是亲见僮族戏剧在解放后受到党和政府的扶植，发展，深有所感，心中有说不尽的喜悦，所以，仍要谈谈自己的见闻，以引起人们的重视，并供大家研究。

僮族以种稻务农为主，一般都居住在平地，交通条件较优越，从历史上看便和外地交流来往甚盛。僮族人口的居住情况也较集中，且多和汉族杂居在一起。这些条件促成了僮族在生产技术、生活习俗、文化艺术、语言等各方面接受汉族的影响。这种相互影响，使僮族在旧社会的经济文化发展都达到比较先进的水平。

广西僮族有师公戏、土戏、木偶戏，源于本民族人民的创造，历史亦相当久远。僮族的戏剧在形成发展中受过汉族戏曲的影响，但它们使用的语言、音乐都是僮族的，内容和表演的舞蹈动作，都有强烈的民族特色。它在本民族当中有着根深蒂固的群众基础。

僮族至少有一百多年的演剧历史。在旧中国统治者压迫歧视下，僮族的戏剧也像她的整个经济文化一样，得不到正常发展的机会。解放后，在党的领导下，僮族的经济文化走上了欣欣向荣的道路，僮族的戏剧也随着跨入枝叶繁茂、芬芳吐蕊的阶段。

一 师公戏

师公戏是流行于广西河池、宜山、来宾、石龙、贵、武鸣等县农村的民间小戏，也叫"唱师师""唱人仙""木脸戏"，解放后也称为"僮戏"。

师公戏和贵州布依族的地戏，安徽、湖北的傩戏，广西桂北的跳神，江西的傩舞基本上是同一类的民间艺术。它们开始是一种戴假面具的民间舞蹈或歌舞形式，演出目的主要是为了祈福消灾或丰收酬神，演出内容多以神仙为主，有浓厚的宗教迷信色彩,但其中也有一部分是描写劳动生活的。后来受到汉族戏曲的影响,得到了发展。

师公戏是从跳神的基础上发展起来的民间小戏,现在僮族地区仍有那种原始形态的跳神。师公戏的艺人称它为"没上台的"。这种没上台的跳神形式可能和桂林汉族地区的跳神有关系。桂林跳神古时称傩,桂林傩舞和面具在一千多年前的宋代就"名闻京师",解放后桂北保存下来的傩舞有七十四种,还有许多面具。一九五五年赴北京演过的《纺织娘》,就是其中的一种。僮族师公戏蜂鼓的节奏和《纺织娘》的节奏非常接近。另外,据一位师公戏老艺人说,他们演《三元》节目,用汉话,演民间故事才用僮话,说明早期僮族跳神与汉族的影响是分不开的。

有位老艺人告诉我:师公戏过去供奉上元、中元、下元为祖师,上中下三元即《搜神记》卷二的吴客三真君——唐文明、葛文度、周文刚。据载他们是西周的三个谏官,策划如神,至宋真宗封为上元、中元、下元三真君。僮族相传三元,"行医救民","通神求雨",所以尊他们为祖师。民间为消灾祈福举行建斋打醮或庆祝丰收时,由艺人演唱《三元》节目。开始一律戴木制面具,穿红衣,后来以纸画脸谱代替木脸。起初只演《三元》,后来观众看腻了,民间故事逐渐占据了主要地位。《三元》节目降为开台仪式,用以纪念师父,必草草结束,尽快演出根据民间故事编写的正戏,才能为观众所欢迎。到了民国初年更增加了神话戏和爱情戏,这时纸画脸谱已被淘汰,代之以化妆,老年人并挂须。有了简单的服装和道具。各乡开始有业余班社的组织,由广场搬上了草台。每班成员由三五人逐渐增加到几十人。活动范围亦由本乡本县扩展到外乡外县。演出时间多在正月,仍与庆祝丰收、建斋打醮的习俗有关。以上就是师公戏由跳神发展到戏剧的大概轮廓。

师公戏保存下来的民间舞蹈非常丰富。过去虽没有明确的行当,但演各种不同年龄、不同身份的人物,都有一定的身段和步法。解放后,广西宜山地区举办师公戏研究班,在记录整理师公戏的音乐、舞蹈时,曾分成花旦(又有少年、中年之别)、武旦、老旦、文生、武生、丑生等行当。下面据此分法,谈谈主要行当的表演。

师公戏各种角色上场，先随锣鼓作一段舞蹈，然后才唱。来宾县花旦出场，左手拿花手帕，右手拿纸扇，有梳妆、亮相等动作，亮相时右手掐腰作含羞状，行路站立保持外八步，舞时扇子、手帕与身段、步法相配合，全身动作轻巧柔美，富于变化，有民间艺术健康活泼的特色，接近广西的采茶戏。据说过去演《三元》节目女角很少，女角（男扮）主要是在表演民间故事中发展起来的，所以花旦动作更富有生活气息。宜山县武旦出场手拿标枪，走丁字步，在原地作连环踏舞。

河池县武生上场，左手拿手帕或树枝，右手执剑或其他武器，胸部凸起，膝盖微曲，眼平视，用足尖在原地转圈踏舞，亮相时全身抖动一下。武生骑马时左手平胸作勒缰式，右手执马鞭或武器，作打马式，走丁字踏步，亮相时摇动身子。骑马武生以演《莫一大王》骑马上阵最有名。武生动作勇猛强悍。文生动作步法基本与武生相同，只是步子略小，比较斯文。

以上仅是举例说明，各县师公戏身段步法有相同之处，也有不同之处。如石龙县花旦出场走碎步，作跳跃之势，生角走品字步，这些和上例都不尽相同。

据石龙县老艺人说，他们吸收过广班（即粤剧）的表演方法。汉族戏曲表演对师公戏表演的提高有过积极影响是肯定的，不过现在从师公戏的表演来看，它接受汉族戏影响并不很重，民族色彩比较浓厚。

师公戏曲调是在当地民歌的基础上形成的，唱词为上下句组成，有五字句、七字句、十字句，七字句最多。过去没有念白，都是一唱到底，歌唱中间用锣鼓过门。唱词叙事说唱的成份很重，因重唱故称"唱师"。师公戏已形成了一定的专用唱腔，只是过去没有固定名称。宜山研究班在记录时根据各地曲调的特点定名为路腔、做活腔、抒情腔、怨腔、乐腔、送花腔、拜堂腔、老旦腔、迎腔、辞腔、和尚腔、花子腔、颂腔等。由此可见师公戏的腔调是相当丰富的，并且有浓郁的僮族风味，再加上唱词语言也是僮族的，所以僮族群众特别着迷。

师公戏过去没有管弦乐，只有打击乐。河池、来宾、石龙、武鸣等县以蜂鼓为主。蜂鼓也叫长鼓，形似朝鲜鼓，但构造、材料不同。僮族蜂鼓的特点是以瓦作芯，以羊皮蒙面，一面大一面小，音色美，节奏变化也很丰富，而且和表演结合的比较紧密。

师公戏最初演出穿长袍、红衣,后来受汉族戏曲影响,逐渐有了龙袍、官衣、盔甲、裙子、坎肩、乌纱、额子、大板巾、布鞋、加木底的厚底鞋等,至今石龙、来宾等县农村仍有过去的服装。

师公戏很少有完整的剧本,过去大多是演员们谈一下故事情节就上台。据宜山研究班初步调查,师公戏约有三百多个传统节目,已知的有八十八个,其中大部分属于民间传统故事剧。如描写董永、刘文龙、吕蒙正、高文举、薛丁山、薛刚、何文秀的戏都是从汉族移植过来的。这些故事在僮族中长期流传,已有了僮族的生活色彩。刘文龙是师公戏中特别流行的一个剧目,几乎是家喻户晓。

从今存宋元南戏《刘文龙菱花镜》零散残文中看,大概情节是这样:汉朝刘文龙,新婚三天,去长安应试,临别时其妻萧淑贞送他金钗半支、菱花半面、弓鞋一只,以作重会的表记。不料文龙得中,即出使匈奴,被招为驸马,不得回来。后文龙终于设法逃回,汉王准其回家探望。这时,家中已二十一年未得消息,误以为早已死去。有宋忠者,正要谋占萧氏,恰文龙赶到,拿出三件表记,一家始得团圆。师公戏和僮族长歌刘文龙的情节与南戏的情节基本相同。它们和京剧吹腔《小上坟》,即刘文龙故事中之一折不同。它没有萧淑贞祭坟的情节。据我所知,弹词中尚保存有刘文龙的全本故事,而戏曲中除了福建梨园戏以外,只有师公戏和安徽傩戏保留到今天。这里显然可以看出师公戏与傩戏的关系,同时也说明刘文龙故事传到僮族可能是很早的事了。

师公戏《莫一大王》、《顺知戽海》、《白马姑娘》等剧目是根据僮族民间传说编演的。这些戏的民族特色浓郁,已成为群众百看不厌的看家戏了。

《莫一大王》,莫一原是河池县永任乡人,家里很穷。他曾帮助当地人民修建水利,并率众击败了敌人的进攻。死后群众奉他为神明,演戏歌颂他的功德。河池艺人创造了莫一大王骑马上阵,与敌交锋等舞蹈形象,表现出莫一的英勇气概,一直为群众所喜爱。

《顺知戽海》,顺知是僮族一个青年农民。家有寡母,双目失明,顺知奉母至孝。天旱禾枯,他到海边戽水灌田,正当劳累不堪,有一龙女来帮助他,并情愿与他结为夫妻。龙女进门后，就使婆母的眼睛重见天日。一家正在高兴，官差来催钱粮，见龙女生得美丽，便禀告了老爷。老爷请顺知饮酒，诬陷他杀死了丫环，下入监牢。龙女来找顺知，老爷乘机要占龙女，龙女从龙母的宝葫芦中抽出宝剑，要杀老爷。老爷伏地求饶，只好放回顺知。

《白马姑娘》，写农村一姑娘，父母早丧，家中只有两兄一嫂，以种田为生。两个哥哥要出门做生意，姑娘劝阻，哥哥不听。哥哥找来师父习武，以防路上被坏人抢劫。姑娘正在织布，从窗户看见师父教哥哥武艺，看出了神，不觉得织布梭子也落在地上。哥哥走后，她偷偷练起武来。她立志"师父跳得一丈二"，"我一跳来一丈七"。嫂子笑着问她："男人学拳来比武，女人学拳为哪桩？"姑娘不服气地回答："男人学拳做生意，女人学拳把身防。"一天，官差来催钱粮，高喊："有粮缴粮，无粮缴钱，无钱背锁链。"姑娘很气愤，扮男装，骑白马，执刀而来，吓跑了官差。嫂子怨她说："妹子做事太不该，打伤官差祸事来。"姑娘回答的却很轻松："嫂嫂莫怕不要紧，打官差的是男人。"后来，姑娘估计哥哥要回来了，便又扮成男人到山路劫哥哥的货物。她将哥哥打败后，便命令挑夫把货物挑到家里，自己恢复本装打扮，以待哥哥回来。等见到哥哥的狼狈相，就故意问道："做生意赚得几多钱？"哥哥说遇见强盗了。她又故意问："为何不把货追回？"最后她领着两个哥哥到后房去看那些货物，指着货物唱："妹不贩茶茶满仓，妹不贩葱葱满园，妹不贩羊羊满栏，妹不贩蒜蒜满家。"这时两个哥哥才恍然大悟。

解放后，师公戏在"百花齐放、推陈出新"的方针指导下，已有很大发展。一九五八年宜山专区集中来宾、石龙、河池、宜山等七个县的老艺人举办过师公戏研究班，对师公戏的历史、舞蹈、音乐、剧目等作了比较系统的记录整理工作，也起了相互交流、促进的作用。

师公戏除选演传统剧目外，并编演过不少新戏，对宣传中心任务起了一定作用。

师公戏老艺人有丰富的表演经验，他们的歌舞有味道、有魅力，目前农村业余剧团的年青人还没把老艺人的东西踏踏实实地学到身上。有待重视、挖掘，以便继承和发展。

二　僮族土戏

土戏流行于百色专区各县农村,按艺术风格,基本可分为两路,即一路以田林、隆林为代表,凌乐、百色等县土戏也属于这一路;另一路以德保为代表,靖西、睦边以及靠近田林的云南土戏都属于这一路。

根据各地老艺人的说法,土戏已约有一百多年的历史,并且是在汉族戏曲的影响下形成的。如田林土戏老艺人黄福祥说:清末时,他父亲黄永贵去南宁赴考,向粤剧艺人学了三年戏,抄了六十多个粤剧本,回田林组班演出,因当地人不懂粤语,黄永贵便与当地土戏艺人廖法伦合作,把粤剧本翻成僮话,用土戏形式演出,结果很受欢迎,从此黄永贵拜廖为师。这段传说告诉我们,在黄永贵由南宁带回粤剧以前,当地已有廖法伦演的土戏。那时的所谓土戏可能较简单,也许还不成为戏剧形式,它的发展成为戏剧形式,可能黄永贵带回粤剧来以后才有所发展。

隆林大部分地区的土戏是由田林聘师传授的,但据隆林那劳乡土戏艺人说,那劳土戏的基础是当地的"板凳戏"。"板凳戏"原是一种坐唱形式,由二、三人说唱故事,至于它怎样发展为土戏也有一段传说:据说那劳人季兆龙,幼时迁居云南,他在云南看过戏,以后回那劳教给爱唱"板凳戏"的人演戏,并在光绪年间组织过"维新班"。这段由坐唱发展为登台表演的传说,很容易使我们联想到汉族某些剧种的形成规律。侗戏的前身,就是坐唱长诗的"琵琶歌"。现在那劳土戏的曲调,动作已很接近田林的,但根据上面传说,也可以看作这是后来受到田林的影响。那劳土戏另有出处是完全可能的。

德保土戏产生于德保县的汉隆、马隘两乡,所以又称为"汉隆调"或"马隘调")。据说是马隘人黄世德在道光年间首创的。黄出外当兵,流落在南宁邕剧班当伙夫,以后把邕剧带回家乡。最初照搬邕剧的一套,用汉话演唱,因演员不会汉话,只好出戏师父代唱,这样便形成一种"双簧"式的演法。后来在当地群众的要求下,将邕剧本改"双簧"式的演法。后来在当地群众的要求下,将邕剧本改用僮话演出,曲调也改用当地的〔汉隆调〕(或〔马隘调〕),这样演员就容易掌握，观众也容易接受，于是"双簧"式的演法便被逐渐突破，改造了。

从上述中，我们可以看到：（一）土戏从开始形成到现在至少也有一百多年的历史；（二）土戏在形成和发展过程中接受了汉族戏曲的影响，但汉族的东西必须与当地的艺术，以及群众的欣赏习惯相结合，才能被当地群众接受，才能在当地生根开花；（三）土戏是在僮族的艺术土壤上形成的。

隆林、田林土戏的表演风格基本上一致，但比较起来，田林的表演更丰富、细腻、圆熟一些。田林的小生、小旦、武将各有一定的台步和动作，其他如老人、丑角没有一定程式，丑角更可自由发挥。小旦出场有整衣领、舞扇子等动作，步法接近秧歌，舞扇子动作幽雅、抒情，做与唱结合的很紧密，擅于抒发恬静、喜悦的心情。小生也拿扇子，动作斯文、潇洒。武将动作比较夸张，出场有开山、整带等动作，走路跨大步，两臂张扬，表现威武之态。各种角色上下场转弯时要走直角，走到拐角处要将后脚跟提起。据木偶艺人说，这些特点很像木偶动作。另外，人物下场时一定要说"正是"，但没有下场诗。各种角色走场子的特点是：一人走"之"字形，二人走"8"字形，三人走三穿花，唱时不动，每唱完一句即在锣鼓过门中走场子。开打一般是边打边唱。田林土戏的表演具有很淳朴的民间色彩，如以汉族的戏曲作类比，它更接近汉族的民间小戏。据田林老艺人黄福祥说，在他家乡流行一种舞蹈，其中有罗汉、美女、猴子等三个戴面具的角色，美女舞扇子、手帕；此外还有春牛舞、双刀舞、单刀舞、花棍舞等，我想这些都可能给过土戏一定的影响。可是现在看来，田林土戏的动作显得有些呆板，民间那种清新活泼的气息已相对削弱，这大概是由于吸收汉族剧种消化不透和内容限制的原故。

德保土戏受汉族戏曲影响比田林要深得多，直接得多。据说德保土戏的开山师父董世德就是邕剧花脸。这是较早的事。近在一九三七——一九三八年，汉隆艺人还请邕剧名演员许汉英（艺名花面东）教过戏，并有许留下的手抄邕剧本可证。因此，艺人可以出班演出邕剧，直至现在尚有八位土戏艺人能演邕剧，这些情况说明，德保土戏受邕剧影响是非常之深的。

德保土戏的表演风格不同于田林。角色有分行。旦角分正旦、花旦、武旦、老旦、丑旦；花脸分大花、小花；生分正生、武生、丑生，而武生又有大武、小武之分。在动作上，如旦角的剔鞋、碎步、兰花指、关门开门的虚拟动作等。这些说明，它的表演和演出特点更接近汉族历史较久的剧种，是接受邕剧的影响而来的。

土戏曲调的基础是民歌，有的变化大些，有的变化小些。如隆林沙梨土戏的曲调和当地民歌简直没有什么差别，它的曲调很美，但表现复杂一点的感情就显得力不胜任了。德保土戏的曲调也比较简单，只有〔马隘调〕（或〔汉隆调〕）。田林土戏的曲调发展得比较丰富，它以〔正调〕为基本唱腔，另外有〔过场调〕、〔哀调〕、〔骂板调〕、〔梳妆调〕、〔叹慢板调〕等，能够表现喜、怒、哀、乐等感情。乐器有马骨胡（筒子用马骨制成）、葫芦胡（筒子用葫芦制成）、竹筒胡（即二胡）、三弦、笛子、木叶。弦乐器用正反弦和声，如马骨胡定弦为 7 和 4，二胡用 6 和 3，葫芦胡用 1 和 5，三弦用 3、5、1 等。这些乐器演奏起来，都具有民族特色，且有较丰富的表现力，值得珍视和研究。

德保土戏开始用土布绘制服装，后来买粤剧服装。演出时，第一出必先演《八仙飘海》，为的是亮行头和显示演员的阵容。

田林、隆林土戏服装、盔头都是艺人自己制成，服装用土布绘彩，盔头用牛皮雕花纹上色。服装、盔头都受过汉族戏曲的影响，但是在花纹图案、样式上都有民族色彩，和汉族的不尽相同。服装上的图案和色彩，盔头上的雕刻，都显示出土戏艺人的艺术才能和智慧。化妆方面，田林、隆林土戏除山大王、丑角、小生面部着色，其他角色面部都不着色，山大王比其他角色颜色浓些，但没有固定的脸谱。髯口有"一字须"等，由于条件限制，胡须就用麻绳挂上去。道具方面，田林、隆林土戏有枪、刀、斧、杆、铜锤。

土戏剧目有的来自汉族的说部演义，有的来自汉族剧种。剧目相当多，但有剧本的很少，一般是根据故事临时编词。土戏剧目多是汉族故事，如《夜战马超》、《长坂坡》、《空城计》、《武松打虎》、《狮子楼》、《唐三藏出世》、《花果山》、《陈世美》、《包公奇案》、《乌盆伸冤》、《伍员哭坟》、《荆轲刺秦》、《苏武牧羊》、《张四姐》、《游湖借伞》、《宝莲灯》、《梁祝访友》、《孟姜女哭长城》、《二度梅》、《金水桥》、《夜审郭槐》、《孟丽君封相》、《瞎子观灯》、《王小二过年》、《老配老少配少》、《五虎平西南》等。只有个别剧目是表现僮族生活的，如《侬智高》等。土戏剧目绝大部分有强烈的人民性。汉族故事中所反映的人民的斗争、理想和僮族人民的要求是一致的，这在封建统治、民族压迫的情况下，僮族人民吸取汉族故事来抒发自己的情感是不难理解的。

解放前，有些地方的土戏服装、剧本被土匪烧光，以致好久不能恢复演出。解放后各地土戏得到了新生，农村业余剧团纷纷建立起来。他们演出比较好的传统戏，也演出现代戏。一九五七年桂西僮族自治州和百色专区文化部门曾召开土戏老艺人座谈会，对各路土戏进行了调查研究，使艺人得到互相交流学习的机会，对土戏的发展起了一定的推动作用。

三　靖西木偶戏

靖西木偶戏也叫"吊线戏"，又因拖腔带"哈嗨"，被称为"哈嗨戏"。有人推测，靖西木偶可能产生于宋代。根据是：宋末文天祥的部将张天宗抗元，兵败，率众退往越南，迷路于靖西，见土地可耕，便开荒辟岭定居下来（靖西县志载有张天宗事）。张天宗是江西人，江西有牵线木偶，因此估计靖西木偶可能是张天宗部队由江西带来的。这种推测还有待证实。另据靖西木偶戏六十岁老艺人赵开端说，他十九岁跟外公学戏，从他外公到他自己共有六代，若以一代三四十年计算，也有一百五六十年的历史。这样看来，靖西至迟当在清代嘉庆年间就已有木偶戏演出了。靖西木偶除流行于靖西、德保两县之外，也为靠近靖西的越南人民所喜爱，近年来越南还有人来邀靖西木偶艺人去演出。

艺人在表演上有一定的技巧。其曲调最为迷人，据说是由当地〔木仑调〕发展而来。〔木仑调〕是一种叙事歌唱形式，当地人很早已在运用这种调子歌唱《梁山伯与祝英台》、《洪杨失败》等故事。从戏剧的要求来说，木偶戏的唱腔在僮族戏剧中要算水平较高的，它在一定程度上更具有戏曲音乐的特征。后来，它成为形成德保僮剧的基础。

四　德保僮剧

德保僮剧是解放后形成的新剧种，人们笼统地称它为"僮剧"，其实它并不是僮族戏剧的全部，而只是德保、靖西的戏剧。

德保僮剧是在原木偶戏传统的基础上形成的，同时也是在政治运动中产生的。一九五一年德保县城群众为配合政治运动作宣传，采用木偶唱腔，用人扮演演出了《王贵与李香香》、《赤叶河》等戏，很受群众欢迎。一九五三年演出了《白蛇传》、《梁山伯与祝英台》、《秦香莲》等戏。德保县城中群众的创举，影响到乡间和都安、靖西邻县的木偶艺人，群起效法。这样，"木偶调子真人演"的一个新剧种便出现了。人们称它为德保僮剧。在党的领导下，德保僮剧得到了迅速的发展，成立了一个专业剧团。成立专业剧团，这是僮族演剧史上从未有过的大事。德保僮剧已开始注意表现僮族的民间故事和现实生活。如《宝葫芦》、《红铜鼓》、《百鸟衣》等这些根据僮族民间传说改编的剧目，表现了僮族人民的勇敢和智慧。一九五四年《宝葫芦》在桂西自治州民间文艺会演的演出中获节目奖和优秀演员奖。一九五五年又获全国业余文艺会演的节目奖。这都是受到广大群众欢迎的证明。

它的音乐也有很大发展。除木偶戏原有的〔平板〕、〔叹调〕、〔喜调〕、〔彩花〕、〔诗调〕、〔摇板〕、〔哭调〕、〔高平调〕等八个曲调外，又从山歌、舞曲、土戏、邕剧各方面吸收加工创造新腔。一般来说，老调和新调还较协调和统一，保持了高亢、奔放的风格。由于板路较丰富，在描绘复杂的感情、人物性格方面，都有一定的表现能力。它的拖腔仍保持着靖西木偶"哈嗨"的特点。念白也分韵白与便白两种，且有自己民族语言韵律的特点。乐队拥有的伴奏乐器，有京胡（自己制作的，与京胡在音色上不同）、二胡、三弦、秦胡、笛子、鼓、钹、锣等，也有很强的表现能力。为了丰富表演艺术，他们也向田林等的土戏、师公戏中去学习传统动作和舞蹈，并且请桂剧艺人教基本功，学习粤剧。应当说，如何在自己民族戏剧传统的基础上，吸收借鉴其他剧种来形成自己的表演艺术，仍是一个有待努力解决的问题。

以上就是我见闻所及的僮族戏剧情况，介绍了五个剧种。它们各自的情况虽有不同，但却同是僮族群众喜爱的民间戏剧，有着深厚的群众基础。在我们今天建设社会主义的民族的新文化的时候，将更加得到新的发展。

1958 年底写于北京

云南僮剧浅识

黎　方

史料解读

　　史料原载《少数民族戏剧研究》(中国戏剧出版社,1963 年),该文分为八个部分。第一部分介绍了壮族人民生活的地理位置、音乐、民间故事和传统节日,从而引出壮剧。第二部分主要介绍壮剧的历史源流,壮剧的起源没有确凿的史料,普遍流传五种起源说法,该文倾向于第五种说法,即壮族人民为了充实"陇端"这一民族节日的活动,受到汉族戏的启发而形成了壮剧。至于壮剧产生的时间,该文认为产生于清朝的可能性最大,同时也列举出史料作为推断依据。作者还介绍了四大腔调及其产生时间。第三部分讲述了壮剧的三个发展阶段:从剧种的产生到 1880 年左右,为萌芽阶段;1880 年左右到 1949 年为壮剧的成长阶段;新中国成立后,壮剧进入快速发展阶段。第四部分介绍壮剧的流布地区和群众基础,指出壮剧不仅有着深厚的群众基础,而且有着广泛的流布范围。第五部分介绍壮剧的组织和活动情况,每年一至四月都是壮剧的集中演出时间,壮剧的流程有开台、"打加官"、正式演出以及扫台,不同腔调使用的开台人物也不同。第六部分介绍壮剧的传统剧目,指出剧目主要取材于历史演义小说、民间唱本、生活小故事。第七部分从表演、舞台美术两方面介绍壮剧的艺术特点:在表演上,壮剧的行当分工细致,且人物的上、下、坐、立,视不同的行当有不同的表演;在舞台美术上,壮剧没有特定的舞台,地上铺上晒席就是舞台,服装、帽盔有简有繁,脸谱也根据不同的行当和人物有不同的画法。第八部分讲壮剧在发展中的新探索——以壮剧原有的传统艺术形式为基础，吸收了壮族传统的音乐舞蹈艺术发展起来了新形式，这种形式在剧目、音乐、表演和服装上都有新的特点。

作为一篇综合性较强的介绍文章，该史料详尽地介绍了壮族戏剧历史源流、发展阶段、流传及分布地区、组织和活动状况，壮剧的表演及舞台美术特点以及壮剧形式的新发展等，特别对壮剧的起源及产生时间，在既有资料的基础上做出大胆的推测，具有一定的学术价值。

原文

一　丰富多彩的僮族艺术

打开云南省的地图观看，可以发现在东南角上有一个最远的县——富宁，它的南边是国界，与越南民主共和国相连，东边是省界，与广西僮族自治区相连，中间流过一条未标名的小河；其实这条小河有它的名字，当地人民呼它为普厅河，它从西边的群山中流出来，围着县城绕了半个圈子，然后向东流去，时而经过幽深的山谷，时而经过平坦的沃野……。普厅河两岸，山峰叠翠，绿树成行，竹丛芭蕉，掩映村落。就在这山明水秀的地方，就在这风光如画的普厅河上，居住着十一万勤劳、智慧的僮族人民，他们占全县十八万人口的百分之六十。其他还住着汉、瑶、苗等民族。

在僮族人民中间有着丰富的艺术宝藏。僮族是一个善于歌唱的民族，在这里同样流行着僮族歌手刘三姐的动人传说，还有别的许许多多歌手的传说。僮族的长歌《喜鹊开口唱啦》、《逃婚调》、《开天辟地歌》……反映了僮族人民过去的生活斗争，也反映了他们美好的愿望和理想。《逃婚调》中那一对逃婚的恋人，为了爱情自由而生，为了爱情自由而死的勇敢不屈的精神，在那个黑暗的社会里，成为了很多青年男女斗争的榜样。僮族人民特别喜爱对歌，在每年春天举行的"陇端"（僮族民族节日），在生产劳动中，在婚礼席上，和在别的集会里……他们都喜欢通过歌唱来娱乐身心，来表达互相的问候，来表达互相爱慕的心情,有时一唱就是几天几夜。可以说,在他们的生活中处处是歌,如描写自然界的现象,有《开花歌》、《打雷歌》、《鸡叫歌》、《鸟叫歌》、《蝉叫歌》;描写生产劳动,有《盖房子歌》、《种棉歌》、《栽秧歌》、《栽烟歌》、《挖菜歌》、《喂猪歌》、《煮饭歌》;描写社会各方面生活,有《开街歌》、《赶街歌》、《待客歌》、《三岔路歌》、《上坡歌》、《吃水歌》、《茶歌》、《盐歌》、《肉歌》、《酒歌》及《情歌》等等。特别是婚礼席上的酒歌,更是唱得热烈而动人。由于僮族人民这样喜爱歌唱,所以僮族的音乐特别丰富,几乎是每一处都有每一处不同的山歌,著名的如郎恒山歌、天保山歌、八宝山歌、八角山歌、剥隘山歌、皈朝山歌……都很优美动听。

僮族不仅音乐丰富,别的艺术也相当丰富。僮族的民间传说故事,在人民群众中广泛流传,如《螺蛳姑娘》、《僮锦》、《九尾狗》、《穷人寨》、《酒牛》等等,数不胜数。富宁街头有一个侬大妈,她记得的民间故事,就是讲几天几夜也讲不完。这些故事反映着僮族人民想象力的丰富,也闪耀着僮族人民勤劳、智慧的光辉,更表现了僮族人民追求美好生活、敢于向命运作斗争的乐观精神。据说,在八十多年前,富宁僮族妇女的打扮也是彩色缤纷,鲜艳夺目,但是到了皈朝第十七代土司沈佩臣,下了一道禁令,只许百姓穿蓝穿黑,不许百姓穿其他好看的颜色,否则要拿往衙门治罪。至此,僮族妇女服装的颜色便单调了。但是,尽管如此,僮族妇女仍然喜欢打扮,她们在头巾上织着美丽的僮锦,在衣裙上挑着好看的花边,在鞋上也绣着鲜艳的花……不管是僮锦或花边,都表现了僮族妇女的艺术天才。美丽的僮锦,更是远近闻名。僮族人民还创造了很多舞蹈,比较有代表性的,如碗舞、手巾舞、棒棒舞、纸马舞……均有着浓厚的民族风格。

僮族有一个最盛大的民族传统节日——“陇端”(当地也有人呼之为“风流街”;由于在田坝举行,或呼之为“田坝街”)。译成汉话,“陇端”是“赶热闹集会”之意。“陇端”在每年农历一至四月举行,但更多的是在二、三月举行。“陇端”主要有三项内容:物资交流活动,文化娱乐活动,男女社交活动。特别是姑娘们和小伙子们在这个节日里更为活跃,他们赛歌、丢花包、互赠礼物,让自己的心与相爱的人更紧紧地连在一起。“陇端”要赶三至五天,或连在一起赶,或隔几天赶一次,总之在这几天以内,整个寨子都沉浸在一片欢乐的海洋中。

总之，僮族人民的文化艺术生活是丰富多彩的。在这样丰富多彩的音乐舞蹈的基础上产生一种戏剧艺术形式，也是客观的必然规律。现在就转入谈——

二 僮剧的历史源流

僮族人民在长期的生产斗争和生活斗争中，用辛勤的劳动，创造了自己的戏曲艺术——僮剧。

僮剧究竟产生于何时？怎样产生的？至今尚无确凿的史料加以说明。一般流行着这样一些说法：一、在北宋仁宗时，宋朝的大将狄青，与僮族领袖侬智高打仗，狄的部下把中原的戏剧随同带到了僮族地区，后来就发展成为了僮剧，因此僮剧在宋朝就有了。二、与第一种说法相近似，说是狄青打败侬智高后，把僮族遣散到三处（富宁、广西、交趾），人们在离别的前夕，玩乐三天，主要是饮宴和看戏，所看的戏就是僮剧。三、（朝代不明）说是皈朝土司要娱乐，命令僮族民间歌手和琴师去给他说唱，后来土司就指示将这种说唱发展成了戏。四、（朝代不明）说是僮族人民每年在春耕前都要祭奠山神土地，以保开年生产顺利，秋后五谷丰登，僮剧就是在道公打醮祭神念唱的基础上发展起来的。五、（朝代不明）说是僮族人民为了充实"陇端"这一民族节日的活动，有些到外地演唱的僮族歌手，看了汉族的戏，受到了启发，回来就将哎咿呀这种以第三人称叙述故事的说唱艺术，加上了表演动作，并将一些小说及唱本改编成上演节目，发展成为了僮剧。

以上的一些说法虽然皆系传说，我以为最后一种说法似乎更合情理一些，因为：一、狄青与侬智高打仗的年代是一○五三年，距今九百多年，当时的杂剧虽然较之唐代的参军戏进了一步，但也只是初步形成，活动范围很窄，恐怕不可能一下子就带到僮族地区来，而又为僮族人民所接受。二、僮剧的节目，绝大多数是取材于明代清代（更主要的是清代）的小说、唱本，说僮剧产生在明代以前，可能性也很小。三、据一般史料考查，从地域上比较接近僮族的粤、桂、邕等汉族剧种，它们的形成和成熟期都比较早，说僮族歌手是受汉族剧种的启发而产生了建立剧种的要求，基本可信。四、由最初的说唱艺术而发展成为有表情动作的戏剧艺术,也合乎我国戏剧发展的一般规律——由歌舞说唱艺术发展成戏剧的规律(据老人说:他们还看过这种板凳戏——即坐在板凳上清唱的戏),正所谓:"歌咏之不足,故嗟叹之;嗟叹之不足,故手之舞之足之蹈之也。"

至于僮剧产生的具体年代,仍难断定,看来产生在清代的可能性最大,但历史也不会很短,这可以从以下的一些情况和材料得到说明:一、皈朝人民公社那旦生产大队业余僮剧团有一个老艺人叫黄明魁,他今年六十岁,艺龄四十年,他和他父亲、祖父三代都是僮剧艺人。他七岁时死去父亲,父亲死时有四十七岁,如果不死,现在有一百岁;祖父死时有五十六岁,哪年死的他不知道,当时他还未出世,祖父如果不死,大约也有一百二十岁。假如他祖父是在二十岁时学的僮剧(僮剧艺人们开始学戏,一般均在二十岁左右),那么,说在一百年以前就有僮剧,是可以肯定的,因为祖父还有老师。二、我们在那旦业余僮剧团看过许多传统剧本,有一本《八仙图》注明着抄录的年月:"光绪二十四年戊戌年端月抄。"光绪二十四年即一八九八年,距今六十四年,剧本相当完整,行当的划分也比较齐全,从剧本中可以看出剧种当时的发展水平,也可以说明剧种历史的悠久。三、我们访问了剥隘街头一个制作戏帽的老艺人梁锦合,他今年五十六岁,他姑爹也是做僮剧帽子的,如果不死,现在有九十多岁,他二十多岁就制作戏帽,离现在已有七十多年。另外在剥隘街上有一个黄康仁,他的父亲是画制僮剧服装的画师,已于一九六○年死去,死时有九十多岁。从以上三点情况,都可以说明僮剧至少有一百年以上的历史。

僮剧由于地区历史发展的不同,和其他剧种的影响的不同,形成了四大腔调,也可以说是四大流派,即哎咿呀、哎的咴、乖嗨咧、咿嗬嗨。哎咿呀是一种最古老的调子,最早流行在皈朝(宋、元、明、清土司府所在地),据老艺人侬大益说:他从小听老人黄崇安讲,在皈朝还未开街时,就有这个调子。皈朝开街据说是在狄青打败侬智高、而委他的部下沈郎先当皈朝第一代土司的时候,那就是说,在宋仁宗以前就有这种调子了。侬大益还说:哎咿呀就是来自僮族的山歌咿呀哎。以哎咿呀调子和咿呀哎山歌相对照,确实非常相似,由此我认为:哎咿呀由僮族山歌演变而成,用来说唱故事、又用来作为戏剧唱腔这一说法,基本上是可信的。这样说，它虽然不一定产生在宋以前，但说它相当古老，是不为错的。哎的呶的产生比哎咿呀要晚，约有八十多年的历史。据说：在哎的呶产生以前，富宁流行着一种小调，叫〔补缸调〕，曲调分上下两句，风格近似汉族地区的《王大娘补缸》，人物只有三个人，一般是在过新年时，挨家挨户去演唱，表示拜年祝贺，形式很像东北的"二人转"。除〔补缸调〕而外，还流行着一种调子，叫〔刷乃糯〕。老艺人侬大益说："当时皈朝欢乐班（僮剧组织）中有一个搞编导的李侦佰（又叫李永祥），由于要将梁山伯与祝英台的故事编成僮剧，感到哎咿呀和〔补缸调〕都不适宜于表现这个戏的情绪，而选中了〔刷乃糯〕，但又感到〔刷乃糯〕开始唱的刷音字拖得太长，节奏太慢，不太好听，于是又将〔刷乃糯〕改成了哎的呶。"另一个老艺人龚天福也这样说。这一说法是可靠的。那个创作哎的呶的李侦佰，一九五二年才死去，要是活着，今年有九十九岁。如果以哎的呶的腔调，与哎咿呀、皈朝山歌相比较，也可以看出它是在哎咿呀和皈朝山歌的基础上发展起来的。哎的呶产生的年代虽然比哎咿呀晚，但流行的地区也很广，很多原来唱哎咿呀的班子也唱起哎的呶来。乖嗨咧和咿嗬嗨是从广西僮剧传来。据那吉业余僮剧团演员班承义说：乖嗨咧是在一九一六年传入富宁西北边的灯河、那吉一带，距今有四十六年的时间。当年春天，灯河寨的农民罗安平、韦顺美、罗有学等到广西田林县的普牙去赶"陇端"，看见那里的僮剧唱得很热闹，回家后就去邀请田林县平六寨的僮剧师傅黄福兴、黄福祥来教唱，所唱的腔调就是乖嗨咧，教了两月后就建立了班社，叫福幸班，有二十五人。这种说法也比较可靠，首先从乖嗨咧的曲调和广西北路僮剧的正调（正调是广西北路僮剧的主要腔调）比较，两者基本上相同。其次从发展历史来看，据《广西僮戏音乐调查》一书讲："广西八桂有位艺人叫黄福祥（他已经七十岁了），田林僮剧的发展是他父亲黄永贵在南宁看了邕剧，在那里学了三年，四年后组织群众演出，不能为群众接受，又由当地民歌手将民歌、山歌组织在剧中来，经过长期锤炼，北路僮剧才有自己的面貌。"这说明广西北路僮剧早于富宁僮剧的乖嗨咧，乖嗨咧由广西僮剧传来，是确实的。咿嗬嗨由广西传到富宁来有四十年左右的历史。据百油咿嗬嗨老艺人李元明（五十六岁）说：咿嗬嗨在一九一九年传入富宁东南角上的谷拉,教戏的师傅姓杨,是广西龙州(即今龙津县)人。他十四岁时就看见过谷拉唱呻嗬嗨。在他二十岁时,谷拉的僮剧艺人黎仲光到百油教戏,他即参加了学戏,一同学戏的人有十六人,建立了"共和班"。后来他们到各地演出,由于他们的影响,富宁城关、板仑、旧腮、毕街、芭莱、砂斗等地也建立了呻嗬嗨的班社。到一九四六年,广西呻嗬嗨的另一支传到了富宁东部与广西交界的剥隘各村寨,师傅有李勇(广西逻里人,即田林人)、李芝光(广西隆林人)等。李勇到剥隘来走亲戚,闲下无事,拉起二胡自唱,大家觉得好听,就组织了一批青年向他学戏,不久就建立了呻嗬嗨的班社,第一个叫"安乐社",后来又相继建立了"爱群社"等等组织。呻嗬嗨虽然是由外面传来,传入富宁的年代也较晚,但由于它曲调的丰富优美,深为僮族人民所喜爱,很快地就在富宁各地流传开来。除以上四大腔调而外,还有一种腔调叫"诗哆哩",是一九五六年由广西田林县平六寨传来,目前只在常谢寨一地流传。僮剧的四大腔调形成以后,在艺术上就更加丰富,表现力也更加强。

三 僮剧发展的三个历史阶段

僮剧在历史发展中,大体可分为三个阶段:萌芽阶段,成长阶段,发展阶段。

从剧种的产生到一八八〇年左右,暂定为第一阶段——萌芽阶段。在这一阶段中,僮剧由说唱形式变成戏剧形式,由在板凳上坐唱,加进了表情动作,而且还建立了一些僮剧表演组织,如皈朝的"欢乐班"等等。总的说,僮剧在这一阶段还只是一个雏形,首先在音乐上,还不够丰富,腔调只有两个,即〔哎呻呀〕和〔刷乃糯〕。演员的表演动作,无一定的规律,也没有师傅教,上台之后,凭自己的生活阅历,临时创造,所以动作不太美化,身段也很少。服装方面也无一定的戏服,基本上是穿自己最新最好看的服装,或向别人借,另外演女角的人要借服装(当时是男扮女)。男角一般是穿长衫,戴冬帽(一作毡帽)。女角一般穿短衣,头上戴假发,两边分梳,有的则是盘在头上,罩上一顶帽子。演员与普通人打扮的主要区别在于:演员要缠一根红腰带,普通人则不缠。至今一些条件比较差的业余僮剧团,还残留着这种装束。当时演出的剧目有《五虎平南》、《昭君和番》《观音游地府》《唐王游地府》等，数量不太多。剧本无固定的台词，一般是由一个人说故事分配角色，然后由演员在台上自己根据剧情编唱，与汉族剧种从前的"条纲戏""幕表戏"差不多。

由一八八〇年左右到一九四九年，暂定为僮剧发展的第二阶段——成长阶段。由于《柳荫记》和哎的呶腔调的诞生，僮剧向前进了一大步，而《柳荫记》这个戏也就成为了僮剧的"根本"（老艺人龚添福语），当时的群众都喊唱僮剧叫"弄三门色吟呆"，译成汉语，"弄"是"唱戏"，"三门色"就是"山伯"，"吟呆"就是"英台"，"弄三门色吟呆"就是"演梁山伯与祝英台"。到一九一六年和一九一九年，乖嗨咧和咿嗬嗨两大腔调由广西僮剧传入，不仅唱腔大大丰富起来，而且剧目也大大丰富起来。另外，据老艺人侬大益说：皈朝的"欢乐班"是一个实力很雄厚的班，有像李侦佰这样的编导人材，而且班主沈则斋（皈朝土司的后代）的母亲，很爱看传书（小说、唱本之类），她娘家在广南（广南的文化当时与内地交流比较频繁），她从广南带来了几大箱子传书，这些传书成为了李侦佰编剧的丰富养料，除《柳荫记》而外，如僮剧中的《方卿访姑母》《王氏逐夫》《守节成名》等戏都是他编的，而且从这时起，僮剧有了固定的台词。他编的戏随同哎的呶腔调，很快地在富宁各地僮剧班社流传开来。清朝末年，僮剧受到了粤剧的影响。那本标着"光绪二十四年戊戌年端月抄"的剧本《八仙图》，和标着"大汉元年（即民国元年）岁次壬子瓜月抄"的剧本《薛平贵》，都是半汉话半僮话本子，那些属于汉话的唱词，据说就是唱粤剧的腔调。当时还有过粤剧班子来到富宁演出。侬大益说：他七岁就看到过粤剧的演出（他今年五十二岁）。更后一些时间，富宁还请了一个叫太万的粤剧艺人来教粤剧，里拉六十八岁的僮剧老艺人韦廷瑞就作过他的徒弟。粤剧影响进来，粤剧的剧目、表演、曲调也跟着吸收了一部分进来，据说：后来的服装、道具和化妆，也主要是受粤剧的影响。在这一个时期，僮剧的组织更多的建立起来，如在皈朝、架街、那旦、谷拉等地，就有过欢乐班、民乐班、同乐班、永乐班、颖新班、宏顺班、共乐班等一些比较著名的班社。僮剧有一个时期曾达一三八个班、社。但是僮剧和我国其他的剧种一样，解放前同样遭到了封建统治阶级和国民党反动政府的摧残和压制，当时的官府认为唱僮剧"有伤风化",僮剧艺人"低人一等"、"下贱"。豪绅恶霸借唱僮剧的机会,调戏妇女,反动政府更趁此大抓壮丁。由于这种原因,很多地方再也不敢演唱僮剧。另外,当时一些财主借演僮剧剥削艺人,如皈朝欢乐班的班主沈则斋就是一例,他强迫唱得好的艺人参加他的班,如不愿就要遭其毒手,当时唱旦角比较负有盛名的老艺人侬大益,就有过这样的经历。僮剧艺人演戏得来的钱都归了财主,演员们除了能吃上一点饭而外,一无所有,结果又耽误了家里的庄稼,使全家人的生活无有着落,所以临近解放时,很多班社都停止了活动,而且从未有过专业剧团。

第三阶段是在解放以后,僮剧得到了发展。在党的领导下,压在艺人头上的石头被搬倒了,僮剧真正成为了僮族人民自唱自乐自我教育的工具。一九五六年全县召开过皈朝、者桑、百油、洞波、芭莱、剥隘地区的业余僮剧老艺人座谈会,宣传、贯彻了党的文艺方针、政策,初步挖掘了一些传统剧目,之后各地业余剧团又运用传统技巧,创作了一些表现现代生活的剧目,并培养了一批男、女青年演员。一九五七年,省、州又拨了专款帮助发展僮剧,这是史无前例的事。这时,县文教部门在党委的领导下,团结和依靠老艺人,对僮剧作了一些初步改进的尝试,组织了皈朝、那旦、者桑三个重点业余僮剧团的活动,于一九五八年三月参加文山建州庆祝大会,演出了《大闹三门街》。之后,僮剧更为活跃,全县发展了不少业余僮剧团,十月富宁举行全县农村业余文艺会演和农村俱乐部现场会议,四大系统的僮剧艺人汇集一堂,听取了党的文艺政策,相互交流了经验。十二月,僮剧组织了代表队,参加在大理举行的西南区民族文化工作会议,演出了《侬智高》、《评红旗》,受到了与会代表的注意。一九五九年,僮剧又参加了文山州民族民间戏曲会演,演出的《大闹金岗山》等受到了观众的好评,并获得优秀剧目奖。回来后在一九六○年元月,正式建立了历史上第一个专业僮剧团——富宁县僮剧团。两年来,剧团演出了《侬智高》等传统剧目,《大闹金岗山》、《一幅僮锦》、《刘三姐》等民间传说题材剧目,又演出了《红河烽火》、《穷山巨变》、《卢仲安》等反映现实生活斗争的剧目。最近,富宁僮剧团又改成了文山僮族苗族自治州僮剧团。为了把僮剧在传统的基础上提高,适应群众新的需要,同时参加云南省民族戏剧观摩演出,他们将流传在普厅河畔的神话传说《螺蛳姑娘》及另一民间故事《换酒牛》搬上了舞台。不仅题材是本民族的,而且为了使这两个戏更具有民族特色,又更进一步地挖掘了僮剧传统的音乐、表演,及僮族的一些民歌和舞蹈,来融化到戏里,使这两个戏载歌载舞,风格更突出。几年来,剧团在培养工作上也很下功夫,老艺人侬大益、陈忠义充分地发挥了他们的作用,青年一代如卢仲安、韦恩祥、黄有良、张小妹、周冠鳌、侬玉琼等也正在成长起来。剧团的同志们这些辛勤的劳动,均没有白费,《螺蛳姑娘》与《换酒牛》在当地演出后,使僮剧更加受到了群众的欢迎。僮剧进入了一个更加繁荣、昌盛的阶段。

四　僮剧的流布地区和群众基础

僮剧在其发展的历史中,与僮族人民建立了血肉的联系,深为他们热爱。从前,每年农历一至四月,许多村寨都写着大红请帖,争着邀请僮剧班社到自己的村寨演出。当剧团敲锣打鼓从各村各寨经过的时候,寨中的人便成群结队地来迎接他们,帮他们抬行李和道具,姑娘们还把那最香的糯米团递到他们手上;如果哪个演员演得使自己满意,还要送鞋、送手帕及三角绑腿,她们总爱这样说:“唱戏的哥哥呵,你们唱辛苦了;一天唱唱跳跳,把鞋也穿烂了。这是我亲手做的一双鞋,成不成都要请你穿上,就权当穿一双草鞋一样。”寨中的人家,都争着拉演员们到自己的家庭去留宿,并把家中最好的食品摆出来款待演员。一个寨子演僮剧,周围寨子的人,甚至几十里路远的人都扶老携幼地跑来观看。有时演到深夜,剧团不得不将演出暂告一段落,但是观众觉得这本戏好看,都不愿散去,他们对着台上呼喊:“唱戏的哥哥呵,麻烦你们给我们演完吧!”一群姑娘跑上台去,有的放下门帘、幕布,有的去阻拦演员下装,有的端来了食品给演员消夜……盛情难却,演员们又重振锣鼓,演唱起来,而且一演就到通天亮。解放后,僮剧的群众基础更加深厚,在富宁僮族地区,几乎是:村村寨寨有僮剧,人人爱僮剧。不仅为僮族人民喜爱,而且也深受当地的汉、瑶、苗等族人民喜爱!僮剧的调子,当地群众普遍会哼。如一九五八年底,在富宁的水利工地,钢铁矿厂，到处都洋溢着僮剧的调子。富宁僮剧团到各区各公社巡回演出，均受到了人民群众的热烈欢迎，连有些眼力不好的人也来看，他们说："虽然看不见，听听也好。"有的群众说："我宁愿看僮剧，不宁愿看电影。僮剧唱的是我们的调子，听得明，看得懂。电影太快。"剧团要走，群众恋恋不舍，同时希望他们很快再去。

僮剧由于这样受到群众的喜爱，当然流布的面也相当广泛。富宁县有六个区，即城关、皈朝、谷拉、剥隘、花甲、田蓬。最古老的哎咿呀，分布在城关区的平纳；皈朝区的皈朝、老街、大田坝、那旦、停乐、里呼、孟村、洞波、上街、百岩、洞塘、那莫、岩门、那楼、干柴、谷里、尾洞、甘尾、三寨、淋汪、架街、乱坝、登帽、弄益、那刀、百江、那哈、里那；谷拉区的马贯、郎架、平蒙、那龙、那年、那标；剥隘区的者宁、索乌、竹勒、沙村、百鹅、那塘、标村、岩村、六渭、平渭、那瓜、六益、甲村、那门、郎井、白布、那令、岩河、渭常、岩温、谷楼、百耶、月那、那能；花甲区的索罗、那耶、木垢；田蓬区的上冶等六十二个街、寨。主要是流行在皈朝、剥隘两区。

哎的吮流布在城关区的那力、边追、木都、四亭、那洒；皈朝区的皈朝、老街、大田坝、那旦、里呼、那马、停乐、孟村、洞波、上街、洞塘、里那、马列、大门、百岩、冒造、果布、丁脚、架街、登帽、弄益、淋汪、乱坝；谷拉区的马贯、郎架；花甲区的阿用、里色等三十二个街、寨。主要是流行在皈朝区。

乖嗨咧从广西僮剧传入后，未在全县普遍流传开来，只有剥隘区的那吉、灯河、那良三寨。

咿嗬嗨从广西僮剧传入后，则在全县普遍流行，大体上分成两路发展，一路以富宁东南的谷拉为起点，流布到谷拉区的谷拉、谷赛、那万；皈朝区的毕街、百油、尾洞、百江；城关区的城关、板仑、旧腮、马套；花甲区的沙斗。又一路以剥隘街为起点，流布到剥隘区的剥隘、拥村、甲村、六益、那瓜、那莫、标村、索乌、风洞、东楼、农芽、西京、板达、那法、那良、渭舍、那能、者达、者桑、谷楼等。咿嗬嗨共流布四十个街、寨，以剥隘区为最多。

五　僮剧的组织及活动情况

僮剧的组织，一般称为班或社。一个班起码有二十五人，其中：班主一人，负总责，带管箱，一般都不会演戏（也有的会演戏）；"社底"（即师傅）一人，负责排戏、说戏、教戏；生角十人（小生三人、武生五人、老生二人）；旦角五人；花脸二人；小丑二人；伴奏四人。有的班社还有一个摩公（迷信职业者）。

僮剧所供的老郎神为华光，只要一演戏，就要设立华光的神位。华光的神位设在后台穿衣服的地方，是一块木牌，写着"华光师傅神位"几字，上面搭着一块红布。在演戏的日子里，神位前面的香火不断，演员进出台，都要对着神位拜上一拜。如果哪个演员犯着戏规，就由摩公把他叫到牌位面前，作揖磕头，表示认错，重则还要杀一只鸡来供在牌位面前。在不演戏的时候，则将牌位取下来放在装帽子的箱子里。

僮剧集中活动的时间，是在每年一至四月，特别是在赶"陇端"的时候，更是连天连夜的唱，而观众也是连天连夜的看。可以说：没有不演僮剧的"陇端"，也没有"陇端"不演僮剧。有的寨子赶"陇端"，由于没有僮剧演出而感到寂寞冷淡，后来或派人出去学僮剧，或请师傅上门来教僮剧，必建立起僮剧业余演唱组织而后已。除一至四月集中演唱僮剧而外，大户人家的婚、嫁、寿辰要唱僮剧，还有玉皇大帝、王母娘娘、观音菩萨、梨山老母等几个偶像的生日要唱僮剧，地方上打太平醮要唱僮剧。

每次演出僮剧要开台、扫台。在开台之前，摩公、两小生、两小旦及寨中几个有威望的老人要一起请社神、山神、土地前来看戏。神位设在台前，摆着糖果、香烛。请神时，摩公默念一本佛经上的咒语，然后大家一齐作揖、磕头。咒语的大意是：一求神保黎民平安看戏，二求神保演员演唱如意，三求神保戏台固若金汤，四求神把住四角大门，好人请进，坏人莫入。按照摩公的迷信之说：唱戏不请神，寨上的人会死，牲口也会瘟，生产也不顺利；请了神，则人畜兴旺，五谷丰登。

开台的人物，哎的唢、哎咿呀、咿嗬嗨各派不同。哎的唢是华光开台。一阵锣鼓响过后，三只眼的华光上场，他一手执枪，枪上挂着一串爆竹，一路响着，走三个圆场，爆竹响完，他即边耍枪、边念："初一十五天门开，奉了玉帝下凡来。下界巡查，四大部洲，今有云南省广南府富州县××乡××村的陇端，起上花台（即戏台）一座，前五里听着，后五里听着，左五里听着，右五里听着，中五里听着，五五二十五里听着，不准冤鬼在此作恶，若有冤鬼在此作乱，打下酆都地狱，万世不得超生（配合身段动作）。前一枪风调雨顺，后一枪五谷丰登，左一枪国泰民安，右一枪众老少个个平安，中一枪众子弟个个平安（后台演员应：个个平安）。驾回阴山！"进场。咿嘀嗨是王灵官开台。他手拿钢鞭上场，鞭上同样响着爆竹，走三个圆场后，念："手执钢鞭驾火轮，三十六路我法生……"（下面词与哎咿的唢开台的词同）。哎咿呀是八仙开台。锣鼓响过，八仙上场，吕洞宾、张果老念："东阁寿筵开，"曹国舅、钟离老祖念："西方进寿来，"李铁拐、韩湘子念："南山仙子老，"蓝采和、何仙姑念："北斗上天台。"念完后，几人同拜天地，继而互相对拜，拜完后一对一对的入场。哎咿呀另一种开台的人物是财神，他骑虎执鞭上场，舞鞭做身段，不说一句话。

开台过后，紧接着是"打加官"。一个戴着笑和尚面具的人出场，他头戴官帽，腰系玉带，一手拿朝简，一手拿红纸，红纸上写着"禄位高升"四字。他拜完四角后，即将朝简放在桌上，然后用双手展开红纸，向观众行礼，在此同时，后台一个演员配合喊叫台下观众的名字："恭喜恭喜，某某老板（或乡长、保长……），生意顺遂，一本万利，发财万金，高升高升！"喊着谁的名字，谁就拿出几块钱，丢入一个垫着红纸的盘中，由一个小孩端上台去，紧接着一个唱旦角的演员出来向给钱者作一个身段，表示道谢。"打加官"的人，要把当地有钱势的人都请到，如有不到之处，那些人会说你看不起他，因而会出口伤人，甚至对剧团给予种种责难。当然，这些人所拿出的几块钱，也是剥削得来的钱。

"打加官"过去后，即转入正式演出。第一晚演的戏，一般都是武打戏，如《二下南唐》《罗通扫北》之类。以后演的戏，白天大都是武打戏，夜间大都是义戏；也有的地方，整个"陇端"期间，都是演武戏。

演到最后一天的最后一个戏，即举行扫台仪式。戏演完后，仍然是开台的人物出场，念道："百日已满，倒下花台，前五里听着，后五里听着……"（下面的词与开台时大体相同）这人进场后，锣鼓管弦全部停止，摩公走到神位面前，默念佛法，表示送神归位，扫台事项，即告完毕。扫台戏一般都是团圆、欢乐的戏，最常演的是《二度梅》和《珍珠塔》，剧中描写几家人团圆。扫台完毕后，全寨男女老少同欢同乐，有的对歌，有的丢花包，有的吃喝"唱酒歌"。但在此同时，一些豪绅恶棍，也乘机进行捣乱和破坏。

六　僮剧的传统剧目

僮剧的传统剧目，据老艺人侬大益说：在一千出以上，现在能报出剧目名称的有三百四十多出。剧目的取材范围相当广泛，一是像《东周列国志》、《三国演义》这样的历史演义小说，一是像《柳荫记》、《双贵图》这样的民间唱本，还有像《双采莲》、《卖花嫁女》这样的生活小故事。

僮剧的连台本戏，号称十八大本，计有：《三国演义》、《说唐》、《罗通扫北》、《薛仁贵征东》、《薛丁山征西》、《薛刚反唐》、《西游记》、《粉妆楼》、《飞龙传》、《杨家将演义》、《万花楼》、《五虎平西》、《五虎平南》、《水浒传》、《说岳全传》、《正德游江南》、《七剑十三侠》、《大闹三门街》这些连台本戏，每一种长达十几本甚至到几十本，一本《薛仁贵征东》就可以演十天十夜，每天的时间长度，大约是由正午到下午五点为一场。由晚上七点到第二天天亮（早上七点）为一场。这些连台本戏中，又可以提出若干单折戏和单本戏，如从《三国演义》中，就可以提出《三英战吕布》、《连环计》、《凤仪亭》、《过五关》、《长坂坡》、《东吴招亲》、《三气周瑜》、《战长沙》、《四水关》、《诸葛亮智取三城》、《失街亭》、《空城计》等等。从《说唐》到《说岳全传》那一些连台本戏，几乎概括了整个唐、宋的历史。这些戏虽然大都演述的是汉族故事，但僮族人民仍然喜爱它们，从中获得了丰富的历史知识，学到了智慧和勇敢的精神。这些戏虽然与汉族剧种同一题材的戏，取材于同样的历史演义小说，但在具体刻划人物等方面，僮剧的编剧家们又发挥了自己的独创才能。以《五虎平西》中的《双阳追夫》这出戏为例，就可以说明一些问题。这出戏在汉族剧种中，或名《双阳公主》、《八宝公主》、《珍珠烈火旗》、《盗二

宝》……主要情节是叙述狄青与单郸国王之女双阳公主招亲之后,得双阳公主
的帮助,取得了珍珠烈火旗和日月骝骠马二宝,但是这时一个不好的消息传来,
狄青被朝中奸臣庞洪陷害,说他投降了敌邦,全家性命危在旦夕。这时狄青决
意赶回朝去交令,但又怕双阳公主不放,因此就不辞而别。事情被双阳公主发
现,带兵追赶。赶上之后,就出现了几种不同的处理手法:京剧是狄青在双阳不
肯放他的情况之下,不得已戴上金面具,吓退双阳,得以脱身;川剧也是狄青吓
退双阳,不过是采取散发的办法;僮剧则是双阳劝狄青不回,双方战斗起来,狄
青战斗不过,被双阳强迫回宫,回宫以后,狄青把事情原委尽告双阳,双阳大受
感动,忍痛放狄青回国,夫妻共唱了一曲"分别调"而挥泪别离。这种同一题材
作不同处理的戏还很多。

　　取材于民间唱本的剧目,在僮剧中也有相当大的数量,如《柳荫记》、《八仙
图》、《鹦鹉记》、《双贵图》、《双槐树》、《白蛇传》、《昭君和番》、《秦香莲》、《杜十
娘》、《孟丽君》、《方卿访姑母》(即《珍珠塔》)、《二度梅》、《七姐下凡》、《四姐下
凡》等等都是比较经常上演的剧目。这些剧目最大的特色是:故事完整,情节曲
折,表现了剧中主要人物的悲欢离合遭遇,而且是非爱憎也非常分明。由于这
样的原因,所以这些剧目仍然受到了僮族人民的喜爱。特别是其中那些表现主
人公先受痛苦折磨、最后过上了美好的生活的剧目,更受群众喜爱,如流传得很
普遍的《双贵图》这个剧目,就是一例。《双贵图》又名《血汗衫》,有的剧种叫《蓝
季子会大哥》,蓝芳草及其子蓝中琳、蓝中秀、蓝季子及蓝中琳的妻子王氏,都经
历过很多悲惨的遭遇,外出的遭到了土匪的抢劫(如蓝芳草等),在家的遭到了
继母的虐待而下狱(如王氏)。最后幸得蓝中琳、蓝中秀高中,平叛有功,封官回
家,平反了案件,一家才得团圆。观众为他们悲惨的遭遇而流泪,也为他们美好
的结局而高兴。在旧社会里,人民群众受封建统治阶级的压榨而生活在痛苦的
深渊,感到从这些先苦后甜的剧目中,获得了生活斗争的鼓舞,当然在过去的现
实生活中那些苦难的人民很少是得到这样的结局的,但人民群众之所以承认这
些剧目,正因这些剧目反映了他们美好的理想和愿望之故。

　　僮族人民特别喜爱那些生活故事小戏,而这方面的戏在僮剧的传统剧目中

占的比重也很大，流行得最普遍的有《错配鸳鸯》、《双采道》、《卖花嫁女》、《九莲杯》、《双看相》、《宝花盒》、《醉落扇》、《花鼓入城》等等。这些剧目故事优美，大都反映了劳动人民的优秀品质，对劳动人民内部的落后事物，采取善意的讽刺，对统治阶级的丑恶行为，则加以尖锐的抨击，生活气息浓厚，而又非常幽默风趣。僮族人民感到这些戏所描绘的生活与自己的生活息息相关，其中的人物就好像是生活在自己周围的人物，甚至有的还有点像自己。如在《卖花嫁女》中，那一对被母亲束缚在房里、而以对山歌来寻找生活乐趣的姐妹，不正像那些活泼、乐观而又喜爱歌唱的僮族姑娘么？《错配鸳鸯》与滇剧等剧种的《老少配》是出自同一个题材，但僮剧却着重写了三个店家：一个店家用欺骗的手法，将一个财主老太婆嫁给了一个青年冯天盛；一个店家也是用欺骗的手法将一个小姑娘嫁给了一个财主老头子马大成（这两个店家都受了财主老太婆、老头子的贿赂）；第三个店家则在这两个得着不称心的配偶的年轻姑娘与小伙子哭泣感叹的时候，用智慧成全了他们二人的婚事，而让老头子和老太婆配合。这与滇剧等剧种的着眼点就大不相同，人物性格既很统一，而且喜剧风格也很浓厚。（滇剧后面断案的情节与僮剧同，但前面的情节则很不相同，滇剧大意是说：有一个省遭灾害，很多妇女装在口袋里出卖，青年冯天盛买得了一个老太婆，老头马大成则买得一个小姑娘。老头和老太婆都很满意，姑娘与青年则大不满意，四个人投店碰在一起，青年结识姑娘，后来在老太婆的帮助之下，青年与姑娘结合，老太婆自愿嫁给老头。全剧的着眼点是对老太婆这个人物的刻划。）

　　僮剧还曾经编演过一个叫《温大林》的剧本，温大林是清末僮族起义女英雄美香部下的一个首领，他和美香一道，在光绪十六年左右，向皈朝土司进行过激烈的战斗，受到了僮族人民的无限爱戴。可惜这个戏失传了。

　　总之，不管是取材于本民族故事的剧目也好，或者是取材于汉民族故事的剧目也好，都具有自己的民族特色，这种特色表现在人物的思想、性格上，表现在特有的风俗、习惯上，也表现在那些生动的语言上。如《柳荫记》这个为全国各个剧种所共有的剧目，流传到僮剧中，却另是一番风味。僮剧《柳荫记》，首先出场的人物是梁山伯，他别母寻师求学，路上遇见的祝英台，并没有女扮男装，仍是女装。二人一碰面,就对起山歌来,对歌中,祝得知对方要去寻师求学,因而也产生了读书的要求,于是谎言告诉梁,她家有一个哥哥祝九郎也要前去读书,要梁等一下,她立即回去告诉哥哥前来。她回家禀明父母,女扮男装,与梁山伯一同求学。梁、祝的老师,是个女的,这也与一般剧种不同。在求学时期,一个假日,梁山伯出去游玩,祝英台也改着女装出去游玩,她怕梁认出,在脸上点了一颗黑痣,果然她与梁山伯碰在一起,二人又对起歌来,对的歌有着浓厚的僮族生活色彩,如——

　　梁:(唱)正月哥来到,

　　　　　篾帽可做好?

　　祝:(唱)正月要玩耍,

　　　　　男女丢花包,

　　　　　大家踢毽子,

　　　　　不得做篾帽。

　　梁:(唱)二月哥来到,

　　　　　篾帽可做好?

　　祝:(唱)二月挖水沟,

　　　　　不得做篾帽,

　　　　　…………

　　如此凡十二个月,道出了僮族地区的农时节令。结果十二个月祝都不能为梁做篾帽,这显然是有意向梁逗逗趣,最后竟惹得梁生气而去。之后,祝英台受父母的催促,不得不告辞梁山伯回家,临走时,留下了一封信给梁山伯,信上画了一对蝴蝶,付托终身。梁送别祝归来,发现了这封信,半信半疑,决意带着四九前去追赶,接着就出现了一个梁山伯急急赶路的场面,他首先遇见了一只鸟——

　　梁:小鸟呵! 祝九郎走多远了?

　　鸟:很远了。

　　梁:可追赶得上?

鸟：相公快点追，就可追赶得上。

梁：好心的小鸟呵！谢谢你给了我满意的回答，愿你嘴儿红红，说话乖巧。

后来，梁山伯又问了河中的花鱼、白鱼、乌龟……它们有的给了他满意的回答，有的给了他不满意的回答。戏的结尾，祝钻进梁的坟墓，马家郎挖开坟墓，梁祝变成了一副石磨（这也与别的剧种不同），马家郎命人将两扇石磨分开抛下山岩，不料它们在半山腰中又合在一起，直到马家郎命人将石磨敲碎，又才变成一对蝴蝶。……从以上所举的几个情节例子中，可以看出僮剧《柳荫记》中的梁山伯与祝英台，已变成了僮族人民的梁山伯与祝英台了，在他们身上，已具有了僮族人民那种喜爱歌唱的性格。

僮剧四大腔调，都有自己最常演的剧目（也就是艺人们所说的"根本戏"）。哎的哎是《柳荫记》，哎咿呀是《樊梨花》，乖嗨咧是《双贵图》、《杨六郎》，咿嗬嗨是《九莲杯》、《打刀救母》、《审瓦盆》等。

僮剧用三种语言：僮话、粤话、当地汉话。但几大腔调具体用法又有不同。哎咿呀和哎的哎，唱词基本上是僮话，但也有一部分是汉话，道白及上场引子定场诗等基本上是汉话，有时又夹杂着一点僮话，主要是在小丑逗笑的时候。如《薛平贵》这出戏，写薛平贵出场，念了上场引子定场诗后，唱一段汉话词："俺本是武将后宦门世袭，运不至落乞讨自把头低，不知道何日里身腾遇水，看一看定终身应在何时。"紧接着就唱了一大段僮话词："拎等屋都窑，寮江街跌粝，国侣厶品巾，国僮生受难……"（译意是：家住寒窑里，在街上讨米，怎么得饭吃，生来就受难……）

道白一直是说汉话，但到薛平贵与王宝钏成亲，众乞丐来向薛平贵贺喜时，却又说上了僮话，很逗人发笑。乖嗨咧的唱词全部是唱僮话，说白是半僮话、半汉话。咿嗬嗨完全是另外一种情况，唱词、道白基本上都是汉话，只是在道白里面，有时夹点粤话，主要是用在丑角和摇旦（媒婆等）身上，目的也是为了逗笑。为什么在语言上会有如此复杂的情况？据老艺人侬大益说：一、主要为了适应群众的需要，如每年赶"陇端"的人，各个民族都有，为了使他们都能听懂僮剧，所以采用了僮话、粤话、当地汉话三种语言。二、在《柳荫记》和哎的唢未产生以前，都是唱僮话，后来大量的小说和唱本改成了僮剧，一些粤剧的剧目也移植进了僮剧，有些话翻译不过来，所以就保留成汉话。三、僮话与汉话说同一个意思，有时汉话只要一句，而僮话却要好几句，往往在情绪比较激烈的时候，不能适应需要，所以遇到这种情况也改唱汉话。

哎咿呀、哎的唢、乖嗨咧都偏重唱，说白较少。哎咿呀、哎的唢的唱词都是以五字句为主（只要一唱僮话就用五字句），在唱汉话的时候，则是用七字句或十字句。乖嗨咧也是以五字句为主，个别的调子也唱七字句。咿嗬嗨以七字句为主，有少数几个曲调唱五字句。五字句的唱词，基本是"一、二、二""二、二、一"和"二、一、二"的结构。七字句基本是"二、二、三"的结构，无"三、二、二"的结构。十字句基本是"三、三、四"的结构。哎咿呀和哎的唢的唱词以偶句为主，但也有单句（这适应着曲调一句词唱法和三句词唱法的需要）。唱词的上句一般落阴平和上声，下句落阳平和去声，如："幼苗遭风霜，从小丧爹娘。"或："我名侬智高，当军师元帅。"或："清晨把河下，归来鱼满篓。"要是把上句写成阳平，下句写成阴平就不好唱。咿嗬嗨一定要是偶句，少一句就扫不住尾，而且分着严格的上下句，除第一句可以用平声而外，以后都是上仄下平，如："稻谷金黄就要收，秋后等着要用牛，若把这牛拉回去，怎能耕田拉犁头。"唱词一般是压脚韵，哎咿呀和哎的唢有时是一、三句押韵，有时是二、四句押韵，有时又是一、四句押韵。咿嗬嗨与花灯差不多，一、二、四、六、八押韵，三、五、七、九也可以不押韵。

僮剧的词句多用五字句和七字句，这与僮族山歌的风格是一致的。在僮族的山歌中，很多都是五字句，如皈朝山歌、郎恒山歌、天保山歌等都是五字句。七字句的山歌也有，但不及五字句的山歌多，不过也是僮族山歌中的一个重要组成部分。

从上面的一些情况看，僮剧的传统剧目是丰富的，而且剧本的内容、结构、唱词等也是很有特色的。这是僮剧的一笔重要的财富。

七 僮剧的艺术特点

僮剧的四大流派，在音乐、表演、剧目等方面，也各有各的风格特点，大体上分成两大类：一类更接近我国古典戏曲，但程式化的程度又不及京剧、粤剧、滇剧，这一类以哎咿呀、哎的哎、乖嗨咧为代表；一类是载歌载舞的民间小调剧，像云南的花灯及广西的彩调那样，这一类以咿嗬嗨为代表。现就表演、舞台美术两个方面，分述一下僮剧的艺术特点。

一　表演

僮剧的行当分生、旦、净、丑。生，分小生、武生、老生；旦，分花旦、武旦、正旦(青衣)、婆旦(老旦)、摇旦(彩旦)。如《薛平贵》一戏的行当，这样分法：薛平贵，生；苏龙，副；魏虎，花面；王宝钏，旦；王允，外；金甲神，仙；王孙公子，丑。《蝴蝶媒》的行当：蒋鸾，小生；柳必英，花旦；柳寡妇，婆旦；蝴蝶媒，摇旦；杨长官；张松养，花面；蒋万年，员外。

行当分工的细致，说明表演艺术的丰富。僮剧流行着："文不离扇，武不离刀"的表演口诀。人物的基本台步是八字步，武生台步多用大八字，小生、老生等台步多用中八字，旦角台步多用小八字。舞台上的基本调度是三角形，人物上场后，走三角路线。一人起唱，全台的人都歪八字步配合做戏，表示注意听对方的谈话，这是人物之间交流感情的必需动作。人物的上、下、坐、立，视不同的行当有不同的表演——

（一）上场：小旦出场，先定相，撒扇，原地转身，置扇于地，扶鬓，整领，抖袖，再拾扇，双手齐脐向内挽一圈，侧身搧扇步至台口，转身定场。小生出场，一亮相，右手耍开扇子，左手理起飘带，走台步。小丑出场，亮相，夹膀走路，身子摇动，一手摇扇，到台口再亮相，退两步后转身入座，双手从下面画一圈，以示其轻狂。老生出场，甩袖，举双手，推髯，如系穿蟒老生，接着端带，到台口时，右脚跨腿，退左脚，再甩袖，转身入坐，又推髯；如系一般员外老生，则在拿扇和端带的区别。武生出场，先用单搧膀亮相，举右手一挥(右手一般都拿着武器)，然后挥左手，继之交换挥手，到台口一个转身，喊定锣鼓停下，起唱。武花面出场，要跳台(起霸、趟马之类)，或作战斗的准备，或显示自己的身分。亮相与其他剧种也有不同的地方，京、滇剧等是搓步亮相，僮剧则是正走三步，第四步跨左腿，退两步再亮相。

（二）坐立：男角的坐和女角的坐各有不同。如《双阳追夫》中狄青坐时，两腿张开，两手握拳，各放一膝，这就是男角坐的基本姿式。女角的坐则是右腿搭在左腿上，两手扣在小腹，或握手放于胸前，如《福中得美》中查正彪妻子的坐就是这样。男角站立时，双手叉腰，双脚呈八字；女角站立时，一只手叉腰，一只手放于胸前，姿势优美。

（三）下场：小旦下场是起身，耍扇，到台口，转身，左腰微弯进去。小丑是右手背扇，左手捏拳举在前面，缓步下场。小生举手挥扇，转身缓步下场。袍带老生则起坐，推髯，端带至台口，甩袖，端带进场。武生进场是：右手拿武器，行至台口，平手拉开，跨右腿，退三步，进两步，踢右腿，马鞭打脚，转身，快步下。花脸进场与武生进场基本同，只是武生是平手拉开，花脸是高手拉开。

（四）武打：僮剧反映战斗的剧目很多，艺人们特别重视武打，有十大武打套子，即："铜对长枪"、"钢鞭对长枪"、"双铜对刀"、"双刀对钢鞭"、"钢鞭一击"、"双刀杀棍"、"长枪对长枪"、"单刀打单刀"、"空拳夺单刀"、"空拳对空拳"等。开打之前，武将带兵行路，边行边唱，全场的人走成圆圈，每三步原地转身一转，如此反复，直至全部唱词终止。开打时也有一定的程式，如《双阳追夫》中，双阳公主带兵追上狄青，劝狄青不转，双阳的女将与狄青等五虎，展开了战斗，双方摆开阵势，一对一对的开打，一对打完了，然后再接二对、三对……最后才轮着狄青与双阳开打。开打的小节是：双方的刀棍等武器相击，先是左边、右边、中间，然后背对背反打……战斗相当激烈。在拿枪方面，与其他剧种不同，京、滇等剧是左手握枪腰，右手握枪把，僮剧则相反，右手握枪腰，左手握枪把。

（五）扇子功：除武花脸、武生外，小生、小旦、小丑、老生大都用扇子做戏（旦角除用扇子而外，还要用手巾），老艺人侬大益说：这些人少了扇子就不行。扇子对帮助刻划人物、美化身段、便利歌舞有很大的作用。僮剧的扇子功有耍团扇、甩扇、半扇、抖扇、方扇等二十多套。扇子功在呀嗬嗨的表演中用得更多。

在呀嗬嗨这一流派的表演中，完全是另外一种风格，人物上场后，载歌载舞，扇不离手，丑角要走矮步身法，扇子在脸上时起时落。呀嗬嗨的表演给人以一种轻松、活泼、愉快的感觉。

二　舞台美术

僮剧的舞台，视条件而定，遇高台，则在高台上演；无高台，则在地上演；房里房外，田头地坝，都可以演出。当然由于一般寨子的演出条件比较差，更多的还是在平地上演出。特别是僮族民族节日"陇端"，都是在田坝里举行。演出的地方，铺上晒席，就是舞台；也有的地方用木板搭成两尺高的台子，作为舞台。除此，还有一条又宽又长的白布作为顶幕从台上直扯出去，挡住天上的阳光和风雨，超过舞台的部分，就是观众看戏的地方。我们在那旦，还看见过这样的舞台样式，不过不是在田坝，而是在室内了。演戏的地方，挂着一块幕布，幕布已经很旧了，大概是很多年前制作的，但布上的画，还是很有风格，中间画着一个麒麟，左右角上都有一只鹦鹉，中间顶上一只鹰，鹰下边有船，船两边有两只蝴蝶，蝴蝶下边是两个长长的花瓶，瓶中插着花。幕布左右边各有一道门帘，这与解放前汉族剧种舞台上的"出将""入相"是一个道理。幕布前面放着一张公马桌，两边三四张椅子，也与汉族剧种的舞台装置差不多。

僮剧的服装、帽盔，有简有繁。盔头的样式与粤剧的样式差不多，前边的额子都很高、大。服装一般是用粗白布缝成，以粤剧服装的图案做蓝图，画成龙袍和铠甲的样式。女角的穿着，视条件而定，有戏装则穿戏装，没有戏装，就穿本民族的服装，腰间扎上一条红布。男角的兵丁之类的人物也是如此，没有条件的，头上便包块手巾（英雄结子），腰间扎根红布。如我们看的《双阳追夫》中的五虎，头上戴盔，身着画制的铠甲，两条红绸在胸前扎成十字，交叉处有一朵大红花。双阳公主的头上戴着凤冠，外着画制的龙袍，内着跑裙，胸前也是一朵大红花。其余的兵丁、使女就从简了。兵器也视条件而定，有条件时用刀剑，无条件时，长竹棍、短竹棍也可以。

僮剧也有脸谱，视不同的行当和人物有不同的画法。如大花脸的脸谱画法，从鼻梁两侧各画一条虎尾向耳下伸去，用黑、白、红三色画节而显出虎尾；用红色在额头正中画一红线直插鼻尖；两条眼眉各伸向额角，眉尾分叉，眼睛窝黑,两眼角边上各点一白色圆点;口画得宽大,口径约二分,朱红色;下巴画黑白色三条波浪线,以显示其形象阴恶(如《九莲杯》中的山大王脸谱就是这样)。丑角中的反派人物,多在鼻梁画一只白乌龟头,眉毛向下弯(如《九莲杯》中王二的脸谱)。也有的僮剧组织,不画脸,戴现成的面具。

八 僮剧在发展中的新探索

从以上的情况中可以看出:一、僮剧的历史是悠久的,它至少产生在一百年以上;二、僮剧的传统是丰富的,传统剧目在一千出以上,有四大腔调的音乐及表演艺术,还有丰富的民间文学艺术传统;三、僮剧的群众基础深厚,富宁僮族地区,几乎村村寨寨都有僮剧。

僮剧原来有像哎咿呀、哎的呶、乖嗨咧这样的比较接近我国古典戏曲的形式,又有像咿嗬嗨这样的载歌载舞的民间小调剧的形式,而这几年来又出现了第三种形式——以僮剧原有的传统艺术形式为基础,吸收了僮族传统的音乐舞蹈艺术发展起来的形式,这种形式——

(一)在剧目上:题材是本民族的题材,如《螺蛳姑娘》就是取材于流行在富宁境内普厅河上的民间传说故事,在思想内容上、人物性格上及风俗习惯上,都有着浓厚的僮民族特色。《刘三姐》、《一幅僮锦》虽然是从广西的戏剧移植过来,但所反映的生活,仍然是僮族的生活。在词句安排上,更多的继承了哎咿呀、哎的呶以唱为主的特色。唱词的风格,也更民族化了,大段大段的词句,几乎都是采用僮族的民歌写成。

(二)在音乐上:以哎的呶、哎咿呀、乖嗨咧及咿嗬嗨的部分腔调为基础,也吸收了一些与僮剧风格相融洽的山歌调。另外,考虑到与广西僮剧同属一个剧种,也吸收了一些广西僮剧的曲调进来。他们还觉得一个戏如果单用一个腔调,在表现能力上会受到一些限制,不免给人以单调之感,所以便在统一的风格下,将几种腔调,有选择地溶化到一个戏里去。《螺蛳姑娘》就是这样做法,它以乖嗨咧为主调,而又将咿嗬嗨、哎的呶、哎咿呀的腔调溶化成一炉,而且还吸收了僮族的郎恒山歌、天保山歌等调子,看来既丰富了音乐上的表现力,风格也还谐调。

（三）在表演上：考虑到僮剧传统的表演动作，除了那些武打套子等是从粤剧吸收来的而外，绝大多数的表演动作，还是产生于本民族的生产劳动和生活动作，而又作了美化，所以他们仍以这些动作作为基础。还考虑到僮族及其支系的舞蹈同样是僮族艺术传统，所以也作了吸收。另外，不管僮剧传统的表演动作也好，僮族传统的舞蹈动作也好，既然其根源都是来源于生活，因此他们也根据人民群众的劳动和生活，创造了一些新的表演动作。除此，他们还借鉴了汉族剧种的一些表演动作，来帮助充实僮剧的表演动作。民族之间文化的交流是必要的，僮剧在历史上有这个传统，问题是借鉴不等于代替，吸收过来一定要溶化，一定要使它与本民族风格相协调一致。他们在《螺蛳姑娘》中，就是以僮剧的传统动作为基础，吸收了僮族的《碗舞》、《手巾舞》等民间舞蹈，在某些人物的表演上，也适当吸收了滇剧的动作。看来，在结合上虽然还免不掉有一些缺点，但基本上还可以融洽得起来。

（四）在服装上：他们觉得，过去由于大都表演汉族故事，按照汉族服装样式、风格来进行化妆，与整个戏的风格也是谐调的，但是要表现本民族故事，再穿那种服装，再那样打扮，就会很不谐调了。他们这次排《螺蛳姑娘》采用了僮族服装和僮族打扮，剧团的同志们下乡作了调查，到城关附近那力寨访问了一个九十八岁的老人——苏大妈，请她提供当年僮族妇女的装束。剧团根据她提供的材料，又结合僮族男女老少一般的装束，设计者作了一些适当的美化。演出后得到了群众的承认，他们说：这些服装又好看，又是我们本民族的。头上的打扮也是同样采取这种做法。

尽管这种新的尝试，免不掉还有若干缺点和问题，但这一类形式的剧目演出后，却受到了群众的热烈欢迎。如《刘三姐》这个戏，是剧团建团以来演出的八十个剧目中场次最多、最受观众欢迎的一个戏，每到一处演出，群众都纷纷从四面八方赶来看戏，有的甚至锁好房门来看戏，七八十岁的老人也由亲人扶着来看戏。《螺蛳姑娘》在县城试演了六七场，观众空前踊跃，位子坐完，前后左右走道，处处都站满了人。富宁不过是一个三四千人的小城，《螺蛳姑娘》能演这样多的场次,可见群众对这一类剧目的欢迎。他们说:这是自己民族的事情,有歌有舞,好看好听!

总之,僮剧在这几年来作了一些新的尝试,这些做法是否正确,他们还打算在进一步实践中,征求多方面意见,再作进一步探索。

附记:这篇东西是笔者根据去年十月至十二月去富宁僮剧团工作期间调查所得材料整理而成的。在整理过程中,曾参考了徐剑同志写的《僮剧概况》,何铭同志写的《僮剧音乐介绍》,王少培同志写的《谈僮戏的表演》。另外,富宁县人民委员会文教科李贵恩同志,也提供了许多材料。在此,一并表示谢意。

另外,所访问的对象,都是僮剧中土戏部分的艺人,所以这个材料提供的情况,不包括僮剧另一部分——沙戏。特此说明!

1962 年 1 月 10 日

前进中的僮剧艺术

—— 右江僮剧团演出的《百鸟衣》观后

潘其旭

史料解读

　　史料原载于《广西日报》1963 年 7 月 25 日，为一篇观后感。《百鸟衣》是根据壮族民间故事改编的一部神话剧，壮剧团对这一题材剧目的处理并不拘泥于原有的神话故事和神幻的情节，而是根据时代的要求突出表现善与恶的矛盾，劳动人民与反动统治者之间的阶级斗争，从而使主题具有强烈的现实意义。《百鸟衣》有不少场面和人物表演能给人留下深刻印象，例如依娌在第二场中巧妙地向古卡透露爱情的一节，通过一件小道具、几个动作细节以及含蓄的两句对话，就把依娌此时丰富的内心活动和那大胆又不骄矜的情感和性格表现了出来。在反面人物的表演上，《百鸟衣》大量地采用了传统的表演程式，如土司的大转身出场和绕扇、反合扇等动作，在渲染氛围，刻画人物和体现民族戏曲表演特色上都达到了良好的效果。在音乐唱腔上，《百鸟衣》在传统基础上加以发展，将壮族民歌适当地运用到壮剧音乐中去，丰富了壮剧的音乐内容和表现力。

　　该史料关注壮剧《百鸟衣》所体现出的鲜明时代特色，反映了当时壮剧创作和批评的导向。

原文

右江僮剧团来南宁公演，把绚丽的民族艺术带到了自治区首府的舞台上。从他们的独具特色的演出中，我们看到了解放后获得新生的僮剧艺术，在党的大力扶植下，正欣欣向荣地发展。这里我想仅就《百鸟衣》谈谈自己的感受。

《百鸟衣》是根据僮族民间故事改编的一出神话剧。过去曾看过好几个剧种编演的《百鸟衣》，但有的过分着力于神幻的描写和表现。而从僮剧团的演出看来，改编者对于这一神话题材的处理上，并不拘泥于原神话故事和不追求那种超尘的情节，而更多的是根据时代的要求，突出地表现了恶与善的矛盾，反动统治者与劳动人民之间的阶级斗争，从而使主题具有更强烈的积极的现实意义。

戏剧是以表演艺术为中心的，它主要是通过动作来刻划人物，以塑造舞台艺术形象。看了僮剧团《百鸟衣》的演出后，觉得他们不仅充分地运用了最有特色的表演程式，而且，有不少场面和人物的表演给人留下了较深的印象和美的感受。如第二场中依娌巧妙地向古卡透露爱情的一节表演就是相当精彩的。依娌以取箭为由与古卡接近，声称一定要回那支箭，而当古卡将箭交给她时，却又深情地推谢了；古卡要回身赶路，她又千方百计地拦住盘问；当古卡回答"家里只有老母一人"时，她喜悦地脱口而说："那你……"但又煞住了。就这样，通过一件小道具和几个动作细节、含蓄的两句对话，把依娌此时丰富的内心活动和那大胆而又不任性、含蕴而又不骄矜的情感和性格表现了出来。又如依娌在公堂上与土司斗智那一场，演员运用了北路僮剧旦角的优健步法和一推一摆的手法走向装芝麻绿豆的竹筐前，显得自如和从容不迫，生动地表现了依娌对愚蠢、残暴的土司的鄙视；而那敏捷、娴熟的使筛动作，又刻划了她的灵巧、聪慧的一面。这样就把一个多情、大胆、勤劳、朴实、聪明伶利和不畏强暴、敢爱敢恨的劳动少女的本色表现出来了。扮演依娌的韦莲好同志是位来自农村的青年演员，她虽然登台不久，但能以自己的体验，赋予人物以真挚的感情，从而较好地塑造了人物性格，这是值得赞许的。

同样，农济民同志对古卡的刻划也是多方面的，既突出了他勇敢、坚强、勤劳的一面，在对依娌的态度上，又表现了他憨厚、朴质的性格。另外，在反面人物的表演上，大量地采用了传统的表演程式。如土司的大转身出场和绕扇、反合扇，开堂衙役疾叫一声后冲出舞台来个急促转身和扛枪等动作，不论在气势渲染、人物塑造和体现民族戏曲表演特色上，都达到良好的效果。

《百鸟衣》的音乐唱腔，也是在传统的基础上，根据剧情和人物性格的要求加以发展的。原来的僮剧音乐分南北两路系统，属于板腔体和联曲体的结合形式。从数量和表现力来看是南富北贫，风格上是南粗北柔，南放北收。现在僮剧团以南路为基础，使南北综合，并将表达情感和风格统一的腔调作了适当的调整并腔。如第四场依娌责问土司"古卡罪犯哪一条"的曲子就是《采花调》与《平板》收尾的合腔，表现了激昂愤慨的情感。其次，僮剧团的同志们还吸收了僮族的许多民歌，适当地运用到僮剧音乐中去。如第二场古卡、依娌对唱的情歌，便是用靖西的民歌《采荇曲》改编的；筛豆时依娌唱的曲调是根据隆林那劳山歌改编的，而尾声的《骑马调》则是巴马僮族民歌与《采花调》的融合体。这些都丰富了僮剧的音乐内容和表现力。

第八辑

白族戏剧

本辑概述

　　本辑收录了十篇史料，包括概述、学术随笔和观后感等。这些文献分别发表在《云南日报》《边疆文艺》《人民音乐》《曲艺》《少数民族戏剧研究》《光明日报》《四川日报》《戏剧报》上，涉及的剧种有吹吹腔和白剧，涉及的具体作品是《红色三弦》。金穗的两篇介绍，其中一篇整体介绍了吹吹腔，包括其作用、文学基础、唱词、音韵等；另一篇介绍了大本曲和大本曲剧，包括其发展中心、流派、特点等。杨明和刘钺共同创作了关于白族吹吹腔的介绍，文章特别介绍了吹吹腔的特点，还列举了与吹吹腔起源和盛行相关的史料，推断出吹吹腔已有五百年以上的历史。李晴海的学术随笔记录了他在打歌调濒临失传的背景下，拜访一位西山的民间歌手，从他口中了解到白族调和打歌调由来的经过。张殿光的介绍和阿将的观后感最后都以《红色三弦》背后的现实为出发点，不同的是，张殿光指出《红色三弦》是能直接反映出白族人民现实生活和斗争的白剧现代戏；阿将则认为农村地区仍存在封建文化及资产阶级文化，要学习剧中的做法，让社会主义文化占领农村文化阵地。纪涛的观后感从剧情、语言、音乐等方面整体评价分析了《红色三弦》这部剧；曾克的观后感则是从正反面人物出发，对纪涛的观后感进行了补充。

　　本辑白族戏剧研究集中在《红色三弦》这部作品上，从理论界对白族戏剧能否反映现实斗争生活问题的重视可以看出，白族戏剧研究更重视戏剧的社会功能。本辑史料的理论批评话语具有鲜明的时代特色。

谈白族的吹吹腔

金 穗

史料解读

　　史料原载于《云南日报》1961年7月18日，为一篇综合性介绍文章。白族的吹吹腔剧是云南少数民族戏剧中一个相当古老的剧种，关于其发展历史有不同的说法，它与白族人民的生活与斗争密不可分，多用来歌颂爱情和劳动，庆祝白族人民自己的节日，甚至可以作为斗争的武器。吹吹腔剧主要是在白族民间歌舞艺术和白族民间文学的基础上发展起来的，其唱词的格式和常用的音韵规律都和白族民间诗歌相同或近似，其角色和白族的民族歌舞有紧密关系。在服装上，据说剑川兰州坝吹吹腔剧最早用的服装也是在普通民族服装的基础上进行简单加工而成的。吹吹腔剧既有自己的独特风格，又受到其他民族剧种特别是汉族戏剧的影响，在艺术上形成了完整的戏剧表现形式，积累了相当丰富的艺术遗产，具体表现为：细致的行当区分、不同的表演程式、丰富多样的剧种等。新中国成立后，吹吹腔剧恢复生机并得到新的发展，吹吹腔剧工作者一方面对吹吹腔剧传统艺术进行了初步的发掘整理，另一方面也在传统基础上进行了一系列革新创造。

　　该史料对白族吹吹腔剧形成的基础，其与白族民间文学、民间歌舞之间的关系，以及吹吹腔剧戏剧表现形式等进行了相对完整的介绍，是吹吹腔剧的基础研究史料，具有一定的价值。

原文

　　白族的吹吹腔剧，是我省兄弟民族戏剧中一个相当古老的剧种，关于它的发展历史，流行有各种不同的说法。云龙的传说中讲，当地在明朝就盛唱吹吹腔了；大理传说讲，在大理国时期就有吹吹腔的雏形。仅凭这些传说当然还不够，但根据吹吹腔艺人都有几代人唱戏的事实，以及该剧在艺术上相当发达的情况来看，吹吹腔剧确有相当悠久的历史。

　　吹吹腔剧是白族人民自己创造的艺术，而又为广大群众喜闻乐见，它和白族人民的生活、斗争有着十分密切的关系。在白族聚居的主要地区如大理、邓川、云龙、鹤庆、洱原、剑川等地都广泛流行。白族人民用这一艺术形式歌颂自己的劳动和爱情，庆祝自己的节日，甚至用它作为武器向反动统治者进行过斗争。每逢过年、过节（主要是各地的"本主节"、大理的"三月街"、邓川的"渔塘会"等）或庙会（如"观音会"、"龙王会"、"朝山会"等），都要演唱。他们不仅在台上唱，而且逢栽秧、薅秧等季节，还在田间演唱，逢婚丧嫁娶也用"打围鼓"的方式演唱。这些都说明吹吹腔剧和群众劳动生活的密切关系。

　　吹吹腔剧又主要是在白族民间歌舞艺术和白族民间文学的基础上发展起来的。如鹤庆的"花柳曲"、剑川的"海东调"等的由唢呐伴奏的民歌演唱形式，据说这就是吹吹腔最早的演唱形式了。至于吹吹腔剧中唢呐吹奏的曲牌或唱腔过门，更和白族民间广泛流行的吹鼓乐十分接近甚至基本相同。吹吹腔剧唱词"三'七'一'五'"的格式和常用的音韵规律都和白族民间诗歌在这些方面的特点相同或近似。据吹吹腔艺人介绍，较早的吹吹腔只有片断的唱词，甚至没有故事情节，到后来才逐渐有《崔文顺打柴》等生活小戏。邓川的吹吹腔剧目《匡胤送妹》，是由两个角色各自骑着纸、篾扎成的马，在舞台上边舞边唱的，这和白族民族歌舞有更紧密的关系。另外，据说剑川兰州坝吹吹腔剧最早用的服装也在普通民族服装的基础上进行简单的加工，如《断桥会》中的白素贞和青儿都着白族妇女服装，只是前者头顶白帕，后者头顶青帕，后来才逐渐有行当区分；小生穿白汗衣、黑领褂，扎大白包头；净穿长衫、腰系带子，戴小篾帽；生穿白汗衣、羊皮褂，戴羊皮帽等。当然，吹吹腔剧的发展也受到了汉族戏剧的影响，特别是受汉剧的影响较大，不管行当的区分、表演程式的运用、打击乐的演奏以及服装、脸谱等，汉族戏剧的艺术经验，都对吹吹腔剧的发展起到了积极的推动作用。从传统剧目来看，有些也是从汉族戏剧中移种过去或根据汉族古典小说改编的。当然这些并没有妨碍吹吹腔剧形成自己统一的独特风格。

由于吹吹腔剧长时期在白族民间艺术的土壤中孕育、生长，同时又吸收和融化了其它兄弟民族剧种的经验。因而使自己在艺术上形成了完整的戏剧表现形式，并积累了相当丰富的艺术遗产。在角色上，按人物不同的年龄、身份和性格进行了细致的行当区分，最完备的有老生、须生、小生、英雄生、花生、老旦、正旦、花旦、苦旦、武旦、摇旦、黑净、红脸、大花脸、二花脸、小丑等十六行，在唱腔上根据已发掘出来的有不同性格、名称的三十多种，有的按行当分为生腔（小生腔、老生腔）、旦腔（小旦腔、摇旦腔）、净腔（英雄腔、抖马腔、哭英雄腔）、丑角腔等；有的按唱腔的性格分为平腔（叙述性的）、一字腔（抒情的）、高腔（强烈高亢）、丑角腔（活泼诙谐）、二黄腔（悲、苦）、大哭腔等。在表演上各行当的动作有鲜明的性格特征，有手、眼、身、法等讲究，有亮相、起霸、园场、趟马、走边以及水袖功、翎子功等表演程式。在剧目上内容丰富、题材多样，据初步统计共有几百出传统剧目。其它如音乐、伴奏、服装、脸谱等也都有自己的传统。在吹吹腔中，表现脱离群众生活较远的宫廷生活、闺阁生活的戏很少，大多是歌颂英雄人物的武戏和讽刺反动统治阶级的丑角戏。这正反映了白族人民的思想感情。从表演艺术的气质上看，给人印象最鲜明的是粗犷、爽朗、质朴而又优美，这正表现了白族人民乐观、豪放、纯朴的性格和较高的文化素养。从艺术处理上看，那种载歌载舞的特点和浓烈的生活气息，显明地感觉到和白族人民的生活、风俗习惯、语言、劳动。此外，流行在不同地区的吹吹腔剧又各有不同的特点，如剑川的更接近民间歌舞艺术，云龙的则保存了吹吹腔剧较古老的传统，而大理、邓川、鹤庆等地的则较多地吸收了汉族戏剧的成份。

吹吹腔剧尽管有深厚的群众基础，并在艺术上有相当多的发展，但以往由于反动统治者的压抑和摧残，使它陷于十分衰落的境地。只在解放后，在党和政府的领导、关怀下，在党的民族政策、文艺政策的光辉照耀下，才得重新恢复生机，不断得到新的发展。几年中不但演出了《杜朝选》、《火烧松明楼》等根据白族民间传说改编的历史剧，也演出了反映白族人民新的生活面貌的《花甸坝老家乡》、《劈开云弄峰》、《花甸坝》等现代戏。通过这些戏的编演，一方面对吹吹腔剧传统艺术进行了初步的发掘整理，同时也在传统的基础上进行了一系列革新创造。

在 1958 年西南区民族文化工作会议以后，吹吹腔剧不管在传统艺术的发掘整理上、队伍的培养上、新剧的创作上，以及艺术革新上，都又作了许多工作。我们相信，不久将看见这个古老的剧种在各民族戏剧的大花园中开出更加鲜艳美丽的花朵！

白族吹吹腔传统与源流初探

杨　明　刘　钺

史料解读

　　史料原载《边疆文艺》1962年2期。白族的吹吹腔是一个历史悠久且深受白族人民喜爱的戏曲剧种,无论是日常劳动还是逢年过节,白族人民都会唱吹吹腔。吹吹腔主要有四个特点,其一是文学性比较强,陈词滥调比较少,有不少唱词出自文人手笔;其二是唱词格式不同于汉族戏曲,基本上是"三七一五",即所谓的"山花体"格式;其三是白语和汉语夹杂,平仄混用以及语法与汉语不同;其四是历史比较悠久,有光绪年间的抄本,也有乾隆年间的抄本。从音乐上看,唱腔高亢激越,感染力强,腔调也很丰富,吹吹腔的打击乐有自己的特色,锣鼓总是与唢呐套起来使用,起到渲染情绪的作用。从表演上看,吹吹腔的行当划分相当细致,舞蹈规律相当严格,属于古典戏曲程式范畴。从服装上看,吹吹腔的行头非常讲究,且多数与汉族戏曲相同。关于吹吹腔的起源的传说反映了一定的客观事实,但大多经不起推敲,该文考察了吹吹腔的盛行时间,推断出吹吹腔已经有五百年以上的历史,然而受到地域、交通、工商业发展等因素影响,白族吹吹腔在过去受到了限制,是在新中国成立后,在党的民族政策和文艺方针下,才重新繁荣起来的。

　　该史料对白族吹吹腔的四大特点——文学性弹、"山花体"格式、白语汉语夹杂、历史悠久进行了总结,并结合吹吹腔的音乐、服饰、表演等要素,比较全面地介绍这一艺术形式。该史料因对吹吹腔起源进行考证,大胆推断出吹吹腔的历史年限而具有独到的学术价值。

一

　　白族吹吹腔，是一个历史悠久，传统丰富，为白族人民所喜闻乐见的古典戏曲剧种。这个剧种，在滇西白族聚居地区，很早就普遍流行，在云龙、洱源、鹤庆、剑川、邓川、大理等县的农村，直至现在还经常演唱吹吹腔。特别是在山区，如云龙的大部分农村，洱源的凤羽、西山、腊平等地，至今村村有业余艺人和业余组织，有的还有行头。虽在偏僻的山区如西山、凤羽等地，都是村村寨寨有戏台，有的一个村甚至有两个戏台，如凤羽的包大邑这个村子，总共一百多户人家就有两个戏台。每当逢年过节，现在仍然村村寨寨演吹吹腔。白族人民不仅在演戏时才唱吹吹腔，劳动的时候也唱吹吹腔，每年栽秧时节，照例一面栽秧一面唱吹吹腔。大理地区过去还流行着一种"打秧官"的习俗，即每年栽秧时，由一些人扮成"秧官"和差役等，以演戏的形式专门"审问"田间的闲人懒汉，唱的就是吹吹腔。结婚也要唱吹吹腔，在结婚的前一晚，男家的亲友群集喜堂，通宵演唱。办丧事也唱吹吹腔，用吹吹腔唱哀歌，读祭文。迎神赛会也要唱吹吹腔。吹吹腔这样广泛流行，以致很多白族妇女也会唱。在洱源地区，流行着一支吹吹腔的曲子，用汉语翻译大意是这样：

　　　　青蛙子已经叫过三次了，

　　　　说与你们回去吧，

　　　　财主家的活计多，

　　　　一天到晚也不会做完。

　　这支曲词，据说就是一位古代的妇女长工在田间劳动时唱出来的。鹤庆滇剧团团长李克相同志，四代家传会唱吹吹腔，据他自己说，他会唱的吹吹腔戏有一大部分是母亲教的。由于白族人民这样喜爱吹吹腔，所以后来传入的滇剧班子，也常常演吹吹腔，现在鹤庆滇剧团的老艺人桂兰芳、饶桂宏等，都曾经唱过。鹤庆滇剧团直到现在还是有时演出吹吹腔。最近他们又用吹吹腔形式排演了

《木兰从军》、《桂英打雁》、《匡胤送妹》等三个剧目。从前吹吹腔流行的盛况,由此可见一斑。

二

白族吹吹腔的传统比较丰富。从剧目来看,根据目前仅只接触到的五六位老艺人的回忆,就有三百多个。其中有八十个,已经见到本子。显然可以肯定,这只是其中的一部分,因为散在各地的民间老艺人还很多,他们保存的剧本和在记忆中保留的剧目,还不知有多少。据鹤庆滇剧团老艺人讲,有一位农村的业余吹吹腔老艺人死后,他家人曾经当做废纸卖出了一驮老剧本。在已知的这些剧目中间,有的是完全反映白族人民生活故事的,如《血汗衫》、《大明反汗衫》、《牟伽陀开辟鹤阳》、《火烧松明楼》等;有的是属于生活小戏,无固定朝代、地名,但充满白族人民生活内容,如《瞎子洗澡》、《张浪子薅豆》、《刘成五搬板凳》、《蔡雄过年》、《石三告状》、《赵龙观灯》等;此外,大多数是和汉族剧目相同的,如《列国》、《三国》、《说唐》、《杨家将》、《封神榜》以及《梁山伯祝英台》等。这些吹吹腔传统剧本的特色之一是文学性比较强,习见的陈辞滥调比较少,有不少还显然可以看出是出自文人手笔,如《李用下科》中书生李用的上场诗,是改马致远〔天净沙〕小令而成,改得很好:

八月中秋丹桂,

路上客邸凄凉,

小桥流水桂花香,

日夜千思万想。

许多戏里的唱词,还特别喜欢"掉文",如《窦仪下科》:

一更看书要斟酌,

自从夫子门立教,

孔门有七十二贤,

独颜回好学。

回也非助我者也,

> 不迁怒来不贰过，
>
> 一箪食来一瓢饮，
>
> 回不改其乐。

这些剧本的特色之二是，唱词格式不同于汉族戏曲，基本上全部是"三七一五"的所谓"山花体"，即每一段唱词是四句，前三句都是七字，后一句是五字。假使唱词需要长一些，就两段相连成八句，前七句都是七字，第八句是五字。据说〔七句半〕牌子就是由此得名。这种"三七一五"的"山花体"格式，是白族文学中诗歌的传统形式，山歌、小调、大本曲，文人诗以至于巫觋所唱祝词，都是用这一种格式。兹引《度牡丹》中吕洞宾一段唱词为例：

> 坐在洞中自思想，
>
> 古今世变也非常，
>
> 自从盘古分天地，
>
> 有日月阴阳。
>
> 伏羲神农和女娲，
>
> 天皇地皇与人皇，
>
> 夏禹商汤周文武，
>
> 无道是纣王。

特色之三是，白语和汉语夹杂，白语部分，也用汉字写出，但在句旁加点注明。如《崔文瑞砍柴》：

> 硬篾有曾崔文瑞（我名叫做崔文瑞），
>
> 皁天上山去遭夕（每天上山去砍柴），
>
> 遭现共畏硬古母（砍柴供养我老母），
>
> 愿她一百岁。

这也是白族诗歌的特点，如大本曲、山歌、小调都是这样。想来是因本民族语言不够应用的原故。第二是用韵与汉语不同，不分平仄，上下句都可以平仄混用。第三句可以不协韵。如《度牡丹》中梅香的唱词：

> 梅香好似一枝桂，

　　　　脸貌生得好秀丽，

　　　　脚上穿的绣花鞋，

　　　　人才果无赛。

　　　　那日我去到街坊，

　　　　粉蓝衣裳江南带，

　　　　脸上擦的胭脂粉，

　　　　个个都想爱。

这里"桂、丽、赛、带、爱"在汉语是不同韵的。第三是语法常常与汉语不同，有些词儿的意义也与汉语用法不同。如《血汗衫》中兰季子的唱词：

　　　　兰季子我做自悲嗟，

　　　　母亲为人真怪诞，

　　　　一两五钱嫁人家，

　　　　我只做饶上。

又如《窦仪下科》中：

　　　　古说婚姻莫错过，

　　　　长远共一同。……

　　　　十分娘子不出去，

　　　　天也由你在。

这里的"十分"是"倘若"的意思，"共一同"是"相与"的意思。

特点之四是，面貌比较古老。我们看到的这些剧本，年代都很古老，大多注明是光绪间的抄本，少数未注年代，但从纸色以及收藏保留的世代估计，有的应该是乾隆年间的抄本。这里面有许多剧目，是今天各剧种都不见的。有一些与滇剧京剧等名目相同，但内容不同。有一些还可以供我们校正剧本之用，如《戏窦仪》剧，滇剧作《金鸡戏窦仪》，吹吹腔本作《金精戏窦仪》与其他剧种参看，显然滇剧是因同音字传讹了。又如《山伯访友》一折，滇剧大部分是四九和仁心二人的逗趣打诨，主角山伯与英台反而没有几句话，成了配角。吹吹腔本也有四九与仁心逗趣的部分，大体相同，但仍是山伯、英台为主，而且二人各有数段很感人的唱词，看来这更近于原始的面貌。同一题材有不同的处理，是不足为奇的，但从研究的角度看，是很有参考价值的。一些较早的剧本，还保留着元明杂剧"题目正名"的形式，剧名大都不用简称，而是像小说回目一样，如《孔宣大闹金鸡岭》、《牟伽陀开辟鹤阳》、《大明反汗衫》等。有的还有一首诗总括全剧。大多数剧本的人物上场，都有上场引子、诗或对，都要自报家门。

从音乐看，唱腔高亢激越，感染力很强。腔调也很丰富，如将各地唱腔总起来，大约有三十种。这些唱腔有的是按行当来分的，如生腔〔小生腔〕、〔须生腔〕，旦腔〔小旦腔〕、〔摇旦腔〕，净腔〔英雄腔〕、〔抖马腔〕、〔哭英雄腔〕，丑角腔〔苦腔〕或〔哭腔〕。有的是按唱腔的节拍和唱法来分的，如〔平腔〕、〔高腔〕、〔流水板〕、〔垛垛板〕、〔一字腔〕等。有的是按人物类型和表达的情感特征来分的，如〔英雄腔〕、〔大哭腔〕、〔小哭腔〕、〔苦腔〕、〔抖马腔〕等。有的是以传统曲名分的，如〔阴阳板〕、〔二黄腔〕、〔风绞雪〕、〔七句半〕、〔课课子〕、〔扣扣板〕等。从唱腔名称的分类情况，一方面可以看出类型已经分得相当详细，另一方面也可以看出，还分得不够系统、规则。这些唱腔的运用，与皮黄、梆子等以某一曲调为基础，通过速度、节奏旋律的变化，演化为一系列成套的板别的板腔体用法不同。这些唱腔各自具有独立性，用时将它们并列组合而成。这与川剧、湘剧的〔高腔〕一样，是属于联曲体的唱腔。这些唱腔通常不分板眼，唱时无伴奏，用唢呐吹奏过门。有的过门是与唱腔固定联系着的，有的则是独立的吹牌，可以自由选用，如〔哭板〕、〔三下钹〕、〔哑子哭娘〕、〔山坡羊〕等。通常形式，唱腔是四句，一种是每句一过门；一种是二、三句后无过门，一、四句后有过门。过门曲子一般较长，变化很复杂。吹吹腔的过门，是唱腔内容的延长与夸张，起着节制舞蹈节奏和强调渲染感情的作用。故凡是吹过门时演员总是要按唢呐旋律起舞，唱完一段，到过门才将情绪充分发挥出来，感染力得以强化。这和川剧、湘剧的帮和的作用是一样的。吹吹腔的舞蹈节奏，一般主要是按唢呐旋律，而不是像皮黄系统主要抓锣鼓点。这应属于较古典的载歌载舞形式，与昆曲、川剧、湘剧的〔高腔〕、〔吹腔〕接近。这些唱腔中间，又有一些不论从名称和腔调看，与大本曲的唱腔有密切关系，大本曲也有〔大哭腔〕、〔小哭腔〕、〔平腔〕、〔高腔〕等名目，腔调也近似。

吹吹腔的打击乐也有它自己的特色,一般多系民间舞的锣鼓点,常常起渲染情绪的作用,主要不是配合动作节奏。锣鼓总是与唢呐套起来使用。所以吹吹腔演唱起来显得很热闹,情绪很强烈。据洱源、凤羽的几位老艺人和老人讲,滇剧初到凤羽的时候,群众说"弹腔(即指滇剧)没有吹腔热闹",要求多演吹腔。其原因想来即在此。

从表演看:吹吹腔的行当分工相当细致,不外生、旦、净、丑四大行,各行根据人物的不同身份、性格、年龄等作更具体的划分,综合各地不同说法,大致是这样:

生:正生、须生、英雄生、花生(小生);

旦:老旦、正旦、花旦、苦旦、武旦、摇旦;

净:黑净、红脸、大花脸、二花脸;

丑:大丑(袍带)、中丑(方巾)、小丑(旗锣伞报)。

这些行当,各有固定的具有性格特征的步法。步法与唢呐旋律一般总是相适应,所以步法的舞蹈性特别浓。

吹吹腔的舞蹈,基本上属于古典戏曲程式范畴。规律相当严格,在传统剧目中,一个人物从出台到下场,有整套专用的完整的程式,如武将出场的表演程式:三步亮相—跳场(跳四门或八门)—引(有双上引、单上引)—诗—呼威—坐帐—自报家门—传令—带马抬枪—大摆队—对阵—比势(即配势口亮相)—骂阵—杀场(主要是比势)—凯旋(或败阵)—收兵下场。龙套配合主将,也有一定程式,如"一条枪挖开"等。舞蹈有"跳场"、"杀场"、"游场"等不同行当的固定程式。这些舞蹈都统一在唢呐的节奏中。每当唢呐吹奏过门的时候,不论主将和士兵,人人就地起舞。音乐震天,但动作却一招一式从容的比划,节奏鲜明,饶有古典风味。据老艺人们讲,吹吹腔也很讲究武功,乾隆年间凤羽兰林的杨永桐,年七十二岁时,在下关演《双猴挂印》,还能够翻到横梁上去。

吹吹腔各行当的表演,同样讲究手、眼、身法、步,有许多严格的法则,如手的部位,有"生齐肩,旦齐胸,小丑抓磕膝,花脸抓破天"的歌诀。武行执刀枪,有"刀不离牌(护手),枪不离根"的成语。在做功上,有"一装二唱三敲打"的说法,

“装”是指表演装的像，化装要合乎身份、性格；“唱”是讲唱得好；“敲打”是指演员的舞蹈与音乐的配合。

从服装看：吹吹腔的行头，历来都是很讲究的，据说从前西山区的吹吹腔到鹤庆城演出，行头漂亮，城里人作了一首歪诗嘲笑他们，翻译出来大意如此：

> 头戴一百二十斤铁锅，
>
> 身穿半截秧田，
>
> 腰系二石二斗秕谷，
>
> 脚踏一只大雌鸡。

这当然是一种对白族戏剧歧视的表现，但从它可以看出，那时吹吹腔演出的服装是相当讲究的。

早期吹吹腔服装，据老艺人们回忆，与汉族戏曲服装大致差不多，一般都是蟒、靠、褶子等，但因吹吹腔多采农村业余演唱，财力有限，故有时演民间小戏，妇女也借群众日常衣服代用。我们从剧本内容看，大多数剧本与汉族戏曲相同，服装当然也相同。再从最近看到的古老的脸谱集上所绘的帽子和胡须来看，同样有盔头、纱帽和五绺须、杂白须等。证明吹吹腔的服装，很早就是这样，并没有用民族服装。

最近看到鹤庆滇剧团团长李克相同志家保留了四代的一本脸谱集，估计已有二百年左右。残留部分，共有一百一十一幅，均五彩精绘。形式和一般古典戏曲基本相同，戏曲常用脸谱大体都有，但有一些是现在戏曲舞台上已不常用或根本没有的了。人物类型基本已经齐备。但色彩只有红、黑、白、蓝、紫等主色，没有黄、绿、金、银等后期才使用的颜色。在图案的象征内容中，如包公的脸谱上，就没有象征“日断阳，夜断阴”的日月图案。这都说明，这些脸谱风格比较古朴，是比较早期的戏曲脸谱风格。

吹吹腔由于长期发展流行，还曾经形成了不同的流派。在洱源、邓川、大理一带流行的吹吹腔，称为北派。其特点是声腔有逐渐板腔化的趋势，表演上也逐渐突破了统一于唢呐节奏的限制，引入了一些滇剧打击乐牌子和打头，也抓锣鼓点，因此，各行当的身段步法也略近于滇剧了。剧本也多与滇剧相同。在云龙、漾濞一带流行的,叫做南派。其特点是较多保留着古老的面貌,表演动作严格适应唢呐的节奏,行当各有独特的与唢呐节奏统一的身段和步法,剧本常与滇剧不同,语言大都汉白相杂。两派各有特点,都受到群众热爱。

三

从上述吹吹腔的传统情况,我们可以看出,它的剧目大多是全国各戏曲剧种共有的历史传统故事,它的剧本形式,也同样是上场引子,自报家门,分场不分幕;表演也是古典戏曲程式;角色也不外生、旦、净、丑的戏曲行当;服装是一般戏曲通用的明代装;脸谱也是古典戏曲的图案。因此,它与其他古典戏曲剧种如京剧、滇剧、川剧……等,是姊妹艺术,同属于古典戏曲范畴。但是,虽然同属于古典戏曲范畴,它与滇剧又有不同。从中国戏曲声腔来看,吹吹腔与滇剧是属于不同的戏曲声腔系统。白族民间把滇剧称为"弹腔",吹吹腔则称为"吹腔"。这和中国戏曲史上"崑"、"弋"、"秦"、"柳"四大原始声腔系统的衍变事实是完全符合的。滇剧主要源于西秦腔。西秦腔在未列入"花部"之前,民间把它叫做"乱弹腔",简称则为"弹腔"。李调元《雨村剧话》:"秦腔始于陕西……俗呼梆子腔,蜀谓之乱弹。"滇剧在汉族地区,也曾经被称为"乱弹",如过去滇剧清唱习惯都称为"唱乱弹"。白族吹吹腔的名称叫做"吹腔",根据中国戏剧史的叙述,实际属于罗罗腔,源出于弋阳腔系统。杜颖陶《二黄考源》说:"〔弦索调〕、〔吹腔〕等——它的总名叫做罗罗调;浙西等处所流行的有三种戏班:一种是昆腔班,专唱昆腔;一种是徽班,专唱皮黄;一种是三合班,所唱的是罗罗调。"罗罗腔又名吹腔,与白族吹吹腔同名,而且正和现在白族吹吹腔一样,是用唢呐吹奏,联曲体的剧种。华连圃《戏曲丛谈》说:"罗罗腔用唢呐吹奏,为数板曲一类"。〔罗罗腔〕即今〔南罗腔〕,又名〔七句半〕。在京剧、川剧、湘剧、桂剧、粤剧等剧种中,还作为曲牌之一种保留下来,我们可以看出它们还是和今天白族吹吹腔一样,以唢呐吹奏,一般也是唱时不吹,唱完吹过门,吹过门时适应唢呐的节奏做舞蹈身段。这些吹腔都是出于弋阳腔,《梨园杂志》有云:"旧弋阳腔……近今且变为……〔巫娘腔〕、〔唢呐腔〕、〔罗罗腔〕矣。"弋阳腔一支衍变为〔罗罗

腔〕，亦即〔吹腔〕；一支则衍变为〔高腔〕。震钧《天咫偶闻》云：“国初……后乃盛
行弋腔，俗呼高腔。”又《扬州画舫录》云：“有自弋阳以高腔来者。”又《雨村剧话》
云：“弋腔始弋阳，即今高腔……京谓之京腔。”（不是现在的京戏）〔高腔〕至今在
川剧和湘剧里面作为一种主要的曲调保留着。若说弋阳腔是白族吹吹腔的远
祖，罗罗腔即吹腔是它的直系祖先，那末，湘剧、川剧的高腔，就应该是它的亲堂
弟兄了。今天我们看到白族吹吹腔就感到它有许多地方与川剧、湘剧的高腔相
近似，其原因就在于它们之间有血缘的关系。明、清以来，谈到弋腔演奏状况如
汤显祖《宜黄县戏神清源师庙记》说：“江以西，则弋阳，其节以鼓，其调喧。”又清礼
亲王《啸亭杂录》说：“弋腔不知起于何时，其铙钹喧阗，唱口嚣杂，实难供雅人之耳
目。”也正与白族民间所说“吹腔比弹腔热闹”的状况相合。白族吹吹腔实际是现
在还保留着的稀有的弋阳腔系统的单一剧种之一。尤其可贵的是，它在剧目和表
演上还保留着一些古典风貌，这在中国戏曲史的研究上，是一个值得重视的事实。

白族吹吹腔与滇剧的区别，还不仅在于声腔来源的系统不同，更重要的，还
在于吹吹腔经过长时期在白族人民中间生长流行，经过白族人民长期的酝育，
无数白族吹吹腔民间艺人的创造，早已受白族人民的生活、风习和语言的影响，
与白族人民的文学、音乐、舞蹈融合，变成具有鲜明民族特色的白族人民自己独
特的剧种了。从上述传统情况中，我们同样可以看出，不论从剧目所反映出来
的生活内容，剧本的文学格式，语言的特点以及音乐舞蹈等方面来说，吹吹腔都
已经形成一种白族人民特有的艺术风格了。它与汉族的古典戏曲有其共性，但
又有其特殊性。有人看到它是一种古典戏曲形式，就轻率地断定吹吹腔是仿效
滇剧而成的剧种，那显然是不对的。

四

弋阳腔系统的吹腔究竟什么时候传入到白族地区呢？

关于吹吹腔的起源，白族民间流传着许多不同的传说。有的说，古时候天
上吹下来三个本子，其中一本是戏本，落在凤羽；一本是大本曲本，落在大理；一
本是调子本，落在剑川。从此就产生了吹吹腔、大本曲和白族调了。这个传说

当然也反映出一定的客观实际，它反映了吹吹腔、大本曲和白族调各自在凤羽、大理和剑川这三个地区特别盛行的事实。但作为吹吹腔起源的根据，那就显然是荒诞不经了。有的说：大理国时爱民皇帝抵御外侮，观音化身为僧人助其得胜，凯旋时，群众吹起唢呐去迎接，这就产生了吹吹腔。这里也反映了一定的客观实际，白族迎神赛会总是要演唱吹吹腔，而爱民皇帝是白族最煊赫的一个"本主"，观音是白族最信奉的一个菩萨，白族最热闹的盛会"绕三灵"，就是到供着观音和爱民皇帝的圣源寺去举行，那里观音寺被称为"佛都"，爱民皇帝庙被称"神都"，绕三灵在过去也一样要奏吹吹腔。但作为吹吹腔起源的根据则同样是荒诞不经的。有的还把唐明皇游月宫创〔霓裳羽衣曲〕设梨园子弟的传说加在吹吹腔上面，那又是反映了白族知识分子读汉族古书，未曾深究，想当然耳的一种附会之谈，更是不足为据了。也有一种看来似乎有点根据的说法，认为历史上白族文化最盛莫过于唐时的南诏，那时唐朝与南诏曾经有过战争，也有过文化经济的交流，因而推断吹吹腔是唐时传进来的。其实，吹吹腔这样的戏剧形式，是元代以后才逐渐兴起于民间的，元、明两代已经盛行的南北曲杂剧和吹吹腔这种形式的戏曲是并不同源的。至于唐代，虽然在传说中有"梨园子弟"为中国戏剧始祖的说法，但那不过是溯源追始的一种托古之谈，事实上唐代的梨园伎乐只是一种歌舞，〔霓裳羽衣舞〕和李太白所作的〔清平调〕就是证明。戏剧在那个时候实际还只是处于萌芽状态，民间只有"踏摇娘"、"弄参军"之类反映真人真事的歌舞。甚至宋代的杂剧也还是十分原始简单的一种"优语"，远远不能与后来的完整成熟的戏剧相提并论。当然，唐代白族与内地发生过较频繁的文化交流，有一些歌舞以及讲唱文学之类流传过来，那是完全可能的。如大本曲就有可能是唐代的"俗讲""变文"传过来而形成的。这些对于后来的吹吹腔的艺术给与了一定影响，那也是完全可能的。但这究竟扯得太远太无边际，不能就由此论断吹吹腔起源于唐代。总之现在要直接判定吹吹腔起源的时间，还没有可靠的资料，只能间接的推断。首先，必须考察一下吹吹腔有过哪些重要的发展阶段。

据现在所知，清光绪年间是吹吹腔一度最盛行的时期，从我们调查访问中了解，许多老艺人回忆吹吹腔过去的盛况，人才最多，流行最普遍，是在光绪年间。我们考察了白族地区的一些戏台的建盖年代，在城镇，有个别是民国时代建筑的，在山区和农村十分之七八都是建于光绪年间，如大理周城、凤羽包大邑、铁甲营的戏台，都是建于光绪年间。而这时滇剧还没有传到这些地区，据凤羽的老人李秉秀等说：民国八年（1919）凤羽才请一个"高公"（是一种民间宗教职业）叫杨仲翔的来教唱弹腔（即滇剧）。外来的滇剧班子是在抗日战争期间，包大邑有一个张营长为他母亲做寿，才第一次请到凤羽去的。在这之前没有看过滇剧。这之后才逐渐吹弹合演的。西山地区则至现在也还没有滇剧进去演过。又据鹤庆滇剧老艺人桂兰芳、饶桂宏回忆，滇剧传到鹤庆也不过四十年左右。最早来的名角香九龄，现在还活着（此人现在保山滇剧团）。又据云龙老艺人李春芳说，在解放以前根本就没有滇剧到过云龙。那末光绪年间建盖的这些戏台，当然是为了唱吹吹腔的了。虽然偏僻如西山区，也是村村寨寨有戏台，当时吹吹腔流行的盛况，可以想见。我们又考察现在已搜集到手的几十个剧本，其中注明抄写于光绪年间的本子也是占十分之六七。这些剧本中，有许多是连台大本的武戏，例如《牟伽陀开辟鹤阳》这个戏，竟有七十九场，人物有天上的仙佛神将，有凡间英雄，有海里水精水怪，除去龙套不计，竟需八十多人上台。《反庆阳》一剧也有五十一场，五十多人上台。这样规模的排场，可见当时吹吹腔发展繁盛的程度。这些很生动地说明光绪年间是吹吹腔盛行一时的阶段。

在这阶段之前，据老艺人和老人们说，咸丰、同治之间（1856—1872），正值杜文秀起义，白族地区将近有二十多年时间，长期处于战乱，吹吹腔曾经长期不演。这是符合历史实际情况的。我们考察各地的戏台，大多数是建于光绪年间，少数建于乾隆年间，还有少数建于民国年间，简直没有一个是建于咸丰、同治这些年代的。所搜寻到的剧本也有同样现象，大部分是抄写于光绪年间，一部分是光绪以后，还有一部分都是乾隆时祖辈留传，经过数代未动，到光绪时才拿出来。这里面也没有一本有迹象可以证明是道光、同治时期的。从老艺人和老人们回忆和转述的过去情况中，有光绪年间的往事，有乾隆年间的传说，同样就是没有道光、同治之间的故事。证明杜文秀起义这二十年左右的时期，是吹吹腔一度消停的阶段。

从上面的事实,这就不能不使我们想到,既然咸丰同治之间吹吹腔已经消停不演,到了光绪年间,怎么可能突然兴起,立即普遍盛行到那样状况呢?假如在道光年代之前,也就是说在杜文秀起义之前,吹吹腔没有一度繁盛,民间没有潜在的基础,那是不可能的。据凤羽的老艺人和老人们讲,杜文秀起义事平之后,凤羽坝剩下一个七十多岁的老人叫杨玉隆,是"戏师傅",到处请他教戏,然后又到处唱起吹吹腔来了。这就说明,在消停阶段之前,吹吹腔还有一个盛行阶段。我们从下面的事实,证明在乾隆年间,吹吹腔也曾经很盛行:一是从民间吹吹腔艺人的师承班辈证明:如洱源起凤公社蓝林生产队李元贞(今年四十四岁)、杨万合(今年五十四岁),已经是第七代的吹吹腔艺人。杨万合的七世祖杨永桐就是乾隆年间最有名的吹吹腔艺人,前面我们曾经说过,他七十二岁时到下关演《双猴挂印》,还能够翻上屋梁去,是一个远近闻名的艺人。又如鹤庆滇剧团团长李克相同志说,他是第四代的吹吹腔艺人,他的父亲李满堂(今年五十多岁),祖父李煜明,曾祖李调中据他自己在手抄的剧本上自注:光绪二十六年,他六十一岁,但他保存下来的许多剧本,又是他的先辈世代相传留下来的,也恰恰可以上溯到乾隆时代。二是从戏台的建筑年代证明。如蓝林兴文寺的戏台,寺是乾隆二十二年落成,戏台是二十三年(1758)盖的。这个戏台就是上面说的杨永桐与李家的七世祖李遐郁打赌捐资建盖的。戏台现已倒坍,原建碑文和重修碑文均已遗失。但据重修碑文的作者李秉秀本人证明,上述年代和故事都是事实。他并证明邻村北庄的戏台是乾隆二十四年盖的。在那么早的年代,在这样一个偏僻的山村,居然为演吹吹腔专盖一个戏台,可见那时吹吹腔之流行与兴盛。戏台的建筑风格,与一般庙宇戏台差不多,但较小,并且往往兼作门楼,有的上面还有一层,作为魁星阁。可见当时为演戏建筑戏台还不普遍。三是从老艺人们回忆的掌故中证明。据鹤庆文化馆赵宏同志说,在鹤庆流传有这样的反映歧视吹吹腔的传说,说演吹吹腔是不吉利的,鹤庆城每演吹吹腔,地方上就要发生变故,民间往往历数近二百年来地方上的事故,说都是因为当年在鹤庆城演吹吹腔的原故。这些事故里面,有一件是据说在乾隆三十五年演了吹吹腔,那一年鹤庆府就降为鹤庆州了。又据鹤庆滇剧团老艺人桂兰芳说,一九四八年鹤庆地藏寺开光唱戏，请来汝南哨（今马厂公社）一位八十多岁的老艺人教吹吹腔，他教了一出《宋江扫北》，剧本是乾隆三年抄写的。四是从前面说过李满堂家传留下来的脸谱集来证明，这个脸谱集是李调中收藏留传下来的，与李调中本人在光绪年间手抄的几十个剧比较，纸色古老程度，相距甚大，在所有本子里面是最古旧的一个本子，估计年代决不能晚于乾隆时期。内面所集脸谱的齐备程度大体足够供一个当代剧团日常演出的传统剧目之用了。从这些事实，均可以看出，吹吹腔在乾隆年间曾经一度盛行。

乾隆年间已达到那样成熟，那样盛行，在这之前吹吹腔在白族地区还应该有一个较长的生根成长发展的过程，那么，它的传入就应该远远在此之前了。弋阳腔在内地盛行至乾隆年间这一段时期，应该就是相当于这一个过程的时间。弋阳腔的盛行，据记载考察，应该是在元末明初。明徐文长《南词叙录》云："今唱家称弋阳腔，则出于江西，两京（北京、南京）、湖南、闽广用之。"《南词叙录》作于明嘉靖三十八年（1559），说明此时弋阳腔还在流行。但事实上已成末期，此后就变而为海盐腔、昆山腔盛行的局面了。据明汤显祖《宜黄县戏神清源师庙记》所述，弋阳腔在嘉靖末年已成绝响。那么，弋阳腔的盛行还应在此之前。据清乾隆时人严辰明在《秦云撷英小谱》小惠条下说："金元间，始有院本，……完本之后，演而为曼绰（原注：俗称高腔，在京师者称京腔），为弦索。曼绰流于南部，一变而为弋阳腔，再变而为海盐腔。"他说弋阳腔出于高腔，有点颠倒，但弋阳之早，至少在元末明初，是可以推见的。

元末明初这一段时期内，什么时候弋阳腔传入白族地区最有可能性呢？我们认为当然以明初洪武年间最为可能。朱元璋推翻了元皇朝的统治，建立了明皇朝，于洪武十四年（1381）派沐英、傅友德等进攻云南，消灭了元朝的残余势力。洪武十五年（1382）进兵大理，俘大理土官，鹤庆土官出降，白族地区划入云南行省。为了加强对人民的统治，在白族地区大量实行军屯。同时，由内地迁来一大批汉族人民垦种，洪武十七年（1384）"移中土大姓以实云南"；洪武二十年（1387）又"诏湖广常道、辰州二府，民三丁以上者，出一丁往屯云南"。其中很多来到白族地区屯种。这是历史上内地向白族地区规模最大的一次移民。白族与屯田和迁移来的汉族和其他各族人民在一起共同生活、劳动,自然大量的吸收了汉族当时民间的文化艺术。在这些屯军和移民里面,有很多是当时弋阳腔流行地区浙江、南京的人民。至今白族人民中往往还自称祖先是"南京应天府"、"来自浙江"的,洱海地区还把四季豆叫做"南京豆"。吹吹腔于此时传入,那是非常可能的。如吹吹腔剧目中流传最普遍、几至妇孺皆知的《血汗衫》,就是叙述沐英下面大将兰中秀弟兄因投军从征大理后,其弟兰季子至大理寻兄的故事。这故事为什么独独在白族地区那样被人传诵?想来这本来就是当时兰氏部下最津津乐道的故事,这些人留下屯垦,需要娱乐,就把它编为剧本用他们习知的弋阳腔演出,因此成为白族吹吹腔的一个独有的剧目了。像这样的演出,当时一定不少。吹吹腔就这样在白族地区播种生根,慢慢成长起来了。这时期距现在约有五百多年。这就是说,白族吹吹腔可能有五百年以上的历史。

五

白族吹吹腔有那么长的历史,过去会经那样繁盛,为什么到了近代它的发展反而迟滞了呢?我们知道戏剧艺术的特点,需要特殊设备,需要长期的技术技巧训练,历史上一个剧种要得到高度发展,必须有一个条件,要逐渐产生职业的艺人和剧团,才有可能。而职业剧团的出现,只有经济流通人口集中的城市条件下才可能。长期处在自给自足的偏僻农村中是不可能的。而在封建、半封建半殖民地的旧社会中,白族地区工商业较发达的城市只有大理,但那是汉族人口聚居的地方,白族语言的吹吹腔是无法流行的。大理以外的县城,多系半城半乡的小城,直至解放前都还没有可能成立职业的滇剧团,何况当时?只有鹤庆工商业较其他各县稍为发达,但鹤庆有常年演出的职业剧团,还是三四十年的事。因此,吹吹腔局限于农村,只能永远用业余方式活动,发展当然就缓慢了。加以近数十年来,以云南省会昆明为发展基地的滇剧,挟其较先进的艺术水平传入滇西,大受群众欢迎,自是情理中事。白族吹吹腔只好退守在滇剧去不到的交通不便的山区,发展就更受局限了。加以反动统治下民族歧视的政治情况,吹吹腔不可能受到扶植,相反受尽摧残,当然就不可能得到充分发展了。

这种局面的改变，只有今天在党领导下，各族人民推翻了反动统治，消灭了半封建半殖民地的落后经济状况，工农业生产得到普遍的发展，在党的民族政策的光辉照耀下，在党的"百花齐放，百家争鸣，推陈出新"的文艺方针下，才有充分的可能。所以，解放以后，吹吹腔又老树开新花，重新繁荣起来了。

1962 年 1 月

把白族调带给毛主席

李晴海

史料解读

史料原载于《人民音乐》1962年Z1，为一篇随笔。在打歌调濒临失传的背景下，作者拜访了一位西山的民间歌手，从他口中了解到白族调和打歌调的由来。民间歌手用龙头琴弦做伴奏，唱了不少古老的白族调，有革命歌谣、1949年滇西北武装起义的歌、"土改"的歌、老一辈的情歌等。

该史料记录了作者走访西山民间歌手以及民间艺人演唱打歌调并讲解打歌调的来源的情况，作为打歌调研究的田野调查资料具有一定价值。

原文

澜江西岸，云山层叠，苍劲的古松高耸入云，山坡上的荞麦地一片深红，就像朝霞飘落山间。

我和西山小学的石老师沿着羊肠小道直上西山，一路上蘑菇和松脂飘送着清香；山谷里淙淙的清泉，和那低沉的松涛声，构成了这大自然的混声合唱。

翻过一山又一山，来到山顶，时间已是傍晚。这时候，西天一片红霞，俯瞰山下云海茫茫，清凉的山风轻抚着缤纷的花草，时而传来牧歌晚唱。

对面山上下来了一群收工回村的姑娘，优美的西山白族调伴合着爽朗的欢笑。我看着天边灿烂的晚霞，我听着这迷人的歌声，仿佛歌在彩云里，又仿佛彩云在歌中。姑娘们走远了，歌声仍在飘荡：

蜜蜂想花花想蜜

阿哥想我我想你

想到哪一天？！

············

晚上，会见了公社党委罗书记，他热情的介绍了西山的斗争历史，白族的风俗习惯，西山的民间音乐情况……。"罗书记，社里还有人会唱打歌调吗？"他思索了一会回答道："唔，还有一个七十来岁的老大爹……"接着，有所沉思地添了一句："打歌调快失传了！""明天我去找他行吗？"我急忙要求他。"行啊，就由石老师带你去一起吧。"他热情地答应了我的要求。

第二天，我和石老师背着行李，带着口粮来到了一块较宽敞的坡地上。山地的上端，一间新盖的木栅房。屋前的瓜架上结满了金黄的南瓜。一只小狗跳出木栅房汪汪叫唤。老人家走出了门，哦！多么苍劲的老人，花白的胡须镶满了两腮，高高的身材活象一棵苍松矗立在地边。老人家还穿戴着白族古老的装束，盆大的包头，短短的羊皮领挂，脚上缠着青布绑腿。这是一位传奇式的老人，他说起话来简直象天边的闷雷，他那发亮的眼光，能把山峦看穿。他是西山上的一位民间歌手，人家都称他为"唱调子的爷爷"。

屋里很简陋，火塘里燃着粗树桩，煨着一壶"叶嘟叶嘟"发响的烤茶，床铺边，挂着一只雕空的木鼓，一支被火焰熏得发亮的牛角号。但是，最引我注意的还是那个挂在床头的龙头三弦，看来它是老人家忠实的伙伴，说不定早在老人的青春时期就已随着他向姑娘倾吐过火热的爱情，伴着他走遍了苍山洱海。

这是一位爽直好客的老人。当他知道我的来意后就活跃起来了，他口口声声说："毛主席啊，想得真周到，还要把这些老辈子的东西记下来，交还给人民哪！"忽然，他收敛了笑容，拉着我的手，一边指着他床头的三弦说："国民党时候，就是为了这个，我被罚了三十块钱，还挨了一顿毒打。……嗨！只有共产党，毛主席才关心我们这些山歌小调啊！"话还没落音，老人家调起了琴弦，你看他神采奕奕，眼睛里闪着火光。他唱起了古老的白族调：

同治九年兵马乱，

杜元帅（即杜文秀，是清朝大理地区的农民革命领袖。）呀

领大兵，

杀到昆明城。

昆明城外镶青砖，

官家大人心惶惶；

三塔寺（大理古代文物之一）

呀起风暴，

吹折大树椿。

多珍贵的革命歌谣啊！接着又唱了1949年滇西北武装起义的歌，"土改"的歌，老辈子的情歌……我提出了请他唱"打歌调"的要求。

老人喝了一口浓茶，抹了抹满嘴的胡子，把三弦搁在一边，慢吞吞地又开始了他那闷雷似的谈话，似乎这次的雷声还要低沉些，迷缝的眼睛里还闪耀着几分神秘的光彩。

"要唱打歌调，先得要讲一讲打歌的来由……"

"咳咳！记不清是那朝那代了，老辈子都这样说，我们白族罗氏五弟兄起从南京应天府逃出来的，经过昆明，大理，风仪，因为皇兵追赶，五弟兄各自带着自己的妻室分散了。三人逃往剑川，两人上了西山。当时，这里荒无人烟，两弟兄把山羊当作耕牛，把栗木和石片当作锄头。犁头，就这样劳动定居下来了。以后，他们的孩子长大了，要结亲事了，在结亲的那天，忽然从天空飞来了一只凤凰，世上的白鸟都飞来了，'咕咕啾啾'地唱歌。主人家和客人们多么高兴啊，一个个喜笑颜开，老人们带着三分酒兴，手里还端着酒杯，仰着头，赞赏这美丽的神鸟，也就情不自禁地唱起来了，跳起来了。于是就兴起了打歌……还有那些远远近近的亲戚朋友。根据百鸟的各种啼叫编出了西山调的三十六韵。新郎新娘就更高兴了，他们小两口止不住地跳啊，跳啊，从此也就产生了西山舞罗。"

夜深了。门外山风在呼啸，有时传来一两声麂子的叫唤。老人添了添柴火，我给他重新煨了一壶浓茶。就在这天晚上，这位老人给我唱了不少的西山白族调，打歌调，弹奏了不少三弦曲，还讲了这些美丽动人的传说故事。

　　告别的时候，老人紧紧地握住我的双手，我看见他那胡须掩盖的嘴唇在频频颤动，好容易才说出了话："把老辈子的东西记下来了，我很高兴。把白族的这些老调子带给毛主席！"是的，他的声音简直象天边的响雷，整个云山都在回响着他的祝愿："把白族调带给毛主席！"

大本曲和大本曲剧

金 穗

史料解读

　　史料原载于《少数民族戏剧研究》(中国戏剧出版社,1963 年),为一篇介绍。大本曲作为一种曲艺,已经在白族民间流传了很多年代,关于其起源说法不一,但从大本曲使用的腔调可以看出,它们和民歌有着密不可分的联系。专业艺人的演唱活动大都在各种民族节日里或庙会上进行,农闲时期也可以演唱,群众甚至会把大本曲带到田间,歌唱他们自己的劳动与生活。大理是大本曲发展的中心,并以大理城为中心,分成"南腔""北腔"两个流派,这两个流派又各细分成几个唱腔。大本曲唱腔主要有三个特点:第一,保留了民歌特有的风格。第二,已经在一定程度上戏剧化、性格化。第三,曲调和语言的关系十分密切。大本曲的唱词在音韵上主要分为"花上花"、"油鲁油"、"捞里捞"和"翠幽幽"四个大韵,而各个大韵中又包括几个小韵,唱词的格式主要为三"七"一"五",有时三"五"二"七",其唱腔没有严格的板眼规律,但节奏根据故事和人物情绪的发展,有多种多样的变化。

　　该史料对白族大本曲的流派、内容、唱腔、唱词、音韵等进行了介绍,对于由大本曲发展而来的大本曲剧的历史溯源客观全面,特别是所列举的大本曲南北唱腔及曲调的资料十分翔实。

原文

　　大本曲发展为戏曲，实际只有三五年的光景，但它作为一种曲艺，却已经在白族民间流传了很多的年代，有的说起于唐朝，有的说起于明朝，中间竟相差几个朝代。但都是说在京中落考的秀才，心怀不满，遂将当时流传的时事（民间冤屈或官宦门中的丑事等）编成曲子来唱，以揭露社会的黑暗，并抒发胸中的郁闷。据说这就是最早唱的大本曲了。照这种说法，大本曲最初是"两耳不闻窗外事，一心专读圣贤书"的文人墨客唱起来的了。当然这种说法不可靠，即使是这样，当时唱的曲调也还是民歌，决不会出自那些秀才的创作。到今天，在剑川还流行着一种一人抱着三弦自弹自唱的演唱形式，唱的内容比较简单，常系即兴创作，腔是白族调（白族民歌），而名称也叫"大本曲"。这种"大本曲"往往伴随着劳动在田间演唱。这虽然不一定是若干年前流传下来的演唱形式，但若千年前的大本曲却可以从这里得到印证。如分析一下今天大本曲使用的全部腔调，就可以进一步看出它们和民歌的关系，特别是十八调中的〔麻雀调〕、〔打鱼调〕、〔放羊调〕、〔莲花落〕之类，显然一听就是民间山歌小调的风格；又如大本曲的四大韵"花上花"、"油鲁油"等，实际也就是采用了白族山歌小调中最常用的四种韵头（又称"调姓"）。

　　大本曲主要盛行于大理，其他如邓川、洱源、宾川、凤仪、剑川、云龙等县也有，但唱法较简单，据说都是从大理传过去的。而实际上，大本曲在大理地区的确流行最广，在艺术上也最发达、最丰富，而且有着极深厚的群众基础，因此，大理虽不一定是大本曲的发源地，但至少是大本曲发展的中心。

　　大本曲通常是一人演唱，一人弹奏三弦，由于这种演唱形式较简单，容易掌握，故群众性的演唱活动较普遍。在最流行的地区，几乎不管大人小孩都能唱几句。但另一方面，由于大本曲演唱的大都是故事情节较复杂的曲本，这样的曲本又进一步促使唱腔、音乐的发展、变化越来越复杂，这样一来，一般人如没有充分的时间，也就很难学会、学好，于是不能不形成一些专业的或半专业的艺人。艺人的专业化对大本曲的发展也起了很大的促进作用。根据传述,大理历代有名的老艺人,在大本曲的演唱艺术上都有很多创造。

专业艺人的演唱活动大都在各种民族节日里或庙会上进行,其他如农闲时期也可以演唱。演唱前必须高搭台子,摆设香案,开始先弹奏"大摆三台"(或"小摆三台"),演唱者执纸扇或手巾,以惊堂木击桌数下后即起唱,演唱时除脸上略有表情外,只偶尔用简单的手势。听众分坐在男、女客堂内,肃然静听。这种演唱形式有点像汉族的讲宝卷,而实际上在演唱的曲本中也有不少像《观音得道》、《韩湘子》、《唐明皇游地府》等宣传封建迷信的东西,也有不少人曾把演唱大本曲叫做"高台教化""劝化世人",从这里可以看出大本曲在发展过程中曾受封建统治和宗教迷信的影响。但尽管这样,大本曲终究是白族人民的艺术,是群众的艺术,群众最爱听的还是《秦香莲》、《梁山伯与祝英台》、《董永卖身》、《兰季子会大哥》等内容上较有人民性的曲本。这些本子即使演唱几天几夜,大家仍旧百听不厌。群众除听专业艺人演唱外,常把大本曲带到田间去,歌唱他们自己的生活、劳动。解放前一些较进步的艺人,也常在演唱中为群众叙说苦情,揭露旧社会的黑暗,因此统治阶级曾公开下令禁止演唱。

尽管统治者下令禁止,但群众并没有屈服,大本曲的演唱活动一直没有中断,并在长时期的发展中积累了十分丰富的艺术遗产。大理地区的大本曲比较典型,说白中有诗、有对,而唱腔则以大理城为中心,分为"南腔"、"北腔"两个流派。南、北两派的唱腔最初主要是由于语音上的区别引起的,但后来由于两派艺人各自在艺术实践中发挥的创造性不同,也就各自形成了更多的特点。可是大理究竟不是个很大的地区,两派互相交流、互相借鉴的机会仍旧很多。南派的唱腔分为三腔、九板、十八调,北派的则分为三腔、九板、十三腔。三腔指高、中、低三腔,即唱腔在音高上的三种变化,究竟各有多高,却没有一定标准(另有一说,三腔为南腔、北腔、海东腔)。九板是大本曲最基本的唱腔,不管抒情、叙事、对话,都用这一部分;南腔的分为〔黑净板〕、〔高腔〕、〔路路板〕、〔平板〕、〔提水板〕、〔阴阳板〕、〔大哭板〕、〔小哭板〕、〔边板〕;北腔的分为〔高腔〕、〔脆板〕、〔正板〕、〔平板〕、〔提水板〕、〔阴阳板〕、〔大哭板〕、〔小哭板〕、〔赶板〕。北腔中还有

〔一字〕和〔二流〕，可能是后期艺人的创造，按名称是受了滇剧的影响。这些腔调不但两派的名称大多数相同，甚至曲调的骨架子也彼此差不多。十八调和十三腔是大本曲唱腔中的小调，在传统曲目中主要作插曲使用，它们是不断从民歌中吸收来的，看来叫"调"比叫"腔"更合适。十八调系〔螃蟹调〕、〔老麻雀调〕、〔新麻雀调〕、〔花谱调〕、〔家谱调〕、〔琵琶调〕、〔花子调〕、〔放羊调〕、〔上坟调〕、〔道情调〕、〔祭奠调〕、〔阴阳调〕、〔起经大会调〕、〔拜佛调〕、〔问魂调〕、〔思乡岭〕、〔血湖池〕、〔蜂采蜜〕。十三腔，系：〔螃蟹调〕、〔麻雀调〕、〔打鱼调〕、〔家谱调〕、〔放羊调〕、〔数花名〕、〔莲花落〕、〔琵琶词〕、〔对经调〕、〔问魂调〕、〔验伤调〕、〔翠池莲〕等（其中还有一调不详）；南腔保存得十分完整，北腔保存得较少。从已有的材料看，这部分腔彼此区分较大，如〔螃蟹调〕、〔麻雀调〕等两派就互不相同。在大本曲的这些腔调中，有很多是由一个基本曲调变化发展出来的，如南腔十八调的〔螃蟹调〕等前七个调就是一个骨架子，其他如〔提水〕、〔阴阳〕、〔大哭〕、〔小哭〕等也是由一个胚胎蜕变出来的。

大本曲唱腔的主要特点：一、保持了民歌特有的质朴、明朗、优美的风格，"呀吆哝咳哟"之类的衬腔、衬句较多；二、已经在一定程度上戏剧化、性格化，有适于叙事的或抒情的腔调，也有表现欢快的、悲哀的或愤怒的腔调；三、曲调和语言的关系十分密切，语言的因素不但决定了腔调的宣叙性，并决定了腔调在旋律上的特点，如旋律进行中有很多五度至八度的大跳，就和白族语的声调有关。

大本曲主要用白族声调的汉话和白族语言演唱，唱词在音韵上主要分为"花上花"、"油鲁油"、"捞里捞"和"翠幽幽"等四个大韵，而各个大韵中又包括几个小韵。如"花上花"即包括"他""拉""家"（大韵）"英""听"（小韵）"天""潘"（小韵）等；"油鲁油"即包括"胡""求""油""头"（大韵）"而""明"（儿）（小韵）"塔""拿"（小韵）等；"捞里捞"即包括"老""交""跑""摇"（大韵）"习""杰"（小韵）"狼""忙""娘"（小韵）等；"翠幽幽"即包括"去""贵""迹"（大韵）"周""秋""幽（小韵）等。这种分类主要是由白族话的音韵规律确定的，比如"三"字，在白族话中讲起来就接近汉语的"沙"字，故就归入"花上花"的韵了。另外，白族话的声调和汉语很不相同,故在唱词中一般不分平仄(偶句只谐韵,却不一定用平声字),而韵中却包括了声,故不同的韵脚对唱腔的落音(终止音)有很大的影响。如以平板为例,"花上花"韵的下句落在"6"音上;"油鲁油"韵的下句落在"3"音上(北腔则落在一个不固定的下滑音上);"翠幽幽"韵落在"i"音上;"捞里捞"韵落在"5"音上。其中如"翠幽幽"韵中"古迹"的"迹",白族话讲起来却近似"基","基"音为阴平,较高,故用"i"音。大本曲的唱腔能够这样准确地表现语言的声、韵,并形成严密的规律,这正说明它在音乐上的高度造诣。

唱词的格式主要为三"七"一"五"(七——七——七——五,四句一段),有时三"五"二"七"(五——五——七——七——五,五句一段),前者用得较多,后者用得较少。此外,也有突破这两种格式的,如连续的七字句,最后五字句结尾,或只有三句就组成一段。唱词的格式决定了唱腔在音乐上的结构,唱腔的基本结构也是四句一段,如有八句以上的词,曲调即根据语言的不同作变化反复。但九板这一类唱腔,起头、结尾(扫腔)都有一个固定的格式,可以看做音乐结构的扩大或附加,反复时不重复这部分。

大本曲的唱腔基本上属曲牌音乐类型,没有严格的板眼规律,但节奏仍有多种多样的变化。根据故事和人物情绪的发展,曲牌间已形成一定的连接规律,如在一般的情况下多唱〔平板〕,当感情激动起来则转〔脆板〕(或〔路路板〕);如悲痛时候唱〔大哭〕,哭得激动起来(悲愤)转〔赶板〕(或〔边板〕),情绪稍平稳时转〔提水〕。每段唱腔在起唱前也讲究叫板,如"你听——""好苦呵——"等,这一方面是为了给伴奏打个招呼,一方面为了道白和唱腔的自然衔接。唱到中途如要由另一个人接唱下去,也有一种丢腔的方式。如下一个人仍接上一个人的〔平板〕,前段〔平板〕结束时即将扫腔的格式($\underline{1 \cdot \dot{2}}$ $\underline{5 3 5}$ | $\underline{6 1 5 2}$ ……)提高八度($\underline{1 \cdot \dot{2}}$ $\underline{5 3 5}$ $\underline{6 \cdot \dot{3}}$ $\underline{\dot{2} 1}$ | $\underline{\dot{2} \cdot 1}$ $\underline{\overset{6}{\underset{\smile}{5}} 0}$)如下转〔脆板〕,前面的结尾不但提高,而且要唱得干脆一些($\underline{1 \cdot \dot{2}}$ $\underline{5 3 5}$ $\underline{6 \cdot \dot{3}}$ $\underline{\dot{2} 1}$ | $\dot{2} 0$)。

大本曲的伴奏通常都是用一个大三弦,定弦根据不同的腔调主要采用四度、五度,如$\underset{\cdot}{6}$-2-$\underset{\cdot}{6}$、3-6-3、$\underset{\cdot}{2}$-5-$\underset{\cdot}{2}$、5-1-5;采用五度、四度较少,如$\underset{\cdot}{1}$-5-$\underset{\cdot}{1}$。

在弹奏方法上多采用拨弹和滑音，滚弹则用的少些，这也许主要是为了让唱腔的吐字清晰。此外也还有像在〔琵琶调〕、〔蜂采蜜〕中使用的一些独特的弹奏方法（前者极像琵琶的弹奏效果）。三弦的伴奏主要是采取跟腔的方式，过门有一定的规格，但也有较大的伸缩性，主要根据情绪和演唱者的表演变化，一般有经验的弹奏者，不但能和唱腔的情绪、风格结合得很好，而且能启发演唱者的情绪，并进而给听众以更深的感染。大本曲唱腔强弱鲜明的跳动性的节奏特点和相当宽的音域，都和三弦伴奏的特点分不开。

据艺人讲，大本曲的曲目有三十六大本，七十二小本。这虽然是个象征性的数目字，但实际上大本曲确有内容十分广泛的数量相当大的曲目。有的艺人能够在一个"点"上连续演唱几天几夜甚至半把个月，而且唱什么本子还得由听众来点，这就是有力的证明。这些曲目和吹吹腔的剧目一样，大多数是根据汉族的历史故事和民间传说编成的，直接反映白族人民生活的则较少，这跟白族在历史上接受汉族文化较早的客观原因分不开。

大本曲除了它本身在艺术上的特点外，也具有一切说唱艺术的共同优点，对于及时反映现实生活有很大的方便。解放后，在党的领导下，它投入到各项政治斗争、生产斗争中，在土改、民主运动中，都发挥了宣传鼓动的威力，同时也使它在艺术，上得到更进一步的发展，在群众中受到更热烈的欢迎。到一九五四年，根据群众的要求，经过文化干部和艺人的共同努力，在大理"三月街"的群众大会上，第一次出现了大本曲剧《施上泽入社》。当时群众兴奋得不得了，共同欢呼："我们的大本曲也翻身了！"

大本曲发展为戏曲，它本身原有很好的基础，主要是有长期演唱大本曲（有复杂的故事情节和性格多样的人物）所积累起来的大套唱腔和丰富的演唱经验。同时必然要碰到不少新的问题：第一，原来的说唱形式，主要是由演唱者作客观的叙述描写，现在搬到舞台上，就得要以剧中人物的身份、口吻来表演，就是说由叙事体变为代言体，因此也就必须有各种各样的动作、舞蹈身段；第二，要表现各种人物的情绪变化，要烘托强烈的戏剧气氛，就要加强音乐伴奏的力量，同时唱腔也要进一步发展，进一步性格化、戏剧化。

　　几年来,这个年轻的白族剧种已演出过很多反映群众生活的剧目,不但在
为各项政治中心服务上发挥了很大的作用,同时也在艺术改革发展上作了很大
胆的尝试,前面谈到的一些问题都已得到初步解决。目前,各种业余演唱组织
正在大量建立起来,在大理已有了半专业的演唱团体。这个仅三五年的年轻剧
种,正以快马加鞭的形势向前跃进!

1962 年 3 月

试验田中一枝花(白族大本曲)

杨　益　寿　春

史料原载于《曲艺》1964 年第 6 期,是当时新创作的白族大本曲。

原文

父、女:(念)东风劲吹红旗飘,

　　　　苍洱河山一片红,

　　　　白族人民勤奋发,

　　　　改造自然夺天工。

父:在党的领导下,白族人民也和全国人民一样,奋发图强,干劲冲天,积极

　　投入三大革命运动,在农业战线上掀起新的生产高潮。

女:我们湾桥公社岗南甸土薄地瘦,队上决心搞科学试验,改造干难田。

父:提起干难田,列位真不知道其中的艰难啊! 唉!

　　(唱)岗南尽是干难田,

　　　　沙皮石底两相连,

　　　　施下肥料见效少,

　　　　产量实可怜!

　　　　土薄地瘦苗不旺,

　　　　一发栽种一发闲,

收成只够半年粮,

伸手靠支援。

女:公社党委决定,选择我们岗南甸作为试验重点,大家推选我金花担任组

长,像这样重要的任务,我一定要想办法完成,才不辜负党和乡亲们对

自己的信任。

父:我这个姑娘干劲硬是大啰!

(唱)成立科学研究组,

金花带头搞试验,

三星不落就起床,

家中难见面。

女:阿爹!我深深感到在中学里学的东西,实在不够用,不刻苦钻研,不多

多学习,不行啊!

(唱)钻研技术下功夫,

农业书刊我读遍,

勤找老农来请教,

决心找关键。

父:有志气,有志气!

(唱)困难重重志不变,

彻底改造干难田,

决心赶上先进队,

争取大丰产。

女:(唱)那天太阳落西山,

金花匆忙奔进县城,

找到农科研究所,

求援帮化验。

有位热心技术员,

当晚帮助来化验,

　　　　证实岗南缺磷肥，

　　　　是个大关键。

父：总算找到关键问题啦，这位技术员的协作精神真是可贵啊！

　　　　（唱）技术人员帮化验，

　　　　金花开窍心喜欢，

　　　　又是感谢又是笑，

　　　　解决大疑难。

　　　　回社先奔党委会，

　　　　汇报情况谈意见，

　　　　党委认真研究后，

　　　　支持搞试验。

女：（唱）当时听了党委话，

　　　　喜在双眉乐开颜，

　　　　书记面前表决心，

　　　　铁肩敢承担。

父：（旁白）我这个姑娘真是好样的，（对金花）但还要注意吸收传统的耕作

　　方法，实行土洋结合啊！

　　　　（唱）磷肥试验是中心，

　　　　厩肥氮肥要用全，

　　　　耕种犁耙细心搞，

　　　　措施要领先。

女：阿爹说的对，这次试验，是与群众的智慧和干劲分不开的。

　　　　（唱）一粒泥土一滴汗，

　　　　群众干劲冲破天，

　　　　不怕苦来不叫累，

　　　　精力真饱满。

父：姑娘们也够辛苦啦！

（唱）又写总结又化验，

除草施肥干得全，

田间管理搞得好，

群众齐支援。

女：诸位听众，我们岗南甸试验田总算开花结果了！

父：（唱）七月秧苗长得旺，

八月风吹稻花香，

十月秋收镰刀响，

谷穗堆如山。

女：（唱）比起原产翻一倍，

岗南人人都喜欢，

干难田变肥膘田，

生产大改观。

父、女：（唱）党的领导真英明，

群众干劲不平凡，

总结经验快推广，

大面积上夺丰产。

农村文化战线上的一支轻骑兵

——介绍大理白剧团和白剧《红色三弦》

张殿光

史料解读

　　史料原载于《云南日报》1964 年 11 月 12 日，为一篇介绍。白剧团成立于 1961 年年底，剧团自成立以来经常到农村山寨演出，对于山高路远、交通不便、文化活动较少的地区，白剧团的同胞们不辞辛苦，坚持把白剧送进小村山寨。白剧团一开始表演的传统剧目与社会主义现实生活距离太远，后来在党委的关怀下，全团的演员深入体验生活，关注当时火热斗争的题材，他们进一步认识到社会主义戏剧必须为社会主义的政治和经济服务，排演了大量的革命现代戏。但白族人民更希望能创作出直接反映白族人民现实生活和斗争的白剧现代戏，于是白剧团根据亲身经历和见闻创作了《红色三弦》。这出戏通过歌手段秉忠和艺人董晋才在文艺战线上的两条不同道路的选择，告诉人们：在农村，如果无产阶级文艺不去占领阵地，资产阶级、封建地主阶级的文艺必然在那里滋长、抬头。《红色三弦》的创作和演出不仅教育了观众，也教育了演员们：要做一个真正的"红色三弦手"，永远为社会主义时代的工农兵服务。

　　该史料对大理白族剧团成立以来的演出活动进行了全面介绍，重点关注剧团从演出传统剧目到演出现代戏剧的转变，通过戏剧《红色三弦》的创作来源和主题倾向，教育戏剧工作者要将文艺的社会功能和政治使命放在首位,其批评话语具有鲜明的时代特色。

原文

　　大理白族自治州演出团在全省现代戏观摩演出大会上演出的白剧《红色三弦》,获得了广大观众的热烈欢迎。这出反映农村文化战线上尖锐复杂的斗争的现代戏,是在党委的亲切关怀下,由大理白族自治州白剧团创作和演出的,剧中所揭示的思想战线上的"兴无灭资"的斗争,有很大部分也是白剧团几年来坚持为农村服务,为农村输送社会主义新文化的亲身经历和亲身见闻。

那里有群众　　那里有舞台

　　白剧团是一九六一年底成立的。这个年青的剧团成立以后,几年来经常演出于全州十三个县、市的许多农村山寨。一九六三年他们共演出了一百九十多场,其中百分之九十是在农村或小城镇上演的。今年上半年共演出一百一十多场,也只有十八场是在下关市演出的。

　　去年春节期间,白剧团的同志们分兵三路,奔赴剑川、云龙、大理等地农村,为群众演出。到剑川的同志听说该县的上兰等地区山高路远,林密沟深,交通不便,文化活动较少,便背起行装,年三十那天清晨从剑川县城出发,深夜三点钟赶到上兰。上兰的群众以亲如家人的感情欢迎了他们,家家重新拨亮灯火,点燃薪柴,和他们再吃一次"团年饭"。第二天,就在用青松翠柏搭成的戏台上,他们打开歌喉,弹起三弦,吹动唢呐,为上兰的同胞连续表演了许多白族人民喜闻乐见的吹吹腔和大本曲。在一些较大的村寨演出以后,他们又分别组成几个三、五人的演出小组,带上小型乐器,把白剧送进小村山寨。上兰附近一座高耸入云的老君山上有一个畜牧场,八个演员坚持前往演出。他们不顾积水成冰,路窄泥滑,整整走了一天。但是,牧场职工成年累月驻守山头为发展畜牧业而辛勤劳动的精神鼓舞了他们,给牧场职工送戏上门的决心支持着他们,他们还是精神焕发,当晚就进行演出。老君山海拔四千多米,气候严寒,空气稀薄,汽灯不亮，他们就烧起四堆大火，坚持把戏演下去。整个春节期间，他们就这样在广场上，在树林边，在台阶上，在篝火旁进行演出。上兰地区的白族人民，把白剧团的同志们当成党和人民政府派去看望他们的亲人，被他们的演出感动得热泪盈眶。

红色三弦手　歌唱新时代

白剧团从一开始虽然就注意了保持剧种的特色，但是，过去的白剧内容基本上演的都是帝王将相、才子佳人那一套。演员们最初下乡时，演出这些东西以后，不少人失望地说："我们鼓足干劲搞生产，你们哥呀妹的一唱，心就冷了半截！""音乐倒是好听，可惜内容和咱们现在沾不上边。"相反的，当他们运用白剧的艺术形式演上几出反映现实生活的小戏或唱几首革命歌曲时，群众一再要求"再来一个"。在事实面前，白剧团的同志们觉得手里的《火烧磨坊》、《窦仪下科》、《柳阴记》和《望夫云》等几出传统戏，实在与社会主义的现实距离太远，必须积极演出革命的现代戏，用白剧艺术去反映社会主义革命和社会主义建设的斗争生活。

在党委的关怀下，全团的演员们深入到生活中去，投入当前火热斗争中去。在乔后盐场，他们请老工人讲厂史；在鹤庆农村，请老贫农讲家史村史；在大理风仪，他们参加了社会主义教育运动。投入火热斗争，密切与工农兵结合，促使白剧团的同志进一步认识到社会主义戏剧必须为社会主义的政治和经济服务，必须演出革命现代戏。当时剧团的创作力量还薄弱，而实际斗争又迫切需要他们用文艺去为当前的斗争服务，他们就把《李双双》、《夺印》、《朝阳沟》等现代戏移植改编成白剧上演。当《李双双》第一次在弥渡演出以后，在观众中引起了强烈的反映，盛况空前，公社和生产队干部们反映说："看了《李双双》，工作好做了，生产好领导了"。

经过演员们艰苦的努力，白剧团排演了大量的革命现代戏。但是，仅仅移植改编还是满足不了白族人民的要求，白族人民又向他们提出了新的希望：能不能创作出直接反映白族人民现实生活和斗争的白剧现代戏来呢？

由于白剧团把根子扎进了农村,具有了一定的生活基础,积累了许多创作的素材,尽管创作力量很薄弱,他们也勇敢地接受了这个任务。

在党委的具体帮助下,他们针对当前白族农村文化战线上尖锐复杂的斗争,也是剧团亲身经历和亲身见闻的事情,开始进行了创作活动。

解放前,长期的阶级压迫和民族压迫,使不少白族人民无法理解统治者给他们带来的灾难,只好把命运交给老天爷,因此在白族农村的封建迷信活动很多。白剧团的同志们就亲眼看见过,大理每年有一种"春王正月"的封建迷信活动。到时要聚集几千人,由巫婆神汉装疯作祟,家家烧香下跪,月月杀鸡求神。不仅浪费大量钱财,而且也给阶级敌人留下了可乘之机,表现出尖锐的阶级斗争。面对着这种斗争,文艺工作者应该怎么办呢?在有一次"地藏石庙会"上,剑川县的一位白族歌手大唱具有革命内容的新的大本曲,他用自己的三弦和革命的歌声唱败了二十多个巫婆神汉,当场把巫婆神汉的丑态揭露无余,把听巫婆神汉胡说八道的群众争取过来。相反的,白剧团的同志们也见过,有的民间艺人,依然在那里自觉或不自觉地散播资本主义、封建主义的毒素。两种不同的态度,说明了这是阶级斗争在文艺战线上的具体反映。白剧团的同志从这里开始写作白剧的现代戏《红色三弦》。

《红色三弦》这出戏通过被称为"红色三弦"的歌手段秉忠和另一个艺人董晋才的演唱活动,以及他们对青年人的不同影响,表现出文艺战线上的两条道路的斗争。段秉忠遵循着党的教导,深入农村演唱,积极为阶级斗争、生产斗争和科学实验三大革命运动服务,敢于和坚持演唱封建迷信本子的艺人唱对台戏,在传播社会主义新文化方面起了很好的作用。董晋才则拉走青年艺人杨向前,继续以封建文艺散布毒素。从段秉忠和董晋才身上,再一次告诉人们:在农村,如果无产阶级文艺不去占领阵地,资产阶级、封建地主阶级的文艺必然在那里滋长、抬头。

这出戏经过十次修改,四次重排演出以后,受到了白族人民的热烈欢迎。连演十五场,场场满座。一些象"红色三弦"段秉忠那样的民间歌手看了以后,无不为之振奋,更加坚定了为社会主义歌唱的信心。一些类似董晋才那样的人看了以后，也受到教育。有一位老艺人在今年七月，他到一个村子去演出，有人摆香案请他唱大本曲，他顺手把香炉塞进桌子底下。有人请他唱宣扬封建迷信的《三下阴曹》，他却唱起了《夺印》，坚决不再唱那些宣揭封建阶级忠孝节义的东西。一个类似腊梅的女青年歌手，原来母亲不让她到处演唱，认为"姑娘家上大街，有失光彩"。看了《红色三弦》以后，母亲不仅不再拉她的后腿，而且鼓励她："你宣传的是社会主义，讲的是贫农的话，你专心一意地去演唱好了"。

《红色三弦》的创作和演出教育了观众，演员们也同样受到了教育。白剧团的同志都表示：要做一个真正的"红色三弦手"，永远为社会主义时代的工农兵服务。

心弦铮铮唱革命

——看白剧《红色三弦》

曾　克

史料解读

　　史料原载《四川日报》1965 年 10 月 10 日，为一篇观后感。在新中国成立前，白族和其他兄弟民族一样被压在"三座大山"下，连同他们的民间说唱大本曲、吹吹腔也不见天日。新中国成立后，白剧得到了发展。《红色三弦》是一出题材新颖、意义重大的戏剧，它通过文艺战线上一场"兴无灭资"的斗争教育革命文艺工作者只有改造自己的思想才能为无产阶级政治、社会主义建设、工农兵服务。剧中主要人物之一的大本曲说唱者董晋才通过演唱大本曲向群众传播封建迷信和不健康思想，他的行为被视为维护封建阶级、资产阶级的表现。主人公王腊梅则作为社会主义新生力量的代表人物，在阶级斗争面前挺身而出，跟董晋才展开坚决斗争。

　　该史料在对新创白剧《红色三弦》的主题思想、人物塑造进行概述的基础上重点评论该剧在题材创新上的重要意义。史料以阶级斗争观点作为评价戏剧创作和戏剧作用的重要标准，其批评范式具有鲜明的时代特点。

原文

身披下关风，

脚踏苍山雪，

山顶开沟去，

晚盖洱海月。

……

台上弦声铮铮，歌声嘹亮。一株芳香扑鼻、鲜艳夺目、异彩四射、具有无限生命力的艺术之花正开放着。这不仅是一株为云南人民誉为苍山洱海的红山茶，而应该更确切地说，是白族兄弟姐妹们，以其集体智慧和劳动，给我们社会主义祖国文艺花园的鲜花。

聚居在云南大理一带的白族兄弟们，在解放前的年月里，自然也和其他兄弟民族一样，深深压在"三座大山"之下，自己不能说自己要说的话，不能唱自己要唱的歌。加上当时的大汉族主义者的反动统治，又竭力把他们推进愚昧无知的深渊，不要说自己创造民族戏曲，就连他们历史悠久的民间说唱"大本曲"、"吹吹腔"等，也已滞溺于死地！由此看来，这出《红色三弦》说它是朵芳香扑鼻的鲜花，固然十分相称，但，说它是颗久久埋藏在白族人民心间的珍珠也很贴切！

比喻总是蹩脚的，无非是用以证明它确实是一出具有鲜明的地方色彩，浓郁的民族风情的好戏。可是，这些并不仅仅在于幕幔升起，雄伟壮丽而有特色的场景，立刻就会把你带到苍山之巅，洱海之滨或"蝴蝶泉"边！也不仅仅表现在它们那种抒情、优美、高亢、流畅，散发着浓重的生活气息，而又别具一格的白族音乐。更主要的还在于剧作者和演员同志们，在这个特定环境中，以其白族青年的纯朴、敦厚的情感；婉转、豪放、撼人心弦的琴音和歌声；生动的表演，雕塑似的从金龙江岸的泥沙、岩石和波涛之上，给我们展开了一场思想领域的阶级斗争！

这是一出题材新颖、意义重大的好戏。它通过文艺战线上一场兴无灭资的斗争告诉我们，文艺是阶级斗争的武器，革命文艺工作者要想真正掌握这武器，为无产阶级政治、社会主义建设、工农兵服务，就必须改造自己的思想。它还告诉我们，谁要忘记了社会主义文艺来源于阶级斗争、生产斗争和科学实验，并为三大革命运动服务，他就势必走上邪路，陷入泥潭！

剧中主要人物之一半农半艺的"大本曲"说唱者董晋才，本是贫农出身，又是老石匠。在旧社会为了挣脱饥寒交迫的锁链，他曾经和王腊梅的父亲并肩作战，用他们的铮铮弦声去唤起劳动人民的战斗意志，同当时霸占水源的地主们进行过斗争，迎接过革命的工农红军。为此，还牺牲了自己的知心好友——腊梅的父亲。自己也坐了监牢！按说，董晋才是应该知道文艺的作用和为谁服务的！可是，由于解放后生活一天天地好起来了，自己既离开了劳动又疏忽了思想改造，个人主义的思想绊脚石就一天天地多起来，革命意志衰退了。正象腊梅针针见血对他的批评那样：说什么"大树底下好遮荫，公社样样会安排，只消挣现成工分！"把集体利益、社会主义、共产主义的远大前程完全置诸脑后。当虹山区白族人民祖祖辈辈日夜梦想的"铁龙"引水工程开了工，他和阶级战友流血牺牲所追求的幸福理想即将实现的时候，全区社员个个争先报名参加这一光荣劳动。以共青团员王腊梅领导的公社业余文艺小组，更是一马当先活跃在劳动大军的前列，除了充当最积极的劳动者，还用文艺活动鼓舞士气。可是董晋才却表现出另外一种态度。他对工程三心二意，缺乏信心，不愿积极参加石工劳动。对于文艺小组的青年编唱新书他也很轻视，自己却在向民工演唱大本曲，传播封建迷信和不健康的思想，影响了落后民工的情绪。当他的这些作为得不到欢迎反受到批评以后，竟执意要去串乡场，唱曲子去挣钱，走资本主义的道路！这就很有说服力地表明了，在社会主义不断革命的道路上，只要脱离了集体劳动，忘记了阶级斗争，即使你出身于劳动群众，也会迷失方向犯错误。

一个贫农出身的人，既然被资产阶级思想俘虏了，他又怎么能够具有社会主义的文艺思想呢？文艺思想原本就是政治思想在文艺方面的反映，并非另外一种离开政治独立存在的思想。既然他的说唱目的是名利，又哪里还会想到为工农兵，为三大革命运动，为社会主义政治服务和对这些有害、不利呢？尽管为着保持他的声誉，他也想唱点新内容，可是，由于他的思想、观点、立场、方法的不同，现实生活通过他的眼睛和头脑，自然是要变样的。所以他就只能换汤不换药，把庆红这个劳动模范活活唱成了工分迷！把腊梅歌颂的："改造乾坤炼新人，熊熊烈火炼真金！"创造世界的光荣和豪迈的劳动，描写成痛苦和磨难。把集体利益和个人生活对立起来，动摇军心，……这些都是不难理解的。党和群众要他到集体劳动中去进行自我改造，他不感兴趣，要他去了解先进人物，他认为不必要。他以为只凭自己的文才、口才和肚才就可以编出好唱本了！他顽固地坚持自己的资产阶级文艺观点并向青年文艺爱好者宣传："自古唱曲靠肚才，全看功夫深不深，不问思想新或旧，只要有人听！"

请看，这是何等具体生动的资产阶级文艺观点呵！而更重要的，还在于这种人和这种思想，确实并不止在舞台上，也不止在金龙江畔，而在社会主义文化革命的途程中确也不止他一个。这就是董晋才这个人物具有教育意义的所在。

从这里我们业已十分清晰地看到，一个人的文艺思想、美学观点实际上就是阶级思想和观点的形象表现。资产阶级认为美好的，无产阶级自然不同意。反之亦然。因而，谁要企图离开阶级的政治利益去看待文艺，就不可能不为资产阶级的利益服务！尽管有时董晋才也以超政治的形态出现，仿佛在为娱乐而文艺这么唱着："带上龙头弦，弹起响当当，闲来无事唱几章，清愁解闷添乐趣，悠闲度时光。"可是它的结果，依然是为资产阶级思想效了劳。特别是董晋才为文艺小组组员赵家福修改唱词的这一情节，更让我们触目惊心地体会到，资产阶级思想通过文艺作品是更容易影响青年一代的，我们更应该重视培养文艺接班人的战略任务。

要用文艺手段去为社会主义服务，用无产阶级思想培养文艺接班人，那就必须无条件地到工农兵劳动人民的火热斗争中去，用不断革命的精神参加三大革命运动的反复实践，认真用毛主席的思想武装头脑，尽快树立无产阶级的世界观。任何头痛医头，脚痛医脚的办法，都是无济于事的。当然，这并不是说要先树立了无产阶级世界观而后再革命，再写作。

就在这场尖锐严肃的思想斗争中,作者为我们塑造了另外一个主人公王腊梅。她作为社会主义新生力量的代表人物,在阶级斗争面前挺身而出,毫不妥协,有情有理有分寸,坚持原则地向董晋才展开了坚决斗争。直到董晋才觉悟,剧情终了。

这个一出场就生气勃勃的人物,看来作者确是下过一番功夫的。她不只是在出场前,作者已经作了安排,借以提起观众的注意,而是在出场后一直放在斗争的尖端。更主要的还是作者自始至终把她放在群众中、劳动中、生活中、政治和政策中去描写她、深化她。大家可以看到,虽然她对于董晋才的养育之情,既深且浓,可是在斗争中却没有丝毫口软、心软和手软之感。尽管戏剧矛盾业已铮铮有声地拨动了早丧父母的少女的心弦,却没有半点儿凄伤悱恻之情。在她看来,她的最高利益和最大快乐,只是高歌猛进在社会主义革命和社会主义建设的大道上。她心里充满阳光,歌声跳动着劳动人民的激情。她用诗一般的语言宣传党的文艺方针,驳斥姑爹董晋才的资产阶级文艺观点:

画眉供地主玩赏,

布谷为农民报春,

公鸡高唱报黎明,

老鸹报黄昏,

三弦无嘴会说话,

曲本无声胜有声,

自古弹弦唱曲本,

为阶级传声。

除此而外,她还亲自动手、动嘴编唱新曲本,热情歌颂社会主义劳动模范阿雄和庆红。把赵家福的唱词用无产阶级的思想改过来。通过她对于董晋才的教育和斗争,强烈鲜明地表白了她的爱憎。观众亲切地感到了她所说的是社会主义的话,唱的是社会主义的歌,办的是社会主义的事。她和贫农下中农心连心。因而她在台上拨三弦,台下心弦响铮铮!这样的艺术形象,应该说是美好的,确是广大劳动人民欢迎的。

　　除了上面谈到的以外，《红色三弦》还塑造了副区长、董大妈、阿楞等正面形象。不少场景充满着诗情画意，留给人难忘的印象。然而，完美无缺的新生事物是没有的。作为白族的一个新剧种来看，它的成就是令人眩目、兴奋的。可是，作为观众来说，往往越是喜爱的，越不容易满足。基于这一点，希望它能百尺竿头更进一步。让这株红山茶开得更加眩目怒放！

苍山洱海的红山茶

——看白剧《红色三弦》

纪　涛

史料解读

史料原载 1966 年 3 月 3 日《光明日报》，为一篇观后感。《红色三弦》描写了王腊梅带领一个业余文艺小组，同她的姑爹、旧艺人董晋才斗争的故事，展示了新旧文化的争夺战，说明了用社会主义新文化去占领农村文化阵地的重要性，着力表现了文艺与三大革命运动的关系。这部戏在语言上运用了白族人民的"山花体"，不仅充满了民歌色彩，更着重地表达了劳动人民的鲜明的阶级观点和强烈的阶级感情。在音乐方面，《红色三弦》虽以大本曲中的南腔为主，却适当地融合了北腔，并且有所革新，这就使正面人物思想感情的抒发既优美动听，又刚健有力。在新旧文化的争夺战中，音乐也经过精心处理，通过旧内容、旧形式和新内容、新形式的对比，更好地表现了劳动人民的革命激情。《红色三弦》的不足之处在于戏剧冲突挖掘不深，人物思想发展逻辑清晰性还需加强。

该史料对《红色三弦》通过表现新旧艺人之间的文艺道路斗争，对以戏剧的方式呈现阶级斗争等社会生活的新内容，表达鲜明的政治倾向和文艺立场的情况做了详细评价。史料从文艺的社会功能出发，对《红色三弦》的优点和不足进行了分析，其分析客观全面，但批评话语的时代时代局限性十分鲜明。

　　白剧是在白族人民丰富的民间文艺基础上形成的一个新剧种，它是解放后白族人民精心培植出来的一朵鲜花。云南省大理州白剧团来京演出的白剧《红色三弦》用白族人民喜闻乐见的艺术形式，歌唱了白族人民的新生活，表现了革命的思想内容。从这个戏里，我们看到，一个解放前遭受深重灾难的兄弟民族，现在终于尽情说出了自己想说的话，开怀唱出了自己想唱的歌。这出白剧表达了白族人民的革命的心声，云南人民把他们誉为苍山、洱海的红山茶，是有道理的。

<h2 style="text-align:center">崭新的主题</h2>

　　《红色三弦》描写一个农村女青年、共青团员王腊梅带领一个业余文艺小组，同她的姑爹、旧艺人董晋才斗争的故事。这个戏展示了两种文化的争夺战，说明了用社会主义新文化去占领农村文化阵地的重要，着力表现了文艺与三大革命运动的关系。

　　王腊梅的父亲，在解放前用三弦鼓动群众进行抗税斗争，歌唱红军，因而被地主杀害了。现在，腊梅继承父亲的革命遗志，在紧张的水利工地上，又拨动父亲留下的三弦，歌唱群众轰轰烈烈的斗争生活，歌唱工地上不断涌现出来的英雄人物。"锄头当笔杆，工地当纸张，蘸起汗水写新曲，编革命诗章。"她的歌声唱到了人们的心里，唤起了人们更大的劳动热情。

　　王腊梅的姑爹董晋才，唱旧曲不受群众欢迎，以为凭借自己掌握的"悲欢离合巧串连"的技巧，"十磨九难又团圆"的套子，准能编出战胜腊梅的曲本。可是，他的"新曲"《团圆记》，却把社会主义时代意气风发的青年男女唱成了封建时代的才子佳人，把劳动模范唱成了工分迷。这哪儿是什么新人新事，完全是旧人物、旧思想的"借尸还魂"。通过董晋才这个形象，生动地提出了一个文艺工作者思想感情改造的问题，不先做革命人，没有革命的思想，光依靠什么"口才、肚才和曲才",是创作不出革命的文艺作品的。

为阶级传声

《红色三弦》的语言,引人入胜,白族人民的"山花"体的民间诗歌,在这个戏里焕发出新的光彩。这些充满民歌风的诗篇描绘了生活在山川如画的大理劳动人民崭新的精神世界。"身披下关风,脚踏苍山雪,山顶炸石去,晚盖洱海月。"山河是壮丽的,可是,群众的革命热情,劳动人民的雄心壮志,更给大理增添了无限光彩。

《红色三弦》的语言,着重地表达了劳动人民的鲜明的阶级观点和强烈的阶级感情。王腊梅与董晋才的斗争,实质上是两种文艺观、两种美学观的斗争。编曲子,唱曲子,究竟是为了什么?他们有不同的观点,因此也有不同的语言。"自古唱曲靠肚才,全看功夫深不深,不问思想新或旧,只要有人听。"这是董晋才的话。王腊梅的歌声反击了这种错误的观点,她唱道:"三弦无嘴会说话,曲本无声胜有声,自古弹弦唱曲本,为阶级传声。"铮铮心弦,弹出来多么强烈的阶级的爱憎,充满了多么昂扬的革命的激情。剧作正是通过这样动人的语言,宣扬了文艺要为无产阶级传声的思想。

革命的激情

《红色三弦》的音乐具有浓郁的抒情色彩和豪迈的革命激情。全剧虽以白族说唱音乐〔大本曲〕中婉转绮丽的南腔为主,却适当地掺合了辽阔、高亢的北腔,并且有所革新,这就使正面人物思想感情的抒发,既优美动听,又刚健有力。比如腊梅的唱腔,就是运用了北腔〔大哭板〕作基调的。〔大哭板〕在传统中原本是表现人物伤感哭泣的悲苦曲调,怎么能表达今天劳动人民生气勃勃的革命豪情呢?这是由于音乐设计和演员在处理唱腔时思想感情发生了根本的变化,因此,从唱腔到唱法也引起了一系列的改变,唱得饱满健康,明朗、奔放,大大丰富和发展了北腔的特点。

第二场治水工地上的一场新旧文化的争夺战,音乐处理也是精心构思的。

赵家福唱的庸俗的情歌〔心忧忧〕和腊梅等唱的英雄颂歌《赞阿雄》，都是用了〔大本曲〕的形式，但〔心忧忧〕保留着原〔大本曲〕从上诗、夹白、叫板到唱的一套旧形式，《赞阿雄》却是根据新内容的需要废弃了上诗、夹白和叫板，而从格调新颖、铿锵有力的朗诵诗开始："春风得意山茶红，改造山河出英雄，群星灿烂数不尽，开篇先唱颜阿雄。"接唱节奏比较舒缓的〔平板〕，转急却如数板形式的〔脆板〕，当中不时地穿插男女民工的齐唱〔高腔〕及腊梅的朗诵，描述了颜阿雄在抢险中和洪水搏斗的情景。在音乐上，旧内容、旧形式和新内容、新形式通过这样鲜明的对比，使劳动人民的革命激情得到了更好的表现。

白剧音乐虽然包括〔大本曲〕〔吹吹腔〕和民歌小调三个部分，但过去并不在同一剧目中混用。《红色三弦》在以〔大本曲〕为主的前提下，同时吸收、运用了〔吹吹腔〕和白族民歌，因而丰富、扩大了唱腔的表现力。第三场腊梅、阿花等三八队姑娘们在一起编织箩筐时的女声二重唱〔织箩歌〕，就运用了唱腔优美动听的剑川民歌〔山后曲〕，它唱出了姑娘们对锦绣山乡的深情，抒发出她们对"幸福金桥"的人民公社的赞美。这样一些吸收、运用，都是比较成功的。

《红色三弦》的不足之处，我们感到主要是戏的矛盾冲突还挖掘的不够深，场子显得有些散。腊梅这个人物还可以塑造得再丰满些，董晋才的思想发展逻辑还可以再清楚些。我们相信经过白剧团同志们的努力，这个戏会更趋于完美。

苍山洱海的红山茶

—— 白剧《红色三弦》观后

阿　将

史料解读

　　史料原载于《戏剧报》1966 年第 3 期，为一篇观后感。该文认为，《红色三弦》成功地反映了当时我国少数民族地区文化战线上的两种思想和两条道路的斗争，同时也反映了少数民族地区社会主义建设的蓬勃发展和少数民族业余文艺新生力量的健康成长。戏中贫农出身的董晋才仍然秉持着旧文化、旧观点，损害了贫下中农的利益，是农村文艺活动骨干分子共青团员王腊梅的诘问才使他清醒过来。该剧教育文艺工作者用社会主义文化艺术去教育群众，让社会主义文化牢固地占领农村文化阵地，把反动的、腐朽的资产阶级文化和封建文化彻底、干净地清除，只有这样才能实现文化艺术为工农兵服务的历史任务。

　　该史料对《红色三弦》的评论建立在以文艺作品贯彻阶级斗争路线，将文艺作品的内容和影响确立在教育文艺工作者和教育人民群众的立场之上，为研究特定年代的文艺创作和传播，提供了第一手材料。

原文

　　最近，云南省大理白族自治州白剧团，首次来京演出《红色三弦》，受到首都观众的热烈欢迎。这个戏以新的主题，思想和具有独特风格的艺术形式，成功地反映了当前我国少数民族地区文化战线上的两种思想和两条道路的斗争；同时也反映了少数民族地区社会主义建设的蓬勃发展和少数民族业余文艺新生力量的健康成长。

《红色三弦》剧中贯串着一条阶级斗争和两条道路斗争的"红线"，反映了一场人民内部矛盾的斗争。贫农出身的民间老艺人董晋才，由于在解放后这些年来，没有很好进行思想改造，所以把旧文化观点全部保存下来，把阶级和阶级斗争忘了个一干二净。他不愿意听人家同他讲革命，讲斗争，讲阶级。所以当王腊梅向他讲起阶级斗争的时候，他指着三弦琴说："未必这一根木头三股弦，三腔九板十八调，唱唱玩玩的东西，还要给它定个阶级成分不成？"他按照"自古唱曲靠肚才，全看功夫深不深，不问思想新和旧，只要有人听"的旧说法，走乡串寨，继续传播旧文化。农村文艺活动骨干分子共青团员王腊梅对董晋才进行了阶级教育："三弦无嘴会说话，曲本无声胜有声，自古弹弦唱曲本，为阶级传声。"王腊梅高亢的歌声，开始触动了董晋才，可是他还没有想到，他传播的旧文化已经损害了贫下中农的利益。"谁把阶级利益损，谁就忘了阶级根，……为什么唱起红军地主恨？为什么唱起鬼神地主尊？唱曲有无阶级性？有没有斗争？"王腊梅的诘问，使董晋才顿时答不上话来，最后终于使他清醒了过来。这场戏很成功，使我们看了能牢牢记住业余演唱也要为阶级传声，在任何地方都永远不可忘记阶级和阶级斗争。

用社会主义文化艺术占领农村文化阵地，使文化艺术更好地为工农兵服务，特别是为五亿农民服务，这是我国文化战线上社会主义革命的历史任务。只有高举毛泽东思想伟大红旗，促进社会主义文化艺术大放光彩，把反动的、腐朽的资产阶级文化和封建性的文化彻底、干净地清除，才能实现这一历史任务。《红色三弦》在宣传新文化、反对旧文化方面作了成功的描写。"红色文艺宣传员，弹起三弦把春报，主席著作指方向，破旧立新在今朝。"王腊梅和公社文艺组正是以毛泽东思想挂帅，去破那些"信口放黄腔"的旧文化，去立"声声唱的工农兵"的新文化的。在这场斗争中，旧文化、一切"旧框框"也总要顽强地争取存在。像董晋才那样，他的旧曲本被斗垮以后，并没有放弃旧日文化观点，还是千方百计地耍"换了瓶子不换酒，不换新药只换汤"的花招，名是编新，却把工地女英雄唱成了"忧愁在心间"的人，实际上仍是让旧文化、旧思想、妖魔鬼怪、才子佳人"借尸还魂"，重新占领农村文化阵地。当前，在我国农村，包括少数民族地区的农村里，这种情况确是存在着的。我们的文艺工作者，就要像王腊梅那样，"原则是非不能让"，用社会主义文化艺术去教育群众，提高群众的思想觉悟，不断地满足群众文化生活的要求，牢固地占领农村文化阵地；让董晋才那样的旧思想找不到藏身之地。

第九辑

傣族、侗族、彝族、土家族、苗族戏剧

本辑概述

　　本辑收录了九篇史料，包括介绍、剧评、创作谈和调查札记。这些文献涉及傣族、侗族、彝族、土家族、苗族五个民族的戏剧。李黎明和岚风的介绍都是围绕傣戏展开的，不同的是李黎明介绍了傣戏从诞生到发展的过程以及改革措施；岚风则偏重新中国成立后傣戏的革新和进一步发展，认为成立了专业的傣剧团和整理、改编了传统剧目是这一时期的重要收获。夏国云首先介绍了傣族的赞哈，再由赞哈介绍到赞哈剧，指出赞哈剧是赞哈这一说唱形式戏曲化的一个里程碑，且这一发展是符合事物发展规律的。吴琼的调查札记围绕侗剧形成年代等九个问题，调查了包括侗族的居住条件对其生产与文化艺术的影响等情况。刘树邦的介绍聚焦彝剧，总结了彝剧独特艺术风格体现在三个方面：文学剧本，表演及音乐。杨明、徐沙针对京剧《阿黑与阿诗玛》，从不同的角度做了评价。金素秋从京剧《阿黑与阿诗玛》主创人员的角度，介绍了该戏的创作过程，并谈了自己在创作过程中的体会。

　　本辑涉及的民族相对分散，因为各民族戏剧研究文献有限，成果无法单独成辑，因此将五个民族的戏剧研究合为一辑。受到时代因素的限制，文献作者在写作时更多关注剧种或具体作品的人民性、阶级性。各民族戏剧在新中国成立前被压制，在新中国成立后重获生机的情况，是对党领导文艺工作的正确性和必然性的印证。

说傣戏

李黎明

史料解读

　　史料原载《戏剧论丛》1957 年第 3 期，为一篇傣戏的综合介绍文章。傣戏产生距今有 150 年左右，在历史记载以及口头流传中有"正"的名词，而"正"译作汉语就是戏的意思。傣戏最初只是民间歌手的即兴演唱，后经过加工形成有一部分固定的唱词内容、曲调形式以及舞蹈的今天的傣戏。随着傣戏的发展，其服装也由最初的不着特定服饰发展到用各种彩色绘成的多种花纹服饰，以及适合于剧中人物的年龄、地位等特征的服饰。1910 年前后，盈江土司刀沛生对傣戏进行了一系列的改革措施，在内容上将汉族的历史传说和章回小说的故事情节改编成剧本，并从北京、昆明等地购买了京剧服装。傣剧改革进一步印证了汉族、傣族密切的文化交往。傣戏目前仅仅是一种群众性的业余组织的文艺活动，通常是在傣族过年、"赶摆节"以及婚礼和其他的节日活动中演唱。至今仍保存下来的傣戏传统剧目有《阿隆·相猛》《七姐妹》，其内容充满了人民性和现实性。

　　该史料对于傣剧的形成和发展状况进行了总体介绍，从民族交往和民族文化交融的角度看待傣剧在时代中的发展和改革，对傣剧存在的问题，认识和评价客观且中肯。

原文

　　傣戏主要流行在云南德宏自治州的盈江、潞西、瑞丽一带，其产生的年代，从各方面调查了解证实，有一百五十年左右。在傣族的佛经和历史记载以及民间的口头流传中，有"正"的名词。"正"在汉文就是戏的意思。傣族人民在"赶摆"的节日里演唱的一种歌舞，他们就叫做"摆正"。在一般较为流行的传说故事的篇名前面，也都惯加"正"的称号，如叙述男女青年爱情的传说"桑朗"和"弄养"，傣族人民把它叫做"正桑朗""正弄养"。

　　最初，傣族人民在劳动生产和男女青年的爱情生活中，以及在节日对神佛拜祭献的时候，有许多民间的天才歌手，他们常常把眼前的景物和事件，立即编成唱词，即兴的歌唱起来，经过历代艺人的加工，冶炼和精选，才有一部分固定的唱词内容和曲调形式。后来人们感到单纯用歌唱，不足以表现更为广阔丰富的生活内容，因而在歌唱的时候，又加入舞蹈的部分，于是发展成为歌舞形式的演唱，如现今流行在盈江县盏西区一带的"十二马"①、"不屯开荒"②、"喊戛光"③……据说这些都是傣族最古老的歌舞。傣戏便是随同这些歌舞伴生的。

　　傣族最初的歌唱形式，是由男女歌者数人，手中执扇，面对面坐着，周围围着许多听众，歌者多半是触景生情，即兴而歌，没有固定的唱词，歌者本身既不着服饰，也很少富有动作表情。后来进一步发展，歌者在歌唱时，穿戴着用各种彩色绘成的多种花纹服饰，在歌唱中遇到感人的故事情节，也间或做一些喜、怒、哀、乐的表情，和耍扇、甩袖等简单的舞蹈动作。至此，已逐渐孕育着戏曲的雏形。它深深地引起了当时统治者的爱好，终于由土司把它搬上了舞台，正式

---

① 　"十二马"：是傣族人民歌唱季节时令，歌唱丰年的一种歌舞。由男女各六人，骑着十二匹用纸扎的马，一面舞，一面唱。

② 　不屯开荒：是叙述傣族之祖先"不屯"夫妻二人，从怒江上游带着耕牛、种子和农具，来到如今德宏的地方，驱除野兽，开辟荒地，使庄稼得到丰收，在劳动中建立幸福生活的故事。歌舞者是扮演"不屯"夫妻，男女二人。

③ 　喊戛光：是傣族人民为了庆贺丰年，表现他们喜悦心情时所表演的一种歌舞。

转化为戏曲的形式。

傣戏最初演出时,演员已经穿戴着能够适合于剧中人物的年龄、地位等特征的服饰,男的是穿着当时清朝大臣、官吏和平民的服装,女的是穿戴着富有民族形式的包头、筒裙,头上还插有银器,与现在傣族妇女衣着大致相同。在乐器伴奏方面,仅有锣、鼓、波等数种简单的打击乐器。当初女的角色是由女演员来扮演,不像现在傣戏中的女角由男演员来充任。在演出内容上,除掉佛经上和本民族的传说故事以外,还演出一部分汉族的剧目。

在1910年前后,盈江土司刀沛生对傣戏进行了一系列的改革措施,刀沛生本人爱好戏剧活动,曾亲自组建了一个傣剧团,剧团本身有三十多名演员,其中有六名是女演员。刀沛生对傣戏的改革,首先从内容上着手,他组织了一批傣族的知识分子和艺人,大量翻译许多汉族的历史传说和章回小说的故事情节,如《三国演义》、《西游记》、《薛仁贵征东》、《八美图》、……改编成为剧本,作为主要的演出剧目。此外,他还聘请了一些汉族的导演和演员,把京、滇剧中的表演技巧和舞台规律教给傣族演员。在乐器伴奏方面,也完全采用京剧中的打击乐器和管弦乐器。此外,还从北京、昆明等地购买了一批京、滇剧中的服装。傣戏自经刀沛生改革以后,几十年来,一直遵循这条固定的程式和规律,演唱到现在,没有什么更大的变化。从以上情况,我们不难看出傣族人民对汉族戏剧的欢迎和热爱,以及汉、傣两族的文化交往联系是多么密切呀!

傣戏在目前还没有一个正式的职业剧团,它仅仅是一种群众性的业余组织的文艺活动,剧团的人员一般在三十人左右,多者至五十人。剧团中有一个总的负责人叫做"宰正",有一个导演叫做"磨正",参加的成员,都是傣戏深厚的爱好者,完全是自愿加入,成员中除掉一部分老艺人外,其余的多半是青年。傣戏演唱的时节,主要是在傣族过年的时候(傣历的正月相当于夏历十月),在"赶摆节"、婚礼和其他的节日活动中,也经常唱傣戏。在演唱之前,首先由"宰正"负责召集剧团的全体成员,"磨正"负责每出戏的导演工作,和在演出中所需的全部经费,一切准备就绪后,戏团便到各村寨去做巡回演出,在每个村寨演出之后,根据当地群众的经济情况,收费多少不等。在最后结算时,除掉演出的开支和每个演员应得的工资外,其余的盈余全部归"磨正"所有。目前在政府文化部门直接扶持领导下开展活动的,有盈江县新城和潞西县芒市两个业余剧团,其组织形式比较健全,演出水平也较其他剧团为高。

关于傣戏的传统剧目,由于历代变乱及收藏者保护不周,多已流散佚失,迄今能够保留下来的有:

1.《阿隆·相猛》——是叙述从前有一个王子,带着五个大臣到森林里去游玩,途中遇见一个魔鬼变作一位非常美丽的姑娘,在路旁卖很多好吃的东西。魔鬼劝他们休息。其中有一个大臣发现这位非常美貌的姑娘是魔鬼变的,便劝王子不要休息。魔鬼想出许多办法,引诱这个大臣,而且做许多甘美的东西给他吃,终于把大臣吃掉了。后来魔鬼又想出别的阴谋诡计,把其余的四个大臣也都一一的吃掉。最后,魔鬼想来吃王子。恰巧这时有一个国家的国王在森林中打猎,国王便打救了王子,于是王子便逃到另外的一个国家里去了。这个国家有一个最美丽的公主,公主的哥哥是这个国家的国王,他有一块很大的石头,是他做了七天七夜的摆,利用神魔的力量搬来的,公主的哥哥说:谁能把这块石头搬回原地,便把公主嫁给谁,后来王子把石头搬回了原地。可是公主的哥哥看到王子穿得很破烂,说他是穷人,不想把公主嫁给王子,而且还想杀害王子。这种不义的行为,引起了许多邻国的公愤,于是邻国便联合兴师,讨伐公主的哥哥,杀了这个残暴无道的昏君,使王子与公主圆满的结了婚,而且还共同拥护王子做了这个国家的国王。这个王子的名字叫做"阿隆·相猛"。

2.《七姐妹》——是叙述从前有姐妹七人到庙里去拜佛,碰见一个穷苦的人,满脸满身都是泥,睡在庙门口,别的人都从他身上走过去,唯有七妹妹却从他身旁边绕过去。后来七妹妹便向她父亲要求与这个穷苦人结婚。她的父亲不仅不允许,还想法陷害这个穷苦人。他派他到山上去开荒,希望野兽吃掉他。可是穷苦人到山上开荒后,不仅没有被野兽吃掉,而且还收了许多谷子带回来。七妹妹的父亲又叫他到山里去找宝,希望妖魔害死他。可是他仍然没有被妖魔害死,而且还找到了宝物回来。最后他终于和七妹妹结了婚,成为夫妻。

从这两个生动优美的传统剧目中,我们可以看出傣族人民的道德理想;他们对光明、正直、善良的同情和向往，对黑暗、卑鄙、邪恶的无情痛击和鞭打，内容都充满了鲜明的人民性和现实性。

傣戏在德宏自治州各地，广泛流行，为傣族人民所热爱。仅潞西一县便有三十多个寨子唱傣戏，芒市坝子有二十八个寨子唱傣戏，在丰富傣族人民文艺生活方面起到积极巨大的作用。有的老年观众，甚至在日晒雨淋的情况下，还坚持着看戏，不忍离去。由此足见傣戏的艺术力量之强大了。

由于历代以来，傣戏过多的受到其他民族戏剧的影响，目前的演出情况，还不能达到合乎自己的民族形式和风格的要求。如在内容上过多的演汉族剧目，剧本本身还不够集中洗练，唱的时间长，演的时间少，乐器内容不够丰富多彩，服装不够民族化，演员对舞台规律不熟悉，这一系统的问题，傣族的戏剧专家和艺人，目前已着手进行改革，相信不久将来，在祖国彩色缤纷的戏曲花园里，将会有一支异常美妙艳丽的花朵开放出来。

湖南演出苗语剧、土语剧

敏　立

史料解读

　　史料原载于《戏剧报》1959 年第 4 期，为一篇介绍性文章。史料对湖南
地区新出现的苗语剧和土语剧的基本情况进行了介绍。苗语剧在苗歌基础
上形成，又以苗族民间故事为基础形成剧本。土语剧是受苗语剧启发，由土
家族山歌改编成的。史料对两种民族戏剧的出现给予及时的关注，为民族
戏剧研究提供了基础材料。

原文

　　湖南省民间音乐、舞蹈、戏剧会演大会中，出现了两朵初放的鲜花，就是湘
西土家族、苗族自治州代表团演出的土语剧和苗语剧。

　　苗语剧名叫《喜事重重》，是描写一个八十岁苗族爷爷和他的孙女去参加庆
祝国庆和人民公社成立的大会，路上遇到许多丰收的奇迹，老爷爷眼花，皆把红
苕当作了肥猪，把南瓜当作鸭子。当孙女告诉了他，他知道自己看错了东西之
后，他那布满皱纹的脸上，露出了惊讶而兴奋的笑容。这出戏，生动地反映了苗
家生产大丰收的景象，刻画了老爷爷淳朴、善良的性格和孙女儿天真、活泼的
形象。

　　土语剧《插红旗》是写妇女石散花认识炼钢意义后，积极参加炼钢的故事。
《喜事重重》和《插红旗》在演出时，虽没有乐器伴奏，但作者却运用了苗家和土

家山歌。唱出了人物的思想活动,特别是苗语剧《喜事重重》把苗族最有特色、最普遍用来伴奏的吹木叶大胆地搬上了舞台,配合苗歌唱腔,很富有民族色彩,因而受到观众热烈的欢迎。

湖南的苗族和土家族原来没有戏剧,在旧社会里,他们只有看客家(汉族)的戏,由于语言不通,看起来很吃力。

解放后,花垣县麻粟场俱乐部石成业等同志和县文化馆石成鉴同志研究,终于在苗歌一问一答的形式上,按照戏剧形式和故事情节添上道白,苗语剧才逐渐形成起来。他们先把苗族的民间故事《团结灭妖》、《翻江山》等编成苗语剧演出,也把汉语剧翻译成为苗语剧演出。

由于苗语剧的广泛流传,土话剧也诞生了。1957年龙水山县尚家寨俱乐部在县文化馆的辅导下,也采用了土语、土家山歌编成的戏剧演出,受到了县领导的重视,后来也像苗语剧一样的流传开来了。

傣戏艺术的新生

岚　风

史料解读

　　史料原载于《中国民族》1962 年第 1 期，为一篇傣戏介绍文章。傣戏从初步形成到现在，有一百多年的历史，植根于傣族人民的生活和斗争，表达了傣族人民的理想和意愿，拥有深厚的群众基础。新中国成立前，在反动派和封建领主的歧视和摧残下，傣戏一直得不到很好的传承和发扬，在形式和内容上都存在很大问题。新中国成立后，傣戏受到了党和国家的重视和大力扶持，傣戏艺术得以革新和进一步发展，国家组织人力整理演出了十几个传统剧目，创作演出了十几个现代剧目，并成立了两个专业傣剧团。现代剧目的大量产生是傣戏艺术发展的一个重要表现，两个专业傣剧团都改编、创作和演出了不少优秀的现代剧目。在整理、改编的传统剧目中，特别值得一提的是潞西傣剧团根据同名长诗改编演出的《娥并与桑洛》，它是傣戏排演大型剧目的一次比较成功的尝试，也是傣戏革新和发展上的一个重要收获。

　　该史料对傣剧在新中国成立前与新中国成立后的情况进行对比分析，总结傣剧在新的社会语境中的创新和发展，特别指出现代剧目的大量出现对推动傣剧艺术发展的巨大作用。史料准确地分析了专业剧团的作用和影响，认为专业剧团通过创作、演出实践和专门性的训练，培养了第一批专业的新傣戏演员和编导人员，为傣剧走上自觉的发展道路奠定了基础。

原文

　　世代居住在怒江和澜沧江边的傣族人民，不仅创造了丰富的物质财富，而且创造了惊人的精神财富，以他们独具香色的文学艺术，丰富了祖国的艺术宝库。傣戏就是傣族人民丰富多彩的艺术遗产之一。从它初步形成到现在，约有一百六十年的历史。它广泛流传于云南省德宏傣族景颇族自治州和西双版纳傣族自治州一带，是一种群众喜闻乐见的艺术形式，深受各族人民的爱戴，具有广泛而深厚的群众基础。几乎每一个较大的傣族村寨，都有群众性的业余傣戏组织。

　　傣戏是在傣族传统艺术基础上发展起来的一种诗歌舞蹈相结合的综合性艺术。现今流传在盈江县盏西区一带的《十二马》（十二月）、《布屯腊》（犁田的人）、《喊夏光》（孔雀歌舞）和《冒少对唱》（男女对唱）等，都是早期的傣戏。这些傣戏，植根于傣族人民的生活和斗争，表达了傣族人民的理想和意愿，富有强烈的人民性、斗争性和现实主义、浪漫主义及其两者相结合的精神。在风格上是生动、活泼、刚健、朴实的，有着强烈的劳动生活气息和民族色彩。如《冒少对唱》，表现了一对青年男女从相会、谈情、盟誓直到依依离别的全部心理状态，真实地反映了当时傣族青年男女们的爱情生活及某些民族风习，是一出健康而又极富抒情色彩的生活小喜剧。又如《十二马》，由男女各六人骑着纸马边舞边唱，从傣历一月到十二月，用优美质朴的诗句唱出了一年四季的变化和各个季节的劳动生产内容，中间还穿插了一些爱情的情节，是一种富有浓厚生活气息的歌舞剧，从头到尾都洋溢着劳动的欢乐气氛。再如《布屯腊》，这出戏人物不多，情节也很简单，只写公公和孙子二人犁田，婆婆为他们送饭，最后以收工回家结束。戏中的孙子是作为反面人物处理的。老头唱道："我的年纪已经九十九，我吃饭还想做活路。我的孙子呀！你为何不懂得害羞？你做的活又少又轻。"接着便形象地表现了孙子不会犁田，在田里跌跌滚滚的狼狈状态。显然可以看出，傣族人民在戏里巧妙地对剥削阶级作了尖刻而辛辣的讽刺。同时，通过这位犁田老人表达了傣族人民的意志。他要把人间所有的"坏事犁掉""坏鬼犁掉"，然后要"犁得谷穗像孔雀尾巴一样饱满"，"犁得家家有谷一万仓"。

但是解放前，在反动派和封建领主的歧视和摧残下，傣戏尽管有着优秀的艺术传统，但是得不到正确的继承和发扬。大约在 1880 年到 1910 年之间，盈江等地的傣族封建领主，从他们的阶级偏见出发，对傣戏进行了一系列的变革。这个变革，不是立足于傣族人民的生活土壤和艺术传统之上，也不是正确地吸收先进民族的东西，而是封建领主为了维护自己的阶级利益，他们需要建立一种为自己阶级服务、并为自己阶级所掌握的艺术工具，以打击、排斥和代替傣族人民的艺术传统。

经过这一变革，反映傣族人民生活和斗争、表现傣族人民理想和愿望的《十二马》、《布屯腊》等传统傣戏，首先遭到封建领主的歧视和打击，逐渐没有了地位，而为大量的宣扬封建道德、维护封建统治阶级利益的戏剧所代替。这样就使傣戏逐渐离开了傣族人民的生活基础和现实斗争，逐渐失去了自己的民族特点和风格。当时的傣戏，实际上成了这样一种情况：演员在舞台上只是进三步唱两句，然后退三步又唱两句；舞蹈动作也很简单，只是机械地比一下手势，还分不出喜怒哀乐的表情；虽有剧本，演员根本不记台词，演出时分一下角色，上台后就像木偶一样，背后的人提一句，唱一句，听错了，也就唱错了，听不清就回过头来问问提词人。生动活泼的表演为死板的表演程式所束缚，演员不能随剧情变化和人物性格来表演和刻画人物，完全失去了生活真实感。音乐上虽然沿用原来的傣戏曲调，但一直没有得到发展，不能表现复杂的生活内容和思想感情。服装也弄得不伦不类。这一切都说明，解放前傣戏受到封建领主严重摧残，影响了它健康发展，从形式到内容都还存在着很多问题。

解放后，在党的领导和民族政策的光辉照耀下，随着傣族人民政治上经济上的翻身，傣戏也根本摆脱了过去被歧视被摧残的地位，受到了党的重视和大力扶持。早在 1956 年，中共德宏傣族景颇族自治州州委宣传部即组织有关部门和一部分傣族民间艺人，就傣戏的革新问题进行了座谈，以后又在《团结报》上开辟专栏展开了讨论。云南省文化局也极为重视，大力扶持傣戏的革新和发展工作。在党的关怀和重视下,盈江、潞西等地区,先后整理演出了一些传统剧目,因而在 1957 年全州文艺会演时,傣戏就开始能以独特的民族风格和新的色彩出现在舞台上,获得了好评。1958 年,群众性的傣戏活动蓬勃地开展起来了。为了傣戏艺术的茁壮发展和在普及基础上的进一步提高,云南省委、德宏州委和潞西、盈江县委都组织了人力,在搜集整理傣族民间文学作品的同时,对傣戏作了初步的调查了解,并在短短的几个月内,整理演出了《摩兴夏》(即《千瓣莲花》,剧本已由中国戏剧出版社出版)、《苏利亚和占打哈》、《阿垄相仙》、《藏相木阿》、《岩佐弄》、《帕莫乱》(剧本已由云南人民出版社用傣文出版)等十几个传统剧目(包括民间故事改编的在内),创作并演出了《婚期》、《挖沟》、《卖余粮》、《修水利》、《支援钢铁铜》等十几个现代剧目。这些傣戏在内容上,去掉了传统剧目中封建性的糟粕,而继承和发扬了其中人民性的精华,并从现实生活中吸取了新的题材、新的内容和新的思想,使傣戏获得了新的源泉。在艺术上,它继承和发扬了早期傣戏所固有的诗歌舞蹈相结合的优秀传统,并从其他姊妹艺术和现实生活中,吸收和提炼了一些新的表演艺术,使傣戏的思想内容和艺术形式有了比较完美的结合。如《摩兴夏》一剧的仙女洗澡那一节,过去洗澡动作只用走跑来表现,现在却采用孔雀舞的一些动作,使它更生动和形象化了。服装、道具、脸谱也都根据故事内容、人物性格和民族特点重新设计。此外,还创造了对话、独白。这是傣戏革新、发展和表现现代生活的第一次尝试。这些剧目演出后,很受群众欢迎,使新傣戏第一次在群众中造成了良好的影响。由此可以证明,傣戏可以用来反映现实斗争并为社会主义事业服务。

1959 年,成立了盈江傣剧团;接着,1960 年又成立了潞西傣剧团。这两个专业傣剧团的出现,是德宏地区傣戏发展上的两个重要事件。这两个事业剧团建立后,以他们为主力的傣戏革新和发展工作,在党的领导下,坚持了文艺为工农兵服务、为社会主义事业服务的方向,更好地贯彻执行了党的“百花齐放、百家争鸣、推陈出新”的文艺方针。他们深入生活,紧密结合现实,整理、改编、创作并演出了不少现代剧目和传统剧目;并通过创作、演出实践和专门性的训练,培养了第一批专业的新傣戏演员和编导人员。

在编演现代剧目方面,盈江傣剧团改编、创作和演出的《刘介梅》、《波岩三回头》、《父子争先修公路》、《抢收》、《标兵颂》、《花开千里香》、《大战中耕保增产》、《党的好干部》等,以及潞西傣剧团改编、创作和演出的《刘二梅》、《保卫大丰收》、《超盈江赛耿马》、《波过石的婚礼》、《十好社员》、《五好干部》、《英雄赞》、《边疆五支花》等,其中许多都是比较优秀的剧目。这些剧目,内容和题材都比较广泛,富有鲜明的战斗性和现实性,继承并发扬了傣戏艺术现实主义的战斗传统,比较真实地反映了边疆地区各族人民丰富多彩的现实生活和精神风貌;同时,由于它紧密结合现实,对傣族人民进行了爱国主义和社会主义的思想教育,有力地配合了边疆民族地区的社会改革和生产运动,推动了傣族人民的现实生活和斗争,因而深受各级党委的重视和傣族人民的欢迎。潞西一位八十多岁的傣族老大妈,已经走不动路了,听说演新傣戏,还叫自己的儿子背着来看戏。她说:"这辈子不算白活了!"

现代剧目的大量产生,是傣戏艺术的一个重要发展。使傣戏艺术在内容上发生了一个极其重要的变革,使它从现实生活和斗争的土壤中,获得了新的源泉和新的生命力,同时也促进它在艺术形式上发生了一系列的革新。

在创作现代剧目同时,还整理、改编了一批新的传统剧目。这里值得特别提出的是潞西傣剧团根据同名长诗改编演出的《娥并与桑洛》(剧本汉文译本见《边疆文艺》1961年6月号)。这是傣戏用于表现大型剧目一次比较成功的尝试,也是傣戏革新和发展工作上的一个重要收获。它集中了以往傣戏革新和发展上的优秀成果,达到了一个新的水平。

该剧按照戏剧的特点和需要,大胆地在长诗的基础上作了取舍和丰富,发扬了长诗反封建礼教和宗法制度的战斗精神,以追求自由幸福代表新生一代的娥并与桑洛对代表封建礼教和宗法制度的桑洛母亲的斗争,构成这出剧的矛盾和冲突,通过娥并、桑洛的斗争和失败,揭示了在封建领主制度下,追求自由幸福的青年一代的悲剧命运,有力的揭露和控诉了封建领主制度和宗法制度的罪恶。这出剧的现实意义就在于:使人们在阳光灿烂的日子里,重温了旧社会的罪恶和痛苦,因而更加热爱今天的幸福生活和幸福生活的缔造者——党和毛主席。全剧共八场(除序幕和尾声),从桑洛经商离家开始,直到娥并遭害与桑洛自杀,双双化为两颗星星结束。这出剧一开始就通过桑洛为摆脱烦闷的生活和困境与母亲发生的争执,揭开了戏剧的矛盾和冲突,以后随着事件的发展逐步走向高潮,最后以娥并的死和桑洛自杀形成了悲剧的高潮和顶点,构成了比较完整的戏剧结构,为傣戏的改编提供了一个新的范例。这一成就是值得肯定和重视的。

在音乐上,为适应剧情发展和人物性格的需要,除采用原有的《男腔》、《女腔》、《老人腔》、《悲调》和其他一些曲调以外,还吸收了一些具有广泛群众基础的民歌,按照戏剧特点和需要加以改编和发展,作为戏剧曲调,并加上过门,使之构成完整的音乐形象。这种曲调由单一的到综合使用,是傣戏曲调戏剧化和性格化的一个重要发展,也是傣戏音乐逐步走向成熟的一个重要标志。乐器也根据剧情需要加上二胡、三弦、笛子、叶子、筌、象脚鼓、铓、锣等民族乐器。打击乐器的使用也加强了目的性,成为戏剧音响效果的有机部分。在娥并与桑洛河边相遇时,还采用了川戏《淌锣边》的打击乐使用方法,使戏增加了不少气氛。

表演艺术方面,在继承传统的基础上,除从生活和其他姊妹艺术中吸收了一些东西以外,更主要是学到了汉族戏剧的表演方法,从根本上改变了过去不背台词的情况,也改变了过去进三步唱两句、退三步唱两句的原始表演方法。演员在表演过程中,已经根据剧情发展和人物性格区分出喜怒哀乐的表情和动作,并加强了角色与角色之间的联系和感情交流。此外,还使用了布景,创造了傣戏中的对白,改变了过去傣戏只唱不白的情况。这一切都说明,《娥并与桑洛》的改编和演出以及它在戏剧结构、音乐舞蹈和表现艺术上所达到的成就,是傣戏发展到一个新的水平的重要标志。

在党的关怀和大力扶持下,经过傣戏工作者几年来的共同努力,傣戏面貌已经起了根本的变化。首先一个根本的变化是,傣戏的发展越来越与工农兵群众相结合,越来越能表达傣族人民的理想、愿望、生活和斗争;其次在艺术方面,在继承传统的基础上和先进民族戏剧艺术的影响下,逐步形成了傣戏艺术的新传统,具有了比较鲜明的民族特点和戏剧色彩。在一定程度上满足了表现现实生活和具有复杂剧情的大型剧目的需要。这一切,都是贯彻执行了党的文艺方针的结果。傣戏艺术的蓬勃发展,又一次生动地证明了党的民族政策和文艺政策的正确和伟大。

傣戏尽管取得了许多新的成就,但与先进民族成熟的戏剧艺术和日益提高的时代要求、观众要求比较起来,它毕竟还是一种年青的艺术,必须进一步提高;同时,在革新和发展工作中,也还有一些问题需要进一步讨论和解决。在艺术的发展道路上是没有止境的,今后它必将随着时代前进而不断地发展,不断地创造再创造,日渐臻于完善。我们相信,傣戏今后在党的无微不至的关怀和大力扶持下,在党的文艺方向和方针指引下,在先进民族及其文学艺术的帮助和影响下,在从事傣戏工作的同志们的努力下,它将会获得更大的发展,以它鲜妍多姿的风朵,在祖国的文艺百花园中,更好地为工农兵服务、为社会主义事业服务。

新兴的剧种——彝剧

刘树邦

史料解读

　　史料原载于《少数民族戏剧研究》(中国戏剧出版社，1963 年)，为一篇介绍文章。彝族是拥有丰富文学艺术成果的民族。音乐、舞蹈、口头文学等艺术遗产是彝剧的基础。新中国成立前，彝族的文学艺术始终得不到发扬，是在党的民族政策支持下，彝族人民的艺术宝库才重新焕发光彩的。彝族人民运用歌、舞、剧相结合的方式，演出了一批精彩的节目。彝剧拥有自己独特的艺术风格，这突出地表现在三个方面——文学剧本，表演以及音乐。彝剧的文学剧本善于将本民族诗歌的语言运用到戏中，彝剧的剧本客观上起到了向彝族人民进行社会主义、共产主义教育的作用。彝剧的舞蹈身段是从本民族的舞蹈中吸收来的，源于生活又高于生活。彝剧的音乐曲调丰富，调性较广，让演员有充分选择的余地，能根据人物身份表达不同人物的思想感情。彝剧在发展过程中存在一些不足，包括需要明确发展方向，以及壮大队伍和提高现有人员各方面的基础知识等。

　　该史料对于新兴剧种彝剧的来源，彝剧在剧本、表演和音乐上的特点，以及彝剧在新中国成立后的发展情况进行总体介绍。史料对于思考当下彝剧发展问题具有积极意义。

彝剧——这个新兴的民族剧种，在祖国戏曲艺术的百花园中，成为一朵具有浓厚的民族特色的鲜花。

一、丰富多彩的文学艺术是产生彝剧的基础

彝剧的产生，有深厚的文学艺术基础。分布在楚雄彝族自治州十一个县的四十多万彝族人民，是我们祖国大家庭中勤劳勇敢、能歌善舞的兄弟民族之一。彝族人民在世世代代的生产斗争和阶级斗争过程中，不断创造、丰富和发展了自己独特的文学艺术。在彝族人民中，不论男女老少，几乎都能"跌脚"[①]，能唱几首调子，或擅长演奏最喜爱的芦笙、笛子、响篾、唢呐等乐器。他们在劳动中背着"背子"爬山的时候，就用笛子、唢呐吹起悠扬、抒情的〔爬山调〕、〔过山调〕；在深山密林中牧羊的时候，就用短笛吹起〔放羊调〕；年轻的姑娘们在明月静夜的晚上，总要拨动起从不离身的响篾，通过幽柔的弦音，流露出内心的情感，倾吐爱情的衷肠。办喜事时，也有〔迎亲调〕、〔进门调〕、〔迎客调〕、〔送客调〕……等，真是事事有调唱，样样伴歌声。

音乐是彝族人民生活中的重要组成部分，而口头文学同样占着很大的比重；除闻名全国的史诗《梅葛》外，还有许多曲折动人的民间传说，如《阿谷姑娘》、《曼嫫与玛若》等，是反映彝族青年男女爱情的故事，在昙华地区的彝族人民中，几乎家喻户晓，老少皆知。这些文学作品记述了彝族人民的历史和斗争，蕴含着彝族人民的欢乐、悲哀和对未来生活的期望。

彝族人民不仅从音乐、文学上来反映他们的思想感情和愿望，也通过舞蹈来突出他们的性格特征。在彝族人民中就流传着这样的歌谣：

---

① 彝族的一种舞蹈。

一听芦笙脚就痒

跳起山歌心凉爽

跳歌来来跳歌来

踩烂鞋子妹做来

阿哥跳通麻鞋底

阿妹踩烂绣花鞋

系腰要系得牢牢

莫让系腰松散了

天天晚上来

鸡也不准叫

天也不准亮

跌脚要跌得起劲

不要跌得慢吞吞

天跌通了

用乌云把天补起来

地跌通了

拿地瓜皮把地补起来

有了缎子衣服不穿

虫要咬了缎子衣服

有了小调不唱出来

嘴巴就会烂掉

由此可见,彝族真是一个喜歌爱舞的民族。即使是在黑暗岁月里,他们仍然没有停止歌舞活动。通过歌舞来激发自己的斗志。流传着的"唉特密特"（〔诉苦调〕）,就是叙述两个青年妇女,丈夫被反动派抓去当兵后,心中悲痛不已,每到赶"山街"时,两人怀抱月琴,相约到街上诉苦,边弹边唱,听众为之流泪不平。

总之,彝族人民有着极为丰富的艺术宝藏,这些世代相传的全部艺术遗产,是构成彝剧的基础。

二、在党的领导和扶持下,彝剧之花含苞初放

彝族人民虽然有着优厚的文艺宝库,在解放前始终得不到发扬。只有在解放后,在党的民族政策光辉照耀下,彝族人民彻底翻身作主人的今天,作为彝族人民固有的文学艺术才能恢复生机,重放光彩,欣欣向荣的繁茂起来。在传统节日中,如初春,他们歌唱一年的吉利;二月放火烧荞地,他们在歌声中开始劳动;六月廿四火把节,他们点燃火把欢唱丰年在望。一九五六年随着合作化高潮的到来,楚雄的彝族聚居地区相继建立了俱乐部。俱乐部逐步培养了一批业余文艺骨干分子。他们尽情抒发对家乡巨大变化的欢乐心情,抒发对党和毛主席的敬爱,后来在这个基础上加进了新的内容,逐步形成了既跳又唱的形式。但这些还不能满足群众的要求,大姚县昙华山麻杆房俱乐部便成立了文艺组,开展了一些有故事、人物、化妆的戏剧性活动。这种活动很快引起了群众的兴趣。这时麻杆房俱乐部就采集了当地的一些真人真事,即兴创作了一些小节目,如《狼来拖羊》等,与此同时,在各民族文化艺术的互相交流启发下,和各级领导的亲切关怀下,运用了歌、舞、剧三者相结合的形式,演出了《牧羊在林中》、《半夜羊叫》等节目。一九五八年三月,昙华山麻杆房俱乐部出席了楚雄全专区的农村俱乐部会议,并在会上介绍和演出了《半夜羊叫》,当即得到领导的重视和鼓励,并肯定了这种做法。同年八月楚雄彝族自治州建州时,他们又在民族文艺会演时参加演出。这时麻杆房俱乐部正式成立了业余彝剧团,把《半夜羊叫》、《牧羊在林中》两个小剧揉合起来,形成有代表性的彝剧节目《半夜羊叫》,并在西南区民族文化工作会议上演出,受到观众的欢迎和鼓励。自此之后,这个业余彝剧团在当地党委的积极支持和领导下,一直坚持活动。尽管彝剧还处在雏形阶段,但它已和彝族人民建立了深厚感情,大家都为这朵新开的花朵感到自豪。

为了大力扶持兄弟民族戏剧艺术的进一步发展和繁荣,沿着党所指引的正确方向,迈步前进。一九六一年,云南省委决定举办四个民族剧团观摩演出,并

组织了省、州、县三级工作组,再次深入到彝剧诞生地区——大姚县昙华公社,进行具体辅导。经过两个多月的时间,除对《半夜羊叫》作了整理加工,并新整理出《曼嫫与玛若》《跳个再跃进》等彝剧、歌舞节目。在观摩演出期间,这个只有三年历史的年轻剧种,经受了锻炼。

三、彝剧的几个基本特点

彝剧是在彝族人民的生活和斗争中,从无到有,从小到大逐步孕育成长起来的。无论从内容到形式,都较深刻地反映了彝族人民的生活和精神面貌,初步形成了自己的艺术风格,突出地表现在以下三个方面:

(一)文学剧本:彝剧是个新兴的剧种,一开始就沿着党所指引的方向,健康地开展着,先后编演的《半夜羊叫》《谁是医生》《两个队长》《闹春耕》等三十多个剧目,运用了优秀的民族传统和民族特点,向彝族人民进行社会主义、共产主义的前途教育。它也比较充分地继承了本民族优秀的文学艺术传统,有些戏的语言,就是本民族诗歌的语言,如《半夜羊叫》中罗颇吆着羊上场唱的〔大松平调〕:

> 这里草多青呀,
>
> 这里水多甜哟,
>
> 羊群吃饱了草,
>
> 沟边把水喝,
>
> 我抽出短笛,
>
> 吹出一支古老梅葛。

再如《曼嫫与玛若》一剧中,曼嫫与李昭的两段唱词:

曼嫫:(唱)我是松萝树结的果,

腊月狂风吹不落;

我是松萝树开的花,

大风大雪全不怕。

　　　　狡猾的黄鼠狼，

　　　　吃不着森林里的锦鸡；

　　　　善良的梅花鹿，

　　　　决不怕凶恶的狐狸！

李昭：(唱)葫芦蜂在最高的树上做窝，

　　　　难逃我一把松毛火；

　　　　玫瑰花的刺再多，

　　　　采花人不怕刺戳。

　　这些语言保持着本民族说唱诗歌的特点，词句朴实优美，语调流畅明快，比喻恰如其分，戏剧性较强，能如实地描绘剧中人物不同身份、性格和情感。

　　(二)表演：彝剧身段动作是从民间舞蹈的基础上发展起来的，剧中舞蹈、身段、台步也都是从本民族的舞蹈中吸收来的。如力立颇偷杀羊那一场中，他的整个形体动作既是来自生活，而又高于生活，磨刀、拉羊等动作细腻、夸张，很有特色。

　　(三)音乐：剧中曲调都是本民族固有的民歌、小调，为彝族人民喜闻乐见。由于曲调丰富，调性较广，有充分选择的余地，这样就能比较确切地刻划人物身份，表达不同的人物思想。如《半夜羊叫》第一场中，力立颇醉意熏熏的上场后，唱〔隆冬调〕，就很能表现他的身份和心理状态。音乐一般分独唱、对唱、轮唱、齐唱、领唱、唱白间杂等几种形式。伴奏以芦笙、笛子、月琴、唢呐等乐器最为普遍，有的也用三弦伴奏(如楚雄地区)，演员随歌起舞。彝剧的音乐舞蹈结合得十分密切，除了在悲愤情况下有歌无舞，在欢快、兴奋、激昂场合中都是载歌载舞的。音乐节奏感强，情绪热烈奔放。舞蹈动作最突出的是以脚为主，变化较多。

四、彝剧今后发展的几个问题

　　(一)方向问题：如前所述，彝剧的产生不过三年多的历史，作为一个综合性的戏剧艺术，蓓蕾初放，还不定型，是一块正待探索的民族文艺处女地，这就需要有个明确的发展方向。从彝剧的发展现况看来,走歌、舞、剧相结合的道路是可以肯定的了。在这个总的指导思想下,我以为在相当长的时期内的首要任务是,深入几个有代表性(艺术基础较深厚的地区)的彝族聚居地区,认真学习、发掘、继承彝族人民自己的优秀艺术传统(包括民间文学、音乐、美术、舞蹈等)。

(二)队伍问题:彝剧团现在还在筹建中,现有成员来自四面八方,有机关干部、学校教员、专业文艺工作者和刚刚放下锄头的彝族男女青年,职业不同,教育程度不同。因此当前面临的任务是:一方面是如何培训提高现有人员各方面的基础知识,另方面是尚需不断壮大队伍。我觉得今后应该强调专业与业余相结合,这样既能大量地培养业余骨干,充实专业的彝剧团;又能共同探索彝剧今后的发展,同时更好地满足彝族人民文化生活的需要。

1962 年 1 月

赞哈与赞哈剧

夏国云

史料解读

　　史料原载于《少数民族戏剧研究》（中国戏剧出版社，1963年），为一篇介绍。赞哈是傣族地区的一种说唱艺术形式，同时也是对歌唱艺人的称呼，它拥有深厚的群众基础，且活动范围极为广泛。赞哈演唱的题材很广，包括爱情传说，揭露统治阶级丑恶嘴脸的故事等。在重大节日里，傣族人民会请赞哈艺人进行即兴编唱，并选出"赞哈勐"，因此富有声望的赞哈艺人对本民族的生活习惯、风土人情、地理历史等都是非常熟悉的。赞哈艺人分为三种类型：能唱不能编的、能编又能唱的、能编不能唱的。在任何场所、任何情况下都可以进行赞哈的演出实践，人民性强、艺术价值高是它最大的特点，其优秀作品《召树屯》《葫芦信》等以书籍形式出版后受到全国人民及国际友人的重视与赞赏。新中国成立前，赞哈艺人受到封建统治阶级的迫害与摧残，往往家破人亡、流离失所；新中国成立后，在党和政府的亲切关怀下，赞哈艺人的生活有了保障，第一次有了自己的组织，他们的演唱内容也变成了党和国家的政策、傣族人民的幸福生活。随着演唱内容的改变，表演形式也发生了改变，扇子已不再是用来遮挡，而是成为了表演中不可或缺的工具了。他们还将表演形式变成赞哈齐唱和对口唱，由每一个赞哈担任一个角色在台上合唱。1958年，赞哈剧出现，成就较大的赞哈剧《归来》是赞哈戏曲化的里程碑。

　　总体上来说，傣族丰富的文化艺术遗产，包括优美的音乐、丰富的曲调以及充满地方色彩的舞蹈,为赞哈由说唱形式发展成为戏剧艺术提供了有利的条件。最后,该文就"赞哈原来的形式是否要继续保留与发展"进行讨论,认为赞哈由说唱形式发展成戏剧是符合艺术发展规律的,只有顺应傣族人民的需要,才能更好地反映本民族人民的生活与理想,更好地为社会主义建设事业服务。

该史料对于赞哈这一傣族说唱文学形式发展成为赞哈剧的过程进行了详尽的介绍。史料对于赞哈这一艺术形式本身具有的民族文化内涵分析客观,从发展的观点看待民族艺术形式的转变,材料详尽,逻辑合理,为傣族赞哈剧研究奠定了基础。

原文

居住在孔雀之乡——西双版纳的傣族人民,都是歌舞场上的能手,生产战线上的好汉,而对于歌唱,似乎更有一种特殊的嗜好与才能。人们不论在茂密的丛林中砍柴,或是在肥沃的田野里栽秧,总是喜欢一边歌唱一边干活。每当夕阳西下,村村寨寨便展现出一幅美丽动人的图画:姑娘们围着篝火纺线,小伙子蹲在姑娘们身边,借韵笛表达自己的心愿……多少年来,傣族人民就习惯这样生活着,他们用清脆的歌声,送走了一个又一个白天和夜晚。

歌唱不仅成为傣族人民的娱乐活动,而且也形成了一种社会性的风习。人们在葱绿的茶园采茶,或是在赶街途中相遇,即使互不熟悉,也可用歌声问事对唱;有时,甚至双方已唱了半天,但彼此却不知对方的姓名。对于青年男女说来,歌唱还是他们求偶的重要手段。在傣族地区,如果青年人不会唱歌,那么要想找个合适的对象,恐怕都是一件难以设想的事情。

傣族人民不但人人爱唱歌,而且每个村寨都有专门的歌唱艺人——赞哈。赞哈是傣族地区的一种说唱文学形式,同时,也以此称呼歌唱者。赞哈的群众基础非常雄厚,活动范围也极为广泛,甚至在邻近的国家也有一定的观众。据初步调查,仅西双版纳地区就有一千三百多个赞哈艺人,几乎每个村寨都留下了他们的脚印。傣族人民把赞哈当作了精神食粮。有人说:"村寨里没有赞哈,

就像吃饭时菜里没有盐巴。"还有人说："结婚、盖房没有赞哈在场，主人的甜酒
也会变苦的。"由此可见，在傣族地区赞哈扎下的根子是很深的。

赞哈大都出身于贫穷的人家，很多人都是直接从事生产的劳动者。成为艺
人后也长期生活在广大的劳动人民中间，不断从群众中吸取乳汁营养自己，逐
渐把自己锻炼成知识丰富的人。每当劳动空隙，特别是当月亮从椰子林中露出
笑脸的时候，寨子里的男女老幼便团团围在赞哈的身边，聆听优美动人的传说。
在这时，赞哈便施展出全部的本领，用抑扬悦耳的歌声把听众吸引到所向往的
故事中去，使听者心情舒畅，精神振奋，清除了身上的疲劳，并且不知不觉的从
中获得了有益的知识。

赞哈演唱的题材很广，既有歌颂忠贞爱情的传说，也有揭露统治阶级丑恶
的故事；既有反映劳动人民向自然斗争的长篇巨著，也有贺喜祝福一类的短小
唱词。傣族人民在逢年过节、盖新房、结婚、生小孩或亲友来访的时候，总喜欢
请赞哈来歌唱。据说赞哈的歌声比波萝还甜，能给听众带来吉祥和幸福。在过
去遇到重大的喜庆日子里，封建统治阶级和某些有钱的人家，为了讲究排场和
夸耀自己富裕，甚至请上几个赞哈接连歌唱几天几夜。在这种情况下，艺人们
碰到一起总要比赛一番，互相出一些难题让对方解答，或者由主人出一题目让
大家即兴编唱。比赛的场面非常热烈，一起一伏对答如流，赞哈们挖空心思各
显神通，寻找最巧妙的词句来进行还击。如果被问的一方解答不出或解答错
了，那么另一方便会立即用幽默的唱词指出毛病，这样往往会赢得听众的哄堂
大笑。比赛中谁胜谁负均由群众来评定，博得掌声最热烈的便是胜利者，群众
便当场公推他为"赞哈勐"（即全勐最会唱歌的人）。赛唱是锻炼与考验赞哈的
最好方式，而赞哈们也喜欢通过赛唱来显示自己的才能。很多有名的赞哈，都
是在赛唱中战胜了对手而获得声誉的。

很多有声望的赞哈，对本民族的生活习惯、风土人情、地理历史等等都是比
较熟悉的。多少年来，傣族人民通过赞哈的演唱，不但满足了精神生活的需要，
知道了许多优美的传说，而且也丰富了很多有关本民族的地理历史等方面的知
识。因此，赞哈在傣族社会里一直受到人民的尊重和敬爱。傣族人民不但热爱

赞哈的演唱，而且往往因自己的村寨里有几个赞哈而感到骄傲。如果一个寨子里没有赞哈，就会像生活里没有糯米饭一样，那么居住在那个寨子里的人民，都会感到是一件极不光彩的事情。

远在一千多年前，当佛教传入西双版纳以后，这个地区的人民便相继成为佛教的信徒。在过去全民信佛的傣族社会，几乎所有的文化艺术都集中在寺庙里，人民被统治阶级剥夺了掌握文化的权利，只有和尚才有求知的机会。有些求知欲望很强的人家，为了使自己的后代将来有点出息，便忍痛卖掉耕牛和田地，把自己的小孩子从小就送到寺庙里去当小和尚，以便借此机会诵经识字。等孩子长到十七八岁时再要求还俗回家。当然，也有不少人家的父母是为了自己将来死后能进入天堂，才把孩子送去当和尚的。赞哈是傣族地区有学问的人，绝大多数都当过和尚，诵读过十多年的经书，在他们的脑海中积存着许许多多佛教故事和民间传说。有些著名的赞哈，由于在寺庙中刻苦钻研，对经文造诣很深，还被提升为"都玛拉嘎"（汉族称二佛爷），当他们还俗以后，群众便尊称为"康朗"。这种康朗相当于汉族的秀才或大学生，在傣族便成了一种有社会地位的称呼。过去，在一部分还俗的知识分子中，有些文学修养较高、歌喉音色较甜的人，便开始以编写唱本和歌唱为职业，成为职业或半职业性质的赞哈。当然，赞哈不一定都在寺庙里当过和尚，也不一定全都通晓傣族的文字，其中就有一部分是由群众中产生的。由于他们具有优异的歌唱才能，在群众中留下了好的印象，最后才走上以歌唱作为主要谋生的道路。

不论是职业或是半职业性质的赞哈，归纳起来大致可以分为三种类型：一种是能编又能唱的；另一种是能唱不能编的；再一种是能编不能唱的。这三种类型的赞哈以第二种最多，能编又能唱的则较少，也最难得。赞哈艺人所编写的唱本，都是反映本民族各种题材的民间传说。这种传说，有很大一部分是来自古老的佛经；另一部分则是艺人凭自己的感受，从生活中直接汲取题材而创作的。赞哈们所创作与编写的唱本，都具有浓厚的民族风格和独特的地方情调。他们是继承与发扬了本民族优秀的文学传统，运用特殊的表现手法，描绘了瑰丽的边疆景色，创造出各种不同的人物形象。

　　傣族人民把赞哈编成的唱本当成了掌上明珠。西双版纳的傣族人家，差不多每座竹楼上都收藏着自己心爱的唱本。尽管有些古老的唱本是刻在棕叶上的，至今仍然完整无缺的收藏着。由于编写唱本的赞哈艺人曾在寺庙里生活过，思想上长期受着宗教的熏陶，这就不可避免地会受到一些宿命论的影响。在他们所编写的唱本中，必然会掺杂一些封建糟粕和迷信色彩较浓的东西。除了这一类数量并不太多的坏唱本外，绝大部分都是人民性很强、艺术价值很高的作品，如近年来经过整理成长诗并先后由作家出版社、云南人民出版社出版的《召树屯》、《葫芦信》以及在刊物上发表过的《九尾狗》、《千瓣莲花》、《金螃蟹》等等，都是赞哈艺人所编写的。这些优秀的作品不但在傣族地区家喻户晓，受到村村寨寨男女老少的喜爱，而且经过整理成长诗出版以后，也受到了全国人民的重视，有些被译成外文，受到国际友人的欢迎与赞赏。

　　如果说过去佛寺是傣族文化艺术集中的地方，那么可以肯定，赞哈艺人便是继承、传播与发扬傣族文化艺术的有功之臣，千百年来，许许多多优秀的文学艺术作品，就是由他们一代传一代而保存下来的；并且由于艺人们流动演唱的关系而随之四处传播。这也促进了和其他民族的文化交流，起到了友善睦邻的积极作用。赞哈艺人一方面担负着继承与传播文学艺术工作，同时，也以自己的创作丰富了本民族的文化艺术宝库。在整个傣族文化艺术的发展过程中，赞哈确占着很重要的地位。

　　赞哈的演唱形式比较简单。既不需要剧场，也不需要桌椅板凳，在任何场所、任何情况下都可以开展活动。艺人只带一根韵笛、一把扇子便可走遍全境，甚至还远行到邻国去演唱。赞哈演唱的时间，一般是当日落西山，人们从田野劳动归来的时候。艺人表演时以扇掩面，席地盘坐演唱。伴奏仅有筚（韵笛）。提起赞哈的表演形式，西双版纳还流传着这样一个有趣的故事：相传在三千年前，傣族人民喜欢到寺庙里去听大佛爷帕召念经。这一天帕召正念得起劲的时候，突然有一个陌生人闯了进来。这个人名叫帕亚曼，他既不敬神，也不拜佛，跑进来却要用歌声和大佛爷比赛。大佛爷帕召很生气，但最后他还是答应了。比赛开始，大佛爷仍然讲些今世犯罪造孽，死后不能升天的教义，大家越听越渺茫。但帕亚曼很聪明,他把傣族人民所熟悉的故事编成唱词在广场上演唱。他编的故事优美曲折,歌声婉转动听,连天空的飞鸟都收拢翅膀,地上的鲜花也在歌声中开放……原来不愿意听他唱歌的人也被他的歌声吸引过来。他的歌声解除了听者的苦闷,使人感到精神愉快,于是大家便团团地围住帕亚曼,人人都用敬慕的眼光看着他。帕亚曼很害羞,便谦逊地用扇子把脸遮了起来。据说,赞哈用扇子遮脸就是从他开始的。直到今天有少数赞哈演唱时还是爱用扇子遮脸(他们说是遮羞)。现在大家就把帕亚曼称为赞哈的祖先。

赞哈大约有七百多年历史,群众基础深厚,但在那乌鸦乱飞、豺狼乱闯的年代里,艺人却像小鸟找不到落脚的地方一样,终年过着饥寒辛酸的生活。赞哈一方面受到人们的尊敬,一方面也受到民族上层的歧视。封建统治阶级可以随心所欲的命令赞哈为他们效劳,把艺人当作低贱的奴婢,尤其是女赞哈还不免会受到侮辱和迫害。封建领主为了寻欢作乐,经常把赞哈叫到宫廷去"侍宴"、"陪酒"。被领主传唤的赞哈不能不去,如果不去就会被冠以对领主不尊的罪名,轻则受到惩罚,重则遭到杀害。因此,赞哈在为领主歌唱时,总是双手合掌俯伏在领主的脚下,诚惶诚恐的歌唱:

> 召喂召!
>
> 我不但见着你要跪下,
>
> 即使看,见你宫廷的篱笆,
>
> 我也会合掌拜它,
>
> 我不敢有什么希望,
>
> 只求灾难别降临到我的身上……

过去赞哈每为群众歌唱一次,都能获得一定的"冲喜钱"作为报酬,但为领主演唱却是什么也拿不着的。除非领主特别高兴时才把钱抓在手里往下撒,赞哈接着几个就得几个。封建领主为了利用赞哈来为自己的阶级服务,笼络更多的人来为他"歌功颂德",对于个别较好的赞哈被他赏识后,有时也被封为"赞哈勐"(相当于区长的官衔),"赞哈叭"(相当于乡长的官衔),"赞哈鲊"(相当于村长的官衔),"赞哈鲩"(相当于甲长的官衔)。冠以这些官衔的赞哈一般只作为社会地位，在政治上并没有什么特权，最多能获得一些小恩小惠，减免一部分门户钱。获得"勐"、"叭"、"鲊"、"鲩"的赞哈，实际上就是无偿地专供领主寻欢作乐的工具，封建领主无论什么大小事情，都要把他们传去歌唱助兴。如著名赞哈康朗甩，他在解放前，由于在一次比赛中战胜了景洪很多有声望的赞哈，当时领主就封他为赞哈勐。康朗甩想不接受这一任命，但领主的命令又不得违抗，他虽然穷得从屋里能看得见星星，每天还得带着一根韵笛，跑到宫廷里去跪在地上，含着热泪颂扬领主"功德"。国民党反动政府统治时期，车里还设有专门管理赞哈的官员，对赞哈艺人进行种种迫害与摧残，致使很多艺人家破人亡，四处流浪谋生。

黑夜过去，光明来临，西双版纳升起了金色的太阳，傣族人民第一次在阳光下发出笑声。在党和政府亲切的关怀下，赞哈像枯木逢春似的获得了新生，生活有了保障，疾病得到了治疗，很多流离失所的人也回到了故乡，贫困的人家并且还分得了土地和耕牛。一九五八年西双版纳正式成立了赞哈联谊会，从此，赞哈艺人第一次有了自己的组织。十二年来，经过一系列的政治运动，艺人们普遍提高了政治觉悟，他们在演唱和劳动中干劲很大，热情很高。有的成为积极分子，有的当上了劳动模范，其中有不少的先进分子和具有代表性的人物，如波玉温、康朗英、康朗甩等，还被选为代表上了北京，并且同毛主席、周总理等国家领导人在一起照了像。这是何等的光荣啊！曾经长期过着辛酸生活的赞哈艺人，获得如此的尊重和荣誉，谁还能压抑住自己激动的心情？歌声便止不住地从肺腑中涌漫出来，他们情不自禁地歌唱党和毛主席，歌唱祖国边疆一日千里的变化，歌唱傣族人民幸福生活的图景。

随着赞哈创作与演唱内容的改变，他们演唱的形式也从根本上发生了变化。记得初到北京参加全国曲艺会演时，艺人们还舍不得把扇子从面部移到胸前，大大方方的走到台上去演唱。会演中其他兄弟曲种的演出使赞哈们得到了启发。当我们从北京回到昆明后，他们在汇报演出中，已能采用较复杂的动作来表达唱词的内容。这时扇子已经不再是用来遮羞，而是成为表演中所不可缺少的道具了。随后回到西双版纳，赞哈们为了更好的满足人民群众的需要，他们又将自己的表演形式变成赞哈齐唱和对口唱,有的为要表达一个完整的故事情节,还由每个赞哈担任一个角色在台上合唱。

早在一九五八年十月间,西双版纳的勐海县文工队,为了准备节日参加思茅专区举行的文艺会演大会,他们便运用赞哈固有的曲调,同时吸收了傣族歌舞和其他先进剧种的某些表演身段,根据本地区对敌斗争的真实故事,编写了一个赞哈剧——《归来》。这出戏最大的成就是将原来赞哈单独一人对故事情节作第三人称的叙述描写,改变为由每个赞哈担任一个角色,以剧中人的身份在舞台上表演;将原来赞哈只是坐着演唱,毫无动作表情的说唱形式,改变为在舞台上以不同的动作和舞蹈身段,来表现不同人物的感情变化,将原来赞哈仅用筚一种乐器伴唱,改变为运用多种民族乐器混声伴奏,并且还增添了傣族特有的芒锣、象脚鼓等打击乐器。

尽管新诞生的赞哈剧初次和观众见面的时候,还比较幼稚,内容和形式都较简单,但由于是在傣族传统的文学艺术基础上孕育成长起来的,由于一开始就和傣族人民的现实生活血肉相连,所以能为广大的傣族人民喜闻乐见。当时,《归来》一剧的演出,不仅配合了边疆地区的中心任务,而且也进行了社会主义和爱国主义的教育,起到了很好的作用。《归来》的演出,对勐海文工队说来,是一次大胆的尝试,对赞哈说唱艺术形式说来,是向着戏曲化道路前进的一个重要的里程碑。勐海县文工队以《归来》一剧,给赞哈艺术形式的发展开辟了一条道路,紧接着西双版纳歌舞团的赞哈和演员们,也根据本民族优美的民间传说和现实的题材,先后创编了《渔人恨》和《全家红》。这两出戏都是歌、舞、剧三者相结合的形式,音乐、唱腔和表演等方面已经逐步形成了自己的独特风格,演出质量也较之《归来》有了显著的提高。最近赞哈剧又有了新的发展。西双版纳歌舞团的演员们,由于观看了云南省花灯剧团根据电影文学剧本《摩雅傣》(意译为《傣族医生》)改编并演出的花灯剧《依莱汗》,同时,他们有一部分同志在参加拍摄《摩雅傣》影片的过程中,受到了启发与鼓舞,于是,便下决心排演了这个大剧。《依莱汗》的故事现在已为广大的人民群众所熟知。它通过依莱汗母女两代不同的命运,揭露了傣族封建统治阶级的丑恶嘴脸,描述了云南边疆兄弟民族斗争生活的一个侧面,反映了在解放初期他们所经历的一场巨大的变革。西双版纳歌舞团所演出的《依莱汗》,突破了以往任何一个赞哈剧的水平,具有浓厚的民族风格和地方特色,能够给人以强烈的感染,看了之后,使人感到分外亲切。傣族人民之所以把这出戏当做珍宝一样的看待,其心情是可以理解的。西双版纳歌舞团通过《依莱汗》的演出,给赞哈剧的进一步发展奠定了良好的基础。这是因为:一个新诞生的剧种成熟与否,主要是通过所演出的剧目来体现的;而剧目的成败得失也将会对剧种的发展有着直接的影响。赞哈剧演出《依莱汗》这样一个深刻表现傣族人民过去的遭遇与苦难,破除了千百年遗留下来的迷信思想,并且把他们从有神论的桎梏中解放出来的大戏,必然会碰到许许多多的新问题。现在看来,有些问题已经得到初步的解决。如音乐除保持赞哈曲调的传统风格外,又吸收了许多傣族民歌进行糅和,增添了原来曲调所没有的音调,使节奏有了强烈的变化,同时也大胆地应用了锣鼓点子,加强了戏剧气氛,这样便能充分地表达剧中人仇恨和悲痛交集的情绪,有助于塑造人物形象。它的表演艺术的处理也强调了服务于剧本的主题思想内容。根据傣族人民的生活情景,有很多群众场面,都应用了傣族的《孔雀舞》、《泼水节舞》和《象脚鼓舞》,演员的表演身段,也是从这些舞蹈中提炼出来的。另外也借鉴了花灯和其他先进剧种的某些表演身段,这也是值得肯定的经验。此外,像服装、布景、道具等方面的设计上,均有不少的革新和创造。我们从这出戏中可以清楚地看出,赞哈剧已经开始形成自己的一套表演程式,成为傣族人民所特有的戏剧艺术形式了。目前,赞哈剧正遵循本民族优秀的文学艺术传统和人民群众的欣赏习惯,沿着自己所摸索出来的载歌载舞的方向前进。

看来,赞哈由说唱形式发展成为戏剧艺术,是具备很多有利条件的。首先,傣族是一个能歌善舞的民族,祖先留下的文化艺术遗产非常丰富,仅西双版纳的傣族人民就号称藏有四万八千卷枳叶经,而每卷枳叶经内又有许多优美动人的神话故事。像近年来经过整理并出版的长诗《召树屯》、《葫芦信》、《九尾狗》《金螃蟹》、《娥并与桑洛》、《松帕敏与嘎西娜》等等,大多数是由枳叶经上翻译过来的。这些为傣族人民所家喻户晓的优美传说,只要稍加改编,便可成为很好的演出剧目。另外,西双版纳地处边疆,民族众多,物产丰富,景色佳丽,居住在这块幸福快乐的土地上的人民,建设边疆的惊天动地的事迹比神话还要动人,对敌斗争和阶级斗争也异常尖锐复杂……所有这些,都是赞哈剧剧目创作取之不尽,用之不竭的源泉。

其次,是傣族的音乐都很优美动听,赞哈所演唱的曲调也异常丰富多彩。初听起来,仿佛总是那简单的几句,但只要耐心的听下去,便会发现其中是有着很大变化的。认为赞哈曲调简单的同志,主要是对它的曲调缺乏了解与研究的缘故。事实上,赞哈与赞哈之间,地区与地区之间,所唱的曲调都不尽相同,他们在演唱长篇叙事诗的时候,均用不同的声调与乐曲,来表达不同人物的喜、怒、哀、乐的情感。加之,流传在傣族地区的民歌可以广泛地吸收与应用,这也是构成赞哈剧发展的一个优异条件。事实证明,在最近云南省举行的民族戏剧观摩演出中,傣剧、僮剧和彝剧,都曾大量吸收与应用了本民族的民歌,来塑造人物形象,传达唱词的内容,演出中均受到观众的欢迎与赞扬。

再次,是傣族的舞蹈也很有特点。就我所知,仅西双版纳地区就有《孔雀舞》、《竹笠舞》、《生产舞》、《象脚鼓舞》……等等,这些舞蹈不仅可以用来表现赞哈剧中某些特有的情节,起着加强地方色彩和烘托戏剧气氛的重要作用,而且可以从这些舞蹈中提炼动作,美化身段,以丰富舞台艺术表演。除此之外,一些先进剧种的表演与技巧的培训方法都还可以借鉴与吸收。对于新产生与发展中的民族剧种,它在逐步成长阶段,不可避免地会受到汉族剧种和其他民族剧种的影响,因此借鉴与吸收其他先进剧种在艺术上的各种经验是非常必要的。问题在于如何能将借鉴与吸收来的东西加以消化,在剧中应用得恰如其分,与整个剧情达到和谐统一,而不是生搬硬套。实际上,有许多民族剧种的经验已经表明,凡是由汉族剧种借鉴与吸收来的东西,只要能和本民族的文学、音乐、舞蹈、语言等等紧密地结合起来,久而久之,它便会变为自己民族所特有的艺术财富了。

至于,今后赞哈剧究竟发展成什么样式,是古典戏曲式的? 是新歌剧式的? 抑或是载歌载舞的? 这些都取决于广大的傣族人民。任何外来干部的偏爱,或是某些领导的决定,都不能而且也不可能影响它向着正确的方向前进。这是一个群众爱好与欣赏习惯的问题,这里不想赘述。但是有一个问题是值得提出来探讨与研究的。那就是:赞哈由说唱形式发展成为戏剧后,原来的形式是否要继续保留与发展? 提出这样一个问题似乎觉得幼稚可笑,但这里面是反映出很多思想问题的。因为云南有的新发展起来的曲剧团体,当它们由曲艺范畴踏上戏剧道路之后,便把原来的形式一手抛开,不去过问或是很少过问了。我认为赞哈由说唱形式发展成为戏剧艺术,这也和全国各地的某些剧种的形成一样,是符合发展规律的。赞哈和赞哈剧可以说是一母生下的两个儿,是一树同开的两朵花,它们既有共同性,又有不同的特点。作为母亲,不管儿子生得美丑,她们都是爱的,作为鲜花,不管它姿态如何,人们都是欣赏的,而人民群众的爱好与欣赏艺术的习惯也是多种多样的:有的人喜欢歌舞,有的人爱瞧话剧,有的人则爱听赞哈,有的人则喜看赞哈剧。因此,为了满足广大的傣族人民群众爱好与需要,赞哈与赞哈剧应该按照傣族人民所喜闻乐见的形式去发展,按照他们各自的个性与特点去发展,这样才能更好的反映本民族人民的生活与理想,更好地为社会主义建设事业服务。任何重此轻彼、扬彼抑此,任何偏爱与粗暴的作法,都会违反人民群众的意愿,最后也必将会遭到反对。

1962 年 6 月

　　附记:我对于赞哈并没有什么研究,只是因工作关系和艺人们在一起生活过一段时间。这篇文章,前一部分曾经以《赞哈——傣族人民的歌手》为题,在一九六一年二月号《曲艺》上发表过,现在又增写了赞哈剧的部分,其目的是抛砖引玉,希望引起更多的同志来研究与探讨这种艺术形式,以便促进赞哈与赞哈剧进一步的发展与繁荣。

（本文有删节）

侗剧调查札记

吴 琼

史料解读

　　史料原载于《少数民族戏剧研究》(中国戏剧出版社,1963 年),为一篇调查札记。第一,该文指出侗族的居住条件影响着侗族的生产与文化艺术的发展。第二,该文整理了有关侗剧形成年代的资料,但仍然无法肯定侗剧形成的准确年代,只能做适当推断。第三,本文通过对侗剧与"窨""嘎节卜""嘎窨"进行对比,对侗剧是如何形成的进行了推断,并指出如果这些推断成立,不仅可以帮助人们理解侗剧是如何形成的,而且对侗剧的未来发展也具有参考价值。第四,该文对描写侗族人民过去生活的,或是新中国成立前移植汉族剧目的侗剧进行了初步统计和分类,并对各类剧目简单做了提要。第五,该文介绍了侗剧班的组织与活动情况,指出侗剧班的活动方式有"尾夜"与"多夜"两种,并依次进行解释。第六,该文对侗剧的演出仪式做了简要论述,演出形式包括供神请师,演出前后的大歌或朗诵,增跳加官等环节。第七,该文对侗剧的音乐、舞蹈、服装等进行了介绍。第八,该文分析了侗剧受欢迎的原因。第九,本文对侗剧的挖掘、整理、培植、发展中的情况进行了简要说明。

　　该史料对侗剧的来源、剧目、组织、自身特点、演出仪式以及社会反响进行了全方位的调查和介绍,是侗剧基础研究史料中非常详尽的一篇。史料在广泛的调查研究和资料梳理的基础上,对侗剧出现的年代、侗剧形成的过程进行了大胆的推断。该史料视野开阔,材料翔实,推理有据,作为基础研究文献，对之后的侗剧研究具有重要的参考价值。

原文

引　言

侗族，是我国人数较多，生产水平，文化水平也都比较先进的少数民族之一。

侗族主要分布在贵州省的黎平、天柱、从江、榕江、锦屏，湖南省的新晃、通道，广西僮族自治区的三江、龙胜等九个县份里。此外，贵州的剑河、三穗、镇远、雷山、麻江，湖南的靖县、绥宁、城步，广西的罗城、大苗山等十个县份里，也都居住着少数的侗族兄弟。上述的十九个县份，又恰好全部处于贵州、湖南、广西三省交界的地方，因此，便自然地构成了一个侗族的聚居区。

据中国科学院民族研究所、贵州少数民族社会历史调查组的调查资料所载，侗族的人口总数约为八十余万，其中分布在贵州境内的约为四十七万余人，分布在湖南境内的约为十九万余人，分布在广西境内的约为十五万余人。

从侗族村寨的分布情况上，可以很明显地看出侗族在居住上的两个特点。看来，这两个特点，似乎又紧紧地关联着、影响着侗族的生产与文化艺术的发展。

第一：侗族的村寨，多建在沿河的地方。比如广西三江侗族自治县的林溪、坪铺，以及杨寨、平寨、岩寨、大寨等有名的程阳八寨，便是分别地座落在林溪河的两岸。梅林、富禄、高安、涌尾、洋溪、良口等侗族的寨子，又是沿着都江的下游——榕江而居。（贵州、湖南的侗族村寨，也大多如此）沿河而居，交通方便，对山区说来，这是不可多得的有利条件。它不仅可以促进本地资源的开发，促进与外地的物资交流，同时，由于人们的长相往来，也必然地促进了本民族文化上的发展与外地各兄弟民族间文化艺术上的交流。

据明史记载，明朝万历二十八年（1600）便出现了侗族的第一个生员吴国佐（系贵州黎平，皮林人）。直到今天，侗族仍然是在生产上、文化上较为先进的少数民族之一。其所以如此,我想与她的居住条件不无关系。

第二:居住集中。特别是与苗族、瑶族比较起来,这个特点就更加显得突出。以我们到过的苗族、瑶族地区来说,每个寨子多则二三十户,少则十户八户,不仅寨与寨之间的距离较远(少则三五里,多则十余里),户与户之间的距离也较大,他们总是喜欢稀稀落落地居住在山腰或是山顶上。侗族地区,则绝然不同。以程阳八寨为例,寨与寨之间的距离,多则一里,少则半里,户与户的房子,又多为左右连脊,前后接檐,从远处望去,林溪河曲折地流贯其中,犹如一条金光闪闪的长带,把程阳八寨紧紧地串在一起。

程阳八寨共有八百余户,人口几近三千八百人。这样多的户数,这样多的人,又是这样集中的住在一起,以今天的眼光看来,从居住卫生上说,也许不太合适,但从历史上看来,这样的聚居情况,既便于防御某些意外地突然侵袭,也为侗族的大歌、侗剧等规模较大的民间艺术形式,提供了发展的有利条件。

侗族,是一个勤劳、朴实、勇敢的民族,也是一个多才多艺的民族。她用劳动的双手,开发了成千上万亩的荒山,种植了成千上万亩的稻谷、棉花、土烟、桐子、茶子和生漆,为我们的祖国,创造着、积累着无限的物质财富。她也用灵巧的双手,建造起千百座雄伟的鼓楼①,壮丽的风雨桥②,编织出美丽的侗锦,千变万化的花边,朴素而又耐穿的侗布,以及各种各样实用而又好看的竹器。从科学上,从文化上,为我们的祖国增加着光彩。

侗族的难以数计的情歌,动人的古代传说,瑰丽的叙事长诗,特别是具有独特风格的多声部的侗族大歌与长久地、深深地感动着侗族人民的侗剧,更是我们祖国文化宝库中的两颗明珠。

---

① 侗族各寨均有鼓楼,为多层重檐式的建筑,由本寨集体出钱出力兴建。古时,中悬大鼓一面,为"头人"或"寨老"召集阖寨群众议事与指挥战斗之用。平时楼内设长凳,为老人们日间休息、聊天的场所,也是青年们晚间唱歌,"坐妹"的地方。

② 风雨桥多建在寨头,为木瓦建筑,长廊形,上有重檐顶,少的一个,多的五个,内供关羽、周仓、关平,据说因它可以镇住本寨的风水,保护本寨永远兴旺,故又名风水桥。又因建于寨头,可供往来行人歇脚与躲避风雨,故通称风雨桥。

一　侗剧的沿革

侗剧，主要流传在贵州省的黎平、榕江、从江，以及湖南的通道，广西的三江等五个县份里。

三江侗剧的流传区域，一为以马鞍为首的林溪河沿岸，一为以富禄为首的榕江沿岸。

据访问富禄老艺人廖振茂所得：廖振茂今年五十岁，他十八岁开始学戏，从他们学戏之后，富禄才开始有了自己的侗剧班。他们的师父是贵州黎平的吴甫开，是在春节时来富禄演出之后，被他们留下来教了半个月的戏。和他同时学戏的还有覃启光、石玉福、廖永寿、廖振钰、吴轩辉、廖世凤、廖世生、吴启月等十七八人，他们学的第一个剧目是《刘志远》。

据访问马鞍寨陈远荣所得：一九四九年时，由陈远荣等去贵州的黎平，请来了侗剧老师吴成和、吴显文、吴高宇等三人，来教了两个月的戏。同时学戏的有三十余人，他们开始学的剧目是《二度梅》《金汉》。

从上述材料看来，三江的侗剧，开始系传自贵州是毫无疑问的了。富禄的传入年限，约有三十余年，马鞍的传入年限，约为十年左右。

又据富禄老艺人廖振茂说：从吴甫开老师学过《刘志远》之后，他们便开始自己编剧。当时在富禄的大寨，有一个杂货铺的老板叫做罗文兴，他既有文化，又有时间，对侗剧又极有兴趣，因此，他便自然地成为当时编剧的组织者了。同时参加编剧的还有廖振茂、覃启光、石玉福等三人，目前富禄一带流传的《秦娘梅》（即《珠郎娘美》）、《莽子》、《乃桃补桃》、《不贯》，以及汉族的剧目《凤姣李旦》、《毛洪玉英》、《梁山伯》等，几乎全部出于他们之手。直至今天，廖振茂、覃启光、石玉福等三位老人，仍然经常在一起编演新戏。

又据马鞍寨陈远荣等谈：一九五四年之后，陈远荣便开始教戏。他教的剧目，除了向老师父学的《二度梅》、《金汉》之外，又增加了《秦娘梅》、《莽子》、《葛麻》等新剧目，而这些剧目便全是经他手移植与改编的了。

上述两项材料，可以帮助我们明确了所谓三江的侗剧，开始传自贵州的准确含义,只是指开始时的某几个具体的剧目,以及这个剧目的表演、音乐。至于三江今天所流传的其他剧目、表演、音乐乃是三江的侗剧艺人参照所学的侗剧,也参照其他剧种自行编排与移植的了。侗剧剧目,特别是反映本民族生活的剧目,几乎全部来自本民族的叙事歌与古老的传说,因此,它们的主要内容与名目大多相同。但从剧本上看来,在场次安排上,在表现方法上却又并不完全一样,原因也正是由于上述那种各地自行编排,并无统一成例可循,并无统一祖本所宗的情况所致。

看了下面这段材料,就会使我们对上述两点了解的更加清楚了。"侗剧剧目比较分散,一个寨子有一个剧目或四五个剧目。侗剧的活动单位是以'鼓楼'来分的。例如:龙图乡有三个'鼓楼',他们就分三部分来展开活动,不但有三个唱歌队,而且有三个戏班子,一个戏班子有两三个剧目。在过去,由于互不传授,剧目也往往互不相同,村寨之间的情况也大致如此,即使同一剧目,内容也有出入……。"(摘自贵州省文化局孔成宇的《侗剧初步调查汇报》)。

这段材料,不仅说明了侗剧班在村寨中的组织状况、活动状况,同时也更加说明了侗剧剧目在流传、沿革上的上述特点。弄清楚这一点,对我们了解、研究这个剧种,会增加很多的方便。

湖南通道县的侗剧,据说系传自广西的三江或龙胜,时间为一九四六年前后。因未进行正式调查,情况了解的不多。

侗剧的历史,向无文字记载,无从获得确切的资料,仅能根据访问中所接触到的一些片断资料,分别抄录如后:

(一)侗剧的历史比侗歌短,据调查约在清朝中叶逐渐开始形成,大约有一百年以上的历史了(摘自中国科学院民族研究所,贵州少数民族社会历史调查组所编的《侗族简史简志》油印稿)。

(二)侗剧,据说是起于嘉庆、道光(1796—1821)以后。黎、榕、从三县的老戏师们,都公认侗剧的首创者是两位侗族人,一名吴文采,一名龙大王。吴文采是侗族的廪生。他编的第一部剧本是《梅良玉》,以后还陆续地编了五部戏。龙大王根据本民族的传说编出了侗族自己的戏(摘自贵州省文化局侗戏调查组的

《黎、榕、从侗族地区群众文化艺术活动报告》)。

（三）贵州从江县新安乡的老戏师梁绍华，他今年六十六岁，在他七岁的时候，就在本乡看过农民的侗剧班演出的《金汉》。十岁的时候又曾看到过由上皮林等寨的农民业余侗剧班演出的《梅良玉》。

他正式开始学戏是十三岁，他的老师陆文荣，当时已四五十岁了。他入戏班前，本地早已有戏班存在，领班的"掌簿人"①也已四五十岁。戏班里有十八个演员，其中有四五个主要演员，有长于唱父亲（老生），有长于唱罗汗（小生），有长于唱姑娘（旦），另有四人专司锣鼓、拉琴。戏班的组织上已有一套成习……角色已有分工……（摘自贵州省文化局谢振东同志《老戏师梁绍华和他的〈珠郎娘美〉》一文原稿）。

（四）侗剧有二百一二十年的历史，发源于贵州省从江县……（三江文化馆长吴居敬谈）

从上面的四项材料里，我们仍然无法有力地肯定侗剧形成的准确年代，只能根据材料中所提供的情况，做一些初步的推断。从有关梁绍华的材料看来，六十年前他已经看到了反映侗族生活的剧目《金汉》的演出，五十年前，他已经看到了反映汉族生活的剧目《梅良玉》。再从当时戏班的规模与组织情况看来，侗剧决非形成于他师父的那一代，最晚在他师父的前一代或两代，侗剧已经开始形成了。因此，侗剧的形成年代，最少是在一百年，或一百一二十年以前，这种推算大致是可以肯定的了。

其他三项材料中所提到的年代，因无旁证可查，只可略备一格，供做参考罢了。

关于吴文采的材料，仅在《古州厅志》（北京图书馆藏抄本）上查到"道光十三年，古州厅徐铉祥请建学，岁科两试各取文童生六名，廪膳生员八名"一项。据此看来，假如吴文采确系廪生，那么侗剧形成的年代就必然是道光十三年（1833）以后的事，距今亦为一百二十余年，这倒与我们推算的年代大致吻合了。

---

① 掌簿人：侗剧演出时，靠后台中设一桌，老师傅坐于此，手持剧本，专司对演员提词，故曰掌簿人。

二　侗剧的形成

关于侗剧的形成过程，一说"由琵琶歌演进而成"。一说"它是在侗歌叙事歌的基础上，在汉族的花灯、桂戏影响下而形成的"。一说"侗剧在表演与音乐上可看出受花灯的一些影响，但说由花灯影响下而形成却根据不足。按照一般的规律，戏往往是由说唱逐渐发展而来的，侗剧也不例外。侗族的叙事歌，实际上就是一种说唱，在我们所知道的已经上演的一些侗剧中，没有一个不是由叙事歌而来的。他们也说叙事歌就是戏，只是由一个人代表所有的脚色而已。在改编侗剧的时候，也只是把某某唱完了，现在该某某唱了的交待语删去而已。"

上面的三种说法，都有道理，但也互有不足与互有出入的地方。从我接触到的资料看来，我比较同意第三种说法。为了容易说的清楚，我想先把有关琵琶歌、叙事歌这两种形式的资料，分别地介绍于后：

（一）"窘"——是叙事长歌，一首歌要用好几个夜晚才能唱完，用琵琶或牛腿琴①伴奏。唱这种歌的人，需要有较高的修养，多半是中年以上的人（摘自贵州文联编的《侗族大歌》的序言）。上面所提的琵琶歌，便是指此而言，并非指小歌中的琵琶歌。又据吴居敬同志谈三江的琵琶歌是有说有唱的。

（二）"嘎窘"——这是大歌中的叙事歌，它的特点：一、不论是齐唱或分部唱，歌队的成员都唱曲调，只是在每段末尾的地方（拉嗓子）才出现短短的低续音。二、比起下面另一种大歌来，"嘎窘"的段落短，比如嘎英台，每段只有四至六句（也有长的如嘎门龙，但那是借用"窘"的词，不在此例）。另外，"嘎窘"的段落比较多，如嘎英台一〇二段，而下面的"嘎节卜"，一般都只有二三十段左右。三、据坑洞歌师吴启德讲，"嘎窘"是女声大歌。我们也没有听过男声歌队唱过它。另外，它的节奏性比"嘎节卜"明显。

（三）"嘎节卜"——也是叙事大歌。它的特点：一、一般是开头一段由全歌队齐唱，进入第二段后，主旋律即由两小歌自（侗话称赛"嘎"）主唱，其余的歌队

---

① 牛腿琴：侗族的民间乐器之一，样子像小提琴，演奏方法也与小提琴相近，只是放在胸前面不是放在颚下。因其颇似牛腿，故名。

就唱一个长长的低续音 la，用轮流呼吸使这个低续音始终保持。每段终了，有一个短短的拉嗓子（尾腔），每一大段终了，有一个较长的尾腔。二、曲调带有很显明的吟诵风格，唱这种歌讲究歌声连绵不断，因此，节奏性不强。三、这种歌男女歌队都可以唱。（以上亦系摘自《侗族大歌》序言）。

侗剧的表现形式又是怎么样呢？从我们访问与接触的资料中，我们了解到侗剧的表现形式大致是这样的：侗剧的表演比较简单，通常，台面上总是以保持两个人的时候为多。每唱一句，一个过门，在过门中两人互走一个 8 字。唱的时候面向观众，即或唱词的内容本属两人间的对话或问答，亦必并立台口面对观众而唱，绝不对面。在演员表演区稍后中间的地方，设有一桌一凳，"掌簿"的便坐在这里。当演员互走 8 字时，正好经过"掌簿"的面前，于是"掌簿"的便把下一句应该唱的词告诉给演员，这样一来，演员就勿需花费时间去背戏词，只要高兴，随时都可以登台演出。每句之后的过门较短，每一段之后有一个较长的尾腔——哟嗬咿，至此，要由后台全体演员伴唱，然后才转入另一个演员起唱。

贵州的侗剧，开演正戏之前，先由一个人出来朗诵一段开场白，下面便是《秦娘梅》的开场白：

> 不讲不成古，不唱不成戏，讲就是古，唱就是戏。书有本，扇有柄，书本为读，扇柄为拿。话是老人家传，古是老人家讲，恐怕失传我乱说，恐怕失传我乱讲，老人家亲自传给我。水牛死了还有角，竹杆可以钓鱼，又可以做网，我们不晓得汉戏，就唱这个戏罢了。

下面又叙述了侗族的迁徙历史与来到榕江的经过情形。最后的几句是："今天的太阳很好，我唱一支歌，请你们试听试听。"

正戏结束之后，还要由全体演员唱一段大歌，按歌词的内容看来，似乎是以演员的身份，对观众进一步阐明戏剧的主题思想，如《秦娘梅》的结尾大歌是这样的：

> 在这个戏演完的时候，我们自己来讲几句话。银宜是个大傻瓜，他的良心不好爱骗人。想夺人妻，自己命归阴。

广西三江富禄的侗剧，在正戏之前，也要唱一个歌，歌词的大意为：我们来这里演戏，实在是遭扰你们。你们这样的看重我们，可是我们的本事很差……正戏结束之后，也要唱一个歌，歌词大意为：你们放下活路来看我们的戏，可是我们演的很不好，只是给你们添了麻烦，实在对不起的很……这些歌子都是由全体演员来唱的。

根据上述资料对照看来，侗剧似乎更像叙事歌中的"嘎节卜"。"嘎节卜"是由两个"赛嘎"唱主旋，侗剧也总是以两个角色在台面上的场次为多。"嘎节卜"是每段终了有一个短短的尾腔，每一大段终了有一个较长的尾腔，侗剧也正是每句完了一个小过门，每段完了有一个大过门——哟嗬咿。"嘎节卜"的尾腔，侗剧的"哟嗬咿"，又都是由歌队或全体演员伴唱的。至于正戏前后做为引子与结束语，或是申致歉意与请求谅解的歌子，就更加完整地保留了大歌的固有形式。

除了在演出形式上，音乐安排上，侗剧与"嘎节卜"有了这些相近之处以外，在侗剧的剧本上，我们也可以看到它与"嘎节卜"或是"嘎窨"的渊源关系，有些地方，比如歌词的分段方法，歌词的风格上，甚至很难找出他们之间的区别。

根据上述材料，我们似乎可以做这样的推断：

（一）侗剧基本上是脱胎于侗族大歌。从演出形式与词的分段形式、表现风格上看来，似乎更像大歌中的"嘎节卜"。

（二）从一种艺术形式发展为另一种艺术形式时，它必然要吸收其他形式中的一些有利的因素，来满足这种新形式的需要，才能有助于这种新形式的迅速成长与发展。在侗剧中，我们可以找到它与"嘎窨"、"窨"等形式的相似之处与渊源关系，这是很自然的。

（三）一种新的艺术形式的胚芽，总是深深地植根于它本民族固有的艺术形式之中，任何外来的影响，都只能是营养，或是一种促进的因素。因此，汉族戏曲的影响，只能是侗剧成长中的营养，也可能是一项很重要的营养，或是有力的促进因素，但它决不能成为侗剧产生的决定因素。

假如这样几点推断可以成立的话，那么，它不仅可以帮助我们顺利地理解侗剧的形成过程，同时，也许能为今后如何发展侗剧，提供一点可资参考的依据。

三　侗剧的剧目

侗剧的剧目，大体上可以分成这样两部分，一是描写侗族人民过去生活的，或是解放前编写、移植的汉族剧目。一是解放后历次运动中群众创作、改编、移植的剧目。后者数字较大，一时无法统计，这里的统计数字均系指前者而言。

从目前接触到的资料中，初步统计共有剧目三十七个。其中描写本族的古代英雄人物，领导群众与当时统治者进行斗争故事的两个，抨击坏人或描写生死别离之情的两个，改编或移植汉族的剧目八个，内容不详，仅存其目者八个，另有颇似汉族的连台本戏的《梁士锦》，一共五本，其余十二个，便全系描写青年男女间爱情的剧目。在这类描写男女爱情的剧目中，不仅有对坚贞的诚挚的感情的歌颂，也对一些不合理的旧习惯，提出了强烈的反抗，因此，这部分剧目在群众中流传之广，影响之深，除了描写古代英雄人物的剧目之外，远非其他剧目所能相比。

下面便是各类剧目的简单提要：

（一）描述本族古代英雄故事的：

《吴勉》——吴勉出生时，手持书本、短鞭，全寨异香扑鼻，红光围绕。吴勉十八岁时，其父因领导群众抗粮抗税为官家所杀。吴勉闻讯，立即秉承父志，组织群众继续斗争，并以四十九天的时间炼成三支神箭。只因其母一时疏忽，致使三支神箭失灵，不仅未能射死皇帝，反而引起了统治者的重兵围攻。为了阻击敌人，他用自己出生时带来的鞭子把山峰赶到一起。虽然他因病被敌人所获，但是被杀之后仍然可以复活。因此，在那苦难的岁月里，侗族人民坚信吴勉是不会死去的，他将永远领导着人民进行斗争。

《顾老元》——永从县县官，以催粮之名，骚扰了当地的盛礼——踩歌堂，并且抢去了许多妇女、财物。顾老元起而组织群众，直逼县城。城破，顾老元与所率群众，大胜而归。

（二）描写爱情故事的：

《秦娘梅》（即《珠郎娘美》）——娘美与珠郎相爱，不为家中所容，私逃外乡。地主银宜欲霸占娘美，设计害死珠郎。娘美假意允诺银宜亲事，诓到荒郊野外，亲手将其处死，终报夫仇。

《乃桃补桃》——补桃与乃桃婚后，生女婢桃，补桃仍不务正业，每日出去"坐妹"，并与寡妇乃南相爱。乃桃劝之再三，无效，且决心与乃桃离婚。乃桃不得已，离开了女儿，离开了丈夫。补桃与乃南结婚后仍不务正业，不久，家产荡尽，又与乃南离婚。当他带着婢桃讨饭时，恰与乃桃相遇，乃桃立即收留了自己的女儿，并且将手中喂鸡的东西送给补桃充饥。

《三郎五妹》——三郎五妹相爱，约于八月仲秋会面，不意五妹于仲秋前因吃牛皮噎死。两日后三郎至，扶棺痛哭，因闻棺内喊叫，开视之，五妹因牛皮咽下，死而复生。

《门龙》——门龙出外十八年未归，其母以为门龙已死，逼令其妻改嫁，其妻不肯，终至夫妻重聚。

《美道》——按旧习，美道远嫁表哥为妻，因探母病，为妖王所缠，并被污辱。后乘机逃出，与其夫共斩妖王。因此事，群众开会共议废除同姓不嫁、有女远嫁与有女还舅之旧习。

《华团阮俊》——华、阮相爱，欲结百年，华之父母不允。后阮俊获得一剂神药，服下死后可以复生。华团服下死去，其父母便将其埋于山上，当夜，阮俊将华团救走，果然复生，因而始得终生相爱。

《雪妹》——雪妹与银铃相爱，因其父母所阻与习俗所限，不得结为夫妇。银铃被迫，中途妥协，另与别人结亲，雪妹却始终不嫁，老死终生。

《顺保》——顺保与桂吉的妻子银美相爱，其母不允，桂吉又在崔丑的鼓动下，欲将他二人送往衙门。多承顺郎的帮助，他二人始得逃离家乡。不幸银美因病身亡，顺保痛苦地埋葬了银美。

《郎耶》——郎耶本系龙王之子，因罪落凡，貌极丑。废美嫁郎耶为妻，颇嫌其丑。一次郎耶背着废美现出本相，故意与废美相遇，并故做不识，挑逗试探，废美因见其美，遂有相爱之念，不意遭到拒绝。后经别人说破，始知自己之过，乃向郎耶忏悔，二人情好如初。

《金汉》——父给汉娶妻，汉不满，与嫩梅"坐月"恋好，后私逃，既归，生一女。此时汉又不满嫩梅，与莫娘、央央姐妹二人"坐月"，皆有孕，汉又弃之。因此事，莫、央二姐妹被父逼死，乃成鬼，寻机盘死金汉。嫩梅知之，将汉尸体找回，复经玉皇审判，汉复活后始知嫩梅之真情，弃莫、央而永与嫩梅相爱。

《朗红》——朗红不满己妻，乃至卜妹家帮工，久之，与卜妹相爱，私逃时，遇一妖将卜妹拖去。适遇一人，指教朗红，可至湖广学符术擒妖。红从之，果得擒妖之法，与卜妹重聚。

（三）抨击坏人与描写生死别离之情的：

《莽子》——刘梅去挑水，遇一算命先生，借饮水为由，进行调戏，梅斥责之。算命先生怀恨在心，恰与刘梅之兄长刘金、刘银相遇，便假说刘梅命坏，将来要使刘家家产败光。刘金、刘银为贪图财产，便将刘梅骗到山上，推下山岩。幸遇好心的莽子相救，二人结为夫妇。刘梅的另一堂兄冬林，因营商偶至下河，与刘梅相遇，刘梅盛情相待，并送金银等物。刘金、刘银闻讯后，亦驾舟前往，不意遭到刘梅一场义正辞严的斥责，遂败兴而归。

《鸳洞》——鸳洞系独生子，及长，读书娶妻，夫妻亦极和睦。不意鸳洞偶得重病，久治不愈，临危时，与父母妻子哭诉告别时最为震动人心。

（四）内容不详，仅存其目者：

《金俊娘瑞》《不贯》《丁郎》《花师》《银洞》《女鹰》《雷必有》《俊郎》。

（五）编写或移植的汉族剧目：

《陈杏元》《刘志远》《仁贵别窑》《梁祝》《凤姣李旦》《破洪州》《毛洪玉英》《陈桂兰》。

（六）连台本戏《梁士锦》：

《梁士锦行歌坐月》《梁士锦打陆文秀》《梁士锦投军别窑》《梁士锦杀吴登榜》《吴县主上任》。

从上述五个剧名看来，这里似乎既有男女间的相爱，也有别离之情，并有打陆文秀,杀吴登榜等带有抗争性的剧目,内容颇为复杂。据说这是一位老艺人梁玉中按民间传说编写的。只知是"新编史剧",因此,是否属于解放前编写的,尚需查对(上项资料,系根据贵州刊印的民间故事与文化局的油印资料,整理编写)。

侗剧剧目的一般情况,概如上述。关于内容方面的一些粗浅看法,拟在后边提到,不在这里赘述。

四 侗剧班的组织与活动情况

侗剧班的组织情况,已如前述,在每个村寨中,以鼓楼或村寨为单位组成戏班。戏班里有戏师父、歌师父与专司伴奏的人。

歌师父专司教歌,戏师父除了教歌之外,还要能排戏,演出时的"掌簿",也要由戏师父来担任,因此,戏师父便成为戏班中艺术上的主要组织者与领导者了。

解放前,所有的侗剧班都是业余的,并且没有女演员。除了在本寨演出之外,也到外面去"走寨"演出,甚至到邻省邻县去,比如,贵州省的黎平、从江的侗剧班,便常到广西三江的梅林与富禄演出,富禄的侗剧班,也常到大苗山境内的村寨去。

他们的活动时间,主要是春节。富禄的侗剧班,在每年的二月二、三月三或本寨的会期,也都组织演出。

活动的方式有"尾夜"与"多夜"两种。

"尾夜"是侗族寨与寨之间的一种联欢形式。它以联系彼此的感情为主,多在春节与秋后举行。到别的寨去举行"尾夜"的人,定要带着"芦笙"和别的节目,自然也要带侗剧,但是这些节只是整个联欢会的一个组成部分,并且不是主要部分。

接待别寨来此举行"尾夜"的寨子,要杀猪置酒,对来客倍加招待。其后第二年或第三年,被接待的寨子,也要准备下同样丰富的酒肉,并以加倍的热情去迎接曾经招待过他们的寨子,来此举行"尾夜"。

"多夜"也是侗族寨与寨之间的一种联欢形式，但它是以文艺活动为主。比如甲寨的青年要到乙寨去举行"多夜"，那就必须事先准备下拿手的节目。乙寨也要设酒接待，但这主要是为酬劳甲寨的盛情演出。

侗剧的"走寨"演出，如果是通过"尾夜"的形式，那么它从接洽到演出的过程大致是这样的：首先把人组织好，节目准备好，然后在春节之前，以"寨老"或"头人"的名义，给准备去的寨子送贺年帖子。对方如果收下帖子，就是同意，便可按约定日期起程。如果不收帖子，就是不同意，于是就此罢休。

对方同意之后，便由本寨的"寨老"或"头人"带队，按帖子上约定的日期前往。一说参加的成员全是男子，特别是以男青年为主。一说以前女子也参加，只在近二十年来，才逐渐改为全由男子参加了。一说男女分队前往，对方也男女分队迎接（男客女迎，女客男迎）。因各地习俗不同，因此难免稍有出入。

当队伍走进对方寨子的时候，对方的寨子要由青年姑娘或小伙子们组成队伍拦住去路，并把纺车、凳子、鸡笼、木柴等物也都一起拦在路上，另在田里插上一个草制的人形。客人来了，总是主方先唱：唱过一段引子之后，才把拦路的东西逐渐拿去，然后才开始唱正式的嘎莎困（拦路歌），歌词的大意多为：你们来了，我们很高兴，只是我们像砍乱了的木头，配不上你们。假如我们能永远的生活在一起，那是最好了，可是我们并不会客套。然后才把客人请进寨去。除了摆酒，欢迎，唱歌，叙谈之外，便是演戏。

贵州地区的演出时间是每日午前十时左右开始，一直到吃夜饭，中午有姑娘们来送饭或打油茶。吃过夜饭，戏班中的罗汉们，便与寨中的姑娘们去"行歌坐月"。

三江富禄的演出时间是每日上午十时开始，也是演到吃夜饭，中午也是由姑娘们来送饭或送油茶。与贵州不同的是夜里也演，用茶油灯照明。散戏之后，老年人便休息了，青年们则照样去"坐妹"。

侗剧的演出，如果是通过"多夜"的形式，便需首先确定演出的路线，计算到达的时间，然后分头送帖子。与"尾夜"相同，如果对方收下帖子，便可按时前往。因为它是以文艺活动为主，所以它并不代表本寨，也不必由"寨老"或"头人"带队。对方也给热情的招待,但这是做为对演出的酬劳,演出的时间与前者相同。

总之,无论"尾夜"或"多夜",这里都包含着敦睦邻里、增加情谊、娱乐活动以及青年男女间的交谊等几方面的因素,只是互有重点不同而已。

五 演出仪式

第一天开演正戏之前,要供神请师,由"掌簿"的主持。供品有一桶米(烧香用),一桶饭,一壶酒,三只酒杯,半斤猪肉,一个鸡蛋,三炷香,纸钱若干,外有封包一个。供品摆在台口中间,由"掌簿"的焚香,口中并念一些神的名字,如九天玄女、花鼓娘娘、鼓板先师等,同时也要念到该剧作者的名字,然后鸣放铁炮,或纸炮,方算礼成。用后的供品,除封包外,一律由本寨人收回。

演出前后的大歌或朗诵的内容,已如前述。

通常是最后一天正戏结束,增跳加官。

跳加官的形式,是由一个化妆成侗族姑娘的演员,手持书有禄位高升、一品当朝等字样的红布,站在台口,"掌簿"的在台后唱一个本寨的人名,姑娘要展示一次红布,说一次加官。被提到名字的人,便要把预先准备好的封包扔到台上来。所提到的人名,都是"掌簿"的与本寨"寨老"或"头人"事先共同拟定的。通常多是地主、富农或生活较充裕的人家才被提名。

三江良口的情况又稍有不同,那里的人要求每天都跳加官,认为这是一件象征吉利的事情,有人甚至自己提名。因此,这里便每日增跳加官,并且要逐日的把给钱的人名用红纸写好,贴在戏台的前面,这也被看做是一种光彩。

侗剧班,除了在跳加官时收钱之外,再不收钱。当然,这些都是解放前的情况,解放后已经不复存在了。

六 表演、音乐、服装及其他

表演——前述由两个演员在过门中互走 8 字形,是侗剧的主要表演形式。除此之外,也有简单的道具与模仿生活中间的动作。比如:遇到哭的时候,便用扇子把嘴遮起来，或是把身子稍微的侧一点。有些演员，因为自己的嗓子差，或是感到疲劳的时候，在这种情况下，还可以由别人来代唱。

遇有打架的时候，如果演员中有练过拳的，也往往自然地把这些东西用到戏里来。但从无为演戏而专门练拳的人。

《秦娘梅》中的纺线，有时场上真的放上纺车，不过表演区域仍然只能限于"掌簿"师父桌前的这一块，否则，演员将无法听清"掌簿"师父所提示的台词。

喂鸡的时候，有时真的洒米，但是并不用真的鸡。

遇到场上有三个人或三个人以上的时候，过门的时候，只有唱的人与下面要接着唱的人对走8字，其他人原地不动。不过这样的场面非常少。

据三江富禄老艺人廖振茂谈，除了走8字之外，没有一定的成规，聪明人做的就好一点，笨一点的人就做的差一些。

上述的表演方法，都是根据廖振茂老人所谈的情况整理而成。贵州的侗剧表演是否如此，尚需继续访问，核对。按理说，贵州地区的侗剧表演应该更成熟些，只是未得机会接触，这是一个很大的遗憾。

音乐——解放前的主要伴奏乐器是二胡，打击乐器中有鼓、钹、大锣、小锣。

三江在开戏之前也有锣鼓，叫做"吵台"，不过没有固定的牌子，据廖振茂老人讲，只要打的红火即可。每段之间的小过门，只由演员拖腔，遇有大过门，才由锣鼓伴奏。

据吴居敬同志谈，三江的侗剧唱腔，共有〔普通腔〕、〔哭板〕、〔仙腔〕等三个腔。〔普通腔〕，用于一般的叙述交待，因而用时最多。〔哭板〕，专为悲愤时用，〔仙腔〕，则只有出神仙的时候才用，故而得名。

贵州的侗剧唱腔，据记载主要有〔平板〕〔哭板〕两种。〔平板〕，是在一般情况下用的，因用胡琴伴奏，又名〔胡琴歌〕。〔哭板〕，也只是在悲愤时才用，并且是干唱，不用伴奏，遇较大场面时用大歌。在侗族大歌中单列一项叫"嘎戏"。侗话的"嘎"是歌或含有唱的意思，"嘎戏"就是戏歌。另外便是在每一大段结束，由另一演员接唱的中间，有一个"哟嗬咿"尾腔。此外，也直接采用其他的侗歌，如大歌中的"嘎节卜"、"嘎琵琶"、"嘎莎困"等，借以满足在表现上的需要。

在调查的时候，我时时感到由于自己对音乐的无知所造成的困难。从追溯侗剧的形成过程到研究它今天的发展情况，都需要对它的音乐，做一番仔细的研究。目前，这项工作只好做为一项缺陷记到这里，但愿能够早日有人来完成它。

服装——通常戏里的角色，都是着用本民族生活中的服装，只是要穿得新鲜一些，整齐一些。扮演姑娘的，并且要像节日一样戴上所有的银饰。反面人物总要比正面人物穿得差一些，这样才便于突出正面人物。

扮演汉族剧目中的人物，在装束上则稍有不同，如《梁祝》中的梁山伯，则是戴礼帽，穿长衫，布鞋。祝英台，则仍沿用侗家的女装。《刘志远》中的刘志远与李三娘在磨房相会时的服装是头戴文生巾（仿自汉族戏曲中的样子），身穿长衫，脚踏布鞋。礼帽、长衫、布鞋，在侗族的生活中都属于盛装，除了在节日或吃酒的时候，那些有"身份"的人，或是年老的人，才能穿得如此堂皇之外，一般的群众，向来没有着用这种服装的机会，从而便不难理解上述装束之用意了。

有的材料记载，演汉族剧目时，则穿京剧的服装，只是较简单，并且没有蟒袍、凤冠之类的东西。根据侗族的普遍经济情况与侗剧班的业余性质看来，特别是在解放前，哪怕是购置极简单的专门服装，似乎也有困难。在某些特殊的情况下，也许有可能，但它无法成为普遍的成习。

化妆——三江富禄的情况是：青年男女用粉妆，老人家要在前额上用黑白相间的线条画皱纹，也要在嘴边上画胡子。一般均较简单，只有丑角的化妆比较复杂。据廖振茂老人讲，丑角要在鼻子上画一个蚂拐（青蛙），两颊上各写一个丰收的丰字。

如果按照僮族的习惯，蚂拐是被看做吉祥的东西，过年时用竹筒装入，两头用红纸封好，插上香，由孩子们抬着按户去唱蚂拐歌，它的意义是：

一、祝人不得病，有病传给野兽。

二、房子安全，虽经风雨也不会倒塌。

三、牛繁殖的多，而且劳动好。

四、庄稼不受灾害，保证丰收。

五、狗能多捕野兽，鸡鸭也发育的好。

唱过之后，把竹筒放在铜鼓上，据说这样才能风调雨顺。

按照侗族的习惯，把麻脸、大肚子叫做蚂拐，这里包含着强烈的戏谑的意味。丑角鼻子上青蛙的含义到底是近于前者还是属于后者呢？从脸上的丰收的丰字看来，似乎与僮族的习俗颇为接近，从对待丑角的态度说来，按侗族对于蚂拐的看法又颇为合理，这样说来，只能从具体戏与具体人物的情况去理解它，方为合理，无法求得统一的解释了。

舞台——侗剧演出时，多选寨中的土坪，用木料搭制临时舞台。一般台高三尺左右，长约一丈二，宽约八尺。乐队以在左边的时候为多，除后台外，可三面容纳观众。

台中靠后的地方有一桌一凳，专为"掌簿"所设。桌子前面有用红布做成的桌布，上绣龙、凤、花卉，此外别无陈设。

从上面所提到的仪式、表演、服装、化妆以及舞台上的简单布置，都可以找到它从汉族戏曲中所获得的启示与影响。尽管这种启示与影响，对侗剧这样一个剧种的成长，非常必要，但因解放前的种种条件所限，使它没有办法按照自己的需要，更有目的、更有选择的接受它，以便有力地促进自身的发展、成长。

七　侗剧的群众基础

在这一节里，我想着重地谈一谈侗剧这个十分朴素的剧种，它为甚么能在侗族人民之中，获得那么深切而又普遍的欢迎？它的群众基础究竟在哪里？

侗剧，用侗话演出，所有的观众都能听得懂，看得懂，这当然是侗族人民热烈欢迎的原因之一，但从剧目上说来，我想下面的三点原因，似乎更为重要。

（一）历代以来，少数民族所受的压迫，比起汉族来总是双重的，除了封建统治者的压迫之外，还要受到大汉族主义者的民族歧视，因此，各少数民族的反抗情绪，也就更加强烈。虽然每次反抗的结局，都要遭到更加残酷的镇压。但是群众的反抗意志，将来的必胜信念，却是永远也熄灭不了的，从《吴勉》这样的剧目里面，我们便可以清楚的看到这一点。侗族人民理想的化身——吴勉，不仅斗志坚定,而且是生下来就带着神鞭与书本的能文能武的人材。他秉承父志,与统治者势不两立。他炼制的三支神箭,要不是由于偶然的差错,可以从古州(今贵州榕江)射死坐在北京金殿里的皇帝;他的神鞭,可以把石山赶到他所指定的地方。他虽被统治者抓去,但是由于神力的支持,死后仍可复生,因之,他将世世代代的带领着侗族人民进行斗争。这是多么大胆的想象啊!这是多么坚定的斗志啊!在那暗无天日的年代里,这样的作品,正如火种一样点燃着人们心中的希望,激发着人们的斗志,坚定着人们生存下去的信念,这就是侗剧获得侗族人民衷心热爱的原因之一。

(二)在侗剧剧目中,大量地深刻地表现了本族的特有生活,以及由此给人们造成的欢乐与痛苦。

"坐妹",或叫"行歌坐月",是侗族青年男女间的社交形式之一。

按照过去的习惯,每日午后五六点钟,青年们便陆续地从山上回来了,洗澡,吃饭之后,便要换上一套整洁的衣服,到鼓楼去和姑娘们唱歌,或约好三五知己,带着琵琶去拜会约好的姑娘,围坐一起共同唱歌。人们在歌子中叙述古老的传说,也温习着侗族祖先的历史,赞美着家乡的美丽山河。但更主要的还是通过问答,通过争辩,通过一些巧妙而又有趣的比喻,来表达、倾诉男女间的爱慕之情。一般说来,参加这种活动的都应该是未婚的男女,可是偏偏有些结婚的人,甚至已经做了爸爸的人,仍然混在其中,搞些不正常的男女关系。因此,对未婚的男女说来,"坐妹"是播种爱情的好机会,对另外一些妇女说来,"坐妹"却成了破坏她家庭生活的由头。

舅权,也称"养女还舅"。在部分侗族地区中也颇盛行。女孩子一生下来,便决定要给舅舅的儿子做媳妇,只有在舅舅没有儿子,或是在舅舅的儿子同意的情况下,才可以改嫁别家,否则无论舅舅的儿子好丑,都不能予以变更。显然,这又是一条专为妇女制造痛苦的旧习。

因此,当人们看到漂亮的雪妹,不爱表哥而爱银铃,因而遭受责难与阻挠的时候,人们自然是同情雪妹的。尽管阻挠重重,雪妹无法嫁给银铃,但是直到死,她仍然不肯嫁给表哥的时候,这种强烈的反抗,在观众中却获得了深情的尊敬。已经有了女儿的补桃仍去"坐妹"，并与寡妇乃南相爱的时候，观众从感情深处痛恨补桃。补桃不听乃桃的规劝，并且扣留了她的女儿与她离婚的时候，叫观众又怎么能不热泪盈眶呢！为甚么说妇女是侗剧最忠实的观众？除了语言的原因之外，在这里我们又找到了进一步的答案。特别是善良的美道，远嫁表哥，回家探母病，因而为妖王所缠的时候，有谁不痛恨这种养女还舅的制度哪！最后，当美道和她的丈夫共斩妖王之后，群众居然开会议决，取消远嫁表哥的陋习。身受其苦的人，看到这里又怎能不欢欣若狂呢！

雪妹、乃桃、美道的遭遇，正是台下观众身受的痛苦，难怪它的感染力是这样的深，影响是这样的久远。

（三）侗剧中反映本民族生活的剧目，都是来自古老的传说与叙事歌，或是叙事大歌。侗族人民常以"人人善歌"为自豪，实际情况也真是如此。在侗族中，无分男女老少，很少有不会唱歌、不会弹琵琶的人。一个侗族的小伙子，如果不会唱歌，不会弹琵琶，不会吹"芦笙"，不但是一件很不体面的事情，就是想找个爱人，也显得颇为困难。唱歌，是侗族社交中的重要手段，唱歌，也是男女间相爱的条件之一。

在这样一个好歌的民族里面，侗剧中那些比喻丰富的词句，曲折动人的故事，早已为群众所熟悉，早已为群众所喜爱，早已为群众所广为传诵了。这也是侗剧受到热烈欢迎的原因之一。

侗剧剧目，不仅深刻地反映了本民族人民的特有生活，并且明确地表达了侗族人民爱、憎、褒、贬的态度。这一切，就构成了侗剧剧目中人民性的具体内容。这一切，就是获得侗族人民普遍欢迎的重要原因。

八 挖掘、整理、培植、发展中的情况

解放后，党对侗剧的培植，除各级党委对侗剧活动始终给与大力支持以外，主要是通过各级会演来进行的。

一九五五年群众业余音乐舞蹈观摩演出之前，贵州省便在侗族地区，组织了选拔节目的会演，最后选拔了侗族青年吴培信等五人带着节目参加全国的业

余会演。虽然贵州这次没有侗剧节目,但对贵州侗剧的发展,仍然是一个很大的鼓励。

广西在这次会演之前,对侗剧《秦娘梅》进行了细致的排练、加工,因而获得了优秀奖。

贵州的《秦娘梅》,除了在省第一届工农业余会演中,获得了一等演出奖之外,在一九五八年,中央文化部召开的西南民族文化工作会议时,也获得了一等奖。

目前的侗剧,基本上离开了走 8 字的简单形式,台上也不再设"掌簿"的了,演员也开始按照戏剧内容的要求来安排表演了。这一切改进、提高的工作,都博得了广大侗族观众的热烈欢迎。

结合历次运动,老戏师们、青年文艺活动分子们也在不断地编写、移植一些新的剧目,如:《陈世美》、《葛麻》、《庆祝土改》、《兴修水利》、《民族团结》、《入高级社》等剧目,从这丰富的剧目里,我们不难看出,侗剧不仅在演出形式上得到了培植、提高,在反映生活的角度上,也更加广阔了。

对于侗剧的挖掘、整理、研究工作上的成绩,也应该在这里着重的提一提。

贵州省在一九五七年的九月,一九五八年的八月以及今年的三月,曾前后三次派人下去,进行调查工作。一九五八年的侗剧调查组,在黎、榕、从三县党委与文教部门的关心、指导下,一共走了二十五个乡,动员了二十七个老戏师,协助挖掘,翻译了侗剧本五十一个,各种侗歌曲词二百三十五首,老戏师传记等七件,共得书面资料五十余万字。无疑的这是一笔非常珍贵的财产,为今后的侗剧研究工作,开创了有利的条件。

1959 年 5 月于南宁

1959 年 6 月于北京

大胆的、有成效的尝试

—— 谈京剧《阿黑与阿诗玛》的演出

杨明　金中　明珠

史料解读

　　该文为一篇剧评，原文载于《云南日报》1956年3月26日。将民族传说《阿诗玛》改编为京剧《阿黑与阿诗玛》是云南国防京剧团的一个大胆的尝试，该文对该剧的改编进行了较全面的分析，肯定了改编的可行性和取得的成功，但同时提出了如何既保留和发展京剧艺术的优良传统，又吸收撒尼人的民族艺术传统，使两者较好地融合起来的问题。从这一观点出发，该史料认为该剧还存在融合效果不理想的问题。

原文

　　在全省第一次戏曲观摩演出中，国防京剧团演出的《阿黑与阿诗玛》是一个大胆的、有成效的尝试。《阿诗玛》是圭山区撒尼人的一个出色的传说，它在撒尼人中间流传久远，为撒尼人深深喜爱。1954年长诗《阿诗玛》整理发表后，受到全国各地人民的欢迎和重视。京剧《阿黑与阿诗玛》就是根据这个传说改编的，它使观众们通过舞台形象增进对撒尼人的斗争及其艺术传统的了解，这是值得重视的。

　　用京剧来演出兄弟民族的传说，是有许多困难的。要考虑到不使京剧走了样,要保留和发展京剧艺术的优良传统,还要考虑如何吸收撒尼人民的民族艺术传统,使两者恰当地融合起来,成为表现撒尼人民生活和斗争的京剧。在保留和发展京剧艺术优良传统的同时,在有些地方就必然会突破京剧中的某些程式,就为京剧的改革工作提供出宝贵的经验,国防京剧团在这些方面是作了努力的。《阿黑与阿诗玛》表现阿黑与阿诗玛的英勇、坚贞,通过这两个美丽的形象以及他们和热佈拜的斗争,表现了撒尼人民对自由幸福生活的向往。这个京剧对阿黑和阿诗玛两个人物的性格并没有歪曲,从阿诗玛的放羊、绣花、拒婚以及阿黑的不畏困难、战胜了热佈拜的诡计等等,塑造出他们勤劳、机智、勇敢的典型形象。

在剧本的改编上,注意了反映撒尼人民的斗争、爱情、希望和劳动。剧本在语言上很多地方避免了陈词滥调,运用了很多撒尼风格的语言,而且很多是《阿诗玛》原诗的句子。如:"阿捉底地方出彩霞;格路日明家,出现一朵花。刚生下的孩子,就会望妈笑,三天起名阿诗玛"。"热佈拜,心肠坏,门前种树花不开,纵然有花蜂不采,蜜儿虽甜蜂不来。"阿支和阿黑的对唱也都很生动、形象,保留了原诗独特的风格。

《阿黑与阿诗玛》的演出,也运用了撒尼人的舞蹈和音乐。特别是音乐,从第一场起就使用了阿细跳月的曲调,后来这个主要旋律发展开来,一直贯穿到剧的最末,结合着剧情的发展,人物的心情,这个主要的旋律增强了演出的民族色彩。而且在唱法上还吸取了川剧的伴腔伴唱的方法,这也是较好的,兄弟民族的音乐、舞蹈和京剧的音乐、舞蹈互相结合,听起来,看上去都不觉得生硬。如第一场姑娘们的合唱是用阿细山歌的曲调,优美,合适而不刺耳。这些改革是好的,如果不经过这些改革,要用京剧来表达剧中人物的形象的任务就完不成,经过了改革,观众仍然承认它是京剧,不是别的东西,这是改革成功之处。

从演出本身来看,演员的阵容是比较完整的,整个的演出是严肃、认真、有整体性的。这样的演出帮助突出了剧本的主题思想。有的演员的表演是成功的,如潘铁梁演的阿诗玛、高一帆演的阿黑、应琬农演的阿支,都能较恰当地表演出剧中人物的身份、性格。如阿诗玛与阿黑相见时(第一场),表现出欣喜、热情、开朗的心情，通过潘铁梁的表演，使观众看见一个热情的、直率的撒尼姑娘的形象；后来的拒婚中和热佈拜的斗争中，阿诗玛是在坚强的、勇敢的，但并不是撒泼、蛮干，这一点潘铁梁也掌握得较好。从高一帆、应琬农的表演中，我们看到了阿黑的勤劳、勇敢和阿支的无能但又要夸口、仗势欺人的两个截然不同的典型。

　　总的说来，《阿黑与阿诗玛》的演出是一个有成效的新的尝试，正因为是新的尝试，其中自然还有可以讨论研究的地方。

　　一个是京剧与兄弟民族艺术形式融合的问题。这个问题的实质就是需要更深入地了解撒尼人民的生活，更大胆而适当地吸收他们艺术上的传统，把它融合到京剧中，使京剧更丰富。《阿黑与阿诗玛》的演出，在这方面有些地方还有不足的地方。如抢亲一场，就给人一般京剧里面恶霸强抢民女的感觉。又如阿黑追赶阿诗玛的一场，阿黑是用趟马等京剧的舞蹈，没有更好地将它与撒尼人的舞蹈融合起来，因此，令人有一般"武生戏"之感，缺乏浓厚的撒尼人民的生活气息。此外，剧本中间还用了一些京剧中的陈旧词句和不恰当的比喻。如"兵来将挡、水来土囤"，"牛郎织女星"等，这些句子是不必要的，可以参考原诗，尽量多用其中的诗句，要有大胆的革新精神，不要为清规戒律所限。初次的尝试当然难免会有缺点，但只要在尝试中发现问题，摸出经验，就能不断得到提高。

　　另一个问题是剧本在某些地方的处理问题。结尾时阿黑死不死的问题、回声的问题，是值得研究的。原诗中阿黑并未死，阿诗玛变成了回声，现在剧本的处理，他们两人都被水淹死，是否恰当，又如尾声一场，觉得结束得太急，表演的处理上，易使人联想到"尤利斯·伏契克"和"梁山伯与祝英台"，而没有自己的特点，也有点失去原诗回声的优美、令人难忘的特色。

有意义的尝试

—— 评京剧《阿黑与阿诗玛》和《三座山》的演出

徐 沙

史料解读

该文是对根据撒尼人民间叙事长诗《阿诗玛》改编的京剧《阿黑与阿诗玛》与另一个京剧《三座山》的剧评，原文载于《戏剧报》1956 年第 8 期。该文主要从京剧表演艺术的角度，对扮演阿黑与阿诗玛的高一帆、金素秋以及扮演热不拜的裴世戎的角色塑造的成功与不足进行了实事求是的分析。特别是作者结合长诗的内容指出，金素秋没有表现出阿诗玛纯洁、热情而富有智慧的性格特点，而京剧的结尾处理，远不如原诗的"回声"设置引人深思。因此建议创作者要大胆发挥创造性，不受京剧程式束缚，使这个戏整理得更具有民族特色。

原文

京剧《阿黑与阿诗玛》、《三座山》和《罗盛教》的演出，以其艺术革新的姿态，出现在首都的舞台上。这三个戏，如果是话剧和歌剧的演出，人们会觉得不足为奇；但是用京戏来演出，人们马上会想到它受原有的艺术形式的局限可能会遇到很大的困难。我先看《阿黑与阿诗玛》。我拿了笔记本，想记点"问题"回来研究，可是看了一两场我就被戏所吸引，也就忘了记什么，印象良好。紧接着又看了《三座山》,同样使我兴奋。剧场的观众反映也都不错。我没有急于向人发表自己的观感,怕人家笑话我艺术鉴赏能力太差,太容易满足。等我问了一些有经验的戏曲演员和朋友,他们的观感和我大致相同,我才大胆地肯定这两个演出是令人满意的,这两个戏的艺术改革的精神是值得钦佩的。

读过《阿诗玛》原诗的人都在脑子中有个淳朴、勇敢、机智的撒尼少年阿黑的形象,云南军区国防军剧团选用武生来扮演这个角色是恰当的演员,高一帆的脸部生的朴实温厚,身材强壮,有一定的武工技术,如果认为演员表达了阿黑的气质和性格,仅是由于本身的天赋条件,那是不公正的,他能够表现撒尼族少年人的纯朴勇敢忠厚,那种说不出的生活的味道,恐怕是和研究体验过撒尼青少年的生活分不开的。

裘世戎扮演的热布拜(撒尼人的地主和统治者)采用了一些京剧"黑头"的表演技巧,变化运用在这个人物身上,看来干净、有鲜明的节奏,人物性格突出。当阿诗玛再三不愿意嫁给他的儿子时,他在音乐声中,心中发怒,然而,外表平静地缓缓地走出台来,这样的出场是合乎身份的,因为在热布拜看来这就是他的王国,他对阿诗玛这样一个弱女子,何需张牙舞爪呲牙咧嘴。他只用这种含而不露的气势去说服、争取、恐吓阿诗玛。可是他一发现这种方法无效时,就出人不意地在阿诗玛背上猛烈一击,阿诗玛被击倒地。热布拜的这一击,配上音乐,获得了强烈的效果,使观众震惊。就这个动作,表现了这个恶霸地主的阴毒凶狠。他仍然很冷静,并没有从此暴跳如雷,似乎在告诉阿诗玛,我不过拿你"试手",你若不从,厉害的还在后面。作为一个演"黑头"的京戏演员,创造这样一个角色,并不是轻而易举的。原有的技术必然要加以变化和发展,以适合于人物性格的需要,使人看到一个具体的撒尼人的地主。这一点他是做到了的。

金素秋扮演阿诗玛的长处在于朴素自然。她特别在传统表演技巧和生活动作的衔接方面,比较用了工夫,动作比较有生活味。道白上采用了半韵白,说有韵吧,不像京戏的念白那样夸张,说没有韵吧,又比生活中的语言鲜明,洗练。这种念白,一方面使语言和生活更接近,一方面又和舞蹈动作相调和。有几处她表演的很有层次,比如海惹抢亲那一场,当她看见四个打手来抢她时,她先还克制不了少女的惊恐和羞恼,不自觉地躲在父母的身后,当海惹逼的更紧的时候,阿诗玛很自然地从父母身后转了出来,这个动作造成一个静止,使这场戏达到了高潮,凶恶的海惹在她的目光下,不自觉地退后几步,在勇敢起来的阿诗玛面前变成了一个胆怯和渺小的人。不过这个人物的创造还使人感到朴素有余,加工不足,缺乏少女应有的光采。我们从原诗中体会到,这个人物是个天真的少女,纯洁、热情而富有智慧。目前的处理,稍嫌成熟了些。她应当看起来比阿黑还要小,是生活在母爱和姐妹们中间的一朵鲜嫩的花,这样一个女孩能够在敌人面前站立起来,就会更引人同情。

海惹和地主的儿子,用了京戏的丑扮,将丑的技术溶化在人物身上,演的很称职。

总的来说:这几个主要人物形象基本上树立起来了,演员灵活地运用了京戏的生、旦、净、丑的技巧,并加以发展来表现撒尼人的生活和人物,没有显得不自然。

这个戏演出上新的尝试的成功是与导演的努力分不开的,不过我感到,导演对整个戏的节奏处理还可以更紧凑一些,使戏剧的发展更紧张一些。比如,阿黑"追赶"那一场,仙人和牧童出场,导演应当使剧情更向前推进一步,可是现在演的却凉下来了。在"抢亲"和"逼婚"等场,还没有做到使剧情在不断发展中越来越紧张,达到更好的效果。裘世戎在"逼婚"那一场所用的动作和音乐,给了我一个启发,我想如果别的场子也能够适当地更多地采用一些传统的表现手法,是会更好些的。现在有些地方太生活化了,节奏不够鲜明。

此外,最后一场的处理,使我想到现在编剧上好像有一个公式:英雄死了,一定要用鲜花跳舞来祭奠。刘胡兰、罗盛教、董存瑞、阿黑与阿诗玛,都是如此,好像不如此就不足以表示我们的尊敬。《阿黑与阿诗玛》这种结尾的处理,远不如原诗的"回声"美丽和引人深思。我建议作者大胆发挥创造性,不受公式束缚,这个戏会整理得更具有独特的神话色彩。

《三座山》的演员创造,除了公认的在武打上有很大的创造和发展外,在人物形象的刻划上也很有成绩。其中,以张春华创造的蒙古族老头的形象最为完整。张春华是著名的京戏武丑演员，开初我以为他扮演这样一个幽默诙谐的弹马头琴的蒙古族老人，未必能够发挥所长，而且戏也不多，可是看完之后，感到张春华是个很会创造人物个性的演员。表现张春华的才华的是王府救人那一场。他化装混进王府，在楼门前碰见南斯勒玛，他要向南斯勒玛说有人来救她，又不能被敌人识破，在这紧张的一刻，老人以巧妙的语言完成了自己的任务，使剧情达到了紧张的程度。再如劫狱救人，也做的真实动人。最后，他们胜利了，他又拿起马头琴，坐在土坡上自拉自乐。张春华同志如果没有武丑身段和说白上的修养，这个人物不可能演的这么干净、有力，节奏不可能掌握的这么恰如其分。但如果张春华没有观察研究过蒙古族这种类型的老头，他也不可能演得这样有生活气息。

周金莲创造的王府女管家好尔勒玛，也给人留下了很深的印象，生活的味道很浓。不过作为一个王爷府的女管家，其权力是不小的，她可能是个更妖艳和手腕狠毒的女人，比王熙凤可能更甚，目前看来，身份稍嫌不够。

张云溪用很大的功夫创造了一个正直、勇敢的蒙古族青年云登的形象。对一个有修养的演员，要求当然应当多一些。我认为他在人物形象的创造上，很想把这个人物的外形弄得魁伟些，走路更接近蒙古族人一些，这种努力已达到了良好的效果。在"山中遇见王府的人"、"狱中"、"起义"，都演的很好；然而缺点恐怕在体会人物不够。尤其在王府因救南斯勒玛而被捕那一个紧张的场面，戏剧达到了高潮，云登却显得没有主意，内心似乎也比较空虚，这就大大削弱了这个形象的感人力量。在这样一个紧张的场面，男主人公怎么没有态度呢？当然全剧中云登的戏比较重，需要的精力也比较多，我想在演出中会不断改进的，因为张云溪是个很有创造性的表演艺术家。

云燕铭在王府有几场戏，演的很动人，在唱工上也用了很大的工夫。但草原姑娘的粗犷不足，尤其在被关及王府会见云登时，内心的激动也尚感不足。

《三座山》的导演处理，有的场面似乎稍嫌铺张。如第一场的群众场面，导演的用意是为了渲染草原生活的气氛，可是这一场戏的主要事件和主要人物却模糊了。观众好一阵才弄清台上在做什么。前面有些场子的舞蹈，特别是张云溪的独舞,似乎嫌多了一些。有一个有经验演员告诉我,如果前面把有些表现个人技术的舞蹈适当地作些删减,而在云登出猎时给他有发挥余地的单独的场子,王府的人追赶他,会使剧情更紧张,也能表现演员的技巧。现在云登和王府的人在山中相会,虽然搏斗了一番,仍然不够劲。如果云登先经过和野兽的搏斗或打猎的疲劳,最后被王府的差人打昏,才令人可信,因为从最后一场打仗中可见云登有在千军万马中杀出杀进的本领来。我这个想法可能是画蛇添足,仅供改编者参考。

整个说来,《三座山》的表演艺术在突破京戏原来较凝固的形式方面,做了很多的工作,使其在人物创造上,变得新鲜活泼了,不受拘束了。但,是否有些地方应更多地恰当地运用传统的表演技巧,使其节奏更鲜明,人物更突出呢?我想这个问题是可以研究的。

这两个戏的演出,引起了一些议论,有人问:"这是不是京戏发展的方向?"这也许是肯定这两个戏的演出的人提出的问题。也有人说:"这个尝试没解决京戏的问题。"也有人说:这点不像京戏,那点不像京戏,不如老京戏完整。我个人对这两个戏的演出是拥护的,我认为是作了有意义的尝试。但,这是不是方向呢?就是说,将来京戏改革就是这样改吗?有同志回答得很好:方向只有一个,就是"百花齐放"的方向。《三座山》和《阿黑与阿诗玛》的尝试是对的,北京市大力挖掘整理京戏传统剧目也是对的。至于说这个尝试没有解决京戏表现现代生活的问题,我想至少比较接近了。如果想通过初步尝试解决一切问题,那未免要求过高。问题很简单,它既然能够表现少数民族的生活和外国生活,就有可能表现现代生活。《罗盛教》就表现了现代生活,而且表现的是志愿军英雄人物的生活。我虽没有看,我却知道很多人发现了其中有宝贵的创造。常言道"万事起头难",多实践几次,经验就会多一些。我们决不能固步自封,看到一个新的尝试就这也不像,那也不像地议论起来,继承传统和发展传统,是我们戏曲艺术改革的两个方面。昆曲《十五贯》由于继承了传统又打破了一些凝固的规格,使昆曲艺术重新获得了新生,就是一个很好的范例。京戏需要继续改革的地方还很多,举一个很显明的例子,京戏唱词听不懂,有腔无字,就是要想办法改革的。这方面我们所做的远不如昆曲大胆。我对京戏是个门外汉，自知有些意见是很浅薄的，只想通过这篇文章表示我对京剧界同志们改革精神的敬意。

写在《阿黑与阿诗玛》在上海公演的时候

金素秋

史料解读

　　该文是京剧《阿黑与阿诗玛》中阿诗玛的扮演者金素秋写的一篇创作谈，发表于《解放日报》1956 年 10 月 5 日。在文章中，金素秋介绍了京剧改编、排演和演出情况，包括唱腔、舞蹈、布景设计等。特别是，金素秋认为云南是一个多民族地区，云南的剧团有责任歌唱与颂扬云南地区少数民族人民的生活。该文对云南多民族文化的发展给予了重视。

原文

　　今天我们来到上海以京剧形式演出撒尼人的传说故事剧《阿黑与阿诗玛》，主要目的是：求教于上海的文艺界、戏剧界，以及广大的观众们，为我们这一尝试做鉴定。我们以十二分的愉快和兴奋的心情，等待着来自各方面的、坦率无私的意见和指导。

　　这个戏搞了三年多，剧本改写了四次。在这三年多的过程中，的确有过多次与多样的思想变化，假若给这一过程起个名称的话，那就暂定为"斗争与自我斗争"吧。其中错误尚多，有待热心这一工作的同志们予以指正。

　　当我们开始考虑写《阿》剧的时候，正值全国第一届戏曲会演，其他兄弟剧种在表现现时的任务上取得了很大的经验与成绩，从直感上给了我们些刺激，其次是周信芳院长的发言："京剧是可以表演现实的。"（大意如此）这一点结合了我们的主观看法，也许由于在很早以前我们就崇拜着这位艺术大师的缘故，所以也就更是信心百倍地想在这方面进行试验。

《阿诗玛》这个戏是根据云南省路南县圭山区撒尼人的民间传说写成的。采用这样一个题材进行创作有两个思想支持着我们：第一，我们的剧团处在祖国边疆的云南，是一个多民族地区，我们不仅应该歌唱多数民族，也有责任歌唱与颂扬少数民族。同时，故事本身也吸引着我们，阿黑与阿诗玛为了自由、幸福与压迫者进行了不屈不挠的斗争，他们为许许多多封建时代的青年男女向不合理的婚姻制度提出了抗议，用最后的牺牲向社会提出了呼吁。这样的题材是值得更多的人传颂的。况此也符合于祖国民族大团结的政策的。第二，我自己是个从事京戏事业三十多年的演员，对自己的职业有深厚的感情与热爱，因此我有这样一个愿望，不是抱着本剧种在艺术上的成就作自我陶醉，强调完整，回避劳动，而是保持它一贯青春，像过往一样的勇于学习，敢于尝试。我经常这样想：京剧如何能利用自己的特长和其它姊妹艺术一样，很快的担当起反映现实的表演任务来。因此我一接触到这个故事后，就感到这个题材很好，而且有便利的条件在艺术改革上作试验的；如民族特点是擅长歌舞的，就是装束也是接近戏曲艺术的。同时也估计到这样一个新内容会给原形式带来困难，但创造的热情战胜了畏惧心理，我们终于花费了三年多的时间使这个戏从平面形象化了，通过云南省戏曲会演，这个戏正式登上京剧舞台和广大观众见面了。

我们在这个戏的艺术处理上，为了突出具体环境与具体人物性格，曾适当地吸收了民族特点，采用了民族的歌与舞。第一幕与第四幕以及回声中群众的唱歌等，其中都有其民族的特点，因为这是其生活的一部分。又如京戏中的爱情场面，大多是绣房或书房，最大环境是后花园，但这个戏的一对情侣却是生长在山区，过着游牧生活，假若用风、花、雪、月，春愁秋怨的词调来描绘其心理活动，就不能符合具体性格了。于是我们采用了民歌，尤其《阿诗玛》长诗发表后，更丰富了我们的创作语汇。

在唱腔设计上，感到兄弟民族的生活节奏不适用京剧中的慢板，乃采用了吹腔与四平调（指第一场），急促的地方用吹腔，抒情的地方便转入四平。另在抢亲一场,为了使念与唱紧密结合,试着缩短了过门,并用二簧的基调渗入了拨子。其他场子还采用了昆曲,在念白上力求韵白口语化,京白音乐化。总之要求与人物的思想感情结合的更紧些。

在舞蹈上也是如此,像阿诗玛这样一个智慧聪明、勤劳果敢的女孩子,是不能用一般花旦的身段来表演那种明朗的性格的。用武旦吗,她又不同于闯荡江湖的侠女,又不是久历疆场的马上女将。大自然给予她的影响是心胸开朗、视野阔达,所以这样一个形象就不能机械的套用"行当",但她却可以汇集各个行当于一身。我就是除采用了花旦、武旦以及闺门旦的一些适用的动作外,另在台步和动作上又进行了一些创造。

在音乐上除上述者外,我们更丰富了全剧的伴奏,以烘托气氛,增强感染;另在采用撒尼人和兄弟剧种的音乐和唱腔方面,则是以京剧为基础,使之溶化进来。有些撒尼民歌则是作为京剧中的插曲小调处理的。

不过由于我们的水平所限,又是一种新的尝试,从剧本到排演还存在着若干问题,三年多的创作过程中,经过多次的"斗争与自我斗争",已解决了不少问题,这些是由于党的大力支持和依靠了群众的大力帮助才告逐次解决的。现存的问题,仍须解决,因而希望在上海演出期间获得多方面的启示和教益,使《阿》剧更趋于完善和提高。

后　记

　　从国家社科基金重大项目"新中国少数民族文学研究史（1949—2009）"获准立项至今，正好是岁星绕太阳一周的时间，也是生肖轮回的一个完整周期。这 12 年，少数民族文学史料的阅读和整理，成为我生活的一部分。本书是这些史料重新整理和研究的成果，也是国家社科基金重大项目"新中国少数民族文字文学史料整理与研究"的阶段性成果。

　　本书的史料搜集整理涉及 1949—1979 年间少数民族文学各学科领域，史料形态多样，分布空间广阔，留存情况复杂，涉及搜集、整理、转换、校勘、导读撰写诸多方面，难度之大，可以想见。因此，在本书即将付梓之际，特向为此付出了大量心血和努力的学界师长、同仁以及团队成员致以谢意。

　　感谢朝戈金、汤晓青、丁帆、张福贵、王宪昭、罗宗宇、汪立珍、钟进文、阿地力·居玛吐尔地、李瑛、邹赞、刘大先、吴刚、周翔、包和平、贾瑞光等学界师长和同仁的悉心指导和鼎力支持。

　　感谢宛文红、王学艳、陈新颜、杨春宇以及各边疆省（自治区）图书馆的大力支持。特别要感谢大连民族大学图书馆宛文红 12 年来持续、有力的支持和帮助。

　　感谢团队各位成员的参与和付出。参加史料解读撰写和修改的有：王莉（33 篇）、丁颖（29 篇）、韩争艳（39 篇）、苏珊（35 篇）、邱志武（43 篇）、李思言（38 篇）、邹赞（42 篇）、王妍（25 篇），王微修改了古代作家（书面）文学卷的史料解读和概述初稿。撰写史料解读和部分概述初稿的有：王潇（71 篇）、包国栋（58 篇）、王丹（89 篇）、张慧（65 篇）、龚金鑫（16 篇）、雷丝雨（85 篇）、卢艳华（58 篇）、王雨槊（39 篇）、冯扬（35 篇）、杨永勤（15 篇）、方思瑶（15 篇）。王剑波、王思莹、并蕊校对了部分史料原文。

　　李晓峰撰写了全书总论、各卷导论,审阅、修改了全书本辑概述和史料解读,并重写了各卷部分本辑概述和史料解读。

　　由于种种原因,许多整理出来并已经撰写了解读的史料(图片)未能收入书中,所以,团队成员撰写的篇目数量与本书实际的篇目数量存在出入。史料学是遗憾之学,相信,未收入的史料定会以其他方式面世。

　　再次对多年来关心、支持我和本课题研究的各位师长、同仁、家人表示衷心感谢。

李晓峰

2024 年 11 月 12 日于大连